B
E
S 嚴
T 選

奇幻基地出版

雨野原傳奇 4

巨龍之血（完結篇）

THE RAIN WILDS CHRONICLES 4

Blood of Dragons

羅蘋・荷布 著
李鐳 譯

Robin Hobb

我想念你，拉爾夫。

目次 | Contents

出場人物

守護者和龍	
埃魯姆	淺色皮膚，銀灰色眼睛，耳朵非常小。鼻子幾乎是扁平的。傾心於絲凱莉。他的龍是**亞布克**，一頭綠色和銀色的公龍。
博克斯特	凱斯的親戚。古銅色眼睛，矮個子，身材壯實。他的龍是橙色的公龍**斯克力姆**。
哈裡金	如同蜥蜴一般修長。他要比大部分其他守護者都更年長。萊克特是他的義兄弟，他們的關係非常親密。他還是希爾薇的保護者，他們的關係非同一般。他的龍是**蘭克洛斯**，一頭有著銀色眼睛的紅色公龍。
冰華	一頭古早黑龍，曾經被困在冰川中，至今身體上還帶有冰川給他帶來的種種傷痕。後來他得到了人類的解救（見「刺客系列」《弄臣命運》），成為了婷黛莉雅默認的配偶。對於人類，他沒有任何好感。
潔珥德	一位金髮碧眼的女性守護者，身上帶有很重的雨野原標記。她很有侵略性，對於自己想要的東西總是會堅決提出主張。她的龍是**維拉斯**，是一頭母龍，深綠色的身體上有金色的條紋。
凱斯	博克斯特的親戚，有一雙古銅色的眼睛，身材矮壯，肩膀很寬，肌肉發達。他的龍是橙色公龍**多提恩**。

萊克特	七歲時成為孤兒，被哈裡金的家庭收養。他的龍是**賽斯梯坎**，一頭巨大的藍色公龍，有著橙色鱗片，脖子上有小尖刺。萊克特和戴夫威有著不穩定的情侶關係。
諾泰爾	一名很有能力，也很有野心的守護者，曾經為了賽瑪拉和刺青發生過衝突。他的龍是淺紫色的公龍**火絨**。
拉普斯卡	一名從出生起身上就有嚴重雨野原標記的守護者。現在他的身體和思想都發生了很大的改變。他的性情有些古怪，但他又是一個真誠的、充滿孩子氣的、富有魅力的、非常英俊的人。他非常確信賽瑪拉一定是屬於他的。她的龍是紅色的小母龍**荷比**。荷比的腦子有些遲鈍，卻是第一個飛起來的龍。
希爾薇	最年輕的守護者，但和許多男性守護者相比，她更加成熟，而且很有想法。她身材嬌小，有著金髮和粉色的皮膚，皮膚上覆蓋著金色鱗片。哈裡金是她的保護人和夥伴。她的龍是金黃色的**默爾柯**。默爾柯不是群龍中最大的一個，卻是最有想法的一個，常常會成為群龍無形中的堅定領袖。
刺青	唯一沒有出生在雨野原的守護者，一名奴隸之子。他的臉上依然有一匹小馬和蜘蛛網圖案的刺青，這是他的奴隸標誌。他對賽瑪拉的吸引威脅著他與拉普斯卡的友誼。他的龍是身形很小卻性情暴烈的綠色母龍**芬提**。他傾心關愛著這頭龍。
賽瑪拉	十六歲。她出生時應該是指甲的地方生著黑色的爪子，因此她被拋棄在樹林中。她的父親將還是新生兒的她抱回家。她的母親卻很不喜歡她。她從小就深切地知道雨野原的變異之人必須遵守怎樣的嚴格規則。她是一名能力出眾的獵手，在克爾辛拉的新社群中，她卻還在努力決定自己的角色與位置。她和碧藍色的母龍辛泰拉有著很不穩定的連結關係。**辛泰拉**是所有母龍中最大，也是最專橫跋扈的。

婷黛莉雅	唯一從古早的巫木繭中孵化出的巨龍。婷黛莉雅在出生的時候就成為了能夠飛翔的，真正的巨龍女王。她曾經幫助其他長蛇沿雨野原河上溯，前往結繭地，希望能見到新一代的巨龍（見「魔法活船三部曲」），但隨後她顯然是拋棄了那些不會飛行的殘缺生物。她塑造了古靈麥爾妲和雷恩，讓年輕的瑟丹・維司奇成為了她的詩人。
沃肯	一名身材很高，四肢修長的守護者。在前往克爾辛拉的遠征中失去生命。他的龍是**巴力佩爾**，一頭紅色公龍。這頭龍拒絕選擇新的守護者。
繽城	
愛麗絲・金卡羅恩・芬波克	來自於一個貧窮但很受尊敬的繽城商人家庭。因詔諭・芬波克的擺布，愛麗絲和詔諭締結了一場沒有愛情的婚姻。這位灰色眼睛、紅色頭髮、有許多雀斑的女子，現在放棄了舒適奢華的生活，和萊福特林陷入了愛河。她還和自己的童年友人塞德里克重新建立了友誼。
詔諭・芬波克	一名相貌英俊、信譽卓著、非常富有的繽城商人。也許他一生唯一被迫採取的行動就是與愛麗絲結婚。為了追求自己的快樂，他可以非常殘忍。他對愛麗絲和她的家人，隱瞞了他和塞德里克・梅爾達的關係。
雷丁	詔諭現在的情人，他非常高興能取代塞德里克在詔諭生活中的位置。擁有貪婪的繽城貿易商血脈。他跟隨詔諭享受奢華的生活，同時透過詔諭的人脈積累自己的財富。

塞德里克·梅爾達	詔諭·芬波克的祕書和曾經的情人，從孩提時代就是愛麗絲的朋友。他與紅銅色的雌龍芮普妲建立了連結，並與卡森·羽躍建立起愛情關係。他正在努力適應克爾辛拉的新生活。
貿易商芬波克	詔諭的父親，一位非常成功的繽城貿易商。他已經厭倦了他兒子放縱的生活。詔諭一直沒有能讓他得到可以繼承家業的孫子也很讓他惱火。他的妻子**西莉亞·芬波克**非常溺愛自己的兒子詔諭。
柏油人號的船員	
貝霖	甲板水手，斯沃格的妻子。她是一位安靜卻很堅強的女人，以自己穩健的風格影響著所有船員。
大埃德爾	甲板水手，一個頭腦簡單、魁梧有力的大漢，有一顆善良的心。
卡森·羽躍	受雇於雨野原崔豪格議會，成為尋找克爾辛拉的遠征隊獵手。萊福特林的老友。現在成為了噴毒的守護者。噴毒是一頭脾氣暴躁，很有些危險性的小銀龍。卡森身材高大且體格健壯，卻是塞德里克的情人。
戴夫威	卡森·羽躍的獵手學徒，卡森的老朋友的兒子。他就像是卡森的侄子。大約十五歲。和黑龍卡羅建立連結。**卡羅**是龍群中體型最大的藍黑色巨龍。在卡羅曾經的守護者格瑞夫特成為叛徒之後，戴夫威成為他的守護者。戴夫威和萊克特是情人關係。
格裡格斯比	船上的貓。橙色，性情無憂無慮。

軒尼詩	柏油人號的大副，很有女人緣。是一名非常有能力的水手，忠於他的船員們。
傑斯	受雇的探險獵手，卻又有自己的祕密計畫。在遠征途中失去了性命。
萊福特林	船長，從孩提時代起就生活在柏油人號上，為柏油人服務。作為家族的繼承人，現在他和柏油人建立了一生的連結。他身材健壯，灰色眼睛，褐色頭髮。他已經和愛麗絲共墜愛河。
絲凱莉	萊福特林的侄女和指定繼承人，現在是甲板水手，但她需要熟悉船上的每一個職位。她深深愛上了守護者埃魯姆。但家中已經為她安排了婚姻，一名未婚夫正在崔豪格等著她。
斯沃格	柏油人的舵手。是一個安靜的人，對雨野原河有著很多了解。他在柏油人號上已經有超過十五年了。貝霖的丈夫。
柏油人號	一艘河上駁船。現存最古早的活船，船身很長很低。這艘船有著很多祕密，能夠突然快速前行，並且能到達其他船很難到達的地方。他的船頭畫著一雙眼睛，但沒有船首像。
其餘人物	
艾惜雅・維司奇	繽城的典範號的大副，麥爾妲・庫普魯斯和瑟丹・維司奇的姑姑，與貝笙・特瑞爾結婚（見「魔法活船三部曲」）。
貝佳斯提・柯雷德	恰斯國商人，禿頭，富有，詔諭・芬波克的交易夥伴。受到恰斯大公的脅迫，不擇手段地要取得龍的血肉。

貝笙・特瑞爾	繽城的典範號的船長，艾惜雅・維司奇的丈夫（見「魔法活船三部曲」）。
首席大臣埃裡克	恰斯大公的參謀，也是他的「持劍之手」。他曾經和大公並肩作戰。現在繼續侍奉大公。看到大公的健康和權勢日益衰落，他已經感到慌張，並急於取得統治恰斯國的權柄，以免大公死亡時會導致恰斯國陷入混亂。
茶西美	恰斯大公最年長的女兒。曾經多次喪夫，於是再次成為大公家族的一員。
黛托茨	崔豪格信鴿管理人，與繽城信鴿管理人艾瑞克結婚。
恰斯大公	恰斯國的獨裁者，年邁多病。現在他正冷酷和急迫地要獲得巨龍的血肉。她相信這能夠讓自己恢復健康和活力。為了實現自己的目的，他會使用一切殘忍的手段。
艾瑞克	繽城的信鴿管理人，與黛托茨結婚。他是一位智慧豐富的養鴿人，對自己的工作非常認真。
簡妮・庫普魯斯	雨野原貿易商，庫普魯斯家族的女家主，一位能力很強，意志堅定的女性。她的家族曾經控制著雨野原巫木貿易最大的分額，建造了許多現存於世的活船。她是雷恩・庫普魯斯和蒂絡蒙的母親。她的家族還培養了瑟丹・維司奇。
金姆	卡薩里克信鴿管理人。曾經是奴隸，面帶刺青，來到雨野原尋找更好的生活，現在正野心勃勃地要積累起一筆財富。
麥爾妲・庫普魯斯	出生在繽城的維司奇家族，現在這位古靈「女王」居住在崔豪格，和她的丈夫雷恩・庫普魯斯在一起。麥爾妲和雷恩曾經被巨龍婷黛莉雅折磨，又被這頭巨龍占有，並成為古靈。他們同婷黛莉雅的連結，從來都不是一件令人感到輕鬆的事情（見「魔法活船三部曲」）。

典範號	曾經被稱為「賤船」。這艘曾經發過瘋的活船現在進入了生命中更加穩定的一段時光，但仍然是一艘很具有挑戰性的船。他護送海蛇沿雨野原河上溯至結繭地，以成為巨龍。他對於自己船上的人類有著極為強烈的依附關係。
雷亞奧	繽城代行信鴿管理人，黛托茨的侄子。
雷恩・庫普魯斯	一個強大的雨野原貿易家族的幼子。由巨龍婷黛莉雅占據成古靈。妻子為麥爾妲（見「魔法活船三部曲」）。
瑟丹・維司奇	維司奇家族最年輕的兒子，還是孩子的時候就被巨龍婷黛莉雅占據並被塑造成為古靈。麥爾妲的弟弟，艾惜雅的外甥。依照婷黛莉雅的命令，外出搜尋一切關於倖存的巨龍的訊息，但在那以後就失蹤了（見「魔法活船三部曲」）。
辛納德・亞力克	恰斯商人，用敲詐手段和萊福特林達成了一筆交易。恰斯大公關押了他的家人作為人質。
無名恰斯人	詔諭的敵人，一名恰斯貴族，受到恰斯大公的脅迫，必須取得巨龍的血肉。這讓他成為一個殘忍冷血的人。為了贖出自己的家人，他會不擇手段完成恰斯大公的任務。他的真名是「達根大人」。
蒂絡蒙	雷恩的姊姊，身上有很重的雨野原印記。就算是在自己的故鄉，她也會被看作是一個被放逐之人。至今未婚，過著離群索居的生活。現在她正抓住機會要為自己營建一個新的人生。

序章

改變

婷黛莉雅醒來的時候，感覺到全身寒冷且疲憊不堪。不久之前，她才成功捕殺到獵物並大吃了一頓，但她休息得很不好。在她左側翅膀下潰瘍的傷口，讓她很難在睡覺時找到一個舒服的姿勢。如果她伸展身體，那裡灼熱的腫痛會感到被拉扯。如果她蜷起身子，她會感到箭鏃刺痛她的筋肉。當她展開翅膀的時候，疼痛已經會蔓延到左翼，彷彿某種生滿尖刺的藤蔓在她的體內四處生長，將越來越多的棘刺插進她的肉裡。隨著她飛向雨野原，天氣也變得越來越寒冷。在世界的這片區域裡沒有沙漠，沒有溫暖的沙子。在恰斯國的沙漠中，熱量彷彿在源源不斷地從大地的核心湧出來，就像一年中這個時候的南方大地一樣暖熱。但現在，她將乾燥的陸地和溫暖的黃沙都丟在身後。冬天的繩索正漸漸將她勒緊，早該到來的春天卻依舊不見蹤影。寒風讓她傷口周圍的肌肉變得僵硬，每一個早晨都變成一場折磨。

冰華沒有跟隨她。她本以為那頭老黑龍會陪在她身邊，儘管她也不明白自己為什麼會有這樣的想法。龍不是群居生物，他們更喜歡單獨生活。為了得到足夠的食物，每一頭龍都需要一片廣闊的獵場。婷黛莉雅離開冰華的身邊，冰華卻對她不聞不問，婷黛莉雅才終於羞恥地意識到：是她一直在跟著那頭老黑龍，一直都是如此。她完全記不起冰華曾經請她留在自己身邊，而他也從不曾要求婷黛莉雅離開。

冰華已經從婷黛莉雅那裡得到了他所需要的一切。在最初發現彼此的興奮感褪去之後，他們交配了。隨後，待婷黛莉雅完全成熟，她就會前往那座產卵的島嶼，在那裡產下冰華在她體內進行過授精的卵。冰華既然已經在她體內注入了精液，自然就沒有理由繼續和她在一起了。當婷黛莉雅的卵孵化成為長蛇，進入海洋，重新開始「巨龍—卵—長蛇—繭—巨龍」的無盡迴圈，冰華所傳承的記憶也將延續下去。當他再次尋求配偶的時候，也將遇到其他的龍。婷黛莉雅想到自己竟然在冰華身邊停留了那麼久，不由得感到了一陣困惑。也許是因為她孤身孵化和生活了那麼長時間，已經從人類那裡接受了一些不屬於巨龍的行為方式？

她慢慢展開身子，然後更加小心地向陰沉的天空張開翅膀。她伸了個懶腰，心中思念著溫暖的沙粒，同時竭力不去懷疑自己是否還有足夠的力量返回崔豪格。她本來還希望傷口能夠自己癒合，是否這種無用的等待浪費了她太長的時間？

彎曲脖子查看傷口也變成了一件痛苦的事情。傷口中的氣味非常糟糕。她只要一動，膿水就會從傷口中湧出來。婷黛莉雅惱恨地嘶吼了一聲，為自己竟然遇到這種糗事而憤憤不平。然後，她利用這股憤怒的力量繃緊了傷口周圍的肌肉，這個動作將更多液體從傷口中擠出來，她感覺到劇烈的痛楚，聞到了可怕的臭氣。但該動作完成之後，她的皮膚繃得不再那麼緊了。她能夠飛行了，儘管飛行也會造成疼痛，而且速度不可能很快，但她畢竟還可以飛。今晚她會更加小心地選擇自己的棲息地點。對她而言，從她現在落腳的這片河岸上起飛，已經變得很困難了。

她想要徑直飛到崔豪格，希望在那裡迅速找到麥爾妲和雷恩，讓她的一名古靈僕人將箭鏃從她的傷口中取出來。如果能採取直線路徑當然最好，但這裡的茂密森林使她的這個心願完全不可能實現。就算是一頭完全健康的龍也很難降落在這種樹木密集之處，只要一次拍動翅膀發生錯誤，她就很可能會摔進樹冠中。所以她首先沿海岸前進，然後再沿雨野原河上溯。這裡的沼澤和泥土堤岸，讓她能更容易獵捕到樹根中棲息的河邊動物和在河邊飲水的森林生物。如果她的運氣像昨晚那樣好，她就能飽飽地吃上一頓，隨後休息在沼澤之上的高地。

就算是運氣不好，她也能夠落在河邊淺灘上，趴在隨便什麼樣的河岸邊。她有些擔心今天晚上就只能這樣了。她絲毫不懷疑自己能夠在這片讓她感到厭惡的冰冷溼地上活下去，但她不願想像要從這種地方飛起來的樣子，就像她現在不得不做的事情。

抬著半張開的翅膀，她走到水邊去河水。苦澀的河水讓她不由得皺了皺鼻子。緩解了乾渴之後，她完全伸展翅膀，向天空中躍去。

用力搧動了一下雙翼，婷黛莉雅又摔回到地面上，幸好她掉落的位置還不算很高，但這完全出乎預料的一跌，疼痛如同碎裂的刀片一樣嵌入了她全身的每一處角落。她肺裡的空氣被猛然擠壓出去，在她的喉嚨裡變成了一陣沙啞的尖聲慘叫。她這一下摔得非常狠，翅膀還半張著，柔軟的肋側直接撞到了地面。她在震驚中保持著倒臥的姿勢，等待疼痛過去。疼痛最終沒有消失，只是漸漸減緩到一個可以承受的水準。

婷黛莉雅將頭低垂到胸前，把雙腿收到身子下面，慢慢攏住翅膀。她非常想要休息，但如果現在睡著，她醒來的時候會變得更加饑餓和僵硬，而且太陽也會消失。不。她必須現在就飛起來。等待的時間越久，她的身體就會愈加衰弱。在還能夠飛的時候，她需要飛起來。

婷黛莉雅強行壓抑下強烈的痛楚，不允許自己的身體為此而懈怠。她只需要忍住痛，像往常一樣飛行。她將這個想法狠狠烙印在自己的腦海中，隨即立刻張開翅膀，伏低身子，猛地向上竄起。

她的每一次振翅都像是被一支燃燒的長矛穿透身體。她在天空中翱翔，對自己的傷痛發出憤怒的吼叫，但絕對不改變翅膀拍擊的節律。緩緩升入天空，飛過河邊淺灘，終於越過了將陰影投灑在河面上的樹冠。黯淡的陽光照射在她的身體上，高空更加猛烈的風向她迎面襲來。絲絲縷縷冷雨隨風而至，讓冷風變得更加沉重。好吧，就讓它來吧。婷黛莉雅正飛回自己的家。

魚月第十五日
商人聯盟獨立第七年
來自雷亞奧，繽城代行信鴿管理人
致艾瑞克．頓瓦羅

信管封錮標準信件。

親愛的姑父：

我沒有立刻回應您的提議，是因為我對於這份提議感到非常驚訝。我一遍又一遍地閱讀它，不知道自己是否已經為此做好了準備。更重要的是，我是否值得您的推薦？您的擔保不僅會讓我成為公會的一名信鴿管理人，更是選擇我來照看您個人的信鴿和鴿舍……對於這樣的榮譽，我還能說什麼？我知道這些信鴿對於您意味著什麼。我已經認真地研讀了您的飼養日誌，也閱讀了您關於改善信鴿飛行速度和活力的專書。對於您的智慧，我只能深感敬仰，而現在您卻提議要將您的鴿子和您精心設計的培育計畫都交在我的手裡？

一想到您可能會看錯我，我就不由得心懷忐忑。我必須認真地問您：您確定想要這樣做嗎？

如果，在經過認真考量之後，您仍然願意讓我得到這個非同尋常的機會，那麼好的，我將接受它，並用我的一生時間來證明我配得上這份榮譽！但也請一定相信，如果您經過考慮之後收回成命，我們之間也不會因此產生任何隔閡。如果您認為我值得這樣的榮譽，我將背負起這份責任，絕不辜負您的信任，全力以赴成為您所期待的信鴿管理人。但無論您做出怎樣的決定，我都將欣然接受。

向您致以謙恭的感謝。

您的侄子，雷亞奧

注：請代我向我的姑姑黛托茨致以問候，讓她知道，我為她有幸能夠嫁給您而感到非常高興！

1 結束一段人生

她睜開眼睛，迎來了一個她並不喜歡的早晨。她非常不情願地抬起頭，將這個小房間掃視了一圈。這個房間現在很冷，爐火在幾個小時以前就熄滅了。現在應該已經是春季了，但遲滯不去的寒冷和潮溼仍然無情地滲透進她的每一個毛孔。她坐在床上，用破舊的毯子裹緊身體，彷彿等待著這樣的生活能夠馬上結束。她沒能如願。這樣的一天顯然不會馬上結束，生活再一次裹挾著寒冷和潮溼並抓住了她。在失望與孤獨中，她將薄毯子蓋在胸前，目光落在那一疊擺放整齊的紙張和文件，那是她上個星期的工作成果。只有這些，愛麗絲·芬波克的生命結晶就是那一疊紙。古早文件的翻譯，她自己的思考，對於古代典籍的仔細謄寫，其中用黑色墨水寫下確實存留的文字，用紅色墨水寫下她猜測的已經失落的文字。她自己的人生並沒有什麼明確的目標，所以才會退縮到那些古早的歲月中，並為她關於那個時代的學術智慧而感到驕傲。她知道古靈曾經怎樣生活並且與龍互動，她知道許多舊日古靈和龍的名字，她知道他們的生活習慣，她知道那麼多和現在根本沒有關係的、早已過去的事。

古靈和龍回到了這個世界。她見證了那一樁樁奇蹟。他們將重新占據古早的克爾辛拉城，在那裡生活。她曾經竭盡全力想要解開的那些關於古早卷軸和腐朽織錦的祕密，此時都變得沒有意義了。一旦新一代的古靈回到他們的城市，他們只需要碰觸那裡的記憶石，就能發現他們的全部歷史。她曾夢寐以求想要破解的那些奧祕和謎團，即將就此終結。獲取所有這些答案的並不是她，她與此毫不相干。

她一下子將毯子甩到一旁，站了起來。這個動作倒是讓她自己吃了一驚。寒冷立刻將她緊緊包裹。她來到自己的衣箱前。在她離開繽城的時候，曾經是那樣充滿希望地裝滿這只大旅行箱。在這趟旅程開始時，這只箱子格外沉重，塞滿了女士外出時的合體衣裝：厚實的棉布襯衫上點綴著些許蕾絲、遠足裙褲、可以遮擋飛蟲和太陽的紗巾帽子、牢固的皮靴……現在這只箱子裡已經沒什麼東西了，剩下的只有她對那些衣服的回憶。這場艱難的旅行把所有衣服都磨蝕得又軟又薄，她的靴子也受到了嚴重磨損，早就開始滲水了。鞋帶一再斷掉，被打了好幾個結。她只能在酸性河水中洗衣服，衣服的縫線會逐漸斷開，包邊則早就都被磨毛了。她穿上了一套這樣的破舊衣服，不知道自己看上去是什麼樣子。不過現在沒有人會在意她的樣子了。她已經永遠不必再擔心自己是否著裝得體，還有人們會怎樣看待她。

萊福特林送給她的那件古靈長袍掛在一只衣鉤上。在她擁有的所有衣服中，只有這一件還保持著它鮮麗的色彩和柔韌綿軟的手感。她很想要用這件衣服來保持身體的溫暖，卻無法讓自己穿上它。拉普斯卡早就清楚地說過，她不是古靈。她沒有權利使用克爾辛拉城，也沒有權利占有任何屬於古靈的物品。

苦澀、傷心和無奈——拉普斯卡所言的事實，在她的喉嚨裡形成了一個堅硬又緊密的結。她盯著那件古靈長袍，直到長袍上亮麗的色彩在她的淚水中閃閃發光。想到那個將這件長袍送給她的人，她的哀傷只是變得更加深沉。她的活船船長，萊福特林。儘管他們身分有別，但他們仍然在這次艱苦卓絕的遠征中彼此相愛。在她的一生中，第一次有一個男人懂得欣賞她的思想、尊重她的工作並渴望她的身體。萊福特林在她的體內點燃了同樣的激情，喚醒了一個男人和一個女人之間能夠產生的一切。是他，讓她有了自己以前從不曾知道過的欲望。

然後，他離開了她，將她丟在這裡。孤身一人生活在這個簡陋的小屋中……

停下，不要哭泣。她盯著那件古靈長袍，強迫自己回憶萊福特林將它送給她時的那種美好心情。

這是一件無價的珍品，一件家傳寶物。萊福特林讓她穿起這件長袍，沒有絲毫猶疑，而她也曾經用這件長袍來抵禦寒冷、風雨，甚至是孤獨，就彷彿它是她的鎧甲。她曾經隨心所欲地穿著它，完全不去想這件長袍有著怎樣的歷史意義。她怎麼能責備那些想要一些保暖衣物的守護者們，同時卻又肆無忌憚地享受這件「無價的珍品」？那麼萊福特林呢？難道她要把自己的孤獨都怪罪到他的頭上？虛偽！她責備自己。

萊福特林別無選擇。他必須返回卡薩里克，因為必須取得給養。萊福特林沒有拋棄她，是她自己選擇要留下來。面對這座還沒有遭受破壞的古靈城市，她認為現在自己最重要的任務是記錄一切，而不是陪伴在萊福特林身邊。這是她做的選擇。萊福特林尊重了她的選擇。而現在，她卻要為此而怪罪那位船長？萊福特林愛她。這不就足夠了嗎？

思考片刻之後，她努力接受了這一切。擁有一個愛她的男人，一個女人還要向生命索求什麼？她咬緊牙關，彷彿是要從一個還沒有完全癒合的傷口上撕下繃帶。

不，這不夠。對於她來說，還不夠。

現在該是拋掉這一切虛假藉口的時候了。她要結束這樣的生活，不能再告訴自己：只要萊福特林回來，對她說愛她，一切就都會好起來。她有什麼能夠為萊福特林所愛？當一切虛偽都被剝除，她的身上又有什麼是真實的並且值得他的愛情？什麼樣的人才會希望另外一個人會回來，並給予她生命的意義？將這個希望當作救命稻草一樣緊緊攀附在上面？需要別人來證實她的存在，難道不是只有孱弱的寄生蟲才會如此？

卷軸和草圖、紙張和牛皮紙，全都整齊地疊好在她安放它們之處。她的全部研究和著述都在壁爐前等待她，將它們付之一炬的衝動已經消失了——她在昨晚陷入了絕望的深淵中，那無盡的黑暗感覺讓她甚至沒有力量將這些紙投進火裡。

寒冷的陽光照亮了她的眼睛，讓她看到了自己愚蠢的虛榮，她就像負氣的孩子，大聲叫喊著：

「看看你們讓我做了什麼！」拉普斯卡和那些守護者到底對她做了什麼？除了讓她看到自己生命的現實，他們什麼都沒有做。將自己的作品付之一炬並不能證明什麼，只不過是因為她想要讓他們難受。她的嘴唇顫抖了片刻，然後顯露出一個非常奇怪的微笑。啊，那種破壞欲的誘惑，仍然滯留在她的心中，讓他們全都因為她做的事情而傷心！但他們不會的，他們不會明白她到底毀滅了什麼。而且，這不值得她去敲守護者的門，也不值得從他們那裡借來木炭。不，不要去毀掉這些紙張，就讓他們找到這些代表著她的人生的紀念品吧。一個用紙張、墨水和偽裝做成的女人。

她裹緊自己的舊衣服，打開屋門，走進潮溼寒冷的室外。風吹在她的臉上。她對自己過去一切的厭惡和憎恨，如同潮水般在她的心中升起。茵茵綠草在她面前一直延伸到河邊。冰冷、灰色、流動不息的河水。她曾經落入那條河中，差一點被淹死。她讓那段回憶停留在腦海中。這一切會很快。儘管會很冷，讓人很不舒服，但會很快。她高聲說出了整晚在她的夢境中喋喋不休的那句話：「該是結束這一生的時候了。」然後她抬起臉，風正在將沉重的雲團推向遠方的藍天。

妳要殺死自己？跳到那裡面去？只因為拉普斯卡把妳早就知道的事情對妳重複了一遍？辛泰拉傳入她腦海中的意念顯示出冷冷的趣味，她感覺這頭龍的思緒有點遙遠，卻又不帶任何偏見。我記得我的祖先見到過人們這樣做，有意結束自己已經短得可憐、缺乏意義的生命，就像是小飛蟲撞進火焰裡。他們跳進河水裡，或者從橋上把自己掛下去。所以，妳選擇河水？這就是妳打算做的？

辛泰拉已經有幾個星期不曾用意念碰觸過愛麗絲了。現在她卻向愛麗絲顯露出這樣冷酷的好奇，這激起了愛麗絲的怒火。愛麗絲抬頭搜索天空。就在那裡，遠方的雲層中閃過一點藍寶石的光芒。

愛麗絲提高聲音，盡情發洩出自己的憤怒。只是心跳一下的時間裡，絕望就被挑戰的意志所取代。「我說的是結束**這一生**。不是結束**我的**生命。」她看到那頭龍收起翅膀，落下天空，向丘陵撲去。改變的心意在她的體內紮下根，並開始生長。「殺死我自己？在我因絕望而浪費了這麼多天之後？在我欺騙自己這麼久之後？這除了證明我到最後仍然無法逃出我自己的愚蠢，還能有什麼結果？

不，我不會結束自己的生命，龍，我會奪取它，我要讓它真正屬於我。」

很長一段時間，她沒有從辛泰拉那裡得到任何回應。也許那頭龍發現了獵物，對這個生命如同小飛蟲，甚至連一隻兔子都殺不死的女人，已失去了興趣。但就在這時，那頭龍的意念毫無警告地再一次迴盪在愛麗絲的腦海中。

妳思維的形態發生了變化，我認為妳終於成為妳自己了。

愛麗絲稍微愣住了，而那頭龍已經將雙翼收緊在體側，向獵物發動了衝擊。巨龍的意念一下子從愛麗絲的腦海中撤走，就像一陣強風撞擊她的耳膜。愛麗絲一個人被丟下，只感覺頭暈目眩。

成為了她自己？她思維的形態變化了？愛麗絲突然決定，她應該將辛泰拉的這番話看作是試圖擺布她的伎倆，就像那頭藍龍以前對她說的那些意義含混的謎語。是的，這是另一件她絕不會再容忍的事情！她絕不要再讓自己沉陷到巨龍的魅力裡。該是結束這種事的時候了，該是結束這一切的時候了。愛麗絲轉過身，回到自己的小屋裡，現在她首先要結束的就是自己這種孩子氣的情緒發洩。她的體內爆發出一種明確而又堅定的強悍氣勢——她本以為自己的這種力量已經隨著她的青春一同逝去了。轉眼之間，她已經收拾好了自己的一切紙張，將它們放進大旅行箱，毫不遲疑地關緊了箱蓋。就是這樣。她環顧整個房間，搖了搖頭。她已經蜷縮在這個狹小的地方這麼久，卻沒有能讓這裡變得更適合居住一些，她還真是可悲啊。難道她非要等到萊福特林回來，將船艙裡的一切運到這個小屋裡，為她布置一個舒適的家？太可悲了。她絕不會繼續蜷縮在這裡，就算只有一個小時，也不會再這樣了。

她用自己剩下的全部舊衣服將身體一層層裹緊，又走出屋門，抬眼向村子後面的森林山丘望去。這是她現在居住的世界，也許還將是她一直居住的地方。她應該成為這裡的主人。她毫不在意淅淅瀝瀝的小雨，徑直向山丘上走去。沿著守護者們踩出來的一條小路，繞過另外幾幢被修復的小屋，她來到森林的邊緣。一步步走出他們的聚落，她的決心變得越來越堅定。她能夠改變。她不會被鎖鏈束縛在過去。她能夠成為一個獨立的人，而不僅僅是其他人塑造的布娃娃。現在還不算太晚。

小路消失之後，愛麗絲選擇朝自己的右上方前進，這樣她在返回的時候向左下方走，就一定能回家。她沒有理會自己小腿、臀部和脊背上痠痛的肌肉——這是她幾個星期無所事事所遭受的懲罰。行走讓她感到了溫暖。她漸漸鬆開了斗篷和圍巾。她仔細觀察這片森林，就如同以前觀察克爾辛拉。這個地方所有她認識和不認識的植物，都被她記在心裡。一片裸露的枝條上布滿尖刺的荊棘叢，也許會結出小漿果——這是一件值得記住的好事。等到夏天，她就可以返回這裡採收果實了。

她來到一條小溪前，跪下去，捧起溪水喝了幾口，然後跨過小溪繼續前進。在一個被陰影遮住的小山谷中，她發現了一小片冬青灌木，上面掛著紅色的漿果。她覺得自己就像是發現了一堆寶石。她用圍巾做成一只口袋，收集了盡可能多的漿果。這種味道強烈的漿果能夠成為她的菜單上不錯的調料，它們對喉嚨痛和咳嗽也有治療效果。她還摘了一些綠色的葉片，這些樹葉散發出清香的氣味。她已經能想像用它們烹煮出的熱茶是什麼滋味了。她很驚訝，竟然沒有守護者找到這裡，更別提將這些食材帶回去了。不過她很快就明白了，對於那些生活在樹冠上的獵人們，肯定對這樣的灌木是完全陌生的。

她將圍巾繫緊，掛在腰帶上，然後繼續前進，離開落葉林，進入常綠樹林。這裡的松針不斷輕觸她的頭頂。陽光被樹冠遮蔽，不過冷風也被擋在了林子外面。她的腳下是散發出香氣的厚厚的松針墊，剛才持續不斷的風聲無法進入這片安靜的森林。她覺得自己彷彿用雙手捂住了耳朵，並因此感到了一些安慰。

她繼續走過這片森林。饑餓向她襲來。她將幾粒冬青漿果放進口中，用牙齒咀嚼它們，強烈的味道和氣息立刻淹沒了她的感官。饑餓感也隨之消失了。

愛麗絲來到一小片空地中。這裡有一株巨樹被狂風吹倒，連帶壓倒了旁邊幾棵小樹。一根類似於常春藤的藤蔓，完全覆蓋了倒下的巨樹，愛麗絲注視這根藤蔓良久，然後拽住它，要將它從樹幹上扯下來，但它沒有服從愛麗絲的意志。愛麗絲將藤蔓上的葉片剝除，又用盡全力試了一次。她沒辦法空手把這根藤蔓取下來。她自顧自地點點頭。她可以帶一把小刀回來，割下一段藤蔓，把它帶回到自己的小屋裡，用它進行編織。編成籃子，還是漁網？也許吧。她又仔細對這根藤蔓進行了一番觀察，細小的葉片正從那上面萌發出來，也許冬季終於開始鬆開緊緊攥住這片土地的爪子了。在頭頂上方的高空中，一隻鷹發出悠遠的叫聲。愛麗絲透過樹冠之間的縫隙望出去。只要瞥上一眼，她就知道白天的光陰已經過去了多少。該是回去的時候了。她本來是打算收集綠色的榿樹枝用來燻魚。這件事沒能做到，不過她也不是空手而歸。冬青樹莓會得到所有人的歡迎。

下山的旅程很快就喚醒了她腿上另一些肌肉的痛楚。她咬緊牙關對抗著這些不適，繼續前行。*那麼長時間，我只是坐在屋子裡，這是我應得的*，她嚴厲地對自己說。

就在常綠樹林和落葉樹林交界的地方，她嗅到了一種奇怪的氣味。風勢在這裡明顯增強了。她停下腳步，想要辨識出那是什麼味道。它聞起來有些腥臭，卻又有一種怪異的熟悉感。直到散發這股氣味的生物來到她面前的小路上，愛麗絲才搞明白。*貓的氣味*，她心中想道。

這隻生物並沒有立刻察覺到愛麗絲。牠低垂下頭，嗅了嗅地面，張開嘴。黃色的長牙立在牠的下頜上，牠的毛皮呈現出一種不均勻的黑色，更加深黑的斑點分布在黑毛之中。牠的耳朵上各生著一簇長毛。在牠光滑的皮毛下面，高高隆起了一條條肌肉。隨著牠移動腳步，這些流線型的肌肉也在牠的全身遊走。

愛麗絲難以置信地看著這一幕。她發現的是已經有許多個世代不曾被人見到的一種動物。這讓她的心中不由得充滿了驚奇。就在這時，一個由她翻譯的古靈詞彙突然躍入她的腦海。「豹，」她喘息著說道，「黑豹。」

隨著愛麗絲的悄聲低語。黑豹抬起頭，用一雙黃色的眼睛盯住愛麗絲。恐懼湧過愛麗絲的內心。她的氣味留在了小路上。這頭豹子剛才嗅的正是這股氣味。

愛麗絲的心開始狂跳。黑色的野獸盯著她，也許就像她一樣吃驚。人類和黑豹肯定在極為漫長的時間裡都不曾相遇過。黑豹張開大口，嗅著愛麗絲的氣息。

愛麗絲想要尖叫，卻發不出聲音。她將自己惶恐的心情遠遠傳播出去。**辛泰拉！辛泰拉，一隻大貓盯上了我，是一頭豹子！救救我！**

我救不了妳，妳自己解決吧。

辛泰拉的意念並不冷漠，只不過她說的也是事實。愛麗絲能夠感覺到，此刻那頭藍龍剛剛吃飽了肚子，正沉浸在恍惚困頓的狀態中。即使她想要有所行動，等到她飛起來，過了河，再找到愛麗絲的時候……

沒用的想法，把精神集中在眼前。

那隻大貓正在盯著愛麗絲。牠警惕的表情已經漸漸被感興趣的神態所取代。愛麗絲站在原地，就像是一隻被嚇懵了的兔子。這樣的狀態持續越久，豹子肯定就會越膽大——必須做些什麼。

「不是獵物！」愛麗絲向那頭猛獸喊道。她抓住自己斗篷的翻領，將它敞開，讓自己看上去有真實身材的兩倍大，「不是獵物！」她又喊了一聲，同時讓自己的嗓音變得深沉渾厚。她在豹子面前抖動斗篷下襬，又強迫自己向豹子跳過去一步。如果她轉身逃走，豹子一定會撲倒她；如果她站在原地不動，豹子也會撲倒她。這樣的想法激發了她的勇氣。她不再說話，只是發出激動和憤怒的咆哮，索性向豹子衝了過去，同時還不斷抖動自己的斗篷。

豹子低伏下身體。愛麗絲知道牠要撲殺自己了。她的粗聲吼叫變成了瘋狂的尖叫，大貓突然也叫了兩聲，而愛麗絲已經沒有氣息再叫下去了。片刻間，寂靜充斥在蜷伏的黑豹和狂亂的女人之間，然後大貓忽然一轉頭，跑進了森林。小路變得空空蕩蕩，愛麗絲沒有停下腳步，而是在恐懼中繼續向前猛衝。她連蹦帶躥，她還不知道人類竟然能跑得這麼快。森林在她兩側變得一片模糊，低矮的樹枝撕扯著她的頭髮和衣服，但她還是絲毫沒有放慢速度。她大口吸進冰冷的空氣，她的喉嚨感到火燒的疼痛，她的嘴巴像沙子一樣乾燥，但她還是沒命地向前狂奔。她一直跑到視野的邊緣變成黑色，腳步才開始踉蹌，但她繼續扶著身旁的樹幹，努力撐起身體繼續向前跑。當恐懼終於無法支撐她的時候，她跌倒下去，背靠著一棵樹，回頭望向自己逃過來的小路。

森林中沒有任何動靜。她強迫自己閉緊嘴巴，試圖平復顫抖的氣息。除了砰砰的心跳聲，她什麼都聽不見。她張著乾燥的嘴巴，感覺彷彿過去了好幾個小時，她的呼吸才輕鬆了一點，心跳才漸漸減慢下來，讓她能夠聽見森林中正常的聲響。她豎起耳朵仔細傾聽，卻只能聽到風吹過光禿禿的樹枝的聲音。終於，她抓緊樹幹，將自己拽起來，卻不知道自己顫抖的雙腿是否還能支撐住身子。

但是當她望向回家的小路，一抹荒謬的微笑卻綻放在她的臉上。她做到了。她和一頭豹子對峙，拯救了自己，勝利地返回家中，而且還獲得可以煮茶的冬青葉和漿果。「不是獵物。」她沙啞地悄聲對自己說道，臉上的笑容變得更加燦爛。

她整理了一下衣服，大步向前走去，一邊將散亂的頭髮從臉頰上撥開。雨水又落在她的身上。最好在全身溼透之前趕回家。她今晚還有事要做。要收集木柴和引火用的細柴，要借木炭來重新把爐火點燃，還要汲水準備做飯。她應該告訴卡森附近有豹子出沒，讓他警告其他人。然後她還能為自己煮一壺茶。

一杯她用辛苦換來的冬青茶。這是她贏得的自己的生活的一部分。

魚月第二十日
商人聯盟獨立第七年
來自繽城信鴿管理人公會
致所有公會成員
顯著張貼於各處商人大堂

我們要向所有公會成員強調：我們的職業要求我們珍惜時間、嚴守規則和職業標準、嚴格保密信鴿傳送內容，以及精心訓練和養育信鴿。公會信鴿是公會的財產，所有這些信鴿的後代也依然是公會的財產。我們的名譽和傳統的建立基礎，是我們速度最快、訓練最精良、健康狀況最好的信鴿。我們的客戶會使用公會信鴿和信鴿管理人，是因為他們知道能夠放心地將信件交托給我們，而我們的信鴿將會以最快和最安全的方式傳遞他們的信件。

但最近，我們聽到了大量抱怨和質疑。人們認為我們傳遞的信件有可能遭到不正當的處置。與此同時，我們已經注意到越來越多的市民轉而雇傭私人信鴿傳遞信件。最近爆發的紅蝨子，更是讓我們的許多客戶因為公會缺乏可用的信鴿，而對我們有了很大意見，這讓我們現在的境況更加惡化了。

我們所有成員都必須牢記，現在受到威脅的不僅是我們的名譽，還有我們的生計。我們全體有榮譽感的成員都應該及時報告一切關於信件遭到不當處置的可能跡象。

同樣，任何成員偷竊鴿蛋或鴿雛用於私人目的或牟取利益的行為，一旦發現，也應該立即予以報告。

我們所有成員都必須謹守我們的公會規則，才能保持我們客戶所期待的服務品質。唯有維護我們的標準，才能確保我們一同擁有富足生活。

2 飛行

幾頭龍像燕子一樣在河面上轉著大圈，她們的飛行看上去毫不費力。朱紅色的是荷比。高高地飛在她上方、盤旋半徑越來越大的是辛泰拉，她就像是鑲嵌在藍天上的一粒藍寶石。當他終於看到那一雙翡翠色的翅膀時，他的心才飛揚起來。芬提，屬於他的芬提。現在芬提飛上天空已經有三天時間了。每一次刺青看到她在空中翱翔的時候，心中都會充滿喜愛和自豪。當然，他也難免會因為芬提遲遲不肯著陸而感到憂慮。

愚蠢，我是龍。天空才是屬於我的地方。我知道，被大地束縛住的生物很難明白這一點，但我一直都是屬於這裡的。

對於芬提的高傲話語，刺青只能報以微笑。*妳飛翔的樣子就像輕盈的薊花，而且你還有一對美麗的翅膀。*

是有利爪的薊花！我要去狩獵！

願妳找到紅色的鮮肉！

看著芬提搧動翅膀，和其他龍分開，向大河另一邊的丘陵飛去，刺青感到一陣痛苦的失落。今天他也許都不會再見到他的龍了。芬提會去獵殺野獸，大吃一頓，好好睡一覺。到了晚上，她不會回到河這一邊來找他，而是會去克爾辛拉，讓全身浸泡在熱水裡，或者睡在那座城市被喚醒的巨龍寓所中。他知道那樣對芬提才是最好的。如果芬提要繼續長大，強化自己的飛行能力，就必須得這樣做。刺青非常高興自己的龍是第一批獲得飛行能力的巨龍之一。但……但他很想念她，芬提的成功讓他比以往任何時候都更加感到孤單。

他面前的河岸邊，還有另外幾頭龍正在嘗試飛行。卡森站在銀色的噴毒旁邊，拉開那頭龍的翅膀尖，檢查翅膀上是否有寄生蟲。現在噴毒就像是一把閃閃發光的寶劍。刺青能看出來，卡森只是假裝在為噴毒清潔身體，其實他是要強迫銀龍伸展雙翼。噴毒不停地嘟囔著，顯得又凶蠻又不高興，卡森沒有理睬他。並非所有龍都在熱切地練習飛行，噴毒就是最沒有熱情的龍之一。蘭克洛斯有時會不顧一切地想要飛過河去，但往往又會在第二天變得悶悶不樂且裹足不前。鱗甲如同午夜中深藍天空的卡羅，心中總是帶著一股怒火，他很不喜歡區區人類竟敢督促他練習飛行。巴力佩爾則毫不掩飾自己對於那條河流的恐懼，從不敢在靠近河邊的地方嘗試飛行。而其他大多數龍，刺青暗自認為他們只是懶惰。練習飛行實在是一件非常辛苦又耗時的工作。

不過還是有一些龍正在不計代價地想要飛起來。多提恩因為撞上了樹而摔在地上，現在還沒有完全復原。賽斯梯坎的翅膀上撕裂了一道口子。他的守護者萊克特一邊哭著一邊舉起他受傷的翅膀，讓卡森將那道傷口縫合起來。

默爾柯立起身子，金色的翅膀在稀微的陽光中完全張開。哈裡金和希爾薇都在看著他。希爾薇的臉上滿是焦慮。哈裡金的龍蘭克洛斯也站在一旁，嫉妒地看著這一幕。金色公龍高揚起翅膀，又短促地用力振動一下雙翅，彷彿是要確認一切正常，然後他繃緊渾身的肌肉，將體重放到後腿上。就在刺青的注視中，他一躍而起，翅膀用力拍打。但他沒辦法上升到足夠的高度，讓自己的翅膀能夠完全搧動起來。他最多也只能做到沿著平行於河道的方向滑翔一長段距離，然後就會笨重地落在沙灘上。刺青失望地長歎一聲，同時看到希爾薇在片刻間用雙手捂住了自己的臉。現在這頭金龍在體型變大的同時，也變得越來越瘦，身上的光澤更是不比往日。對於現在的默爾柯和其他那些龍而言，學會飛行、並能夠為自己狩獵，都成為了迫切的生存問題。而那些龍總是會追隨在默爾柯身後。

默爾柯對於龍群有一種奇怪的影響力，刺青對此還不是完全理解。當這些龍還是長蛇的時候，就是默爾柯率領他們到達了雨野原的孵化場。讓刺青驚訝的是，這些龍前世的忠誠一直延續到了現在。默爾柯宣布能夠飛行的龍只能去河對岸狩獵，要將村子周圍的獵物留給守護者們，好讓他們為無法飛行的龍提供食物。無論是巨龍還是守護者，都沒有反對他的意見。現在其他龍都在看著他鼓動雙翼。刺青希望，如果默爾柯能夠成功飛起來，他們也都會更願意進行練習。

只要這些龍能夠飛行和狩獵，他們和守護者們的生活都會變得輕鬆許多。到那時，守護者們就能搬遷到克爾辛拉。刺青想到那裡溫暖的臥床和熱水，不由得又歎了口氣，並再次抬起眼睛，去看飛行中的芬提。

「和她分別是一件艱難的事，對不對？」

聽到愛麗絲的問話，刺青不情願地轉過頭。實際上，這句話讓他心頭一震。他以為這位女士一眼就看穿了他的內心，知道他在為了賽瑪拉而黯然傷神。隨後他才意識到，愛麗絲所指的是芬提，於是他努力向愛麗絲露出一個微笑。最近的一段時間，這位繽城女子一直都顯得安靜而肅穆，總是和其他人保持著距離，彷彿她又變成了他們之中的陌生人。當雨野原守護者們第一次得知這位來自於繽城的優雅女士也將隨同他們一同進行遠征的時候，全都大吃了一驚。一開始，她曾經和賽瑪拉競爭辛泰拉的青睞，但賽瑪拉作為獵手的能力很快就贏得了辛泰拉的肚子——儘管不是贏得她的心。不管怎樣，愛麗絲也在遠征隊中贏得了自己的位置。她不會狩獵，但她會竭盡全力幫助大家清潔龍的身體，也會協助治療受傷的龍，而且她知道很多事情。在這一路上，她關於巨龍和古靈的智慧，給了守護著們很大的幫助。很快地，他們就都將她看作是他們之中的一員。

但愛麗絲沒有被任何巨龍選作為守護者。當拉普斯卡宣布那座城市屬於守護者的時候，她實際上就被拋到了一旁。刺青一想到那次毫不留情的對峙，就不由得心生寒意。他們剛剛到達克爾辛拉的時候，愛麗絲曾經宣示她的權威，宣布說那座死亡城市中的任何東西都不能被碰觸和改動，直到她對那裡進行精確的記錄。刺青接受了她的規定。其他守護者也都像他一樣。現在刺青都不由得會感到驚訝，自己那時竟然那麼聽愛麗絲的話，只因為她是成年人和學者。

但這終於導致了愛麗絲和拉普斯卡發生對峙。拉普斯卡是唯一能夠隨意進出那座城市的守護者，他的龍荷比是群龍中第一個飛起來的。而且和其他龍不同，荷比從不介意將人類背負在肩頭。她曾經許多次背著愛麗絲前往克爾辛拉，但是當拉普斯卡和賽瑪拉在那座城市中進行了一番探索，第二天帶著許多暖和的古靈衣物從城中返回，並把這些衣服分給衣衫破爛的守護者們的時候，愛麗絲發火了。刺青從沒有見到這位溫婉有禮的繽城女士如此憤怒。愛麗絲大聲呵斥他們，要求他們必須立刻放下這些衣服，不許再糟蹋它們。

就在這時，拉普斯卡挑戰了愛麗絲的權威，以他慣有的那種直白風格告訴愛麗絲，那座城市是活的，屬於古靈，而不屬於她。拉普斯卡還指出，他和他的守護者同伴們才是古靈，而愛麗絲只是一名普通的人類。儘管刺青的心在那一天徹底碎裂了，儘管他看到了賽瑪拉陪伴在拉普斯卡身邊，但刺青還是不由得對愛麗絲感到一種深深的憐憫。看到愛麗絲那麼快地從人群中退走，遠離了他們，刺青的心中不由自主生出了慚愧和懊悔之情。現在想到那一日的情景，刺青仍然很後悔自己沒有去敲一敲愛麗絲的屋門，也沒有問問她是否安好。那時刺青只是沉浸在自己心碎的感覺中，他至少應該去看望一下愛麗絲。而現在的事實是，在這一段時間裡，他甚至沒有注意到愛麗絲一直都沒有出現。

這位女士願意和他交談，是否意味著她已經從拉普斯卡的斥責中恢復了過來？刺青希望如此。

他面帶微笑地向愛麗絲回答道：「芬提已經改變了。她不再像過去那樣需要我了。」

「不久之前，他們還都無法飛起來。」愛麗絲沒有看刺青，她的目光一直在追隨飛越天際的龍，「你們很快就全都要以不同的方式看待自己了，你們自己的人生將對你們變得更加重要。龍將會掌控自己的命運，也許我們也需要如此。」

「妳是什麼意思？」

愛麗絲向刺青轉回頭，揚了揚眉毛，彷彿是有些驚訝刺青竟然沒有立刻明白她這番話的含義。

「我的意思是，巨龍會再一次統治這個世界，就像他們過去那樣。」

「他們過去那樣？」刺青一邊重複愛麗絲的話，一邊跟隨這位女士向河岸走去。現在這已經成為了他們的一個新習慣——守護者們和不能飛的龍會在每天早晨聚集到河邊，討論他們當天的任務。刺青向周圍望了一眼，片刻間完全被身邊的美景吸引住了。在稀薄的晨霧中，守護者們全身都閃爍著光澤，古靈衣服已經成為了他們的日常穿著。他們的龍分散在河岸邊的山坡上，有的活動著翅膀，用力在草地上拍打雙翼，或者伸展脖頸和四肢。在覆滿露珠的潮溼草地上，那些龍也都閃爍著寶石一樣的光澤。在山腳下，卡森放棄了對噴毒的努力，開始等待眾人聚集。塞德里克陪在卡森的身邊。

刺青意識到，現在這支團隊的領導權已經發生了變化。儘管拉普斯卡在從克爾辛拉返回之後，進行了那場富有魅力的演講，但出乎刺青的預料，拉普斯卡從不曾將自己看作是他們的領袖。也許這個男孩根本就沒有成為領導者的興趣。他相貌英俊，性情快活，很受夥伴們的愛戴，但大家和他說話的時候臉上總是帶著親切的微笑，而不是發自內心的敬意。拉普斯卡也依然總是像原先那樣古怪，有時候冷靜理智，但下一刻又常常變得嘻皮笑臉，而且他似乎很喜歡自己現在的樣子。那種在刺青胸中燃燒的雄心，在拉普斯卡身上連一點火星都看不見。

卡森要比其他被巨龍選中的人年長不少，於是他自然而然地獲得了對於這些年輕人的權威，而且這位獵人也理所當然地接受了這份責任。現在基本上卡森會為守護者們安排好每一天的工作，有幾個人會負責為留在大河這一邊的龍進行清潔，照顧他們的各種需求，剩下的人去狩獵和捕魚。如果一名守護者提出異議，表示今天想做別的事情，卡森也會儘快將問題解決。他會認真考慮每一個人的要求和能力，不會將自己的權威強加給他們。所以，大家似乎也都接受他的指揮。

愛麗絲悄無聲息地接受了一些看似瑣碎粗笨、卻是每日生活所必需的工作。她負責照管加工魚類和獵物的燻肉架，收集可食用的野菜，幫助為龍進行清潔。希爾薇從來都不是一名成功的獵手，她將自己的經歷用在準備飯食上。根據卡森的建議，守護者們又開始在絕大多數時間裡共同用餐，恢復他們帶領龍群進行遠征時的傳統；一起用餐，分享食物，彼此交談。這顯得有些奇怪，感覺卻很好。

這也讓刺青不再感到那麼孤獨。

「他們以前曾經統治這個世界，現在也還會如此。」愛麗絲繼續說道。她向刺青瞥了一眼，「看到她們在飛翔，看到你們全都在改變……我在早期研究中的發現，如今已變得完全不一樣了。龍是古靈文明的核心，而當時的人類並不和他們居住在一起。就像我們在這裡看到的，人類都會居住在大河的另一邊。那些人類種植莊稼，飼養牲畜，以此來和古靈交換各種神奇寶物。看看河對岸的那座城市，刺青，問問你自己，他們是怎樣得到食物的？」

「嗯，那座城市的週邊會放養畜群。也許還會種植莊稼……」

「也許。但完成這些工作的都是人類。古靈的生活重心只有他們的魔法，還有照料巨龍。他們所做的一切，建起的一切樓宇，製造的一切物品，都不是為了他們自己，而是為了以燦爛光輝覆蓋他們的巨龍。」

「統治他們？那些龍在統治他們？」刺青不喜歡這樣的設想。

「『統治』不是一個準確的詞彙。芬提在統治你嗎？」

「當然沒有！」

「但你卻會用整日的時間為她狩獵，為她洗刷身體，照顧她的生活。」

「但這是我想做的事情。」

愛麗絲微微一笑。「所以說『統治』並不準確。魅惑？吸引？我不確定該如何表達這種關係，但你一定明白我的意思。如果這些龍繼續繁育，更多龍族出現在這個世界上，不可避免地，他們會讓這個世界為了他們的利益而運轉。」

「這聽起來太自私了！」

「是嗎？難道人類在一個又一個世代裡不正是這樣做的？我們占據土地，聲稱它們是我們的財產，用它們來實現我們的目的。我們改變河道和地貌，這樣我們就能夠行駛舟楫、種植莊稼和放牧牛羊。我們改造整個世界，讓萬物屈服於我們，為我們自己營建更舒適的生活。所有這一切，我們都認為是再正常不過的事情。為什麼龍要對這個世界有不同的看法？」

刺青沉默了一段時間。

「畢竟這也許不是一件壞事情，」愛麗絲又對沉默中的刺青說道，「也許和巨龍共生能夠讓人類摒除掉一些狹隘的思想。看！那是蘭克洛斯嗎？真沒想到，他竟然做到了！」

巨大的紅龍升上了天空。他的姿勢並不優美。他的尾巴還過於細瘦，臀部和他的身形相比顯得非常乾癟。刺青剛要說，蘭克洛斯只不過是從一個更高的地方跳上天空，向前滑行，但就在這時，那頭龍的翅膀開始沉重地搧動。滑行變成了吃力的飛翔。他的高度正在一點點地提升。

刺青開始感覺到了哈裡金。那名又瘦又高的守護者正從山坡上跑下來，幾乎就跟在他的紅龍的影子裡。隨著蘭克洛斯拍動翅膀，不斷上升，哈裡金喊道：「小心方向！轉向，扭動翅膀，向左轉向！不要到河面上去，蘭克洛斯！不要到河面上去！」

他的喊聲很微弱——現在他已經喘不上氣來了。刺青懷疑巨大的紅龍根本聽不見他的聲音。如果蘭克洛斯聽見了，也沒有任何反應。也許他太興奮了，或者也許他決定冒死一試。

紅龍笨重的身軀一點點升上天空。他的後腿耷拉在身子下面，不停地扭動著——他肯定是在竭力要將這兩條腿收起來，緊貼在身下。另外一些守護者也和哈裡金一起高喊起來：「太快了，蘭克洛斯，太快了！」

「回來！繞回來！」

紅龍完全沒有理會他們。他的翅膀吃力地搧動著，讓他離開河岸越來越遠。沒過多久，本來還在穩定振翅的紅龍忽然開始小幅度地亂晃翅膀。

「他在做什麼？他打算怎麼做？」

「安靜！」銅號一般的喝喊聲從默爾柯的喉嚨中發出，壓抑住所有的吵鬧，「看！」他向所有人類和龍發出命令。

蘭克洛斯懸浮在天空中，完全張開了雙翼。他明顯還很猶豫。他稍稍偏斜翅膀，繞過一個大圈，同時漸漸降低了高度。這時，他彷彿意識到自己距離克爾辛拉要比距離村子更近，便又恢復了原先的路線，但他已經很疲憊了，他的身體在雙翼之間垂掛下來。很明顯，這頭龍勢所難免將要掉進河中。

「不……」哈裡金低沉的喊聲中充滿了痛苦。他僵立在原地，雙手捂臉，眼睛盯著天空，指甲深深陷進臉頰裡。蘭克洛斯在滑行中距離村莊越來越遠。在他的身下，灰色的河流正在貪婪地奔湧不息。希爾薇小心地看了默爾柯一眼，然後跑到哈裡金身邊。萊克特邁著沉重的腳步走下山坡，向他的義兄走去，寬闊的肩膀低垂下來，彷彿他也感受到了哈裡金的絕望，更知道了那必然的後果。

蘭克洛斯又開始拍打翅膀，不是很穩定，而且顯得非常慌張。雜亂的頻率讓他的身體不住地起伏、傾斜。他就像是一隻初學飛行的雛鳥，太早從巢中跳了出來。他的目標是河對岸。儘管他在和空氣全力奮戰，但大家都知道，他無法達到那個目標。一次、兩次、三次，他的翅尖在水面上激起白色的浪花。然後他低垂的後腿落入了急流中。河水立刻將他從天空中拽下來，讓張大了翅膀的紅龍在灰色湍流中旋轉。他拍動翅膀和水流對抗，卻毫無效果。很快，他沉了下去。河水立刻撫平了他溺水時產生的凹陷，彷彿他從不曾存在過一樣。

「蘭克洛斯！蘭克洛斯！」哈裡金的聲音變得像小孩子一樣尖細。他緩慢地跪倒在地。所有人的眼睛都在盯著河面，希望發生不可能的奇蹟。但沒有任何東西衝出奔騰的河水。哈裡金努力向水中望去。他的雙手攥成拳頭，同時他開始高聲喊道：「游泳！踢水！和它戰鬥，蘭克洛斯！不要放棄！不要放棄！」

他突然跳起身，向大河跑出十幾步。希爾薇抓住他，卻被他拽得一同向前跑去。突然間，他停下腳步，目光向周圍來回亂掃。他的全身在劇烈地顫抖。他失聲喊道：「**求您！**求您，莎神，不要讓我的龍變得如此！不要讓我的龍變得如此！」強風帶走了他令人心碎的祈禱。他再一次跪倒下去。這一次他甚至低垂下了頭，並且久久沒有起身。

一陣可怕的寂靜瀰漫在河岸上。現在河岸邊的每一雙眼睛都在盯著空蕩蕩的河面。希爾薇回頭瞥了一眼其他守護者，臉上帶著無用的恐懼。萊克特向前走過去，將覆滿鱗片的手沉重地按在哈裡金消瘦的肩膀上，也低垂下頭，雙肩不住地抖動。

刺青無言地看著河面，感受著哈裡金的痛苦。然後，他帶著一絲愧疚偷偷向天空瞥了一眼。他用了一點時間才找到芬提——閃耀在遠方的一粒綠寶石。在他的眺望下，芬提正在向下俯衝，也許是要撲殺一頭鹿。*她是不知道還是不關心？*刺青想到。他又開始徒勞地尋找另外兩頭龍。如果她們已經知道蘭克洛斯溺水了，她們也顯然沒有任何反應，這是因為她們知道蘭克洛斯已經無法挽救了嗎？這些龍對彼此的這種看似冷酷的態度，刺青不明白到底是怎麼回事。

有時候，這些龍對他們的守護者也是如此——刺青正在這樣想著的時候，辛泰拉美麗的藍色身影突然劃過他的視野。辛泰拉也在狩獵，在河對面的遙遠山丘上滑翔，完全不在意在大河這一邊形單影隻的賽瑪拉，或者即將死在大河冰冷陷阱中的蘭克洛斯。

「蘭克洛斯！」賽斯梯坎突然高聲吼道。

刺青看到萊克特猛地抬起頭，轉過身，驚恐地看著他的藍龍開始笨拙地向山坡下跑去。賽斯梯坎一邊跑，一邊張開翅膀，露出他藍色翅膀上的亮橙色花紋。萊克特離開自己垮掉的兄長，向他的龍跑去，一邊高聲乞求著賽斯梯坎是否能停下。戴夫威追在萊克特身後。那頭藍色巨龍一直在孜孜不倦地練習飛行。儘管如此，當他突然躍起到半空中的時候，刺青還是吃了一驚。賽斯梯坎的身子繃得像箭一樣直。他每一次振動翅膀都會向上提升一截。他的身子已經超過了他的守護者的頭頂，但即便如此，當他飛到河面上的時候，肚皮和水面之間也勉強只有一隻翅膀的長度。萊克特依然在用沙啞的嗓子尖叫著：「不！不！你還沒有準備好！不要也掉下去！不！」

戴夫威停在萊克特身邊，畏懼地用雙手捂住嘴。

「讓他去吧。」默爾柯無力地說道。他說話的時候沒有用很大力量，但他的聲音依然傳入了每一個人的耳中，「遲早我們全都要冒一次他這樣的風險。留在這裡只是緩慢地死亡。也許快一點在冷水中淹死，才是一個更好的選擇。」金龍看著笨重飛行的賽斯梯坎，一雙黑眼睛不停地旋轉著。

風悄聲吹過草地，帶來了零星細雨。刺青瞇起眼睛，有些慶幸自己的臉頰被雨滴打溼。

「但也許沒那麼糟！」默爾柯突然用銅號般的聲音吼道。他用後腿撐起身子，將目光轉向下游遠處的對岸。另外幾頭龍也效仿了他的動作。哈裡金突然站起身。噴毒喊道：「他出來了！蘭克洛斯過河了！」

刺青努力瞪圓眼睛，卻還是什麼都看不見。雨水變成了灰色的薄霧。那些龍眺望的地方是一片倒塌在河水中的古靈建築。就在這時，哈裡金喊道：「是的！他從河裡出來了。雖然受了很多傷，但他還活著。蘭克洛斯活著抵達了克爾辛拉！」

這時哈裡金才突然注意到希爾薇。他一把將希爾薇抱進懷裡，和她一起旋轉著，哭著喊道：「他安全了！他安全了！他安全了！」他和希爾薇一同跑向了萊克特。

此時，萊克特的藍龍已經接近了河對岸。他弓起身體，低下頭，比較短的兩條前腿向下伸出去，和突然耷拉下來的後腿一同碰到了地面，同時仍然大張著翅膀，以優雅的身子成功落地，但這次成功只持續了短短一瞬。他沒有能控制好自己的速度，結果一頭向前栽倒，張著翅膀在地上翻了個筋斗。大河這一邊隨即響起一片歡呼聲、驚呼聲和開心的笑聲。萊克特在喜悅中狂野地呼喊著，一下子跳上了半空。然後他轉過身，帶著開心的笑容向那些笑話賽斯梯坎的人問道：「你們的龍能做得更好嗎？」這時他看見了戴夫威，便和他的愛人緊緊擁抱在一起。

片刻之後，他的義兄和希爾薇也跑過來，和他們抱在一起。讓刺青感到驚愕的是，哈裡金又舉起希爾薇轉了一個圈，然後深情地親吻了希爾薇。其他守護者們也都向這四個人圍攏過來，一邊發出喜悅的喊叫。

「一切都變了。」愛麗絲低聲地喃喃說道。她看著那四個人擁抱在一起，看到他們和朋友們把臂言歡，然後轉頭看著刺青，「現在有五頭龍了。五頭龍在克爾辛拉。」

「這裡還有十頭。」刺青說道。他看著仍然抱在一起的哈裡金和希爾薇。現在那兩個人彷彿已經忘記了他們周圍喧鬧的人群，「改變的確是發生了。妳怎麼想？」

「對他們而言，我是怎麼想的，你認為重要嗎？」愛麗絲問刺青。這句話似乎包含著憤懣的情緒，但愛麗絲的詢問是真誠的。

刺青沉默了片刻，隨後才說道：「我認為是重要的。我認為對我們所有人都是重要的。對於過去的事情，妳知道那麼多。有時候我覺得妳能夠更清楚地看到我們到底變成了什麼……」他遲疑了一下，因為他覺得隨後的話可能會顯得很無情。

「因為我不是你們中的一員。因為我只是一名觀察者。」愛麗絲說出了刺青沒有說出口的話。刺青無言地點點頭，顯得有些困窘。愛麗絲笑了起來，「這的確讓我有了一個也許你們並不具備的視角。」她指了指希爾薇和哈裡金。他們手牽著手站在萊克特身邊，其他守護者圍繞著他們，每個人都喜笑顏開。戴夫威和萊克特在一起。他們也在牽著手。「在崔豪格或者繽城，這樣做只能是一場醜聞。實際上，他們本身就不見容於那些地方。但在這裡，如果他們親吻的時候你將頭轉向一旁，那並不是因為厭惡，只是尊重他們的隱私。」

刺青的注意力卻在這時飄走了。他看到拉普斯卡走過守護者的人群，站到賽瑪拉身邊，對賽瑪拉說了些什麼，賽瑪拉大聲笑了起來。拉普斯卡又將手放到賽瑪拉的背上，他的手指在輕輕撫摸賽瑪拉背後隆起的古靈衣服，那衣服下面是賽瑪拉的翅膀。賽瑪拉扭動身子，彷彿打了個哆嗦，讓翅膀離開拉普斯卡的手。但她的臉上沒有顯示出被冒犯的情緒。

刺青將目光從那兩個人的身上拉回來，重新看著愛麗絲，「或者也許我們轉開眼睛，是因為羨慕。」他驚訝地發現自己竟然如此誠實。

「孤單的人看到快樂的人，的確會很難過。」愛麗絲承認。刺青這才意識到愛麗絲以為自己是在談論她。

「至少，妳知道妳的孤單很快就會結束了。」刺青向愛麗絲指出這點。

愛麗絲給了刺青一個微笑，「是的，最終你的孤單也會結束。」

刺青卻找不到笑容來回應愛麗絲，「妳怎麼能如此確定？」

愛麗絲側過頭看著刺青。「就像你說的，我有不同的視角。但如果我將我所預見的東西告訴你，也許你不會喜歡這個答案。」

「我已經做好了準備，願意洗耳恭聽。」刺青向愛麗絲保證，心中卻不知道自己是否真的有所準備。

愛麗絲的目光越過聚集在他們面前的守護者，越過大河。在河對岸，刺青只能透過雨水和薄霧勉強看到那兩頭龍。蘭克洛斯被沖到了下游很遠的地方，不過他正沿著河岸走回來。賽斯梯坎身形較小，現在正緩步走上城中的一條主要街道，刺青猜他們是要去巨龍浴室——浸泡在那裡的熱水，是現在這些受到大地束縛的巨龍們談論的全部話題。刺青的目光又回到了這一側岸邊的群龍身上，他們全都在用充滿渴望的目光看著對岸。默爾柯的脖子探向克爾辛拉，刺青甚至覺得那頭金龍的意志都能夠將他送過河去。銀色的噴毒和圓胖的芮普妲站在一旁，他們兩個都歪著頭，就像困惑的孩子。其他巨龍呈扇形站在默爾柯身後，藍黑色的卡羅高高矗立在潔珥德的深綠色小母龍維拉斯身邊，巴力佩爾、亞布克和那頭暴脾氣的藍黑巨龍保持著一段安全距離，兩頭龍一起充滿渴望地看著對岸。火絨是他們之中唯一鱗甲呈現淡紫色的巨龍，現在他的翅膀上出現了華美的藍色花紋。他站在多提恩和斯克力姆的旁邊，這兩頭橙色的龍總是會讓刺青一下子就想到他們的守護者——凱斯和博克斯特，他們兩個總是待在一起。這時愛麗絲冷靜的話語又闖入刺青的思緒。

「即使以雨野原的標準，你也還很年輕，而你現在已經是古靈了。根據我的研究，你的生命才剛剛開始。你還擁有數倍於普通人壽命的光陰要度過。我相信，隨著克爾辛拉重新煥發生機，這裡的人口會逐漸增多，你將有許多年輕女子可以選擇，最終你一定會找到一個人，或者可能是幾個人。畢竟你的人生會跨越許多許多年。」

刺青盯著愛麗絲，陷入震驚之中，一時間竟無話可說。

「古靈不是人類，」愛麗絲平靜地對他說，「在過去的時代，他們不會受到人類規矩的約束。」愛麗絲的眼睛轉向了河對岸的克爾辛拉，彷彿她已經看到了那座迷霧中的城市的未來，「我認為那個時代將會重現。你們將和我們分開，居住在不同的地方，遵行你們自己的規則。」她向那些歡慶的人們一點頭，「你不應該和我一起站在這裡了。你應該去加入到他們之中。」

愛麗絲看到了刺青心中的猶豫——刺青依然有些緊張地向她點了一下頭，然後轉身朝山坡下的同伴們走去。愛麗絲覺得他很勇敢。在這段旅程開始的時候，只有刺青不是天生的雨野原人，他本來是一名奴隸的兒子。有時候，刺青依然認為自己是一個外人。但愛麗絲能看到事實，現在刺青已經是一名不折不扣的古靈，就像其他所有守護者一樣。直到他生命終結的時候，他都還是古靈。愛麗絲轉身向自己的小屋走去，一邊思考著這個問題。她打開屋門，走進自己整潔的小窩裡，歎了口氣。他們是古靈，和巨龍有著牢固的連結，這是她沒有的。在這些日子裡，她是這片土地上唯一的人類，唯一沒有和龍建立連結的人。孤獨感突然躍起，再一次扼住了她的喉嚨。愛麗絲用力將這種負面情緒甩掉，將自己的思緒從對河岸邊那些人的羨慕中轉移回來，開始決定今天要完成的任務。他們還需要綠色的榿樹枝用來燻魚，而且烹飪營火還需要乾燥的引火物。現在村子周圍一小時路程內的這兩樣資源，都已經被採集殆盡，想要取得它們變得越來越困難了。這兩項收集任務很重要，也是她力所能及的事情。這不是什麼偉大或複雜的工作，卻是她的責任所在。她在前些日子發現的藤蔓，被編成了重量很輕又很結實的籃子，可以用來盛放青綠和乾燥的樹枝。她拿起這樣的一只籃子，將它扛到肩頭。她有自己的人生和目標，然後她又拿起卡森送給她的牢固木杖，這可以當作行路手杖，也可以用於防身。如果她要在世界的這個角落生存下去，與古靈和巨龍共處，那麼她就必須適應自己的新位置。

她根本不會思考人生還有別的選擇。返回繽城，回到她沒有愛情、只有羞辱的婚姻？回到詔諭粗暴的嘲諷中？繼續做他的妻子，過那種有名無實的生活？不。河岸邊的一幢小屋要比那樣好得多。即使沒有萊福特林，她也不會回去。她挺起肩膀，堅定了自己的決心。她也可以僅僅作為一名古靈和巨龍的學者——這樣的生活對她充滿了誘惑，她的那些智慧一定也能發揮很大作用。但她逐漸明白了，自己不能只滿足於這樣的生活。她現在的工作的確粗笨艱難，但卻很有必要，而且和她已經習慣的生活相比，這些勞作能夠以一種截然不同的方式給她帶來滿足感。

希爾薇也想要去那片冬青漿果林進行採摘。今天下午，她們會一起去那裡，收集更多的漿果和葉片，同時再稍微探索那一區域的其他地方。她們會隨身攜帶木杖防身，以免那頭豹子再出現。愛麗絲回想起卡森在聽到她講述自己將那隻大貓嚇跑時大驚失色的樣子，不由得感到一陣好笑。那天晚飯時，那名獵人就要求愛麗絲將她遭遇豹子的地點告訴每一個人，還有她是如何保護自己的。卡森還要愛麗絲保證：如果還要進行這種探索，就必須有同伴在身邊，還要先把自己的行動告訴其他人。

那天晚上，愛麗絲站在眾人面前，向大家講解了她從古靈手稿中所了解的關於這種傳說中的猛獸的一切情況，又敘述了她是如何裝成一頭大型生物而將豹子嚇跑的。大家聽過她的故事以後，都笑了起來。愛麗絲知道這笑聲中沒有半點嘲諷，而是在欽羨她的勇氣。

現在愛麗絲有了自己的位置和人生，這都是她用自己的力量造就而成的。

魚月第二十二日
商人聯盟獨立第七年
來自金姆，卡薩里克信鴿管理人
致文邵，繽城信鴿總登記人

文邵：

我認為這實在是太荒謬了。一個簡單的帳目有了錯誤，竟然會導致我受到懷疑和指控。我早就多次告訴過議會，我是偏見和歧視的犧牲品，這只不過是因為我是一名紋身者，而不是天生的雨野原人。我的那些助手們只相信他們自己人，所以才會有這樣的猜忌和流言蜚語。既然他們似乎無事可做，只知道傳播這些邪惡的謠言，我已經加倍了他們的工作時間。

是的，比起紅蝨子完全被消滅之前，現在我們鴿舍的鴿子數量確實不一樣了，原因很簡單：有鴿子死了。在這個危機時刻，我沒有將太多精力用在書面工作，因為我一直努力著確保鴿子們活下來。因為這個原因，是的，我燒掉了死亡的鴿子。有時我這樣做的確沒有其他信鴿站工作人員見證，這都是為了阻止病情擴散。就是這樣。

關於這些信鴿的死亡，我不能給你明確的證據，除非你願意從我這裡收到一包火葬爐裡的灰燼。我不認為值得為了這種事而浪費時間。

你覺得呢？

金姆，卡薩里克信鴿管理人

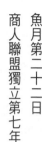

信末附言：如果任何管理人需要助手，我倒是有一些人員餘額，我將很高興解除他們在這裡的職役。我自己的學徒越早取代這些對我不忠誠的人，卡薩里克信鴿站就能越早變得高效並且更加專業。

3 獵人和獵物

辛泰拉涉水走出河流，冰冷的河水覆蓋在她閃閃發光的藍色鱗片。登上河岸以後，她張開雙翼，用後腿立起身體，抖動幾下，在沙灘上撒下了一片水滴，輕鬆流暢地將雙翼收回到體側。她故意裝作沒有察覺到那些龍緊緊盯住她的目光，只是掃了一眼所有瞪大眼睛的龍和呆立在原地的守護者們。

默爾柯打破了沉寂。「妳看上去很不錯，辛泰拉。」

辛泰拉知道。她到河對岸還沒有多久，但在熱水中的長時間沐浴、不斷飛行和進食大量鮮肉，都讓她的肌肉變得更加發達壯碩。她終於覺得自己像一頭龍了。她又在原地站立片刻，讓所有人都看到她的成長，然後才彎曲四足，坐倒在地上。她靜靜地端詳了默爾柯很久，才用品評的口吻說道：「你看上去卻不太好。還不能飛嗎，默爾柯？」

辛泰拉的輕蔑並沒有讓金龍退縮。「還不行。不過我希望很快就能飛起來。」

辛泰拉說的是實話。這頭金龍也在長大，但肌肉卻日漸單薄，就好像他身上的肉被伸展的骨骼越拉越薄了。默爾柯的身體很乾淨，如同以往得到了精心的洗刷，但他已經不像過去那樣閃閃發光了。

「他會飛起來的。」

這句話充滿了信心。辛泰拉轉過頭。她一直都只是在注意默爾柯，甚至忘記了這裡還有其他龍，更不要說是區區一個人類了。幾名古靈年輕人已經停下手中的工作，看著這兩頭龍。但愛麗絲說出這句話的時候，還在做著自己的事情。她在照顧巴力佩爾，用雙手輕輕撫過那頭公龍臉上一道長長的割傷。她的眼睛也只是一直在看著那頭公龍。那道割傷應該是最近才有的，愛麗絲在清除傷口上的血漬和髒汙，又不時在腳邊的一個水桶裡洗滌手中的布巾。巴力佩爾一直閉著眼睛。

辛泰拉沒有回應愛麗絲的斷言。她只是說道：「看來妳現在是巴力佩爾的守護者。妳希望他將妳變成古靈嗎？給妳一個更好的人生？」

那個女人的眼睛向辛泰拉閃動了一下，隨後又專注在自己的工作上，只是回答了一聲：「不。」「我的守護者死了，我不想要另一個守護者。」巴力佩爾用渾厚而冰冷的聲音說道。

愛麗絲身子一僵。她將一隻手放在這頭紅色巨龍肌肉強健的脖子上。片刻之後才彎下腰，將布巾洗乾淨，繼續清潔傷口。

「我明白。」這個女人低聲說道。當她又對辛泰拉說話的時候，她的口氣簡直和默爾柯完全一樣，「妳為什麼要到這裡來？」

這是一個令人氣惱的問題。不只是因為愛麗絲和默爾柯竟然都這樣毫無顧忌地質問辛泰拉，更是因為辛泰拉自己也不太確定答案是什麼。她為什麼要來？和其他龍或者人分享夥伴關係嗎？這太不像是龍的作風了。辛泰拉回頭看了看克爾辛拉，回憶古靈建造這座城市的目的：吸引巨龍，為巨龍提供只有人類建造的城市才有的享樂功能。

默爾柯很早以前說的一番話闖入到辛泰拉的腦海中。那時他們是在討論古靈和巨龍對人類的改變。辛泰拉竭力想要回想起默爾柯確切說了些什麼，卻沒能成功。她只記得，那頭金龍相信當巨龍改變人類的時候，人類也在改變巨龍。

這樣的事情讓辛泰拉感到恥辱，幾乎激起了她的怒火。難道是因為她長時間暴露在人類面前，導致自己也發生了改變？讓她開始變得需要人類陪伴了？辛泰拉的血在血管中奔湧得更加迅猛。她的身體回答了她的問題——不只是夥伴關係。她感覺到色彩湧過自己的鱗甲，出賣了她的內心。

「辛泰拉，妳回來這裡，有什麼原因嗎？」

默爾柯又向她靠近了一些。金龍的語氣彷彿是覺得她很有趣。辛泰拉說道：「我願意去哪裡就去哪裡。今天我高興就來到這裡。今天我高興想要看看公龍都怎麼樣了。」

默爾柯張開雙翼，將它們完全伸展。這雙翅膀要比辛泰拉記憶中更大了。金龍抖動它們，測試它們，氣流隨著翅膀的搧動撲面而來，帶有濃重的雄性氣味。「我也很高興妳來這裡。」默爾柯說道。

辛泰拉聽到一個聲音，是愛麗絲在笑嗎？辛泰拉猛地將目光轉回到這個女人身上，但愛麗絲這時正俯身在水桶上將布巾擰乾。辛泰拉又回頭看著默爾柯，默爾柯正在小心地收疊起翅膀。卡羅則饒有興致地看著他們兩個，噴毒也在旁邊。辛泰拉看到噴毒的時候，那頭銀龍用後腿撐起身子，也盡可能地張開翅膀。卡森站在那兩頭公龍中間，看上去很是疑慮。「不一定非得是默爾柯！」那頭狂躁的小銀龍突然吼道，「也可以是我。」

辛泰拉盯著他，感覺到自己的毒囊都在喉嚨裡膨脹起來。噴毒向辛泰拉一抖翅膀，釋放出一陣帶有麝香味的腥風。辛泰拉搖搖頭，彎曲脖頸，衝這股腥風一噴鼻息，對噴毒不屑地說：「永遠都不會是你。」

「也許會呢。」噴毒一邊反駁，一邊向辛泰拉跳了一步。卡羅的眼睛突然開始在憤怒中旋轉。

「噴毒！」卡森警告銀龍，但噴毒又向前跳了一步。

卡羅抬起一隻爪子，故意踩住了噴毒的尾巴。噴毒氣惱地尖叫一聲，轉向那頭比他高大許多的巨龍，張大了嘴，露出他的毒腺，那些猩紅色的毒腺已經膨脹了。卡羅發出銅號般的挑戰吼聲，並猛地張開自己的翅膀，將那頭小龍拍到一旁。獵人卡森驚慌地叫喊一聲，向後躍去，以免自己也被波及。

卡羅已經不再理會身後的一團混亂。

「我會飛起來，迎接挑戰！」這頭墨藍色的巨龍高聲宣布，同時揚頭俯視辛泰拉。辛泰拉聽見遠處傳來的一聲長嘯。她知道那是在他們頭頂上方的天空中，芬提在盤旋。那頭小綠龍正很有興趣地看著地面上的這一幕。卡羅熱情的凝視從她的心中湧過。突然間，辛泰拉感覺到的卻只有憤怒——對於所有這些愚蠢的、不會飛的、沒用的雄性的憤怒。一片色彩在她的皮膚與鱗甲上蔓延開來。

「飛起來迎接挑戰？」辛泰拉向所有盯著她的公龍咆哮道，「你們根本飛不起來，沒有一個能飛起來！我再次來到這裡，已經親眼看到了。這群公龍，就像是被束縛在地面上的牛群。對於巨龍女王全無用處，就像我狩獵時也不願意碰的那些老骨頭。」

「蘭克洛斯飛起來了。賽斯梯坎也飛起來了。」愛麗絲毫不避諱地向她指出，「至少有兩頭公龍已經贏得了飛行能力，如果他們就是妳想要的公龍……」

這個冒犯實在是太嚴重了。這一次辛泰拉噴出了酸液。不過她控制住了自己噴出的毒液球，讓它只落在距離愛麗絲一個身長的地面上。巴力佩爾跳起腳，旋轉的眼睛裡冒出憤怒的火花。當這頭紅龍向辛泰拉衝過去的時候，愛麗絲尖叫一聲朝一旁逃開。紅龍展開了翅膀，從他翅膀關節上伸出的一根骨刺差一點撞上愛麗絲。辛泰拉挺起身子，也張開了自己的翅膀。但藍黑色的卡羅擋住了巴力佩爾。這兩頭龍撞在一起，張開大嘴相互恫嚇，用帶爪子的翅膀抽打對方，河岸邊一時充滿了古靈的驚呼聲和尖叫聲。有一些古靈在向遠處逃走，還有一些正在奔跑過來。

辛泰拉正想要觀賞一下這番打鬥，默爾柯突然將她壓倒在地。儘管金龍現在很消瘦，但他還是要比辛泰拉更大。辛泰拉在草地上扭轉過身體，金龍的身子卻已經完全壓住了她。她以為默爾柯會向她噴吐酸液。但默爾柯卻幾乎是輕柔地俯下身來，用沉重的前足將她的翅膀踩在地上，讓她翅膀上柔韌的骨骼感到一陣疼痛。

辛泰拉張開雙顎，要向默爾柯噴吐酸液。默爾柯猛地低下頭，張開大口，讓辛泰拉看到他鼓漲的毒腺。「不要。」金龍向她嘶聲說道。一點最稀薄的金色酸霧隨著他的話語飄蕩出來。這種帶有刺痛感的親吻包裹住辛泰拉的頭。辛泰拉不得不用力將臉甩到一旁。

金龍用響亮的聲音吼出話語，讓其他人和龍都能聽見，但他同時又將這些言辭狠狠推進辛泰拉的意識。*妳很沒有耐心，女王。這可以理解。再等待一點時間，我會飛起來。我會與妳交配。*他揚起身，站立在自己的後腿上，讓自己的前足離開辛泰拉的翅膀。辛泰拉笨拙地站起來，滿身泥土，翅膀上出現了瘀傷。當她將翅膀收疊起來的時候還感覺到一陣疼痛。她就這樣踉蹌著逃開了。

巴力佩爾和卡羅之間的戰鬥很短暫，他們彼此間隔一段距離，不停地噴著鼻息，擺出各種姿態。噴毒幸災樂禍地在旁邊跳躍著，不過還是和那兩頭比他大得多的龍保持著安全距離，他還胡亂噴吐著酸液，讓周圍的守護者們全都叫喊著相互高聲示警，匆忙躲避。辛泰拉發現愛麗絲在看著她。那個女人睜大了眼睛，顯得非常憂慮，這讓辛泰拉更加分惱怒。她將自己的怒火全部發洩在默爾柯身上。

「不要威脅我，公龍。」

默爾柯微微向一旁轉過頭。他的翅膀仍然半張開著。如果辛泰拉向他噴出毒液，他很可能會一翅膀將辛泰拉打暈。這一次，他只是在辛泰拉的意識中說道：*不是威脅，辛泰拉，是一個承諾。*

隨著默爾柯收起自己的翅膀，他身上的麝香氣味再一次向辛泰拉湧來。辛泰拉知道自己的鱗片上一定在閃耀著各種色彩回應默爾柯，這種本能性的生物反應代表一位女王已經進入了發情期。默爾柯的黑眼睛旋轉著，顯然充滿了興致。

辛泰拉用後腿站立起來，從默爾柯面前轉開。在躍入天空的時候，她用銅號一般的聲音說道：「我想在哪裡狩獵就在哪裡狩獵，公龍。我不欠你什麼。」然後她用力拍動翅膀，在穩定的節律中上升到遠超過他們的高空中。

在遠處，綠色的芬提也發出銅號般的吼聲，那聲音尖利而又充滿嘲諷的味道。

「賽瑪拉！」

聽到刺青的聲音，賽瑪拉緩緩轉過身。她的腸胃因為緊張而糾結在一起。她一直在躲避這番交談。當她第一次從克爾辛拉返回的時候，她就從刺青的眼睛裡看到，刺青明白她和拉普斯卡做了什麼。她不需要、也不想和刺青討論這件事。從那時起，她並沒有完全躲避刺青，但她一直沒有讓刺青有機會單獨找到她。她發現這幾乎和避免與拉普斯卡獨處一樣困難。刺青在找她的時候至少還會有一些顧忌；然而，在從克爾辛拉回來的那天晚上，拉普斯卡就出現在她的門前，帶著心知肚明的微笑，問她是否想要在黃昏中散散步。

賽瑪拉和希爾薇合住在一幢小屋裡，名義上潔珥德也是住在這裡的。當守護者們在這個村子裡安頓下來的時候，她們三個就住在一起。賽瑪拉想不起這個決定是否經過了詳細討論，似乎這是理所當然的事情，三名女性守護者就應該住在一起。

哈裡金幫助她們從這些破舊的建築中挑選了她們的房子，還用了好幾個下午的時間幫助她們安居下來。因為哈裡金的努力，這幢小屋的煙囪才能夠讓爐膛裡的煙氣飄散出去。現在只有風非常強的時候，這裡的屋頂才會漏雨，窗口還有了百葉窗扇。小屋裡的家具很少，也很粗糙，但所有守護者的家都是這樣。卡森為她們提供了鞣製的粗鹿皮，並捆紮在木棍做成的床架上，就成為了一張簡單的床。她們還將木頭雕刻成簡單的餐具。賽瑪拉是最好的獵手之一，三名女守護者總是有肉吃，還能用多餘的肉和其他守護者交換物品。賽瑪拉很喜歡和希爾薇共度夜晚。如果有其他守護者過來和她們分享爐火，並能一起說說話，她們會更高興。剛開始，刺青經常會來她們這裡做客，就像拉普斯卡一樣。

潔珥德也在她們的房子裡住了幾晚，現在她偶爾還會回來，在她的行李中翻找一些東西，或者和她們一同進餐，抱怨一下現在和她作伴的男性。儘管不喜歡潔珥德，賽瑪拉仍然無法否認，聽到潔珥德對自己的愛人們冷嘲熱諷的時候，她也會享受一種很不正當的樂趣。而讓賽瑪拉感到驚駭的是潔珥德在性事上的隨心所欲，她是那麼頻繁地拋棄掉一個男性守護者，馬上又和另一個相好，而她甚至會將這方面所有的事情鉅細靡遺地告訴她和希爾薇。到現在，潔珥德已經和一些守護者分分合合許多次了。他們那一群人裡全都知道，博克斯特已經毫無希望地迷戀上了她，但只有他被潔珥德輕蔑地一腳踢開。諾泰爾至少已經三次成為了她心心念念的愛人；而紅銅色眼睛的凱斯是獨一無二將她趕下自己的床，又一直趕出屋門的人——一名男性結束了他們之間的關係，這讓潔珥德又困惑又憤怒。賽瑪拉懷疑凱斯這樣做是因為忠誠於自己的堂兄弟博克斯特，不希望自己也成為讓堂兄弟傷心的人。

但在賽瑪拉和拉普斯卡在克爾辛拉度過那個晚上之後，潔珥德回家的時候當然會對此頗有微詞。她小心而又刻意地提醒賽瑪拉，拉普斯卡也曾經是她的情人，而且無論時間多麼短暫，刺青也曾和她一起睡過。潔珥德的話語當然不會讓賽瑪拉感到更輕鬆，尤其是當賽瑪拉告訴拉普斯卡，她不想在晚上和他一起出去散步的時候——一想到潔珥德，賽瑪拉的口氣也變得嚴厲了許多。第二天和第三天，她拒絕拉普斯卡時也感到同樣不容易。到了最後，賽瑪拉告訴拉普斯卡，她很懷疑那一天做的事情是否明智，現在她對懷孕的擔心更勝過對他的欲望。讓她感到驚訝的是，拉普斯卡嚴肅地點了點頭。

「這件事的確需要擔心，我會努力去搞清楚過去的古靈是如何防止懷孕的。等我知道以後，我會告訴妳，然後我們就能盡情享樂而無需擔心了。」他是在他們手牽著手走在岸邊散步的時候這樣說的。那是在幾天前的黃昏時分，賽瑪拉當時笑出了聲，她的笑聲充滿了魅力和警惕，就像以前每次一樣，拉普斯卡用孩子一樣的坦率直接說出了絕不是孩子應該做的事情，一下子就把賽瑪拉逗笑了。

「你怎麼會那麼容易就把我們從小就要遵守的規矩全都拋到腦後了？」賽瑪拉問拉普斯卡。

「那些規矩對我們已經不再適用了。如果妳和我一同回到克爾辛拉，花多一點時間在那些石頭上，妳就會明白了。」

「要小心那些記憶石。」賽瑪拉警告他。

這又是一條他們從小就要遵守的規矩。所有雨野原孩子都知道，隨意流連在那些儲存有記憶的石頭中是危險的。不止一個年輕人永遠失陷在其中，或是淹沒在其他時光的記憶裡。對於她的擔憂，拉普斯卡卻只是聳了聳肩。

「我已經告訴過妳了，我是有意識地使用那些石頭和儲存在它們之中的記憶。現在我知道：儲存在其中一些石頭中的是街頭藝術；儲存在另一些石頭裡面的，尤其是住宅牆壁中的都是個人回憶，就像日記一樣；有一些石頭裡儲藏著詩歌或歷史，在那些雕像中尤其是如此。我認為一定會有一個地方，古靈們在那裡儲藏了他們的魔法和他們的醫藥智慧。只要我找到那裡，我一定能找到我們所需要的東西。若這樣，妳是不是會感到一些安慰？」

「有一些吧。」賽瑪拉決定還不必告訴拉普斯卡，就算是她能夠知道這樣做是安全的，她也還不確定自己是否願意再讓拉普斯卡上她的床。她也不知道該如何解釋自己的不情願。她該怎樣向拉普斯卡解釋她也不明白自己的想法？還是閉口不談會更容易一些吧。

不和刺青談論拉普斯卡，也會讓生活變得更加容易，所以現在賽瑪拉只是似笑非笑地轉向刺青，用抱歉的口吻說：「我正要去打獵，卡森今天將柳樹嶺分配給我。」

「我也要去那裡。」刺青立刻回應道，「卡森想讓我們結伴狩獵，這樣會更加安全。這不只是因為愛麗絲遇到了豹子，同時我們也不會嚇跑對方的獵物。」

賽瑪拉無言地點點頭。這種事遲早都要發生。自從守護者們聚集在一起，討論該如何鼓勵龍飛起來的時候起，卡森就有了幾個新主意：分割狩獵區域以避免衝突、結伴狩獵以保障安全，這些是新主意的一部分。今天，一些守護者會去長谷，另一些則會去高岸，還有一些會去釣魚。柳樹嶺是一道與河道平行的山脊，正像它的名字所說描述的那樣，山脊上的森林中大部分都是柳樹，是鹿最喜歡的草場。卡森總是將它保留給最優秀的弓箭獵手。

賽瑪拉已經收拾好了自己的裝備，刺青也帶著他的裝備。現在沒有理由不馬上出發了。發生了早晨的那場衝突之後，賽瑪拉現在只想要逃走。即使辛泰拉沒有注意到她，沒有發現賽瑪拉在河邊看到了那一切，賽瑪拉也為她的龍感到羞恥。她現在不想留在其他守護者旁邊，不想聽到他們談論她那個丟臉的女王。更糟糕的是，賽瑪拉一直以來都在想辦法糾正辛泰拉傲慢的壞脾氣，她希望能保護她的龍。她知道，辛泰拉不是很在乎她，甚至可能完全不在乎她，但每一次她以為自己已經將感情從那個藍龍女王身上剝離開來，每一次她自信已經能夠不再關心她的龍，辛泰拉似乎都能找到一個新的辦法從她身上擠出一些情緒來。今天她被擠出來的情緒就是羞愧。

她只想要讓自己擺脫這一切，刺青卻一直跟在她身邊。這不是賽瑪拉的錯。她什麼都沒有做，但就算清楚這一點也是於事無補。當他們走過草地，經過其他守護者和龍，賽瑪拉告誡自己，那些被人盯住後背的感覺，全都是出自於她的想像。

今天，凱斯、博克斯特、諾泰爾和潔珥德負責為龍清潔身體，他們在那些不能飛的龍身邊打轉，檢查他們的眼睛附近和耳孔中有沒有寄生蟲，同時鼓勵他們伸展翅膀。亞布克很配合地服從著守護者的命令，就像平時一樣快樂卻又有些糊塗。火絨則不耐煩地來回踱著步，等待受到照料。現在這頭淺紫色公龍身上的花紋越來越華麗美艷，而他也顯露出了自己虛榮的一面，已經有不止一名守護者在暗中笑話他現在那種洋洋自得的樣子了。愛麗絲正在將鹿油塗在卡羅在巴力佩爾身上造成的新傷口。

龍都得到清潔之後，守護者們就會鼓勵這些還留在地上的龍練習飛行。只有在它們都服從命令練習飛行（至少是表面上練習過飛行）之後，他們才能得到食物。卡森堅持要這樣做。

賽瑪拉並不羨慕留下的這些守護者。在這些龍之中，只有默爾柯饑餓的時候還會保持耐心。噴毒是賽瑪拉遇到過的脾氣最壞、最粗魯和令人反感的生物，就連卡森也幾乎管不住他。感謝莎神，性情暴烈的小芬提已經能夠飛行了，但美麗的金綠色母龍維拉斯還留在地上，而她的性情就像她的守護者潔珥德一樣乖戾。卡羅是所有龍之中最巨大的一頭，他幾乎是以一種悍不畏死的精神想要飛起來。戴夫威是他的守護者，但今天是博克斯特在治療這頭藍黑巨龍身上的許多劃傷和抓傷——這全都是巴力佩爾給他造成的。這兩頭公龍的衝突也是因辛泰拉而起。賽瑪拉加快了腳步。她有一天時間可以獵鹿，再將鹿拖回來，這肯定要比和其他守護者用一天時間對付龍要更好。

至少她不用再對付自己的龍了。她向天空瞥了一眼，心中想到了辛泰拉，只能努力否認那頭藍龍拋棄她讓她感到的苦悶。

「妳在想念她嗎？」刺青低聲問。

賽瑪拉幾乎要怨恨自己的耳朵為什麼聽得這麼清楚。「是的。她總是不讓人好過一些。有時候，她會碰觸我的思想，又沒有什麼讓我覺得合理的原因。她會突然出現在我的意識裡，誇耀她獵殺的熊有多麼龐大，多麼凶猛地攻擊她，卻沒有能在她身上留下一點爪印。那是兩天以前剛剛發生的事情，或者他會突然讓我看到一些她看到的東西，一座頂峰覆蓋著白雪的山，或者是克爾辛拉在那條河深處的倒影。那景色非常美麗，我不由得驚歎不已。然後她又突然消失，甚至讓我完全感覺不到她。」

賽瑪拉本來沒有想告訴刺青這麼多事情。刺青同情地點點頭，承認說：「我一直都能感覺到芬提，就像一根絲線一直牽扯著我的意識。我知道她什麼時候在狩獵，什麼時候在進食……現在她就在吃東西，應該是某種山羊，她不喜歡那股羊毛的味道。」對於自己那頭龍的怪脾氣，刺青只是寵溺地笑了笑。然後，他回頭瞥了賽瑪拉一眼，微笑的表情消失了，「抱歉，我不是想要在妳的傷口上撒鹽。我不知道為什麼辛泰拉對妳這麼糟。不過她真的是很傲慢，也很冷酷。妳是一名優秀的守護者，賽瑪拉。妳一直都讓她的身體非常潔淨，也能為她提供足夠的食物。妳比絕大多數守護者都做得更好，我不知道她為什麼不喜歡妳。」

賽瑪拉知道自己的感情一定是顯露在了臉上。因為刺青突然又說道：「抱歉，我總是對妳說錯話，而我還自以為只是在說出一些最明顯不過的事情。我才……我不需要說這些事，抱歉。」

「我認為她是喜歡我的，」賽瑪拉僵硬地說，「就像其他龍喜歡他們的守護者一樣。實際上，也許用『有價值』來描述應該更確切一些。當我為其他龍進行清潔的時候，我知道她會不高興。」

「那是嫉妒，不是喜歡。」刺青說。

賽瑪拉什麼都沒有說，他們已經危險地接近了一個帶刺的話題。於是賽瑪拉走得更快了一點，並且選擇了山脊上最陡峭的小路。「這是最短的一條路。」賽瑪拉向刺青解釋。其實刺青絲毫沒有表示反對的意思。賽瑪拉接著說道：「我喜歡盡可能向上走，然後向下方尋找鹿的蹤跡。當我在牠們頭頂上方的時候，牠們似乎就察覺不到我了。」

「這是一個好辦法。」刺青表示同意。於是他們在隨後的一段時間裡，只是全力向上攀爬。

賽瑪拉很高興不用再說話了。今天上午的空氣很涼爽。實際上，如果不是她用了很大力氣進行攀爬，她可能會感覺天氣寒冷。現在雨還不算大。剛剛萌生出來的柳樹葉為他們擋住了一些雨滴，他們一直爬到山脊頂端，然後賽瑪拉領著刺青朝上游方向走去。她找到了一條自己以前不曾遇到過的野獸小徑，便沿這條小徑繼續前行。不需要和刺青商量，她就已經做出決定，如果他們要找到夠肥壯的獵物，就需要比平時走更遠的路。她要沿著這條山脊小道去尋找新的獵區，今天她希望能夠帶一頭大獵物回家。

自從開始爬山之後，寂靜就包裹住了他們。部分原因是狩獵時最好不要發出聲音，另外的部分原因是她不想談論那些讓人頭痛的事情。她記得，曾幾何時，靜靜地陪在刺青身邊是一件很舒服的事情。他們有著朋友的默契，並不總需要語言的交流。賽瑪拉想念過去的時光。忽然，她不假思索地說道：「有時候，我真希望我們兩個能夠回到以前的那種樣子。」

「在什麼以前？」刺青低聲問她。

賽瑪拉聳了聳一側肩膀，回頭向刺青瞥了一眼。這時他們正一前一後走在野獸小徑上。「在我們離開崔豪格以前。在我們成為巨龍守護者以前。」在刺青和潔珥德做愛以前，回到浪漫和性愛都受到雨野原規矩禁止的時候；在刺青清楚地告訴她想要她、攪亂了她心中對他的感覺以前；在生活變得如此愚蠢和複雜以前。

刺青沒有回應，隨後一小段時間裡，賽瑪拉只是沉浸在這一天的美景中。陽光透過柳葉間的縫隙灑落下來。柳樹潮溼發黑的細枝形成了一片羅網，遮住灰色的天空，枝杈上不時還能看到一些零星的黃色葉片。在兩個人腳下，落葉堆積成一片被水浸透的厚實地毯，把他們的腳步聲全都吸收掉了。風已經停了，他們的氣味不會傳播出去。這是狩獵的完美日子。

「我在那時候就想要妳了。在崔豪格。我只是，嗯，害怕妳的父親，更害怕妳的母親。那時我不知道該如何對妳說。那裡完全禁止我們這樣做。」

賽瑪拉清了清嗓子。「看到了嗎？小路在這裡分岔了。岔路口上正好有一棵大樹。如果我們爬上去，就能清楚地觀察所有方向，而且能夠準確地射中周圍的獵物，樹上也有足夠的空間能夠讓我們拉弓射箭。」

「我看到了，這個方案不錯。」刺青立刻說道。

賽瑪拉的爪子使她很輕鬆地就爬上了樹。這個地方的樹和她從小就熟悉的那些樹比起來要細小很多。她不得不摸索出一套新的爬樹技巧。她用膝蓋勾住樹枝，把身子掛下來，向刺青伸出一隻手。刺青卻在這時問道：「妳會和我談談這件事嗎？」

此時刺青抓住她的手，爬了上來。他的臉距離賽瑪拉只有幾寸遠。他抬著頭，凝視賽瑪拉。賽瑪拉頭下腳上地掛在樹枝上，無法躲避他的目光。「我們必須說這件事嗎？」賽瑪拉有些哀怨。

刺青將自己的一點體重分攤在賽瑪拉的手上，然後輕鬆地向上爬過來。賽瑪拉有些懷疑其實他根本不需要自己的說明。刺青輕盈地坐到了一根比賽瑪拉高一些的樹枝上，背靠著樹幹，臉朝向與賽瑪拉相反的方向，這樣她就能觀察小路的另外一段了。隨後的一段時間裡，他們兩個只是安靜地準備好弓箭，坐在樹枝上進行觀察。周圍很安靜。遠處奔騰的河水發出一陣陣微弱的咆哮聲。賽瑪拉傾聽著鳥雀的鳴叫。「我想要。」刺青說道，彷彿他們的對話完全不曾中斷過，片刻之後，他又補了一句：「我需要。」

「為什麼？」賽瑪拉問道。不過她知道是為什麼。

「因為不停地想這件事讓我都要發瘋了，所以我只希望妳告訴我，只要讓我知道就好，哪怕妳認為這樣會傷害我。我不會生氣……嗯，我會儘量不生氣，儘量不表現出生氣的樣子來，如果我……但我一定要知道，賽瑪拉。為什麼妳選擇了拉普斯卡，而不是我？」

「我沒有選，」賽瑪拉說道，然後在刺青能夠提問之前，她又加快了語速，「也許你會覺得這沒有道理。我也覺得這沒有道理，所以我無法向你解釋。我喜歡拉普斯卡。嗯，我愛拉普斯卡，就像我愛你。我們一同經歷過那麼多，怎麼可能不彼此相愛？但這不代表我在那一晚對拉普斯卡有感覺。當時我並沒有停下來想一想：『我是不是更願意和刺青這樣做？』當時只是我自己想要那麼做。那全都是因為我，突然間，只要我想做那件事，就能那樣做了。我只是做了我想做的事。」

刺青沉默了很長時間，然後用生硬的語氣說：「妳說得對，而我覺得這完全沒有道理。」

賽瑪拉希望刺青不要再追根究底了，但刺青又問道：「那麼，這是否意味著當妳和我在一起的時候，妳不想和我這樣做？」

「你知道我一直都想要你，」賽瑪拉低聲說，「你應該知道，拒絕你對我來說是多麼困難，這就像是拒絕我自己，是一樣的困難。」

「但妳卻答應了拉普斯卡。」刺青仍然不依不饒。

賽瑪拉竭力想要找到一個答案，希望能夠讓刺青明白。但她沒有找到。

「我認為當時我只是答應了我自己，而當時拉普斯卡恰好是那個在我身邊的人。這聽起來不是很好，是不是？但那時就是那樣，千真萬確。」

「我只想……」刺青的聲音越來越小，然後他清了清喉嚨，讓自己能夠把話說下去，「我只希望那能是我。妳一直等待的都是我，我是妳的第一個。」

賽瑪拉不想知道自己為什麼會問：「為什麼？」

「因為那是特別的，是我們能夠在餘生中永遠一同回憶的。」

刺青的聲音沙啞又感傷，但這個回答沒有讓賽瑪拉感動，反而讓她感到憤怒。她的聲音變得非常低沉，像毒液一樣苦澀：「你有沒有等待將你的第一次給我？」

刺青俯下身，轉過頭看著賽瑪拉。賽瑪拉感覺到了他的動作，卻沒有回過頭迎上他的目光。「真無法相信，那件事還在困擾妳，賽瑪拉。我們認識已經這麼久了，妳應該知道，潔珥德對於我從來無法與妳相比。是的，我們之間發生過那種事，我並不為此感到驕傲。那是一個錯誤。是的，我承認，那是一個巨大的錯誤，但我那時很愚蠢，而，而她就在那裡，將她給了我。而妳知道，我認為那對一個男人來說是不一樣的。難道正是因為這樣，妳才會去找拉普斯卡？因為妳感到嫉妒？妳知道，這完全沒有道理，因為他也和潔珥德有過。」

「我沒有嫉妒。」賽瑪拉說道。她說的是實話，嫉妒之火早已燒光了，但她不得不承認，傷痛仍然存留了下來，「我承認，這件事的確在某段時間裡讓我感到困擾，因為我本以為我們的關係是與眾不同的。也因為，實話實說，潔珥德這樣做就像是打了我的臉。她讓這一切看起來就像是如果我得到了你，我就只是拾起了她丟掉的東西。」

「她丟掉的東西？」刺青的聲音變得非常刻板，「這就是妳對我的看法？被她丟掉的東西，這樣我對妳來說就不夠好了？」

怒火在刺青的聲音中積聚，但賽瑪拉也很生氣。刺青想要她說實話，承諾不會因此而生氣，但很明顯，他正在找理由要向她發洩自己心中積蓄已久的憤恨。這讓賽瑪拉不可能承認——是的，她從那時起就在希望出現在她身邊的是刺青，而不是拉普斯卡。刺青才是她生活中牢固而真實的一部分，是她一直都相信可以依靠的同伴。拉普斯卡輕佻又古怪，總是那麼與眾不同，惹人矚目，有時候卻又怪異得讓人感到危險。「這就像是麵包和蘑菇的區別。」賽瑪拉喃喃地說道。

「什麼？」樹枝隨著刺青移動重心而發出斷裂的聲音，而遠處忽然傳來一陣尖叫。

「安靜！注意聽！」

那聲音再次響起。不是尖叫聲，至少不是人類的尖叫聲，也不是哀苦或慘痛的聲音。是一種興奮的聲音。是呼喚。賽瑪拉頸後和手臂上的毛髮都倒豎起來。聲音再一次響起，這一次更加悠遠，不斷上下起伏，如同一陣陣哭嚎。隨著這一次聲音消失，另一種聲音開始響起，然後又是一個聲音。賽瑪拉緊握住弓背，將脊背牢牢靠在樹上。這些聲音距離他們越來越近。隨後他們又聽見一種聲音，是沉重的蹄子聲。

刺青在樹枝間移動，隨後攀爬過來，在賽瑪拉頭頂上方坐穩，也朝同一個方向望去。賽瑪拉幾乎能夠感覺到那些將蹄子踏在地面上的野獸。是一種非常大的動物正在朝他們這裡跑過來。兩頭？不，三頭？她彎下腰，抓住樹枝，朝野獸小徑窺望過去。

那不是麋鹿，不過也許是麋鹿的同類。牠們沒有角，肩頭隆起了高大的肉丘，身高還要超過卡森的肩膀。牠們都在全力奔逃，一路踢起大片泥土落葉。牠們的身軀太過龐大了，並不適合在這條野獸小路上奔跑。一定是有什麼東西將牠們追趕到了這裡。矮處的樹枝全都被牠們一根根撞斷。跑在最前面的那頭巨獸翻起的鼻翼已經變成了血紅色，白沫不停地從牠的口中飛出。牠身後的同伴彷彿全都發了瘋。牠們尖銳的呼吸聲中全都散發著恐懼。這種恐懼凝結成一股臭氣，懸浮在牠們跑過的森林中。賽瑪拉和刺青全都沒有在弓弦上搭箭，賽瑪拉知道這種令人反胃的情景是怎麼回事。

「那些傢伙到底是……什麼？」刺青開口道。然後又一陣長嚎響起又消失，另一聲長嚎回應了它。嚎叫聲已經不遠了，而且還在迅速向他們靠近。

賽瑪拉知道狼是什麼樣的野獸。雨野原是沒有狼的。但即使如此，在人們仍然不斷講述的古早傳說中，狼仍然是狂暴貪婪的掠食者，讓人們在深夜裡瑟瑟發抖。賽瑪拉明白，她的想像完全無法和他們遭遇的現實相比。她終於看見了那些巨大的猛獸，拖著血紅的舌頭，露出雪白的獠牙，滿身粗硬的毛髮，盡情享受著嗜血的狂暴。牠們沿著野獸小徑狂奔而至，五頭、六頭、一共是八頭狼，快如閃電，卻又仍然能夠自如地交談。牠們的長嚎聲就像是獵犬的吠叫，宣布很快所有的肉都將屬於牠們。

隨著狼群逐漸消失在遠方的樹木枝幹後面，一陣陣令人顫慄的長嚎也隨之遠去，刺青從賽瑪拉身邊爬下樹，縱身跳到地面上。賽瑪拉歎了口氣，搖搖頭。刺青是對的。在這一陣恐怖的喧囂之後，再不會有獵物出現在附近了。她跟隨刺青下了樹，氣惱地喊道：「你走錯方向了！」

「不，我沒有。我要去看看。」刺青本來還在走，現在他已經跑了起來，一直向跑遠的麋鹿和狼群追趕過去。

「不要犯傻了！牠們會像撕碎麋鹿那樣把你撕成碎片！」

刺青沒有聽到賽瑪拉的話，或者就是他不在乎。賽瑪拉站立了片刻，不知道自己到底是更害怕一些，還是更生氣一些。然後她只好向刺青跑去。「刺青！」她不在乎自己的喊聲有多大，這裡已經沒有獵物了，「卡森告訴過我們，要結伴狩獵！而且他更警告過我們要躲開那些狼！」

這時刺青已經不見了蹤影，賽瑪拉站在原地猶豫了片刻。她可以回去告訴卡森和其他人這裡發生的事情。如果刺青回來了，她就會像是一個只知道報告別人錯處的小孩子；如果刺青沒回來，她就是丟下了刺青一個人去送死。賽瑪拉咬緊牙關，將獵弓掛回到背上，抽出一支箭握在手裡，彷彿那是一根標槍。然後她又拽起長外衣的下襬，塞進腰帶裡，隨後跑了起來。

對於在雨野原的巨樹上長大的孩子，跑步不是一項經常會得到鍛煉的技能。賽瑪拉來到這個地方以後，的確變得更擅長於奔跑了。不過這樣做還是讓她覺得很危險。一個人在奔跑的時候又該怎樣注意觀察周圍？她的心跳聲在耳朵裡震響，她不得不開始用嘴吃力地呼吸，這讓她還怎樣聽到周圍的聲音，並嗅到周圍的氣味？

野獸小徑沿著山脊蜿蜒向前，避開了最密集的灌木叢，穿過一片片小樹林間的空隙。賽瑪拉很快就發現，刺青是一名強壯迅捷的跑者。她有很長一段時間都看不到刺青的影子，只能沿著那些巨鹿留下的蹄印一直跑下去。

野獸小徑離開了山脊，順著一片陡峭的山坡向河邊延伸。賽瑪拉終於瞥到了刺青。他還在不停地拔足飛奔，一隻手攥著弓，低垂著頭，另一隻手飛快地擺動著。賽瑪拉又抬起頭看了一眼。她看不到狼和鹿，只能看見一片搖曳的灌木叢，表明了那些野獸的去向。興奮的狼嚎聲再次傳入她的耳中，彷彿也感染了她，讓她的心中升起一陣狂躁。她將下巴抵在胸前，把翅膀緊緊收在背上，繼續全力向前奔跑。隨著小路越來越陡，她開始不斷地向下跳躍。「刺青！」她再一次張嘴呼喊，但她現在連喘氣都感覺困難，更沒有足夠的氣息發出響亮的聲音。小路突然一轉彎，又向山坡上延伸過去。賽瑪拉咬緊牙，邁步開始攀登。

她抬起頭，看見刺青就在前方。刺青在山頂上停了下來。「刺青！」她高呼一聲。這一次，她看到刺青向她轉過了頭。刺青站在那裡一動不動。賽瑪拉很想放慢腳步，甚至走上一段路，讓自己的呼吸能夠平穩下來，不過她還是加緊步伐跑上了山頂。

來到刺青身邊，賽瑪拉發現自己既無法呼吸也無法說話。刺青則只是盯著下方的山坡。狼群的追獵仍然持續著。鹿和狼一定已經跑過了他們面前這片極為陡峭的山坡，這一整片山坡上全都是蹄子印和狼爪抛出的溝槽，更往下是一條古靈大道的遺跡。這條大道和野獸小徑平行延伸了一小段距離，就轉向河邊了。賽瑪拉從高處能夠看到這條大道一直通往一座橋梁的廢墟，最終結束在一些殘缺的橋樁和坍塌的石塊前。那座橋一定曾經跨越了大河兩岸。這是現在完全無法實現的工程。賽瑪拉還能看到河對岸同樣殘缺的橋梁另一端。

殘斷的拱形橋面仍然高高挺起在河道之上。下方的河水洶湧奔流，泛起一片片白沫。在靠近他們這一邊的河岸上，大道和引橋相連結的地方已經斷裂成了幾片。樹木侵入到那裡的路面上，同時河水也在不斷對堤岸造成侵蝕。本來應該通往他們現在居住村莊的道路已經完全看不到了。這條河一定是在古早之前發生了改道，將那條路完全淹沒在河底。當河水退回到原先的河道裡時，那條路漸漸又被茂密的蒿草所覆蓋。

「牠們要將獵物逼入絕境，」刺青說道，「那些狼一定很熟悉這個地方。牠們要把鹿一直追趕到那條路的盡頭。」

刺青是對的。賽瑪拉首先發現了逃亡的麋鹿，然後，透過一片樹林，她看到了緊追不捨的狼群。她回頭瞥了刺青一眼，卻發現刺青已經沿著陡峭的山坡滑了下去。刺青剛開始還蜷起雙腿向下奔跑，但他很快就一屁股坐在山坡上，迅速下滑，很快就消失在覆蓋下方山坡的粗大灌木叢裡。

「你是個蠢貨！」賽瑪拉憤怒地向他喊道。隨後她又咒罵著自己是一個更大的蠢貨，跟在了刺青身後。刺青已經在山坡上衝出了一條路，雨水又讓山坡變得更滑。賽瑪拉維持站立的時間要比刺青更長一些，但最終她也是一屁股坐在地上，一直向下滑，一路上被地面和荊棘叢撞了無數次。在山腳下，刺青正在等她。

「安靜！」刺青提醒賽瑪拉，又向賽瑪拉伸出手。賽瑪拉不情願地抓住他的手，讓他把自己拽起來。他們爬過最後一小片山坡，突然發現自己站在了那條古早的大道上。

現在已經沒有任何草木遮擋他們的視野了。他們清楚地看到狼群仍然鍥而不捨地追趕著麋鹿。前方的引橋兩側有裝飾性的石牆，將麋鹿一直引導到橋面上。跑在最前面的那頭鹿速度比後面兩頭更快。現在牠已經認識到了自己的錯誤——牠跑到了斷橋的盡頭，正不安地來回移動。牠巨大的頭不斷前後觀望，想尋找一條安全的下橋之路。牠沒能如願。在牠的下方很遠處，只有無情咆哮的河水。

另一頭鹿腳跛得很厲害，已經被落在了後面，跑在中間的鹿也還在沒命地奔逃，顯然不知道牠們正在被趕上一條斷頭路。在賽瑪拉和刺青的注視中，狼群也衝上了橋。和牠們的獵物不一樣，牠們沒有片刻猶豫，也絲毫沒有減慢速度。

那隻跑在最後的麋鹿終於累倒了。牠趴到地上，最後發出一聲尖叫，一頭狼咬住了這隻筋疲力竭的獵物喉嚨，另外兩頭狼叼住了牠的後腿。第四頭狼用力撕扯牠的肩膀，強迫牠翻轉過來，後面的一頭狼撲向牠的肚子。一切很快就都結束了。麋鹿的長腿絕望地踢蹬著，鹿身子已經全部被淹沒在掠食獸的下面。

第二隻鹿被瀕死同伴的哀嚎聲嚇到了，拚命向前竄去。也許是因為沒看清前面的狀況，也許是因為慌不擇路，牠跑到斷橋盡頭的時候便一蹬四蹄，跳向前方。

領頭的麋鹿被逼到了絕路。牠是三頭麋鹿中最高大的。他轉過頭，正對著追過來的餓狼，只有三頭狼向牠跑過去。剩下的狼全都在對付已經被牠們追到手的獵物。最後那頭巨鹿晃了晃腦袋，彷彿自己頭頂的鹿角還沒有脫落。然後，牠站穩四蹄，等待狼群的進攻。第一頭狼悄悄衝過來，麋鹿猛然轉身，後蹄狠狠地踢在第一頭狼的身上，但第二頭狼已經趁機撲上來，鑽到麋鹿的身下，揚起生滿利齒的雙顎，咬住麋鹿的肚子。麋鹿笨拙地向上跳起，卻無法掙脫狼的雙顎。就在牠全力掙扎的時候，最後一頭狼跳起咬住了牠的後頸。這時第一頭狼已經重新站起。賽瑪拉驚愕地看到那頭狼從地上一躍而起，落在了麋鹿的背上，伸嘴咬住了獵物的後腦。那頭大鹿踉蹌著又向前走了兩步，然後前腿雙膝跪倒。牠死的時候沒有發出任何聲音，雖然後腿已經垮掉了，但牠還是掙扎著想要挪動步子。隨著最後那頭巨鹿倒下，刺青呼出了鬱積在胸中的一口氣。

賽瑪拉意識到自己仍然握著刺青的手。「我們應該走了，」她低聲說道，「如果牠們轉回頭，就能直接看到我們，向我們發動攻擊。到時候我們將無處可逃。牠們的速度比我們快。」

刺青卻仍然只是盯著眼前的情景。「牠們吃飽之後，對我們就沒有興趣了。」突然間，刺青的目光猛地轉向天空，同時又說道，「牠們可能根本沒有機會打我們的主意了。」

辛泰拉如同一道青藍色的閃電撲向正在撕扯那頭瘸腿麋鹿的狼群。巨龍的身體將鹿屍和狼弄得四散紛飛，一直撞到橋面兩側的護壁上。轉眼間，辛泰拉的後爪牢牢抓住了鹿屍，前爪將狼抓起，再次甩到石砌護壁上。隨後她叼起一頭狼，將這頭狼舉到空中。其他的狼都痛苦地嚎叫著，躺倒在她的周圍。這些狼再也無法狩獵了。

只過了喘一口氣的時間，芬提衝向了最大的那頭麋鹿和殺死那隻麋鹿的三頭狼。她的攻擊不像辛泰拉那樣凶猛。一頭狼翻滾著從斷橋上飛了出去。隨後鹿屍也隨著芬提的衝擊落下了橋。第二頭狼尖嚎一聲死掉了。第三頭狼被嚇壞了，朝牠們跑過來的路上逃了回去。

「刺青！」賽瑪拉尖叫著發出警告——那頭狼正衝他們跑過來。眨眼間，刺青已經將賽瑪拉拽到身後，自己一隻手舉起弓，彷彿舉起一根手杖。隨著那頭猛獸迅速逼近，賽瑪拉才突然意識到，狼竟然是如此巨大。如果牠用後腿直立起來，一定會比刺青更高。牠的下巴很寬，紅色的舌頭耷拉在嘴巴外，一直向他們飛跑過來。賽瑪拉吸進一口氣，想要尖叫，但她沒能發出聲音——那頭已經失魂落魄的狼突然繞過他們，爬上陡坡，消失在灌木叢裡了。

又過了一段時間，賽瑪拉才意識到自己正緊緊抓著刺青上衣的後襟。她鬆開口。刺青此時已經轉向她，用雙臂將她緊緊抱住。片刻之間，他們只是擁抱在一起，不停地發抖。賽瑪拉抬起臉，向刺青肩膀後面望過去，愚蠢地說：「牠跑掉了。」

「我知道。」刺青回答。但他沒有放開賽瑪拉。又過了許久，他才低聲說道，「很抱歉，我和潔珥德睡了覺。這樣做有很多不好，但最不好的是傷害了妳。這讓我們變得更難以……」他的聲音越來越小了。

賽瑪拉吸了一口氣。她知道刺青想要聽到什麼，但她卻說不出口。她並不因為自己和拉普斯卡睡覺而感到抱歉。她也不認為這是一個錯誤。她的確希望自己當時能夠更冷靜地考慮這個問題，但她發現自己不可能對刺青說，她為了這樣做而感到後悔。所以，她說出了另一番話：「那時你和潔珥德做的事情與我無關。我一開始知道這件事的時候，的確很生氣，而且我覺得自己很愚蠢。後來我生氣是因為潔珥德，但這不是你能夠控制或者……」

「當然！我們都曾經是那麼愚蠢！」

賽瑪拉從刺青的面前退開，抬起頭看著他的臉，感覺自己受到了侮辱。但刺青沒有看她，只是盯著那座斷橋。賽瑪拉也好奇地順著刺青的目光望過去。辛泰拉還在那裡，正在大吃大嚼鹿肉和狼肉。芬提不見了。她只獵到了一頭狼。也許她已經吞下那頭狼，然後飛走了。但就在賽瑪拉的注視中，芬提突然從斷橋後面升起。那條身材細長的綠龍穩定地拍打著翅膀，一邊上升，一邊飛過河面。在飛到河面正中的時候，她突然抿起雙翼，朝上游飛去，同時還在不斷升高。

「我們到底在看什麼？」賽瑪拉問道。但她卻又有些害怕刺青的回答。

刺青突然抓住賽瑪拉的手臂，高聲喊道，「這就是巨龍們需要的，一個起飛高台。我打賭，如果他們從這裡起飛，今天就會有一半的龍飛過去。就算他們落在河裡，至少也能到達離河岸足夠近的地方。那時他們就能涉水到達對岸。現在他們都能飛起來一點了。如果他們到河對岸去浸泡在熱水裡，他們將很有可能從對岸的斷橋上飛起來，真正地飛起來。那時他們就能自己狩獵了。」

賽瑪拉仔細想了一下，認真端詳那座斷橋，回憶那些龍練習飛行時的樣子。「應該能成功。」她表示同意。

「我就知道！」刺青用雙臂抱住賽瑪拉，將她舉起來，抱在胸前轉了一圈，放下她的時候，刺青突然親吻了她。這狠狠的一吻讓賽瑪拉的嘴唇撞到了牙齒，讓她的體內湧過一股熱流。然後，不等賽瑪拉對刺青的親吻有所反應，刺青已經彎腰拾起抱住賽瑪拉的時候丟下的弓，「我們走，這個訊息要比獵物更重要。」

賽瑪拉閉住嘴。那個粗魯的吻——刺青一定是以為剛剛發生的事情，讓他們之間的關係和原先又有了不同——所有這些都讓賽瑪拉感到無法呼吸。她應該將刺青推開？還是應該跑向刺青，伸出雙臂抱住他，好好親吻他？她的心臟在劇烈跳動，上百個問題隨著心跳在她的腦海中迸發。但突然間，她不想問任何問題了。暫時就讓這一切順其自然吧。賽瑪拉長呼了一口氣，讓自己的心神平靜下來。她應該給自己一些時間，而不是急著和刺青再說些什麼，也不是急著聽刺青說些什麼。於是，她謹慎地選擇了自己的言辭。

「你是對的，我們應該走了。」賽瑪拉一邊表示同意，一邊又逗留了片刻，看著辛泰拉進食。那頭藍龍女王又長大了，她的胃口顯然比以前還要好了很多。她用前爪按住麋鹿，低下頭，扯下麋鹿的一條後腿。在她仰頭吞嚥的時候，她閃閃發光的眼睛瞥到了賽瑪拉。片刻之間，她看著自己的守護者，嘴裡塞滿了肉。然後她又開始用力地將那條後腿吞進肚子。她靠近喉嚨的利齒將肉切開，把骨頭碾碎，隨後她又將這塊被嚼爛的肉拋上半空，再把它接住，向後仰起頭，把它一點點吞進去。

「辛泰拉。」賽瑪拉在寂靜的暮冬樹林中悄聲說道。她感覺到藍龍的意念輕輕碰觸了她，算是對她的回應。然後，賽瑪拉轉向正在等待她的刺青。他們一同向村莊走去。

「這**不**是你向我承諾過的貨物。」那個衣著華美的男人憤怒地轉向牽著固定在瑟丹手腕上的鐵鍊的人，「我不能將**這個**呈獻給大公。一個皮包骨、得了肺癆的怪物！你承諾過會給我帶來一名龍人。你說那是一個女人和一頭龍交合生出的雜種！」

然後，這個人便緊盯著瑟丹，一雙淺藍色的眼睛裡充滿了冰冷的怒火。瑟丹只是遲鈍地與這個人對視，竭力想要搞清楚這個人的意圖。他剛剛從睡夢中被人拽起來，神情恍惚地被從底層船艙拽上了兩段梯子，走過甲板，來到一座破舊的碼頭上。他們允許他保留他骯髒的毯子，只是因為他被叫醒的時候，仍一直將這條毯子緊緊抱在胸前，而沒有人想要碰觸他，更別說將這條毯子拿走了。他明白為什麼他們都會躲著他。他知道自己有多麼臭，他的皮膚因為一層層乾結的汗水鹽漬而變硬。他的頭髮纏結在一起，掛到肩頭，如同骯髒的氈子。他又餓，又渴，又冷。現在他要被賣掉了，就像是一隻從熱帶地區被帶來的骯髒瘦弱的猴子。

在他周圍的碼頭上，各種貨物正在被卸載下來，各種交易正在進行。他嗅到了咖啡的氣味，耳朵裡充滿了恰斯語的高亢喊嚷，一切都和一艘船進入繽城碼頭的時候沒有什麼差別。當貨物從甲板被運上碼頭的時候，所有人都是那樣急迫。小車將各種貨物源源不斷地運進倉庫，有一些貨物在碼頭上就被迫不及待的買家買走了。

準備購買瑟丹的人，看上去卻一點也不著急。他的臉上寫滿了不悅。他站立的時候，腰背依然筆直，但歲月已經讓他骨骼上的皮肉低垂下來。也許他曾經是一名武士，但他的肌肉已經鬆懈，他的肚子更是凸出在腰帶以外，沉甸甸地向下墜去。他的手指上戴著戒指，脖子上掛著一根粗大的白銀項鍊。他的力量也許曾經來自他的身體內部，但現在他的力量變成了華麗衣裳所彰顯的財富，以及絕不會有人敢忤逆他的自信。

很明顯，要出售瑟丹的人完全同意瑟丹的觀察。他說話的時候一直在弓著腰，低垂著頭，眼睛望向地面，姿態幾近於乞丐。

「我沒有說謊！他真的是龍人，就像我保證過的那樣。難道您沒有收到我寄給您的樣品嗎？那就是他身上的一塊肉！您一定已經見到了那塊肉上的鱗片。請您好好看一看！」這個人轉過身，一下子揪掉了瑟丹僅以遮身的毯子。強猛的海風呼嘯著吹襲瑟丹的肉體。「就是他，您看到了嗎？看到了嗎？他從頭到腳都是鱗片。看看這雙腳和這雙手！您有沒有見到過一個人有這樣的兩隻手？他真的是龍人，我向您保證，首席大臣。我們才剛剛下船，埃裡克大人。我們在海上走了很久。他需要好好清洗一下，吃點東西，是的，只要他的健康一恢復，您就能看出，他正是您想要的貨物，甚至還會超出您的預期！」

首席大臣埃裡克上下打量瑟丹，彷彿是在從屠夫那裡買一口豬。「我看到了他從頭到腳都是割傷和瘀傷，一件貴重的貨物根本不應該是這種樣子。」

「這些都是他自作自受。」這名商人為自己辯解，「他的脾氣很壞。他曾經兩次攻擊看守他的人。第二次，那名看守狠狠打了他一頓，讓他接受教訓，否則每次為他送飯的人都會有可能遭到他的攻擊。他很邪惡，但這都是因為他的體內有一部分是龍，不是嗎？一個普通人肯定會明白，當自己被鐵鍊鎖住的時候，反抗是沒有意義的，所以這也是這件貨物品質的另一個證明。他有一半是龍。」

「我不是。」瑟丹用沙啞的嗓子說道。他現在連站立都感到困難。他知道，自己腳下的地面是穩定的，但他卻有一種起伏不定的感覺。他在船上生活得太久了。清早灰色的晨光在他的眼睛裡實在是太亮了，而現在的天氣也非常寒冷。他記得自己攻擊過看守，也知道自己為什麼要那樣做。他是希望迫使那個人殺死自己。他沒能成功。毆打他的人對他造成了巨大的痛苦，卻沒有對他造成任何致命傷害——這讓那名施暴者感到很滿意。連續兩天，他幾乎不能動一下。

瑟丹向前一衝，把自己的毯子搶了回來，捂在胸前。那名商人驚呼一聲，從他的面前退開，瑟丹則在鐵鍊允許的範圍內盡可能遠離他。他想要將毯子披在肩頭，把身子裹緊，卻又害怕這樣做會讓他一頭栽倒。現在他是如此虛弱，病重難捱。他緊盯著拽住鐵鍊的人，竭力強迫自己昏沉的大腦集中起精神。他不可能與面前的這兩個人對抗。他又更願意讓誰牽走自己？他做出一個決定，收回即將說出口的話，清了清喉嚨，用沙啞的嗓音說：「我現在根本不是我應該的樣子。我需要食物、保暖的衣服和睡眠。」他想要找到一點和這些人的共同之處，以此來喚醒他們心中的一點同情，「我的父親不是龍，他也是恰斯人，是你們的同鄉。他是一名船長。他的名字是凱樂・海文。他的家鄉是夏奧港，一個漁業城鎮。」說到這裡，瑟丹向周圍看了看，帶著一點急切的希望問道，「這裡是夏奧港嗎？我們是不是在夏奧港？這裡也許有人會記得他。我知道，我的樣子很像他。」

那名富人的眼睛裡閃動著憤怒的火光。「他會說話？你沒有提醒過我這一點！」

商人舔舔嘴唇。很明顯，他沒有想到這會是一個問題。他回答的時候，聲音變得如同尖聲哀號，語速也出奇地快，「他是一個龍人，大人。他會像人類一樣說話和行走，但他的身體仍然和龍一樣。而且他說謊的時候也完全像是一頭龍。所有人都知道，龍很擅長於說謊和欺騙。」

「這是龍的身體？」首席大臣的聲音中充滿了輕蔑，他顯然還在對瑟丹進行評估，「也許是一條蜥蜴，或者是一條被餓壞的蛇。」

瑟丹壓抑下說話的衝動，選擇了沉默。最好不要激怒這個人，最好把力氣節省下來，以應對隨後會發生的狀況。他相信，如果自己被出售，成為這個富人的奴僕，那麼他活下來的機會一定要比留在這個商人手中更大。誰知道如果現在這筆交易做不成，這名商人又會將他賣到哪裡去？這裡是恰斯國，他當然會被認為是一名奴隸。他已經體驗過奴隸的生活會有多麼艱苦。他已經知道，成為另一個人的財產或成為一具被出賣的肉體，那是多麼恥辱和痛苦的事情。那段不堪回首的記憶一直存留在他的腦海中，就像是一個不斷滲出膿水的癰瘡。他將這些記憶推到一旁，但緊緊攥住了這些記憶所引發的情緒。

他攥住的是憤怒，因為他害怕自己會徹底屈服。我不會死在這裡，他向自己承諾。他一直進入到自己的內心深處，將意志的力量注入自己的肌肉，然後他強迫自己站得更直，命令自己停止顫抖。他眨了眨充滿黏液的雙眼，讓自己的視野變得清晰，然後緊緊盯住了那個富人。首席大臣埃裡克，看來是一個很有權威的人。他的情緒逐漸鎮定下來。

「好吧。」首席大臣埃裡克回答道，就好像瑟丹在不經意間說出了他想要說的話。瑟丹的心中開始生出一點希望。也許他對於自己的人生還能有一點控制權力。

首席大臣隨後將目光轉向商人：「我會遵守我們的契約。如果你編造的這份充滿欺騙的契約真的值得『遵守』的話！我會買下你的『龍人』，但我只能出約定價格的一半。你應該慶幸自己交了好運，還能拿到這些錢。」

瑟丹看不見那名商人低垂的雙眼，但他能清楚地感覺到商人的憎恨。那名商人的回答卻極盡恭順。他將鎖住瑟丹的鐵鍊遞給首席大臣。「當然，大人，這名奴隸是您的了。」

首席大臣埃裡克並沒有伸手接。他回頭瞥了一眼。一名僕人走上前。這名僕人身材消瘦，但肌肉發達，身上穿著剪裁得體的潔淨衣衫，看樣子是一名家族僕人，他的臉上充滿了對眼前這項任務的厭惡。首席大臣卻毫不在意，喝令一聲：「帶他去我的寓所，把他弄得像樣一些。」

僕人一皺眉頭，用力拽了一下鐵鍊。「來吧，奴隸。」他用通用語對瑟丹說道，然後就轉過身快步向前走去，甚至沒有回頭看一眼瑟丹如何踉蹌了一下，又跳起一步才跟上他。

瑟丹的命運再一次被易手了。

魚月第二十五日
商人聯盟獨立第七年
來自雷亞奧，繽城代行信鴿管理人
致黛托茨，崔豪格信鴿管理人

這支封錮的信管中是一份懸賞布告。任何人，只要能提供柏油人號遠征隊成員塞德里克·梅爾達和愛麗絲·金卡羅恩·芬波克的訊息，都可以得到賞金。請將這份懸賞布告張貼在崔豪格、卡薩里克和雨野原的其他小聚落。

信鴿管理人黛托茨：

任子在此向妳問好，同時要對這封信的新外殼做一些解釋。我的這段話寫在一個布包上。這個布包會被縫死，然後完全浸沒在蠟油中。布包裡面是一只空骨管，也被蠟封住，骨管裡還有一支金屬管。公會領導層堅稱這樣不會對信鴿造成過重的負擔，但我和許多信鴿管理人都不這樣認為。我們尤其擔心那些體型更小的信鴿。很明顯，領導層認為必須採取行動以恢復客戶對於信件保密性的信心，但這在我看來只是對信鴿的無端虐待。我們真正要做的是剷除貪腐的信鴿管理人。對於這種新的信件保存方式，妳和艾瑞克能否表達一下你們的意見呢？

雷亞奧

4 開啟談判

「誰能知道，這麼陰沉沉的房間，氣味竟然比它的樣子更糟？」雷丁的聲音中毫無歡快之意，只是充滿了尖酸的諷刺。

「閉嘴。」詔諭對他說道，同時將他一把推進那個小房間裡。隨著雷丁腳步踉蹌地進了這個小房間，整個房間都開始讓人擔心地晃動起來。這不是客棧房間：卡薩里克沒有正經的客棧，只有妓院、多花一點錢就能在長凳上睡一晚的酒館和這樣品質的民宿。這種民宿的房子都只和鳥籠一樣大，本身有工作的家庭將多餘的房間進行出租，以賺取一些額外收入。從詔諭手中接過租金的屋主，大概是一名裁縫。她向他們保證，能夠在一天中這麼晚的時候還找得到宿處，他們已經是非常幸運了。詔諭只能竭力不向她露出怒容，任由她在收取了不菲的租金之後，並讓她的小兒子帶領他們來到了這個沒有鎖的小房間。這個小房子就懸掛在距離她的居所只有幾根樹枝遠的地方，隨風不停地來回搖晃。

他們沿著狹窄的樹枝小路朝宿處走過去的時候，雷丁一直抓著那些用荒謬的繩索纏繞成的所謂扶手。詔諭則不然，他寧可一頭栽下去，摔死在這片森林的地面上，也不願意顯出一副膽小怯懦的樣子。但雷丁絕沒有這樣的矜持，在被雨水打溼的樹枝小路上，他每走一步都會被嚇得哭嚎一聲。這讓詔諭一直都想要伸手將他推下樹枝，從他身邊走過去。

現在詔諭環顧了一下這個房間，哼了一聲。大概也只能這樣了。房間角落裡有一張床，顯得非常窄小，陶土爐子的爐膛顯然沒有清潔過。在上一個客人離開之後，這裡的床單被褥根本沒有被清洗過，詔諭是如此懷疑的。不過這些對他來說都不是問題。在崔豪格，一間相當不錯的標準旅店房間正在等著他。他打算儘快結束那個恰斯人在這裡的事情。他相信自己一定能用錢買動某個船夫，今晚就送他回崔豪格。只要到了崔豪格，他就能用全部精力去做自己的事情了——也就是去追回他那個行為不檢的妻子。的確，愛麗絲是從卡薩里克啟航的，但他盡可以待在崔豪格舒適的房間裡進行對愛麗絲的搜尋。崔豪格有許多跑者。他們盡可以代替他去令人不悅的地方進行查問，並帶回訊息。

詔諭突然想到那個恰斯人利用他的方式，不由得咬緊了牙關。他就是那個恰斯人的跑者，被派到一個令人不悅的地方，傳遞一個糟糕的訊息。不管怎樣，他會結束這件事。直到那時，他才能回到自己的生活中。

詔諭曾經想過只需要臨時租一個足夠隱祕的、能應付這次會面的房間，但繽城的那個恰斯惡棍一遍又一遍地向他強調，他必須對這裡的會面保持極為謹慎的態度，他所傳遞的「訊息」必須得到嚴格保密。安排這場會面的過程，簡直複雜得讓人感到荒謬。詔諭首先要在崔豪格的一家旅店裡留下一張字條，等待有人回應，然後他要按照回應的指示去找一個升降機管理員，詢問卡薩里克是否有可以租賃的房間。他曾經以為那傢伙至少懂得要為他找一個還算整潔的房間，但他卻被指引到了這裡。現在他唯一的好運氣只是出於巧合，那艘無損船也要在同一天前往卡薩里克。這樣他就不必改換居住的船艙了。

詔諭放下自己簡單的行李，看著雷丁將一個更大的行李箱放在地板上。然後他的旅伴直起腰，做作地呻吟了一聲。「好了，我們到了。現在該做些什麼？你是否打算向我透露一點關於你那個神祕的生意夥伴的事情，比如他為什麼需要絕對保密？」

詔諭當然不能將自己的任務向雷丁透露太多。他只是告訴雷丁，他們要進行一次商業旅行。不走運的是，他還需要在這次旅行中解決他失蹤妻子的問題。他沒有提起塞德里克，雷丁對塞德里克充滿了無聊的嫉妒，沒有必要在這個時候再刺激雷丁。詔諭決定將這件很有刺激性的事先保密起來，等到更有樂趣、或者對自己更有好處的時候，再突然讓雷丁知道。嫉妒一定會在雷丁身上激發出非同一般的熱情。

對於那個恰斯惡棍，詔諭什麼都沒有說。他只是讓雷丁以為那些來路不明的字條和古怪的聯絡人，都只是因為這次他們的交易貨物是極具價值的古靈寶物。這種神祕感讓雷丁感到格外興奮。而看到雷丁滿肚子問題卻得不到半點答案的樣子，也讓詔諭感覺非常有趣。詔諭同樣沒有提及：如果他的任務獲得完全成功，他就能夠擁有克爾辛拉的很大一部分。沒有必要過分刺激這個小傢伙的貪欲，詔諭會在恰當的時刻公布這一切，藉此創造一個關於聰明貿易商的傳奇，讓雷丁回繽城去大肆宣揚。

自從詔諭到達雨野原之後，他聽到的每一點訊息，都讓他相信自己即將占有的那一部分克爾辛拉超乎想像的財富。崔豪格早已充滿了關於萊福特林返回卡薩里克、又匆忙離去的各種謠言。有傳聞說，柏油人號遠征隊已經與庫普魯斯家族建立了聯盟。有一件事是可以肯定的——柏油人號的船長曾經肆無忌憚地使用庫普魯斯家族的信任擔保，採購了大量物資裝滿了自己的船。萊福特林被指控背叛和違反契約，然後沒有拿自己的酬金就逃離了卡薩里克。這當然很不合道理，除非是只要他再向上游跑一趟船，就能得到大筆金錢，讓他已經完全不必在乎議會的那一點酬金了。這件事絕對不容忽視。

此時，大部分小型船都拚命想要追上返回又逃走的柏油人號，但至今為止只有一艘船沒回來。那是和詔諭乘坐的這艘船完全一樣的另一艘無損船，它也許是沉在河裡了，也許還在追趕——具體的情況詔諭還無從得知。如果那艘無損船能夠追上柏油人號，並在這趟旅程中生存下來，那麼詔諭現在乘坐的船一定也可以生存下來。詔諭開始盤算需要用多少錢雇傭這艘船前往克爾辛拉。在繽城，這艘船的船長對待詔諭就很不客氣，任何事都不願和詔諭談論，甚至彷彿不想載詔諭前往崔豪格。詔諭剛剛將雷丁帶上船，船長就迫不及待地起航了。這才讓詔諭為了不得不和雷丁分享本應由他一個人使用的船艙而頭痛。也許這名船長現在不願意繼續向上游航行了，但船長通常都不是船東。也許這艘船的東主們在思考時能夠有足夠的勇氣？也許將詔諭最終獲得的全部財富分給他們十分之一，他們會願意冒險進行這次航行？

至今為止，詔諭都不曾向任何人透露過他可能獲得的這筆財富。只有兩名貿易商曾經大著膽子問過他：此次雨野原之行是否和失蹤的妻子有關係？他只是用瞪視讓他們閉住了嘴。現在沒有必要對任何人多說這種事。否則難免會有人嗅到他的財富散發出的氣味。詔諭將這些思緒全都從腦子裡趕了出去。他知道，無論他多麼不願意去想眼前要做的這件事，他都必須先把這件事了結掉，才能去追尋自己的利益。先要和那個該死的恰斯人一了百了。

於是，他宣布說：「現在我們等著就好。」然後便坐進了房間中唯一的一把椅子裡。這把椅子是用乾藤條編成的，只有一張癟墊子保護他的屁股，一塊帆布鋪在椅背上，沒有任何舒適可言，但在爬過無數級台階之後，他至少能夠休息一下自己的兩條腿了。雷丁徒勞地向房間中看了一圈，呻吟一聲，蹲坐在矮床上，膝蓋不舒服地翹起來。他將雙臂抱在膝頭，向前俯過身子，看上去很不高興。

「等什麼？」

「嗯，我應該說，我需要等待。恐怕我在這裡的第一場會面必須在極端機密的情況下進行。如果一切順利，很快就會有一個人收到你在崔豪格的『青蛙船槳酒館』留給酒館老闆多斯特的字條，隨後來到這裡見我。我會將一些特別的東西交給他。與此同時，你，親愛的，應該出去找找樂子。等我的事情結束之後，我會請我們的房東派她的孩子去找你。」

雷丁坐直身子，一絲沮喪的目光出現在他的眼中。「找找樂子？在這個只有猴子的村子裡？我問你，要到哪裡去找樂子？現在天就要黑了，這裡被當作道路的樹枝也越來越滑了。你想讓我出去自己亂轉？你又不知道我會去哪裡，該怎麼派一個男孩來找我？詔諭，這實在是太過分了！到現在為止，我們在這段荒謬絕倫的旅程中都沒有分開過。我一直照你說的去做，在這些可怕的樹枝間爬上爬下，在骯髒的酒館裡祕密留下字條，甚至為你扛箱子，就好像我是一頭會爬樹的驢！我餓了，全身溼透，冷到了骨頭裡，你卻想讓我再跑到那種糟糕的天氣裡？」

雷丁猛地跳起身，在這個小房間裡來回踱步，試圖表達自己的怒意，但他看上去卻更像是一條在準備睡覺之前來回轉圈的狗。他的動作讓整個房間都開始來回晃動。突然間，他停下來，顯得昏亂又氣惱。詔諭能看出來，他的怒火已經到達了即將爆發的頂點。

「我不認為你的生意是什麼『機密』。我覺得你只是不信任我。我可不打算像塞德里克一樣，做你的哈巴狗，一切都順著你的意思，從沒有自己的想法！詔諭，如果你想要我作伴，你就必須尊重我。我來這裡的目的是為了得到雨野原的商品，我是一名獨立的貿易商。為此，我帶來了我的資金。我本以為，既然我們已經成為了這樣的好朋友，我當然可以運用你的生意人脈。我不是要和你競爭，也絕不想和你爭搶任何你看中的東西，我只是想要賺一點小錢，買一些你懶得接手的貨物。而現在，我卻像是一個跑腿的男孩般地伺候你。你想趕我走就能趕我走，好像我只是一個沒腦子的男僕。聽著，這樣可不行，詔諭．芬波克，這絕對不行。」

這把籐椅非常不舒服。詔諭也像雷丁一樣寒冷又疲倦。如果換做塞德里克，一定會明白不能在這樣的時候和詔諭發生爭執。詔諭看著這個粉紅色臉頰的男子，此時的雷丁，下唇突了出來，就像是一個耍脾氣的小孩子。隨著他不停地喘著粗氣，那嘴唇一直上下翕動，又像是一條大鼻子的狗。詔諭開始認真地考慮將雷丁丟在卡薩里克。就讓他這個「獨立的貿易商」看看該怎樣照顧好自己吧。

就在這時，詔諭忽然想到了一個更合他胃口的方案。

「你是對的，雷丁。」聽到詔諭向他讓步，雷丁看上去大吃了一驚。詔諭很努力才沒有讓自己笑出來。他裝出一副嚴肅的表情繼續說道，「我要讓你清楚地看到我對你的信任。我要讓你進行這次會面，所有事情都由你來處理。今天你將要見到的這個人能夠給我們帶來巨大的貿易利潤。也許你會有一點驚訝，他實際上來自於恰斯國……」

「恰斯貿易商？在雨野原？」雷丁這回真的是大驚失色了。

詔諭揚了揚眉毛。「是啊，你肯定知道，我不止一次去恰斯國做過生意。理所當然，我在那裡有交易夥伴。自從我們和恰斯國的敵對關係結束以後，已經有三個恰斯貿易家族和繽城建立了正式貿易關係。實際上，我聽幾位繽城貿易商議會的議員說過，他們相信和恰斯國建立貿易關係，也許是彼此能保持長久和平的最佳途徑。當國家之間存在共同的經濟利益時，它們就很少會爆發戰爭了。」

詔諭的話說得很坦然。雷丁皺起眉頭，同時也在不停地點頭。詔諭相信雷丁會接受他說的一切，於是他愈發大膽起來，「所以，你當然可以想見，一定會有恰斯人希望和雨野原建立貿易關係。不過，阻礙貿易關係建立的因素也是存在於現實的。所以我們才要確保這次談判嚴格保密。這次前來的恰斯人中有貝佳斯提·柯雷德，你可能認識他。他來過繽城幾次，這一次他一直來到了卡薩里克。另外一個人是辛納德·亞力克。我沒見過這個人。但他既然來找我，當然會持有最可靠的擔保證明，並帶來最優厚的條件。我——不，是**我們**——要將從這兩位紳士家鄉送來的信轉交給他們。我們還帶來了禮物，就在你小心地為我從繽城帶來的那只箱子裡，是兩只精美的小匣子。」詔諭向前俯過身，壓低聲音，「這兩份禮物和隨禮物送來的信，都來自於一位非常接近恰斯國權力核心的人物。貝佳斯提·柯雷德也許會認為和他見面的人將是我，不過他過去的聯絡人是塞德里克，而我們必須帶給他的信，也和塞德里克承諾會向他提供的貨物有關。當然，塞德里克現在還沒有履行自己的承諾。所以你知道我們現在的狀況有多麼微妙了吧？你明白了嗎？我們必須將信和禮物交給我們的恰斯夥伴，並鼓勵他們與塞德里克取得聯絡，要求他們採取一切手段做到這一點，然後讓塞德里克明白，現在最重要的事情就是儘快交付他所承諾的貨物。」

詔諭透過鼻腔深吸了一口氣，然後鄭重其事地對雷丁說道：「我很擔心，如果塞德里克沒有能完成契約，我也會受到非常不好的影響。我之所以願意進行這次旅行，其原因就是我需要維護我的名譽！我需要從貝佳斯提·柯雷德那裡得到一份署名文件，承認他和塞德里克簽訂的契約只與塞德里克有關，和我沒有任何關係。如果他還有那份契約的原始文件，那麼讓他將文件交給我們就更好了。」

詔諭的腦子裡迅速地轉動著各種念頭，同時他不得不為自己的聰明才智感到驚歎。雷丁會為他做好這件骯髒的事情。如果雷丁能夠向柯雷德要來這樣一份聲明，那麼詔諭就有可能擺脫掉恰斯人的糾纏。即使這次會面激怒了雨野原的恰斯人，他們也只會怪罪到雷丁頭上，詔諭則會平安無事。如果有必要，詔諭完全可以否認自己知道傳遞這些物品的事情，畢竟就連送字條去酒館的事情都是雷丁做的。就讓雷丁把事情從頭做到尾吧，詔諭完全可以和這種背叛行為撇清關係。

雷丁還在不停地點頭。他雙眼發亮，顯然對詔諭的提議充滿了興趣。這個非同尋常的行動顯然讓他充滿想像。詔諭長吸了一口氣，在自己的計畫中尋找漏洞。確實，那個恰斯人命令詔諭要親自將信送到，但他又怎麼能知道詔諭沒有這樣做？這不會有任何問題。當這裡的兩個恰斯人打開他們那可怕的小禮物匣，讓雷丁站在他們面前，總要好過讓詔諭承自己受他們的怒火。既然雷丁已經提出要分享詔諭的生意，那麼就讓他看看這種分享會有什麼後果吧。

詔諭發現自己向雷丁露出了微笑。他帶著親密的神情向前俯過身。「你總是將自己和塞德里克相比，並懷疑我是否對你感到滿意。那麼，我現在會讓你證明你的價值：和這些人進行會談，糾正塞德里克的錯誤。你就能清楚地向我證明，你要比塞德里克更優秀。我認為你值得這樣的信任，雷丁。你向我提出這樣的要求，本身就證明了你擁有一名貿易商的膽色和成為我的合夥人的意願。」

雷丁臉頰上的粉紅色變得越來越重。汗珠開始出現在他的額頭上。現在他已經開始用嘴喘氣了。「要交給他們的信在哪裡？和那兩只匣子在一起嗎？」他迫不及待地問道。

詔諭搖搖頭。「不，這是要由你告訴他們的口信。你要這樣對他們說。」詔諭清了清喉嚨。那個口信一直清晰地印在他的腦子裡，「你們的長子向你們致以問候。作為你們的繼承人，那兩個孩子在大公的照顧下生活得很好。當然，並非你們的每一個家庭成員都是這樣，不過你們的長子的確生活優渥，這一點毋庸置疑。為了讓這種情況繼續下去，你們就必須完成你們的任務，向大公證明你們的忠誠。這兩件送給你們的禮物是為了提醒你們，我們還在急切等待你們承諾的貨物。大公希望你們竭盡全力確保貨物早日到達。」

雷丁睜大了眼睛。「我必須一字不錯地告訴他們嗎？」

詔諭考慮了片刻。「是的，你必須如此。你有紙和筆嗎？我會將它們寫下來。如果你記不住，可以照著我的紀錄把它們念出來。」

「我，呃，沒帶紙筆，不過……你再說一遍，我可以記住它們，或者至少能做到半點意思都不錯。大公？甜美的莎神啊，恰斯大公？喔，詔諭，那真的是很高層的人物了！我們的確是在建立一個很有價值的關係。現在我明白了你為什麼會如此謹慎小心。我不會讓你失望的，我的朋友。我真的不會讓你失望的！喔，甜美的莎神啊，一想到這個，我的心就跳個不停！但你又要去哪裡？你留在這裡傳遞口信，不就好了嗎？」

詔諭向雷丁一歪頭。「我已經告訴過你了，這場會面是高度機密的。他們相信和他們見面的只是一個人，而不是兩個。我會出去一段時間，給自己找一杯熱茶喝喝，或者找些其他的樂子。這件事就全委託給你了。」他停頓一下，又突然說道，「這不正是你想要的？」

「呃，不，我從沒有想過要將你從你的業務中趕出去……」

「不，當然不會，不會的！」詔諭打斷了雷丁結結巴巴的道歉，「不必擔心！你在和我完成同一樁事業。這讓我對你有了很大的敬意。我需要暫時離開了。你也需要一些時間來稍加演練。在我離開之前，我會再向你複述一遍那個口信。」

當他們看到第一頭龍的時候，萊福特林知道他們距離克爾辛拉至少還有三天的路程。是柏油人提醒了他。他的駁船沒有任何明確的表示，只是萊福特林突然感到一陣顫慄沿著自己的脊椎骨一直湧上來，最後刺激到了他的頭皮。他撓撓頭，將目光轉向天空，想要看看是不是柏油人在警告他又要有風暴來襲，但他只是在灰雲遮蔽的天空中看到了一小粒漂浮的藍寶石。

那一粒藍寶石轉瞬即逝，讓萊福特林還以為自己產生了幻覺。但它很快又出現了，先是如同淺藍色的蛋白石，透過一片薄雲在他的眼前搧動。突然間，它就綻放出耀眼的藍色光彩……

「龍！」萊福特林喊道。他的喊聲驚到了所有人。而他已經伸手指向了天空。

軒尼詩一下子就來到了他身邊。所有人都知道。軒尼詩是船員中目光最為犀利的一個。他立刻確認了萊福特林的觀察：「是辛泰拉！看到她翅膀上的金白色花紋了嗎？她正在學習飛行！」

「我能夠看出那是龍，就已經很走運了。」萊福特林興致勃勃地嘟囔著。他沒辦法抑制自己臉上的笑容。看樣子，巨龍們已經能夠飛翔了，或者至少又有一頭龍飛起來了。他興奮的心情讓自己也吃了一驚。這種情感就像是一位父親看到自己的孩子第一次走路，「真想知道其他龍是不是也能飛了。」

軒尼詩無法回答這個問題。

「你能召喚她媽？向她發出訊號，讓她知道我們需要她？」雷恩跑到萊福特林身邊說道。他的神情中滿是激動和希望。

「不能。」萊福特林沒有說謊，「即使我們可以，她距離我們還很遠，也不可能降落到我們這裡。不過，能看到她實在是太好了，庫普魯斯。那是最明確的指引。我們距離克爾辛拉只有幾天的路程了。很快，非常快，我們就能夠見到龍群。也許那時你的孩子就能得到救助。」

「你確定柏油人沒辦法走得更快了？」

這又是一個萊福特林已經聽過無數次的問題。儘管這位船長很同情面前這個年輕人，但他也只能回答道，「這艘船知道自己在做什麼。我們都不能向他提出更多的要求。」

雷恩看上去彷彿很想再多說些什麼，但下游方向傳來的一陣微弱喊聲打斷了他。兩個人都轉身向後望去。

那艘來自於繽城的船仍然在追趕他們。那艘船上的瞭望手也看到了龍——也許是柏油人號上的人們指指點點和高聲呼喊的樣子，引起了後面這艘船的警覺。萊福特林歎了口氣。他已經對這艘一直追在他們身後的船感到厭倦了。柏油人一次又一次地在晚上拉開了和這艘船的距離，而他們卻總是能用一個白天的時間再追上來。那艘窄船能夠達到的速度真是令人不可思議。萊福特林懷疑那艘船上的人是在冒著生命危險晝夜不停地划船，才能追趕上他們。一定有人付給了他們非常豐厚的酬金，或者他們本身就是財寶獵人，夢想著能夠贏取大筆財富，這才會讓他們如此不知疲倦地賣力航行。萊福特林衷心希望他們終有一日能夠放棄追趕並且調頭返航。但現在他們已經看到了飛翔的龍。萊福特林的希望非常渺茫了。

萊福特林不知道辛泰拉有沒有看到他們。那頭藍龍對此沒有任何表示，她正在狩獵，在大河兩岸遼闊的範圍內緩慢盤旋。萊福特林認真記住了這一幕。他要將這個情景添加到他正在迅速增多的關於這條河的紀錄、圖示和素描中。如果這裡有龍在狩獵，那麼他就可以推測這裡很廣闊的範圍內都是堅實的土地。辛泰拉肯定不會願意穿過一層層樹冠，最終落在一片沼澤上；也不會喜歡藏匿於水下的獵物。不，在他眼前密布於岸邊的一層層高大樹林後面，一定有平坦的草原和連綿起伏的丘陵。這裡的山丘草場絕不僅僅是克爾辛拉周圍的那一片地方。總有一天，這裡還需要得到更進一步的探索。

「她要過來了嗎？那是婷黛莉雅嗎？」

雷恩低頭看看麥爾妲的藍眼睛，又將目光移開，搖搖頭。「她不是我們的龍。我相信，如果婷黛莉雅在這裡，我們能感覺到她。不，那是年輕一代的巨龍之一，一頭名為辛泰拉的雌性藍龍。萊福特林說，即使我們能夠召喚她，向她發出訊號，她也不可能降落到我們這裡。不過我們距離克爾辛拉至多也只有幾天路程了。親愛的，我們很快就能到達那裡，埃菲隆不會有事的。」

「幾天。」麥爾妲沮喪地說著，低頭看看自己熟睡中的孩子。她沒有說出他們兩個心中共同的想法。也許他們的孩子沒有幾天時間了。

在登上柏油人號的最初幾天時間裡，埃菲隆的情況還算不錯。他能夠吃奶，能夠入睡。當他醒來的時候，就會用一雙深藍色的專注地凝視他們兩個，還會伸展手腳，扭動身體，甚至有發育的跡象，細小的腿和手臂都多了一些肉，變得豐滿起來，臉頰也變圓了，全身都泛起了健康的粉紅色，讓他不再那樣像是蜥蜴。那時麥爾妲和雷恩都開始感到希望，相信這個孩子的危險期已經過去了。

但在幾天以後，埃菲隆好轉的勢頭開始消退。他的睡眠變得時斷時續，總是被長聲哀泣打斷，而大人們沒有任何辦法安慰他。他的皮膚變得乾燥，眼睛裡滲出了黏液。為了讓麥爾妲能夠在他們的船艙裡睡上一覺，雷恩必須將他們不住哭鬧的孩子連續在懷裡抱上幾個小時——他以前有過鍛煉自身耐力的機會，但這仍然是他生來最為瘋狂的體驗。為了改善這個孩子的睡眠，人們提出並嘗試了各種可能的手段：將孩子包裹在厚實的毯子裡到餵給他幾滴萊姆酒，讓他的胃能夠安定下來；人們輪流抱著埃菲隆來回走動，輕輕晃動他；為他洗熱水澡；將他放在搖籃裡；為他唱歌；讓他盡情哭泣等，但所有辦法都沒能緩解他持續而無力的哭泣。雷恩漸漸感到了絕望和氣餒。麥爾妲完全陷入深深的哀傷之中。現在就算是這個孩子睡著了，也會有人看護他。所有人都擔心這孩子會在呼出一口氣之後，再無法吸進另一口氣。

「讓他自己睡一下吧。跟我站起來，伸展一下筋骨，呼吸一點新鮮空氣吧。」

麥爾妲不情願地站起身，將睡著的埃菲隆留在籃子裡。雷恩伸手摟住妻子，引領麥爾妲走出帆布棚子，來到開闊的甲板上。現在的風很冷，預示著又有雨水要落下來。但就算是這樣的冷風也無法吹紅麥爾妲的臉頰。她已經徹底累壞了。雷恩握住她的手，感覺到妻子薄薄皮肉下方的纖細骨骼。麥爾妲將自己的金色髮辮別在腦後。她的髮絲顯得很乾燥，從辮子裡散落出來。雷恩已經記不起上一次看見妻子梳頭是在什麼時候了。「妳需要多吃些東西。」他輕柔地對妻子說。麥爾妲卻瑟縮了一下，彷彿雷恩在責備她。

「我有許多奶水給他喝。他也喝得不少。但他似乎沒有得到任何營養。」

「我不是這個意思。我說的是妳自己。當然，也還有他。」雷恩思索著，想要找到合適的言辭，但還是放棄了。他將妻子抱緊，用自己的斗篷遮住妻子，越過妻子的頭頂向遠處望去，「萊福特林船長告訴我，上一次他們沿河道上溯到這個地方時，這裡的水變得非常淺，他們不得不漫無目的地走了好幾天，也想要找到能夠依循的河道。很難相信，對不對？」

麥爾妲抬起眼睛看了看這片遼闊的水面，點點頭。這裡看上去更像是一片湖，而不是一條河，四面八方都是煙波浩渺的碧波。河水到了這裡，流動速度更加和緩，滋養了更多水生植物，至少這些植物似乎相信春天近在眼前了。新的蕨類植物正在從水中一點點生長出來，等待著在溫暖季節完全張開自己的葉片。發黑的一縷縷水草上也出現了綠色的萌芽。

「這裡的湖濱水岸上曾經有許多古靈建造的家園，還有特殊的棲息場所供巨龍享用，這裡曾有一些房子是建造在樁子和立柱上的。在一年中的這個時候，它們會成為一個個小島，另一些房屋建造在更遠處的岸邊。來訪的巨龍能夠在這裡得到各種款待。有一些巨石平台，只要被龍碰觸就會發熱。還有用玻璃和奇異植物搭建的高大房屋，巨龍就算是在寒冷的冬季夜晚也能安睡於其中。船長說，這都是龍告訴他的。」雷恩又指了指遠方的一片高地，那裡生滿了葉片落盡的樹木。不過那些白色的樹幹上已經顯露出粉紅色澤。這也是春天即將到來的跡象。「我認為，我們應該在那裡建起我們的莊園。」懷抱著未來的期待，他對妻子說，「妳覺得白色立柱好不好？還有一片巨大的屋頂花園，種上一排排裝飾性的蕪菁。」他看著妻子的臉，希望能夠引來妻子的一點微笑。

他的策略失敗了。麥爾妲沒有能從她的愁思中甦醒過來。「你認為那些龍會幫助我們的孩子嗎？」她低聲問道。

雷恩放棄了自己的策略。這個問題一直在折磨著他。「他們為什麼不會？」他竭力顯出一副吃驚的樣子。

「因為他們是龍。」麥爾妲顯得疲憊又氣餒，「因為他們也許沒有同情心，就像婷黛莉雅沒有同情心。她丟下她的同族，任由他們無助地餓死。她讓我的小弟弟成為她的歌者，用她的魅力誘惑他，然後派他去探索未知的世界。她似乎根本不在意瑟丹的失蹤。她改變了我們，然後就丟下我們，再也不理會我們的人生。」

「她是龍，」雷恩承認，「但只是一頭龍。也許其他龍會不一樣。」

「我在卡薩里克見到他們的時候，並不覺得他們有什麼不同。他們都是那麼狹隘又自私。」

「他們那時非常可憐，饑餓又無助。我見到過的可憐、饑餓又無助的人，也都是狹隘和自私的。惡劣的環境會激發出我們每一個人最壞的一面。」

「但如果那些龍不救助埃菲隆呢？那時我們又該怎麼辦？」

雷恩將麥爾妲抱緊。「我們不要為明天而擔心了。至少現在他還活著，而且已經睡著了。我認為妳應該吃些東西，然後也睡一覺。」

「我認為你們兩個都應該吃些東西，然後一起去船艙裡睡一覺。我會留在埃菲隆身邊。」

雷恩抬起頭，越過麥爾妲的頭頂向他的姊姊露出微笑。「祝福妳，蒂絡蒙，妳真的不介意？」

「一點也不。」蒂絡蒙的頭髮鬆散下來，披在肩頭。一陣風將一縷散髮吹到她的臉上。她把那一縷頭髮撥開。這個簡單動作露出了她的臉頰。雷恩看到姊姊的雙頰上呈現出健康的顏色，才突然察覺到，他的姊姊顯露出了幾年來都不曾有過的健康和活力。雷恩不假思索地說道：「妳看起來很快樂。」

蒂絡蒙一下子露出了困窘的表情。「不，不，雷恩，我像你們一樣在為埃菲隆擔心！」

麥爾妲緩慢地搖搖頭。她的微笑帶有一絲哀傷，卻很真誠。「姊姊，我明白妳的心。妳一直都在幫助我們。但這不表示妳不應該因為在這次旅程中的收穫而感到快樂。我和雷恩也都在為妳而高興……」

說到這裡，麥爾妲的聲音忽然變得微弱起來。她瞥了一眼自己的丈夫。雷恩知道自己的臉上一定充滿了困惑。他問道：「什麼收穫？」

「愛。」蒂絡蒙簡單地回答道。她毫不退卻地看著弟弟的眼睛。

許多思緒在雷恩的腦海中閃過。他回想起自己偶爾聽到的一段段對話，一次次瞥到的蒂絡蒙和……「軒尼詩？」他問道，這個念頭讓他感到詫異又驚慌，「軒尼詩？那個大副？」他的語氣表達了所有他沒有說出口的話。他的姊姊，一名出身於貿易商家族的女子，竟然會愛上一名普通水手？一個看上去就對女人很有手段的男人？

蒂絡蒙抿起嘴唇，雙眼中的神色難以解讀。「軒尼詩。這和你沒有關係，弟弟。我在多年以前就是成年人了。現在我做出了我自己的選擇。」

「但……」

「我很累了。」麥爾妲突然插口道。他在雷恩的懷中轉了個身。「求你，雷恩，我們趁著蒂絡蒙給我們的機會，好好去床上休息一下吧。我已經有許多天沒有能在你身邊睡一下了。有你在的時候，我才能休息得更好些。來吧。」

她拽起丈夫的手臂。雷恩才不情願地轉過身，跟在妻子身後。現在讓麥爾妲能夠休息一下，要比和他的姊姊發生爭執更加重要。再過些時候，他們可以在私下裡談一談。雷恩一言不發地跟隨妻子向他們的船艙走去。那個船艙更像是固定在甲板上的一個大貨箱，船艙裡有一張床。這段時間裡，他們兩個只能輪流睡在那張床上。雷恩的確很期待能夠在休息的時候抱著睡夢中的麥爾妲。他痛恨自己一個人入睡。

彷彿麥爾妲能夠讀懂他的想法一樣。「雷恩，不要干預你姊姊的事情。想想我們所擁有的一切，想想這一切給我們帶來的慰藉。我們又怎麼能反對蒂絡蒙有同樣的追求？」

「但……軒尼詩？」

「一個努力工作、熱愛自己工作的人；一個會向她微笑、而不是面帶嘲諷轉過頭去的男人。我相信那個男人是真心的，雷恩。即使他別有用心，蒂絡蒙也是對的。她在多年以前就是一名成年女子了。她應該將自己的心交給誰，不能由我們說了算。」

雷恩深吸一口氣，想要表示反對，卻又只是長歎一聲。麥爾妲這時已經拉開了門閂。這件憋悶的小艙室突然顯得那樣舒適安逸。雷恩需要休息，希望能抱住自己的妻子，這樣的願望如同洪水一般湧過他的全身。

「有些事情，盡可以等到以後再去擔心。在我們還能睡上一覺的時候，就應該好好睡一下。」

雷恩點頭表示同意，跟隨麥爾妲走進了船艙。

魚月第二十五日
商人聯盟獨立第七年
來自你在卡薩里克的朋友
致繽城貿易商芬波克

需要警惕的事情越來越多，而我的花費也隨之水漲船高。我希望我的下一筆酬金能夠加倍。全部酬金都應該以錢幣形式祕密予以付訖。你的上一名信使是一個白癡，直接來到我工作的地方，只是給了我一張支票，而不是以我們談好的現金支付。為了這個原因，我今天提供給你的情報只是我所知道的一部分資訊。給我酬金，你就能知道我知道的事情。

那名旅行者到了，但並非孤身一人，他的使命似乎和你所說的也有所不同。還有另一個陌生人給了我一大筆錢，向我打聽關於他的資訊。我擅長於保守祕密，但我維持生計的手段就是出售情報。當然，如果更加有利可圖，我也會以保密為己任。

從上游傳來的訊息非常稀少，不過有一條也許會讓你感興趣，只是如果要我將它給你，我就要收取數目不小的一筆錢。把那筆錢帶到我前告訴過你的那家崔豪格客棧，只能將它交給一個臉頰上刺著三朵玫瑰花的紅髮女人。

如果這件事出現差失，我們的生意就結束了。你不是唯一想要搶在他人之前知曉貿易商內部祕密的人，而且還有另外一些人，也許會很感興趣我對你的生意有什麼樣的了解。

聰明的人，聽一句話就足夠了。

5 躍起

將龍群從河邊草地上帶到斷橋前所耗費的力氣和時間，遠遠超出了所有人的想像。塞德里克站在卡森身邊，看著最後一批大龍下了陡坡，到達山腳的古早大道。這些龍一個接一個滑下泥濘陡峭的山坡，在坡面上壓出一條凹槽，將泥土、石塊和樹枝都帶了下去，呈扇形散落在古早大道的路面上。火絨是最後一個滑下去的。當諾泰爾的淺紫色巨龍到達路面上的時候，從肩膀向下都變成骯髒的土褐色。

現在只剩下體型較小的兩頭龍，芮普妲和噴毒留在了山脊上。「骯髒冰冷的溼泥巴。」芮普妲抱怨著。

「我曾經想讓妳第一個下去，那時其他龍還沒有把山坡滾爛。」塞德里克提醒她。

「那時不喜歡。現在也不喜歡。太陡了。」

「妳不會有事的。只要滑下去，就能到山腳下。」塞德里克竭力安慰她。

「妳會像石塊一樣滾下去，如果不折斷妳的翅膀，就是妳的運氣好。」噴毒不懷好意地說道。他的銀灰色眼睛緩慢地旋轉著，其中閃動著紅光，他似乎很喜歡看到芮普妲因為自己的話而感到苦惱。塞德里克很想找一件足夠大的東西用力敲打一下這頭龍。他在芮普妲和噴毒對這個想法有所反應之前將它壓抑下去，竭力在自己的意識和聲音中加入安定的情緒。

「芮普妲，聽我說。如果我覺得一件事會對妳有傷害，我絕不會要妳去做。我們必須從這裡下去，只有這一條路。我們需要滑下這座山，和其他龍在那座橋上會合。」

「妳到那裡以後，他會想讓妳從橋上跳下去，在下面的冷水裡淹死。」噴毒似乎完全相信自己的這個想法。

「銀龍，」卡森口吻嚴厲地警告噴毒，但那頭小銀龍仍然不知收斂，「我的守護者也想淹死我，」他煞有介事地向芮普妲說，「然後他就不必那麼忙著狩獵餵飽我了，他就能有更多的時間在床上狠狠撞擊妳的守護者。」

卡森沒有回應銀龍的這些話，只是突然向前猛地一衝，肩膀用力頂在銀龍身上，又將他的全部體重都撞向銀龍。噴毒過於靠近山脊邊緣了。他一直不以為然地看著下方陡峭的山坡。突然被獵人一撞，小銀龍拚命用四足抓撓，想要攀住山坡，卻只是挖下了更多的泥土。他在慌亂中一甩尾巴，正掃在卡森的腿上，結果龍和守護者全都滑下了山坡，在泥濘的凹槽中不斷翻騰。卡森伸手抓住了噴毒的翅膀尖。那頭龍一路都在發出銅號一般的狂吼。直到聽見卡森的高聲呼喊之後，塞德里克才知道，他們兩個都沒有因為這種突然的滑落而感到害怕。

「他們喜歡這樣？喜歡弄髒身體，一下子滾落到山下？」紅銅龍芮普妲向滿心慌亂的塞德里克問道。

「很明顯。」塞德里克半信半疑地回答。卡森和噴毒此時已經到了山腳下，正躺在鋪滿鬆散土石的古靈大道。卡森站起來，毫無意義地撣了撣身上的泥土，向山上喊道：「真的沒有那麼糟。下來吧。」

「你這麼喊，也沒有用。」塞德里克回答道。他掃視了一下腳下的山坡，想要找到一條更容易、更安全、也更乾淨的道路下去。現在其他龍和守護者都已經朝斷橋前進了。卡森還在等他們，一直抬起頭看著他們。噴毒張開翅膀，用力抖動，完全不在意把身上的泥巴甩到了他的守護者身上。

「不要在那裡磨蹭一整天！」卡森興致高昂地喊道。

「她永遠都是最慢的一個。」噴毒抱怨著。

「我這就來！」塞德里克不情願地喊道。他側身轉向山坡，想要沿著斜向路線走下去。

「不要骯髒！」芮普妲頑固地說道。

「我的紅銅美人，我也像妳一樣不喜歡這樣。但我們必須下去。」塞德里克甚至無暇去想他的下一個挑戰——他必須說服芮普妲從斷橋上跳下去，好飛上天空。塞德里克相信芮普妲能做到這一點。最近所有龍都在認真地進行練習。大多數龍至少都顯示出了一些滑翔技巧。塞德里克幾乎能夠相信，他的芮普妲會平安地飛到克爾辛拉。只是當他冷靜一些的時候，心中難免還會有一點憂慮。他將這些憂慮推到一旁，卡森已經就此對他做出過警告，他不能懷疑芮普妲，因為這樣只會影響芮普妲對自己也產生懷疑。

塞德里克挪到大龍壓出的泥土凹槽前，開始小心地向下走去，以斜線方向一步步爬下山坡表面。他向下走了大約五步，支撐在下面的腳突然一打滑。結果他一屁股坐在地上，又趴伏下去。他拚命想要抓住身邊的野草，卻只是將那些草從地裡揪了出來。他就這樣一直滑下去。卡森努力壓抑的笑聲和噴毒銅號一般的狂呼亂吼，絲毫沒有能讓他的心情好一些。他的身子有兩次幾乎能夠停下來了，但每一次他試圖站起身，都會再次滑倒。等他到達山坡底部、努力坐起來的時候，卡森來到他身邊，向他伸出手。

「這一點也不有趣。」塞德里克憤憤不平地說。卡森雖然緊緊地抿住了嘴唇，但他眼睛裡跳動的嬉鬧神情卻是不容置疑的。塞德里克站起身的時候，也不由得露出了笑容。他用了一點時間散落自己古靈衣衫上的砂礫、蒺藜和泥土。做完這件事以後，他的手還很髒，但他的藍色和銀色衣服已經潔淨如初了。他抬起頭看著卡森。這名獵人的鞣製皮衣上仍然帶著一道道泥土。

「我告訴過你，你應該試試這些衣服。拉普斯卡帶回了很多這樣的衣服。」

卡森羞怯地聳聳肩。「老習慣是很難改變的。」然後，在塞德里克失望的目光中，他又說道，「也許等我們遷居到那座城中之後吧，穿上色彩鮮亮的衣服，總讓我覺得很尷尬。」

「你不喜歡我穿上這樣的衣服嗎？」

卡森露出一絲壞笑。「我更喜歡你脫下衣服的樣子。不過，是的，我喜歡看你這樣穿。不過這不一樣，你很美麗，你應該穿美麗的衣服。」

卡森的話讓塞德里克感到一陣溫暖，但他還是搖了搖頭。卡森就是卡森，大體上而言，塞德里克並不想改變他。如果一定要說是為什麼，塞德里克不得不承認，用狩獵來的粗皮製作成的衣服讓卡森有一種特別的、粗野的魅力，也讓塞德里克感到一種安慰的力量。

「我也喜歡他這樣，」噴毒突然說道，「這讓他聞起來全都是獵殺和鮮肉的味道。這味道很好聞。」

這頭銀龍有時候似乎有些過於明白塞德里克心中的想法了——塞德里克沒有再深思這件事。他將目光轉向坡頂的芮普妲。紅銅龍來到了山坡邊緣，正在低頭看著他們，同時緊張地不住挪動著前腿。除了卡森和噴毒以外，其他龍和守護者都已經將他們丟下了，「快一點，我的紅銅女王，否則我們就要被丟在後面了！」

「而妳將是最後一個跳出去的，反正妳做什麼事都是最後一個！」噴毒肆無忌憚地嘲諷著芮普妲，「來吧，紅銅母牛，找一根勇氣的稻草，從山上滾到我們這裡來吧。」

「讓他不要再嘲諷芮普妲了，」塞德里克氣惱地向卡森抱怨，「他會讓芮普妲發怒，那時我就沒辦法再勸說她做任何事了。」即使隔著很遠一段距離，塞德里克還是能看到紅色的怒意閃耀在芮普妲不斷旋轉的眼睛裡。紅銅龍抬起頭，彎曲脖頸上的皮摺在憤怒中樹立起來。她身上的色澤也變得更加明亮了。她的全身都閃耀著怒意，就像一只在火上被燒得過熱的紅銅茶壺。

「最後一個？」芮普妲喊道，「你才是最後一個，而且你永遠都不要想交配，你這隻閃光的蟾蜍！」她又怒氣沖沖地盯著塞德里克，高聲喊道：「不要泥巴！」然後她一下子從山坡頂上轉過身，從塞德里克的視野中消失了。

「現在看到你幹了些什麼吧！」塞德里克責備那頭不知好歹的銀龍，「她要回到村子裡了。我還要用一整天的時間才能把她帶回……」

塞德里克還沒有說完，就聽到了一陣沉重的腳步聲。他抬起頭，看見紅銅龍衝到山坡邊緣，縱身躍起在空中。

「跑！」卡森吼道。但塞德里克無法移動腳步。他只是愣愣地盯著頭頂上方，為芮普妲感到恐懼，也為自己感到恐懼。

芮普妲猛地張開翅膀。塞德里克一縮身子，用雙手護住頭頂，彷彿這頭小紅銅龍會直接落在他們頭上，但紅銅龍完全伸展開了自己的雙翼。塞德里克滿心恐懼地向她望去，看到她開始拚命拍打翅膀，塞德里克不由得閉上了眼睛。

片刻之後，塞德里克發現自己還活著。他再次睜開眼睛。卡森正看著天空，同時驚愕地張大了嘴。噴毒勝利的吼聲穿透了塞德里克的大腦：「她飛起來了！紅銅女王飛起來了！」

塞德里克抬起頭，和卡森一起向天空中望去。這時，高大的獵人伸手摟住塞德里克，抬起另一隻手向大河的方向一指。塞德里克又用了一點時間才明白自己在看著什麼。他的龍。現在天色很陰沉，但芮普妲仍然光彩煥發，燦爛的紅銅身軀在灰白的河面上顯得格外耀眼奪目。她的翅膀伸得很寬。她正在向對岸滑翔。但她的高度在迅速降低。塞德里克能夠準確地預料到，她到不了河中間就會碰到河面，「飛起來！」塞德里克高聲喊道。他的聲音卻一下子嘶啞起來，「拍動翅膀，芮普妲！飛起來！」

卡森緊緊抓住塞德里克的肩膀。這名獵人一直保持著沉默，但塞德里克知道，他和自己感到了同樣的痛苦。塞德里克能聽到斷橋那邊傳來其他守護者的聲音，大家都在焦急地高聲發問。多提恩發出銅號般的狂野吼聲，維拉斯用更加高亢的吼聲做出回應。

「飛！」咆哮的命令聲充滿了憤怒。它來自於銀龍噴毒。這頭銀龍用後腿跳起來，張開翅膀，憤恨而又徒勞地用力拍打它們，「飛啊！」

塞德里克無法再看下去，卻又不能讓自己的目光離開芮普妲。他能感覺到芮普妲的恐懼和被疾風吹過身體的興奮。他知道他的龍正在努力將身體繃成一條直線。然後，拍打、拍打、拍打，芮普妲開始用力振起雙翼。她從山脊上跳起之後就一直在向下俯衝，這個過程中她只是伸開雙翼並且試圖駕馭著空氣。但現在，古早的記憶被啟動了。她一直都是一位女王，一直都在統治著無盡藍天。

「不要思考！只要飛行！」噴毒繼續向芮普妲咆哮著。然後，他開始笨拙地奔跑起來。

「噴毒！」卡森一邊高喊，一邊追了上去。塞德里克無法繼續站在原地了。他也跟在他們身後奔跑起來。他感覺到風吹在自己的臉上——那是吹過芮普妲細長脖頸的疾風，是在水面上不斷推送她的氣流。塞德里克強迫自己停下腳步，緊緊閉起眼睛。

「我和妳在一起，芮普妲。飛啊，我的美人。不要想別的事。只要飛行。」

自從塞德里克喝下芮普妲的血液之後，他就和這頭紅銅龍有了共通的知覺。有時候，這只是對塞德里克造成了一點干擾；另一些時候，它們會徹底淹沒塞德里克自己的感知。塞德里克從沒有認真想過，他和芮普妲的連結有時候不只是對芮普妲造成一點干擾，而是會影響到芮普妲，讓芮普妲對她自己產生懷疑。現在絕不能讓芮普妲有任何疑慮。她必須堅信，她是屬於自由天空的紅銅女王。克爾辛拉正在遠方向她發出召喚。塞德里克將自己完全注入到芮普妲心中，讓意志的力量匯入她的雙翼，支撐起她的心靈。

「噴毒，不！」在遠方某處，塞德里克聽見卡森在高喊。但塞德里克堅定起決心，只是將自己的全部精神集中在芮普妲身上。翅膀穩定地拍動。下方的洶湧激流只不過是一陣陣水波翻滾的聲音，不可能將他拉下去，讓他沉沒在其中。前方就是克爾辛拉閃耀的石牆，正在呼喚他過去，那裡會有溫暖的地方。他向她承諾：她將擁有溫暖的洗浴，還有能夠擋住無盡冷雨寒風的堅固殿堂；她將在熱水中休息，舒緩寒冷帶給她的持續疼痛。

我來了，紅銅女王。我們一同飛上天空。

這個想法衝進了塞德里克和芮普妲共同的意識。是噴毒。銀龍從斷橋頭一躍而起，搶在那些大龍之前，成為第一個跳出橋頭的龍。我抓住了風，我會來找你。我們一同在雲端升起！

芮普妲閃光的翅膀突然將她送上更高的天空。那對翅膀拍動的節律緩慢下來，但每一次拍動都更加有力。紅銅龍不斷上升，河面距離她越來越遠。隨後很長一段時間裡，塞德里克在一陣眩暈的感覺中看到原野在她的身下鋪展開來。他從沒有想像過任何生物能夠看得那樣遠，又那樣細緻入微。人類站在山頂上也許能夠看到這樣的景觀，卻絕對不可能發現在山坡上打瞌睡的麋鹿，或者是辨別出高草的晃動並非是風的吹拂，而是有一群山羊一樣的小動物從中經過。突然間，塞德里克能夠嗅到牠們了。那頭雄獸散發出麝香氣息，跟在牠身後的是五頭，不，六頭雌獸。各種細節狀況湧入塞德里克的意識。這是他從不曾體驗過的。當他突然中斷了自己和芮普妲的聯繫時，他還無法確定到底是芮普妲推開了他，還是他逃離了芮普妲。

他站在原地，在陽光下眨了眨眼睛，感覺自己彷彿剛剛從一場非同尋常的夢境中醒過來。他的視野還有些模糊，於是他閉起眼睛，用力揉了揉，然後才知道，自己的問題只是又恢復了普通人類的視覺。他搖搖頭，向周圍看了一圈，其他龍和守護者此時已經全都聚集到了斷橋的末端。卡森正回身向他跑過來。獵人的臉上浮現出一種介於喜悅和驚恐的奇怪神情。這時斷橋上的動靜又吸引住了塞德里克的目光，他看見橙色的多提恩突然開始跑上橋面，只是在橋盡頭停頓了一下心跳的時間，就跳了出去，並猛然張大翅膀，露出雙翼上亮藍色花朵一般的紋路。他的身體完全繃成了一根直線，就像一支離弦的利箭。在塞德里克的注視下，他完全沒有掉落下去，而是有力地拍動翅膀，漸漸升起。他身後的斷橋上，凱斯歡呼雀躍，為了他的龍成功起飛而欣喜若狂。他的堂兄弟博克斯特跑到他身邊，用力拍打凱斯的後背和凱斯一同大笑，凱斯則只是興奮地用手指向他的龍。但他們兩個突然停止了慶祝，躲到一旁。身材修長、已經瘦得皮包骨的斯克力姆，開始向斷橋發起了衝鋒。他沒有絲毫猶豫，一下子衝出斷橋，就像是第二支射向天空的橙紅色羽箭。然後，他開始努力振動翅膀，向天空中越飛越高，瘦長的身軀就像蛇一樣不斷上下波動。

「塞德里克！」卡森的喊聲將塞德里克從斯克力姆的成功起飛中拉回來，「塞德里克，你看到他了嗎？你有沒有看到他們？」

塞德里克的愛人突然出現在他面前，抓住他，將他高舉起來，抱著他快活地轉圈。「你有沒有看到我們的龍？」他在塞德里克耳邊問道。

「不！放我下來，你在說什麼？」塞德里克問道。卡森將塞德里克放下。塞德里克卻不得不抓住卡森的手臂，以免在眩暈中跌倒，「什麼？在哪裡？」

「那裡！」卡森驕傲地高聲宣布，同時伸手指向越過克爾辛拉的遙遠天空。

塞德里克本來只是希望芮普妲能夠平安地在對岸降落。他從沒有想像過他的龍會在那座城市上方盤旋。現在芮普妲正傾斜著身子，一次又一次地進行著急轉。儘管她不像雲雀那樣靈巧，但她仍然在飛行中獲得了巨大的喜悅。在她身下，噴毒用力拍打著銀色翅膀，拚命想要上升到她所在的高度。那頭銀龍顯得比芮普妲更加沉重，飛行的時候也更為吃力，但他也高高地飛在天空中。在塞德里克和卡森的注視下，噴毒終於到達了紅銅龍的高度，又超過了紅銅龍。突然間，他向芮普妲撲了過去。塞德里克毫無意義地向遠方的女王發出警告，不過芮普妲早已看到了噴毒的行動。在最後一刻，她將翅膀收緊在身體兩側，朝地面俯衝過去，又劃出一個平緩的圓弧，明顯加快了飛行速度。隨後她張開翅膀，箭一般向遠方的丘陵飛去。噴毒也依樣照做，一直追在芮普妲身後不遠處。一邊追趕，銀龍還一邊發出銅號一般的吼聲。隨著芮普妲的身影隱沒在遠處一道山脊後面，塞德里克喊道：「他為什麼要那樣騷擾她？卡森，把他叫回來！做些事情。我擔心他會傷害她！」

卡森用手臂緊緊抱住塞德里克的雙肩，捏住他的下巴，讓他充滿憂慮的雙眼從天空中轉回來，看著自己，然後微笑著，用略帶嘲諷的輕柔聲音對他說：「城裡的男孩，噴毒要對芮普妲造成的傷害，就像我要對你造成的傷害一樣。」然後他就低下頭，用力親吻了塞德里克。

詔諭非常驚訝。這杯茶很熱，而且味道很好，讓他感覺到馨香的暖意。這名店主讓他坐到了靠近藍色大陶土火爐的一張小桌旁。隨茶水端上來的還有小點心——一些點心裡夾著胡椒猴肉香腸，另一些則夾著一種肉質柔軟的粉色酸甜水果。詔諭從容地享用著這些飲食，他要給雷丁足夠的時間完成和恰斯人的會面。在那以後，雷丁大概還需要很多時間來反思自己那樣逼迫詔諭是多麼愚蠢。詔諭猜測，當自己回到那個陰暗的小房間時，他的這兩個目標一定都已經達成了。可怕的口信和禮物被順利轉達，詔諭沒有弄髒自己的雙手，而雷丁將再一次對他俯首貼耳。

詔諭對這名店主人充分展現了自己的魅力和才智。就像往常一樣，這樣做產生了很好的效果。店主人對詔諭的態度很和藹，不過同時他也很忙碌。他和詔諭說了幾句客套話。不過當詔諭有意提起：「我剛剛乘坐一艘無損船來到這裡。我認為這種船將徹底改變這條河上的航行方式。」卻沒有得到任何回應。有一個在臉頰上紋著四顆星星的年輕女人受到了詔諭的吸引，她是一名非常健談的女子。詔諭沒有費多少力氣就主導了他們的談話，他從無損船談到活船，又談到柏油人號和柏油人遠征隊。關於這件事的各種流言蜚語已經在這裡傳遍了。那名女子知道萊福特林返回卡薩里克的所有細節，還有他是如何突然離開的，甚至他似乎與貿易商庫普魯斯家族的一個女兒結成了合作關係。自從柏油人號離開碼頭之後，庫普魯斯家的那個女兒就再也沒有被見到過。有人推測，她已經愛上了那位船長，和他一起私奔了。關於雷恩·庫普魯斯和他懷孕的妻子麥爾妲，也有很多傳聞。有人說他們參加了雨野原貿易商在萊福特林重新出現時舉行的會議。在那場會議中，萊福特林交給麥爾妲·庫普魯斯一封密信，還有一件可能是來自於古靈城市克爾辛拉的，極為珍貴的寶物。那些所謂的古靈都沒有跟隨萊福特林返回卡薩里克。從這名女子撇起嘴唇的樣子，詔諭推測她大概對雷恩和麥爾妲沒有什麼好看法，於是他暗示說自己也和她一樣蔑視那對徒有虛名的所謂古靈夫妻，這讓這名女子更願意將自己所知道的一切向詔諭一吐為快。庫普魯斯家族的女族長簡妮·庫普魯斯對於那對夫妻的下落一直三緘其口，也沒有向任何人透露麥爾妲·庫普魯斯是否生下了一個能夠存活的孩子。這種沉默實在是令人不能不產生懷疑，而簡妮·庫普魯斯臉上明顯的憔悴和憂慮，更是誰都能看得出來。這名女子懷疑，庫普魯斯夫婦生下了一個怪物，只能暫時躲藏起來，以免他們的怪物孩子會被殺掉。

用了一點時間，詔諭才讓這名女子不再談論雨野原的政治內鬥，又轉回到讓他感興趣的話題。現在詔諭只想收集各種關於克爾辛拉的傳聞，尤其是關於他妻子的傳聞，但他又不能直接詢問這些事。終於，他以各種逶迤曲折的方式，讓女子重新回到了萊福特林初次向議會報告遠征情況的時候。這名女子當時並不在會場，但她繪聲繪色地向詔諭描述了「那個古靈麥爾妲」是如何硬插進議會的議事程式中，宣布自己代表她失蹤的弟弟瑟丹——那個所謂的巨龍代言人——彷彿龍真的有權利在議會中發言一樣！女子懷疑，瑟丹所謂的「知曉巨龍的意志」，只不過是庫普魯斯家的古靈們謀求權利的又一個策略。所有人都知道，那對庫普魯斯夫妻做夢都想成為國王和王后，並統治雨野原的每一個人。女子不斷地謾罵那對古靈夫妻，在詔諭感覺到厭倦之後很久，才算是罵累了。不過，她直到吃完了桌上的最後一塊點心才離開。詔諭花了一個下午的時間和幾枚錢幣，才發現這裡似乎沒有人知道柏油人號到底在上游發現了什麼。

詔諭向小窗外瞥了一眼，天色很陰沉，不過他來到這裡的時候就覺得這裡非常陰暗。他覺得這裡用天色完全無法判斷時間，密集的雨林樹冠層偷走了暮冬僅有的一點陽光，還是憑他自己的感覺來判斷好了。他感覺現在該是回去的時候了。他將幾枚銀幣放在茶杯旁，起身離開。走出這間溫暖的小茶室，風一下子變得猛烈起來。枯葉、褐色的松針和一些苔蘚碎片，如同雨點一般從樹枝間灑落下來。他用一點時間定了定心神，向一株小樹走去。上了兩段台階，又走上一根樹枝，他租下的那間搖搖晃晃的小民宿就在眼前了。走到這這間小屋前面的時候，一直在上層樹冠淋漓的雨水終於落到了他所在的這一層。這些雨滴非常大，還挾帶著小樹枝和腐爛的木屑。詔諭很高興不必在這裡過夜。他懷疑待在這種搖擺不定的小房子裡，就像待在海中的船上，兩者是一樣糟糕的。

他推了一下門，卻發現門從裡面被鎖住了。「雷丁？」他氣惱地喊道，卻沒有得到回應。那個傢伙怎麼敢這樣！詔諭的確和他開了個玩笑，讓他轉交一些會讓人打哆嗦的東西，但他也不能因為這樣就將詔諭擋在屋外的風雨中。「該死的，雷丁，把門打開！」詔諭繼續喊道。他用力砸門。房間裡卻沒有任何反應。雨變得越來越大。詔諭用肩膀頂門，成功地把門頂開了一掌寬的縫隙。

他向昏暗的房間中望進去。「雷丁！」他的喊聲剛剛想起，一隻皮膚黝黑、肌肉發達的手，突然從門縫裡伸出來，掐住了他的喉嚨。

「安靜。」一個低沉的聲音喝令道。詔諭太清楚這個聲音屬於誰了。

門又被打開了一些，詔諭被拽進黑暗的房間。他被某種柔軟沉重的東西絆了一下，踉蹌一步，跪倒下去。那只手放開他的喉嚨。他咳嗽了幾聲，才轉了一口氣。這時屋門又被關上了。房間裡唯一的亮光只來自於那個小爐子裡的炭火。詔諭能夠勉強分辨出擋住門的是一個人的身體。那名恰斯人擋在了他和逃生之路中間。地上的一具軀體一動不動。房間裡充滿了臭氣。

「雷丁！」詔諭向那具屍體伸出手，卻碰到了一件粗糙的棉布襯衫。

「不！」恰斯人的聲音中充滿了輕蔑，「不，這是亞力克。他是一個人來的。你的人一開始還做得不錯。他轉交了包裹。亞力克在死前明白了這只包裹有多麼重要。這當然是有必要的。在他造成那麼嚴重的失敗之後，再讓他抱有希望，這絕對是無法容忍的。當然，他有一些問題是你的人無法回答的，所以我不得不介入了他們的會面。看到我的時候，亞力克非常驚訝，幾乎就像你的人一樣驚訝。在我處理掉亞力克之前，他招供了一些事，讓我相信貝佳斯提·柯雷德已經死了。真是可惜，他要比亞力克聰明，也許還掌握著更多情報。更何況大公很希望讓貝佳斯提能夠親眼看到他唯一的兒子的手。」

「你在這裡做什麼？雷丁在哪裡？」詔諭稍稍恢復了一些。他踉蹌著站起身，朝這個房間的藤編牆壁退過去。這個單薄的小房子，開始在他的腳下令人擔心地晃動起來。或者這只是因為他在恐懼中感到的暈眩？一個死人躺在他出錢租下的房間裡。這樁罪行會歸到他頭上嗎？

「我來這裡，是為了完成大公的任務。我要為他得到龍的血肉。還記得嗎？這才是我派你到這裡來的真正原因。至於說『雷丁』……我相信這是你的人的名字？他就在這裡，還躺在床上。」

詔諭在一片昏暗中沒有注意到那張矮床上還有人。現在他的眼睛能夠看得更清楚一些了——一隻蒼白的手落在地板上，蕾絲袖口已經被血染黑了。「他受傷了嗎？他還好嗎？」

「不，他已經死透了。」恰斯人的聲音中沒有半點懊悔。

詔諭不停地喘息著，向後退去，直到自己的雙手碰上藤編牆壁。他的膝蓋在發抖，耳朵裡響起一陣陣轟鳴。雷丁死了。雷丁，一個他從小就認識的人，自從他們發現彼此有共同的興趣之後，他們就常常會一同享受床笫之歡。雷丁今天早晨還在和他共用早餐，結果此時雷丁便在突然的暴力中死在這裡。這太不可想像了。詔諭盯著眼前這一幕，他的眼睛將這個時刻深深烙印在自己的意識裡。雷丁四肢伸開，俯臥在那張矮床上，一張臉正對著他。爐火放射出閃爍不定的光芒，在雷丁張開的嘴和瞪圓的眼睛上，映出不斷跳動的陰影。看上去，他彷彿只是有些吃驚，並沒有死去。詔諭還在等待他突然笑著坐起來，也許這一切只是這個恰斯人和他的朋友一同製造出的一場怪異的惡作劇。他等待了很長時間，才相信這是真的。死了，雷丁死了，就死在這裡，死在雨野原的一間小屋中，一張骯髒的床上。

突然間，詔諭感覺到同樣的命運極有可能會落在自己身上。他找到了自己的聲音，但他的話語顯得異常沙啞。「你為什麼要這樣做？我服從了你的命令。我做了你要我做的一切。」

「幾乎是這樣，但並不完全是。我告訴過你，你要一個人來。你沒有服從。看看你的自作主張造成了什麼樣的後果？」這個恰斯人的聲音帶有溫和的責備意味，就像一名學校導師在向一個沒有好好上課的學生訓話，「但你也不算完全失敗。你和你的商人朋友為我把他們引了出來。」

「所以，你和我的事情完了？我能走了？」希望湧上詔諭的心頭。離開這裡，逃走，儘快返回繽城。雷丁死了。**死了！**

「當然沒有。詔諭・芬波克，好好給我記住。這件事很簡單。你的手下塞德里克說他能夠給我們弄到龍的血肉，我們至今都還沒有收到他承諾的貨物。只有當你完成了他的契約，你的事情才算完。實際上，這正是**你**的契約。因為他是你的僕人，以你的名義做事。」這名刺客抬起雙手，又讓它們落下，「這麼簡單的事情，你怎麼就不明白？」

「但我已經做了你所要求的一切。我不能讓龍的血肉憑空出現！如果我沒有那些東西，我就是沒有！你想要什麼？其他我還能給你什麼？錢？」

恰斯人向詔諭走過來。他臉上的傷疤已經不像原先那樣呈現出鐵青色了，但他看上去卻比那個時候更加憔悴。他的頭髮和鬍鬚全都變得更加凌亂。「我想要什麼？」他將臉貼近詔諭，一雙淡褐色的眼睛裡燃燒著怒火，「我**不**想要我兒子的手被放在寶石匣子裡寄送給我。我想要將龍的血、肉和內臟帶回給我的大公，這樣他就會將被他當作人質的我的血肉還給我。我想要他獎賞我大筆金錢，然後徹底忘記他曾經見到過我和我的家人，這樣我和我的家人就能平安地活下去，而後頤享天年，這不是用錢能夠買到的。繽城人，只有龍肉才可以。」

「我不知道該如何得到龍肉。難道你不認為如果我能夠把龍肉給你，我早就給你了？」詔諭的聲音在顫抖。他的整個身體都在顫抖。不是害怕，而是某種比恐懼更深刻的東西在撼動著他。他緊咬牙關，不讓自己發出牙齒撞擊的聲音。

「安靜。你沒有什麼用，但你是我唯一的工具。我用這些糟糕的工具已經做了能夠在這裡做的一切。辛納德・亞力克和貝佳斯提・柯雷德失敗了。當我被派來查看他們到底是因為什麼而被耽誤的時候，我幾乎就已經能夠肯定這一點了。所以，我除掉了礙事的傢伙，我還除掉了你的雷丁。當你選擇他作為你的左右手時，你的選擇可以說是相當糟糕。亞力克一打開他的禮物，他就吐了。我進入房間的時候，他幾乎已經昏厥了過去。當我殺死亞力克的時候，他像女人一樣不停地尖叫。這就是你選作同伴的人？」

「我們從小就認識。」詔諭聽到自己這樣說。他已經陷入了一種麻木的狀態，幾乎無法理解雷丁已經不復存在的現實。雷丁爬上桌子去拿烤麵包；雷丁在他們最喜歡的裁縫店試新斗篷；雷丁挑起一道眉弓，湊近他，告訴他一個絕對見不得陽光的花邊新聞；雷丁跪在地上，嘴唇溼潤，逗弄著詔諭；雷丁趴在床上，雙眼昏暗。他們從小就認識……而現在，雷丁的生命結束了。雷丁已經不復存在了。

「我不知道該如何為你搞到龍的血肉。」詔諭刻板地說。

「我一點也不感到驚訝，」那個恰斯人回答道，「但你一定能想出辦法。」

「該怎麼做？你在說什麼？我有可能做些什麼？」

恰斯人疲憊地搖搖頭。「你以為我沒有調查過你？你以為我不知道你妻子的事情？還有你和這裡的關係，以及你們家族未來在這裡的生意？我把你帶到這裡來就是為了使用你，找出一切關於龍和你那個親愛的小女人的資訊。等到我們掌握了情報，我們就能追蹤他們……」

「沒有船能夠載我們到上游！」詔諭大著膽子打斷了恰斯人的話。

恰斯人大笑一聲。「實際上，這在我們離開繽城以前就都安排好了。你以為一艘新的『無損船』，在你將要動身的時候也啟航來到這裡——這只是巧合？是你的好運？而且那艘船有一個船艙留給乘客？蠢貨。」

「那麼……你也和我們在同一艘船上？」

「當然，這一點實在是太明顯了。我們今晚在這裡還有任務。在我們睡覺之前，應該讓這裡發生的事情不要這麼明顯。」

「不要這麼明顯？」

「你要處理掉屍體。首先，你必須把他們身上的衣服全都毀掉，最好毀掉一切能夠表明他們身分的痕跡。」恰斯人停下來，思考了片刻，「如果他們的臉不那麼容易認出來就更好了。」他抽出一把令人膽寒的小刀，俯身到亞力克旁邊，「你可以剝掉他的衣服，我來處理他的臉。」他沒有轉過身，直接說道，「我們的動作必須很快。這只是我們今晚的第一個任務。詔諭．芬波克還有一些信要寫，那些信中要寫明和芬波克家族合作的一項非常有利可圖的生意，不過也是最需要保密的一種生意。我想，這會將我們隱藏的朋友從他們的巢穴中吸引出來，讓他們來到懸崖邊上。那正是我們想要他們去的地方。」

魚月第二十六日
商人聯盟獨立第七年
來自繽城貿易商隆妮卡・維司奇
致卡薩里克任何收到此信的任何不稱職的信鴿管理人

這位客戶要求將此信張貼在信鴿管理人公會大堂。

一次也許是巧合，兩次也許是巧合，四次就一定是故意的窺探了。你以不當的手段動了所有從卡薩里克寄給我的信。我從麥爾妲・維司奇・庫魯普斯那裡收到的信件，蠟封都遭到了破壞，或者徹底被抹除。最近一封簡妮・庫普魯斯寄給我的信也同樣被動了手腳。我們都很清楚，你對貿易商庫普魯斯家和維司奇家之間的信件往來格外感興趣。

同樣很清楚的一點是，你認為我們全都很愚蠢，不知道你的公會是如何使用信鴿和雇傭信鴿管理人的。你會注意到，攜帶這封信的信鴿正來自於你的鴿舍。這是你親自負責餵養的鴿子。儘管公會拒絕說出你的名字，但我知道他們已經能夠確定是誰要為至少一部分信件的損壞情況負責。我已經發出了一封專門針對你的投訴信，上面寫明需將損壞信件帶給我的信鴿環志。

你作為信鴿管理人的日子已經屈指可數了。你讓雨野原貿易商蒙羞，讓生養你的家族蒙羞。你背叛了自己的忠誠與保密誓言。若一個地方存在著窺探和欺騙，貿易必不能繁盛。像你這樣的人，對我們所有人都造成了損害。

隆妮卡

6 龍血

「他看起來病得很重。」大公用斥責的語氣說道。

首席大臣埃裡克默默地低垂下目光。他的大公當眾貶低他獻上的禮物，這讓他蒙羞，但他只能低頭並接受。對此，他別無選擇，而他明白這一點也是大公的樂趣之一。

這間私人覲見室擁有溫暖的溫度，在這裡侍奉的人甚至可能會感到有些悶熱。大公已經失去了太多血肉，這讓他一直都感到寒冷，即使在陽春季節也是如此。火焰在兩個大爐子總是嗶啵作響。石板地面上鋪著厚厚的地毯，牆壁也都被掛毯覆蓋。柔軟保暖的長袍包裹住大公乾瘦的身體，但他還是會感到寒冷。而他身邊的兩名衛兵臉上已經全都是汗水。除了他們之外，房間裡就只剩下首席大臣和被他牽在身後的怪物了。

這個被鐵鍊鎖住的龍人，這名站在大公面前的古靈身上也沒有汗水。他非常瘦，眼窩深陷，頭髮稀疏。埃裡克只讓他穿了一條纏腰布，毫無疑問是為了讓大公看到他滿身的鱗片。但這也讓他的肋骨和膝蓋、臂肘處的關節凸顯了出來，很是難看。一條繃帶纏在他的一側肩膀上。這根本不是大公期待中令人驚歎的龍人。

「我**的確**病了。」

這個怪物的聲音讓大公吃了一驚。他不僅能說話，而且處在如此病弱的狀態下，他的聲音還要比大公預料中更加強壯。更出人意料的是，他能夠說恰斯語，有一些口音，但非常清楚。

這名古靈咳嗽了一陣，彷彿是要證明他說的是實話。他咳嗽得很輕，就像是想要清除掉嗓子裡的黏痰，卻又害怕用力過大會給自己帶來更嚴重的傷害。大公很熟悉這種咳嗽。這個怪物用一隻細瘦的、被藍色鱗片包裹的手，抹了一下嘴，歎口氣，然後抬起眼睛與大公對視。當他將雙手放回到身側的時候，他手腕上的鐵鍊發出一陣叮噹的撞擊聲。在正常的光線中，他的眼睛是屬於人類的，但是當他最初被帶進這個房間的時候，他的眼睛卻在像貓一樣閃閃發亮，在燭光中閃爍著藍色的幻彩。

「閉嘴！」埃裡克向他的怪物吼道，「不許說話，向大公跪下。」他猛地一扯鐵鍊，以表達自己的憤怒。怪物向前踉蹌一步，跪倒在地，想用雙手撐住身子，卻還是驚呼一聲撲在地上。他有些困難地直起身子，隨後跪坐下去，用充滿恨意的眼睛瞪著埃裡克。

首席大臣舉起拳頭。這時大公說道：「那麼，它能夠說話，是嗎？讓它說話，首席大臣。這讓我覺得有趣。」大公知道這會讓埃裡克感到不高興，而這也是他想要聽聽這個龍人說話的原因。

這名滿身鱗片的人清了清喉嚨，但還是顯得嗓音沙啞。他彬彬有禮的樣子，只能說明他是一個理智已經瀕臨崩潰的人。大公很熟悉這種緊緊抓住最後一點文明痕跡的人。為什麼絕望的人會相信邏輯和禮儀能夠讓他們找回自己已經不復存在的生活？

「我的名字是瑟丹．維司奇，我是繽城貿易商，由雨野原貿易商庫普魯斯家族養大。我是巨龍婷黛莉雅的歌者。也許你知道那頭巨龍？」這個人充滿希望地看著大公。看到大公沒有反應，他繼續說道，「婷黛莉雅選擇我侍奉她，我很高興能夠如此。她給了我一個任務，要我前往遠方尋找其他巨龍，或者打探一切關於巨龍的訊息與傳說。我出發了，和一些貿易商結成一隊，走了很久。我此行是因為對巨龍之愛，但他們只是希望獲取利益——他們所謂的利益就是財富。但無論我們走了多遠，我們的尋覓都一無所獲。其他人想要回頭，而我知道，我必須繼續走下去。」

他再一次想要從大公沒有表情的臉上找到一點同情或興趣。大公不允許自己對他的故事有任何感興趣的表現，這名巨龍歌者的聲音也因此變得更加壓抑，「最終，我自己的人背叛了我。我與之同行的貿易商們決定終止我的追尋。我覺得他們是認為我背叛了他們，帶領他們進行著一場愚蠢的冒險，耗盡了他們的錢財，卻只是讓他們兩手空空。他們偷走了我的一切物品，在下一個港口，他們將我當作奴隸賣掉了。我的新『主人』帶我去了遙遠的南方，將我在市場和十字街頭進行展覽，但人們對我的新奇感漸漸減弱了。我開始生病，於是他們再一次賣掉了我。我被運往北方，但海盜奪取了我們的船，我再一次被易手。後來又有人買下我，將我當作怪物進行展示，而你的首席大臣得知了我的存在，將我帶到這裡。於是我就來到了你的面前。」

大公對於龍人所說的事情都一無所知。他不知道埃裡克是否有所了解，但他沒有看自己的首席大臣，這個龍人已經吸引了他的注意力。按照龍人的說法，他是一名「巨龍歌者」。現在他的聲音非常粗糙，已經沒有了任何優美可言，但他的話語仍然充滿節律，就算是心志剛強的人也很容易信服他的講述。大公沒有做出任何回應。而龍人的下一段話語中爆發出了更加急切的情緒，這讓大公有些懷疑他要比看上去更年輕。

「那些宣稱擁有我和出售我的人，都是騙子！我**不**是奴隸，我從沒有犯下任何會讓我成為奴隸的罪行，而且我也絕非來自於允許奴隸制的地方。我所受到的囚禁是不公正的，如果你不會因為我的一面之詞就釋放我，那麼讓我給我的親人送去一封信。他們會給你錢財，贖買我的自由。」龍人又咳嗽起來，這一次咳得更重了。隨著他每一次吃力地呼吸，疼痛都在讓他的面部抽搐。他幾乎無法跪直身體。他又一次抹了一下嘴，但他的嘴唇上還是留下了黏液。那樣子真是令人厭惡。

大公冷冷地看著他。「現在我知道了你的名字，但你是誰對我並不重要。是你的**特徵**讓你來到了這裡。你有一部分是龍，這才是我在意的。」他考慮了一下現在應該採取何種處置措施，「你生病有多久了？」

「不，你錯了，我並非有一部分是龍。我是一個人，只是受到了巨龍的改造。我的母親是繽城人，但我的父親是恰斯人。他名叫凱樂．海文，是一位航海船長，一個像你一樣的人。」

這個怪物膝行向前，還膽大地握起了拳頭。埃裡克用力一扯鐵鍊。怪物發出一聲沒有言辭的痛呼。埃裡克隨意地抬腿踹了他一腳，將他踹倒在一旁。怪物瞪視著埃裡克。首席大臣側抬腳踏在被鐵鍊鎖住的怪物喉嚨上。片刻間，大公彷彿看到了曾經的武士埃裡克。

「你最好懂得些禮數，古靈，否則我就會親自教育你。」埃裡克嚴肅地說道。不過，大公不知道埃裡克這樣說，是真的因為尊敬他，還是想要讓這件『禮物』在否認自己的血統之前能夠閉嘴。這沒有關係。這些細小的鱗片、藍色的光彩，甚至是他發光的眼睛，都證明他並非人類。一個聰明的謊言，竟然偽稱自己的父親是恰斯人。就像俗話說的——像龍一樣聰明。

「你生病有多久了？」大公再次問道。

「我不知道。」這個怪物已經失去了他挑釁的神情。他沒有再抬頭看大公，只是說道，「我一直被關在黑暗的船底，很難判斷時間的流逝。他們在第一次出售我的時候，我的身體就已經不好了。海盜攻占我所在的船時，我已經病得不輕了。有一段時間，他們都不敢碰我，不只是因為我的外表。」

他又咳嗽起來，並在地上蜷起了身子。

「他已經瘦得皮包骨了。」大公說。

「我相信這是他的自然形態，」埃裡克謹慎地說道，「古靈的確都是這樣身形細瘦的。有一些古早卷軸中描繪了他們的形像，正與他現在的樣子相吻合，身材高瘦，且遍布鱗片。」

「他的體溫也許要比人類更高，但這也是他們種族的特徵。」

「他是否生了熱病？」

「我得了重病！」怪物再一次如此宣稱，這次他用的力氣更大，「我也瘦弱不堪。我無法深呼吸。是的，我發燒非常地嚴重。為什麼你這樣在意這些問題？你是否願意讓我寄信給我的家人，讓他們贖我回去？提出你的要求吧，我打賭，你一定能夠得到滿意的贖金。」

「我不會吃患病動物的肉。」大公冷冷地說。他盯住埃裡克，「我也不會感謝有人將患病的動物帶到我面前，藉此散播傳疾病的呼吸。也許你是出於好意，首席大臣，但你還沒有能履行我們達成的協議。」

「卓越超凡的陛下，」埃裡克應聲道。他只能同意大公的話，但他的聲音中還是帶有一絲僵硬，「我為自己的莽撞行為道歉。我立刻就將他從您的眼前帶走。」

「不。」大公謹慎地凝聚著自己的才智。幾個星期之前埃裡克獻給他的那一小片肉的確給他注入了新的精力。吃下那塊肉之後幾乎兩天時間裡，他都能夠很好地消化其他食物，甚至能夠站起身，在沒有攙扶的情況下走上幾步，但這種良好的感覺很快就消失了，他又迅速衰弱下去。所以，那片龍人的肉沒有能治癒他，只是給了他幾天的力量。他眯起眼睛，認真思量起來。這個怪物很有價值。在這個關鍵時刻讓埃裡克過分失望，可能會是一個嚴重的錯誤。他要接受這個古靈作為一件禮物，讓埃裡克感覺自己仍然受到他的寵信。他知道，埃裡克的力量現在正支撐著他的王座，但他絕不能給予這名首席大臣太多權力。他還不能把女兒嫁給埃裡克。一旦埃裡克讓女兒的肚子大起來，他為什麼還會要女兒的父親？

大公從容不迫地考慮著他的選項，絲毫不在意衛兵們在悶熱的房間裡聳動身體，也沒有去看埃裡克陰沉的面色——那也許是因為羞愧，也有可能是因為憤怒。他考慮著這名古靈，吃下生病的動物很可能也會因此而染病。但生病的動物能夠被治好，再次變得有用。這名古靈儘管生病了，看上去卻還有很強的生命力。也許他能夠被治癒。

大公考慮讓他的女兒茶西美照料這個怪物。茶西美的醫藥技藝名聞遐邇，而且這肯定能攪亂埃裡克的心神。現在他的女兒已經被嚴密地關押，與其餘眾人隔離開來。她每天都會寫信給大公，要求知道自己為什麼會遭受這樣的待遇。大公對於這些信都沒有任何回應。茶西美知道得越少，她能夠用於對付自己父親的武器就越少。這名古靈必須被囚禁在同樣的環境裡，以確保他的安全，讓他最終能夠為大公所用。而大公肯定無法將他交給那些有名無實的治療師，他們對於大公的病症完全束手無策。難道要讓這個怪物在他們手中病得更厲害嗎？那些治療師會出於嫉妒而將首席大臣獻給他的龍人毒死？大公對此感到懷疑。

他自顧自地點點頭，逐漸理清了思路。他喜歡這個方案。古靈會被交給茶西美去照顧。他會讓女兒知道，只要治好了古靈，就能得回自由。如果古靈死了……他會讓茶西美自己去想像這種失敗的下場。暫時他還不會飲下這個怪物的血，除非他能夠確定古靈已經恢復了健康。即使這個古靈恢復不了健康，大公還不能夠飲用他的血，現在也還有別的手段有可能獲得大公想要的東西。這個龍人剛剛還暗示他對於他的族人很有價值。大公靠回到自己的王座裡，發現這個座椅對於他凸起的骨頭已經很不舒服了。他只好向前蜷了蜷身子。而那個倒在地上的怪物一直在挑釁的眼神瞪著他，又用燃燒起熊熊怒火的目光瞪向埃裡克。

夠了，該是做出決斷的時候了。或者至少大公要顯示出自己的決心。「叫我的典獄官來。」大公說道。聽到他的命令，就連他的衛兵也都瑟縮了一下。大公抬起一根手指，點中埃裡克，「等他來到這裡，我要和他說話，告訴他，這名古靈將和我的另一名特殊囚犯關押在一起，並得到溫和的對待。我相信，假以時日，他會恢復健康。那時我們就能好好利用他。你，我優秀的首席大臣，將被允許陪同他，確保他被安置在溫暖舒適的房間裡，得到良好的飲食。」大公等待片刻，讓埃裡克有時間擔心大公會就此拿走他非同尋常的禮物，卻不給他任何補償。看到憤怒的火花開始在埃裡克眼中閃爍，大公才繼續說道：

「我會告訴我的典獄官，你擁有特權，能夠探望我的這兩名囚犯。探望時間完全由你來決定。這份特權就是對你的獎勵。去看看最終將屬於你的東西，去和她說說話……首席大臣，你認為這公平嗎？」

埃裡克看著大公的眼睛，過了很長時間，終於弄清楚的神色才出現在他的眼中。「這實在是太公平了，卓越超凡的陛下。我立刻就帶典獄官來。」他扯起鎖住禮物的鐵鍊，但大公搖了搖頭，「就讓這個龍人待在這裡吧，你去找典獄官。我還有衛兵，我相信這一堆骨頭並不可怕。」

一陣不安的表情在首席大臣的臉上閃過，但他還是深鞠一躬，緩緩地從房間裡退了出去。埃裡克走後，大公又開始端詳他的禮物。這個古靈看上去似乎沒有遭受嚴重的虐待，也許是有一點過度饑餓，身上正在消褪的瘀傷，說明了他曾挨過打，但傷口並沒有感染化膿。也許他需要的只是被餵飽。

「你吃什麼，怪物？」大公問道。

古靈看著大公的眼睛說：「我是一個人，只是外表和常人有所不同。我吃你會吃的一切。麵包、肉、水果、蔬菜、熱茶、美酒，任何乾淨的食物，都是我歡迎的。」

大公能夠聽到這個怪物的語氣中顯露出寬慰的情緒。怪物知道自己將被好好對待，並且能夠得到治療。現在沒有必要讓他胡思亂想。

「如果你給我墨水和紙，」怪物說，「我會給我的家人寫一封信。他們會贖走我。」

「你說的是你的龍？你剛才不是說過，你會為一頭龍唱歌嗎？那麼，他願意用什麼來交換你平安回家？」

這名古靈微微一笑，但他的嘴唇卻顯露出了一絲嘲諷。「這一點我也很難判斷，也許什麼都沒有。婷黛莉雅並不能以人類的標準來預料。她對於我的心情隨時隨刻都有可能改變。但我認為，如果我能夠平安回去，讓她能夠再次找到我，你一定能夠贏得她的好意。」

「那就是說，你不知道她在哪裡？」大公的心中盤算著將這個瑟丹當作人質，以誘殺並屠宰他的龍，但現在這個計畫似乎有一點難以實行了。當然，這個怪物說的是不是實話，還需要判斷。畢竟龍都是臭名昭著的騙子。

「我一直處在被囚禁的狀態，被帶到了距離她非常遙遠的地方。有可能她以為我拋棄了她。不管怎樣，我已經有幾年不曾見過她了。」

這可不是令人高興的訊息。「但你是從雨野原出發的？他們那裡有許多龍，不是嗎？」怪物吸了一口氣，看上去，他的決心有些動搖了。他又開口說道：「龍群孵化的傳聞早已廣為人知，而我已經很久不曾回過家鄉了，無法確定在那裡孵化的龍現在是什麼狀況。」

這個怪物是否感覺到大公想和他簽訂什麼契約？就讓他去思考吧，但最好不要讓他知道大公的生命全繫於此。這時大公聽到了典獄官和埃裡克的腳步聲。他們已經到了門口。大公嚴肅地向怪物點點頭。

「暫時告別了，古靈。吃好一些，放心休息，讓身體強壯起來。也許稍後我們還會再次交談。」他將目光從這個怪物身上移開，「衛兵，帶我去庇護花園。我到那裡的時候，要能喝到溫熱的葡萄酒。」

將近中午的時候，婷黛莉雅嗅到了風中有木煙的氣味，微風將這股煙氣吹送得很遠。不管怎樣，這還是讓她精神一振，崔豪格距離她已經不遠了，而現在白天還有很長時間。很快就能再見到她的古靈了，這個想法讓她滿心高興。她更加用力地搧動翅膀，同時壓抑住傷口的疼痛。目標近在眼前，這一點痛苦也變得能夠忍受了。她會叫來麥爾妲和雷恩，他們將照料她的傷勢，清理傷口的過程一定不會很舒服，但他們能夠用靈巧的小手探到傷口伸出，把那個給她帶來痛苦的箭頭取出來，然後他們會給傷口塗抹撫慰的藥膏，還會為她清潔身體。婷黛莉雅發從喉嚨裡發出一點渴望的叫聲。瑟丹一直都最擅長於為她進行清潔。她的小歌者對她忠心耿耿。她不知道瑟丹是否還活在某個地方，現在還有多少壽命。關於人類的迅速衰老，這是很難理解的事情。只要過上幾個季節，他們就突然間變老了。再過幾個季節，他們就死了。麥爾妲和雷恩是不是也很老了？

沒用的猜想。她很快就會見到他們。如果他們太老了，無法幫助她，她會用她的巨龍魅力讓其他人為她服務。

隨著下午的太陽開始斜照在河面上，人類的氣味變得越來越強了。風中出現了更濃郁的煙氣和其他人類聚落的臭氣，人類的聲音也傳進了她敏感的耳朵。那些人在用尖細的聲音彼此呼喚，其間還伴隨著他們重塑世界的各種嘈雜噪音：斧頭將木材劈砍成碎片；錘子又將鐵釘砸進木片裡，把木頭重新結合在一起。人類從來無法接受他們所生活的這個世界。他們總是要將世界打碎，活在一堆碎片中。

在河面上，起伏不定的小船在與水流戰鬥。當婷黛莉雅的影子掠過河面的時候，人們紛紛抬頭觀望，一邊叫喊一邊伸手指點。婷黛莉雅完全不理睬他們。前方就是那個樹梢城市的浮動碼頭了，婷黛莉雅又飛過了碼頭。這裡太小了，無法讓她滿意。她曾經降落在這座碼頭上，但那時她剛剛從繭中孵化出來不久。如果她現在落下去，那些木板肯定會被她折斷，在她的衝擊下四分五裂，繫在上面的小船也會破損，或者隨碼頭的碎片漂到下游去。但這不是她的錯。人類應該建造更堅固的降落平台，如果他們想要迎接巨龍的話。

婷黛莉雅痛哼了一聲，傾斜翅膀，盤旋了一周。不管她是落在水上還是碼頭上，都會感到劇痛。那麼就碼頭好了。她張開翅膀，用力拍打，將爪子向碼頭伸去。在那個碩長的木質建築上，人類叫嚷著四散奔逃。

「**讓開路！**」婷黛莉雅用銅號般的吼聲警告人類，同時也將這樣的意念烙印在他們的小腦袋裡。**麥爾妲！雷恩！來見我！**她伸出的前爪落在木板上。浮動碼頭向下沉去，繫在碼頭上的小船都開始狂亂地晃動，破碎的木片四散飛濺。灰色的河水湧上來，潑濺在她的身上。冰冷的觸感和酸水的刺激讓她發出憤怒的咆哮，但碼頭的浮力支撐住了她。這個建築又從水中升起，直到水面勉強覆蓋住她的腳。她厭惡地一甩尾巴，感覺到有木片撞在尾巴上，碎裂開來。她回頭去看，發現一艘小船開始傾斜進水。「真是把船拴在了一個蠢地方。」她說道，然後邁開步子。碼頭隨著她的每一次腳掌起落而晃動沉浮，直到她踏上布滿腳印的泥濘河岸。她一離開碼頭，浮動碼頭的絕大部分就彈出了水面，只有一艘船纜繩斷開，隨後漂走了。

這裡的土地雖然泥濘，但畢竟也還算是牢固。一段時間裡，婷黛莉雅只是不停地喘著氣。一陣陣熱浪湧過她的全身，讓她的鱗甲上湧過憤怒和痛苦的色澤。她在劇痛中低下頭，一動不動，希望痛楚就此過去。劇痛終於停止以後，她的意識清晰了一些。她抬起頭，向周圍掃視了一圈。

在她到來時驚叫逃走的人們，逐漸開始聚攏過來，不過還是和她保持著很遠一段距離。他們包圍住婷黛莉雅，就像是一群食腐的烏鴉，發出讓婷黛莉雅感到煩亂的呱噪。這些紛擾的噪音讓婷黛莉雅無法將任何一股思緒注入這裡任何一個人的腦海。**恐慌，恐慌，恐慌！**這就是他們向彼此傳遞的所有訊息。

「安靜！」婷黛莉雅向眾人咆哮。出乎她預料的是，所有人都安靜了下來。婷黛莉雅的傷痛正變得越來越劇烈。她沒有時間和這些饒舌的猴子們分辯。「雷恩·庫普魯斯！麥爾妲！瑟丹！」喊出最後這個名字時，她的聲音中充滿了希望。

一個身材粗壯，穿著一件髒汙長外衣的男人終於有勇氣對她說道：「他們都不在這裡！瑟丹很久以前就走了。雷恩和麥爾妲去了卡薩里克，至今都還沒有回來！雷恩的姊姊蒂絡蒙也不在。他們全都失蹤了！」

「什麼？」怒火湧過婷黛莉雅全身。她抽動尾巴，再一次因為耗竭自己的疼痛而高聲咆哮。「全都走了？庫普魯斯家沒有人來見我？他們怎敢這樣怠慢我？」

「庫普魯斯家的人，還在這裡。」這個女人的聲音很是蒼老。她的臉上帶有鱗片，說明她是雨野原人。被整齊梳理盤結在她頭頂的頭髮，多半已經變成了灰色，但她還是邁著迅捷的步伐從城中向這頭巨龍走過來。其他人類都為她讓開了道路。她無所畏懼地邁著大步，同時向伸手的女兒擺了擺手。那名女子一直邁著猶疑的步伐小跑跟在母親身後。看到母親的手勢，她停在了人群中。

婷黛莉雅揚起脖子，低頭俯視這名年邁的婦人。現在她沒辦法讓翅膀貼近瘡口，只能將雙翼鬆垂在身子兩側，彷彿是有意要這樣做。一直等到那名婦人走到面前，她才說道：「我記得妳。妳是簡妮．庫普魯斯，雷恩．庫普魯斯的母親。」

「是的。」

「他在哪裡？我要他和麥爾妲立刻來見我。」婷黛莉雅不會將自己受傷的事情告訴這名婦人。在人類恐懼的霧氣下面，她感覺到了一種暗藏的怒火，而且她還能聽到她剛才著陸的那座脆弱的碼頭上傳來了叫喊聲和咒罵聲。她希望人類能夠將那座碼頭進行徹底的修繕，好讓她能夠從那裡安全起飛。

「雷恩和麥爾妲離開了這裡。我已經有許多天沒有見過他們，也不曾得到他們的任何音訊。」

婷黛莉雅盯著這名婦人。她感覺到……「妳在對我說謊。」

巨龍感覺到婦人在心底承認了這一點，但婦人的話語仍然在否認她：「我一直都沒有見過他們。我不確定他們在哪裡。」

但妳能夠推測出來。婷黛莉雅緩慢轉動著自己銀色的雙眼，將這個想法推向挺立在她面前的老婦人。然後她又凝聚起力量，向簡妮釋放出自己的魅力。老婦人一歪頭，臉上露出似笑非笑的表情。但她立刻又挺直身子，用一雙倔強的眼睛盯住巨龍。她沒有再說話，只是想讓婷黛莉雅明白，若想要繼續嘗試魅惑她，只會讓她更加警惕，更不願意和巨龍合作。

婷黛莉雅突然厭倦了這場遊戲。「我沒有時間浪費在這裡，我需要古靈。他們去了哪裡，老婦人？我能感覺出，妳知道。」

簡妮．庫普魯斯只是盯著她。很顯然，這名老婦人不喜歡自己被視作一個騙子。她身後的其他人類全都不安地聳動著身體，彼此交頭接耳。

「該死的，我的船有一半都毀了！」一個人吼道。

婷黛莉雅緩緩轉過頭，她知道過快的動作會導致疼痛。這個大步走向她的男人在人類中算是高大的，他的手中拿著一根帶鉤的長杆子，那應該是某種水手的工具。不過現在他舉著這根杆子，彷彿它是一件武器。「龍！」那個人向婷黛莉雅咆哮，「妳打算怎麼補償？」

他揮舞著長杆，清楚地表明了對婷黛莉雅的威脅。通常這種動作根本不會引起婷黛莉雅的注意。她不認為那根杆子能夠刺穿她最厚硬的鱗片。只有她身體上柔軟的位置會受到這種武器的傷害，比如說她的傷口。婷黛莉雅轉向了這個人類，同時希望這個人類會以為她緩慢的動作是因為對他的輕蔑，而不是巨龍自身的虛弱。

「補償？」巨龍用險惡的語氣說道，「如果你早些把它建造結實，它就不會那麼容易壞掉。我可沒什麼能夠『補償』給你。不過，我可以讓你的狀況更糟糕得多。」婷黛莉雅張開大口，露出自己的毒囊。那個人顯然是以為這頭巨龍是要將自己吃掉，踉蹌地向後退去，甚至忘記了手中還攥著長矛。等到他自以為退到安全距離以外，他又喊道：「這都是妳的錯，簡妮・庫普魯斯！是妳和妳的家人——那些『古靈』將龍帶到了這裡！看看他們對我們做的好事！」

婷黛莉雅幾乎能夠看到那名老婦人心中騰起的怒火。她向那個男人走去，完全不顧這會讓自己進入到巨龍的攻擊範圍。「好事？是的，他們做了很大的好事，你不應該忘記是他們將恰斯人趕出了我們這條河！對於船的損失，我很難過，但不要將這件事怪罪到我的頭上，也不要嘲諷我的孩子們。」

「這是龍的錯，不是簡妮的！」一個女人的聲音在人群中響了起來，「把龍趕走！讓她去找別的龍！」

「是的！」

「龍，妳從我們這裡得不到肉！離開這裡！」

「我們已經受夠你們了，滾吧！」

婷黛莉雅難以置信地盯著這些人類。難道他們忘記了他們對巨龍所知道的一切？難道他們忘記了，她只要噴出一股酸霧，他們的皮肉就全都會從骨頭上脫落下來？

就在這時，一根木棒從人群後面飛了過來。那是一棵小樹的樹幹，或者是一根細樹枝，卻像長矛一樣被擲向婷黛莉雅。木棍擊中了巨龍，根本沒有多少力量，輕輕從她的鱗片上彈開了。若是平時，這根本不算什麼，但現在婷黛莉雅的身體受到任何刺激都會感到疼痛。她猛地轉過頭，去看攻擊自己的人類，這讓她更感到痛了。片刻間，她想要用後腿直立起來，張開翅膀，要先用自己的體型震懾那些害蟲，然後再噴出毒霧，將所有這些人類籠罩。但她壓抑住了自己的衝動，絕不能暴露翅膀下面的柔軟肌膚，更不能讓攻擊她的人看到她的傷口，於是她只是揚起頭，感覺到自己喉嚨中的毒腺腫脹起來，做好了準備。

「**婷黛莉雅！**」

呼喚她名字的聲音讓她的身體一僵。她只能再一次咒罵雷恩．庫普魯斯那樣隨意地將她的名字交給了聚集在繽城的那些人類。從那時起，所有人類似乎都知道了她的名字，並在所有場合利用她的名字束縛她的行動。

當然，發出喊聲的是那名老婦人——簡妮．庫普魯斯。她踉踉蹌蹌地跑過來，擋在巨龍和人群之間。在她的身後，她的女兒正不斷尖叫著把其他人向後趕去。簡妮搖搖晃晃地擋在巨龍面前，高舉起她細瘦的手臂，彷彿這樣真的能夠擋住什麼。

「婷黛莉雅，以妳的名字，回憶我們之間的承諾！妳宣誓會幫助我們，保護我們抵抗恰斯人的入侵。作為回報，我們會照料那些長蛇，幫助他們孵化成龍！妳現在不能傷害我們！」

「你們攻擊了我！」對於簡妮．庫普魯斯的譴責，巨龍只是感到怒不可遏。

「妳毀了我的船！」那個拿著船鉤子的人吼道。

「妳毀了半個碼頭！」

婷黛莉雅緩緩轉過頭，震驚地發現自己竟然這樣不小心。她的身後還有其他人類，是那些從被摧毀的船和碼頭上下來的人們，他們之中的許多人手中拿著的東西，雖然不是武器，但完全可以當作武器來使用。婷黛莉雅絲毫不懷疑自己能夠在受重傷之前就將他們全部殺死，但他們數量眾多，終究能夠讓她受傷，而且這裡茂密的樹林，即便她沒有受傷也很難起飛。突然間，她意識到自己落進了一個非常糟糕的環境裡。這裡還有其他人類。他們全都從樹上的平台和步道上看著她。其中有一些正在環繞粗大樹幹的階梯上移動。

「龍！」

婷黛莉雅將注意力轉回到那名老婦人的身上。「妳應該離開了。」簡妮·庫普魯斯用低沉的聲音喊道。婷黛莉雅能夠聽出那聲音中的恐懼，但也能感覺到這名老婦人的懇求。她是不是在害怕呢？畢竟如果巨龍決意保衛自己，會對這裡造成很大的毀滅。

「妳應該去找妳的同族，還有他們那些變成了古靈的守護者。去克爾辛拉吧，龍！那才是屬於妳的地方。不是這裡！」

「古靈。在克爾辛拉？我去過那裡。那是一座空城。」

「也許那裡曾經是空城，但現在不是了。已經有其他龍去了那裡。有傳聞說，和他們同去的守護者都變成了古靈，就像是妳尋找的那種古靈。」

這名老婦人的聲音中……不，是她的意念中有別的訊息。婷黛莉雅將意念集中在老婦人的身上。克爾辛拉？

去那裡！麥爾妲和雷恩已經去了那裡。去吧，不要在這裡流血！這對我們都好！

那名老婦人迅速表達著自己的意思。她無聲地盯著巨龍，用全部心力發出這個警告。

「我要走了。」婷黛莉雅宣布道。她緩緩轉過身，慎重地邁開步子，向碼頭走去。在她面前的人類全都憤恨不平地嘟囔著，不情願地讓開了道路。

「讓她走！」簡妮的聲音再次響起。讓婷黛莉雅驚訝的是，其他人這時也紛紛應和著老婦人的要求。

「讓龍走吧！謝天謝地，她總算是走了！」

「求你們，讓她過去吧，否則會死人的！」

「讓她走吧，這樣我們就和所有的龍都沒關係了！」

人們紛紛退讓開，不再阻擋婷黛莉雅向損壞的碼頭走去。他們還在低聲詛咒她，在她經過的時候向地上啐唾沫，但他們沒有妨礙她。婷黛莉雅的內心中燃燒著對這些人的恨意和輕蔑。她很想把他們全部殺光。這些人類怎麼敢向她顯示他們可憐的怒火，他們怎麼敢向她的腳下吐口水。這些微不足道的小猴子！婷黛莉雅一邊走，一邊緩慢地左右擺頭，盡可能看清這些人的臉。就像她擔心的那樣，這些人類聚集在她身後，跟隨著她緩步前行。他們會將她逼到那個破爛的碼頭上。如果她不小心，甚至可能會被這些人趕進冰冷的河水裡。

婷黛莉雅稍稍鬆開翅膀，堅定起自己的意志。這樣做很痛，而她將只有一次機會。她審視著面前長長的木製碼頭，鬆散的木板以奇怪的角度鋪散開來，兩艘繫在碼頭上的船在傾斜下沉。婷黛莉雅將力量凝聚在兩條後腿上。

毫無預警，巨龍突然躍起。在她的身後，人類發出恐懼和慌張的喊叫。婷黛莉雅跳上碼頭，碼頭受到她的體重壓迫，開始下沉。然後，她再次向空中飛躍。碼頭也借助浮力向上反彈。這股力量不算很大，但已經夠了。婷黛莉雅張開翅膀，發出憤怒和痛苦的尖叫，同時用力拍動翅膀，向天空中爬升。

夠了，她俘獲了河面上的風，一次又一次帶著痛楚的振翅讓她升入天空。她很想盤旋回去，向人群俯衝，將那些人嚇跑，甚至把他們趕進河裡去，但傷口劇烈的疼痛和越來越強的饑餓感都在戳刺著她。不，現在還不是時候。現在她要狩獵，也需要進食和休息。明天，她會飛往克爾辛拉。也許有一天，她會回來，讓這裡所有的人都為今天發生的一切而懊悔，但她首先必須找到古靈治療自己的創傷。她偏轉翅膀並且調頭，開始了向上游的痛苦飛行。

「不會很久了。」萊福特林說道。能夠說出這句話已經讓他大大地鬆了一口氣。他站在船艙頂上。這個暮冬的白晝又要過去了，不過他已經看到了克爾辛拉的第一幢建築。他們就要到家了——他心中這樣想著，又攥緊了拳頭。家？克爾辛拉？不。家是愛麗絲所在的地方，這對他來說已經再清楚不過了。

這段旅程耗去了許多時日，但不像他第一趟前往克爾辛拉時那樣漫長。這一次，他不必因為配合巨龍笨重的腳步而放慢船速，也不必每天晚上都早早靠岸，讓獵人們能夠為龍捕獵食物，讓守護者能夠休息疲憊的身體。他們也沒有在淺灘沼澤上浪費許多天，徒勞地尋找正確的航道。但即使是這樣，那個連哭聲也沒有什麼力量的病弱嬰兒，還是讓他們的每一天都漫長得如同一個星期。在埃菲隆因為疝氣痛而哭泣的時候，他相信自己絕不是唯一無法入睡的人。看到雷恩憔悴的面孔和充血的眼睛，他知道這個孩子的父親同樣也是整夜未睡。

「那就是克爾辛拉？那些零散的建築？」雷恩顯得有些懷疑。

「不，那只是郊區。克爾辛拉是一座大城。它占據了河邊的很大一片土地，也許一直延伸到那些山丘下。現在樹葉都脫落了，我才看到它甚至比我所預想的更加巨大。」

「而它已經……完全荒廢了？是一座空城？這裡的人們都遭遇了什麼？他們到哪裡去了？他們都死了嗎？」

萊福特林搖搖頭，又端起杯子喝了一大口。熱茶中冒出的清香熱氣盤旋著匯入到了河面上的霧氣之中。「如果我們能夠回答這些問題，愛麗絲一定會非常高興，但這裡的情形就好像是居民們都收拾起行李離開了。也有一些住宅裡的樣子像是人們從桌邊站起來，走出門，就再也沒有回來。」

「我應該叫醒麥爾妲，她一定會想要看看這番景色。」

「不，你不應該叫醒她。就讓她和孩子睡吧。等她醒過來的時候，這座城市還會在這裡。我相信你應該讓她儘量得到休息。」萊福特林不敢承認，他其實更在意的是能夠讓自己安靜一下。雷恩叫醒麥爾妲的時候肯定也會驚擾到孩子。那時那個嬰兒一定會再次開始哭泣。只有在睡覺和吃奶的時候，埃菲隆才會安靜下來，而最近他似乎越來越少做這兩件事了。

「那是另一頭龍嗎？」雷恩突然問道。

萊福特林向天空轉過視線，同時他從自己的船上感覺到一點刺激——他的船也在對天空感興趣。他瞇起眼睛，但他只能看到一點銀色。「我離開的時候，只有荷比能飛，其他龍都還在練習飛行，但他們做得都不是很好。所以在幾天前看到辛泰拉飛起來的時候才會那樣吃驚。不過，那似乎不像是……」

「那是噴毒！」軒尼詩在後甲板上喊道，「看看那個小崽子飛得多高！蒂絡蒙，妳能看到他嗎？他全身都是銀色的，所以他在陰雲中會很顯眼。他的脾氣不是很好……那邊！看到他了嗎？他剛剛從雲層裡衝出來。他是最小的龍之一，一開始他也是最愚笨的一頭龍。看樣子，他現在真的能飛了，但就算是他已經聰明到能夠離開地面，他肯定還是一個愛惹麻煩的傢伙。等我們到了村子裡，妳最好躲他遠一些。不過默爾柯就不一樣了，妳一定會喜歡上那頭龍的。」

蒂絡蒙一隻手攏著圍在肩膀上的頭巾，另一隻手遮住眼睛，隨著軒尼詩的每一個字不斷點頭。她的臉頰因為冷風和興奮而變得通紅——或者可能還有別的原因？軒尼詩最近似乎變得特別喜歡說話。萊福特林有些警惕地向雷恩瞥了一眼，不知道這名古靈是否注意到了他的大副也許和那位女士有一點過於熟絡了，但就算是雷恩注意到了，他也無暇表示意見，因為他的兒子突然發出了一陣尖利的哭嚎。

「該死的。」雷恩低聲說了一句，就從船長身邊匆匆走開了。

萊福特林能夠明顯看到嬰兒哭聲對他的船員們造成的影響，他不知道這是不是因為他的活船也在為此而感到哀苦。一陣焦灼的顫慄傳遍了整艘活船，也許有一些船員還不曾察覺到，但萊福特林明顯因此而感到了緊張。幾乎就像是對此做出了回應——噴毒一抿翅膀，向這邊盤旋過來，同時不斷降低高度。也許所有的龍都會對他們的回歸發生興趣，但噴毒肯定是他們之中最令人不快的。這頭銀龍就像軒尼詩描述的那樣：在剛剛孵化出來的時候就智力昏聵，而發展出一定心智以後又變得異常惡毒。他的性情很不穩定。在萊福特林看來，他是所有巨龍中最衝動任性的一個。在他發脾氣的時候，就連那些大龍都會遠遠躲開他。

就在萊福特林的注視中，噴毒開始在柏油人號上方盤旋，又加速向下游飛去。萊福特林希望他是發現了一些獵物，將會前往大吃一頓，就此離開他們。但只是片刻之後，萊福特林就聽到遠方傳來的喊上。他知道，噴毒正在那艘繽城無損船上方盤旋。那艘船一直如影隨形一般跟著他們來到這裡。現在萊福特林露出了冷酷的笑容。這可不是他設想中噴毒會看上的獵物，不過那些人一定也會想要知道在仲夏時分離開卡薩里克的那些流亡巨龍已變成了什麼樣子。就讓他們好好看看吧。

噴毒又下降了一些，盤旋的圈子也變小了。現在沒有人還會看不出他的興趣所在。萊福特林饒有興致、卻又不無警惕地看著遠處那艘一直追趕他的船，其甲板上突然擠滿了人影。他聽不清他們在叫喊什麼，從他們最開始追趕的時候，就刻意和柏油人號保持著距離，從沒有向柏油人號打過招呼，也沒有在晚上靠近過來，更別說和柏油人停泊在同一個地方。是他們在躲避柏油人，而不是萊福特林在躲避他們，但萊福特林一直決定不打破兩艘船之間的這種僵局。

現在，隨著噴毒在盤旋中逐漸向無損船逼近，萊福特林開始後悔自己的決定了。無論那艘船上的人最終打算幹什麼。他們畢竟也都是貿易商，都是人類。現在萊福特林很希望能知道那艘繽城船上的船長是誰，船員又都是些什麼人。他希望自己能夠有機會提醒他們不要刺激那頭龍。現在的巨龍已經不再是原先那些被束縛在地面上的殘廢生物了。

「我從沒有想過他們會跟隨我們沿河上溯這麼遠。我本來以為在路上總能夠甩掉他們。」

軒尼詩也來到了船艙頂上。當嬰兒開始哭泣的時候，蒂絡蒙就匆匆去麥爾妲身邊幫忙了。於是這艘船的大副也回到了自己的崗位上。萊福特林向他瞥了一眼。萊福特林最初認識軒尼詩的時候，他還不過是船上的一個小水手。那時萊福特林也剛剛上船，地位和軒尼詩沒有什麼差別。現在軒尼詩的眼睛裡是不是閃動著一種以前從未有過的光彩？這很難說。這時軒尼詩正全神貫注地盯著下游方向上的那一團混亂。

「誰能預料到呢？沒有人。」萊福特林不知道自己是否也在推卸責任。現在繽城無損船的甲板上新出現了一個人，毫無疑問，那是一名弓箭手。他們距離那艘船太遠了，不可能用喊聲向那艘船上的人或者那頭龍發出警告。他們只能眼看著災難降臨。

「喔，不要那麼幹……」軒尼詩呻吟了一聲。

「太晚了。」萊福特林幾乎無法看見射出的利箭。但他能夠看到噴毒的反應。那頭龍輕易就避開了羽箭，隨後便飛上天空，不斷用力拍打翅膀，提升自己的高度。

繽城船上的傻瓜們發出了歡呼，以為他們趕走了向他們進攻的龍。噴毒到達飛行弧線的頂端的時候，發出了一陣銅號般的狂野吼聲。一陣怪異的顫慄湧過活船，萊福特林能看出軒尼詩也和他一樣感應到了柏油人的反應。不等兩個人再有交談，四面八方都傳來了回應的吼聲。不到一次呼吸的時間裡，六頭龍飛了過來，其中包括黃金一般的默爾柯和碧藍的辛泰拉，他們盤旋著出現在眾人的視野中。有一些龍來自於城市，有一些直接從天空中降下，彷彿他們剛才一直隱藏在雲層上方。卡羅如同烏雲一般黑暗，也像烏雲一樣充滿了威脅，他猛地射入這群龍形成的包圍圈中，一邊不住地向噴毒呼吼。

「就像烏鴉聚集起來要攻擊一隻鷹。」軒尼詩說道。他說得沒有錯。現在那艘倒楣的船上方盤旋的，不再只是一頭龍，而是一片復仇者組成的旋風。萊福特林在驚訝中屏住了呼吸。和他上一次見到他們的時候相比，他們怎麼發生了這麼大的變化？飛行的能力竟然讓他們變了這麼多！萊福特林想起自己曾經毫無畏懼地走在這些巨獸中間，為他們治療傷口並和他們說話，不由得打了一個冷顫。現在，就算是在昏暗的陽光下，他們也全都閃耀著燦爛的光芒。他們不再是萊福特林曾經照看過的殘疾和受傷的怪物，而是變成了擁有不可思議的力量的強大猛獸。

在那些龍下方的船上，人們呼喊著各種號令，相互之間不斷發出警告。他們的弓箭手將一支箭搭在弓弦上，挺起身子，全身肌肉繃緊，準備著射殺任何進入射程的龍。萊福特林能夠聽到龍也在彼此呼喊——那些銅號般的狂野吼聲如同遼遠的滾滾沉雷，有時又變得無比淒厲。

「他們發生了爭執。」軒尼詩猜測。

「那些龍……你能向他們發出召喚嗎？能不能有人勸說他們到我們這裡來？」麥爾妲來到了他們身邊。就在另外那艘船上的人們正面臨九死一生的時候，這位母親依舊只是在想著自己的孩子，這讓萊福特林感到非常驚訝，他不由得向麥爾妲轉過頭，一看到她的樣子，萊福特林的心中頓時充滿了憐憫。

這名古靈女子現在的面容很難看，她的臉上已經徹底沒有了血色，這讓她帶有藍色底蘊的鱗片顯得灰暗蒼白，彷彿是一層裝飾性的石子。她的嘴唇和眼睛下面，都能看到深暗的紋路。她的頭髮被梳理過，紮成辮子，盤在頭頂，看上去很整齊，卻絲毫沒有光澤。生命力已經徹底離開了她的身體。

「恐怕我無法呼喚他們，但我們已經非常接近克爾辛拉了，麥爾妲，只要到了那裡，守護者們就能夠召喚他們回來。而且，即使我們能讓那些龍過來，他們也無法在這裡落地，和我們說話。只要我們一靠岸……」

「龍開始戰鬥了！」軒尼詩打斷了他們。柏油人的甲板上立刻充滿了震驚的呼喊。萊福特林轉過頭，恰好看見噴毒向遠方那艘船撲了下去。他的全身彷彿都在發光，如同一枚閃亮的銀幣在空中轉動。看他的架勢，船長知道他的毒腺已經腫起，做好了準備。默爾柯幾乎和他同時開始向下俯衝。就在噴毒飛臨到船上方的時候，金龍突然出現在他的身下，把他撞到了一旁。金龍有力地揮起自己的翅膀，將小銀龍拍得身子歪斜，翻滾著向下落去。與此同時，一股淺色的毒霧從銀龍口中噴出，在陽光下微微閃爍。銀龍在即將落到水上的時候才恢復了平衡，但依然只能歪歪斜斜地搧動翅膀，翼尖濺起一連串水花，最終笨拙地落在河邊。他吐出的毒霧也消散在微風中，無害地落在河裡，而不是潑灑在船上。在河岸上，噴毒發出了狂暴和憤怒的吼聲。

下游那艘船上的水手們，全都用最大的力量划起了船槳。那艘船以最快的速度順流而下。在他們頭頂上方，盤旋的巨龍輪流向下撲來，裝作要攻擊那艘船的樣子。萊福特林能夠聽出他們銅號一般的吼聲充滿了嬉鬧和嘲諷的意味。過了一段時間，萊福特林才能夠確定，那艘船並非是他們真正的目標。他們似乎只是在比拚誰能夠以最快的速度向下俯衝，然後在最接近那艘船的地方重新升起。噴毒努力飛回到空中，但他沒有加入到其他巨龍的遊戲裡。他飛得很吃力，有可能是在剛才的衝撞中受了傷，但還是直接向克爾辛拉飛去。萊福特林繼續看著那艘繽城船，直到龍群將它一直趕往下游遠方，從他的視野中消失。他等待著，但即使在他完全看不見那艘船以後，龍群還是沒有回來。

「他們變了。」軒尼詩低聲說。

「確實是變了。」萊福特林同意。

「他們現在是真正的巨龍了。」大副說道，然後他將聲音壓得更低，補了一句，「他們讓我感到害怕。」

魚月第二十七日
商人聯盟獨立第七年
來自繽城貿易商珂芙莉婭．維司奇
致崔豪格的雨野原貿易商，簡妮．庫普魯斯

簡妮：

就像我們兩個都知道的那樣，信鴿傳遞的信件已經再也沒有私密性可言了。如果妳有任何機密資訊要告訴我，請將它交由在雨野原河行駛的活船遞送。我對他們的信任要遠超過對於那個所謂的信鴿管理人公會。我也會這樣做的，只有必須立刻傳遞給妳的訊息，我才會使用信鴿。不幸的是，這也意味著這些訊息會受到不良之徒的偷窺和傳播。

現在你必須知道的是，我寄給麥爾妲的信一直沒有得到回應。我對此非常擔憂，尤其是現在她已經臨近生產。如果妳能夠給我任何訊息，我的心情或可輕鬆一些，我將不勝感激。

另外還有一些無法耽擱的重要訊息：我終於從海盜群島得到了溫特羅的訊息。妳也許記得，我在數個月以前寫信給他，詢問他是否知道瑟丹的訊息。就像繽城和海盜群島之間往來的所有書信一樣，我的信和他的回信都被嚴重地耽擱了。他沒有關於那位元古靈的訊息，卻聽說了一個令人警惕的傳聞：有一位「龍孩」被當作怪物四處展覽，並且還經過了他那裡。他想要探聽到更多訊息，卻沒有結果。他擔心那些被他詢問的人都沒有說實話，因為害怕招致他這個海盜女王大臣的怒火。我懇求妳，利用妳的人脈關係查找是否有人聽說過這個旅行展覽，以及他們最後出現在什麼地方。

萬分緊急，心憂如焚。

珂芙莉婭

7 城市居民

賽瑪拉發現，守護者們遷居到城中要比巨龍困難得多。克爾辛拉是一座為巨龍建造的城市。這裡有寬闊的街道，巨大的噴泉，所有公共建築的規模全都是為了讓巨龍能夠舒適地棲息於其中。各種門戶全都無比高大，階梯是為了巨龍的步伐而設置。這裡每一個房間的每一個角落，都足以顯示出人類的渺小，而守護者們都是在崔豪格和卡薩里克的小樹屋中長大的，這種差別讓他們感到震驚。「我都不覺得自己是在房間裡。」哈裡金第一次走進巨龍浴室的時候就這樣說道。所有守護者都聚集在一起，抬起頭驚訝地觀賞著遙遠上方天花板上的繪畫。希爾薇、賽瑪拉、埃魯姆和博克斯特將手拉在一起，想要測量一根立柱的周長。來到這裡的第一個夜晚，所有守護者都睡在一起。他們擠在一個巨大房間的牆角邊，彷彿這幢房子就是一片對他們而言完全未知的原野。他們不得不彼此相擁，以抵禦他們還完全不了解的危險。

對於巨龍，這裡就不一樣了。他們現在過得非常舒服，可以盡情享受這裡的溫暖。在泡過熱水浴之後，他們憑藉自己的記憶去勘察這座城市的其他地方，那裡有各種各樣為他們提供享樂的設施。一座山丘頂端的建築物石牆上鑲嵌著大片玻璃，籠罩這座建築的穹頂也是由玻璃和石塊拼接而成，形成了奇異的圖案。這座建築的地板能輻射熱量，上面分布著許多淺坑，坑中堆滿了粗糙程度不同的沙粒。

如果是在幾年以前，賽瑪拉完全不可能想到這座建築的功用。現在她只要瞥上一眼就知道，這裡可以讓巨龍一邊在倒臥在熱砂裡，一邊眺望下方的城市，或者在夜晚觀賞天空中緩慢遊移的星辰。當辛泰拉在幾天以前將她召喚到這裡的時候，她才發現了這座建築。那時辛泰拉吩咐她去櫥櫃和架子中確認為龍進行清潔的工具是否還存放在老地方。她看見辛泰拉在沙子中扭動打滾，幾乎把自己埋在了熱砂裡。當她走出沙坑的時候，全身放射出寶藍色的金屬光澤，彷彿剛剛從熔爐中走出來。

時間將大部分清潔工具都化成了塵埃，不過還是有幾樣東西完整地存留下來。這裡有石雕手柄，金屬刷毛的刷子，銹蝕沒有能將它們吞噬。它們的刷毛或粗或細，可能有的是用來擦洗，有的是用來刮掉堅硬的汙漬。這裡還有金屬銼刀，不過它們的木柄早已朽爛了。一些玻璃瓶底還剩有濃稠的油膏殘渣。一只閃閃發光的黑匣子，裡面放有各種黑色的金屬針和其他賽瑪拉無法理解的物品。她相信這些都是用來為巨龍清理身體的特殊工具。不知道是否有一天能恢復所有這些已經失落的精巧技藝。

賽瑪拉用最小的刷子清理辛泰拉的眼睛周圍、鼻子和耳孔，也為她除去食物殘渣。她們沒有多少交談，但賽瑪拉注意到了自己的龍發生的許多變化。這頭藍龍的爪子因為行走以及過多接觸水和泥濘而不斷裂開，曾經變得很鈍，現在則明顯變長、變硬，也更加鋒利了。她的色澤更加耀眼亮麗，眼睛更加明亮。她又長大了，不僅是身軀更加豐滿，肌肉更加粗壯，而且尾巴也變長了。因為長時間的飛行，她的整體身形肌肉已發生了改變，和原來那數年中在淤泥裡徘徊的樣子已經截然不同。現在賽瑪拉擦洗的不再是一條大蜥蜴，而是一隻凶猛的掠食者，一頭屬於天空的猛禽，看上去像蜂鳥一樣輕盈美麗，又像一柄有生命的致命利刃。賽瑪拉不由得暗中驚歎，自己竟然敢於撫摸如此神奇的生物。直到她注意到辛泰拉的眼睛在喜悅中旋轉，她才意識到這頭龍已經洞悉了她的全部想法，正在因為她的驚歎而沾沾自喜。

隨著賽瑪拉意識到這一點，巨龍也向她承認道：「我欠妳的。也許妳不能用妳的聲音為我唱誦讚歌，但因為妳，我能夠知道我是妳見到過的最輝煌奪目的巨龍。」

「因為我？」

龍不會笑，但賽瑪拉感覺到了辛泰拉快意的情緒。巨龍問道：「妳是想要得到恭維嗎？」

「我不明白。」賽瑪拉的回答是如此誠實，卻又有些憤憤不平。這頭龍對她的反應似乎在暗示她這樣做是徒勞的。她又做了什麼徒勞的事情？擁有最美麗的巨龍女王？辛泰拉又從無視她轉變成嘲諷或者羞辱她了嗎？

「**所有**巨龍中最美麗者，」辛泰拉修正了賽瑪拉的想法，「也是最富有才智和創造力的巨龍，這一點非常明顯，因為我創造了最美麗耀眼的古靈。」

賽瑪拉無聲地盯著碧藍色巨龍，甚至忘記了手中的刷子。

辛泰拉饒有興致地輕哼了一聲。「從一開始，我就看出妳是最有潛力的。所以我選擇了妳。」

「我以為是**我**選擇了妳。」賽瑪拉有些倉皇地說道。她的心在劇烈地跳動。她的龍認為她很美麗！這讓她的心情瞬間高飛了起來。或者這只是辛泰拉在欺騙她？她努力讓自己冷靜下來。她能夠確定，這不是辛泰拉在隨口敷衍她。這是辛泰拉的真實想法。這太棒了！

「喔，毫無疑問，妳會以為是妳選了我，」辛泰拉繼續以那種輕佻的傲慢語氣說道，「但是我將妳吸引到了我面前。就像妳看到的那樣，我以敏銳的眼光和高超的技藝，讓妳成為了現存於世的最可愛、最非同尋常的古靈，就像我是最輝煌奪目的巨龍。」

賽瑪拉沒有說話。她想要否認這頭龍自吹自擂，但她知道，只有傻瓜才會用謊言否認自己的想法，「默爾柯就像液體黃金一樣閃耀。」她開口道。辛泰拉輕蔑地哼了一聲。

「公龍！他們的確有好看的色彩和肌肉，但說到美麗，他們根本沒有耐心經營自己的細節。看看希爾薇的鱗片，將它們和妳的比較一下。她的鱗片簡直就像野草一樣平淡無奇。就算是那些龍也擁有各種顏色，但還是和我差了很遠。」辛泰拉搖晃了一下身體，突然站起身，張開翅膀，掀起大團熱砂。「看看這個！」她驕傲地命令賽瑪拉，同時抖動翅膀，鼓起的強風讓沙粒一直飛到賽瑪拉的臉上，「妳在哪裡見到過如此複雜精緻且燦爛美觀的色澤和花紋？」

賽瑪拉看著那對翅膀，然後無聲地拽起長外衣，從頭頂脫下，露出她自己的翅膀。回頭瞥了一眼，她確認了這並非自己的想像。這兩雙翅膀的差別只在於大小。她一絲不差地反映著辛泰拉的榮光。巨龍不會像人類那樣發笑，但辛泰拉的聲音無疑充滿了愉悅。

辛泰拉重新俯臥在沙子上，讓翅膀繼續張開，覆蓋了溫熱的淺坑。「好了，下一次妳哭泣著抱怨妳的龍沒有花時間照料妳的時候，就看看妳的背後，明白妳已經擁有了我的顏色。妳還能要求什麼？」

賽瑪拉轉回頭，看著自己正在享受溫暖的龍，心卻被兩種不同的情緒撕扯著。她是否敢相信這頭龍向她表達的任何好意？「妳看上去不一樣了。」賽瑪拉猶豫著說道，不知道這頭龍會更多地感覺到她的哪一種情緒——是他的懷疑，還是她的希望？她打起精神，準備迎接嘲諷，但辛泰拉的反應出乎了她的預料。

「我的確是不同了。我不再饑餓，也不再寒冷，不再是一個殘疾的、可憐的生物。我是龍。我不需要妳了，賽瑪拉。」辛泰拉晃動一下身子，讓鱗片下面的沙子如同小溪般從她的肋側流淌下來。賽瑪拉沒有多問，回身找出一支長柄刷子。這只刷子的握柄和刷毛都是用一種非常輕盈的特殊金屬製作的。賽瑪拉盯著那些刷毛看了很久，它們的確在閃爍著金屬的光澤，但摸起來卻能夠任意彎曲。她估計這也是古靈魔法。她開始用它清潔辛泰拉的身體，從腦後開始一直向下，將一些嵌在鱗片縫隙中的沙子顆粒清除出去。辛泰拉愉悅地閉上眼睛。賽瑪拉刷到尾稍的時候，終於想起了一個問題：「難道需要我讓妳不喜歡我嗎？」

「龍不喜歡依賴外力——雖然我們會依賴古靈，但古靈是明白這一點的。」

「龍要依賴古靈？」賽瑪拉感覺到自己踏進了危險的領域，但她還是問道，「為什麼？」

藍色巨龍久久地看著賽瑪拉。賽瑪拉只希望自己沒有那麼莽撞地提出剛才的問題，她感覺到了辛泰拉是多麼痛恨她的問題。「為了巨龍之銀。」巨龍說出這個詞，盯住賽瑪拉，雙眼不住地盤旋，彷彿賽瑪拉會否認她的話。但賽瑪拉只是靜靜地等待著。「曾幾何時，巨龍之銀會在這裡的河中流淌，很容易找到。但這裡發生了地震，很多事情都改變了。巨龍之銀一度變得稀少。一些龍潛入淺水之中，通過挖掘還能夠找到巨龍之銀。有時候它也會突然湧出來，彷彿一股銀色的溪流注入大河，但大多數時間裡，它都無處可尋。從那時起，我們就只能依靠古靈來取得它了。」

「我不明白，」賽瑪拉盡可能讓自己的話語變得輕柔自然，「巨龍之銀？某種寶藏嗎？」

「我也不明白！」藍龍在憤怒中突然從沙坑裡完全站起來，「那不是寶藏，不是人類所想像的財富。不是那種被製成小圓片以用來交易食物的金屬，也不是身體上的裝飾。那是**巨龍之銀**，珍貴而且危險。它就在這裡，曾經在這裡，最初是在城市旁邊的那條河中，然後，在古靈生活的時代，是在這座城市的某個地方。其他一切東西，我們都能在這裡找到，所以我們記憶中克爾辛拉的美好都在這裡——熱水浴室、冬日避風大廳、沙浴坑，我們能夠清楚記起的一切都在這裡。所以巨龍之銀應該也在這裡，就在這裡的某個地方，但我們至今都無法找到它。在這座城市中的一些地方，古靈可以幫助我們取得巨龍之銀。我們都無法清晰地回憶起那些地方了。我們都覺得這很奇怪，彷彿有一段記憶被有意從我們的腦子裡隔離掉了。」辛泰拉氣惱地一甩尾巴，「我們相信，有一個地方隨著河邊坍塌的街道被埋沒了。另一個地方也許正在大地裂開的縫隙中，被湧入的河水淹沒了。它們都消失了。巴力佩爾曾經嘗試潛入那片積水，但那道峽谷很深，越往下，水就越寒冷。我們在那裡得不到巨龍之銀。」

「我們相信還有其他出產巨龍之銀的地方，然而，關於那些地方的記憶，都被我們丟失了，從我們孵化出繭殼的那一刻起就丟失了，一同丟失的還有其他許多我們連想都想不到的資訊。我們不會成為完整的巨龍，你們也無法成為真正的古靈，除非我們能夠找到白銀之井，但你們卻拒絕回憶起那件事！沒有一個古靈曾經夢到過那些井。我進行了嘗試，但我也無法讓妳夢到白銀之井！」

隨著這段話，藍龍最後抖動了一下身子，甩了甩尾巴。賽瑪拉向後一跳，看著辛泰拉走出沙坑，又大步走出為她打開的屋門，然後將屋門在身後關閉，只留下辛泰拉盯著她的背影。

隨後的幾天時間裡，賽瑪拉一直在考慮那頭龍的話。辛泰拉說得沒有錯。現在賽瑪拉經常會遇到一頭龍在街上遊蕩，東嗅西嗅，四處搜尋。她的好奇心被勾起來了。她詢問愛麗絲，是否知道克爾辛拉的白銀之井，但愛麗絲卻一臉迷惑。「這裡有一座噴泉被稱為金龍噴泉，我在一份非常古早的手稿上看到過關於它的紀錄。我還沒有找到它，所以也無法確定它是否還存在。」愛麗絲露出微笑，又饒有興致地說道，「但我在幾個晚上之前做了一個夢——我正在尋找一口湧出白銀的井。那真是一個奇怪的夢。」她側過頭，皺起雙眉，目光飄向遠方，就像是正在整理關於一個謎團的線索。一種怪異的顫慄感掠過賽瑪拉的脊背。在前往這裡的遠征剛開始時，愛麗絲經常會有這樣的表情。那代表著她將一些資訊的碎片拼合在一起，理解了一些關於古靈或者龍的事情。賽瑪拉已經有一段時間不曾見到愛麗絲的臉上出現這種表情了。

愛麗絲喃喃地說道：「在一些古代手稿中經常會有令人感到古怪的記述。我從來都沒有能理解它們的含義。它們彷彿提到了克爾辛拉存在的一個特殊原因，某種祕密，某種需要保衛的東西……」一種似有所悟的神情慢慢浮現在她的臉上。她更像是自言自語地說，「也許不是毫無用處。只要我能夠摸索出它們的含義。」

愛麗絲的目光一直停留在遠方。賽瑪拉知道，她們的這次交談已經引發了愛麗絲心中的一連串問題，現在這位繽城女子正在將支離破碎的答案整合在一起。她向愛麗絲表示了感謝，並相信自己已經將這個謎團交給了更有能力的人去解決，於是她便將白銀之井的事情放到了腦後。

但她沒有忘記辛泰拉那一番關於不想依賴她的話語。是的，她看到了其他龍的成長，也見證了他們的變化。在不需要他們的守護者之後，一些龍變得更加和藹友善，另一些則變得更加傲慢。看到巨龍和守護者之間的關係漸漸變得鬆散起來，這種感覺很奇怪。守護者們都在以各自不同的方式適應巨龍對他們的漸漸疏遠。一些守護者很高興自己能擁有更多的閒暇時間，並且眼前還有一座美麗的城市可以探索。突然間，守護者們可以將自己的需求放在首位了。他們首先開始給自己安排舒適的居所，儘管這座城市中有大量空房，賽瑪拉還是饒有興致地發現，她和夥伴們最後都集中到了被他們稱作巨龍廣場前面的三棟建築中——這座廣場的名字來自於它中央位置上的一尊非常巨大的雕塑。他們本可以住進被愛麗絲稱作公館或者宅邸的那些房子裡。那些房子要比崔豪格的貿易商大堂更大，但他們都選擇了巨龍浴室上方那些更小、更樸素的房間，它們顯然都是供照顧巨龍的人居住的。對於賽瑪拉而言，單獨擁有一個比她原先的家大一倍的房間已經夠令人驚奇的了。而且她還擁有了一張非常柔軟的床，一面大鏡子，還有許多帶抽屜的櫥櫃和置物架。只要她願意，隨時都能夠在冒著熱氣的清水中洗浴，然後在舒適又溫暖的房間中休息，甚至根本不用毯子和衣服保暖。她有許多時間在鏡子中觀賞自己，有時間梳理頭髮並紮起辮子，也有時間思考自己到底變成了什麼樣的人。

但她的奢侈享受並不意味著現在的每日生活只剩下了休息和娛樂。這座城市中沒有獵物，也幾乎完全沒有能夠生長的綠色植物，沒有可以用於燒火煮食的乾燥木柴。若要收集這些物資，需要每天走出這座巨大的城市。卡森提出建議，他們需要為柏油人建造碼頭。那艘活船回來的時候，需要一個安全的地方繫泊在這一側的河岸邊，更需要適切的平台來卸下他們所期盼的各種物資。「我們需要內外碼頭，以停泊我們自己的船。我們不能總是指望柏油人和萊福特林船長免費為我們送來補給。」

獵人的話語讓他面前的守護者們都露出了驚訝的神色。卡森咧嘴一笑。「什麼？你們以為我們重新擁有這座城市的時間只會是五年？或者十年？和愛麗絲談談，我的朋友們，你們會在這裡居住遠超過一百年，甚至更長時間。所以，無論我們現在要建造什麼，我們都應該把它們建造得很好。」卡森一說完就開始向眾人分配任務。他們每日還需要狩獵和採集，為城市建造碼頭，讓賽瑪拉驚訝的是，他們的任務還包括收集揀選儲存在石頭中的記憶，以了解這座城市的運作功能。

賽瑪拉幾乎每天都主動要求去狩獵和尋找食物。隨著早春的暖意逐漸滲透進這片土地，這座城市後面的森林山丘也開始向他們提供綠色蔬菜和根莖食物了。不過他們的主要食材仍然是肉類。賽瑪拉已經逐漸從內心中厭倦了這樣的生活。她不喜歡走很長的路到城市邊緣，也不喜歡扛著木柴或鮮血淋漓的肉再走同樣的路回來，雖然如此，她拿著弓箭或籃子在山丘中的時光，現在已經成為了她生活中唯一的簡單時光。

每當她留在城市中，她都會成為刺青和拉普斯卡的競逐對象。他們不斷地爭奪她的好感，他們兩個曾經的友誼也因此而日漸淡漠。他們還沒有打過架，但是當他們無法避開彼此的時候，兩個人之間的尷尬氣氛幾乎會凍結任何進行正常交談的可能。賽瑪拉不止一次被困在兩個人中間，一邊是拉普斯卡喋喋不休的無聊閒扯，另一邊的刺青則為了吸引她的注意力而拿出各種為她製作的小物件，或者是向她講述自己在城中的各種發現。他們兩個佔據了她周圍的全部空間，讓她根本不可能再和其他人說話。每當賽瑪拉想到他們三個在別人眼中會是什麼樣子，都要不由自主地打個哆嗦，別人一定以為她是故意刺激這兩個男孩進行競爭。如果刺青注意到了這座城市中的某些非同尋常之處，並對此產生興趣，拉普斯卡一定會聲稱知道那是怎麼回事，並開始沒完沒了地做出解釋，而刺青只能在一旁對他怒目而視。現在守護者們大部分時候仍然聚在一起共同進餐。而兩個人的競爭已經造成了守護者之間的裂痕。希爾薇總是坐在賽瑪拉身邊，無論賽瑪拉的哪一位追求者坐在她的另一邊。哈裡金絲毫不掩飾對刺青的支持，凱斯和博克斯特則堅定地站在拉普斯卡一邊。另外幾名守護者沒有顯示出特別的偏好。還有一些人，比如諾泰爾和潔珥德則完全無視這些爭執，或者會對此說上幾句冷嘲熱諷。

如果那兩個人中間有一個人去完成自己的工作，另一個人就會趁著對方離開的時機拚命討好賽瑪拉。當刺青在碼頭上幹活的時候，拉普斯卡會堅持要和賽瑪拉去打獵，哪怕當天被安排和賽瑪拉結伴的是哈裡金。更糟糕的是當賽瑪拉和拉普錫卡都無事可做的時候，拉普斯卡會一直待在賽瑪拉的房間門口。只要賽瑪拉一出現，他就會懇求賽瑪拉陪她回到那座有兩排記憶石柱的宅邸，和他一起去探知更多他們的古靈先輩的事情。

賽瑪拉一想到自己是多麼頻繁地屈服於拉普斯卡的懇求，和他一起回去那裡，就不由得會感到一絲羞愧。那就像是為了逃離現實而進入一段更加輝煌典雅的時光。在那個夢一樣的世界裡，賽瑪拉優雅地舞蹈，享用奢華的筵席，觀賞戲劇，過著她從不曾想像過的生活。愛瑪琳達往昔的人生觀察，也讓賽瑪拉對於這座城市曾經的運作方式有所了解。這裡的溫室中曾經一年四季都能結出大量水果和蔬菜。居住在週邊聚落和河對岸的人們，會用他們的手工製品和農牧業產品來這裡交換古靈的魔法物品。賽瑪拉與卡森和愛麗絲一起勘察了一些巨大的溫室，但曾經在那裡繁茂生長的植物，現在都早已滅絕殆盡，只剩下地面上一些落葉的殘跡和土壤中朽爛的樹樁。這裡許多盆罐中的泥土看起來還可以使用，清水還在不停地從管道系統中流淌出來。而這些管道系統除了灌溉以外，還有為溫室提供熱量的作用。

「但沒有種籽和幼苗，我們在這裡什麼都培育不出來。」愛麗絲傷心地說。

「也許等春季到來，」卡森說道，「我們能夠將野生植物移栽到這裡，進行培育。」

愛麗絲緩緩地點著頭。「如果我們能夠找到種籽或者從我們認識的植物上取下苗株，新的古靈就能夠再次讓這些種植園興盛起來。或者萊福特林也有可能帶回種籽和幼苗。」

在又一次記憶旅行中，賽瑪拉瞥到了古靈工作時會戴著厚實的手套。他們通過撫摸以雕塑岩石，並改變木材的紋理形態，或是說服金屬閃閃發光、響起樂韻，以及讓水變冷或變熱。古靈的店舖排列在狹窄的街道兩側。他們紛紛向行走在街道上的愛瑪琳達問候致意。賽瑪拉從他們身上感覺到一種奇異的親切感。她幾乎能夠回憶起他們做的是什麼，只是不知道他們是如何做到的。愛瑪琳達信步走過這些令人驚歎的奇蹟，卻幾乎沒有多瞥上一眼，那些只是她所熟悉的世界的一部分。不過在另外一些時間和地點，愛瑪琳達會完全集中起注意力，無可阻遏地將賽瑪拉淹沒在她的情緒和感覺中。這名古靈女子對於特萊托的迷戀仍然在繼續，並且越來越深，成為了她持續終生的激情。只是一個下午的記憶之旅，賽瑪拉就體驗了愛瑪琳達數個月的人生。每當她從那樣持續數個小時的旅程中返回，都會眼神昏暗並知覺遲鈍。她的手緊抓著拉普斯卡的手，拉普斯卡就躺在她身邊的台階上。她轉過頭，就會看見拉普斯卡的臉上帶著特萊托的微笑。那根敏感地摸索她的手心的拇指完全不是拉普斯卡的。然後，他的目光才會非常緩慢地變回成拉普斯卡的目光。賽瑪拉不知道在拉普斯卡眼中自己是什麼樣子。他們起身的時候，拉普斯卡又還記得那段記憶中的哪些部分——這種思忖讓賽瑪拉感到身體僵硬，只想打冷顫。拉普斯卡總是想和她談論那些記憶，而她總是拒絕這樣的交談。畢竟那些只是記憶，只是夢。

她在那些記憶中所體驗到的一切真的重要嗎？如果她在那裡吃到的食物無法滋養她，那麼她在那個世界享受到的性愛，對於現實世界會有什麼關係嗎？對此她總是感到猶豫不決。當然，這完全改變了她對許多事情的看法，比如人們在冬夜溫暖的創傷，或者是在夏季晴朗天空下的草地上。她能否堅信自己不是在和拉普斯卡親熱？畢竟她很清楚那是拉普斯卡在披著一層特萊托的皮。當然，她向自己確認。有時事情就是這樣。拉普斯卡不可能改變特萊托所做的事情和所產生的感覺，就像她也無法控制愛瑪琳達。她無法阻止這一對愛侶之間的爭吵，她也無法躲避他們再一次的兩情相悅。這就好像他們只是在觀看不會改變的戲劇，或者傾聽註定的故事。就是這樣。

有時候，賽瑪拉幾乎能夠相信自己的這種解釋。這種假借他人的親密似乎並不能讓拉普斯卡完全滿意。在他們返回住處的時候，拉普斯卡經常會做出暗示，甚至直白地懇求賽瑪拉去一個私密的地方，繼續他們剛剛體驗過的溫存。賽瑪拉總是一口回絕。她一次又一次地告誡拉普斯卡，她不想冒懷孕的危險。但她無法否認，她很喜歡成為這種控制局勢的女人，這讓她感到興奮。她也喜歡成為一個被男人所愛的女人。

今天，她和刺青一同來到河邊建造碼頭的工地上，這樣的想法還盤旋在她的腦子裡。讓刺青成為自己的愛人會是什麼樣子？她現在已經和特萊托有過許多共同的經歷，也和拉普斯卡一同度過了漫長的一個夜晚。刺青會和他們兩個不一樣嗎？就像拉普斯卡和特萊托並不一樣？這是一個令人不安的想法，賽瑪拉竭力將它推到一旁，然後向身邊的這名年輕男子瞥了一眼。刺青面容嚴肅，帶著一種若有所思的表情。一個問題突然冒到了賽瑪拉嘴邊，不容她多想就被問了出來：

「你有沒有經歷過那些記憶石的夢境？」

刺青斜睨了賽瑪拉一眼，彷彿賽瑪拉有一點奇怪。「當然有。我們全都經歷過。博克斯特和凱斯去了一家妓院，在那裡耽擱了很久。後來另外一些人也開始經常和他們一起去。不要這樣看我！妳以為他們能幹些什麼？凱斯和博克斯特都不可能找到配偶，除非有其他女人來到克爾辛拉。而這肯定還要過很長一段時間。埃魯姆、哈裡金和希爾薇找到了一個地方，那裡有一些著名的古靈吟遊歌者，永遠都在進行著他們的表演。妳不是也和我們在那天晚上一起看過長街記憶中的那場節日慶典，那裡面的木偶戲、雜耍和雜技表演。當然，我們全都進入過那些石頭的記憶。只要生活在這裡，這就很難避免。」

這不是賽瑪拉的意思。但看到刺青誤會了她的問題，她反而鬆了一口氣。

「我知道。只要是晚上走在那些寬闊的大街上，就不可能不重溫那些記憶。」賽瑪拉哼了一聲，「希爾薇告訴我，潔珥德會有意去尋找充滿節日記憶的街道，然後跟蹤那些衣著華貴的女人回家，在她們的家中搜尋珠寶和衣服。她已經在她的衣櫃裡堆了不少獵物。」說到這裡，她搖搖頭，不知道自己到底是認為潔珥德太過貪婪，還是羨慕她搜掠財富的天才。然後，賽瑪拉又壓低聲音承認說，「這不是我所說的那種記憶之旅。」

刺青用不帶表情的目光看著她。「我是否要問妳同樣的問題？」

賽瑪拉轉過頭。一段時間之後，看到她沒有回答，刺青又說道：「有很多原因讓我們需要進入古早的記憶，並不只是性愛、食物或傾聽音樂。卡森在努力發掘這座城市的運作方式，他也請我去尋找碼頭最初的位置。我們不可能完全恢復那些碼頭，因為我們缺乏古靈所擁有的魔法，但古靈在這裡建造碼頭的時候都遵循著怎樣的想法，我們或可知道，畢竟他們在很久以前就已經熟悉這條河了。」他歎了一口氣，搖搖頭，「我去了一些地方。我以為古靈們會在那裡保存相關的紀錄。比如那座地圖塔和它所在的巨大建築，還有那座門楣上雕刻著許多面孔的建築。我們覺得那裡應該是一個重要的地方。但我們沒有什麼收穫，或者實際上是我們收穫的實在太多了。我至今都不明白我知道了些什麼。妳知道為什麼這座城市中還有這麼多建築物屹立不倒嗎？為什麼草木不會在這裡的街道上生長？為什麼房屋的地基不曾開裂？這都是因為這裡的石頭擁有記憶。他們記得自己是一面牆壁、一條街道或是一座噴泉。它們都記得，而且在某種程度上能夠進行自我修復。當然，它們不能復原地震造成的巨大裂隙，但細小的裂紋和破碎都不會在這裡出現。這些石塊維持著自我，它們擁有記憶。」

刺青驚異地搖搖頭，又說道，「看樣子，它們能做的還不止這些。妳知道有些守護者賭咒發誓說牠們看見雕像在移動？古靈們知道如何做到這一點。他們將生命吹入岩石，那些岩石就保留了他們生命的一部分，變得能夠活動。有時候，這樣的岩石會被……某種東西喚醒。某種我無法理解的東西。不過我從一位老者的記憶中清晰地知悉了這件事。這讓我意識到，愛麗絲是對的，她是對的。我們需要知道她對於這座城市歷史的智慧，並運用這份智慧。妳知道她在幾天以前告訴了我什麼？當拉普斯卡在那一天反駁她，說她不是古靈，這座城市不屬於她，她是那樣沮喪，差一點燒毀了她的全部研究成果！妳能想像嗎？我在那一天就很生氣拉普斯卡的所作所為，但我真不知道他是那麼嚴重地傷害了愛麗絲。」

刺青停頓了一下，賽瑪拉感覺到他是希望自己和他一起對拉普斯卡感到憤怒。刺青在等待她說些什麼。賽瑪拉認為拉普斯卡的殘忍只不過因為他還莽撞無知，而她知道，刺青想聽到的絕不是這個，但賽瑪拉無法說出更多的話。拉普斯卡那樣說不是為了傷害愛麗絲。他只是為了宣告他對這座城市的權利。一個愚蠢的想法跳進賽瑪拉的腦子裡。**愛麗絲是一個成年人，成年人真的會感覺自己受傷那麼深，甚至想要燒毀自己的全部作品，或者殺死自己？**不過當賽瑪拉意識到自己的反應是多麼孩子氣的時候，刺青已經繼續說了下去。

「我們需要為這座城市繪製地圖。不只是描繪出它的街道，還要標明那些熱泉房屋所在的地方，以及這裡排水管道的走向。我們需要繪製地圖以記錄關於這裡的各種資訊。現在這裡就像一座巨大的寶庫，充滿了成千上萬只裝滿財寶的匣子。而我們又擁有成千上萬把不同的鑰匙。財富就在這裡，就在我們腳下，但我們卻無法看清他們。就像希爾薇前幾天提到的巨龍之銀。」

賽瑪拉看著刺青，心中感到一陣驚訝。刺青卻以為她是感到了迷惑。

「我猜妳一定沒有注意這件事。希爾薇說她一直夢到一口能湧出白銀的井，所以她一直在城中各處尋找那口井，卻沒有看見任何與她夢中相似的景象。她認為她記起的是默爾柯所知道的事情。她說默爾柯也提到過克爾辛拉的白銀之井。那已經是很久以前的事情了，還是在我們剛剛開始來到這裡的旅程的時候。她想要和默爾柯談一談，但她想先和我們商量。自從她的龍能夠飛行之後，就很少會回到她身邊了。希爾薇還說了另一件奇怪的事情。她說默爾柯一直在逃避這個話題，彷彿這會讓他感到不舒服。」

「辛泰拉也曾經和我提到過有一口白銀之井。那似乎對她非常重要。但她說：關於那口井的記憶，只有一些零碎的殘片。」賽瑪拉小心地說道。

「那口井中並不是白銀。」刺青緩緩地說道。他又瞥了賽瑪拉一眼，彷彿是以為賽瑪拉會嘲諷他，「我昨晚也夢到那口井了。那口井周圍的建築物非常古早，又非常奇異。又像木頭，又像石頭，彷彿它在這座城市剛剛出現的時候就已經被建成了。那裡有一些機械……我看不清楚。但只要妳將水桶從井中搖出來，就能看到桶中盛滿了銀汁。要比水更加濃稠。龍能夠飲用它，而且非常喜歡它。但我有一種感覺，它對人類非常危險。」

「人類？還是古靈？」

刺青久久地看著賽瑪拉。「我不確定。在夢裡，我知道我必須非常小心它。但我在那個夢裡到底是人類還是古靈呢？」

這回輪到賽瑪拉歎氣了。「有時候，我一點也不喜歡這個地方對我做的一切。即使沒有碰觸記憶石，我也會做一些並不屬於我的夢。我轉過一個街角，一眨眼的工夫，我覺得自己變成了另一個人，擁有另一個完整的人生回憶，有朋友，有在那一天要做的事情。我經過一幢房子，想要訪問一位朋友，一位我從不曾結交過的朋友。」

刺青點點頭。「那些石塊，就是在那座廣場上呈環形排列的大石塊。我走過他們的時候，它們就會讓我想起其他不同的城市。妳知道嗎，其他那些古靈城市……」

賽瑪拉向刺青搖搖頭。「不，但我曾經走過一片充滿記憶的集市。突然間，我很想吃一塊用那種滾燙的紅油調味的魚餅。又是一眨眼，我就變回成我自己。我知道我已經對魚肉感到噁心，無論是否有紅油。」

「那些記憶也不斷牽扯著我，我不喜歡這樣……」刺青突然停下腳步，同時握住賽瑪拉的手臂，也拽住了她。

就在大河邊，在卡森的監督下，守護者們正在努力工作著。一座粗糙的原木碼頭已經被牢牢繫在舊日的支撐立柱上。河水不斷牽扯著它。灰色的水流掀起波浪，從碼頭的末端流過。哈裡金只穿著一條破舊的長褲，將繩子繫在腰間，一邊對抗水流，一邊竭力將一根原木與另外一根併排捆紮在一起。卡森在向他呼喊命令，同時用力拽緊捆住這根原木另一端的繩子。萊克特因為用力而全身肌肉隆起，他正在岸邊的一根原木上弓起身子，慢慢地用鑽頭在原木上打洞。不遠處，埃魯姆在將小樹削製成木釘。春風為伴，眾人勞作的聲音遠遠地傳了過來。諾泰爾的肋部紮著繃帶——這個星期的早些時候，他被一根錯誤落下的原木砸到了。現在他正拿著大木槌和木釘蹲在一旁，等待對原木進行固定。這是要泡在冷水中的危險工作。這是今天下午刺青被安排的工作。刺青拽住賽瑪拉的手，看著她的眼睛說道：「我聽到了拉普斯卡的話，如果我們要知道如何作為古靈生活在這裡，就必須讓自己進入這座城市的記憶，但我也還記得我在崔豪格聽到過的所有警告。萊福特林在離開之前告訴我們的事情——

在記憶石中耽擱太久，會讓自己沉溺於其中。那時我們就將只記得另外某個人，而失去了自己的生命。」

賽瑪拉保持著沉默。刺青準確地指出了她的恐懼。無論她多麼不喜歡承認。「但我們是古靈。這對我們不一樣。」

「是嗎？我知道這也是拉普斯卡說的，對不對？那些古靈是不是很珍惜自己的人生？還是他們已經習慣將其他人的經驗和自己的生活混雜在一起，直到他們也不明白哪些是屬於他們的，哪些是他們從別人那裡得到的？賽瑪拉，我喜歡做我自己。我依然想要作為刺青，無論我生活多久，照顧我的龍多久。我想要將這些歲月與賽瑪拉分享。我不需要和妳在一起的時候，卻又讓妳沉浸在另外某個人的生命中。」他停頓一下，讓賽瑪拉感受到這個小刺的痛楚。然後他又說道，「現在輪到我提問了。賽瑪拉，妳活在妳的人生中嗎？還是為了逃避它而活在其他人的人生中？」

刺青都知道，賽瑪拉並沒有告訴過他自己和拉普斯卡一起去探索那些記憶石柱的事情，但他還是知道了。賽瑪拉的臉上泛起一片火熱的深紅色。隨著她的沉默持續下去，刺青眼睛裡受傷的神情也越來越深了。賽瑪拉想要告訴自己，自己沒有做錯任何事，刺青的受傷不是她的錯。當她還在掙扎著想要找到適切的言辭時，刺青又說話了。

「賽瑪拉，那些都是虛假的。」他的聲音很低，但並不溫柔，「那不是融入克爾辛拉的生活，而是逃離現在，生活在過去，且是永遠無法再回來的過去。那甚至不是真正的生活。妳在那裡無法做出任何決定，如果情況變得過於險惡，妳就只能逃走。妳在那裡接受了一種思維方式，當妳回到這個世界裡來的時候，那種思維方式也會跟隨著妳、左右著妳。但最糟糕的是，當妳暢遊在記憶中的時候，妳在這裡又會錯過多少事情？妳將損失多少經驗，失去多少機會？如果妳在這裡度過了一年，妳能夠對這裡的四季了解多少，妳能記住什麼？」

賽瑪拉的心情已經從困窘變成了憤怒。刺青沒有權力責備她。也許刺青以為她做了蠢事，但她沒有傷害任何人。也許，只是傷害了刺青，只是傷害了他的感覺。這有一部分也是刺青的錯。他為什麼會關心這種事？

刺青知道賽瑪拉生氣了——賽瑪拉看見刺青繃緊了肩膀，聲音也變得更加低沉。「妳和我在一起，賽瑪拉……如果妳決定和我在一起……除了妳，我不會去想任何人。我不會用別人的名字稱呼妳，或者對妳做一些事，只不過因為那是很久很久以前別人喜歡做的事。等到妳最終決定讓我碰妳，我才會碰妳。只有妳。拉普斯卡能對妳說這樣的話嗎？」

賽瑪拉的腦海中盤旋著各種相互衝突的想法和情緒。就在這時，卡森在河岸邊喊道：「龍在戰鬥！守護者們，到這裡來！」

賽瑪拉從刺青面前轉過身，向岸邊跑去。她在跑向危險，也是在逃離危險。

「為什麼妳恨我？」

她最後用剪刀剪了兩下，才開口說道。這時她開始用細長的手指捋過他的頭髮，讓髮絲鬆散開，檢查其中是否還有糾纏扭結的地方。這時，一片碎髮落到他的背上。他打了個哆嗦，將那團頭髮甩掉。如果換做別的女人，也許會對他的反應露出微笑，但茶西美的眼睛始終保持著冰冷和疏離的神色。她用一個自己的問題當作回答：「為什麼你認為我恨你，龍人？我有對你不敬嗎？有沒有在任何方面待你不周，或者委屈了你？」

「妳的恨意一直從妳的身上散發出來，就像是灼熱的火焰。」瑟丹誠實地做出回答。茶西美從他背後退開，將滿把潮溼的頭髮從帶鐵柵的窗口拋出去。這個任務結束了，她關閉了精美的木製窗扇。儘管這副窗扇被塗成白色，上面還繪製了鳥雀花卉的畫面，但它還是讓整個房間陷入幽暗之中。失去陽光讓瑟丹歎了口氣，他的身體渴望陽光，許多個月以來，他曬太陽的權利都被徹底剝奪了。

那個女人停了一下，一隻手按在窗扇上。「我讓你感到不高興，現在你可以告訴我的父親了。」

這不是一個問題。

瑟丹吃了一驚。「不，我只是想念太陽。我連續幾個月被囚禁在厚重的帳篷裡，在來到這裡的旅途中又被關在船底，我很想念新鮮空氣和陽光。」

茶西美從窗戶旁走開，並沒有再打開窗戶。「為什麼要期待你不能擁有的東西？」

瑟丹有些好奇，這是不是這名女子如此穿著的原因——她用一件沒有形制的白色長袍將自己從頭到腳包裹起來，只是在面孔的部位留有一個方形的開口。瑟丹從沒有見到過女人這樣穿衣服，他懷疑這不是出於茶西美自己的意願。所有雨野原人在前往其他地方的時候都會帶上面紗。就算去繽城也是如此——那裡的居民都應該知曉他們的樣子。雨野原人身上的鱗片和肉贅總會吸引來好奇的目光，招致人們的恐懼或嘲諷，而雨野原女人應該也只是用面紗遮臉，她們的手套和長袍都會布滿刺繡和綴飾，顯示出她們的財富和權力。這個女人身上的衣服倒更像是窮人的裹屍布。她露出的一點面孔雖然漂亮，卻更像是一個釋放出憤怒和怨恨的視窗。瑟丹幾乎希望她能夠將那雙眼睛也遮住。

不過，茶西美眼睛裡的怒火並沒有影響到她對瑟丹溫柔的碰觸。瑟丹抬手梳理了一下自己的頭髮，茶西美將他的頭髮留到了肩頭，這些髮絲感覺又輕又軟。許多個月以來，他的手指第一次能夠毫無障礙地在自己的髮絲間移動。他的身體乾淨又溫暖，這真是一個奇蹟。茶西美也修剪了他手上和腳上的指甲，用一支軟刷子刷淨他的背部和雙臂雙腿，直到他的皮膚恢復了粉紅的色澤，鱗片閃閃發光。他的傷口都得到清潔，並敷上了藥膏，用乾淨的亞麻繃帶包紮妥當。但這些都讓瑟丹感到古怪而且不舒服，就好像他被視為一頭珍貴的牲畜。他沒有力氣，也沒有意願抵抗這名女子。即便是現在，被柔軟的毯子包裹住，待在爐火前，他也需要凝聚起自己的全部力量才能把頭抬起來，但他也放棄了這種堅持，任由自己的頭頸軟綿綿地枕到軟墊上。他感覺自己的眼皮格外沉重。他掙扎著想要保持清醒。他需要思考，他們給他的所有這些資訊的碎片，他需要將它們拼合在一起。

那名首席大臣將他帶到這裡，顯然是花了大價錢，然後他被當作禮物呈獻給大公。大公和善地對他說話，將他放在這裡，讓這名女子照顧他。這名女子對他很溫柔，卻又充滿鄙視。他們到底想要他做什麼？為什麼他被獻到大公面前的時候氣氛是那樣莊重，卻又令人感到凶險？他的腦子裡有許多問題，卻沒有清晰的答案。現在他暫時還沒有性命之憂，但他的生死全要由別人來決定。他必須破解這個謎團。在這個女人的照料下，他有機會恢復健康。他能夠因這個機會重獲自由嗎？

保持清醒，提出問題，制定計劃。他將微笑固定在自己的臉上，故作輕鬆地問道：「那麼，首席大臣埃裡克是妳的父親？」

女子向他轉回身，顯得有些驚訝，同時撅起了上唇，就像一隻貓嗅到了糟糕的氣味。瑟丹不知道她是否真的很美麗，甚至看不出她的年紀。他看到她淺藍色的眼睛和沙色的睫毛，還有些許淺淡的雀斑，一張小嘴和尖尖的下巴。她身體的其餘部分全都被白布遮住了。「我的父親？不，他是我的追求者。他想要娶我，以獲得權力。等到我的父親倒下了，他就能夠如願以償了。」

「妳的父親倒下了？」

「我的父親就要死了。他已經堅持了很長的一段時間。我希望他能夠接受現實，放棄掙扎。我的父親是恰斯大公。安托尼庫斯・肯特。」

瑟丹更是感到加倍驚訝。「妳的父親是恰斯大公？這是他的名字？我從沒有聽過這個名字。」

女子轉過身，避開瑟丹的注視。「沒有人會再提起這個名字了。在我出生多年以前，他讓自己成為大公的時候，他宣布大公是自己一生唯一的身分。即使是在小時候，我也沒有叫過他『父親』或者『爸爸』。不，他一直都是『大公』。」

瑟丹歎了口氣。所有和這名女子結為聯盟的希望都煙消雲散了。「那麼，妳的父親，大公，就是囚禁我的人。」

女子神情古怪地看了他一眼。「囚禁你的人。對於一個想要吞下你以延長自身壽命的人，這實在是一種溫和的說法。」

瑟丹盯著茶西美，不明白她的意思。茶西美只是和他對視著。也許她是想要用這樣的話刺激他，但就在兩個人這樣的對視中，茶西美的面色漸漸發生了變化。終於，她說道：「你不知道，對不對？」

看到這名女子的神情，瑟丹覺得嘴裡有些發乾。茶西美不喜歡他，那麼她怎麼又會對他的命運感到這樣強烈的恐懼和憐憫？瑟丹有些顫抖地吸了一口氣，「妳能告訴我詳情嗎？」

片刻間，茶西美咬住了自己的下唇，然後她聳聳肩，「我的父親已經病了很長時間。或者他是這樣說的。我相信其他人只會認為這是衰老，但他還是竭盡所能要逃避死亡。他招來了許多博學的醫師，吃下了許多罕見的藥品。但在過去幾年中，所有努力都失敗了。死亡正在召喚他，他卻不願聽從這召喚，於是他轉而向治療師們發出死亡的威脅。他們像他一樣怕死，就告訴他，只有使用最罕見的材料才能配製出挽救他生命的靈藥。用龍肝製成的粉末可以淨化他的血液；用龍血混合碾碎的龍牙能夠讓他的骨骼不再疼痛；龍的眼睛裡流出的液體能夠讓他的雙眼恢復明淨；龍的血可以讓他的血重新變得滾燙強壯，就像年輕人的血液一樣。」

瑟丹向茶西美搖搖頭。「我甚至不知道我的龍在哪裡。在過去三年中，我只有兩次感覺到她的意識輕拂過我的意識，卻從沒有能夠真正聯絡到她。她根本不回應我的呼喚。而且即使她來到我面前，也絕不會用她的血來拯救我。我能夠確定，她若在盛怒中，只會想殺死想要喝她的血、或是用她的肝臟製藥的人。」瑟丹更加用力地搖搖頭，「我對妳的父親毫無用處！他應該收取我的贖金，再讓他的治療師們尋找其他拯救他的辦法。」

茶西美歪過頭，她眼睛裡的憐憫變得異常清晰。「你根本沒有認真聽我說話。他不可能得到龍血，但我的追求者最初獻給他的禮物已經勾起了他的好奇。那是一小片帶鱗的肉。如果我沒有猜錯，那是從你的肩膀上割下來的肉。他吃了那片肉。那讓他有了許多個月以來都不曾有過的良好感覺，只是那種感覺並沒有持續太長時間。」

瑟丹坐起身。他覺得整個房間開始在他的周圍慢慢旋轉，讓他感到噁心。他緊緊閉住眼睛，但感覺只是變得更糟。他又睜開雙眼，在頭暈目眩中嚥了一口唾沫，啞著嗓子問道：「妳確定？這是他告訴妳的？他吃了我的肉？」

「不，我的父親沒有告訴我。是我的追求者……首席大臣埃裡克……這樣向我吹噓的。當他……來……告訴我，你將由我來照料。」茶西美的聲音也變得不再流暢。她說出口的每一個字都愈發含混，讓瑟丹感覺到這後面隱藏著一個可怕的故事。

茶西美的目光飄向遠方，神情也陰暗下來。瑟丹伸出手，摸了摸茶西美的手臂。茶西美微微打了個哆嗦，猛地避開瑟丹，然後用狂亂地眼神盯著他。「到底是怎麼回事？」瑟丹問她，「把妳知道的告訴我。」

茶西美從他面前向後退去，回身一直走到封閉的視窗前，停在那裡。瑟丹突然很擔心這名女子會突然打開窗戶跳出去。但茶西美又向他轉回身，如同一頭困獸，將話語向瑟丹狠狠擲過來，就像用石頭去砸向她狂吠的獵犬：「他得不到龍血，所以他要你的血！他會吃掉你，就像他吃掉身邊的每一個人。吃掉，毀滅，只為了他的黑暗貪欲！」

茶西美的話讓瑟丹不得不面對這種不可想像的事情。一種怪異的冰冷感覺慢慢充滿了他，從他的骨頭裡流淌出去。當他說話的時候，他的聲音比平時更加高亢，彷彿空氣已經無法到達他的肺葉深處。「這不會有用的，」他絕望地說道，「我是人類，就像妳一樣。我的龍改變了我，但我不是龍。喝我的血或吃我的肉，這不會有任何用處。他還是會像我一樣死掉。」

大公的意圖清晰地刺穿了瑟丹的意識，瑟丹終於明白了大公為自己安排的命運。一開始，他還不懂為什麼他們要在買下自己之前割掉自己的一塊皮肉。他本以為這樣是為了證明他有鱗片。他肩頭那處被「取樣」之後留下的傷口，現在還在茶西美為他綁紮的繃帶下方流著膿水。他本以為那處傷口已經癒合了，但茶西美挑破厚厚的痂殼，露出了下面化膿的傷口。回想起那裡散發出的腐臭氣味，瑟丹不由得皺了皺鼻子。

他被帶到大公面前、大公一開始說的那些話，此時掠過了瑟丹的腦海。瑟丹也終於明白了那些話的意思。這個為他治療傷口的女人似乎決意要讓他面對這一切。她在房間對面審視瑟丹，然後，她突然又平靜下來，走過房間，坐到瑟丹躺臥的長椅旁邊，壓低聲音說道：「大公知道你的血肉不會像巨龍的那樣有效。但他不在乎。他會毫不留情地吃掉你，讓你代替巨龍，保持他的生命活力，直到他能夠取得真正的救命靈藥。」

她替瑟丹抻平了毯子。她的嘴唇緊緊抿在一起。片刻之後，她又用不帶任何希望的聲音說道：「所以我必須治療你的感染，清潔你的身體，用適當的飲食餵飽你，就好像你是一頭要養肥以待屠宰的牛。你要明白，我們全都是他的牲畜，是任他隨意支配的財產。」

瑟丹盯著茶西美的臉，以為能夠看到怒火，或者至少是眼淚。但茶西美只是神色木然，雙眼愣愣地盯著絕望的未來。瑟丹不禁說道：「那就是一個怪物！妳怎麼能接受他對我的安排？還有對妳的安排？」

茶西美苦澀地笑了一聲，頹然坐倒在那只簡單的木凳子上，伸手指了指身邊的這個小房間。這裡被安排得很舒適，但視窗的鐵柵和堅固的屋門已經清楚地表明了這裡的用途：一間華麗的牢房。「你是和我一樣的人類，而我也和你一樣，只是他的囚徒。在他的眼裡，我們沒有區別。他會吃掉我們兩個。我是他交給埃裡克的新娘，用來換取首席大臣竭盡全力延長他那可悲的生命。你說如果他吃掉你，你的死亡不會換來他更多的生命，這才讓我感到一點安慰。」茶西美低頭看著自己的雙手，絕望地說道，「我曾經以為只要比他活得更久，就能成為他合法的繼承人。我的所有兄弟都死了，或者是死在我父親的手裡，或者是因為那場鮮血瘟疫。我是我的姊妹中最年長的一個，也是唯一沒有因為婚姻交易而離開宮廷的女兒。等到他死後，王座就應該屬於我。」

瑟丹難以置信地看著茶西美。「他的貴族會支援妳嗎？」

茶西美搖搖頭，「這只是一個愚蠢的夢。那些我試圖召集的力量，最終只不過是像我一樣軟弱無力的人，那只是我自己調製來讓我的生命擁有目的和希望的迷藥，現在這些也都不復存在了。我沒有辦法離開這裡，和那些與我有著同樣雄心壯志的人聯絡。如果說我還有什麼希望，那就是我可以安慰自己，他不會比我活得更久，但現在這個希望也毫無意義了。」

瑟丹皺起眉頭。「但妳還很年輕。妳肯定能夠比妳的父親多活上許多年。」

「我的父親的女兒也許能夠活得比較長久，但我相信埃裡克的妻子肯定不行。他的上一任妻子給了他繼承子嗣，還有他的財富和名號。這就是他對妻子的全部需求。得到這一切之後，他就不再需要他的妻子，而他的妻子也就不需要繼續存在了。他只需要從我這裡得到一個兒子，以便讓其他貴族無法挑戰他的攝政全力。我相信這就是他兒子們的母親突然暴斃的原因——為我空出位置。」她看向瑟丹，「我不認識埃裡克的那位妻子，但我為她感到難過。埃裡克的前一個女人幾乎還沒有開始在墳墓中腐爛，他就已經準備好要和我開始新的婚姻了。不。我會像你一樣被吃掉。不過我被告知，我首先要恢復你的健康。所以，為了加速我們的滅亡，你應該吃些東西。」茶西美故意讓語氣顯得很輕鬆，她的眼神裡流露出了對這場悲劇的嘲諷。

茶西美站起身，將一張小桌子捧到瑟丹身邊。桌子上的托盤裡放著三個被蓋住的碟子，一個大碟子，兩個小碟子。她首先揭起那只大碟子的蓋子。瑟丹看到一大堆被切成塊的生肉，不由得從喉嚨裡發出一陣厭惡的聲音。茶西美盯住他問道：「你不餓嗎？」

「我要吃熟肉。」瑟丹虛弱地說道。剛才聽到有食物可吃，他的嘴裡已經充滿了口水，但這些血紅色的肉塊只是讓他想到了自己不可避免的命運。他轉過頭，嚥下口水。他被喚醒的饑餓只讓他感到想吐。

「我可以糾正這個問題，」茶西美說道，她的聲音中第一次沒有了苦澀的味道，「我可以在這裡的爐火上把它們烤熟，你吃剩的，我也很想吃一些。我的父親認為女人吃肉是不合適的。這是我的飼料。」她揭開另外兩個小碟子：一個碟子裡有一碗燕麥粥，上面還放著一大塊正在融化的黃油；另一個碟子裡堆滿了烹調過的橙色、黃色和綠色蔬菜。看到這些，瑟丹的胃立刻發出了響亮的聲音。這種熟悉的燉蕪菁、胡蘿蔔和甘藍的香氣，幾乎讓他的眼睛流出了淚水。

茶西美沉默了片刻。「如果我們分享所有食物，這裡有足夠讓我們吃飽的菜肴。」她的聲音有些猶豫，目光低垂下來。

「那麼就請吧。」瑟丹用懇求的聲音說道。這句簡單的話語，讓瑟丹第一次看到了茶西美的臉上露出了微笑的影子。

「請。」茶西美輕聲自言自語，彷彿這個詞對她來說非常陌生，「是的，非常感謝。」

魚月第二十八日

商人聯盟獨立第七年

來自西莉亞．芬波克，貿易商芬波克之妻

致詔諭．芬波克，親愛的兒子

此信應被留存於崔豪格貿易商大堂，等待詔諭．芬波克前來領取。

詔諭：

我親愛的孩子，你離開繽城的時候都沒有向我們說一聲！我甚至不知道你居住在崔豪格的哪個地方。不過我需要讓你知道，你的父親在得知貿易商雷丁的兒子陪同你前往雨野原之後非常生氣。他說已經明確地禁止你和別人結伴同行，這一點我認為他的決定非常荒謬可笑。怎麼能有人忍受像雨野原那樣粗陋落後的地方呢？如果有一個聰明又有教養的人陪在身邊，度過在那裡的乏味時光不是很好嗎？為了平息你父親的怒火，我和他說了一個小故事——我說是我堅持要你將雷丁帶在身邊，因為我擔心你一個人前往那種野蠻之地會有安全問題。所以，等到你回到家中，受到你父親盤問的時候，你說的要能符合我編的故事。

另外還有一件最重要的事！麗希．瑟巴斯蒂潘取消了她和貿易商博迪的兒子伊思繆斯的訂婚契約！她發現伊思繆斯和一個三船家庭的女孩有一個私生子。現在這個訊息已經轟動了全城。他們的婚姻本來是今年的社交大事。我非常同情麗希的母親，但與此同時，我也必須承認，我已經為你發現了一個絕佳的機會！我相信你一定明白我的意思！

請不要浪費太多時間在一個我看來是完全無用的任務。回家來吧。索性取消這個婚約吧，你才是被遺棄的一方。忘記那個古怪又忘恩負義的女人吧，讓我為你找一個忠誠合意的妻子。

如果你有時間做些生意，有一種絕對驚人的深紫色火焰寶石，我聽說最近剛剛被挖掘出來。你可以調查一下這個傳聞。如果那種寶石值得採購，你盡可以任意使用家族信譽擔保。

愛你的母親，衷心希望這次旅行的時間，你能好好利用，並重新振作你可憐的、破碎的心靈，再一次開始享受你的生活。

最愛你的母親

8 古靈城市

「愛麗絲！愛麗絲，妳在嗎？」愛麗絲緩緩直起身子。她一直俯身在一張桌子上，查看雕刻在桌面上的極盡精細的巨龍解剖圖。這時她才意識到，這個喊聲已經在遠處響了一段時間，只是她一直將這聲音摒除於自己的思緒，以為只是這座城市的記憶想要侵入她的意識。這座城市的絕大多數低聲絮語只會干擾人們的心神。今天，當她清理並研究這些繪圖的時候，這些細語卻向她提供了不少諮詢。她祈禱自己永遠都不需要知道該如何從一頭龍的下巴上拔掉一顆壞牙，但她同時也很珍視這些智慧。

「我在這裡。」愛麗絲喊道，卻不知道是誰在這個時候需要她。這種打擾似乎總是出現在她全神貫注在某樣東西上的時候。這一次又是為了什麼？有時候，守護者們是請她鑑定一些新發現的東西，比如一個火爐的部件。這個星期的早些時候，拉普斯卡曾經抱著一滿捧非常大的釦環來找她，那上面嵌滿了閃閃發光的寶石。「我知道這些非常重要，」拉普斯卡直接就向她說道，「我也知道自己知道這些是什麼，但是當我去記憶中尋找的時候，記憶總是從我這裡溜走。這不是我做的東西，但我知道有人為我製作了這些，而且它們對於我和我的龍都很重要。」他吸了一口氣，又哀傷地說，「在我的房子後面的一個瓦礫堆裡，我找到了它們。那裡發生過一些事，愛麗絲，我知道。」

愛麗絲平心靜氣地看著拉普斯卡。拉普斯卡永遠不會成為她喜歡的人，但這個天真浪漫的傢伙，似乎完全不知道他的話曾經對愛麗絲造成了怎樣毀滅性的效果。是他明確地指出愛麗絲不是古靈，也永遠不可能成為古靈。是他告訴愛麗絲，對於他們在這座城市中的任何行為，愛麗絲都無權干涉。這座城市屬於新的古靈，而不是愛麗絲。這些都是真話，但仍然對愛麗絲造成了沉重的打擊，讓她的生活完全變了樣子。她不得不從骨子裡改變對自己的想像。她知道，這件事其實最終是對她好的，但這並不意味著她喜歡被提醒這種事實。

「**你**以前從沒有碰過這種東西，」那時愛麗絲對拉普斯卡說道，「但你也許因為從前某個人的記憶才會對它們有印象。」愛麗絲沒有對此深究。所有人都知道拉普斯卡是多麼癡迷於他的「另一個」自己的記憶。愛麗絲從拉普斯卡的手中拿過一只這樣的釦環，用雙手將它緩緩轉動，「它屬於巨龍的鞍韉，不是戰鬥裝備，而是會用在典禮儀式上。也許是勝利遊行或者其他慶典……」

「戰鬥鞍韉？」拉普斯卡打斷了她，「戰鬥鞍韉？**是的！**是的，就是這樣，這就是它們提醒我的。但是……但是……」拉普斯卡微微張開嘴，目光飄向遠方，臉上的光彩完全消失了，「我全都不記得了。我應該記得，但我不知道……」

「去紀錄大廳，就是和地圖塔在一起的那幢建築。我想應該是在那裡的第三層。那裡有許多壁畫，你能夠在那裡看到這些鞍韉的樣式，以及它們是如何被固定在龍身上。」

「是的，是的，現在我記起來了。那裡有許多受到崇敬的英雄。英勇的人和龍，強大的戰鬥力量……」拉普斯卡不經意地將釦環從愛麗絲手中拿回來，抱在胸前，隨後就離開了愛麗絲，沒有道一聲謝就向紀錄大廳跑去。他急著要找回從來都不屬於他自己的那一部分。愛麗絲歎了口氣，萊福特林早已警告過所有人，但現在愛麗絲說不出任何能夠勸阻他們的話。在記憶石中逗留太久是危險的。

也是極度令人興奮的。

愛麗絲不是古靈，但在內心中，她仍然相信自己才是最適合發掘這座城市中各種祕密的人。她在以往的研究中搜集到的各種智慧，讓她為此做好了準備，更成為她牢固的錨碇。對她而言，這裡的許多記憶並不陌生，她可以緊緊守住自己的本心，不會被各種誘惑的洪流沖走。但一想到儲存在這座城市中的記憶洪流可能會帶走她的生命和思想，她還是禁不住會感到害怕。她在這座城市中為自己訂立了一條新的紀律。當她進入過去的記憶，一定是為了某種明確的目的，而且她只會將注意力嚴格集中在她想要知道的事情，拒絕其他一切對她的注意力的牽扯。這就像是跳進冰冷的深水，取得一塊閃光的寶石。

「愛麗絲！」

喊聲再一次響起，愛麗絲意識到喊她的是希爾薇。不等她有所反應，那位守護者又高聲喊道：「愛麗絲？妳在嗎？柏油人回來了。他們回來了！」

「我馬上就來，希爾薇！」女孩的喊聲一下子就刺穿了愛麗絲煩亂的心神。柏油人回來了。萊福特林！他回來了！愛麗絲卻在大河的這一邊。萊福特林一定會以為大家還都在村子裡，而不是克爾辛拉城中。愛麗絲跳起腳。對巨龍的牙科診療技術先放下好了。萊福特林回來了，而她現在的樣子卻是這麼糟糕！她快步跑出屋門，向高大寬闊的走廊裡望去。「荷比在哪裡？」她向跑過來的希爾薇問道。在這個女孩身後，雙扇大門敞開著，春天的強風不斷吹進來。愛麗絲希望那頭小龍和她的守護者能夠為她帶個訊息去給柏油人。

「荷比和拉普斯卡正在引領柏油人進港！卡森說他相信我們的碼頭可以使用了，只不過還不太能卸貨。他在為此感到擔心，不過我認為這正好可以測試一下我們的建造工作。」

「柏油人會直接到這邊來？」愛麗絲能夠梳洗打扮的時間更少了。

「是的！我們已經看到他們沿著河道過來了，就在龍發生爭鬥之後不久，他們就出現了。」

「龍發生爭鬥？」愛麗絲警惕地問道，「有人受傷嗎？」她真是太集中精神在這座城市上了，甚至連這樣的事情都沒有察覺到！

「不，守護者們都沒有受傷。爭鬥是發生在下游的天空，我們其實也沒有能看清，不過我們看到了默爾柯狠狠撞了噴毒一下，後來噴毒又飛起來了，應該他也沒有受很重的傷。然後一整群龍都往向下游移動，所以我們還不知道那裡到底出了什麼事。不過在那之後不久，我們就發現了柏油人！」

愛麗絲的雙手飛快地梳理著頭髮，然後她又為了這種繽城女人下意識的動作而啞然失笑。現在還要為自己的外表手忙腳亂，實在是太傻了。萊福特林知道她生活在什麼樣的環境裡！至少他會發現愛麗絲現在的環境要比他離開的時候好多了。自從守護者們渡河遷居到克爾辛拉之後，他們都變得比以前乾淨得多，衣著髮式也都要漂亮和整齊多了。不過愛麗絲還是將她仍然擁有的幾枚珍貴的別針從頭髮上摘下來，讓長髮落下。她一邊甩動頭髮，一邊跟隨在希爾薇身後。她的雙手還在不停地理順那些頑固的紅色髮捲，並將它們編好，再重新用別針固定整齊。她不知道自己現在到底是什麼樣子，不過她又發現自己實際上並不在乎這種事。如果萊福特林會在乎，那就不是她心目中的那個男人了。她發現自己露出了自信的微笑，萊福特林不會在乎的。

「我好奇到底是什麼讓龍那樣躁動不安，他們是展開了一場求偶戰鬥嗎？」

「我不這麼想。難道妳沒有聽到他們的喊聲？噴毒發出了一連串銅號一樣的吼聲，其他龍就都向他聚集過去。卡森首先注意到龍群的聚集，至少有六頭龍飛向了噴毒。他們在一起盤旋，組成了一個巨大的環形。然後我就看到了默爾柯撞擊噴毒！我們都不知道是為什麼。他們已經有很長一段時間不曾注重過我們了。當時噴毒正在向下俯衝，默爾柯搶先飛到他身下，然後將他頂到了一旁。我們看到噴毒落下來，然後就被樹林擋住了視線。所有人都很害怕噴毒會掉進河裡。呃，不過我們之中的確有幾個人希望那個小怪物能夠好好洗一個冷水浴。然後，我們看到他又飛了起來。只是我到現在都不知道那裡出了什麼事。」

在說到最後這句話的時候，希爾薇的聲音低了下去。愛麗絲能夠聽出，在那場衝突之後，默爾柯什麼都沒有對她說。自從群龍能夠自己獵食之後，他們就對他們的守護者沒有什麼興趣了。當然，他們還是隨時都有可能召喚守護者來為他們清潔身體，但幾乎沒有龍會每天都和年輕的守護者們聯絡。一些守護者就像受到冷落的愛人一樣感覺受到了羞辱。另一些人，比如希爾薇，她會感到傷心，但也只能接受這份孤獨。她和博克斯特似乎是最難過的兩個。另外一些人，尤其是潔珥德和戴夫威，對於自己要求不斷的龍不再來麻煩他們，他們兩個彷彿大大鬆了一口氣。昨天晚上，當守護者們在巨龍浴室後面的房間裡分享清淡的晚餐時，希爾薇勇敢地說出了其他守護者都選擇視而不見的事實。

「實際上，什麼都沒有改變。他們對我們的感覺從仍然和以前一樣。從一開始，他們就很誠實。他們想要離開卡薩里克，再一次成為真正的龍。他們容忍我們，是因為他們需要我們。」

聚集在古早桌子周圍的守護者們全都安靜下來，忘記了面前的食物。

「現在他們不需要我們了。他們仍然在容忍我們，但他們更願意和自己的同類在一起，或者他們更願意獨自生活。」

希爾薇是對的，但這番話沒有能消除掉自從群龍能夠飛翔之後就落在眾人頭上的陰鬱氣氛。愛麗絲完全能夠理解和同情他們的失落。她回憶起自己受到辛泰拉注意的時候是多麼興奮。那時她是那樣感激那頭龍竟然會費力將自己的魅力施展在她身上。想到此，愛麗絲不由得微笑著搖了搖頭，那實在是一種壓倒一切的感覺。受到龍的垂青所產生的激動和喜悅，只亞於她和萊福特林那令人頭暈目眩的戀情。當她感覺到萊福特林回應了她的好感時，那種超乎尋常的激情如同漩渦一般讓她深陷在其中。而現在，這些守護者再不可能從龍那裡得到這種感覺了！

當愛麗絲最初遇到那頭藍龍女王的時候，那頭龍每一次紆尊降貴同她交談，都會讓她感到頭腦發熱。為了保持辛泰拉對她的關注，她願意做任何事，完成任何工作，無論那會有多麼卑賤繁重。當那頭龍承認賽瑪拉能夠更好地服侍自己，選擇了那個女孩而不是她，她曾經是那樣悵然若失。如果不是萊福特林為她擋下了這種打擊，她很可能會因為失去了辛泰拉的關注而徹底垮下來。現在想起萊福特林曾經多麼好地讓她分了心，她不由得又笑了笑。

自從巨龍們不再關注他們的守護者之後，一些守護者似乎也選擇了同樣的方式讓自己分心。愛麗絲不安地看到賽瑪拉在拉普斯卡和刺青之間猶豫不決。她對他們三個都感到憐憫。同時她也相信，那兩名年輕男子都知道自己的競爭者。賽瑪拉沒有像詔諭欺騙愛麗絲那樣欺騙他們。賽瑪拉尊重她的追求者們，努力想要好好對待他們。

潔珥德則又讓自己陷入了一場火熱的浪漫史中。愛麗絲不知道她這一次挑選了哪一個守護者，但愛麗絲已經對此感到厭倦，懷疑這件事根本就不那麼重要。

看到戴夫威和萊克特彼此吸引，愛麗絲感到有些怪異。在繽城，這樣的兩名年輕男性公開示愛一定會成為一樁醜聞。但在這裡，他們的關係早就被守護者同伴們接受了，就像他們接受塞德里克和卡森也是一對伴侶。也許只要認識到一個人能夠和龍這樣奇異的生物建立多麼深的關係，所有形式的人類之愛就都更加能夠接受了。現在大家經常能夠看到這兩名年輕的守護者攜手同行。他們的笑聲和彼此分享的玩笑也會讓其他人露出微笑。在愛麗絲看來，他們暴風驟雨般的爭吵，似乎只是因為他們很享受這種戲劇性的分離和重新和好所帶來的欣喜。

其他守護者，比如哈裡金完全沉迷在狩獵中，刺青就像卡森一樣被這座城市的工程和效能迷住了。有幾名守護者，比如諾泰爾和潔珥德變成了貪婪的財寶獵人。拉普斯卡沒有追在賽瑪拉身後的時候，就會將自由時間都用在對這座城市的另一種探索中。自從拉普斯卡向愛麗絲詢問過那些釦環之後，他經常會談起武器和戰鬥藝術，以及這座城市如何保衛自己，抵禦另一座城市的龍。聽到古靈城市和巨龍之間竟然發生過這樣的衝突，愛麗絲不由得感到恐懼和警覺。但是當她向拉普斯卡問及那些戰爭的根源，拉普斯卡卻總是陷入沉默，臉上顯露出困惑的神情，這只是更讓愛麗絲感到憂慮。

愛麗絲和希爾薇跑進街道。清新的春風迎面吹來，撥亂了愛麗絲剛剛紮好的一頭紅髮。愛麗絲笑了起來，伸手摘下最後幾枚別針，以免它們會四處掉落。她的頭髮重新披散到肩頭。就這樣吧。

「快！」希爾薇回過頭喊一聲，就跑了起來。

愛麗絲也小跑著追趕上去，但古靈女孩還是毫不費力就甩下了她。希爾薇現在已經要比愛麗絲更高了，她的面孔也開始變得更像女人，而不是孩子，她還在不斷成長，而且她成長的不僅僅是身體。

愛麗絲很高興哈裡金還在耐心地等待她。這個女孩顯然很喜歡哈裡金的陪伴。現在所有人都已經將他們看作是一對情侶，不過愛麗絲還沒有看到哈裡金試圖獲得承諾以外的東西，他們有時候會手牽著手一起走，愛麗絲還見到他們偷偷地接吻。但哈裡金沒有逼迫她。現在他仍然只是希爾薇的朋友。愛麗絲毫不懷疑，假以時日，哈裡金一定能夠贏得他想要的一切。

就像萊福特林一樣。

這個想法讓愛麗絲感到一陣溫暖。她不再保留任何矜持，而是放開了大步飛跑起來，很快就追上了希爾薇——這讓她自己和希爾薇都吃了一驚。她們彼此對視了一眼，被風吹散的頭髮落在她們的臉上，她們全都大笑起來。這時她們已經跑上了碼頭前的最後一座山丘，便放開全部力量往山下跑去。

萊福特林大著膽子回頭瞥了一眼，盤旋的龍群已經散開了，或者他們還在追逐那艘纘城船，只不過飛到了森林後面。對於那艘船上的人，萊福特林感到有些難過，但他知道，自己沒辦法為他們做任何事。巨龍們也許只滿足於將那艘船趕走，那樣就謝天謝地了。龍不會有那麼大的變化，以至於會隨意殺死人類吧？他們會嗎？

萊福特林將這個想法推出腦海，把注意力集中到眼前的問題上。現在他有一些迫在眉睫的事要擔心。柏油人正努力向克爾辛拉碼頭靠近。穩定的水流卻在不停地將這艘駁船推遠。城市旁邊的河水又深又急，不斷侵蝕著河岸和岸邊的建築物。很明顯，這種侵蝕已經持續了許多個季節。在一些河段上，急流衝擊著仍然不願屈服的石砌建築，激起一片片白色的浪花。這樣的情景讓萊福特林咬緊牙關。他拒絕想像柏油人突然被水流裹挾、撞擊在那些石塊上的情景。

隨著這艘船逐漸靠近城市，萊福特林能夠看到守護者們正在建造的碼頭，粗大的原木被繩子和木釘固定在古早碼頭屹立至今的石柱上。新碼頭看上去不是很堅固。萊福特林心中響起鼓聲般的猶豫，懷疑自己是不是該聽拉普斯卡的話而停泊到這裡。就在他們見到巨龍攻擊繽城船以後，荷比便飛到了他們頭頂上方，拉普斯卡騎在荷比的背上，向他們一遍又一遍地高聲大喊，要他們去克爾辛拉，而不是返回村子。當斯沃格揮手示意他們聽到了拉普斯卡的喊話之後，那頭龍和那個男孩就飛走了，於是全體船員和柏油人號合力駛過河面，沿著深水急流繼續前進。村莊一邊的河水更淺也更和緩，還有寬闊的沙灘讓駁船能夠停泊。但在這裡，他們只有一座草草搭建的新碼頭，同時又有湍急的河水不斷要將他們沖走。萊福特林知道他的船在多麼用力地划水以抵抗急流，他的尾巴在大幅度地揮舞，他的船員都在全力以赴地推動船槳，將柏油人向碼頭送過去。

守護者們都來迎接他們了。大多數守護者都明智地留在了岸上，卡森站在碼頭上，準備接過從船上拋過去的纜繩。哈裡金和他在一起。讓萊福特林驚訝的是，塞德里克明顯要比他離開的時候更加健壯，肌肉也更飽滿了。哈裡金和塞德里克全都穿著色彩鮮亮的衣服，其他守護者們也是如此。很明顯，這座城市已經向他們提供了一點它的寶物。想到愛麗絲會對此有怎樣的看法，萊福特林不由得皺起了眉頭。

碼頭上被繩子拴住的原木，在水流中穩定地上下沉浮著。碼頭後面略顯破碎的街道上，守護者們聚集在一起。萊福特林只想要看到愛麗絲。不過他知道，現在他的船需要他集中全部精神。他一直站在船艙甲板頂上，吼出一個個命令，糾正柏油人的航向，幫助他的船與水流戰鬥，穩定地向上游前進，靠近碼頭。

「落錨！」軒尼詩吼道。大埃德爾立刻服從了命令，先將一個小定位錨落到港口一側，再將另一個錨落到右舷外。鐵鍊和纜繩很快就延伸到船外。而船員們還在和急流奮戰。船錨抓住了河底，纜繩拽住活船，柏油人開始在河面上顛簸。片刻之後，船身猛地一顫，右側船錨被拽出一小段距離，才真正抓牢了河底。

「定住船身！」萊福特林向軒尼詩吼道。不過大副已經開始行動了，他正在輔助大埃德爾完成這個任務。他們小心地放出纜繩，讓船身在水流的帶動下慢慢向岸邊靠過去，直到貼住碼頭。

萊福特林祈禱這裡的河水下面不會有舊碼頭隱藏的石柱。柏油人和碼頭之間的空隙越來越窄，隱藏在船身下面的四條腿和尾巴，正在努力把自己固定在碼頭旁邊。很明顯，柏油人並不完全信任那兩個小錨，這讓它的停泊變得更加困難了，但萊福特林放任活船按照自己的意志行動。終於，他們和碼頭之間的距離縮短到了可以拋擲纜繩的範圍。塞德里克抓住第一根纜繩，迅速將它纏繞在舊碼頭殘存的石柱上。卡森抓住另外一根，手腳麻利地把它栓到一根木柱上。那根木柱呻吟了一聲，稍微晃動一下，但還是穩住了。更多的纜繩被拋過去，又被繫到碼頭上。一些長纜繩一直被帶到岸上。其中有一根被繫在一尊古靈雕像上——也許這應該算是對這座城市的古人的不敬，而另一根纜繩穿過一幢小石屋的窗口，又從門裡被拉出來，然後才被拴緊。現在這艘活船就像是被一隻巨大的蜘蛛用蛛網纏住一樣。萊福特林凝神細看。那些纜繩牢固地拴住了他的船。他這才呼出一口氣。

「這樣應該可以了，」他對軒尼詩說，「但我不喜歡這樣，柏油人也不喜歡。我希望你或者我能夠一直留在船上。我也不想讓船員們離船太遠。船上應該隨時都有至少三個人。我們卸下貨物以後，就讓船到河對岸去，讓柏油人臥到那裡的河灘上。划著小艇在村子和克爾辛拉之間來回擺渡不會很有趣，但至少他在那裡是安全的。」

軒尼詩嚴肅地點點頭。

「快點動起來，」萊福特林說，「等我們的乘客安全上岸之後，就開始卸貨。我還要和船說句話。」

軒尼詩用力一點頭，就轉身離開了。一轉眼，他已經在高聲地發號施令，讓船員們將貨物運上甲板，準備卸貨。岸上這時傳來一連串問候的聲音。萊福特林向岸上一擺手，就沒有再理會那些守護者。他看見軒尼詩靠在船欄杆上，正在和卡森進行交談。那名身材魁梧的獵人如果願意，能夠以極為敏捷的身手去做任何事。守護者們彷彿受到了魔法的驅動，突然排成佇列，像螞蟻一樣等待著運送船上卸下來的貨物。大埃德爾扶著麥爾妲走上了搖搖晃晃的碼頭。麥爾妲一直緊緊抱住自己的孩子，拒絕將他交給任何人。雷恩緊跟在妻子身後，顯得異常焦慮。萊福特林注意到軒尼詩正等著要扶蒂絡蒙。他抿起嘴唇，想著要不要干涉他們兩個應是雷恩的事情，也許就連雷恩也沒有這個資格，畢竟蒂絡蒙已經是一位成年女士了。

萊福特林走到前甲板上，俯身按住柏油人的巫木欄杆。「船，你要和我說話嗎？」

他感覺到活船的意識傳來一陣熟悉的嗡鳴。柏油人是活船中最年長的，他被建造出來的時候，人們還只知道巫木是一種紋理細膩、品質上乘的木材。他被建成為駁船的樣子，依照傳統在船頭上畫了一雙眼睛以觀測河水的流向，但並不像其他活船那樣有能夠誇耀的船首像。只是隨著歲月遷延，他那雙「畫出來」的眼睛變得越來越有神。他沒有被雕刻出來的嘴，因此無法說話。通常萊福特林都只能分享這艘船的感覺，有時柏油人也會直接進入他的夢境。只有在很罕見的時候，這位船長會察覺到這艘船真正想要和他說話。無論柏油人告訴他的事情是大是小，船長都會對他的話格外尊重。只有在極為罕見的時候，當萊福特林認為他的船受到了直接威脅，他才會主動向船提出對話的請求。現在他就俯身在欄杆上，等待著並且盼望著。

萊福特林感覺到了船的不安——如果他連這個都感覺不到，那麼他肯定是石頭。現在每一名船員都在以一種顯得過分激動的飛快速度完成著自己的工作，彷彿他們隨時都有可能要立刻採取行動拯救因為錨鏈脫落或碼頭垮掉而被沖走的船。「這裡不安全，對不對，柏油人？如果要長久地停在這一側的河岸邊，我們就需要一個比這裡更好的地方。不過等我們卸下貨物，我們就能帶你離開這裡，到河對岸的沙灘去。那裡是一個休息的好地方，對不對？」

萊福特林一邊說話，一邊瞥了一眼天空。如果換在崔豪格，有牢固的碼頭和經驗豐富的碼頭工人，他們也需要用幾乎一天的時間才能將所有物資都運上岸。現在船員們要扛著箱子走過跳板，登上一個起伏不定，搖搖欲墜的碼頭，再將貨物從碼頭運到岸上去。萊福特林飛快地掃了一眼，看到岸上有大約十名守護者，全都急切地盼望著能把貨物搬上岸。他又看到雷恩和麥爾妲已經上了岸。蒂絡蒙也和他們在一起。忽然間，他看到了，那身熟悉的長袍，那一頭紅髮任性地披散在肩頭，那正是他的愛麗絲。現在她正在迎接新到的古靈夫婦。萊福特林微微呻吟一聲。他很渴望能夠到愛麗絲身邊去，將她緊緊抱在懷中，再一次呼吸她身上散發出的甜美芬芳。

還不行。

我知道，船。還不行。我的責任在這裡。我會留在這裡，直到你安全地到達對面的河岸。

萊福特林又向天空瞥了一眼，估算時間，意識到也許要在河這一邊繫泊過夜了。他猜測著愛麗絲會不會來到船上與他相會，不由得露出了微笑。他猜愛麗絲一定非常願意。而活船的焦慮卻將他的注意力拉了回來。

還不行。孩子還不安全。

愛麗絲會幫助他們。她會帶他們去找到一頭龍，也許是默爾柯，也許是荷比。他們中間總會有一頭龍願意救那個孩子。

也許吧。希望他們能做到。我已經竭盡所能了。

希望他們能做到？萊福特林不喜歡這個想法中的暗示。他一直都相信，只要將那孩子帶到這裡，讓一頭龍為他治療，一切問題就都解決了。說服一頭龍願意伸出援手是他能夠預見到的唯一難點。你認為所有龍都會拒絕我們？

必須是那頭正確的龍在這裡，而且那頭龍必須同意出力。這個回應非常緩慢。萊福特林感覺到他的船是在試圖表達一些什麼。他決定不去深究。默爾柯一直都是這些龍之中最好說話的一個。也許他會願意透露更多關於創造古靈的智慧，讓他們明白這個嬰兒到底需要什麼。但一想到要將這樣的訊息告訴麥爾妲，他就不由得感到心情沉重。他又向他的船提出了一個問題。如果這個孩子繼續留在船上會不會更好？你能繼續幫助他嗎？

活船的回應顯得很不情願。我能夠做的，我都已經做了。

非常感謝你，柏油人。

萊福特林沒有再得到活船的回應。活船暫時離開了他的思維。這就是柏油人的方式。實際上，萊福特林很慶幸他的活船要比其他大多數活船都更加沉默寡言。他可受不了像援助號那樣的話匣子，或者像一個如同典範號那樣喜怒無常、意氣用事的傢伙。不過，這也許就像是父母對孩子的感覺一樣。每一個做父母的人都會認為自己的孩子才是最好的，而每一名船長毫無疑問都會堅信自己的活船要勝過其他所有活船。

這個念頭引得柏油人輕輕推了一下萊福特林的思緒。

我是最好的，最老的，最智慧的，最優秀的。

你當然是，這一點我一直都知道。

萊福特林的話再一次沒有得到回應。不過他知道會是這樣。

麥爾妲有些迷茫地向周圍掃視了一圈，一條長長的走廊一直延伸到昏暗的遠方。走廊兩側的牆壁上每隔一段距離就有一扇門戶。大多數門都關閉著。不過還是有幾道門露出了縫隙。「只要是打開的門就可以嗎？」她疲憊地問。

「只要是打開的就可以。」愛麗絲．芬波克向她確認，「如果守護者占據了一個房間，那道門就會被關上。大多數門都被它們曾經的主人鎖住了，我們還沒有發現能夠打開它們的辦法。我建議你們在走廊末端的那三個房間裡選一個。它們更加寬敞，有多個套間和床。我們相信那是為了從其他城市來的使者們準備的。當然，我們的這個推測沒有切實證據，這只是我們能夠想到的唯一用途。」

「謝謝妳。」麥爾妲幾乎連這三個字都說不出口了。她的身體還在因為剛剛泡過熱水浴而泛紅。她潮溼的頭髮都垂在肩膀上。剛才使用這座巨龍浴室的只有她們。麥爾妲依稀感覺到，如果換做是其他時候，她一定會對這裡無比高大的廳堂和被魔法力量加熱的清水感到驚歎不已。但現在，哀傷和疲憊已經趕走了她的一切好奇心。她只是在頭暈目眩的感覺中搓掉了身上累積多日的汗水鹽漬。熱水融化了她骨頭裡的疫痛，但也消融了她最後的頑強。

當麥爾妲清洗身體和頭髮的時候，愛麗絲是那樣輕柔地抱著不住啼哭的埃菲隆。現在埃菲隆正安靜地躺在母親的臂彎裡，但麥爾妲能夠感覺到讓他安靜下來的是他過度疲憊的小身體，而不是因為睏意或者是感到滿足。他在愛麗絲的懷中時曾經大聲哭號，回到母親的懷抱裡時，他已經癱軟得像是一個布娃娃，似乎是睡著了。麥爾妲輕輕將他的小身體放入熱水中，他卻一下子睜開了眼睛。麥爾妲高興地看到他在熱氣蒸騰的浴池裡伸展小手和小腳，拍打水面，先是露出驚訝的表情，然後又喜悅地拍出更多水花。看到自己的孩子這樣像一個普通小孩，麥爾妲不由得露出了微笑。但這時埃菲隆身上的鱗片色澤開始閃耀、變深，麥爾妲不由得又感到一陣不安。「他出了什麼事情！」

「守護者的身上也都有過這樣的變化。」愛麗絲安慰麥爾妲。她一直等在巨大的浴池邊緣，張開一塊乾布，等待迎接嬰兒。麥爾妲抬起頭，向她露出微笑。這名繽城女子並不像遠征隊的其他成員那樣發生了那麼大的變化。需要仔細觀察，才能注意到她的眼眉後面和手背上生出了鱗片。她的聲音仍然充分顯示出那種學者氣質。「這裡的熱水讓龍長大了不少，而且還能夠消除他們身體的不適。我們清楚地看到了艷麗濃重的色彩在他們的翅膀上擴散開來，他們的身子在熱水中變得更加細長，有了一種全新的協調感。噴毒的尾巴一直都是又短又粗。現在他的尾巴長度已經和身體相適應了。在這樣的熱水中泡過一兩天之後，幾乎所有的龍都能夠直接從地面起飛了。當然，現在他們都已經掌握了飛行的技巧。守護者們也有類似的變化：鱗片色彩更鮮亮，肢體更細長。賽瑪拉的翅膀現在已經非常令人吃驚了。」

「翅膀？」

比麥爾妲年長的女子點點頭。「翅膀。希爾薇在額頭上生出了肉冠。」

「我改變了嗎？」麥爾妲立刻問道。

「嗯，妳在我眼中變得更加耀眼奪目了。不過也許這個問題更應該留給妳的丈夫。他才是最熟悉妳過去相貌的人。」

愛麗絲的言辭非常客氣。她不會說出麥爾妲非常清楚的事實。在這段旅程中，麥爾妲的全部心思都放到了小埃菲隆身上，根本沒有稍稍打理過自己。所以愛麗絲無法確認她鱗片的變化只是因為現在她變得潔淨了，還是因為她的巨龍屬性得到了增益。麥爾妲發現自己對此並不在意。她只是疲憊地微笑了一下。**我作為女性的虛榮都到哪裡去了？**她在心中想道，**我兒子的生命有危險，其他的一切都不再重要了。**

她低頭看著埃菲隆的小臉。埃菲隆很安靜，但並沒有睡著。他的臉和麥爾妲見過的所有嬰兒的臉都不一樣。他的小嘴緊緊抿在一起，彷彿感到了疼痛。他的呼吸穿過狹窄的鼻腔，聲音非常微弱。麥爾妲竭力以客觀的角度來看他。他是一個醜孩子嗎？註定會比不上其他孩子？她發現自己無法判斷這件事。他是埃菲隆，她的孩子，他的與眾不同正是他的一部分。將他和其他孩子比較是沒有意義的。麥爾妲用食指撫過他額頭上細小的鱗片。埃菲隆閉起了眼睛。麥爾妲便將他遞給愛麗絲。愛麗絲用布巾將他包裹起來，麥爾妲則疲憊地走出浴池。

在這溫熱的房間裡，麥爾妲的皮膚很快就乾了。愛麗絲遞給她一件閃爍著粉色光彩的古靈長袍。這種閃耀的顏色讓麥爾妲想到了海螺殼裡的嫩肉。如果換做其他時候，麥爾妲一定很想找鏡子看看自己的樣子，並欣賞這件包裹自己身體的柔軟長袍。但在這座熱水池邊，她只想要將孩子重新抱緊。

現在，她木然地盯著這條走廊中或開或關的門扇。選擇，有一些是她可以選擇的，而另一些已經永遠對她關閉了。誰能知道一個小小的選擇，也許就會永遠改變一個人生命的軌跡？

「讓我幫妳挑一個房間吧，你們可以先在那裡過夜。等到了早晨，你們充分休息以後，如果你們不喜歡那個房間，盡可以再換其他的房間。」

麥爾妲意識到自己已經有幾分鐘沒有說話也沒有任何動作了。她是不是站著睡著了？「請。」她虛弱地說道。她絲毫不介意愛麗絲攙住她的手臂，引領她沿走廊向前邁步。能夠躲開守護者們嘈雜的歡迎聲音，這讓她感到放鬆。在麥爾妲和雷恩進行自我介紹的時候，不止一名守護者顯露出震驚的神情。「古靈的國王和王后！」有人這樣悄聲說道。

麥爾妲搖了搖頭，但這顯然沒有影響這些人對他們的敬畏。守護者們在轉眼間就向他們提出了幾百個問題。雷恩知道麥爾妲累壞了，儘量承擔起了回答問題的責任。那些女孩們看起來完全被她的孩子迷住了，就連那些男孩也都驚愕地看著他。

「就像格瑞夫特一樣。」一個男孩盯著麥爾妲的孩子喊道。一名身材更高、看上去已經接近成年的守護者，急忙示意這個滿身紅色鱗片的男孩閉嘴，並把他拽到了一旁。雷恩則早已注意到妻子辛苦的神情，便將守護者們引開，同時強烈建議愛麗絲幫麥爾妲找一個可以洗浴和休息的地方，所以愛麗絲將麥爾妲帶到了這裡。天色將近黃昏，麥爾妲已經幾乎無法清晰地思考了。她捱過了漫長的煎熬來到這裡，希望能夠向巨龍們求助。但現在那些龍卻無一現身。此時此刻，她只希望雷恩能回到她身邊來，想要她的小家再度團圓。

在走廊末端，愛麗絲扶著她走過一道門——那道門被愛麗絲一碰就完全打開了。這個房間本來很暗。她們一走進來，房間裡立刻變得明亮了。看不見源頭的光線緩緩亮起，直到整個房間都被一種溫暖的光暈所充滿。這裡沒有火爐——這讓麥爾妲感到有些憂心。愛麗絲彷彿聽到了她的心聲，轉頭對她說道：「這個房間會一直保持令人舒適的溫度。只是我們不知道它是怎樣做到的。這裡的椅子和床在妳坐上去的時候，就會變得很柔軟，我們也不知道它們是怎樣做到的。對於克爾辛拉，我們還有許多需要學習的地方。這裡也沒有被褥，也許是古靈在這種溫暖的房間裡並不需要被褥。一些衣櫃裡有衣服。有幾個架子和櫥櫃裡放有個人物品。其中一些東西的用途很明顯，比如髮刷和項鍊，另一些我們就完全搞不懂了。我請求所有守護者將並不緊要的物品留在原位，直到我們能夠對它們有更多了解。不過，」愛麗絲微微歎了口氣，「他們不是很聽我的話。潔珥德是最糟糕的一個。她在一幢又一幢建築物中搜尋財寶，積攢了一個女人一生也戴不完的珠寶首飾，卻根本不想一想它們是從哪裡來的，也不想有誰曾經佩戴過它們。她還收集了許多黃金高腳杯，儘管我們根本沒有葡萄酒。她的收藏品裡有一面能夠反映出片刻之前影像的鏡子。她用那面鏡子來查看自己後面的頭髮。她也找到了一些有用的東西：一個罐子，只要放東西進去，它就會發熱；底部很結實的襪子，能夠根據穿用者的腳調節大小……喔，抱歉，妳站在這裡，我卻開始閒聊了。來吧，妳一定能看出來，這個房間只有一張桌子和幾把椅子，似乎是供人們聚會用的。這邊是臥室，另外兩扇門後面也是臥室。只要妳坐到一張床上，它就會在妳的身體下面變軟。」

麥爾妲遲鈍地點點頭，疲憊地問道：「雷恩呢？」愛麗絲向她保證：「我會讓雷恩知道妳在哪裡。妳已經完全累壞了，親愛的。快上床去吧，就算不為了妳自己，也要照顧好妳的孩子。」

愛麗絲拍拍床，麥爾妲小心地將埃菲隆放到床上。埃菲隆顯得有些不安。麥爾妲心中一沉，她知道她的兒子又要哭泣了。就在這時，隨著床面在埃菲隆的小身體下面變軟，埃菲隆皺起的小臉也平靜下來。麥爾妲看到兒子的眼睛慢慢閉上了。她下意識地俯下身，將臉頰和耳朵貼近兒子的臉，傾聽了一下兒子的呼吸。她是那麼想要跟著兒子一同睡去，但現在還不行，還不行。一點哀傷的微笑扭曲了她的嘴唇。她回憶起她的母親總是在滿足了孩子的所有需要之後，才會允許自己休息。

「他還需要一些東西。」麥爾妲轉向愛麗絲，「能把我的箱子搬到這裡來嗎？有一個藍色的箱子，裡面全都是埃菲隆的東西，他的尿布，他的小衣服和柔軟的毯子……」麥爾妲的聲音變得愈發微弱。她不知道自己到底出了什麼問題，竟然愚蠢地將那些東西全都丟到了身後。她感覺自己似乎無法集中意識。她的腦子裡似乎正嗡嗡響著上千個似有若無的念頭……

「麥爾妲！」愛麗絲的聲音幾乎像刀刃一樣鋒利，同時她抓住麥爾妲的手肘，輕輕晃了晃，「這座城市裡充滿了古靈的記憶。這座建築物中的古靈記憶似乎不像另外一些地方那樣強烈，但這裡仍然很容易就會帶走妳的思緒，讓妳忘記自己正在思考和正在做的事情。妳今晚睡在這裡可以嗎？妳認為是否應該回到船上去？」

聽到愛麗絲的話，麥爾妲立刻明白了自己所遭遇的狀況——記憶石，充滿了過去的人生和意念。麥爾妲緊緊閉著眼睛，片刻之後再將它們睜開，「我沒有事，現在我知道了。我以前也接觸過記憶石。最初遇到這種情況，還是在我進入被埋葬的崔豪格古城時。那時我是要找到婷黛莉雅，請求她放過雷恩。」

愛麗絲顯露出好奇的神情，麥爾妲不得不向她微微一笑，「那是一個很長的故事，不過如果妳願意，我會把它講給妳聽。只是現在不行。我已經很累了。」

「當然，妳累壞了。我聽柏油人的船員說，今晚船上的所有貨物都要被運下來，這樣他們可以將船駛往安全的對岸。我會讓人把妳的東西送過來。好了，在我離開之前，妳還有什麼需要？」

「只有雷恩。」麥爾妲誠實地回答。

愛麗絲笑了。這是一種女人之間不言自明的笑，「當然，他很聰明，知道把守護者們都帶走。現在他們一定還在爭著向他詢問你們到這裡來的原因，請你們教導他們古靈之道。古靈的國王和王后。妳有沒有想過，這樣的頭銜真的有朝一日會具有這麼大的意義？這對於他們是有意義的。我已經聽到了那些年輕人的交談。」

麥爾妲緊緊盯住愛麗絲。愛麗絲則露出更加溫柔的微笑。「他們認為你們是來領導他們的。你們將利用你們的權威和聲望建立新的克爾辛拉。我聽拉普斯卡說：『他們會稱我們為巨龍貿易商。我們會與繽城、海盜群島、甚至是遮瑪里亞平起平坐。我們的國王和王后來了，他們都要尊重我們了。』」然後愛麗絲又壓低聲音，「我知道這不是你們到這裡來的原因。但你們需要明白這一點。對於那些年輕的古靈，你們在這裡所說的每一句話都很有分量，他們現在將會聚集到雷恩周圍，認真傾聽他說的每一個字。不過我會將雷恩從他們中間解救出來，讓他來找妳。我會讓他們知道，他們的王后希望他們今晚將箱子送過來。他們一定能將這件事辦好的。」

「愛麗絲，我做不來這種事。」麥爾妲虛弱地回答道，「我從沒有想過……」她沒有能將這句話說完。這些話已經毫無用處了。而且她很累了。疲憊讓她變得更加愚蠢。她連蒂絡蒙都忘了。「雷恩的姊姊……妳能夠幫她也到這裡來嗎？她一定像我一樣累了。我卻只是將她丟在碼頭上。我可真是粗魯，但我真的是很累了。」

愛麗絲顯得有一點驚訝。「嗯，我聽蒂絡蒙說，今晚她想要留在柏油人上，明天再幫忙讓柏油人渡過河。不過如果妳願意，我會去找她。」

「睡在柏油人上？呃，那麼就隨她吧。我本以為她會願意和我們一起分享這個舒適的地方，不過也許這裡的記憶噪音會讓她感到困擾。」麥爾妲突然累得不願意再去想任何事了，「請只讓雷恩過來吧。先祝妳晚安，並且非常非常感謝妳為我們做的一切。」

「晚安。等到明天早晨，我相信我們可以說服一頭龍來見妳。我會請所有守護者召喚他們的龍，前來與古靈的國王和王后見面。一定會有一頭龍能夠救助妳的孩子。」

國王和王后，這種荒謬的說法只讓麥爾妲感到傷心。女孩麥爾妲的夢想終於成真了，而埃菲隆母親的心願正一點點破碎掉。對此，她無話可說。「愛麗絲，妳真是太好了。我卻什麼都想不到……」

「妳只是累了，」愛麗絲帶著微笑，用堅定的語氣回答道，「休息一下。我會讓雷恩擺脫掉那些守護者，然後過來找妳。」

愛麗絲從房間中退出來，輕輕在身後關好門。能夠讓臉上的假笑褪去，她的心裡實在是鬆了一口氣。真是悲劇。她從沒有見過這樣骨瘦如柴的嬰兒。無論守護者們說什麼，古靈王后麥爾妲已經不存在了，取而代之的是一位臉上現出皺紋的哀傷母親。熱水讓她的鱗片更加明亮，但她的金髮只是讓愛麗絲想起了收穫季之後乾枯的稻草；她的雙手彷彿已經變成了兩隻爪子。她的美麗已經承受不住嚴苛的生活，丟下她逃走了。愛麗絲不知道它是否還會回來。

愛麗絲快步跑過走廊，跑下螺旋樓梯。擁有熱水和舒適宿處的巨龍浴室是守護者們聚居之地。在前廳深處，樓梯後面有一道門通向集會場所。那裡有一張長桌，還有許多坐上去就會變得很舒服的椅子和長凳。這個房間後面是廚房區，只要走進去就會有光亮照明。那裡的櫥櫃和案台讓愛麗絲想到了許多繽城豪宅中的烹飪房間，但巨龍浴室的廚房沒有火爐，只有石砌烤箱和幾個神祕的檯面。那裡還有一個大盆，盆地有泄水孔，盆上面有一套裝置，應該是能夠將水注入到盆中，只是沒有人懂得該如何讓這套裝置工作。

所以，現在守護者們實際用來烹飪的地方是在這幢建築後面的一條巷子裡。看到守護者們用這座城市中的碎石建起一個大火爐——愛麗絲不由得會感到心痛。守護者們將獵物的肉插在籤子上，用從河中撈起的浮木作為燃料將它們烤熟。愛麗絲知道這樣做是必須的，但處理獵物和烤肉所造成的一團髒，亂還是讓愛麗絲感到羞愧。對於這一點，拉普斯卡的話是對的。這座城市有它特殊的使用方法，他們如果能早一些學會這些方法，對於城市和守護者們都是好事。而現在，愛麗絲覺得他們只是闖入這個美麗地方的一群野蠻人，而不是對這裡擁有主權的居住者。

愛麗絲打開通向集會房間的門，嗅到了烹煮食物的氣味。而一股熱茶的香氣幾乎讓她昏厥過去。她已經有幾個月沒有喝過一杯茶了！還有麵包——桌上的籃子裡堆滿了圓形的硬麵包。這看起來不亞於一場奇蹟。愛麗絲穿過一堆堆箱子和木桶，走到桌邊。這些都是從柏油人的船艙裡取來的食物。她又看到幾個大箱子，不由得鬆了一口氣，那應該就是麥爾妲的行李了。

她來到坐在長桌一端的雷恩旁邊，六名守護者正簇擁著他。萊克特在向雷恩講述他們在前來克爾辛拉的路上，是如何從巨龍的身上摘除銼刀蛇的。雷恩俯身在桌面上，看上去就像是一位全神貫注的傾聽者，或者是一個非常疲憊、如果不這樣撐住自己就會垮下去的人。愛麗絲提高聲音說道：「夠了！現在該讓這個人去找他的妻子和孩子了。他們剛剛走了很遠的路，需要好好休息一下。明天你們還有大量時間可以交換各種訊息和故事。」

「在你們為我們召喚來巨龍之後。」雷恩說道。

聚在桌子周圍的人們臉上的笑意稍稍褪去了一些。「我會試一試。」希爾薇立刻自告奮勇地說道。其他人都相互交換了一下眼神。愛麗絲能夠清楚地看到他們的想法。他們的國王和王后想要和他們的巨龍見面，但沒有人能夠承諾他們的龍一定會來。

「讓這個可憐人先休息一下吧！」愛麗絲堅持說道。雷恩趁這個機會站了起來。

看到他們的國王要走了，守護者們不約而同地發出一陣歎息。雷恩給了他們一個疲憊的微笑，溫和地說道：「如果你們願意幫我搬一下箱子，我將不勝感激。」他的請求立刻得到了熱烈的回應。

愛麗絲則趁這個機會從人群中走了出去。一想到自己的團聚，她的心就跳得更快了。她只是稍作停留，披上斗篷，就快步走出了屋門。

外面還在下雨，但她並不冷。她將這件夜藍色的古靈斗篷兜帽戴在頭上。這件斗篷的邊緣閃耀著許多黃色的星星，愛麗絲的腳和腿也都被暖和的古靈衣服所包裹。這些都是希爾薇送給她的。希爾薇對她說，現在所有人都認為讓她繼續穿著漏水的靴子和破舊的斗篷，是一件極其荒謬的事情，她應該像她們一樣穿得又暖和又漂亮。「但……我和你們不同，我不是真正的古靈。」愛麗絲說道。她幾乎就是在承認她已經成為了這個群體中的一個外人。

希爾薇面色變得難看起來，被鱗片覆蓋的眉毛緊蹙在一起。她的神情先是困惑，繼而又變得氣惱。「拉普斯卡，」她厭惡地歎了口氣，「想想那個男孩說過什麼正經話，妳為什麼要把那些話當真？不是古靈……喔，我知道，從技術上來說，他是對的。但是龍一樣會要妳去完成各種愚蠢的任務，而且是馬上就要完成，辛泰拉在向妳提出要求的時候就從不會猶豫！愛麗絲，求妳不要這樣，妳和我們一起歷盡辛苦來到這裡，為我們做了這麼多。如果沒有妳，我們能到達這裡嗎？我們是否敢相信這個地方是真正存在的？看，這都是我為妳挑的，這些顏色很適合妳。妳以前就穿過萊福特林送給妳的長袍，為什麼不願意穿我們送給妳的衣服？」

對此，愛麗絲無法回答，也不知道自己是感到謙卑還是榮幸。不管怎樣，她從希爾薇的手中接過這套衣服，並在第二天將它們穿在了身上。

現在她將古靈斗篷又拽緊了一些，大步走過寒風蕭瑟的街道。她覺得自己就像是被包裹在希爾薇的友誼中。冬天終於鬆開了緊緊攥住這片大地的利爪。最近這幾天，她幾乎已經能夠感覺到春天的氣息，但每天晚上，寒冷都會再次降臨，刺骨的風會橫掃這座城市。

克爾辛拉的街道和這個世界上其他城市的街道都不一樣。愛麗絲一個人快步前行，在寬度足以讓兩頭巨龍擦肩而過的街道上，她是唯一擁有生命的存在，街道兩旁的建築物都高高俯視著她。一幢又一幢建築的台階、柱廊和大門全都是為巨龍設計的，到處都是空曠和幽暗的影子，寬闊的街道上充滿了古靈和偶爾出現的巨龍的回憶。一切都沐浴在想像的浮光掠影之中。這座甦醒的城市從許多視窗射出光線，其中夾雜著來自過往的幻影，白色、金色、淺淡的藍色光彩。幾幢規模格外巨大的建築在黑暗中閃耀著柔和的光，如同城市中的燈塔。愛麗絲轉頭向河岸邊望去。

柏油人剛剛停靠在碼頭上的時候，愛麗絲就在岸邊看見了萊福特林。她高聲向他問候。在萊福特林的臉上，她看見了自己渴望聽到他說的每一個字。萊福特林向周圍掃視了一圈，表情中呈現出責任與心願的矛盾。愛麗絲突然明白，自己不想要萊福特林做出那樣的決定。現在船長只應該考慮他的船。愛麗絲不應該到船上，這會讓船長分神。

愛麗絲回憶起，是古靈麥爾妲讓她擺脫了進退兩難的困境。「愛麗絲？愛麗絲．芬波克？是妳嗎？」看到這對古靈夫婦來到克爾辛拉，愛麗絲感到既驚訝又榮幸。但她又看見了這名女子憔悴的面容和她懷中骨瘦如柴的孩子。一種截然不同的感情充滿了她的內心。她只是又回頭瞥了萊福特林一眼，就開始專心照顧這對夫妻了。在那一眼中，她驕傲地看到了萊福特林寬慰的神情。她抬起一隻手，很不情願地暫時向萊福特林揮手道別，並看到船長也在向她揮手。然後她就離開碼頭，護送麥爾妲、雷恩和他們的孩子去可以安歇的地方。

她和萊福特林不需要多說什麼。這種感覺對於她來說非常新奇，一名男子認為她知道自己需要做些什麼，也願意耐心等待她。一點微笑出現在她的臉上。她已經不願意再等待了。

愛麗絲走上克爾辛拉連綿起伏的山丘，忽然看到河岸出現在自己面前，就像是遮瑪里亞木偶戲的場景一樣。守護者們從一些保存完好的花園中招來了可以牽動的光球。這些球閃耀著金色和紅色的光芒，光線一直灑落到波濤洶湧的河面。愛麗絲駐足觀望。她從沒有見到過這樣的景色。從柏油人甲板上散發出的黃色燈光，在船身周圍形成一片光環，再向外就是茫茫黑夜。人們如同剪影在光線中移動。船員一邊工作，一邊相互呼喊，喊聲在水面上迴盪，顯得有些奇怪。愛麗絲看到身材粗壯的斯沃格在甲板上移動，以他那樣的體型，他的動作可以說是非常優雅。片刻後，愛麗絲才意識到自己會有這種觀感，大概是因為她已經習慣了看到守護者們纖細的身體，而普通人在她的眼中反而變得奇怪了。

一個臨時搭建的三腳架正在將箱子從船甲板上調運到簡陋的碼頭上。碼頭上的人叫嚷呼喊著將這些箱子接住，引領它們緩緩落地。愛麗絲看見了卡森和萊克特的影子，然後又看到塞德里克和其他人在將箱子從碼頭拖到岸邊——這讓她不由得露出了微笑。埃魯姆也在這裡。他正在與刺青合作。愛麗絲大約能猜出來埃魯姆為什麼會自告奮勇留下來完成最後的卸貨工作。箱子離開碼頭之後，就被裝上小車，運往臨時倉庫。種種工作有條不紊地進行著，一切都顯得秩序井然，甲板和岸上的人們齊心協力，彷彿在跳著一支精心編排的舞蹈。

愛麗絲看見賽瑪拉也在和男人們一同工作，另外還有諾泰爾。刺青向戴夫威高聲叫喊，要他幫忙一起搬動碼頭上最後一個箱子。愛麗絲不由得感到好奇：上一次有船停泊在這座城市旁邊卸下貨物，又是在什麼時候？古靈時代的這座內河港口，又是什麼樣子？她的思緒一下子飄遠了。一陣暈眩的感覺襲來，她彷彿看到另外一番景象出現在河岸邊，疊加在她眼前的現實上——一片占地廣闊的碼頭中正停泊著二十多艘船。高聳的桅杆上閃耀的燈火射出粗大的金色光柱，照亮了漆塗彩畫的船身。各色人等在碼頭上來來往往。其中一些是衣著絢麗、身材修長的古靈，還有一些人則顯得很陌生。他們戴著高高的帽子，穿著裘皮長袍。愛麗絲眨眨眼，又用力把眼睛閉緊，希望自己回到現在。古靈消失了，船變成了迷霧，只有柏油人還被錨索牽扯著，在河面上晃動。

「就這些了，孩子們！」軒尼詩喊道。這時，四個被兜在大網中的箱子重重地落在碼頭上。船員和守護者們發出了一陣參差不齊的歡呼，「不過還要把它們全都運到倉庫去，所以不要以為工作已經結束了！」大副提醒眾人。

愛麗絲不得不同意，現在一排排堆積在街道上的麻袋、箱子和木桶，實在是很壯觀。守護者們要把這些全部送入倉庫，肯定還要費很大一番力氣，但當她想到守護者們要建立穩定的食物供給還需要多麼漫長的歲月，她的心就不禁往下一沉。來自崔豪格的食物仍然需要小心管理和節省。獵物和從森林中採集的果蔬，還會是他們的主食。

還有這麼多事情要做。讓這座城市變成一座真正的理想居所，還要經過一個漫長的過程。克爾辛拉需要種植用的種籽，需要犁鏵來耕耘生滿野草的土壤，更需要馬匹來拖曳這些犁鏵。最困難的事情就是能夠讓守護者們學會自給自足。他們的父母是獵人、採集者、商販和貿易商，他們居住的城市從來都沒有辦法餵飽自己，現在他們的這些孩子能夠習慣於耕種莊稼和繁殖牲畜嗎？

即使他們能夠學會做這些事，他們的人數是否又足夠維持一個社群？他們的男女比例從一開始就讓人感到不安。

愛麗絲堅定地將這些胡思亂想從腦海中趕走。今晚她不會擔心這些事。今晚最終會是屬於她的。她下了山丘，走過各種輜重，最終來到碼頭。「小心腳下！」卡森笑著提醒她，「我們今晚可要給這些木頭一次真正的考驗了。已經有木頭裂開了，這是用新鮮木材進行建造一定會有的風險。」

「我會小心的。」愛麗絲向卡森保證。

已經被搬空的柏油人在河面上漂得很高，錨索也因此發出一陣陣令人警惕的低沉歌聲。愛麗絲看了一眼臨時鋪就的跳板。這塊破木板的傾斜角度變得很陡。不，她不會求別人幫忙。她一步踏上了跳板。讓她感到驚訝的是，她腳上的古靈鞋子在溼木頭上抓得很牢。她剛向上走了散步，萊福特林就向她跑過來，完全不在乎腳下危險的河面，一把將她抱進懷裡，又高高地將她舉起。將帶著鬍碴的臉頰貼到她的耳邊。她在癢酥酥的感覺中聽到他說：「我想念妳，就像想念我肺裡的空氣。我不能再離開妳了。再也不能了，我的女士。」

「你不會的。」愛麗絲向他承諾，然後喘了一口氣，又命令他，「把我放下，否則我們都要摔下去了！」

「想也別想！」萊福特林將她橫抱在懷裡，就像捧著一個孩子一樣，兩步就踏上了柏油人的甲板。他將愛麗絲放下來，但仍然將她抱在懷中。他的擁抱讓愛麗絲感到前所未有的溫暖。也許愛麗絲在古靈城市中的日子讓她變得更加敏感了。但她能夠感覺到柏油人對她的歡迎——她的雙腳一碰到甲板，一股暖流就湧了上來，包裹住了她的整個身軀。

「這太驚人了。」愛麗絲靠著萊福特林的肩頭，喃喃地說道。她稍稍抬起臉問萊福特林，「我該如何讓他知道，我也很高興？」

「喔，相信我，他知道。就像我也知道。」

愛麗絲能夠嗅到萊福特林的氣息。那不是詔諭經常噴的那種古龍水的香氣，而是一個男人和他這一天裡的工作所留下的氣味。萊福特林的雙手用力將她抱緊。她完全沉浸在心中壓抑已久的激情中，揚起臉要和他親吻。

「船長，萊福特林船長。」

「什麼事？」萊福特林的喊聲更像是命令，而不是問題。愛麗絲轉過頭，看到正強自壓抑笑意的絲凱莉。她的頭髮剛剛梳理過，顯得閃閃發光。她沒有穿她常穿的褲子和長外衣，而是換上了一條帶花卉圖案的裙子和一件淺黃色的短上衣。愛麗絲覺得她現在更像是一個女孩了。

「一切都收拾好了。大副說我已經沒有事要做了。今晚能允許我到岸上去過夜嗎，船長？」

萊福特林挺直了腰背，「絲凱莉，作為妳的船長，我允許妳今晚離開。但妳要在天亮時回到這裡，幫助將柏油人帶過河。如果妳遲到了，就一個月都不會再見到這座城市。明白了嗎？」

「是，船長，我會及時趕回來的，我保證。」

絲凱莉剛一興奮地轉過身，萊福特林又清了清嗓子，絲凱莉停下腳步回頭看向船長。

「作為妳的叔叔，我提醒妳，我們還沒有和妳的父母或妳的未婚夫談過。他們還全都守著原先的約定。妳還沒有獲得自由。即使我認為這樣做是明智的，我也不能給你這種許可。妳知道我說的是什麼。我要為妳負責。但更重要的是，妳要為妳自己負責，不要讓我們兩個陷入冒險。」

絲凱莉的臉頰變紅了。她臉上的笑意也變得有些倉皇。「我知道。」她急忙說道，然後又補了一聲，「船長。」彷彿是害怕萊福特林撤回允許她上岸的命令。

萊福特林搖搖頭，又聳了聳肩。「去看妳的朋友們吧。小心這座城市。莎神在上，我像妳一樣對這個地方感到好奇，如果我只是一名水手，而不是這艘船的船長，我一定會想下船去好好看一看。但我不能，我只能留在船上。我期待早飯時能在廚房餐桌旁見到妳，並已經準備好為新的一天而工作。」

「是，船長。」絲凱莉應了一聲，又轉過身。一眨眼，她已經到了碼頭上，又快步向街道跑去。就在萊福特林和愛麗絲的注視下，埃魯姆向刺青和塞德里克揮手道別，朝絲凱莉追了過去。

「你確定這樣做是明智的？」愛麗絲問道。但她立刻又開始覺得自己這樣說是不是有些莽撞。

「我確定這樣做是不明智的，」萊福特林對她說，「來吧。」

他們一同緩步圍繞柏油人的甲板走了一圈。這已經成為他們上船就寢前的習慣。上床。今晚沒有時間休息了，一陣突然的渴望與顫慄爬過她的全身。片刻之後，萊福特林微笑著說道，「讓一位女士陪同一個可憐的水手查看他打的繩結是否牢固，這位女士的反應可真是奇怪。」

「這艘船讓我對你沒有了任何祕密。」愛麗絲笑著走過一片船板，同時也檢查著一根根纜繩。萊福特林追到她身邊，她壓低聲音說道，「我為你的侄女感到擔心。你們離開以後，我看到這個地方改變了所有那些年輕的守護者。埃魯姆也不例外。絲凱莉也許會發現，他不再是那個曾經和她告別的年輕人了。」

萊福特林露出一個略帶苦澀的微笑，「水手的命運就是這樣！如果妳是對的，那麼她發現得越早就越好。她也許會慶幸自己還沒有回絕掉她在崔豪格的那個未婚夫。」萊福特林搖搖頭，算是回答了愛麗絲沒有問出口的問題，然後他又說道，「那裡有很多事我還沒有來得及了結。麥爾妲和雷恩有沒有告訴妳議會對待我的態度？還有麥爾妲和她的孩子遭受的卑鄙的攻擊？」

「我大概有一點了解。我覺得麥爾妲並不想對這件事說太多，而雷恩在我看來肯定是一個習慣於謹言慎行的人。」

萊福特林的面色有些陰沉。「他們都不愛多說話。儘管他們非常美麗，但我相信他們和普通人之間有很大的隔閡。也許這是他們喜歡保持沉默的原因。也許他們這樣謹慎是因為還在為不久前遭遇的危險而感到害怕，擔心還會遭到普通人的背叛。又有誰能夠想到，古靈麥爾妲會在雨野原的城市中遭到恰斯人的攻擊？我聽說有一位大公已經下定決心要得到他想要的東西，而貿易商們已經腐敗到願意幫助他實現這個瘋狂的企圖。愛麗絲，我知道妳一直在為這座城市而擔心，但現在這裡最受人覬覦的寶物似乎並不是古靈製品，而是巨龍的血肉。如果說，兩個男人竟然為此而意圖殺害一位女子和一個新生兒，將他們冒充作龍肉，可見那個大公對此提出了多麼豐厚的獎賞。那些龍已經顯示出足以驅趕人類船的能力。但我擔心的是，如果他們認為必須一直保護自己，與人類對抗，最終又會發生什麼樣的結果？遲早會有人喪命，可能會有很多人死掉。如果人類和龍之間爆發戰爭，古靈又該怎樣自處？」

愛麗絲沉默地走在萊福特林身邊，檢查過最後三根纜繩。她聽到一陣輕聲低語，抬頭瞥了一眼，看見軒尼詩正站在甲板船艙的頂上，臉上帶著開心的微笑，向一位陌生女子講述著水手的故事。那位女子臉上的鱗片在拖曳光球的光線中熠熠生輝。那一定就是蒂絡蒙，雷恩的姊姊。她似乎完全被大副的故事吸引住了。為了抵抗夜晚的溼寒，這名雨野原女子穿得很厚。還有人為她送來了一件古靈長袍。愛麗絲覺得那有可能是希爾薇。在火把漸漸微弱的光亮裡，那件長袍閃耀著紅銅和青銅的顏色。在軒尼詩講完他的故事以後，蒂絡蒙面帶微笑地抬頭看著他。很快，他們全都為了那個故事的結尾而大笑起來。愛麗絲很想和雷恩的姊姊會一會，但她知道，現在不是一個向他表示歡迎的好機會。

萊福特林在她身邊停下腳步，瞇起眼睛，嘴角也微微向下撇。愛麗絲挽住他的手臂，將他向船艙門拉過去。「他們只是在做和我們一樣的事情，親愛的。他們在尋找生活能夠給予他們的幸福。你很清楚，絲凱莉今天跑到岸上去也是為了這個。這個嚴苛的時代將陰影投在我們所有人的身上。親愛的，如果龍和人爆發了戰爭，必須決定自己位置的並不只是古靈，你和我也要做出這種選擇。」

他們走進了狹窄的船上廚房。現在這個房間裡沒有其他人。桌上放著半杯咖啡。整個小房間散發著咖啡和烹煮食物的油膩氣息，還有柏油味和人們在侷促環境中生活所特有的氣味。愛麗絲感覺到自己的心情一下子好了很多。「能回到家真好。」她說道。

萊福特林將她抱進懷裡，一隻手隔著光滑的古靈長袍撫摸她的身體。他的嘴唇找到她的，深深親吻她，緩慢而又溫柔，彷彿這個世界的所有時間都屬於他們兩個。當他終於離開她的嘴唇，她已經無法呼吸。話語聲悄然響起：「現在才是我們真正擁有的一切，對不對？」

他將她緊緊抱住，下巴輕抵在她的頭頂，彷彿她是一件正要由他來演奏的樂器。「這就足夠了，」他喃喃地說道，「這對我就足夠了。」

犁月第二日
商人聯盟獨立第七年
來自雷亞奧，繽城信鴿管理人
致黛托茨，崔豪格信鴿管理人，以及艾瑞克

標準信管，蠟封。

黛托茨：

我相信你們已經知道了我們的許多顧客都很不高興。繽城貿易商公會現在已經正式向信鴿管理人公會發函，一個由貿易商組成的委員會，將針對關於貪腐和刺探以及出售顧客機密的種種指控，要求我們接受審查。現在還有一些信件、甚至是信鴿，都失蹤了。這些信鴿的失蹤，我認為很可能是因為我們被要求使用了那種笨重的信管和保密配件！

一些貿易商家族來找過我們的三名學徒，他們希望繁育和使用他們自己的信鴿，以保證他們的信件能夠順暢安全地被傳遞。我不需要向你解釋這對於公會將要造成怎樣的損失。如果這樣的事情成真，許多人都將失去自己的生活依靠。

我們得到命令，信鴿管理人之間傳遞信件也要嚴格遵守一切規則。在正式信函上添加額外信件的人都將被公會解職。我們必須每天三次點數信鴿，包括鴿蛋和雛鳥。任何壞掉的鴿蛋和在巢中死亡的雛鳥，都必須有三名資歷在助手或更高的信鴿管理人予以見證，然後才能被處理掉。繽城信鴿管理人只能接觸戴有自己鴿舍環志的信鴿。非正式的互相幫忙在過去是允許的，現在則被嚴令禁止。

這樣的法令也在崔豪格、卡薩里克和其他更小規模的聚落開始實行了嗎？我還要告訴你們，有傳聞說，公會將派出「測試者」。所謂的測試者，是假裝要賄賂信鴿管理人的人，還是被設計用來檢驗是否會被偷看的信件？這個訊息並未獲得說明。我竟然在這個充滿懷疑和嫌隙的時刻被晉升為正式的信鴿管理人，這只是讓我感到哀傷。

說一些令人高興的訊息。艾瑞克，你的快速鴿的血統似乎已經穩定下來了。兩隻雛鴿？它們在上個星期的試飛中創下了紀錄，是從距離港口四天路程的一艘船上被放飛的。我將他們的紀錄向公會主管們作了報告，註明是你發現了這種鴿子的潛力，並已開始繁育他們的血脈。我希望公會能夠認識到你的非凡智慧。

尊敬和關愛你們的，雷亞奧

9

船過舷邊

詔諭被困在了另一個人的生活裡。這根本不是繽城貿易商繼承人的人生！他從沒有體驗過如此糟糕的生存環境，更不要說還必須和這樣的人一起旅行。他已經不知道自己被困在甲板下面有多少天。在那個恰斯人劫持他以後，他就再沒有換過衣服。現在他們整天看守著他，還大幅度縮減了他的飲食，又強迫他承擔沉重的勞役。他知道自己已經滿身臭氣，但他如果想要洗乾淨自己，唯一的選擇只能是冰冷的河水，而且他很清楚使用這種水會承擔什麼樣的風險。恰斯人為他安排了各種雜役，經常迫使他不得不在風雨交加的日子裡在甲板上奔忙。雨水、寒冷和陽光，讓他的雙手和臉全都粗糙不堪，甚至一直隱隱作痛。他的衣服已經褪色破爛。他記不起自己的雙腳還能保持乾燥是在什麼時候。他的腳趾下面已經開始發炎。被冷風吹紅的臉和手也都在隱隱作痛。

他仍然會做關於處置雷丁屍體的惡夢。他還要在黑暗和大雨中將亞力克的屍體拖行在狹窄的步道上，最後推出步道邊緣。這同樣是令人厭惡已極的事情。他們聽到了屍體撞擊樹枝的聲音，卻沒有聽見它的落地聲。那時詔諭只是覺得很想嘔吐，但與他和雷丁最後的分別相比，這一幕也變得異常蒼白。恰斯人強迫他背負雷丁的屍體，他們走了很遠一段路，不斷挑選看上去最少被使用的樹上小路。終於，他們來到了一根完全沒有安全繩的樹枝上。雷丁的屍體掛在詔諭的肩頭，彷彿詔諭是一個扛著鹿回家的獵人。雷丁使用的潤髮油散發出詔諭熟悉的香氣，與之混雜在一起的是流到詔諭脖子上的鮮血氣味。每邁出一步，這個綿軟的負擔都會變得更加沉重，讓詔諭的處境更加恐怖。詔諭別無選擇，只能步履蹣跚地走在那個恰斯人前面。他知道恰斯人正在用匕首指著自己的脊背。他懷疑，如果自己扛著屍體跌落下去，恰斯人臉眼睛都不會眨一下。終於，恰斯人選擇了一段連通另一棵樹的細長樹枝。詔諭將雷丁從那裡拋下去，任由食腐生物把他吃掉。

「螞蟻之類的蟲子會在幾天之內把他吃得只剩下骨頭。」恰斯人說，「我不相信他會被找到，就算被找到了，也不會有人知道他是誰。現在我們回你的房間，清除掉你在卡薩里克留下的所有痕跡。」

恰斯人的命令得到了一絲不苟的執行。他在陶土火爐中燒掉了那兩隻孩子的手，又毀掉了盛放兩隻手的精美木匣。雷丁的斗篷變成了口袋，從木匣上取下來的珍貴寶石被放在裡面，隨後他便匆匆離開，同時警告詔諭不得走出這個房間。詔諭懷疑他是要去殺掉那個租房子給他的女人。不管怎樣，恰斯人離開之後，他沒有聽到任何動靜。詔諭強自咬住不斷打顫的牙齒，告訴自己，也許恰斯人只是給了那個女人一筆錢，讓她對這件事保密。恰斯人走了很久，只留下詔諭一個人在小屋裡聞著骨肉焚燒和鮮血的氣味。詔諭坐在昏暗中，彷彿仍然能夠看到雷丁破爛的面孔從樹枝間盯著他。恰斯人用刀在那張臉上割了許多下，直到詔諭熟悉的五官完全被毀掉，雷丁的雙眼卻還是從他那張已經不再漂亮、只剩下一團爛肉的臉上，一直盯著詔諭。

詔諭一直都以為自己是一名冷酷無情的貿易商。欺詐、窺探、訂立苛刻的條款，以完成幾近於盜竊的交易。他從不認為公平處事會有什麼好處，更不相信什麼倫理道德。貿易是一種危險的遊戲，「每一名貿易商都應該看好自己的後背」——他的父親經常會這樣說。想到自己是如此無法無天，他總會從內心中生出一種愉悅感。他是對任何事情都能冷下心腸的男人，但他從沒有參與過謀殺。他從沒有愛過雷丁，不像塞德里克那樣不斷對他使用那個令人厭倦的字眼，但雷丁是一名技藝嫻熟的情人和一個令人快活的同伴。他的死，將詔諭一個人丟在了這一團亂麻裡。「我不想發生這樣的事，」他對即將熄滅的爐火說道，「這不是我的錯。如果塞德里克從沒有立下那份瘋狂的契約，我也不會來到這裡。這全都是塞德里克的錯。」

他沒有聽到開門的聲音，但他感覺到了空氣的流動，看到了爐火的閃爍。恰斯人如同一道黑影，立在門外的黑暗中。然後，他悄無聲息地關上屋門。「現在你要為我寫幾封信，然後我們把它們寄出去。」

詔諭已經無力再詢問自己的身上到底發生了什麼事。他按照恰斯人的口述寫下那些信。收信人的名字他都不認識。然後他又在這些信上署上自己的名字。在這些信中，他吹噓自己是一名聲名遠揚、頗具智慧的貿易商，告知收信人在黎明前和他在停靠在碼頭旁的無損船上相見。每一封信的內容都一樣，向收信人強調必須謹慎行事，暗示說有一筆巨大的財富正在等待他們——「我們的計畫已經開花結果了」。這些收信人應該都是貿易商，只不過詔諭從沒有和他們打過交道。

每一封信都被整齊地捲起，用麻線繫住，再滴上蠟油封好。最後，恰斯人熄滅了爐火。他們離開空蕩蕩的房間，隨身攜帶著那些信件。

漫長的黑夜彷彿沒有盡頭。他們在卡薩里克各處遊走。恰斯人腳步迅捷，但他似乎對於路徑也不是完全清楚。他們不止一次從原路返回。不過，這六支卷軸最終都被栓到了門把手上或者塞進門縫裡。當詔諭能夠跟隨這名刺客走過無數級台階、來到城市底部的泥濘道路上的時候，他幾乎感到有些慶幸。他的特等客艙正在等待他，那裡有乾淨溫暖的床和乾燥的衣服。等他一個人回到那裡，他就能夠仔細考慮這個晚上所發生的一切，並決定下一步該怎麼走。到了那裡，他將再一次成為詔諭，而這一次邪惡的冒險將不過是他過往人生中的一段插曲。但一到無損船上，恰斯人就用匕首尖頂著他，強迫他走進甲板下的貨艙裡，又關上了通向甲板的天窗艙口。

這種無禮的行徑讓詔諭徹底震驚了。他站在原地，雙臂用力抱在胸前，靜靜地等待著，確信那個恰斯人隨時都會回來。但隨著時間一點一滴過去，這個糟糕的環境只是越來越讓他感到憤怒。他摸索著在這個貨艙裡走了一圈，卻只摸到了粗糙的木板艙壁，沒有發現任何出口。他爬上短梯子，來到那個天窗艙口下，發現這個艙口被鎖死了。他捶打艙口，卻幾乎使不出什麼力氣。終於，他坐下來，等待恰斯人回來。雖然在一片黑暗中，但他完全沒有睏意。他不知道自己在這裡到底被拘禁了多久。

隨著時間的流逝，饑餓和乾渴開始折磨他。當艙蓋終於被提起的時候，微弱的陽光傾瀉進來，讓他一時什麼都看不見。他立刻向梯子走去。

「讓開！」有人向他高喊。另一些人被推進艙口，踉蹌著跌落下來。三個人落在船艙裡，咒罵著想要爬梯子衝出去，又有更多的人被推下來。詔諭認得他們之中有一些是與他同船來到這裡的乘客，另外一些則是這艘船的水手。乘客中有投資建造這艘船的遮瑪里亞人，還有兩名繽城貿易商。現在艙口上聚集了一堆人，正在用嘲諷和威脅的目光瞪著他們，那些無疑是恰斯人，他們都穿著恰斯風格的繡花馬甲，手中握著恰斯人喜歡的彎刀。

「出什麼事了？」詔諭問。一名貿易商喊道：「船上起叛變了！」另一個人說：「這次航行中，恰斯人一直躲在甲板下面。他們奪取了這艘船！」現在這個船艙裡至少有十個人，已經變得相當擁擠。其中一個人抱住自己的肩頭，鮮血還在不斷從他的指縫裡滲出來。另外還有幾個嚇壞了的商人陷入了一團混亂，彷彿隨時都有可能開始暴力反抗。

「船長在哪裡？」詔諭在一陣陣喧嘩聲中問道。

「船長也叛變了！」有人向他喊道。那個人的口氣非常憤怒，彷彿這是詔諭的錯，「那個雜種收了大筆的黑錢，才把恰斯人藏在船上。他們願意投資和我們一樣多的錢，而且還會給他更高的薪水！」

艙蓋開始關上了。人們向梯子簇擁過去，發出挑釁或乞求的叫喊聲，但片刻之後，船艙裡就變得一片漆黑。

如果說被單獨鎖在甲板下面很糟糕，那麼和二十多個陌生人一同關在黑暗中的情形就更加可怕了。其中一些人因為憤怒或恐懼而變得有些神智失常，另一些人還在激烈地爭論著到底發生了什麼，這一切都是誰的錯。有一些人不是從繽城來的，而是雨野原貿易商。他們聲稱自己「收到了一封假信，被騙了過來」。詔諭一直緊閉著嘴巴，他很慶幸這裡的黑暗能夠將他完全隱藏起來。

現在成為船主人的恰斯人，為了奪取這艘船，至少殺死了三名船員，有可能是四個人——一個女人流著血被扔出了船，不過那時她還活著。詔諭突然完全明白了這些恰斯刺客有多麼殘忍無情，以及他的處境是多麼危在旦夕。一名和他同為囚徒的人，推測他們可能很快就都會被殺死，立刻有人吼叫著讓他閉嘴，但沒有人反駁他。有兩個人爬上梯子，想要將艙蓋推開，結果累得筋疲力竭。其他人還在叫嚷著為他們加油，或者提出各種建議。詔諭退到了一個隔間的角落裡，將後背靠在艙壁上。

就在他們猛力捶打艙蓋的時候，詔諭感覺到腳下有了動靜，又等待了一下，他才確定到底發生了什麼事。而這時已經有一名水手喊道：「你們感覺到了嗎？他們開船了。我們離開了碼頭。那些雜種綁架了我們！」

又一陣咆哮聲響起。在憤怒的喊聲中，一個男人開始大聲哭嚎。囚徒們捶打艙壁，不斷地叫嚷，但船晃動的節律只是越來越快。無損船正在逆流加速。

「他們要帶我們去哪裡？」詔諭茫然地問道。

「向上游，」有人回答了他，「感覺到她在與河流對抗了嗎？」

「為什麼，他們想要我們做什麼？」

詔諭的問題被其他人的尖聲叫喊淹沒了。他們現在知道，他們已經被帶離了卡薩里克，再也不可能得到外援了。

咒罵和喊叫的聲音持續了很長時間，但最終還是變成了憤怒的議論，然後是喃喃低語，還有一些人刺耳的哭聲。眼前的狀況讓詔諭感到暈眩。他在黑暗中蹲下來，聞到了汗水和尿液的氣味。時間在緩慢流逝，他能聽到的只剩下了流水摩擦船身的微弱聲響。他開始思考，自己井然有序的上流生活到哪裡去了？所有這一切看上去都是那麼不可能，更不要說還變成了現實。如果他的母親得知自己的兒子遭受到這樣的虐待，又該有多麼憤怒！

如果她能知道就好了。在這一刻，詔諭忽然意識到自己是多麼徹底地和自己舊日的生活被割斷了。他的名字、他的家族財富、他浪子的名聲、他母親對他的愛，在這裡都毫無意義，一切護盾和一切保護都脫落了。僅在一次呼吸之間，他就能夠成為一具屍體，面孔將被割爛到無法辨認，最終成為螞蟻和魚的食物。他喘息著，感到胸口疼痛。他頹然坐倒在黑暗中，將臉埋在膝蓋上。心跳如同雷鳴一般充滿了他的耳鼓。時間持續流動，或者根本沒有流動，他不知道。

艙蓋終於再次打開，一道黃色的燈光射下來。外面已經是黑夜了。一個詔諭認識的聲音警告他們：「後退！如果任何人爬上梯子，他就要在心口上帶著一把刀子掉回去。詔諭．芬波克！到我能看見你的地方來。是的。就是你，上來，馬上。」

在船艙角落裡，有人喊道：「詔諭．芬波克！是那個詔諭．芬波克嗎？他在這裡？就是這個叛徒把一張紙條留在我的家門口，把我引誘到了這裡。他甚至還在那封信上簽下了他自己的名字！芬波克，你應該去死！你是繽城和雨野原的叛徒！」

詔諭這時已經爬到了矮梯子的頂端，他不僅僅迎來了上面寬敞的空間和新鮮空氣，還逃離了下方的醜陋。隨著他手腳並用地爬上甲板，咒罵和威脅的喊聲也緊跟在他的身後。兩名水手關上艙蓋，封閉了下方那些囚徒的叫喊。詔諭發現自己正趴在恰斯人的腳邊，那名刺客手提著一盞油燈，看上去非常疲憊。「跟我來。」他喝令一聲，不管詔諭是否已服從了命令，就向詔諭曾經的艙室走去。

詔諭的衣櫃遭到了劫掠，零碎物件散落得到處都是。他的衣服和雷丁的衣服混雜在一起，根本無人在意。那個經過雷丁仔細布置的，裝有葡萄酒、乾酪、香腸和其他美食的箱子，正敞開著。黏膩的桌面顯示出這些匪徒剛剛經歷了怎樣的狂歡。很明顯，恰斯人已經在這裡住下來，盡請享用著這間艙室中的一切。詔諭的床鋪也是一團亂，床墊有一半被拽到了地板上。雷丁的床鋪看上去沒有被動過。朋友死去的震驚和失落再一次湧過詔諭的內心，他深吸了一口氣，但沒有等他說話，恰斯人已經轉向了他。刺客臉上的神情把詔諭肺裡的空氣都逼了出去，他不由得後退了一步。「把這裡收拾乾淨！」他又喝令道，然後穿著靴子就倒在雷丁的床上，斜靠在那裡，眼睛半閉著，臉上堆滿了疲倦。看到詔諭只是站在原地盯著他，他又壓低聲音開始說話。在他嘴唇上的傷疤隨著他說出的每一個字，不斷地隆起又抻平，「我其實已經不再需要你了。如果你還有用，我也許能讓你活著。如果沒有用了……」他的手抬起來，一把小刀出現在那只手中。他微笑著向詔諭晃了晃那把小刀。

從那一刻開始，詔諭作為恰斯人奴隸的生活就開始了。他服侍的不僅是那名刺客，還有每一個向他吼叫的恰斯人。他總是要去完成最低賤、最令人厭惡的工作，不管是倒夜壺，還是清理廚房桌面或是洗滌碗碟。當詔諭擦洗甲板上船員的血跡時，他就決定自己絕不會有任何反抗。他一個小時又一個小時地活著，沒有再看到其他囚徒，只是能聽見他們憤怒的喊聲和哀求聲在一天一天變弱。他吃的是主人們的剩飯，睡在甲板下面一個存放剩餘纜繩和鐵鍊的貨櫃裡。他很高興不必和其他囚犯同居一室。因為他知道，那些囚犯都將自身的困境歸咎於他。如果有可能，他們會將他撕成碎片。他在這艘船上是一個獨一無二的存在，受到恰斯人的鄙視，又被貿易商們所仇恨。

這段時間裡，他所聽到的幾乎都是他已經知道的事情。這艘無損船在遮瑪里亞建成，建造它的人們不在乎誰會付錢給他們，只要付給他們的錢足夠多就行。恰斯人被禁止和雨野原人做生意，但基於巨龍血肉的執著，讓他們對一切禁忌都毫不在乎。在這艘船逆流而上的時候，那些恰斯「新投資人」就躲藏在這艘船上。現在，受賄的船長和那些恰斯人正在駕駛這艘船沿雨野原河上溯，要進入那片未開發的區域，希望能找到克爾辛拉和可以屠宰的龍。

那些人簡直是瘋了。也許這艘船不會被雨野原河吃掉，但這並不代表他們真的能找到被遺忘的城市克爾辛拉，也不代表那些畸形的龍真的在那裡。如果他們找到了克爾辛拉，龍也真的在那裡，那又怎樣？他們有沒有見識過一頭被激怒的龍釋放出的怒火？詔諭斗膽提出了這個問題。而那個恰斯人只是冷冷地盯著他，眼睛眨也不眨。恐懼在詔諭的腹中向四處蔓延，他打起精神，決定在死亡的時候也不要尖叫。但那個人只是說：「你從沒有見識過我們的大公在不如意的時候釋放出的怒火。如果說一個任務瘋狂或者不可能，那就只會讓他失望。」他一歪頭，「你以為一個放有我的兒子的手的寶石匣子，是我能夠想到的最可怕的東西？」他又緩緩地搖搖頭，「你根本不知道什麼是可怕。」隨後，這名刺客就陷入了沉默，只是盯著舷窗外流動的森林景色。而詔諭也鬆了一口氣，繼續做起了他卑賤的工作。

對於巨龍，詔諭知道得很少，對於愛麗絲關於古靈城市的那些理論，詔諭就更加缺乏了解。他一次又一次地被恰斯人盤問，並遭到嚴厲的警告，如果說謊，下場只會讓他苦不堪言。他從沒有說過謊。他非常相信，恰斯人會為了一切緣由而非常樂於懲罰他。面對這名刺客的低聲耳語和大吼大叫，只能一遍一遍地重複「我不知道」，這對詔諭來說實在是一件很困難的事。但詔諭從一開始就知道，說實話是他唯一的自保方式。為了取悅這名刺客而編造的任何謊言，肯定都會在以後讓他被自己的舌頭絞死。

恰斯人一遍又一遍地質問他：「難道這不是你的父親派你來的目的？找回你逃跑的妻子？難道不是你告訴我，她和你的奴隸私奔了？那麼，你打算怎麼做？你一定知道某種辦法，能夠找到那座城市和那些龍吧？」

「不。不！我不知道。我的父親說我必須來雨野原，於是我來了。我知道不比你多，也許還要比你知道得更少。我本來是要和崔豪格的一些人取得聯絡，或者是向關押在這個船艙裡的人詢問去雨野原的辦法！你應該問他們，而不是我！」

至今為止，儘管恰斯人已經多次狠狠打了他，讓他的嘴裡全都是血腥味，還有一次反手把他從椅子裡抽倒在地上，但詔諭並沒有受到多少嚴重的身體傷害。船艙裡的那些貿易商俘虜就沒那麼好運了，詔諭不想去多了解他們的狀況，這與他無關，他們只是運氣不好。詔諭被關在自己的貨櫃裡，堵住耳朵不去聽那些被刑訊折磨的聲音。當他被命令清洗用刑之後的地板時，他也只是奉命行事。

儘管生活困苦，但他沒有受什麼重傷，這已經足以讓他感到安慰了。也許身上有一些瘀傷和割傷，還會感到一些饑餓，但最讓他感到難以忍受的還是恰斯人對他頤指氣使、呼來喝去的羞辱。他的良好名譽，被船上這些貿易商徹底摧毀了。他的情人的死亡，以及不得不出力掩飾的那場謀殺，他竭力地不讓自己多想這場災難將對他造成更猛烈的衝擊。有時候，他會在無意中想到他的父親和母親，他們是不是知道他失蹤了？他們有沒有採取行動？提出懸賞？或者派出信鴿雇人來搜尋他？或者他的父親正在生他的氣？以為他是故意要斷絕和他們的聯絡，還帶了情人來到雨野原？詔諭不得不對自己承認，後一種情況的可能性更大。他甚至無法夢想自己能夠逃出這場災難，甚至是返回繽城。除非他能夠找到辦法把自己贖回去，否則他的餘生可能就要這樣度過了。

詔諭咬緊牙關，擰乾襯衫。這是一個冷風呼嘯的淒寒日子。他本來是在用熱水洗衣服，但風很快就將水吹冷了。他陰沉著臉注意到，這本來是他自己的一件襯衫，現在卻被恰斯人拿走了，就像他的大部分財產一樣。現在那個恰斯人穿上了詔諭的裘皮襯裡斗篷，即使在大雨如注的時候也會毫無顧忌地在甲板上走動，而詔諭只能穿著他無法換洗的襯衫，哆嗦著去完成各種工作。他從沒有像恨這個恰斯人一樣恨過任何人。在憤恨之餘，他有時候也會想到，塞德里克是否已也曾經這樣恨過他，當他肆無忌憚地驅使喝令那個年輕人的時候。這艘船可能正在讓他一步步靠近塞德里克，而他發現自己對塞德里克的感覺也變得越來越混亂。當他睡在貨櫃木板上的時候，他很難不回憶起那個年輕人曾經多麼充滿熱情地確保他生活中的每一點細節都極盡舒適。他會輕柔地按摩詔諭痠痛的肩膀和脊背，因為詔諭的手上受了傷而驚恐地大聲呼叫。在他們的關係走到盡頭的時候，塞德里克對他的熱情實際上反而成為了令詔諭厭煩他的原因。現在詔諭回憶起自己是怎樣故意挑釁塞德里克的關愛，踐踏塞德里克的多愁善感，將塞德里克溫柔的試探變成粗魯的對抗。當塞德里克試圖搞清楚自己為什麼會讓愛人感到不快的時候，他還會極盡所能嘲笑塞德里克。在那個時候，他做的所有這些事都顯得那麼有趣。而雷丁關於測試愛人激情的那些建議，最終也造成了許多有趣的故事，讓他能夠與雷丁分享，並且刺激雷丁針對塞德里克的競爭意識。他和雷丁在早些時候的幽會中曾經為此一同開懷大笑。雷丁更是用他聰明的舌頭，巧妙地嘲諷了塞德里克天真輕信的性格！

不管怎樣，無論塞德里克對他有多少熱情和愛憐，這一切災難仍然都是那個傢伙造成的。全都是因為塞德里克，他才不得不在這裡為別人洗衣服。每一天，他都要承受生命的危險，而他作為繽城貿易商的名譽早已一敗塗地了。在夜晚的黑暗貨櫃裡的幾個小時是他最清閒的時刻。他只能用這段時間來自怨自憐。有時候，詔諭會想像自己和塞德里克重聚的樣子，那副場景一定會很心酸。當塞德里克看到他的朋友和恩主滿身傷痕，瘦弱不堪，因為艱苦的勞作和苛刻的囚禁環境而面容憔悴，他是否會意識到自己對詔諭造成了怎樣的傷害？他是否明白，只是因為他妄想做一名獨立的貿易商，結果卻造成了這樣恐怖的災難？也許他會冒生命危險來援救詔諭？還是他會自私地退到一旁，將詔諭丟給自己的命運？

有時候，詔諭會在自己的腦海中不斷預演各種可能。塞德里克會冒著生命危險來拯救他，詔諭將寬宏大量地歡迎他回到自己的生活中。有時候，詔諭又會憤怒地咬牙切齒，想像塞德里克在因為對他做的這些壞事而幸災樂禍。但也許塞德里克其實已經死了，成為了他的愚蠢的犧牲品。而詔諭最希望死掉的人肯定是愛麗絲！

如果換做別的時候，當苦澀和淒涼的情緒如此沉重地壓在自己的肩頭，詔諭可能只會希望自己快一點死去。他根本看不到恰斯人有什麼理由保留他和另外那些繽城貿易商的生命。「掌握幾個有價值的人質，一直都是一種保障安全的有效手段。」一天晚上，當詔諭等待那名恰斯人吃完食物的時候，恰斯人這樣對他說，「我們不知道在返回崔豪格的時候會遇到什麼。人質也許能夠讓我們平安脫身。我們能夠攥在手裡的，只有那些走了楣運、上了船的人，還有那些同意幫助我們為大公取得巨龍血肉的貿易商。既然他們違背了和我們的約定，他們就理應跟隨我們，幫助我們竭盡全力取得他們向我們承諾過的東西。但就算是他們在那時沒有用處了，等我們回到恰斯國之後，還是能夠用人質換取酬金。不浪費，不愁缺，儉以防匱。」

那時，正當詔諭想著至少自己的母親會付出贖金讓他回家，恰斯人又說道：「但不要讓自己惹的麻煩比你的價值更大。現在你還算有用。繼續你的角色，我會繼續留下你的性命。如果你讓我感到討厭，我可就不會有這麼好的脾氣了。」

詔諭最後擰了一下襯衫，感覺到酸水對他的雙手造成的微微刺痛。現在這件藍色的襯衫比他剛開始穿的時候色澤要淺了不少。這條河眼下的酸度還算溫和，但即使在這樣的水中暴露足夠長的時間，襯衫也會被腐蝕成破布。這太糟了。這是詔諭最喜歡的一件襯衫。他想起這是塞德里克挑選的布料並找裁縫製作的，心中不由得又生出一陣苦澀。

他抖了抖溼襯衫，將它在冷風中展開。襯衫已經足夠乾淨了。他將水桶提到船邊，把裡面的水倒出去。這時他和一名恰斯水手同時看到了另外一艘船。「我們前方有一艘船！」那名瞭望手喊道，「是一艘無損船，和我們的船一樣！」

詔諭看到那艘船向他們駛來。強風鼓起了船上唯一的方形帆，再加上湍急河水的推動，使得那艘順流而下的船速度相當快。詔諭手握著船欄杆，站在原地，傾聽從另外那艘船上傳來的喊聲。兩艘船的船長都在向自己的水手們發號施令。看到對面的船，他們顯然都很驚訝。詔諭想要高聲呼喊，警告他們這艘船已經被恰斯海盜奪取，但最終他還是決定謹慎從事，保持安靜。對面那艘船的船長和水手都是遮瑪里亞人。隨著兩艘船彼此靠近，詔諭已經能夠明顯地看到，對面這艘船遇到了一些麻煩。

「龍！」另外那艘船上的人喊道，「我們受到了巨龍的攻擊！你們船上有懂得治療外傷的人嗎？我們需要這樣的人。」

那艘船的船殼上能看到明顯的損傷，甲板上一段欄杆完全不見了。向他們叫喊的瞭望手有一條胳膊掛在胸前，頭上也紮著繃帶。詔諭探出頭，想要看得更清楚一些，但那名恰斯人突然出現在他身邊。「下去，馬上。」

詔諭立刻服從了命令，就像一條挨了打的狗。跟隨著他的主人來到自己的狗舍門口，迅速被推了進去。艙蓋閉合，他聽見了艙蓋被鎖住的聲音。他在貨櫃的一個角落裡坐下來，背靠在艙壁上。他聽到整艘船上傳來各種各樣的聲音。他傾聽著，卻分辨不出其中的隻言片語。只能知道有人在用喊聲相互交談。就在這時，他擔心的事情發生了——他頭頂上的甲板響起奔跑的腳步聲，響亮的喝令聲，沉重的撞擊聲，還有人們憤怒或恐懼的叫喊聲，一陣痛苦的尖叫聲驟然響起，顯得格外清晰。無數隻腳撞擊著甲板，發出雷鳴一般的聲音。喊聲又持續了一段時間，他只能蜷縮在甲板下面，不知道上面到底發生了什麼，也不知道會對他的性命造成怎樣的影響。

一陣短暫的寂靜突然降臨，然後各種嘈雜的聲音再次響起。詔諭聽到另一個艙蓋被拽開的聲音，那裡的囚犯已經不再像過去那樣叫嚷和捶打艙壁。詔諭估計那些囚犯能夠得到賴以為生的水和食物，但絕不會太多。現在那邊傳來的聲音，詔諭懷疑恰斯人正送入新的贖金來源。這是否意味著他們俘虜了另一艘船？還是僅僅在小規模的衝突中捉住了一些俘虜？莎神在上，他們到底為什麼要這麼做？

詔諭將膝蓋收到胸前，蜷起身側臥下來，在寒冷中瑟瑟發抖。同時他的心思在飛速轉動，竭力進行思考。當然，另外一艘船曾經高聲警告他們要小心巨龍。另外的那名船長肯定知道找到巨龍的路徑，所以恰斯人需要掌握他擁有的資訊以獲取他們的目標。他們會前往剛遭受巨龍攻擊的地方，詔諭則會跟隨他們一同落入險境。

婷黛莉雅再一次飛起。現在她的身姿已經沒有任何優雅可言，每一個動作都變得越來越艱難，但她還在飛行。每一次振翅，都會有液體從她有毒的傷口中湧出來，隨之而來的就是一下又一下的疼痛。傷口的感染正在擴散，對她的身體各處都在造成傷害。在傷口周圍，她的鱗片開始滑落，裸露的皮膚也變得柔軟和充滿痛苦。如果她睡得太久，醒來時她的眼睛就會充滿黏液，還不得不從鼻孔中噴出同樣的黏液。她會持續感到饑餓，但無論她吃多少東西，都無法從食物中獲得力量。現在她要做的任何事都成為了艱巨的任務，一切愉悅都從她的生命中消失了。

她在崖豪格的降落簡直是一個災難。她迅速耗盡了自己的力量，又愚蠢地攻擊了一群淺灘中的水野豬。她抓住了一隻，但那隻豬很小。她站在迅速流動的河水中吃掉了這一點獵物，然後想要飛上天空，卻失敗了。她三次用力拍動翅膀，每一次都落回冰冷的河水裡。她不得不在冷水中過了一晚。

等到天亮的時候，她幾乎已經無法站立了。茂密的樹冠從岸邊一直伸展到河面上，讓她不可能從淺灘上飛起來。她用盡自己的全部意志力量涉水向上游走去。那天黃昏，憑著一點好運氣，將一頭正在曬太陽的野豬送到了她嘴邊。進食之後，她睡倒在狹窄的蘆葦泥岸上。隨後兩天裡，她仍然只能拖著緩慢的步伐涉水前行，找到什麼就吃什麼，甚至包括腐屍。這更加嚴重地消耗了她的體力。終於有一天晚上，她找到了一片寬闊的沙壩可以安睡。這片沙壩沒有被樹冠遮蔽，但她有些懷疑自己在第二天還能不能醒過來。

但她終於還是醒了過來。饑餓減輕了她的體重，絕望逼迫她拼盡全力，她知道，這是她最後的機會，她跳了起來，搧動翅膀，飛上了天空。

她將自己的全部精神都集中在前進的方向上，每一次振翅都需要讓她用鐵一般的意志壓抑住強烈的疼痛和疲憊感。很快，她就不得不轉移注意力，開始尋找可以捕食的獵物。只有吃過了食物，她才能允許自己睡覺。她的身體一直在用疲憊感來揪扯她的翅膀。她想要停下來。每一天，她都飛得更短，休息得更多。遲早會有一天，她將無法再讓自己躍起，耗費巨大的力量再一次升上天空。如果那一天在她到達克爾辛拉之前到來，那麼她就會死，巨龍的血脈也會隨她一同斷絕。她體內還未成熟的卵將永遠沒有被產下的可能。自從她看到了那些衰弱的畸形兒從最後一批長蛇的繭殼中孵化出來以後，她就知道，自己是巨龍一族僅存的希望。

但一個卑鄙人類射出的一支箭毀掉了她的夢想。有時候，比如現在，當疼痛在她的肋側越來越強烈地向外擴張，讓她身體的每一根肌肉都在這種痛苦中顫抖，她就會讓自己的思緒逃進憎恨之中。計畫和夢想自己向這些人類的復仇——她用這種方法讓自己感到滿足。等她恢復了力氣，就會返回恰斯國，用巨龍的怒火和力量毀滅那些渺小的城市。她會殺死數百個、數千個人類，以此復仇，讓人類永遠畏懼巨龍的盛怒。

每一次向下搧動翅膀，她都會重新立誓，要讓那些城市的街道充滿了尖聲哀號的人類。

克爾辛拉。她向自己承諾，那裡已經不遠了。實際上，那裡要比崔豪格遠得多。但她能夠飛到那裡。她能夠，因為她必須如此。有時候，就在睏意壓倒她的時候，她能聽到遠方傳來龍的聲音。他們找到了克爾辛拉，還創造出自己的古靈，喚醒了那座城市。在清醒的時候，她無法接觸到那些龍的意識。只有當她處於疲憊和睏倦的邊緣，他們遙遠的思緒才會與她的思緒交匯。曾經有一次，她甚至覺得麥爾妲向她伸展了過來，其古靈的意念中充滿了焦慮和責備。她曾經試圖向她的古靈發出回應，試圖命令麥爾妲準備好侍奉自己的巨龍。但醒來後，疼痛遮蔽了她的心神，讓飛行和狩獵這樣簡單的事情都變得異常困難。不管怎樣，能夠觸及到另外那些龍的意識，意味著她距離他們已經不遠了。

至少降雨已經停止了一段時間。至少她不必再迎風飛行。這是她唯一值得慶幸的一點事情。她穩定地搧動翅膀，但在河面上飛得越來越低。她在尋找獵物，卻突然聽見一陣噪音。又過了一段時間，她才看到河面上的那兩艘船。這讓她心中生出一股怒意。這兩艘船擠在一起，上面的人們彼此叫嚷著，努力要將對方拋入河中。他們不是在為了食物而狩獵，只是在彼此殺戮。人類就是這樣，吵鬧、無用、氣味難聞的人類！他們的咆哮將這附近的獵物全都嚇跑了。現在婷黛莉雅進行狩獵已經很吃力了，而這些人類還在給她增加困難。這場毫無意義的爭鬥發出了巨大的聲音，在能聽到這些聲音的地方，什麼獵物都不可能找到。如果婷黛莉雅還有些力氣，她一定會盤旋到這幫人的頭頂上，向他們噴出一股毒液，教訓一下給她惹麻煩的這些傢伙。她降低高度，從他們的頭頂上方飛過，聽到他們的呼喊聲。她的雙翼鼓起的強風讓兩艘船不住地晃動。就在這時，她嗅到的一股氣味讓她精神一振。

龍毒的氣味。

她奮力噴出一股鼻息，傾斜翅膀轉向回頭。是的，其中一艘船的甲板上有被強酸燒蝕的痕跡。那顯然是一頭憤怒的龍造成的。或者不止一頭龍？婷黛莉雅在飛過那艘船的時候，嗅了船的氣味良久。可能不止一頭，而且肯定不是冰華幹的。她很熟悉那頭老龍的氣味。不，這種有克制的攻擊也不符合冰華的脾氣。那艘船還漂在水上，船上的人顯然是被攻擊他們的龍放走了。不是冰華幹的。而是其他的龍。還有能夠飛的龍！飛行，噴吐強酸。**真正的巨龍**。希望在婷黛莉雅的心中升起。她重新轉向，飛往她的目標。她將忽略自己的痛苦，她的生命火焰得到了強化。其他的巨龍，她的夢想成真了。現在有其他的巨龍生活和飛翔在克爾辛拉的天空中。未來正在等待著她。

她飛過河面，丟下那些人類和他們的喧囂，繞過河道的一個大彎，繼續向前，最終來到了一個形狀狹長、完全被冬季枯死的水草所覆蓋的大泥坑。幸運再一次眷顧了她——一群水野豬從水裡冒出來，開始在這些水草中來回刨挖。也許是因為某種古早的記憶，或者可能是最近才有的經驗，落在牠們頭頂上的巨龍身影驚動了牠們。牠們發出長聲尖叫，開始回頭向水中衝去。婷黛莉雅用自己的一聲長嘯壓住了野豬的尖叫，壓倒一切的疼痛和饑餓讓她以過快的速度收起了翅膀，再一次狠狠碰撞到她受傷的肋側。她衝向豬群，姿態更像是掉落，而不是俯衝。不管怎樣，她完全張開自己的四隻爪子。她的胸膛擊中了一頭大野豬，將獵物死死壓在泥岸上，身體左側的兩隻爪子刨開了另一頭野豬的身體。她的右爪在痙攣中抓住了第三頭野豬，把那頭豬一直拽到身子旁邊，讓牠的尖叫和她身子下面那頭豬的哀嚎混雜在一起。她轉動的眼睛裡噴湧著怒火——因為傷痛，她甚至無法做到一擊斃敵。她狂野地將兩頭被俘的獵物捏死，把牠們撕成了碎片。

隨著野豬瀕死的尖叫聲漸漸消失，婷黛莉雅的力量也消耗殆盡。她匍匐在自己的獵物上，竭力喘著氣。現在她無法動彈一下，只能希望這樣可以讓身體的疼痛減弱下去。過了一段時間，疼痛終於褪去了，但並沒有恢復到原先的水準。她不得不注意到這件事：每一天，疼痛都會加劇，每一天她都會因為更加衰弱而做出錯誤的動作，給自己帶來劇烈的痛苦。但噴湧的鮮血是這樣甜美，剛剛殺死的獵物正在用它們散發出的熱量召喚她。她小心翼翼地伸出脖子，叼起一塊豬肉，就好像她的肌肉是用玻璃編織的繩索。她將那塊肉吞下去，喚醒了自己的饑餓。她還需要和疼痛作戰。現在她幾乎已經無法站立，但她還是努力在泥濘上挪動身子，向她的獵物伸過頭去。

隨著最後一塊肉被吞下，她開始感覺到昏昏欲睡。現在時間剛過中午不久。陽光還足夠明亮，她可以繼續飛行。但她已經沒有力氣了。疼痛仍然占據著她的身體。身下的泥岸又冷又溼。她將身子拖到了稍高一點的地方。這裡的枯草沒有被剛才的戰鬥壓倒弄髒。她滿心懊喪地想道，如果現在睡覺，她就要在這個地方待上一整夜了。今天她不可能再醒過來繼續飛行。就這樣吧，她做出了決定。她伏低身子，輕輕擺出能夠讓疼痛感降到最低的姿勢，閉上了眼睛。

犁月第三日

商人聯盟獨立第七年

來自雷亞奧，繽城信鴿管理人

致黛托茨，崔豪格信鴿管理人

封錮的信管中是一封手書的抄本，發信人為溫特羅．維司奇．海文，活船生機號的船長，海盜女王艾塔．大運的大臣。

請注意，這封信的日期表明它已經被耽擱了數個月之久。不過這不是信鴿管理人公會的失誤。這封信的收信方是庫普魯斯家族，不過它顯然是寄給雷恩和麥爾妲．庫普魯斯的。

致我的妹妹，雨野原貿易商麥爾妲．維司奇．庫普魯斯和她的丈夫，雨野原貿易商雷恩．庫普魯斯——

妹妹，妹夫：

如果你們能夠召喚你們的龍，那麼你們最好馬上這樣做。我努力地尋找瑟丹，至今沒有任何成果。我希望他先和我聯絡再來我這裡，這樣我一定會安排適切的人員護送像他這樣的古靈領主和巨龍詩人。而現在，我只能憂心如焚地告訴你們，我聽說了一個傳聞——有一名「巨龍男孩」的外貌描述，很像是變成古靈之後的瑟丹。我非常希望、又極為害怕那就是我們的小弟弟。不管怎樣，當這樣的傳聞到達我這裡的時候，我希望他至少還活著。恐怕他現在非常需要援助。因為他可能已經成為了奴隸，被作為一個珍奇怪物展示給無知的看客。我向莎神祈禱，乞求無論他在哪裡，都能夠平安無事。不過我已經發出布告，無論是誰，只要能將他平安地帶到我面前，都可以得到一筆豐厚的賞金。同時我也很遺憾地宣布，如果能夠帶來他確切的死亡訊息，並向我展示出可靠的證據，我也會給出一筆賞金。我只想知道他現在境況如何，無論這意味著我要接受怎樣的哀痛訊息。

我們的母親到底是怎麼想的，竟然會讓他這樣隨意地離家出走？難道沒有人曾經想到他會成為歹徒手中的一個多麼有價值的人質？

生機號向艾惜雅和貝笙致以問候。如果你們見到他們，請將這份問候帶到。艾塔衷心希望他們能夠知道，我們的典範非常希望能夠見到他因之而得名的那艘船。我自己則認為典範還太年輕，不應該聽到他的家族的那段往事。毫無疑問，典範號不會同意我的看法。如果和典範相見，他肯定會將許多那個男孩在他的年紀還無法理解的事情告訴他。

請記住，這裡永遠都歡迎你們，我們全都以最誠摯的心情期待著能夠與你們再見。

如果瑟丹能夠回到家中，以莎神的名義，請以速度最快的手段告訴我這個喜訊。

每當我想到他，我還是會將他想成一個門牙剛剛開始長出來的男孩。

我愛你們兩個，希望我能夠知道你們都身體健康，安然無恙。

愛你們的哥哥，溫特羅

10 婷黛莉雅的碰觸

「但我們已經走了這麼遠！」麥爾妲抗議道，「你一定能做些什麼！求求你！」

金龍再一次低垂下長吻，用力吸氣。他的鼻子幾乎碰到了麥爾妲的孩子。這頭龍的頭顱是如此巨大，又是這樣靠近他們，使得麥爾妲只能看見他的一隻眼睛。那隻黑色的眼睛旋轉著，被金色的眼瞼覆蓋，隨即又完全睜開。河面上升起一股風，吹過他們。麥爾妲等待著，希望在她的胸中引起了一陣陣痛楚。

昨天晚上，數頭龍回到了巨龍浴室。愛麗絲提醒麥爾妲，當巨龍在熱水中昏昏欲睡，是不會對任何問題有耐心的，所以麥爾妲一大早就起來，等待在巨龍廣場，她知道那些龍在飛上天空進行狩獵之前一定會從她的面前經過。他們都很餓了，一頭接一頭巨龍走了過去，麥爾妲不斷哀求他們救救自己的孩子。有幾頭龍直接走了過去，彷彿她只是一個發了瘋的乞丐。也有一些龍停下來嗅了嗅嬰兒。「他有婷黛莉雅的氣味。」一頭綠色雌龍對麥爾妲說。一頭高大的藍黑巨龍說道：「難道我是婷黛莉雅的後代嗎？」然後就頭也不回地走了過去。一頭又一頭，麥爾妲攔住他們，有時守護者們也幫助她攔擋這些巨龍。但這些龍只是感到饑餓。麥爾妲能夠感覺到他們強烈的食欲。

現在，只有一頭龍留了下來。他的身材苗條，有著一頭金髮的守護者伸手搭在他山丘一般的肩膀上，彷彿那隻纖柔的手就能夠束縛住這頭巨獸。饑餓的火焰同樣在這頭金龍腹內猛烈地燃燒著，但對於身邊這個小女人的關愛讓他停下了腳步。麥爾妲感覺到這頭龍的心情有多麼急躁，但絕望的心情正如同滾油一般燒灼著她的心。她竭力表現出恭敬有禮的樣子，回憶著自己對巨龍的一切所知，行了一個深深的屈膝禮。「求求您，輝煌的巨龍。求求您，高貴的三界之主。請讓我明白您的意思。」

金龍默爾柯揚起頭，再一次俯視這個古靈，秉持著極大的耐心重複自己已經對她說過的話：「這裡沒有任何一頭龍與婷黛莉雅有足夠的親緣關係，能夠實現妳的請求。她在妳和妳的配偶身上留下了印記。她讓你們成為了古靈，你們的孩子繼承了塑造你們的巨龍的特質。如果要讓他活下來，在你們身上留下印記的龍必須對他進行改造，讓他能夠成長。」他又噴出一股鼻息，那種帶有腐肉臭味的呼氣讓麥爾妲彷彿嗅到了死亡和絕望。也許這頭金龍是在用盡可能柔和的語氣對她說道：「妳不應該沒有得到妳的龍的許可，就懷孕生子了。」

「什麼？」雷恩幾乎壓抑不住自己聲音中的怒火。

麥爾妲用手做了一個急促而微小的動作，竭力提醒丈夫要保持平靜，但雷恩還是向前邁了一步，他的憤怒就如同冰冷的雲團環繞在他身周。麥爾妲感覺到了不止一個陪在他們身邊的守護者在向他們靠近。很明顯，金龍說的這番話他們也是第一次聽到。麥爾妲回頭瞥了一眼，看見一個女孩的眼睛裡閃爍起憤怒的火花。賽瑪拉，是的，這是這個女孩的名字。

「許可？」這個背生雙翼的女孩壓低聲音重複著金龍的話，她已經顯得怒不可遏了。

愛麗絲突然舉起雙手，彷彿這樣做就能夠消除這些古靈的情緒，或者至少能夠讓他們抑制住自己的憤憤不平。「求妳，麥爾妲，如果妳允許，請讓我問幾個問題。」她來到雷恩和金龍中間，彷彿她的嬌小身體能夠替雷恩擋住金龍的怒火。默爾柯的眼睛旋轉得更快了，其中出現了細小的紅色火星。麥爾妲將抱得更緊了一些，又伸出一隻手抓住雷恩的手。雷恩用手臂摟住這對母子，但沒有讓麥爾妲後退。默爾柯的守護者咬住了自己的嘴唇。

愛麗絲回過頭，緊張地瞥了他們一眼，然後提高聲音說道：「默爾柯，最仁慈的龍之黃金，智慧和力量的化身。我懇求你，對我們再有一些耐心。你對我們說的事情，我們感到困惑。我們只是想要明白。」

即使是穿著古靈長袍，盡可能在巨龍面前挺直了身子，這位女貿易商也顯得如此矮小圓潤。麥爾妲意識到，她的身體沒有發生變化，所以在這些細瘦高大的古靈中間，她彷佛完全是另一種生物，不過所有巨龍似乎都對她有一分尊敬，她肯定是最懂得如何與龍交談的人。現在麥爾妲的心中充滿了惱恨和畏懼，但她還是壓抑住自己的怒氣，保持著沉默。愛麗絲總算是拉回了金龍的注意力，沒有讓他揚長而去。金龍看著這個小女人，金色的鱗片彷佛被爐火烤熱一樣閃爍起光芒——似乎愛麗絲的讚美讓他很是喜悅。

「那麼，提出妳的問題吧。」金龍發出了邀請。

麥爾妲緊緊抓住雷恩的手臂。她能夠感覺到丈夫小臂上隆起的肌肉。她知道雷恩現在要控制住自己有多麼困難。許多天以來，他們一直都在等待著與巨龍見面，向他們提出懇求。而這些龍卻只是告訴他們，埃菲隆一定會死。難道他們走了這麼遠，等待了這麼久，只能聽到從他們的兒子降生以來她最害怕聽到的話？她低頭看看自己懷中的小臉，她的兒子被包裹在古靈衣服做成的襁褓中，不會遭受寒冷和雨水的攻擊，但即便如此，麥爾妲也從沒有感覺到他的身體是溫暖的。他眉毛和鼻子上的龍鱗在閃閃發亮，但鱗片下面的人類肌膚卻顯示出灰白的色澤。他是這樣瘦弱。他的一隻小手從襁褓中掙脫出來，抓住母親的手。那五根手指看上去更像是小鳥的爪子。每當麥爾妲看到自己的孩子，一種遠超過任何刀刃所能夠造成的疼痛都會戳在她的心上。他這麼弱小，來到這個世界上的時間還這樣短，他還不曾有過片刻的安寧和輕鬆。

愛麗絲在說話：「許多個世代以來，雨野原的人們都在看到自己的孩子頻繁早夭。這些孩子從出生時，就因為有著太嚴重的改變而無法存活。能夠活下來的孩子身上也都會或多或少地出現古靈樣貌的特徵，就像我們在古代織錦上看見的一樣。而且他們全都會過早地進入墳墓。雨野原貿易商們接受了這一切，認為這是他們生活在這裡的代價。但在那些日子裡，並沒有巨龍對他們造成改變。那麼，睿智的默爾柯，為什麼他們都要承受這樣的艱困？」

金龍高昂起頭，彷彿正在眺望遠方。他是在思考她的問題？還是只不過希望這些渺小的人類不要再來煩擾他，他才能夠順利地飛上天空，前去狩獵？

最後，默爾柯不情願地說道：「對於巨龍而言，人類是脆弱的。在古代，我們會有意對你們進行一些改造，讓你們能夠成為我們更適切的同伴和僕人。你們的生命是那樣短促，這導致我們幾乎無法在一個人類死亡之前和他進行充分的交流，所以我們對那些看起來最適合與我們共同生活的人類重新進行塑造。但很快，人類就明白了，任何人類如果暴露在巨龍和與巨龍相關的東西旁邊，都會發生改變。而這樣的改變並不一定都會對人類有利。於是，那些因為侍奉巨龍而得到好處的人類，建立起了他們自己的城市，實現了他們的各種成就。他們生活在我們身邊，以侍奉我們為樂。他們非常珍視我們對他們做出的改變。」

「那些不希望發生改變的人類也進入了這些城市，不過他們知道這樣做的風險。古靈生活在克爾辛拉，人類就在河對岸的另一個聚落中生活和工作，也有一些人類生活在城外，在遠離這座城市的銀脈黑石的地方放養畜群和照料莊稼。所有人都知道這樣做的風險，願意冒這種風險的人全都出於自願。我們並不願意傷害人類。如果傷害已經造成了，那都是他們咎由自取。」

這只是默爾柯自己的說辭，還是他從記憶石中找到的回憶？麥爾妲感到一陣癡迷，彷彿自己親眼看見，親耳聽見了金龍講述的情景。她能夠看到這座廣場上熙熙攘攘的人群，大家正在春天的陽光下相互交談。一名戴著銀手套的古靈擺弄著三個精緻的提線木偶，向三位身材細長的女子高聲呼喊。那三位女子手中都拿著閃閃發光的長管。其中一位女子將長管抵在唇邊，向他吹奏出一段應答的旋律。那幾名過路人全都大笑起來。那些古靈旁邊走過了一頭身軀龐大的紫羅蘭色巨龍。他的翅膀邊緣包裹著白銀，身上披著一副精緻的黃金輓具，輓具上還綴著一千枚圓形的小鈴鐺。人群在他面前分開，許多古靈紛紛向他表示問候，或者向他行禮致敬。那些圓形鈴鐺發出一陣陣甜美清脆的叮噹聲。那是默爾柯的祖先？這一幕盡顯榮耀與繁榮的場景很快就消失了，麥爾妲再一次站在冷風蕭瑟的廣場上，聽著金龍的講述。

「當巨龍從這個世界上消失之後，古靈也隨之滅亡。人類來到了這片他們曾經繁衍生息的土地。你們人類發現了古靈留下的魔法物品，以及他們曾經和巨龍共同居住的地方。你們使用那些物品，生活在巨龍曾經棲息的土地上。它們還有足夠的影響力，讓與他們長久接觸的人發生了改變。但這種變化是隨機的，並沒有受到龍的塑造，於是這種變化也常常是令人不悅，甚至是危險的。

「當你們的守護者最初來侍奉我們的時候，就是這種樣子。他們因為接近巨龍之物而被扭曲，卻遠遠不是真正的古靈。不過，只要有一點血將你們和我們連結在一起，我們就能夠將你們塑造成更加美好的樣子。因為巨龍的血液中流動著巨龍之銀，當我們的血裡有足夠多的巨龍之銀，我們就會變得強大。現在我們失去了巨龍之銀，不過我們每一個還有力量塑造一名古靈為我們服務。因此我們改變了你們，讓你們成為古靈。如果你們將來有了孩子，我們也會塑造他們。但沒有任何龍能夠改變已經由另一頭龍開始的塑造，就如同沒有任何人類能夠改變另一個人類的孩子。婷黛莉雅也許能夠救助妳的孩子，但我們都做不到。」

金龍的聲音中沒有歉意。麥爾妲的心中有一個冰冷的念頭——龍可能根本不懂得為自己所做的事情而後悔，也不會認為他們需要對無意中造成的痛苦負有責任。突然間，麥爾妲的恐懼消失了，剩下的只有憤怒。如果她的兒子活不下來，那頭龍對她所做的這一切又有什麼意義？她突然向前邁出一步，幾乎將愛麗絲擠到一旁。她直接站到了默爾柯面前，感覺到自己的皮膚上湧動著憤慨的光澤。她知道，自己的頭冠和鱗片上的色彩一定都變得更加明亮了。

「這根本就不是我的要求！」麥爾妲微弱的聲音裡充滿了憤怒和哀傷，「婷黛莉雅改變了雷恩和我，根本就沒有徵求過我們的許可，更不曾警告過我們的孩子也許將會因此而承受災難。我們的改變給我們帶來了美麗和喜悅，但如果我們知道這樣做的代價，就絕對不會接受它們！我不曾接受過婷黛莉雅的血！我的變化又怎麼會完全是由她造成的？」

金龍低頭俯視麥爾妲。他黑色的眼睛旋轉著，其間有幾絲銀色的光亮彷彿正在那兩個險惡的漩渦中跳躍。他的回應中沒有怒意，反而帶著一種若有所思的感覺：「妳在某種程度上非常靠近她。妳有沒有用雙手撫摸她的龍繭？長久地和她分享思緒？也許妳還呼吸了她噴出的溫熱氣息？」

雷恩低聲向麥爾妲說道：「當她融化龍繭、鑽出來的時候，瑟丹和我正在那裡。那時的空氣中充滿了龍的氣味。我們兩個全都吸進了那些氣體。」

「我也在那裡，就在那個房間中。莎神知曉，在那一刻，我的精神和她的融為了一體。但……」

默爾柯突然發出一陣不耐煩的聲音，打斷了麥爾妲。他抬起頭，看著清晨的天空，彷彿只想要飛上天空，以開始這一天的狩獵。其他巨龍都已經離開了。現在只有他留在廣場上，麥爾妲感覺到他不會在這裡繼續停留下去。當默爾柯將視線轉向麥爾妲，那一對巨大的烏木色漩渦轉動的速度緩慢下來。他長久地審視著麥爾妲，帶著巨大的困惑和好奇問道：「為什麼妳要問這麼多問題，麥爾妲．維司奇．庫普魯斯？」麥爾妲能夠感覺到這頭金龍使用了她的全名，是為了盡可能溫和地向她尋求一個真實的答案，「妳已經有意碰觸過巨龍之銀。那種魔法的氣味遍布妳的全身，喚醒了我對它的渴望。為什麼妳還要問這些問題？在我看來，妳一定非常清楚這些答案。」

「我？婷黛莉雅給我留下的標記是藍色，不是銀色！」麥爾妲低頭看看自己手臂上的鱗片，努力想要搞清楚金龍這番話的意思。

默爾柯不以為然地噴出一股鼻息。「妳帶有巨龍之銀的印痕，就在妳的頸後。儘管那已經是多年以前的印痕，我仍然能夠從妳的身上嗅出那種氣味。有人碰觸過妳，而且帶有足夠的技巧和清晰的目的，那讓妳踏上了一條完成偉大事業的道路。」金龍向麥爾妲俯下身。麥爾妲看到自己震驚的面孔映照在他閃爍的黑色眼睛裡，「妳頸後的巨龍之銀印記到底是從哪裡來的？妳一定知道我們是多麼需要它！妳來到我們面前，請求我們的幫助，卻向我們隱瞞了開始改變妳的巨龍之銀的源頭。」

麥爾妲的手伸向頸後，困惑地高聲說道：「我不知道你在說什麼！」但她其實知道那裡的淡銀色傷疤——每一枚傷疤都如同一個指印。她以前從沒有將這些傷疤和龍聯繫在一起。這些傷疤來自於她的家族讓典範號啟航的那一天，那還要遠在繽城陷落之前。而直到繽城被攻陷，她才逃往雨野原，並走進了那個存放龍繭的房間。這些傷疤不是龍留給她的。她認為自己一生中的許多變故，都源自於婷黛莉雅，卻從沒有想過這些傷疤會對她有什麼影響。

雷恩以為妻子辯護的口吻說道：「她一直都有這些傷痕。我第一次看到它們的時候，它們只是深色的胎記，現在因為她的改變而變成了銀色，就是如此而已，我們沒有向你隱瞞任何事，偉大的巨龍。如果你能拯救我們的孩子，我們所擁有的一切都是你的。拿走我的生命，如果你願意，盡可以吃掉我，但請讓我的孩子能夠得到片刻的安寧！」麥爾妲珍珍愛如已命的男人雙膝跪倒，向金龍深深低下了頭。

「喔，天哪。」麥爾妲呻吟一聲，她知道這頭龍有多麼饑餓，但默爾柯並沒有發動攻擊，反而更像一尊石雕一樣一動不動。聚集在麥爾妲身邊的守護者們全都保持著平靜。希爾薇的手一直按在她的巨龍的肩頭。愛麗絲用雙手捂住嘴，彷彿在擋住一聲恐懼的尖叫。

金龍緩緩地轉過了頭。「你說這些話，彷彿你以為這是真的，但恐怕你什麼都不知道。婷黛莉雅的古靈們，我無法救治你們的孩子。但如果你們對龍族還有一些忠誠……」他高高抬起頭，突然用銅號一般的吼聲向在場的每一名守護者發出命令：「為我們找到湧出巨龍之銀的那口井！她就是證據，證明巨龍之銀依然存在於某個地方！在她過往的生命中，一定有人碰觸過巨龍之銀，又將這種碰觸與她分享。如果你們還關心我們，現在就去尋找吧。如果找不到巨龍之銀，將不會有古靈魔法存在，龍族也不會再有繁盛之日！為我們找到那口井。」

「如果我們為你們找到了湧出巨龍之銀的那口井，你們能夠救我的孩子嗎？」麥爾妲大膽地提出契約。對於巨龍之銀，她一無所知。這份契約是她最後的希望了。

金龍最後一次看向她。「我已經告訴過妳，只有婷黛莉雅能夠拯救妳的孩子，去找她吧，古靈。將妳的困境告訴妳的龍。也許她會來幫助妳。」默爾柯轉過身，希爾薇將手抬起，為她的龍讓開道路。默爾柯沒有再看麥爾妲，不過他又說道，「但不要抱太大希望。當我們需要婷黛莉雅的時候，她沒有來找我們。如果她連龍族都不會在意，我懷疑她是否會為了一個古靈而來。」

麥爾妲無法呼吸。這頭龍是否知道，他剛剛宣判了她的孩子的死亡？他是否明白這對於她和雷恩又意味著什麼？雷恩看著她，默爾柯身材苗條的守護者在緩慢地向她搖著頭。默爾柯的同情觸及到麥爾妲的內心，但如果麥爾妲看見一個孩子手中握著一朵凋謝的花，也會產生這種同情。這頭龍並不理解麥爾妲的痛苦。

「但你們之中就沒有一個……」雷恩開了口，但麥爾妲已經轉身離去。

「我們走吧，」麥爾妲低聲說道，「如果結局一定是這樣，就讓我們去一個安靜的地方，能夠儘量多陪他一段時間。」她向遠處走去。現在她只希望雷恩能在身邊，其他那些守護者和龍離他們越遠越好。有些事情實在是太難以接受了。在外人的注視下，她只會覺得更加難過。她一邊走，一邊開始顫抖，這是她無法控制的顫抖。雷恩突然出現在她的身邊，用手臂抱住她和兒子，穩住她踉蹌的腳步。她身後響起紛亂的議論聲，但她沒有回頭去看。她和雷恩已經無法再為埃菲隆做任何事，只能陪伴著他們的兒子，直到這個小生命最終結束。這便是他們將要做的事情。

「上來，馬上。」恰斯人喝令道，彷彿認為詔諭很喜歡在太陽升起之後繼續留在甲板下面。

當貨櫃打開的時候，詔諭就已經從寒冷而昏昏沉沉的睡眠中醒過來了，但他很難加快自己的速度。他爬上甲板，眼睛還適應不了陽光。從陽光判斷，他估計現在應該是下午。還沒有下雨，這讓他感到慶幸。他匆匆看了一眼周圍，試圖快速評估現在的狀況。他們的船正緩慢地駛向上游。水手們穩定地推著船槳。另外一艘無損船在跟著他們。他盯著那艘船看了片刻，但還是看不出那艘船上的人是受到了脅迫，還是已經和恰斯人結盟了。

恰斯人卻沒有耐心等待他滿足自己的好奇。「不要看那裡！」他抽了詔諭一耳光，然後向前方一指。詔諭望過去，一下子張大了嘴。他們的正前方的河面上有一片生滿水草的泥灘。在那一片草叢裡，一頭龍匍匐在地上，就像是一隻巨大的藍貓。龍正在熟睡，全身的鱗片在黯淡的下午陽光中閃爍不定。恰斯人低聲說：「我們要殺死牠，但我們需要你所知道的一切關於龍的情報。牠有沒有弱點？如果我們沒有能立刻殺死牠，讓牠醒過來了，牠對我們的攻擊會有什麼樣的反應？」

詔諭搖搖頭。「我不知道。我從沒有想要殺死一頭龍！看看那怪物有多大。你們竟然想要攻擊牠？你們一定是瘋了！」恰斯刺客給了他一個危險的眼神，詔諭立刻重新考慮了一下自己的態度。對於龍，他都知道些什麼？只有一些道聽塗說而已。他清了清嗓子，用更加鎮定的聲音說，「當恰斯人入侵繽城的時候，一頭龍幫助我們打退了侵略軍。那是一頭藍龍，就像這一頭，只不過小得多。她能夠噴吐強酸。她能夠讓強酸像雨霧一樣落到士兵的佇列中，又能將酸液聚集成一股，噴向某一個人。她還能使用翅膀和尾巴抽擊船和士兵。她的腳上還有利爪。但我告訴你的全都是我聽別人說的，我從沒有真正見過她戰鬥，畢竟那時我不在繽城。」實際上，在那場戰爭爆發的數個星期中，他一直都沒有回過繽城，而是跟著他的母親逃到了他們在鄉下的房子裡。恰斯強盜從沒有進入到那樣深遠的內陸地區。

「都是無用的東西！」恰斯人沒有再理睬詔諭，而是轉過身對一名同黨說起了話。他們用恰斯語交談。可能他們不知道詔諭精通這門語言，或者就是他們根本不害怕被詔諭聽到。

「我們把船留在下游，步行過去。那頭怪物要比我們預料的大很多，和我們的間諜對雨野原群龍的描述完全不同。我們有兩名弓箭手，他們首先發動攻擊。一個人瞄準牠的一隻眼睛。也許我們能夠在牠睡覺的時候殺死牠。如果牠醒了，就派其他人用長矛攻擊。」

刺客的同黨搖了搖頭。「達根大人，這樣太危險了。我們依照您的命令俘獲了另一艘船，但我們也為此遭到了無法承受的損失。為了控制住兩艘船，我們的人手已經快不敷使用了。如果你帶領我們大部分人去攻擊那頭龍，如果你失敗了，我們就連操縱一條船的人手都不夠了。我們全都會死在這裡。」

那個被稱作達根大人的刺客盯著自己的同夥，彷彿在看著一個傻瓜。「這正是我們到這裡來的原因，殺死一頭龍，取得牠的血肉，然後儘快返回恰斯國。」他搖了搖頭，又微笑著說，「我們也許全都會死在這裡，或者我們也許全都會死在另一個地方，或者我們的家人全都會因為我們只想著留下自己的性命而死去，然後什麼都完了。畢竟我們從一出生開始就在走向死亡，一個人唯一的希望是他的家族能夠延續下去，他的兒子們會繼續生出更多的兒子，他的名字將被他們記住。如果我不儘快將大公想要的東西獻到他的腳前，我的一切未來就都完了。所以我今天要冒生命危險，希望如果我成功了，我將永遠被記住。讓船靠岸吧，我會親自率領部隊。」他猛地向詔諭一轉頭，「把我的僕人送回到他的窩裡。他已經沒用了，我不想讓他在這裡礙事。」

那個人抓住詔諭的手臂，將他朝貨櫃拽過去。詔諭被粗魯地推搡著，沒有來得及蹬住梯子就落下了甲板。他知道，這個凶狠對待他的人，其實是想要將這一腔怒火發洩在達根大人身上。

「達根大人，」詔諭喃喃地說著，站起了身，「現在我知道他的名字了！我可以循著這條線索，將復仇的火焰燒到他的家門口。」他將這些話說出了口，但在冰冷的木板貨櫃裡，這就像是被父親關在房間裡的小孩子發出的空洞的威脅。詔諭蜷縮進角落裡，用雙臂抱住膝蓋，如果那頭龍攻擊這艘船，他又會有什麼樣的下場？他竭力不去思考，他是那樣地無助，就像是被困在一艘沉船艙底的老鼠。寒冷的河水啊，他從沒有想過自己會淹死在寒冷的河水裡。

婷黛莉雅抬起頭，睜開了眼睛。竟然有人膽敢在她睡著的時候靠近她，怒意湧過她的心頭。那些人類聚成一群，還拿著武器！她猛然站起身，一甩尾巴，在一陣突然襲來的疼痛中長聲吼叫——她的傷口又裂開了，更多液體從裡面流出來。

「滾開！」她喝令道。隨著她的吼聲掃過面前這些人類。第一波箭矢向她射來。她立刻進行躲避，但還是有三支箭射中了她的臉。一支箭擊中了她隆起的前額，另外兩支箭正好射在她的眼睛下面，不過都被鱗片彈開了。很明顯，那些人的目標是她的眼睛。婷黛莉雅立刻意識到，這些人是要殺死她。她轉過肩膀，用自己鱗甲最厚硬的部位迎向敵人。與此同時，她甩出尾巴。有些人被她的尾巴抽倒，有些人則手忙腳亂地四處躲避。她察覺到另一些人正從別的方向朝她逼近：他們要包圍她！

一個人衝上前，手中握緊了長矛，臉上同時夾雜著恐懼和決絕。婷黛莉雅的一名祖先知道這樣的衝鋒，所以她沒有揚起前爪，那會讓自己露出柔軟的腹部。她將雙翼收緊在身側，以免這些人類會看到她腫脹的傷口，並因此得知她現在無力戰鬥。她只是揚起長脖子，猛地向前擺頭，張開口，打算噴出毒霧。

但她張大的嘴裡什麼都沒有噴出來。她的毒腺已經空了。長久的傷勢讓她沒有精力再製造毒液。那些敵人全都縮起身子。被她噴出的一點口水濺到的那個人發出尖叫。但沒過多久，他們就發現自己安然無恙。他們立刻發出勝利的吼聲，瘋狂地向婷黛莉雅撲了過來。

婷黛莉雅希望自己能夠用力轉身，用有力的尾擊應對這些人的進攻，但因傷口的妨礙，她的動作非常笨拙，只能一瘸一拐地緩緩轉動身體。他們迅速逼近，尖叫著用長矛刺她。她能夠從他們的精神中感覺到恐懼、勝利和嗜血，就好像與她戰鬥的是一群捕獵的豺狗。婷黛莉雅甩動尾巴，打倒了一些人，另一些人則向後跳開，同時還大聲向她發出嘲笑。

「你們要付出代價！」婷黛莉雅向他們高聲咆哮。她從一兩個人的意識中察覺到了驚訝的情緒，他們沒有想到一頭動物竟然會說話，但絕大多數人根本聽不懂她在說什麼——許多人類都是如此。他們又向她衝過來，用他們無力的長矛戳刺她厚重的鱗甲。她再一次向他們轉過身，想要衝向他們，用自己的雙顎盡可能咬碎幾個人。但一支長矛飛了過來，危險地刺中了她靠近眼睛的位置。婷黛莉雅感到一陣恐懼，這些人類是**有能力**殺死她的。他們不是想要將她從畜群旁趕走的牧羊人，也不是想要保護獵物的獵人。他們來到這裡的目的，就是為了殺死她。

婷黛莉雅再一次高聲咆哮。看到一些人匆忙撤退，她心中感到了些許快意。但其他人又端起長矛，向她衝了過來。

婷黛莉雅別無選擇，儘管腳步蹣跚，還是向他們衝了過去，以僵硬蠢笨的動作甩起頭，把一個人撞飛到草叢中，又撞倒了另一個人。她踩著那個尖叫的人跑了過去，凶狠地收緊足趾，確保爪尖刨過那個人的身體。

衝出包圍之後，她的面前只剩下了開闊的河面。她無法飛行，她需要時間活動自己的肌肉，也需要空間進行伴隨著強烈疼痛的跳躍。她向身後的人群甩起尾巴，滿意地感覺到尾巴碰到了人體，又聽見一個人發出尖叫。她沒有回頭，此時一定要顯得她只是大步離開，而不是逃走。

河面在等待她。她沒有絲毫停頓，一步便邁進河中。她的敵人已經將兩艘船停靠在下游的河岸邊。看樣子，這些人類已經放棄了剛剛的爭執並且團結一致來追殺她了！她想要將那兩艘船摧毀，卻又懷疑自己是否有這樣的力量。最終，她蹚著齊胸高的水向上游走去。如果他們想要追她，他們就先要重新上船，整好槳櫓。到那時，她相信自己有可能撞翻一艘船，或者至少能毀掉那些船槳。

她聽到那些人類在岸上發出沮喪的喊聲。一支長矛被投進她身邊的水裡，一支箭射中了她的背甲，在兩片厚鱗中插了一段時間，隨後掉落進水裡。愚蠢的蟲子，竟敢攻擊她！如果她不是已經受了傷，他們和他們的船就只剩下冒煙的肉塊和破碎的木片了！

婷黛莉雅又邁出一步。河水滲進她收緊的翅膀中，冰冷的酸水刺痛了她的傷口，讓她發出銅號般的吼聲。她的身子晃動了一下，雙膝跪倒，劇烈的痛楚前所未有地深入到了她的體內。岸上的人類尖叫呼號，就像是一群猴子在看著她沉入水中。她的四條腿在身子下正無力地彎曲著。她轉回頭看著那些人類，用憤恨的尖嘯送出一個意念：你們全都要死！我給予你們一頭巨龍的承諾，一個絕不可能挽回的承諾——所有攻擊龍的人類，都要死！

她將這一股怒氣向遠處擴散開來，這是她向遠方克爾辛拉的巨龍們發出的最激烈的訊息。隨著痛苦在她體內越刺越深，冷水吸走了她的體溫，她不知道有誰能夠聽到自己的訊息。

犁月第五日

商人聯盟獨立第七年

來自信鴿管理人公會

表揚狀。務必張貼在所有公會大堂中。

我們非常高興地宣布這份屬於艾瑞克・頓瓦羅——前任繽城信鴿管理人——的榮譽，在公會中，他是一位當之無愧的信鴿繁育大師。在此我們感謝他為繽城的信鴿繁育計畫所做出的卓越貢獻，尤其要讚揚他為我們培育出了耐力和速度超群的信鴿。

為此，他將獲得六十枚銀幣的獎勵，新培育出的鴿種也將正式被命名為「頓瓦羅鴿子」。

11 巨龍之銀

「在靠近這些山丘的地方，有幾處非常不錯的地方。那些地方雖然小，但視野很好。更靠近獵場。」卡森說出最後這句話的時候刻意壓低了聲音，他知道自己現在提到的獵場並不在塞德里克的名單裡。他向城市後方的山丘和懸崖轉過目光，帶著渴望的神情朝那些被森林覆蓋的山巒望去。

「更靠近荒野，距離其他地方則更遠。」塞德里克帶著嘲弄的微笑指出這一點。

「對於河道而言，也許是這樣，」卡森反駁道，「但那裡更靠近我們獨立生活所需要的其他一切。那些山上的樹林很適合狩獵。龍更願意在開闊地帶捕食。那裡的樹上還會結出堅果和水果，肯定也有野生的漿果。萊福特林船長從卡薩里克帶回來的補給最終也會被用完，我們不應該一直等到物資耗盡才要為此擔憂。我們現在就應該儲備肉食，並尋找其他食物來源。」

「我以前就聽過這些話了。」塞德里克低聲說道。卡森突然停住了呼吸。

然後，他笑了，「我知道。我一遍又一遍地重複著這些話。通常都是在對你說。因為我有時候覺得你是唯一願意聽我說話的人。其他人做事都像小孩子一樣，只想今天，只想眼前。」

「其他人也會聽你的話。他們每天都在打獵、在碼頭上工作、在完成你催促他們去做的各種任務。現在他們只是享受著一段短暫的休息時間。他們還很年輕，卡森。突然間，他們就又擁有了茶和果醬，還有航船餅乾。給他們幾天時間吧，然後我會幫助你說服他們中的一些人再次進入原野進行狩獵。不過，現在我們難道不能享受一點屬於我們自己的時間嗎？我想帶你去一幢房子。我相信你一定會喜歡它。」

「一幢房子？」卡森一歪頭，露出笑容，「還是一座豪宅？」

這次輪到塞德里克無奈地聳了聳肩。「呃，在你看來，克爾辛拉的任何一幢房子都是豪宅。雨野原的生活讓你們學會了要把房子建得小一些。實際上，我在幾天前走過一條街的時候，發現了一些讓我很感興趣的房子。是的，即使以繽城的標準來看，那些房子也都很大。我走進去的那幢房子還有一些園藝溫室，它們都有透明的屋頂。所以，即使我們遠離森林和山丘，我們也許還是能夠在家旁邊培育食物。」

「如果我們有種籽……喔，好吧。帶我去看看。」塞德里克幽怨的目光，讓卡森屈服了，「我想你是對的。萊福特林說過，他已經預訂了種籽、活雞和其他一些東西。我只是從沒有想像過我會經營苗圃，或者會養雞來吃。」

「我從沒有想像過我會成為古靈，」塞德里克反駁道，「卡森，我認為我們將有許多歲月去探索許多種不同的生活。我們可以經營農場，養殖牛群……」

「或者狩獵。」

「或者狩獵。這邊走。我覺得就是這條街。克爾辛拉實在是太大、太遼闊了。每次我以為自己已經了解了這座城市，我都會發現一條新的街道需要探索。我覺得應該就是這裡。向上，或者是從這裡下山？」

卡森寬容地咯咯笑著。「你有沒有注意到那裡能夠觀賞到風景？如果是那樣，那就應該是在山上。」他停住腳步，看著塞德里克上下打量他們所在的街道，然後他拉直了自己的衣領。他不得不承認，塞德里克為他挑選的這件長外衣非常舒服，還很暖和，比他的皮衣要輕很多。他向自己瞥了一眼。他的褲子是藍色的，讓他想到了鸚鵡的翅膀。古靈衣服，它們是這樣輕，他覺得自己彷彿根本就沒有穿衣服。不過至少這雙靴子是褐色的，他的雙腳一點也不冷，腳下的岩石也絲毫硌不到他的腳底。他腰間的這條褐色寬腰帶也是古靈製品，就像掛在腰帶上的這把帶鞘小刀一樣。這把刀不是金屬鑄造的。他不知道這是什麼材質，但它像剃刀般鋒利，無論怎樣被卡森使用都不會變鈍。他覺得這把小刀像是一種藍色的陶瓷——這又是另一個古靈之謎。

隨著守護者們對這座城市的探索，他們找到了越來越多的寶物。確實，大多數房屋、店鋪和高大廳堂都已經空空如也，彷彿居住在這裡的人們把自己的物品都打包帶走了，但他們還是找到了一些豪華或普通的房屋，裡面仍留有各種古靈物品。絕大多數木質物品都已經變成灰塵，卷軸、書籍和類似的物品也都朽爛不堪，但還是有一些紡織品保存了下來，就像卡森身上的這件長外衣。現在守護者們已經越來越多地戴起了戒指和項鍊，就像繽城富有的貿易商那樣，這讓卡森感到不安，只是他很難說出自己為什麼會有這種心情。其實，只是決定要將哪幢房子作為他和塞德里克的家，就已經讓他感到很不舒服了。他和塞德里克一直住在巨龍浴室樓上的房間裡。即使是那些房間，對他而言也是一種過分享樂的奢華。他不確定自己是否能理解塞德里克為什麼想要一個那麼大、那麼精緻的家，但塞德里克應該得到那樣一個家，如果那是他想要的。

卡森瞥了塞德里克一眼，不由得露出了微笑。塞德里克看上去是那樣專注，就像一名警覺的獵人。他沿著街道來回徘徊，審視面前這些高大的房屋。卡森贊同移居到克爾辛拉。如果環境許可，卡森是一個非常講求整潔的人，而塞德里克對這一點的追求已經上升到了藝術的高度。他的頭髮閃耀著黃金色澤，帶有一點更接近於金屬的明亮光彩——這是芮普妲的傑作。對於塞德里克的眼睛、皮膚、指甲以至於頭髮，那頭小龍都施加了一種溫暖的亮銅色彩。今天，塞德里克挑選了一套帶有金屬藍色的長外衣和緊身褲來映襯這種光彩，他的腰帶和靴子則是黑色的。這些古靈衣服質地是如此優良，卡森覺得只要有一套就已經足夠了，但塞德里克卻在衣櫃中收集了各種色調的衣服，並且對於每天更換服裝樂此不疲。有時候，他一天甚至會換幾次衣服。卡森不理解自己的愛人對於漂亮衣服的迷戀，但看到塞德里克這樣快樂，他也一樣感到高興。塞德里克感覺到了卡森對自己的凝視，轉回身，帶著疑問的神情看向獵人。

「你在看什麼？」他問道。

卡森的微笑變得更加燦爛。「看你，就是這樣。」

一片紅暈在塞德里克的臉上泛開，他顯得更加孩子氣，也更有魅力。卡森的讚美讓他的心情悸動且面色紅潤，獵人覺得他更加美麗了。卡森用臂肘頂了一下塞德里克，又伸出手臂抱住他，柔聲問道：「那幢房子？」他知道，如果塞德里克宣布他要住進所有這些房子，他也會竭盡全力滿足他。

「等等！」塞德里克突然說道。他縮身從卡森的臂彎裡退出來，隨後大步走開了。片刻間，卡森感到一陣傷心，然後他察覺到塞德里克步履的急切，一種奇怪的預感也竄上了他的脊椎骨。他不由得向周圍望了一眼。

這個街區的房屋都非常精緻，幾乎每一個十字路口都有噴泉、雕像或者市場。按照卡森的標準，這裡的每一幢房子都可以被稱得上是宮殿，但塞德里克只是一直向山下走去，完全不在意街道兩旁的華美屋宇。他大步走過一座小廣場，廣場中間有一尊女子倒水的雕像。在那裡，他目的明確地轉向了一片建築風格更加樸素的房屋。那裡的街道也很寬，但已經不再是足以讓數頭巨龍並肩行進的寬廣大道，而且還開始變得曲曲折折。他們身邊的房屋也更符合人類的尺寸。卡森覺得有些奇怪，他完全沒有想到這樣樸素的住宅會吸引他喜好華麗的愛人。塞德里克的舉止也開始變得怪異，不停地向街道兩旁窺看，不像是一個在挑選房子的人，倒更像是在尋找他丟失的某樣東西。不，就像是一個迷路的人。卡森忽然意識到，塞德里克尋找著一處路標，於是他也抬起頭，掃視這個地方。就像克爾辛拉的所有地方，這裡的建築材料全部是岩石，只不過這裡的岩石材質以藍灰色為主。卡森沒有發現任何值得注意的東西，因此他小心地張開自己對於這座城市的知覺，讓已死去的古靈幻影觸及他的思維。

對於成為一名古靈，他總是感覺有一點拘謹。他是一個注重隱私的人，沉陷在其他人的回憶中讓他感到很是怪異。其他守護者在這樣做的時候都毫無顧忌。從個人角度來講，卡森並不認為他們享受另一段時間裡的感官記憶有什麼不對。他們的人數很少，孤單的人能夠用這種方式滿足自己，總要好過為了數量不多的異性而爭鬥不休。卡森也知道，這些石頭中保存的記憶裡，包含了很多非常有價值的情報，有這座城市運作的技術資訊，還有巨龍和周圍地域的各種相關情資。他知道塞德里克喜歡欣賞這些記憶石中保留的戲劇和詩歌表演。這座城市中的石頭充滿了故事，其中有一些浪漫動人，另一些則辛辣深刻，但這一片街區在這座城市中卻顯得格外不同。這裡很安靜，沒有騷動的記憶，沒有古早以前的某個夏日裡飄蕩的香氣和笑聲。這個地方在沉默中隱藏起了它的記憶。塞德里克回頭瞥了他一眼，臉上露出困惑的表情。卡森感覺到了他的愛人也發現這裡的與眾不同。

「你在找什麼？」他問塞德里克。他的話從寂靜的岩石上迴盪進他的耳中。

「我不知道，」塞德里克盯著周圍，就像是大夢初醒的人，「我突然感到這條街很熟悉，就好像我以前來過這裡，而且為了一個非常重要的原因，是很常來的。但每一次我試圖找回這部分記憶，它都會從我的眼前消失。這件事很奇怪，我從石頭中取得的古靈記憶通常都會清晰地留在我的腦子裡，而這段記憶卻像霧氣一樣……」

「在有意躲避你。」卡森說出了塞德里克的想法。

「是的。就好像有什麼東西需要被刻意隱瞞。」

現在他們經過的這些建築物，已經不再是住宅或宮殿，不過也都被設計成可以同時供巨龍和人類隨意進出。塞德里克和卡森靜靜地走過這些建築。他們輕微的腳步聲悄然迴盪在這裡的石板路上。

「這裡要比別的地方更加古早，」塞德里克突然說道，「這些街道上鋪的石板，這些建築……無論是巨龍洗浴的地方，還是地圖塔所在的紀錄大廳，都比這裡更新。」

「我懷疑這裡就是克爾辛拉開始的地方。」卡森朝一段向下通往一幢建築物入口處的破損台階點點頭，「一定有許多人在那段台階上上下下，才將它磨損成那種樣子。而且你也看到了，這些建築物要比這條街更低。似乎這條街曾經被修復過，所以地面被抬高了。」面對塞德里克驚訝的神情，卡森將目光轉向一旁，「我從沒有來過這裡，但我聽說舊遮瑪里亞就是這種樣子。一個曾經去過那裡的人告訴我，那些舊房子原先一樓的窗戶現在都變成了門戶，可見那裡的街道被墊高了多少。」

塞德里克點點頭，一絲微笑緩慢地讓他的嘴唇翹起。「我去過那裡，你是對的。這很奇怪，我一直看著這裡，卻沒有真正看出這裡的情形。」

隨後一段時間裡，他們繼續一言不發地向前走著。這裡的街道越來越狹窄，建築物也越來越低矮樸素，看上去像是人們最初在這裡居住時搭建的房屋，那時這裡的居民大概還沒有完全展現出古靈的雄心壯志。卡森發現塞德里克距離自己越來越近，便拉住了塞德里克的手，而他自己也要比在這座城市中其他地方的時候更加機警。那種記憶的絮語在這裡完全不存在。也許這些房屋和街道建成的時候，古靈們還沒有得到在岩石中儲存記憶的魔法。他們兩個的腳步聲在鵝卵石路面上變得越來越響亮，塞德里克皮膚的溫暖在卡森的手指中變得更加親密真切，他的全部感官在這裡都變得更加敏銳，能夠更清晰地感覺到自己，這讓他不由得開始生出一種疑慮——他以前又是誰？

「這邊！」塞德里克突然向遠處一指。

「那是什麼？」卡森問道。他的意識深處彷彿有一點關於這裡的認知，但他找不到相關的記憶。

「我不知道，」塞德里克承認，「我只知道這很重要。」

卡森突然打了個哆嗦，不過這不是因為他感到寒冷，而是有別的原因。危險？期待？他抬起頭，嗅了嗅空氣，不知道刺激他的是不是掠食獸的氣味。沒有。但他幾乎感受到了一種性愛的衝動湧過全身，為他帶來強烈的刺激。他知道這不是他自己的感覺。噴毒，那頭銀龍從不會遠離卡森的意識，他知道這個地方。或者幾乎知道，在某個地方，那頭小銀龍正在轉動翅膀的角度，全然沒有理睬在下方打盹的鹿。他在搧動翅膀，以最快的速度返回城市。卡森的目光掃過周圍，竭力想要看出他的龍透過他的眼睛到底發現了什麼。

他們所注意到的是一片開闊的廣場，不過並不像新城區那邊的許多廣場那樣規模宏大。在這片廣場的中央有一堆瓦礫，看上去那個建築應該是故意被摧毀的，而且剛剛被摧毀不久，或者至少是要比毀掉這座城市的地震晚近很多。一根長長的黑色鐵鍊如同死蛇一般盤繞在這堆廢墟上，另有綠色、金色和紅色的殘斷梁木，全都聚成了一堆。他們兩個緩步向這堆廢墟走去，塞德里克首先開口：「這裡有一個洞。看到圍繞它的矮牆了嗎？或者至少是一堵牆殘存的部分。這看上去是一口井，可以從中汲水，只是它要比一般的井寬得多。但這座城市旁邊就有一條大河，為什麼要在這裡挖一口井？」

「這不是用來汲水的。」卡森低聲說道。他聽到了自己的言辭，彷彿是另一個人在對他們說話。他沉默下去，努力追逐那個一直在躲避他的意念。終於，他說出一個字：「銀。」他的聲音回應著他的龍的想法，但又否認地搖搖頭，「這毫無意義。」

但塞德里克彷彿突然變高了，此時他就像是一個木偶，突然有人拽起了他頭上的提線，他的眼睛也睜得更大了。「銀？巨龍之銀！」他喊出了這個詞，「就是這個，卡森。它一直出現在我的夢裡。這裡就是出產巨龍之銀的地方。甜美的莎神啊，你是對的。這裡是湧出巨龍之銀的井，是克爾辛拉得以建立的原因。還記得嗎？你很早以前就在好奇他們為什麼要在這裡建立如此宏偉的一座城市。這裡到底能進行什麼貿易？有什麼出產？還是有什麼樣的港口？為什麼要為巨龍在冬季如此寒冷潮溼的地方建造一座城市？為什麼古靈們要一直居住在這裡？這裡就是我們的答案。白銀之井——克爾辛拉的祕密心臟。」

卡森眨眨眼。塞德里克的話語充滿了他的耳朵，隨著模糊的記憶湧入他的意識，將模糊的思路和暗示連接成一個幾乎可以識別的網路。「的確是祕密。這是不能為外人所知的智慧。只有古靈能夠來到這裡，才能來到城市的這個部分。」他深吸了一口氣，彷彿在將這個資訊吸入心中，但他又皺起眉頭，另一個念頭飄進了他的腦海。「而且不是所有古靈都能知道這裡，只有為數不多的古靈擁有特權，能夠承擔起這份責任。這是一個被嚴格保守的祕密，不僅要向外部世界隱瞞，甚至在這座城市裡也絕非盡人皆知。關於它的記憶，從沒有被保存在石頭裡，至少不曾被有意保留下來。它只能被口耳相傳，承擔這份責任的人不斷將它傳給下一代。巨龍之銀是如此罕見、如此珍貴。這口井的位置不能在地圖上標出，也不能在記憶石中被記錄，就像一個公會的祕密只能被公會中的大師們知曉。這個祕密是這樣寶貴，就連巨龍也不會告訴其他孵化地的巨龍。」獵人的目光變得哀傷又遼遠，「這份資源是如此珍貴，可能是龍族之間爆發戰爭的唯一原因。」

「你怎麼知道？」塞德里克好奇地問。

卡森聳了聳肩膀，又讓他們緩緩落下。「有一些記憶來自於噴毒，但就算是他，也無法完全解開這個謎團。我曾經在這裡儲藏的記憶中，有意地搜尋古早的人們讓這座城市工作的方法。這裡的水源系統，這裡的發熱建築，岩石如何能彼此緊密地契合在一起。我想要知道這座城市的結構，了解它們曾經怎樣運作。我找到了許多關於古人行為的情報，卻幾乎找不到他們之所以如此的內在原因。我認為正是這些人在石頭中留下了他們照料這口井的記憶，還有……在這裡做的另外一些事，對此我還不是很清楚。但我相信，他們只是在無意中將這些記憶的一點殘片遺留在了其他記憶裡。我將這些殘片拼合在一起，就對這裡有了一定程度的認知。就像是探尋一條沒有足跡的獵物小徑。我要注意沿途每一根彎曲的樹枝，以及破裂的葉片……」

片刻間，卡森的視野變得模糊起來。他眨眨眼，搖了搖頭，然後才意識到這不是自己的想像——天色正在變暗。他向空中瞥了一眼，發現了原因。在他們的頭頂上方，巨龍已經聚集過來，盤旋飛舞，遮住了本就微弱的陽光。他們越飛越低。噴毒第一個在向下降落。遠方，金色的默爾柯正全速飛來，身形越來越大。他發出銅號一般的吼聲，其他巨龍紛紛回應。他們在用無言的吼聲召喚全體守護者前來這裡。卡森看著塞德里克。他的朋友露出微笑。卡森說道：「看來，他們聽到了我的話。」

但就在卡森抬頭去看那些盤旋的巨獸時，他的心中生出一種預感。這種感覺轉眼間變成一股洪流，充滿歡喜和期待，他的心臟如同重錘一般，瞬間砸在他的肋骨上。他知道自己只是感應到了巨龍的情緒。「塞德里克，『白銀之井』到底是什麼？這裡面會湧出什麼來？」

「我不確定。默爾柯曾經對麥爾妲說，所有龍的血液中天生就擁有巨龍之銀。是巨龍之銀幫助他們將我們塑造成古靈。他們是這麼急於找到巨龍之銀，它的用處一定不僅限於塑造古靈。這種銀為什麼如此重要？我相信我們很快就能知道。」

賽瑪拉猛地打了個冷顫，彷彿被針紮了一下。片刻之後，刺青也同樣打了一個哆嗦。賽瑪拉本來正在刺青的臂彎裡打盹，他們在一幢建築物中有玻璃頂棚的中庭裡睡著了。這個地方曾經是一片花園，牆壁上的淺浮雕花草沒有一種是賽瑪拉曾經見過的，賽瑪拉覺得綻放的花朵不可能有這麼大。不過刺青溫柔地向她解釋，也許這些浮雕圖案這樣巨大，只是為了顯示出花草的細節。他們所在的這個房間位於這幢建築物的頂部。這裡有一大片平坦的屋頂，能夠供巨龍降落，並方便地走進一道拱門。許多裝滿泥土的大罐子擺成紛繁複雜的圖案，環繞在一些長椅周圍。古靈們一定曾經坐在這裡，討論種植在這些罐子中的植物。賽瑪拉試著想像自己悠閒地花上一整天的時間來觀賞這些花卉。但她覺得自己根本做不到。「他們會吃這些植物嗎？」她不由自主地問道，「他們會不會在這裡工作，培育植物以作為食材？」

為了做出回答，刺青走到一尊手捧花籃的女子雕像前，將手指間放在那名女子的手上。他的面容立刻充滿了迷茫，目光隨之投向遠方。賽瑪拉看著刺青對於她的感知漸漸淡去，完全滑入了這名捧花女子的記憶中。他的眼皮耷拉下來，面部肌肉變得鬆弛。他正在經歷這名女子的人生，鬆懈的臉上已經沒有了表情，彷彿他變成了一個白癡。賽瑪拉一點也不喜歡刺青現在的樣子，但她也明白，現在和刺青說話不會有任何的意義。只有刺青願意，才會回到她身邊來。在此之前，她沒有任何辦法。

幾乎就在賽瑪拉生出這個想法的時候，她看到刺青的眼睛開始抽搐。然後刺青眨了眨眼，回到自己的身體裡，向賽瑪拉露出微笑。「不。這些花朵被種植在這裡，只是因為它們的美麗和芳香。它們來自很遠的地方，那裡要比克爾辛拉溫暖得多，所以它們只能生長並綻放在這間溫室裡。古靈寫了七部關於它們的書，詳細描述了它們，並且說明了培育照料它們的方法，告訴人們如何能讓它們綻放出更大的花蕊，或者利用不同的土壤，在水中添加各種物質，讓它們的色彩和香氣發生細微的變化。」

賽瑪拉將雙膝收到下巴下面。這裡的長椅就像她房間裡的床，看上去像石頭，但只要坐上去，它們就會漸漸變得柔軟。她驚奇地搖搖頭。「為了這些花，這個女人用了她生命中幾個月的時間？」

「不，是許多年。而且她因此受到了人們的尊敬。」

「我不明白。」

「我開始明白了。我覺得這一定和人們對自己壽命的預期有關係。」刺青停頓一下，有些不安地清了清嗓子，「當我想到我們要活多少年，我能夠和妳一同度過多少歲月，我對於事物的看法就完全不同了。」

賽瑪拉有些奇怪地看了刺青一眼。刺青已經走回來，坐到她身邊寬闊的長椅上。片刻間，他只是凝視著賽瑪拉的眼睛，然後躺倒在長椅上，透過滿是灰塵痕跡的玻璃望向天空，「拉普斯卡和我談過了，是關於妳。」

賽瑪拉身子一僵。「你們談過了？」她能聽出自己的聲音是多麼冰冷。

一點微笑扭動了刺青的嘴唇，「是的。如果我說，我們打了一架，妳會更高興嗎？我認為我們全都知道最終會有這樣的事情發生。拉普斯卡在吸取了古靈的記憶之後發生了改變。他變得更加……」刺青停頓了一下，想要尋找一個合適的詞彙，「更加有自信。」他這樣說道，卻似乎又覺得這不是他想要的詞。

「是他有足夠的智慧。他來找我，說他不希望我們以戰鬥作為終結。他說我們做朋友已經太久了，不應該因為任何理由而結束這段友誼，尤其更不應該是為了妳而產生的嫉妒。」

賽瑪拉僵硬地坐在刺青身邊，竭力想要搞清楚自己的心情，以及自己為什麼會有這樣的心情。傷害、憤怒、為什麼？因為她感覺他們忽略了她。一件本應該和她討論的事情，卻由他們兩個擅自做了決定。賽瑪拉努力讓自己的聲音保持平靜，「那麼，你們兩個決定了什麼？」

刺青沒有看她，而是握住了她的一隻手。賽瑪拉任由刺青握住自己，卻沒有握緊刺青的手指。「賽瑪拉，我們什麼都沒有決定。這不是那種交談。我們都不是格瑞夫特，以為我們能夠迫使妳做出決定。妳已經向我們兩個證明了妳的觀點。如果你想要和我們之中的一個在一起，妳盡可以做出決定。在那以前……」他微微歎了一口氣，終於轉過眼睛看著賽瑪拉。

「在那以前，你會一直等待下去。」賽瑪拉感到一陣小小的滿足和歡喜。刺青明白，控制局勢的是她。

「我會等待，或者我不會等待。」

賽瑪拉驚訝地看著刺青。看著刺青的臉，回憶起那個皮膚光滑的男孩，賽瑪拉不由得感到有一點奇怪。刺青的龍將他的奴隸紋身圖案也描繪在他的鱗片上。只是他臉頰上的那匹小馬現在看上去更像是一頭龍了。賽瑪拉幾乎抬起手去摸那個花紋，不過她最終還是控制住了自己。「這是什麼意思？」

「我只想說，我像妳一樣自由。我能夠走開。我能夠去找別人……」

「潔珥德。」賽瑪拉怒氣沖沖地說。

「是的，她已經表露得很明顯了。」刺青側過身，拽住賽瑪拉的手。賽瑪拉不情願地躺到他身邊，長椅慢慢適應了她的翅膀，將她的身子包裹在其中。她看著刺青的眼睛，目光冰冷。刺青露出微笑：「但我也可以只是自己一個人，或者等待其他人來這裡，或者去尋找其他人。我有時間。這就是拉普斯卡對我說的。看樣子，我們能夠活兩百年，甚至三百年，那麼我們就都有很多時間。一切事情都不必著急。我們不必活得像是爭奪玩具的小孩子。」

玩具。她，一件玩具？賽瑪拉想要把手從刺青的手中抽走。

「不，聽我說，賽瑪拉。當拉普斯卡第一次和我談起這件事的時候，我也有和妳一樣的想法。我覺得他彷彿認為我的感受不值一提，彷彿他要我等下去，等他和妳的關係結束了，我就能擁有妳，但事實根本不是如此。一開始，我以為他很蠢，畢竟他把時間都花在記憶石上。但我現在認為他學到了一些東西。他說生命越長久，保持我們的友誼就越重要，我們絕不應該發生本可以避免的爭執。」刺青臉上的微笑褪去了一些，片刻間，他看上去顯得很困擾，「他說，作為一名軍人，他學到了男人深厚的友誼是他能夠擁有的最重要的東西，而這樣東西是有可能破壞或者丟失的。一個人能夠確定的事情，只有他腦子裡和心中的事情。」

刺青抬起一隻手，撫過賽瑪拉的下巴。「他說，無論妳怎樣決定，他都想要繼續做我的朋友。他問我是否也能如此。我能承認為妳的決定就是妳的決定，而不是我們應該責怪對方的原因。」

「我認為這是我一直努力要讓你明白的事情。」賽瑪拉低聲說道。然而在內心深處，她又有些狐疑自己是不是真的這樣想。

「拉普斯卡還說了些別的事。我也一直在想這些事。他說，他從石頭裡的記憶中知道，一些古靈也遇到了同樣的問題。他們並沒有以嫉妒之心解決這樣的問題。他們甚至沒有限制一個女人只能擁有一個男人，或者一個男人只能擁有一個女人。」他再一次轉頭望向天空。賽瑪拉不知道刺青的眼睛裡有什麼，不想讓她看到。他是害怕她會同意古靈的這種做法？還是希望她同意？這已經不是賽瑪拉第一次聽到這個主意了。潔珥德最近已清楚地說明，她願意喜歡誰就喜歡誰，沒有任何男性守護者只因為和她過了一夜或一個月，就能夠將她看做是只屬於自己的配偶，而似乎已經有三四個守護者接受了和她的這種關係。賽瑪拉也聽到了一些關於潔珥德的責難，但願意接受潔珥德的人顯然已經開始和她建立起了一種純粹的親密感情，而且潔珥德的夥伴之間似乎也有了一種和他們與潔珥德一樣的夥伴關係，就連賽瑪拉也覺得那些人之間的這種關係會一直持續著，儘管她決定對這種事完全視而不見。

但如果這就是刺青所謂的解決辦法……賽瑪拉僵硬地說道：「如果你希望如此，我很抱歉，刺青。我不能跟你和拉普斯卡兩個人在一起，也不會為此感到高興。我更不能和別人分享你，即使那個人是潔珥德。我的心不是這樣的。」

刺青突然寬慰地長歎了一口氣。「我的心也不是這樣的。」他翻過身，面對著賽瑪拉，賽瑪拉讓他握緊自己的雙手，「如果妳想要這樣，我願意妥協。但我不想這樣。我想要妳完全屬於我，賽瑪拉，即使這意味著我要等待。」

刺青話語中深邃的感情讓賽瑪拉吃了一驚。他從賽瑪拉的臉上讀出了這樣的表情，「賽瑪拉，我來克爾辛拉不是因為偶然。我來這裡是為了妳。我對妳和妳的父親說，我只是想要冒險，其實我那是在撒謊。我從那時就只想跟著妳。不只是因為我在崔豪格沒有真正的未來，還因為我知道，如果沒有妳，我在哪裡都不會有未來。這不是因為妳和我恰巧遇到了，也不是因為妳是一名好獵手，甚至不是因為妳現在變得這樣美麗。這只是因為妳。我到這裡來是為了妳。」

賽瑪拉不知道該怎樣回應他。

彷彿是必須填補沉默造成的空間，刺青又說道：「因為我不能妥協，有一些人讓我覺得自己像是一個白癡。有一天晚上，吃過晚餐之後，當妳和拉普斯卡出去的時候，潔珥德把我叫到身邊。她說她的房間裡高處的架子上有一樣東西，她拿不到。實際上她只是耍了一個花招，那裡什麼都沒有。當房間裡只有她和我的時候，她說她對男人沒有妳那樣的問題。如果我想要她，我就能和她在一起。就算我也想要妳，我依然可以繼續追求妳。她說她可以將我們之間的事情保密，絕不會讓妳知道。」刺青看著賽瑪拉的眼睛，加快語速提醒賽瑪拉，「這是潔珥德說的，不是我說的。我沒有同意，當時我直接就從她身邊走開了。」然後他又壓低聲音說道，「我不會再犯以前的錯誤。她的確讓我覺得自己很孩子氣，很愚蠢，所以才沒辦法乾脆放棄那些『老規矩』或是『按我們喜歡的方式過我們的生活』的說詞。潔珥德還因此對我發出了一陣大笑。」刺青停頓片刻，又清了清嗓子，「拉普斯卡也讓我有這種感覺。儘管他沒有笑我。他告訴我，再過幾十年，我就會改變我的想法。現在他已經很適應那些新想法了，但我卻不行。」

「那麼我想，我就像你一樣孩子氣，願意受規則的約束。因為我和你有一樣的感覺。」賽瑪拉將頭枕在刺青的肩膀上，有些猶豫地說，「但如果我說，我覺得自己仍然沒有準備好，你會改變你的想法嗎？」

「不。我已經仔細想過了，賽瑪拉。如果我必須等下去，那麼我至少有很多時間。我們不必著急。我們不必急著要在二十歲以前有孩子，因為我們現在的壽命要遠遠超過四十歲了。龍已經改變了我們，我們有時間。」

到那時，也許我就準備好了。賽瑪拉幾乎把這句話說了出來。聽到刺青不會再強迫她做出決定，聽到刺青對她的理解，賽瑪拉覺得刺青對於她是獨一無二的，覺得自己應該說一些話，給刺青一些肯定。但她只是說道：「我果然沒有看錯你。」

「希望如此。」刺青說道，然後他們又陷入了沉默。兩個人一動不動的靠在一起，賽瑪拉只是茫然地盯著遠方，直到辛泰拉的興奮將她驚醒。

「巨龍之銀！」賽瑪拉喊道。刺青的聲音幾乎和她同時響起。他的龍也向他傳來了興奮的心情。但他又向賽瑪拉投來困惑的目光，「流出白銀的井？流出巨龍之銀的井？」刺青難以置信地喊道，「我們是在做夢嗎？」

賽瑪拉笑著向刺青搖搖頭。「辛泰拉說卡森和塞德里克找到了它，她還讓我看到了去那裡的路。」然後賽瑪拉又眨了眨眼，那口井的位置突然就出現在她對於這座城市的記憶地圖。當然，事情本來就是如此，智慧植根於已經被埋沒的記憶中。那是只有古靈和巨龍才能知道的祕密，是絕不能與外部世界分享的情報。這才是克爾辛拉被建造於此的原因。賽瑪拉臉上的笑容消失了：這太過於事關重大了。「那就是巨龍之銀。一切魔法的源頭。」

瑟丹在一陣低沉的聲音中醒來。那是一個男人的聲音，強硬中幾乎帶有嘲諷的意味，一個女人的聲音憤憤不平，幾近於憤怒。「我會去告訴我的父親。」

「妳以為是誰給我的鑰匙？妳以為是誰命令衛兵，並允許我隨意出入此地？」

「你還沒有和我結婚！你沒有權利碰我！滾開！停下！」

瑟丹用了一點時間才意識到自己醒了。這不是一個夢，他認出了這個女人的聲音。他支撐自己在一張狹窄的軟榻上坐起來。小爐子裡的火苗已經很低了。現在應該是深夜。他朝這間小書房環顧了一圈。沒有人在。那麼，這還是一個夢？

不。低沉而憤怒的男人聲音從隔壁房間中傳來：「到這裡來！」

瑟丹用雙手緊緊抱住頭，讓房間不再旋轉。然後他爆發出一陣咳嗽，隔壁房間的聲音突然停住了。

「你驚醒他了，」茶西美喊道，「我必須去看看他有沒有出什麼事。你肯定不希望他死在我的父親有機會殺死他之前吧。」無論茶西美是在對誰說話，她的聲音中充滿了厭惡。

「他可以等到我完事以後。」男人突兀地回答道。他的話語伴隨著一陣家具倒地的聲音。隨後是女人的尖叫，尖叫聲又突然被捂住了。

茶西美為瑟丹穿上的長袍子纏住了他的腰，包裹住他的雙腿。瑟丹將兩條腿擺到床下，掙扎著要站起身。「茶西美！」他喊了一聲，又被自己的咳嗽嗆住了。他終於站立起來，感覺自己太高了，就像是一根在風中搖擺的蘆葦。他的雙膝開始在身子下面打彎。他抓住軟榻的靠背，搖搖晃晃地走出兩步，又伸出雙手扶住厚重的木門。來到這裡之後，他就沒有走出過這個房間。他不知道這扇門通向哪裡。他拍打著厚木門，終於找到門把手，把插銷拽了出來。門被打開了，他蹣跚著走了過去。茶西美被一個身材魁梧的男人死死地按在床上，那個男人的一隻手握住茶西美的喉嚨，另一隻手正在將茶西美的睡袍從她的身上拽掉。茶西美的兩隻手絕望地揪扯著掐住她喉嚨的那隻手。她的頭向後仰起，辮子散開了。她的嘴大張著，眼睛向外凸出，眼神中充滿了無法呼吸的恐懼。

「放開她！」瑟丹喊道。這句話已經用光了他的一切氣息。他踉踉蹌蹌地向前走去，不停地咳嗽著，隨手抓起一個花盆，向那個男人扔過去。花盆砸在男人的背上，彈開落到地面，並沒有摔破，只是滾了半圈，灑了一地泥土。那個男人回頭瞥了一眼，他的面孔已經因為激動而變得通紅，現在更是因為暴怒而變成了紫色。「出去！滾出去，否則我現在就殺了你，你這個怪物！」

「茶西美！」瑟丹喊道。茶西美的舌頭已經從她的嘴裡伸了出來，「你要殺死她了！放開她！」

「她是我的，我想殺就殺！就像你一樣！」埃裡克喊道。他放開茶西美，從茶西美的身上爬起，向瑟丹撲過來。

瑟丹又抓起一尊黃銅像，朝首席大臣扔過去。銅像從埃裡克身邊掠過，重重地落在地板上。埃裡克抓住瑟丹的長袍前襟，把他舉起來，像搖晃一塊破布一樣搖晃他。瑟丹完全無法控制自己頭部的劇烈甩動。他揮拳擊打埃裡克，但他的手和胳膊都沒有力氣，就算是一個憤怒的孩子也要比他有反抗的能力。埃裡克放聲大笑，笑聲中充滿嘲諷和得意。他將瑟丹甩到一旁。瑟丹撞到門板上，扶著門板向下滑倒。黑暗讓房間迅速變小，然後整個房間彷彿都不復存在了。

有人抓住他的肩膀，讓他躺倒在地。瑟丹掙扎著，想要好好在敵人身上打上一拳。這時他聽到了茶西美的聲音：「停下，是我。他走了。」

房間裡一片黑暗。瑟丹的眼睛在適應了環境之後，分辨出茶西美的淺色睡袍，然後，垂掛在她臉側的金色髮辮也模模糊糊地顯現出來。看到髮絲散落在茶西美的臉側，瑟丹才意識到，她要比自己想像中年輕。瑟丹將自己的頭髮從臉上撥開，忽然意識到自己全身上下都很痛，痛得非常厲害。痛楚的感覺一定顯現在了他的臉上。茶西美疲憊地說：「他走出去的時候，沒有少踢你。」

「他傷害妳了嗎？」瑟丹問道。隨後，他就發覺自己愚蠢的問題讓一些憤怒的火星又在茶西美的眼中亮起。

「不，他只是強姦了我，甚至一點新意都沒有，只是再老套不過的掐脖子、抽巴掌和強姦。」

「茶西美。」瑟丹驚駭地說道。他差一點就因為這個女人對自身的麻木不仁而責備了她。

「怎麼了？」茶西美問道。她的嘴腫了起來，但她還是輕蔑地扭曲起了嘴唇。「你以為這是我的第一次嗎？不是了。或者你只是假裝吃驚，以表明這不是你們那裡的行事風格？」

她一邊說著這樣冷酷的話，一邊輕柔地握住瑟丹的肩膀，扶著他坐起來。瑟丹又開始咳嗽。當茶西美提起自己的袖子，為他擦摸嘴角的時候，他感到很慚愧。能夠說話的時候，他說道：「在我那裡，強姦是不能容忍的。」

「不能容忍？但我相信你們那裡也還是會有強姦發生。」

「是的。」瑟丹不得不承認。他輕輕從茶西美的面前退開。如果不是茶西美正看著他，他會趴回軟榻上。他能夠感覺到埃裡克踢中他的地方。一處在肋骨上，一處在腰上，一處在頭上。這些地方都很痛，不過情況本來還會更糟。瑟丹曾經見到一個人被打倒，又被不停地踩踏。那件事就發生在他第一次被公開展覽時的籠子外面。施暴的人全都喝醉了，還有許多圍觀者不停地發出噓聲。瑟丹從他們身上感覺不到任何善意。但他還是向他們喊叫，要他們住手，又向所有經過的人大聲呼救。

沒有一個人聽他的話。

「我想要阻止他。」瑟丹說道。然後他又奇怪為什麼要向茶西美述說自己的失敗。他站起身，扶著家具走過不長的一段距離，來到軟榻旁，讓身子倒在軟榻上。

茶西美看著他昨晚這些事，自己來到火爐邊，向火中加了一兩塊木柴。沒過多久，火苗被喚醒，沿著木柴跳動起來。借助火光，瑟丹看到茶西美的臉頰變成了紫色。「是的，是想要阻止他。」她自然而然地說道，彷彿之前那段時間的沉默根本不存在。茶西美轉過身，直視瑟丹，然後她坐到了地板上，辮子垂落下來，淺色的睡袍映著爐火的光影，看上去她更像是一個女孩了。就像麥爾妲一樣。那時麥爾妲還是個少女，瑟丹更只是一個小男孩。他們有時會在晚上溜到廚房，看看廚子在儲藏室裡存著什麼好吃的。瑟丹忽然意識到，那已經是很久以前的事情了。他們的那段嬌生慣養的童年沒有持續多久，就被戰爭和嚴苛的生活永遠打碎了。

茶西美的眼神沒有一點童稚的感覺。她問：「為什麼？為什麼你要這樣做？他也許會殺死你。」

「他在傷害妳。這樣不對。而妳對我很好……」瑟丹很驚訝這名女子竟然會問他為什麼要幫助自己。這種行為很奇怪嗎？他把手伸進自己的內心，掏出了一個令他感到痛苦的事實。「這樣的事情在我身上發生過一次。」他衝動地說道，然後又感到一陣驚駭。他本來絕不打算將這件事告訴任何人。如果讓別人知道這件事，只會讓它變成不可磨滅的現實。

茶西美盯著瑟丹，睜大了自己的一雙藍眼睛。瑟丹不知道現在茶西美在如何看待他。在茶西美的眼裡，自己是不是變得更加不像是人了？

「是怎麼回事？」茶西美終於說道。瑟丹看出來，茶西美並沒有明白自己在說什麼。

瑟丹開始了簡略的敘述。關於茶西美談到埃裡克剛才所做的事情時為什麼會那樣冷漠？他一下子明白了。「有一個人看上了我。我覺得，他覺得我很新鮮。的確有人會和動物交配，想要看看有什麼不同。他給了看守我的人一些錢。那個人就讓他進了我的籠子，然後走開了。然後……他就像是個瘋子，而我只是一樣東西，甚至連動物都算不上。我拒絕他，反抗他，最後，我哀求他，但他比我強壯得多，我做什麼都沒有用。他傷害了我，傷得很重。然後他就放開我，走了。知道有人給你難以想像的痛苦，以此來取樂……還沒有任何悔恨，這種感覺很特殊。它會改變你對自己的看法，會改變你對他人的信任。它會改變一切。」瑟丹的聲音停了下來。

「我知道。」茶西美簡單地說道。

隨後是一陣沉寂。火焰嗶啵作響，瑟丹覺得自己要比在眾人面前被展覽的時候更加赤裸無助。

「我在那以後病了好多天。我是那麼痛，一直在流血、發燒。我覺得自己從那時起就再也不是一個健康的人了。」這些話一直被他藏在心中。他抬起手，捂住自己的嘴，不讓它們再被說出來。從未流出過的淚水燒痛了他的眼睛。這是一個飽受虐待的孩子的眼淚，它們充滿了他在面對暴力時的孤苦無依。瑟丹用自己的最後一點男子氣概和自尊努力壓抑它們。

「被迫那樣的時候，肉體會被撕裂。」茶西美低聲說出了這個殘酷的事實，「我聽過一些女人嘲笑這種事。她們說有些女人就應該被這樣對待，或者說這樣還能讓人興奮，假裝如此能更讓人愉快。我完全不明白。她們的話讓我想要狠狠抽她們，掐住她們的喉嚨，直到她們明白。」茶西美緩緩站起身。瑟丹能夠看到她所承受的痛苦。她吸了幾口氣，俯身用一條毯子蓋住瑟丹。「睡吧。」她說道。

「也許明天會是更好的一天。」瑟丹大著膽子說道，然後又咳嗽起來。

「我表示懷疑。」茶西美這樣說著，語氣中卻沒有苦澀，「不過，無論明天會怎樣，那也是我們唯一會有的日子。」她緩步走出房間，又在屋門口停了一下，「你的龍，」她口中說著，向瑟丹一歪頭，「她改變你的時候，有傷害你嗎？」

瑟丹緩慢地搖搖頭。「有時候，這種改變不是很舒服。然而，我們所得到的一切，完全值得這一點代價。我真希望能夠向妳解釋得更清楚一些。」

「她是否知道你在哪裡？是否知道他們正在如何傷害你？」

「我覺得她不知道。」

「如果她知道，她會來這裡嗎？來救你？」

「我很希望能夠這樣。」瑟丹低聲說。

「我也是。」茶西美回答。說完這番怪異的話，她就離開了。

犁月第五日
商人聯盟獨立第七年
來自崔豪格的雨野原貿易商簡妮．庫普魯斯
致繽城貿易商隆妮卡和珂芙莉婭．維司奇

珂芙莉婭：

我已經接受了妳的建議。一份關於麥爾妲失蹤的詳細解釋，已經放在蠟封的包裹裡，由活船援助號的登尼拉船長送往妳處。我們全都知道，登尼拉船長是一位值得尊敬的好人。

我懇求妳將這件事嚴格保密。我自己還在等待更多訊息。現在我所知道的，我都已經在那封信中詳細寫清楚了。很遺憾我必須用如此曲折的方式將信寄給妳，讓妳不得不等待包裹送達。因為我也像妳一樣，很難再信任信鴿公會，不敢將至關緊要的家族訊息交給他們傳遞。

對於瑟丹的命運，我像妳一樣心憂如焚。哪怕我們對於他的遭遇能夠有一點點確定的訊息也好啊。我們已經向溫特羅寄出了回信，告訴他，我們仍然在等待訊息。

這裡的其他一切事情都還很好，我們只是每天都在為瑟丹而憂心。

求求妳，如果有任何關於我們的孩子的好訊息，請一定儘快用信鴿送來。我願意讓全世界和我一同分享這樣的訊息。

願莎神庇護我們所有人！

簡妮

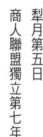

12

巨龍武士

他不停地工作，然後還是工作，詔諭已經對此感到噁心了。對於他們要獵殺的怪物，他沒有半點同情。只是無法控制的危險突然刺穿了他心中極度的厭倦，一種混雜的情緒在他的肚子裡不斷翻滾。

那名恰斯刺客和他的同夥決定要殺死那頭龍，獲取龍的血肉、鱗片、眼睛、舌頭、肝臟和脾臟，還有龍身上的其他一切器官。每天晚上詔諭伺候這幫恰斯人吃飯的時候，都會聽到他們貪婪地談論這些東西。今晚，恰斯刺客和他的同夥更是口沫橫飛，對前景充滿了瘋狂的樂觀。他們將酒杯重重地砸在餐桌上，以此來強調和誇耀他們的狡黠和勇氣，讚歎他們堅持不懈的追擊。那頭龍是他們的了。只要龍一死，名望和榮耀就會紛至沓來。他們會殺死龍，收割龍的身體，回家去換取功名財富，還有他們最甜美的成果——他們自身和家人的安全。大公將收回對他們的威脅，並賜予他們禮物和寵信。他們被當作人質、囚禁在恐怖環境中的愛子，也將回到他們身邊。

當夜晚的黑暗迫使他們無法繼續追獵時，他們就將船拴在岸邊，然後談論個不停。一到天亮，他們便出發去追蹤那頭龍。那頭該死的怪物一直拒絕痛快地死掉。牠涉水向上游逃去，日復一日，有可能晚上也在繼續逃亡。每一天，兩艘無損船都要與河流對抗，直到追上那頭龍。那頭龍曾經兩次想要伏擊他們，要以野蠻的力量將船撞翻。牠撞碎了船槳，吃掉了兩個落水的槳手。這個怪物似乎很喜歡用一雙巨顎將痛苦尖叫的人慢慢嚼碎。

但這沒有嚇退恰斯人。達根大人仍然緊追不捨。

俘虜們從甲板下面被拽上來，取代了損失的槳手。他們被鐵鍊鎖在船槳上，彷彿奴隸一樣，和那些習慣於體力工作的奴隸和水手不同，這些貿易商和投資商們根本沒有力氣划槳，而恰斯人和他的追隨者們向巨龍射出二十支箭，會有十九支射脫或者從龍鱗上彈開，但它們似乎完全不在乎，因為只要有一支箭射落了一片鱗，或者稍微停留在龍身上比較柔軟的地方，他們都會咆哮尖叫著歡慶勝利。

詔諭看不出他們為什麼會在這件事上耗費這麼大的力氣。在他看來，這頭龍明顯就要死了。牠每天都顯得更加軟弱無力，而且顯然已經無法飛行了。牠的一隻翅膀總是略微張開成一個奇怪的角度，身上的顏色正漸漸消失，還不斷散發出可怕的氣味——那是爛肉的惡臭。現在牠每天醒來之後，都只能用最大的力氣逃脫他們的箭矢射程了。有時候，牠會在沼澤邊緣的蘆葦從中尋求庇護。趴伏在那裡，牠的確幾乎能逃避他們的視線。這時達根大人就會強迫他的一些人到岸上去將牠驚醒，把牠從蘆葦中趕出來。這些趕龍的人有的成為了龍的食物。詔諭覺得，如果這個恰斯人不把他的黨羽餵給那頭龍，那頭龍可能會更快死於她的傷病。

但詔諭沒有將這個想法說出口，他不希望自己也被趕去划槳。不過他還是很擔心，以達根大人如此消耗人力的速度，他被鐵鍊拴到船槳上是遲早的事情。現在這個恰斯人已經很少向他下達命令了。詔諭只是忙碌著自己的事情，儘量避開那個人的視線，做好每一件事，同時隱藏好自己。每天他都要連續幾個小時做各種下賤的事情——擦抹桌子、攪拌燕麥粥和湯，還有其他任何他可以做的事。他苦澀地想到，自己已經適應了奴隸的生活，就算沒有人指揮，也能不停地把活幹下去。

與持續不斷的苦役相比，更糟糕的事是巨龍攻擊船時的那種絕對恐怖。詔諭發現，這樣的事情隨時都有可能發生。如果被糾纏和激怒到無法容忍的程度，那頭龍就會猛然轉過身撲向他們的船。龍的吼聲已經沒有了力氣，聽起來更像是來自一隻被逼到牆角的老鼠，而不是一頭被激怒的掠食猛獸。但即便如此，牠的每一次攻擊仍然能夠對他們的某一艘船造成損傷，通常還會奪走一條人命。

「詔諭！」

聽到自己的名字被喊出來，詔諭打了個冷顫。聚集在飯桌邊上的人們發出一陣哄笑。只有那個恰斯人沒有笑。他緊皺眉頭，對自己的僕人很不高興。詔諭竭力不顯出瑟縮的樣子，他有幾個需要害怕的理由。今天早晨，他在假裝清洗平底鍋的時候，偷了兩片醃肉，還偷了一件被河水浸溼的斗篷，一個恰斯人在巨龍襲擊船的時候，因全身濺滿了河水，不得已才扔在甲板上的斗篷。現在這件斗篷成了詔諭的被褥。只是多了這一點點舒適，詔諭已經感激不盡了。不過，現在他的心裡反而為此充滿了恐懼。他只能不斷咒罵自己是一個傻瓜。他沒有那麼冷，船板也沒有那麼硬。為了免於這樣一點不舒適，他要把自己的命都丟掉了。

因為喝酒，那個恰斯人的臉頰和鼻子都變得通紅，或者也許只是因為他最近不斷有河水潑在身上。現在這些人的樣子看上去都很可怕，詔諭更不敢去想像自己是一副什麼模樣。因為一直在洗衣服，他的雙手和小臂全都被河水泡得發紅皸裂。就在詔諭膽顫心驚的時候，他的主人卻只是從腰間的口袋裡拿出一把沉重的黃銅鑰匙，對他說：「去船尾第二扇艙門，給我們拿那只盛著沙緣白蘭地的小桶回來。」他向桌邊的人掃視了一眼，微微有些搖晃著說道，「我覺得現在慶祝已經不算早了。明天，她一定會落進我們手裡。今天賓頓擲出的長矛在她的身上紮得很深，不是嗎？你們有沒有看到她的血流進河水裡的時候是怎樣泛起泡沫的？龍血！我們很快就能有足夠的龍血了。所以，今晚我們應該把桶倒空！」

有兩個人發出歡呼，但餐桌邊的其他人都在搖著頭，詔諭的心沉了下去。另一個恰斯人將鑰匙從他手中奪回來，塞進他主人的口袋裡。怒火在恰斯刺客的臉上燃燒。詔諭知道自己將成為承受怒火的那個人。「你的主人喝醉了。只有傻瓜才會在勝利真正落入手中之前進行慶祝。帶他去他的床上，讓他好好睡一覺。也許明天你可以把那只酒桶給我們拿來。」

達根大人搖搖晃晃地站起身。他的手就懸在他那些凶狠的小刀上。「克拉德，你不是這裡的指揮官。你要記住這一點。」

達根大人盯住的那名恰斯人，並沒有垂下視線。「我很清楚，達根大人。是您在率領我們，而且您有足夠的剛勇強悍完成這個任務。但追隨您的是我，而不是您肚子裡的酒！」他笑著說出這句話。片刻之後，怒火從達根大人的臉上消失了。他緩慢地點點頭，桌邊其他人的臉上都露出寬慰的微笑。

達根大人轉向詔諭。「我要去睡了。拿上一根蠟燭走在我前面，繽城貿易商。等我們回到恰斯國，也許我會讓你成為我的貼身男僕。我從沒有過貼身男僕，不過妳看樣子很適合這個任務，只要你能夠老實一些。」

餐桌周圍的人們又發出一陣哄笑。怒火在詔諭的心中燃燒，但他還是彎曲嘴唇，讓自己的表情很像是感激的微笑。對於自己未來命運感到的沮喪和對這個人的憎恨，在他的心中激戰不休。被龍吃掉或者是淹死在這條河裡，會是更糟糕的下場嗎？詔諭用手掌護住蠟燭的火苗，向甲板船艙中原來屬於他的艙室走去。他希望自己能有勇氣將這個醉鬼推下船。而他心中更明智的那一部分則提醒他，其他恰斯人如果失去了首領，又會對他採取什麼樣的手段。

死亡不遠了。這一點牠們都知道——這些食腐肉和吸血的魚類和蟲子。牠們簇擁在她的周圍，有一些魚已經急不可耐地衝上來，想要咬掉她的一塊肉，或者找機會吸附在她的傷口上。她很想將牠們甩掉，把頭伸進水中，將這些吃她的生物吃進自己的肚子裡，但她沒有這樣做，她甚至沒有進行任何反抗。婷黛莉雅只是悄無聲息地移動著，完全不理會那一群群吸血的蠕蟲和不斷在咬她的魚。牠們今晚能以她為食，明天幾乎更是會將她作為一頓大餐。但人類不可能得到她的一滴血，奪走她的一片鱗。沒有人類能夠把她扳倒在地上，切開她的肚子，用血淋淋的手掏出她的心臟。不，如果她無法逃脫他們的追殺，她至少能夠讓他們和她一起死。

她在今天早些時候已經休息片刻——如果那還能被稱作是休息的話。隨著夜幕降臨，她在森林中找到一個缺口，鑽進密集的樹木之中。她沒辦法走得太遠，但她還是讓自己因為傷痛而變得僵硬的身體倒臥在樹幹和樹根之間，短暫地閉上了眼睛。

她做了夢。

這個夢讓她感到吃驚。最近，每當她找到一個地方和一段時間能夠睡覺，疲憊感都會將她拖進幾乎無法被稱作是「休息」的黑暗洞窟中。**更像是一段死亡**，她在心中想道。但這一次短暫的休息卻讓她有了一個主意。當她醒來的時候，一段古早的祖先記憶已經在她的腦海中展開，等待她的理解——船有一個弱點。每一艘船都需要一支船舵，或者是一扇舵片，或者是一支長槳。只要摧毀了船舵，船就無法行動自如了。

她真是愚蠢，一直以來只知道逃跑，任由他們攻擊和追殺。不過她也躲在河水中，對他們進行了幾次反擊，甚至因此得到一點血食，但那些人類也已經知道要提防她的埋伏了。她曾經在他們清醒和保持警惕的時候發動攻擊，那時他們的武器就在手中，陽光幫助他們看清了她的一舉一動。現在，她緩慢地在水中向那兩艘船逼近，這讓她不由得露出了滿意的笑容。兩艘已經落錨的船上亮起了燈光，為她指引著方向。在燈火的照耀下，兩艘船的影子清晰地立在河面上，而船上的人卻幾乎看不見她，她只是黑色河水中的一片黑影。

她不打算欺騙自己。這是她最後一次求生的機會。如果她今晚不能摧毀她的敵人，或者至少讓他們無法行動。那麼在人類的追殺下，她將註定無法活過明天。她最初那個傷口的感染似乎已經蔓延到所有那些人類對她造成小傷口中。她的身上沒有一道傷口在癒合。每一天，這些傷口都在加速惡化，而她也變得越來越衰弱。如果她能夠休息一下，找一隻獵物吃掉並好好睡一覺，也許她還能積攢一些力氣向克爾辛拉前進。現在她肯定已經無法飛起來了。她的一側翅膀幾乎完全動彈不得。躍入空中，張開雙翼，駕馭空氣飛上藍天——這彷彿只是一個久遠以前的夢了。

人類讓他們的船頭指向上游。她必須盡可能安靜地先從船旁邊繞過去，然後再回身發動攻擊。她希望能夠毀掉兩艘船的船舵，並在人類進行報復之前逃走。攻擊一下就逃走，這不是巨龍的戰鬥方式，但她也不是處在正常狀態中的巨龍。她的體內還有即將成熟、等待被生出的卵。她已經在一艘有損傷的船上嗅到了其他龍的氣味。克爾辛拉可能還有巨龍，但她很難相信這是真的。除非能夠完全確認這件事，否則她仍然相信巨龍一族的命運仍然全在她的身上。如果那些圖謀殺死她的愚蠢人類成功了，他們可能就永遠滅絕了龍族。

這個想法讓婷黛莉雅堅定了決心。她會破壞人類的船，然後逃走。等到她的身體復原，她還會回來，不僅僅是毀滅這些人類，還要徹底毀滅這些人類的邪惡巢穴。她聽到了這些人的對話，並且借助自己的祖先記憶識別出了他們的語言。我知道你們來自於哪裡，她對那些人類想道，我和我的後代將飛到你們的土地上，不讓你們的巢穴中留下一個人。我們會吃掉你們的牲畜和你們的孩子，用腐屍汙染你們的水源。你們將被徹底滅絕，沒有任何關於你們的回憶會留存下來。

現在她距離那些人類已經非常近了，甚至能夠聽到他們含混的說話聲和愚蠢的笑聲。好好笑吧，這是你們最後一次發笑了。她繼續想著。她將從兩艘船中間穿過，那裡的水深足夠隱藏她的身體，又能讓她的四足抓住河底。她稍稍揚起脖子，只讓自己的眼睛和鼻孔留在水面上，開始向敵人潛行過去。

達根大人蹣跚地走在詔諭身邊，呼出濃重的酒氣——那是詔諭攜帶的葡萄酒。他抓住詔諭的肩膀，靠在詔諭的身上。當他不小心撞到船欄杆的時候，就會罵詔諭一句。「停下，停下！」他突然命令詔諭，「我要小便。停下來給我看著，繽城貿易商，看看恰斯人的武器。」詔諭覺得他實在是喝得太多了。

他仍然抓著詔諭的肩膀，搖搖晃晃地來到船欄杆前。詔諭不得不跟著他一起走過去。這個恰斯人開始說一些下流的話，說詔諭對他有意思，卻沒有足夠的膽色。詔諭只能厭惡地躲到一旁。今天夜晚並不平靜，野獸在附近的森林中相互呼吼。樹上的苔蘚發出幽靈一樣的冷光，彷彿有發瘋的鬼魂在來回飄擺。船上舷窗中射出來的黃色燈光在河面上灑下一道道窄長的光斑。水面上的一絲波瀾吸引住了詔諭的眼睛。他盯住那裡，不知道是什麼擾亂了兩艘船之間緩慢的水流。這時，一顆發光的大眼睛瞪向他，立刻又被眼瞼遮住了。

「龍！」詔諭喊道，「牠就在我們旁邊！龍在河裡！」

「白癡！」達根大人咒罵他，「你被什麼嚇到了？一頭水野豬？一根浮木？」恰斯人晃到詔諭身邊，向水中望去，「那裡什麼都沒有！只有水和一個懦夫的想像。」他抓住詔諭的手腕，用驚人的力量把詔諭拽到身旁，「低頭看著，繽城懦夫！你看到了什麼？什麼都沒有，只有黑色的水！我應該把你扔下去，這樣你就能看得更清楚了！」然後他用另一隻手按住詔諭的脖梗，把他向前推去，讓他的身子完全探出欄杆。詔諭想要喊叫，卻發不出聲音，只能不住地掙扎。但就算是喝醉了，那個恰斯人也有著瘋子一樣的力量。更可怕的是，當詔諭望向河水的時候，一隻發光的藍色眼睛也在從水中看著他。這個怪物的身體藏在黑色的水裡，他完全看不見，但他知道，正是那頭龍在充滿恨意地看著他，在水中等待著。

「牠就在那裡！你自己看看！看那隻眼睛！」詔諭的聲音變得越來越高亢，就像是女人的尖叫。

恰斯人大笑著，用醉醺醺的沙啞聲音說道：「那你就下去吧，繽城人！」

船突然開始劇烈震盪。木板碎裂的刺耳聲音和恰斯人在廚房裡的叫嚷聲，人質們在甲板下面驚恐的尖叫聲交織在一起。詔諭緊緊抓住船欄杆，也發出了沒有辭句的尖叫。達根大人踉蹌著從詔諭身旁退開，一邊高聲喊道：「拿起武器！巨龍攻擊我們了。殺了她，現在就殺了她！」

隨著船再次傾斜，達根大人猛地甩在船欄杆上。很長一段時間裡，他只是趴在船欄杆上，詔諭甚至開始希望能夠看到他從船上翻下去，但龍的再一次撞擊，讓船朝另一個方向傾斜過去，恰斯刺客又撞倒了甲板船艙上。「攻擊！」他咆哮著。憤怒和恐懼終於讓他從酒醉中稍稍清醒過來。

船艙門被猛然打開。人們從廚房中衝出來，手中都拿著武器。

「真希望這片街區能夠有些燈光。」拉普斯卡抱怨著。

賽瑪拉在心中同意拉普斯卡的抱怨，但她明白，這是不可能的。就算是這座魔法城市也有它的局限，只有一些特殊的金屬鑄件能夠被喚醒發出光芒，而且這些金屬到今天也不是全都能夠正常運作了。它們到底有多少還能發揮功效？依然是一個謎。不過現在賽瑪拉在看到古靈魔法的時候，總算能夠認出它們了。在克爾辛拉的這一部分，這座城市過去的居民似乎在儘量不使用魔法，賽瑪拉則依稀記得這是為什麼。她從那些記憶的牽扯中轉回身，看到附近廣場上的雕像只是雕像，寂靜且凝固。充滿熱情的工匠賦予這些石頭新的外形，但它們上面看不到能夠蘊藏記憶光輝的閃亮銀絲。

守護者們聚集到白銀之井所在的廣場上，全都在忙著清理井口的垃圾。愛麗絲也在這裡。許多個星期以來，她第一次重新拿起了她裝有紙張和筆墨的文件匣。萊福特林為她帶來的補給品顯然讓她非常滿意。她爬過堆積的破碎的梁木，描摹了一根梁木上的文字。令人驚奇的是，這些木材朽壞的痕跡相當有限。賽瑪拉聽到愛麗絲用推測的口氣對萊福特林說，是這些木頭上厚實的亮光油漆起到了防護作用。萊福特林不以為然地表示同意，賽瑪拉聽到這位船長在失望地嘟囔，抱怨他的船員要跑來這裡幹活，而不是去加固柏油人停靠的碼頭。

賽瑪拉伸展了一下自己痠痛的腰背，試著以愛麗絲的眼光來看這片廣場。在想像中恢復它原先的樣子並不容易。這口有圍牆的井上應該曾經有一座遮風擋雨的木製涼亭——樣式優雅華麗的雕花木頂由粗大的木柱支撐。金字塔形狀的木頂上塗繪有綠色、金色和藍色的彩漆。但這個亭子終究還是沒有經受住時間的考驗。很有可能是某種暴力摧毀了它。卡森指出，有一部分木質是腐爛了，但也有一些梁木是被強行折斷的。和這些碎木塊堆在一起的，還有鎖鏈和一些滑輪，它們應該是一副大絞盤的殘餘，這個絞盤應該能將大桶從很深的地方提上來。卡森指揮守護者們將這些金屬器物收集到一旁，仔細保存好他們找到的每一個零件。「我們也許能夠將它們部分重裝起來。」他說道。

萊福特林看著這一堆殘破的鐵鍊，輕輕吹了一聲口哨。「這口井有那麼深？」

默爾柯回答了他的問題。「巨龍之銀的水位在一些時間會非常低。這口井的確很深。」

巨龍已經全部聚集過來，圍繞在井口周圍，充滿希望地觀看守護者們工作。只有在感到饑餓的時候，他們才會離開去狩獵、進食和睡覺，當黃昏變成夜晚的時候，他們又會回到這座廣場，而不是去泡熱水浴，或者在沙子裡打滾。賽瑪拉忽然想到，在幾個星期以來，這是巨龍們和他們的古靈相處最長的一段時間。

巨龍們熱切的期待也影響了所有守護者。每一名古靈，甚至是萊福特林的全體船員們。大家都將其他工作放到一旁，齊心協力清理這座井周圍的垃圾。萊福特林堅持必須有最低數量的船員留在他心愛的活船上，於是船員們便輪流在船上值班，讓每一個人都能有一點時間在井邊工作。在移動大塊木梁的時候，大埃德爾不可思議的力量起到了不可或缺的作用。軒尼詩和絲凱莉撿選出還可以使用的長鐵鍊。賽瑪拉清楚地看到軒尼詩在工作時顯露的笑意，她以前從沒有見到過這名大副有這樣愉悅的神情和好脾氣，也許這和蒂絡蒙有關。現在那名女子也穿上了古靈衣服，她總是不斷地為軒尼詩送水過去，然後站在軒尼詩身邊，認真地提出各種問題，軒尼詩則殷勤地為她做出各種解釋。蒂絡蒙並不漂亮，她的鱗片和下巴上的肉贅總是讓賽瑪拉想起雨野原森林中的披甲蟾蜍，而不是姿態優雅的古靈。而身上帶著疤痕、一雙手因為勞作而變得格外粗糙的軒尼詩，也不是一顆散發著俊美光輝的寶石。他們兩個似乎都不很在意其他人的看法，只是很高興能陪在彼此身邊。身材高瘦的埃魯姆在那些船員中更顯得格格不入，他正努力在絲凱莉身邊尋找各種可做的事情，同時不得不忍受其他所有船員的冷眼旁觀。貝霖顯然對他格外關注，這位女船員的目光中充滿了衡量的意味，嘴唇緊緊抿在一起。

充滿艱苦勞作的漫長一天終於結束了。愛麗絲不停地做著筆記，其他人則努力搬動和分揀各種破碎的物料。最終，一個直徑超過高大男子身長的圓形井口，完全現身於這片樸素的廣場中心。這口井被一道殘破的環形磚牆所圍繞，但它明顯塞滿了更多的垃圾。「我們需要一架起重機才能將這裡清理乾淨，」斯沃格悶悶不樂地說，「看上去彷彿是有人故意將這口井填死了。」卡森用幾句有聲有色的髒話表示了贊同。

井中的垃圾不是隨機掉落進去的，明顯是有人故意將許多雜物推進井中，直到井口被塞滿，就算是大家用回收的木材在井口建起了三腳架，要想將塞住井口的垃圾拔出來再吊上井口，也是一項極其繁重的工作。隨著垃圾一點點減少，萊福特林堅持每一個爬入井中的守護者都必須在身上繫好安全繩，還必須有人在井口照看。「這些塞住井口的東西隨時都有可能突然垮塌下去。只有莎神知道這口井到底有多深。我可不想有人隨著這些垃圾一同掉進井底。」

清理井中廢物的工作就這樣開始了。從黃昏直到黑夜，守護者們全都不停地奮力工作。巨龍們則一直在旁邊圍觀，急切地來回踱步。有時候他們湊得離井口過近，守護者們不得不用奉承的話語懇求他們退開一些，以便有足夠的空間可以工作。就算是在黑夜偷走了天空中的光亮之後，巨龍們仍然不肯離去。有些龍一直站在井邊，另一些則匍匐下去，彷彿是期待著有獵物從井口中竄出來。噴毒將鼻子探進成堆的鐵鍊裡，破壞了這一整天中大部分分揀鐵鍊的工作。卡森重重地歎了一口氣。「龍，不要碰那些，除非你想要讓我們用更長時間解決這個難題。」

噴毒停止了動作，抬起頭。他的眼睛閃爍著光芒。「巨龍之銀就是一切。我們飲用河水、吃下獵物的時候，能夠獲得點滴劑量的巨龍之銀。它從這片土地的岩石和骨架中滲流出來，又深深沉入到土壤下面。」銀龍的話語第一次顯得如此審慎而平靜。「這裡所有的生物都會從他們的飲食中獲得一些巨龍之銀。如此攝入的巨龍之銀也能夠讓龍得到滿足。我們全都知道，比起我們在其他任何地方捕食到的獵物，這片土地上的獵物和水更能夠激發我們的活力。當我們在這裡狩獵的時候，我們就能更加清晰地聽到彼此的聲音，聽到人類的聲音……」他的話音低了下去，賽瑪拉覺得彷彿黑暗的夜幕也隨之籠罩了他們。

「噴毒？」卡森問道。獵人感覺到那種非同尋常的思想流動漸漸減弱，停止了。他不是唯一緊緊盯住這頭凶惡的小銀龍的人。噴毒仍然一動不動地站立著，茫然地看著那口古井旁邊傾頹的磚牆。沉默在整片廣場上凝固下來。

默爾柯打破了這一片寂靜，「我感覺到噴毒說的是實情。我記不起他說的所有事情，但我能夠記得的，全都與他所說的相吻合。」

「把那個給我！」卡森突然發出命令。他向這頭小銀龍走去，嚴厲地看著他。停頓了很長一段時間之後，噴毒的下巴微微張開。一段鐵鍊從他的口中垂掛下來，噹啷一聲落在石板地面上。卡森彎下腰檢查鐵鍊，卻沒有伸手去碰它。「剛剛到底發生了什麼？」他向所有人問道。

默爾柯從鼻孔中噴出一股氣息。「這根鐵鍊上一定留存了極少量的巨龍之銀。噴毒找到了它。」

「只有一點點，」噴毒滿懷喜悅地承認，「我嗅到了它。當你們都像發呆的牛站在原地的時候，我找到了它。」他的滿足充滿了惡意。

「這才是我們認識的噴毒。」卡森嘟囔著，然後他和其他守護者急忙向旁邊避開。龍群們全都撲向從井中清理出來的垃圾，努力在其中翻找，但他們無論怎樣用鼻子和爪子撥弄那些鐵鍊和木梁，最終還是一無所獲。他們慢慢散開了，回到自己原先的位置上，繼續觀看人們工作。賽瑪拉知道，每一名守護者都有著和她一樣的好奇。如果一點點巨龍之銀就能夠讓噴毒發生這麼大的變化，哪怕這變化只是暫時的，那麼源源不斷的巨龍之銀又能讓巨龍們變成什麼樣？這些龍又願意為此而做些什麼？

辛泰拉已經不止三次來到了這片廣場上。她幾乎沒有對賽瑪拉說過什麼話，但看到這個女孩努力清理井口的時候，她明顯釋放出了讚許的情緒。賽瑪拉很不高興地感覺到這頭龍的熱情給予她的溫暖和能量，卻又無法抗拒這種鼓勵。她知道，當藍龍女王看著她的時候，她就會工作得更加賣力。也在這種寒冷的天氣中有這種表現的，並不只是賽瑪拉一個人，就連潔珥德也以極少在她身上出現的熱情勤奮工作著。賽瑪拉一直躲避著潔珥德，她更願意與刺青和拉普斯卡在一起。看到那兩個男人現在那樣默契地彼此協助，賽瑪拉的心中感到了另一種溫暖。刺青很明顯是在真誠地將自己的嫉妒放到了一旁，拉普斯卡則從沒有表現出過任何這樣的跡象。事情真的會這樣容易嗎？賽瑪拉禁不住對此感到驚奇，但這正是她希望的。她終於能夠放鬆下來，好好地做自己了。在接近傍晚的時候，他們曾經停下來吃了一頓簡單的飯食。令人高興的是，除了永恆不變的燻肉之外，這頓飯又有了熱茶和硬麵餅。這時潔珥德來到他們身後，微笑著說他們三個似乎找到了一些共同的樂子。

賽瑪拉沒有理睬潔珥德。她告訴自己，這是她值得為之驕傲的事情。

但隨著夜晚到來，寒意從地面升起，刺痛了賽瑪拉的雙手和臉頰，她開始一心想要回家了。**是的，回家**，賽瑪拉向自己確認。她舒適的房間和她那為數不多的一些個人物品組成了她的家。清理這口井的工作，可以等到明天太陽出來以後再繼續。她的心中這樣想著，不過其他人卻彷彿沒有和她一樣想要休息的心情。卡森、大埃德爾和萊福特林來到井邊，正在向井中觀望。

「太黑了，今晚沒辦法繼續工作了。」萊福特林宣布道。

「我太冷了，已經不能動了。」刺青在井中喊道。

凱斯和博克斯特這時正在操作三腳架。他們急忙將刺青提到井口，諾泰爾和拉普斯卡抓住刺青身上的繩子，幫助他站到地上。雖然有古靈鱗片的遮蓋，刺青的面孔仍然被凍得通紅，他的雙手看上去就像是一雙爪子，拉普斯卡不得不為他解開身上的繩結。

刺青剛一離開井口就說道：「我覺得我們就要完成清理了。你們吊走我找到的最後一塊木頭，就是上面掛著鐵鍊的那一根之後，我用手摸了一下周圍，感覺到了一個已經露出一部分的窟窿。那裡還有一些東西需要清理，但我覺得只有兩塊木頭還堵在那上面。把它們拽出來之後，我們就能夠直接到達井底了。」

「井底有巨龍之銀嗎？」維拉斯迫不及待地問道。她的鼻孔翕動著，脖子周圍的骨刺如同鬃毛一樣直立起來。潔珥德站在她的巨龍女王身邊，臉上也顯示出同樣的疑問。

「你們能把巨龍之銀取出來嗎？」辛泰拉問道。她擠到龍群前面，完全不在乎萊福特林高聲警告不要撞倒三腳架，探頭向井中望去。片刻之後，她說道：「我看不見，但我覺得我嗅到了！」

「那些垃圾上有巨龍之銀的氣味，僅此而已。」噴毒又變得像以往一樣悲觀厭世，「所有巨龍之銀的井都乾了，我們註定將要滅亡。我很高興從那根鏈子上得到了最後一點巨龍之銀。」

荷比哀傷地吼了一聲。拉普斯卡拋下手中的繩子，跑到荷比身邊。「不，我的美人，我的愛人。我們不會放棄。還遠遠不到放棄的時候！」他猛地轉過身，看著站在井口的人們，「我們就不能把能發光的東西放到井底去看看嗎？讓巨龍們在今晚就能得到答案！」

儘管夜色已深，寒氣逼人，但人們還是做了這樣的嘗試。他們試了不止一次。先是扔下去一支火把。火把掉在塞住井口的垃圾上，火光反而遮住了大家的視線，讓他們無法看到更深處的情形。不過借助第一支火把的光亮，他們又丟下去兩支火把，其中一個從垃圾的縫隙間一支掉落下去。

賽瑪拉一支趴在地上，其他守護者也都聚集在井邊，向井底深處的那個窟窿望過去。第一支落下去的火把就照得井壁閃閃發光，這口井呈現出光滑平整的正圓形，賽瑪拉沒有看到任何磚塊接縫的痕跡。井壁上的反光一路跟隨落下去的火焰。看到他們竟然清理了這麼深的一口井，賽瑪拉不由得感到驚歎不已。她向刺青瞥了一眼。「我沒辦法像你一樣下到那麼深的黑暗中。我真的不能。」

拉普斯卡來到了賽瑪拉的另一邊。「妳當然能。」他低聲說道。他的話讓賽瑪拉感到氣惱，但賽瑪拉卻想不明白是為什麼。通常，當他隨心所欲地誇讚賽瑪拉的強壯或勇敢時，賽瑪拉都會感到有些得意。但今晚，看著下方的黑暗，賽瑪拉的心境全然不同。

「也許我能，但我不會這麼做。」賽瑪拉反駁道。拉普斯卡沉默了。

當第三支火把落進刺青找到的空隙中時，它彷彿會永遠往下掉，不過它一直都沒有熄滅。

這時，目光敏銳的軒尼詩說道：「下面有東西在發出銀光。但我覺得那東西不是很多。我好像看到有一只桶倒在那裡，不過它沒有漂浮在液體上，火把也沒有。看樣子，下面直接就是井底。我能看到的主要就是那只桶。它很大。」

「為什麼會有那麼大的水桶？」賽瑪拉把這個問題說出了口。

「因為是要讓巨龍飲用。」拉普斯卡又低聲做出判斷。

借助閃爍的火光，他們仔細研究了井底的情況。卡森最終說道：「看樣子，這口井充滿了沉積物，而且乾了。有人破壞了這裡的汲水裝置，並將碎片推入井中，封住了井口。如果下面還有巨龍之銀，我們暫時也無法看到。我不知道我們是否還需要在這口井上花費時間。」他疲倦地歎了口氣，伸了一個懶腰，「我的朋友們，我想我們暫時應該歇一歇了。」

「清理掉那些垃圾。」

「這口井還可以挖得更深。古靈能夠從那個窟窿裡鑽進去。」

「還有巨龍之銀能夠被汲取上來嗎？」

群龍用銅號般的聲音焦急地提出他們的問題。賽瑪拉感覺到了他們對於那種珍貴物質的渴望。這就像是乾渴的人對於水的渴望，只是這種渴望要更加深刻。

「不！」噴毒的怒吼淹沒了其他所有聲音，「一定要巨龍之銀！我們必須要得到！如果你們不努力，就殺了你們！」

默爾柯緩慢地走上前，擋在噴毒和守護者之間，用一雙黑色的眼睛長久地盯著小銀龍。噴毒低下頭，直到自己的嘴碰到地面。他發出低聲嘶吼，但沒有後退。

「龍不只是想要巨龍之銀，他們需要它。」賽瑪拉低聲說道。這個想法突兀地從她的心中生出來。它似乎是一個古靈普遍知曉的智慧。在噴毒怒吼之後留下的驚駭中，賽瑪拉的這句話響起，傳入所有人的耳中。守護者們等待著，對於巨龍的反應感到困惑，直到默爾柯終於開始說話。他的聲音慎重而緩慢，就像往常一樣，他完全不在意噴毒的憤怒。

「曾經在這條河上有許多地方，巨龍之銀會直接滲入河水之中。巨龍自己就能夠喝到他們所需要的銀汁。有一些季節裡，水位會大幅度降低。有時候，在一場地震之後，一個地方的巨龍之銀會乾涸，但我們能夠感覺到它又從另一個地方滲出來。那是非常珍貴的物質。滲出巨龍之銀的最佳位置，經常會被最強壯的公龍所占據。」

他沉默了片刻，彷彿是在尋找最古早的記憶。卡羅從喉嚨深處發出一陣摩擦聲，就像是猛獸宣示地盤的警告。賽瑪拉從沒有聽到過任何龍發出這種聲音，但她立刻就明白了這聲音的意思。很少說話的巴力佩爾說道：「為了爭奪滲出巨龍之銀的源頭，曾經爆發過許多場血戰。那時候龍和人類還很少有接觸，我們是完全不同的生物。」

「一個野蠻的時代，」默爾柯表示同意。但他的語氣卻彷彿對那樣的衝突很是嚮往，「我們那時塑造的古靈非常少……我相信只有歌者，但已經有一些古靈居住在這裡。是他們的龍帶他們來到這裡。他們建起了一個小村莊。那些古靈並不會靠近滲出巨龍之銀的地方，也不知道巨龍之銀的存在，那不是為他們準備的。但在我們的記憶中發生了一場格外強烈的地震，巨龍之銀從一口人類挖掘的水井中湧出來。第一批發現它的人類因為接觸它而死亡，但吃掉那些人類屍體的龍，其精神力量變得異常強大。從那口井中湧出的是純粹的、真正的巨龍之銀，要比我們曾經嘗到的巨龍之銀都好得多，所有龍都知道從井中痛飲這種純淨銀汁的好處。我們開始能和人類說話，利用巨龍之銀的力量塑造他們，讓他們更適於服侍我們。他們變成了真正的古靈，並從巨龍的身上獲得了巨龍之銀的力量，以此建造了這個地方。一座由巨龍和古靈共用的都市。當又一場地震封閉了那口井，我們的古靈便為我們尋找到其他湧出銀汁的源頭。有一些白銀之井能夠持續很長時間，另外一些則會迅速衰竭。我已經不記得這口白銀之井是何時挖掘，以及如何挖掘的，但我的確記得這口井中曾經溢滿了巨龍之銀。」

「巨龍曾經能夠在這裡隨心所欲地痛飲巨龍之銀。但巨龍之銀的滲出逐漸變得難以預料，更難以尋找。我們的古靈冒著巨大的風險將這口井挖得越來越大，越來越深，並建起涼亭以庇護這口井。隨著巨龍之銀的逐漸減少，將它們送上地面也變得越來越困難，但他們還是找到辦法做到了這件事。井被挖得越來越深，這一口井尤其是如此。從這口井中湧出的巨龍之銀似乎會隨著季節而或漲或退，有時很少，有時很多。這個地方其他比較小的白銀之井最終都乾涸了。只有這一口，一直都能夠湧出銀汁，於是它成為了我們的珍寶。」

默爾柯停頓了一下。賽瑪拉只聽到群龍和古靈的喘息聲，還有遠方河水奔淌的微弱聲音。這時默爾柯又說話了：「那時的巨龍並非只有我們這一群，還有其他巨龍，但沒有純粹的巨龍之銀，他們不像我們這樣有清晰的頭腦。有時候，他們比被他們獵食的獅子和熊好不了多少。當我們在交配飛行中或者在前往溫暖地帶的時候，在遷徙路線上所遇到的那些龍，他們能夠嗅到我們身上巨龍之銀的氣味。他們也想要這種珍寶。有時候，他們會跟隨我們回到這裡，一直來到巨龍之銀生出的源頭，但我們將他們趕走了。有時候他們會成群結隊地飛來，但我們總是能在戰鬥中取勝，將它們趕回到他們自己的地方。」

「在克爾辛拉繁盛的時候，我們塑造了許多古靈，讓他們照料白銀之井，建造起溫暖舒適的地方，讓我們在這裡過冬，並幫助我們守衛這裡——這個世界上最好的巨龍之銀的源頭，而我們的城市也就圍繞這個源頭不斷擴張。古靈們採集了流動於銀色脈絡的岩石，發明了許多利用這種岩石的方法。我們使用巨龍之銀改造我們的古靈，而古靈則利用從我們這裡學到的智慧改造世界的這個角落。巨龍之銀一直留存在這些岩石的脈絡中，向我們講述過往的那些歲月。但龍無法喝下岩石。如果這口井枯竭了，我們將再也找不到更多的源泉……」

「為什麼龍會需要巨龍之銀？」希爾薇低聲問道。

她的龍轉過碩大的頭顱，看著她。一雙龍睛在火把的光芒中旋轉，顯示出一重重相互疊加的黑色渦流。當金龍再次開口的時候，賽瑪拉能感覺到他很不願意給出這個答案：「它能夠延長我們的壽命，就像延長我們的古靈的壽命。它是我們的一部分，就在我們的血液和毒素裡面，在我們還是長蛇時編織出來進行孵化的繭殼中。所以卡薩里克才如此重要。那裡的黏土河岸中就含有巨龍之銀。它不能被飲用，但在我們吐絲的時候，它能夠為我們留住記憶，就像這些岩石為古靈留住記憶一樣。在我們從長蛇變為龍的過程中，它幫助我們重拾祖先的回憶。如果巨龍之銀從這個世界上消失了，龍的許多能力也將永遠消失。儘管我們一族還將持續繁衍下去，但我相信，我們記憶的財富將大為減損。我們的思維將變得模糊。我們的生命也將大幅度縮短。」他放低聲音又說道，「我們塑造古靈的能力也將不復存在。」

巨大的金龍轉頭看著麥爾妲和雷恩。就像以往一樣，麥爾妲將襁褓中的嬰兒抱在胸前。面對巨龍，她就像是一個小女孩，而她的兒子是她最喜愛的布娃娃。即使在寒冷的夜晚，她也不會和兒子分開。難道她以為只要自己抱著兒子，兒子就不會死去？默爾柯的話則讓她立時變得面無血色。「就算婷黛莉雅回來，她也需要巨龍之銀才能改變妳的孩子，讓他能夠活下去。不管出於怎樣的原因，我們的生命全要依靠巨龍之銀。」

「不！不！」麥爾妲低聲哭泣著，轉向她的丈夫，撲進丈夫的懷抱裡，用他們兩個人的身體庇護他們的孩子。

焦慮的神色湧上希爾薇的雙眉。她伸出手，同情地撫摸金龍的臉頰。「默爾柯，如果這裡還有巨龍之銀，我一定會為你找到它。」

「我知道。」金龍平靜地回答道，「這正是古靈會做的事情。但我要警告你們，如果你們碰觸巨龍之銀，就會有生命危險。龍能夠飲用這種物質，但人類的皮膚如果接觸到它，只會導致人類慢慢死去。只有一些古靈能夠駕馭這種物質，但也要付出巨大的代價。」他又陷入沉默，彷彿在認真思考。沒有人敢繼續說話了。

麥爾妲抬起低垂的頭。眼淚沿著她的臉頰滾落，因為帶有她的血液，淚水變成了粉色。「但你說過，我碰觸過巨龍之銀。如果是這樣，我為什麼沒有死去？」

金龍緩慢地搖了搖碩大的頭顱，「古靈找到了一種方法，但我不記得那方法具體是什麼了。他們能夠碰觸巨龍之銀，甚至將巨龍之銀塗在手上以施行魔法。他們的魔法能夠向岩石注入目標，能夠對木材、陶瓷和金屬說話，讓它們變成特定的形狀，或者針對特定的刺激做出反應。這些物質都會聽從古靈的吩咐。古靈還能夠製造通往遠方的門戶，他們使用這種岩石門戶前往其他城市。他們能夠建造在冬季也保持溫暖的建築，能夠讓道路一直記得自己是道路，不會允許植物穿透路面。有時候，最強大的古靈能夠在死亡的時候利用巨龍之銀改變自己，進入到他們預先準備好的雕像中，以一種奇異的方式保存他們的生命。」

「還有的時候，他們會使用巨龍之銀進行治療，讓肉體回憶起自己健康的樣子，糾正傷病所造成的錯誤。他們使用巨龍之銀的技巧還能夠延長他們自己的生命。如果現在還有這種能夠駕馭巨龍之銀的強大古靈存在，他甚至有可能治癒你們的孩子。那些古早的古靈已經完全成為了一種魔法生物。但也許他們的時代已經過去了，再也不會重現。也許巨龍的時代也過去了。」

「不要這樣說！」希爾薇叫喊著撲到金龍的身側。守護者之中並不止她一個熱淚盈眶。他們走了這麼遠，難道最終仍然只是一場空？

雷恩抱緊麥爾妲和他的孩子，向妻子許下承諾：「如果這裡有巨龍之銀，我一定會為埃菲隆找到它。」

婷黛莉雅要比自己想像的更虛弱。她打裂了船舵，卻無法將船舵從船上除去。她將頭伸到水下，用牙齒咬住船舵，用爪子抓住它，用力撕扯，要將它從船上拔下來。但這艘船卻隨著她的揪扯而晃動，讓她失去了平衡。她下意識地張開翅膀，想要支撐住自己，卻沒想到發生了一件意外的事情。

人類的運氣實在是太好了。其實那個擲出長矛的人在驚訝中根本就沒有瞄準。但長矛還是擊中了婷黛莉雅。巨龍尖嘯一聲。這柄從黑暗中擲來的長矛正好擊中了她身上已經埋了一枚箭頭的那個潰爛腫脹的傷口，那正是她身上最脆弱的一點。婷黛莉雅感覺到一陣無法忍受的灼痛。因為潰瘍而變得柔軟的傷口徹底裂開，箭頭被長矛挑了出來。鮮血和膿水隨之流進冰冷的河水裡。隨著膿水迅速流盡，劇痛中又伴隨著一種壓力突然被釋放的強烈衝擊，整個世界都在婷黛莉雅周圍旋轉。星光在河面上閃爍。婷黛莉雅掙扎著想要遠離那艘船。

一根長杆第一次擊中了她的頭部。突然間，兩艘船上冒出許多人。船槳和船篙如同雨點一般向她擊落。近距離射出的羽箭儘管沒有穿透她的鱗片，卻還是引發了她的一陣陣痛楚。婷黛莉雅的頭腦已經一片混亂。她沒有能逃走，而是被困在兩艘船之間。有人向她拋過來一個空桶，擊中了她的後腦。她感到一陣眩暈，頭沉入了水中。

她抬起頭，聽到兩艘船上的水手們發出狂野的歡呼聲。她知道，他們就要殺死她了。怒火湧過她的全身。這些渺小的人類竟然能夠對巨龍做出這種事。她已經不在意自己會暴露出柔軟的腹部，用後腿站立起來，伸出前爪拍擊木船。與此同時，她高揚起頭，用銅號般的吼聲發洩自己的憤怒和絕望。

他們殺死了我！恰斯人刺我、砸我。我死了！巨龍一族，如果你們還有誰活著，為我報仇！冰華，如果你能聽見我，你應該知道，我們的後代沒有出生就已經死了！為他們報仇！

卡森用粗嘎的聲音說著話。聽上去，他就像是在道歉，彷彿他剛剛向麥爾妲宣布，她的孩子已經必死無疑。「我只是說這口井被沙子堵住了，但不是乾涸了。我們有辦法將沙子挖走，疏浚井眼。在雨野原，水井經常會被淤塞住。我只是感到奇怪，既然這口井如此靠近大河，它裡面為什麼沒有水。

明天，等到天色明亮，可以工作的時候，我們就會用鉤子掛住那只桶，我們會用盡全力把它拉出來，然後我們就能更清楚地看到這裡的巨龍之銀能有多深。但現在溫度越來越低了，我懷疑天亮之前還會下雨。讓我們先回去。過了這個晚上以後，明天一切都會好起來的。」

守護者們紛紛點頭。有一些人已經從臨時搭建的架子上拿起了火把。軒尼詩向蒂絡蒙伸出手，蒂絡蒙欣然挽住他的手。在一堆木料後面，絲凱莉悄悄向埃魯姆的道別。巨龍們也都轉過身，拖著緩慢的步伐走過街道，向沙床或熱水浴池走去。守護者和船員們則開始收集工具。噴毒是最後一個轉身的。他低垂著頭，嘴角流出一點毒液，落在石板地面上，嗞嗞作響著。

「他們需要巨龍之銀才能活下來？」刺青在賽瑪拉身邊低聲說道。

「才能活得長久，並將他們的記憶傳遞給後代。我想應該是這樣。」賽瑪拉回答道。然後她又不情願地說道，「我們也需要巨龍之銀。我推測，古早的古靈之所以能夠延長生命，都是因為他們在年老的時候可以用巨龍之銀修復他們的身體。」

他們兩個全都聽到了默爾柯的講述。而他們之間的相互討論只是讓他們更加相信了這個事實。他們都沒有提起麥爾妲的孩子，更閉口不談將來在克爾辛拉生出的孩子會是怎樣。在自己的心裡，賽瑪拉相信那個孩子已經沒有活路了。他需要一頭已經多年未曾現身的巨龍來救治，還需要一種數十年都不曾流淌出來的魔法物質。賽瑪拉對那個家庭感到難過，但她收束著自己的心，不敢流露出太多感情。從另一個角度來講，她又很慶幸自己不曾冒險懷孕。她可不想有麥爾妲那樣的經歷。

拉普斯卡突然出現在他們身邊。「我想，明天我們之中的一些人應該去尋找默爾柯提到過的那些更小的井。看看它們是不是真的都乾了。在我看來，如果一口井因為地震而乾涸，也許就會有其他的井因為地震而重新湧出巨龍之銀。」

「好主意。」刺青說道。賽瑪拉能夠從他的聲音中聽出他對自己那頭綠龍的擔憂。賽瑪拉試著去思考自己對於這種可能的危險有什麼樣的看法，她發現辛泰拉也對此產生了感應。她說道：「我會再等一下，看看我們能夠從這口井中得到什麼，然後再擔心別的事情。也許這口井只是堵住了，很快就能重新湧出巨龍之銀。只要我們將塞住它的垃圾徹底清理掉，至少我們還能夠從井底取出一點巨龍之銀來。」

「就是這樣！」拉普斯卡充滿希望地喊道，「我的荷比會需要……」他的話音突然消失了。他瞪大了眼睛，深深吸了一口氣，又屏住呼吸。

「拉普斯卡？」賽瑪拉急忙問道。

拉普斯卡猛地轉過頭。他的眼睛突然聚焦在賽瑪拉的身上。「最骯髒、最卑鄙的！巨龍正在受到人類的攻擊！我們必須飛去援助她，就是今晚，就是現在！」

他的話音幾乎被巨龍銅號般的吼聲所淹沒。轉瞬間，同樣的意念也穿透了賽瑪拉的腦海。在某個地方，一頭龍正在死去。是人類殺死了她。一位巨龍女王。婷黛莉雅！婷黛莉雅，引領長蛇來到雨野原的女王。婷黛莉雅即將死在卑鄙的人類之手！她正在召喚龍族為她復仇！

「婷黛莉雅，婷黛莉雅！」麥爾妲痛苦的尖叫聲比龍群的吼叫更加高亢，「如果妳和妳的後代滅絕，我的也將一併滅亡！藍色的女王啊，天空的奇蹟，不要死去！不要就這樣屈服！」她突然轉過身，對其他守護者開了口。在黑夜中，她高高地挺直身子，所有人都感受到了她懇求的力量，「古靈們，起來！去援助她。我乞求你們！是的，這是為了我的孩子，但這也是為了我們全部龍族！如果你們讓藍寶石一般的婷黛莉雅遭遇這樣的劫難，那麼你們還有什麼安全可言？」

在火把和油燈的黃色光亮中，麥爾妲全身都閃耀起光彩。賽瑪拉的全身泛起一種奇異的顫慄感，她看到了古靈的女王。怪不得遮瑪里亞人會這樣尊敬她。她的話語中充滿威嚴，就如同巨龍的魅力。賽瑪拉突然堅定地相信，如果婷黛莉雅能夠感覺到麥爾妲的話語，她一定能夠從這番話中得到力量。

「我們起飛！」拉普斯卡用嘹亮的吼聲回應麥爾妲的呼籲。他的聲音強壯而又狂野。他的眼睛裡燃燒著怒火。他嘴唇上剛毅的線條讓賽瑪拉彷彿看到了一個完全陌生的人。他大步走進激動的古靈和巨龍之中，彷彿身子突然變高了。「我的盔甲！我的長矛！」他大吼著，「我的僕人在哪裡？讓他們取我的武器來。我們必須在今晚飛上天空，來不及等待太陽出來了。等到那時，她將墜入永恆的黑暗。起來，拿起你們的武器。準備好龍鞍！為巨龍束好戰鬥輓具！」

賽瑪拉凝視著他，雙唇微張。她覺得自己彷彿落進了時間的旋渦中。是特萊托，特萊托說話的時候就是這樣充滿了威嚴的氣勢。特萊托就是這樣邁著矯健的步伐。在賽瑪拉周圍，巨龍已經紛紛站立起來，發出銅號般的怒吼。守護者們匆忙向自己的龍跑去。一些人懇求他們的龍留在這裡，不要冒險在黑暗中飛行。另一些守護者卻已經從龍群中退開。巨龍們紛紛抖動翅膀，仰起脖子，讓自己的毒腺充滿強酸。他們彷彿根本沒有注意到拉普斯卡特別的舉動。

拉普斯卡大步向賽瑪拉走過來。他緊咬著牙關，臉上卻露出微笑。賽瑪拉僵立在原地，任由拉普斯卡將她抱在懷中，讓她緊貼在自己的心口。「不要害怕，親愛的。我已經一百次上陣殺敵，每一次我都會回來見妳，不是嗎？這一次也不會是例外。相信我，愛瑪琳達。我會平安地回到妳身邊，帶著榮譽和完整的身體。我們要打退所有敢於不請自來、入侵我們國土的惡徒！」

「拉普斯卡！」賽瑪拉喊著他的名字，從他的懷抱中掙脫出來，然後抓住他的肩膀，用盡全力搖晃他，「你是拉普斯卡，我是賽瑪拉。你不是武士！」

拉普斯卡用怪異的眼神盯著賽瑪拉，將身子挺得更高。「也許不是，賽瑪拉，但必須有人去戰鬥。只有我的龍願意讓我騎在她的背上。我必須去。那些殘忍的暴徒正在攻擊巨龍女王，他們要像屠宰母牛一樣屠宰她！這絕不能容忍。」

這是拉普斯卡的聲音，這誠摯火熱的眼神也是他的。但他說話的韻調和用辭都是特萊托的。賽瑪拉又做了一次努力，「拉普斯卡，你不是他。我也不是愛瑪琳達，我是賽瑪拉。」

拉普斯卡的眼睛再一次聚焦到賽瑪拉的臉上。「妳當然是賽瑪拉。我知道我是誰。但我也擁有特萊托的記憶。擁有他的記憶需要我付出一個小小的代價，那就是遵從他給予我的人生，繼續他的責任和工作。」他向賽瑪拉俯下身，看著賽瑪拉的眼睛，彷彿在尋找什麼，「就像妳應該遵從愛瑪琳達的記憶，繼續她的任務。賽瑪拉，必須有人這樣做，那個人就是妳。」

賽瑪拉看著拉普斯卡，搖了搖頭。她隱約感覺到刺青站在他們兩個身邊，正專注地看著他們，但現在她沒有時間照顧刺青的感受，無論刺青會想些什麼。她緊緊抓住拉普斯卡，認真地說：「拉普斯卡，我不希望你成為特萊托。我也不想成為愛瑪琳達。我希望我們就是我們，無論我們做什麼，我都希望那是我們自己的決定，而不是另外某個人生命的延續。」

拉普斯卡微微歎了一口氣，將目光轉向刺青。「照看好她，我的朋友。如果我沒有回來，請記住我。」然後他又轉回頭，看著賽瑪拉的眼睛，「總有一天，妳會明白。我相信那一天來得越早越好。為了我的榮譽和我的誓言。荷比！荷比，到我這裡來！」

他轉過身，不再看賽瑪拉。另外一個女人在另一段歲月中喊道：「你的劍！你的盔甲！」賽瑪拉幾乎要奔跑著追了上去。

但刺青就在她的身邊，緊緊抱住她的手臂。在巨龍騰飛，守護者奔忙的一片昏亂中，他在她的耳邊說：「他沒有那些，他從來都沒有。賽瑪拉，回到我這裡來。妳不能阻止他。這一點妳很清楚。」

「我知道。」賽瑪拉不知道刺青所說的是拉普斯卡沒有武器上陣殺敵，還是他沒有另外那個人的人生和責任。她看著自己身邊的這個男人。淚水痛苦地從她的眼睛裡湧出來。「我們要失去他了。我們要失去我們的朋友了。」

「恐怕妳是對的。」刺青將她拉進自己的懷中，讓她的頭抵在自己的胸口上，保護著她。在他們周圍，巨龍發出銅號般的吼聲躍入天空。龍翼鼓起的強風吹襲在他們身上。巨龍的戰吼震耳欲聾。沒過多久，龍群就飛上了遼闊的天空。

賽瑪拉抬起頭，看著巨龍離去。黑色的天空已經將他們全部吞沒，只有雨水落在她仰望的臉上。

犁月第六日
商人聯盟獨立第七年
來自金姆，卡薩里克信鴿管理人
致繽城貿易商芬波克

親愛的貿易商芬波克：

我必須承認，我收到一封來自於你那裡的信。這封信讓我感到極為困惑，或者是你錯寄了這封信給我，不知道這樣一封信會對我的名譽造成多麼大的損害，或者你就是一個十足的惡棍，故意要羞辱我。也許你被某個惡人的欺騙，他冒充我的名頭，以此來誹謗我。我選擇希望你並不是那種惡人，願意讓我們兩個的名譽都受到威脅。

我收到的信，不僅聲稱我從其他貿易商那裡偷竊情報轉交給你，還說你一直在付給我大筆金錢以購買這些情報。這封信中說，除非我將關於你兒子的訊息明確向你告知——儘管我向你保證，我從沒有聽說過他的訊息——否則你就要向繽城信鴿公會告發我！

這封信讓我感到意外和震驚。我忽然想到，也許這實際上是你的敵人寄來的信。他的目的無疑是要對你的財政狀況和社會地位造成毀滅性的打擊！如果我將這封信交給信鴿公會，告訴他們我是無辜的，他們肯定會將這封信交給繽城貿易商議會，讓那些議員決定你是否參與了盜竊其他貿易商的祕密，以及利用這些情報來為自己牟利。

請立刻回覆我的這封信，這樣我們就能澄清整件事情了。

金姆

13 最後的機會

「死的東西都會漂在水上。」

達根大人以不容置疑的口吻說出這句話，彷彿命令著某個人或者某件事必須如此。疲憊的恰斯人聚集在甲板上，在雙腳之間來回移動著重心，卻沒有人敢回話。這對於他們來說太明顯了——也許死龍並不會漂在水上。在昨晚喧鬧的戰鬥中，他們殺死了那頭藍色的怪物，親眼看著牠沉入水中。看到那個沒有了生命的大傢伙沉下去，許多人發出了沮喪的喊聲。另一些人則勸說他們可以再等一等，那頭龍會浮起來的。

太陽已經越過了天頂，至今仍然沒有屍體浮出水面，船上也沒人睡覺，所有人都一直在盯著河水。一開始，他們唯恐那頭龍還沒有死，又會向他們發動攻擊，但隨著夜色褪去，龍沒有再冒頭，他們仍然眼巴巴地看著，害怕他們追尋了這麼久的目標，他們一切夢想的基礎會永遠躺在河底，讓他們再也無法得到。

他們用最長的船篙探索了兩艘船之間的河道，卻只碰到了水和河底。一名倒楣的划槳奴隸被迫在腳踝上拴了一根繩子，被扔出船外。恰斯人命令他要盡可能潛到深水，去看看那裡有什麼。他不想下去，一直叫嚷著表示反對，而他的同伴們只是服從地抬起他，把他拋到船外。他根本不會游泳，直接沉了下去，又掙扎著冒出水面，乞求船上的人救他。但恰斯人只是喝令他潛下去尋找龍屍。詔諭覺得他根本沒有聽恰斯人對他喊什麼。

但他終於還是因為自己的蠢笨而再次沉進了河裡。第二次，他們拉起繩子，將他從水中拽出來。他躺在甲板上，就像一個死人，皮膚完全被河水泡紅了，眼睛因為酸水的刺激生出一片灰翳。過了一段時間，他才開始喘氣。恰斯人向他喊叫，逼問他在水下看見了什麼。「沒有！我什麼都沒有看見！」這個人非常害怕自己會瞎掉，甚至忘記了對主人的恐懼。

達根大人輕蔑地踢了他一腳，宣布他已經沒用了，要將他扔下船。幸好另一個恰斯人對他說，就算是讓一個瞎子划槳也好過一個空的槳位。詔諭注意到，沒有一個恰斯人自告奮勇要下水去查看情況。

現在，升起的太陽讓他們能夠清楚地看到周圍的樹林。他們對附近河岸進行了搜索，想要看看龍屍有沒有被沖上岸。但他們什麼都沒有找到。然後達根大人宣布，也許是水流把他們的戰利品沖到下游去了。他憔悴的手下們全都盯著他，眼睛裡充滿了病態的懷疑。那頭龍已經沒了，他們全都知道。

他們的頭領卻不像他們這樣意志消沉。「好了，來吧！」達根大人用言語勸誘他們，「難道你們現在想要休息，讓我們的寶物從我們的指縫裡溜走嗎？河水把牠帶到下游去了。我們要找到牠。現在我們的每一次划槳都會讓我們離家更近，也離我們的黃金財富更近！」

在詔諭聽來，這完全是騙人的謊話，是母親讓孩子張開嘴吃下苦藥時才會用的花招，但恰斯人卻因此接受了達根大人的鼓動，開始準備新一天的航行。他們還有什麼選擇？詔諭忽然感到一些奇異。作為一名奴隸，他才知道絕大多數人在自己的一生中是多麼缺乏選擇。他的一生全都是由他父親的威嚴所塑造的。昨天晚上，站在甲板上為恰斯人提燈照明的詔諭，覺得自己偷來的破斗篷和那個寒冷的貨櫃就像是一個舒適的避難所。他重新考慮了塞德里克關於他們兩個逃往遙遠國度的幻想。直到他們兩個在繽城的生活結束之前，塞德里克只將這個幻想提出過一次。那時詔諭對他的提議嘲笑了一番，便禁止他再說出這個白癡的夢。

詔諭回憶著那次爭執的細節，同時站在黑暗的甲板上，連續幾個小時用他的身軀充當一根燈柱，而且還要將油燈舉得很高。他相信，這全都是塞德里克的錯，才讓他落得今天這樣的下場，他的情人夢想著要獲得一筆財富，之後便能遠遠離開繽城，和他一起居住在一個奢華的地方，不必再向詔諭的妻子和繽城的社交圈隱瞞他們的關係。詔諭那時就告訴他，不要想這種荒謬的事情。他們現在這樣就很好。詔諭不想用他舒適的生活做賭注。但不管他是否願意，塞德里克已經為他們拋出了骰子。結果他沒有能贏得財富和遠在異國的自由生活，反而為詔諭贏得了一個奴隸的位置，並為自己贏得了一場特殊的流亡生活。

詔諭早就聽過了這些恰斯獵龍人的夢想。塞德里克一定不曾想像過龍的血肉竟然有這麼大的價值。詔諭第一次開始懷疑塞德里克是否已經實現了他的野心，是否已經獲得了龍血和龍鱗，並將它們賣了一個好價錢，之後一個人生活在那個曾經被詔諭嘲諷過的夢想之中。不，他沒有，如果塞德里克真的將這樣的寶物獻給了恰斯大公，或者是交給了能夠完成這筆交易的任何人，這些恰斯人一定會知道。那樣他們就應該能結束這個可怕的任務，早回家去了。而如果塞德里克贏得了大筆財富，他一定會回來找詔諭，求詔諭和他一起走。對此詔諭非常肯定。塞德里克總會回來找他的。

那麼，塞德里克和愛麗絲到底出了什麼事？詔諭並不是很在乎他那個沒見過世面的小妻子為什麼還不回到他身邊來。但又是什麼事情阻止了塞德里克？塞德里克還是少年的時候就和他在一起，和他共同度過了很多浪漫的日子。如果塞德里克能回家，無論有沒有龍血，他一定會回來。萊福特林船長宣稱愛麗絲和塞德里克都活著——詔諭在崔豪格和卡薩里克只收集到了這樣一點情報。

「那是什麼？」一個人喊道。喊聲中充滿了驚奇，甚至還有恐懼。所有人都攀在船欄杆上，向那個人所指的方向望去。那頭龍回來了？但那個人明顯沒有指向河面，而是指向了天空。

「鸚鵡，」有人氣惱地喊道，「只是一群藍色和綠色的鸚鵡。」

「還有金色、金色、紅色和藍黑色。」另一個人喊道。

「和鸚鵡相比，牠們有一點大……」

那不是一群被從樹冠上驚起來的鳥。牠們飛得很快，寬大翅膀搧動的樣子更像是蝙蝠，而不是鳥類。他們的飛行隊形很像是大雁，就連那種有力的振翅都整齊一致，彷彿在遵循某種有節律的號令。詔諭和其他人一同盯著天空。他知道自己的臉上肯定已經沒了血色。他的雙手和雙腳都在感到一陣陣刺痲，嘴巴卻發不出聲音。終於有人開始高喊。那喊聲中仍然充滿了難以置信的神情。

「龍！一群龍！」

「幸運終於眷顧了我們！準備好你們的弓箭！」達根大人喜悅地喊道，「牠們飛過我們頭頂的時候就發動攻擊。我們只要射下一兩頭龍，就能裝滿船艙回家去了！」

詔諭第一次意識到這個人瘋了，他對家人的擔心讓他失去了理智，相信自己一定能獲得那些帶有魔法的血肉，回家去救出自己的親人。詔諭突然恐懼地知道，這個恰斯人的親人早就不是活人了。也許幾個月以前，他們就已經極其恐怖地死去，臨死前可能還尖叫著達根大人的名字。

這個任務已經是這個人所剩的一切，而這一切都只是幻想。就算是他能夠帶著滿船鮮血淋漓的肉塊和一桶桶血液回家，他也得不到什麼美好的人生了。就算是贏得了他瘋狂的目標，他的結局也將是一場慘敗的災難，但這就是他的人生，他被困在了這個人生裡，就像他將詔諭也囚禁在這個瘋子的任務中一樣。無論他給自己帶來了怎樣的毀滅，詔諭也要為他陪葬。詔諭沒有武器，只能站在船上看著災難降臨。那些傳說中的怪物，在沒有邊際的灰色天空中閃爍著寶石一般的光澤。從遠處看，牠們更像是某位女士精美的音樂盒上的裝飾，而不是氣勢洶洶的飛行猛獸。在詔諭身邊，兩艘船的甲板上到處都是奔跑喊叫的人們。他們給自己的硬弓上弦，向同伴索要利箭，活動手臂，準備投擲長矛。*他們根本就不知道那是什麼*，詔諭在心中想著。他曾經在繽城見到過一次那頭藍龍——婷黛莉雅。那是在婷黛莉雅將恰斯軍隊趕走以後，他返回繽城的時候。他遠遠看見了她，覺得她非常美麗。

但在詔諭回到城中以後，他才見識了一頭龍的怒火是什麼樣子。婷黛莉雅並非有意要用強酸在鋪路石板上腐蝕出無數空洞，也沒有故意讓港灣裡堆滿沉船。這些破壞都只是一些意外。詔諭看到的只是一頭龍為了保衛一座城市而留下的痕跡。

他站在甲板上，試著點數飛來的巨龍。數到第十頭的時候，他放棄了。十倍的死亡真的是確定無疑的死亡。被鐵鍊拴在船槳上的奴隸全都在祈禱，詔諭很想加入到他們之中。

龍群整夜飛行，完全不在意寒冷和斷斷續續的降雨。辛泰拉本以為他們天亮的時候就會耗盡精力，但他們並沒有。他們一直在向前飛，直到太陽升起，直到太陽爬上天頂，他們都不曾有片刻停留。所有巨龍彷彿心中只有一個念頭，彷彿他們又變回了蠻荒時代那種心思單純的猛獸。默爾柯率領著巨龍陣列，辛泰拉驕傲地飛翔在他的右邊。藍黑色的卡羅在默爾柯左側，再後方是賽斯梯坎和巴力佩爾。辛泰拉知道，這三頭公龍一直和默爾柯在一起，也許還是長蛇的時候，他們就一同在海洋中巡行察看。他們之間也許會有爭吵，但現在，他們要齊心協力擊敗共同的敵人。他們之間的一切分歧都已不復存在。就連他們對巨龍之銀的渴望也被暫時壓抑下去。他們一共有十五頭巨龍，全都回應婷黛莉雅的吼聲，前去為她復仇。

銀色的噴毒跟在隊尾。紅銅色的芮普妲強有力地揮動著翅膀，她早先的笨拙現在已經沒有留下任何痕跡。可笑的是，紅色的荷比一直在到處亂飛。有時在隊伍裡，有時跟在隊伍後面，有時又飛到隊伍旁邊。騎在她背上的那個細瘦的紅色古靈一直在不停地唱歌，那是一首關於憤怒和復仇的歌曲，也是一首讚美怒火巨龍翱翔天際的美麗身影，歌頌他們偉大勝利的歌曲。這實在是太可笑了，但更加荒謬可笑的是，辛泰拉和其他巨龍都很喜歡他的歌。賽瑪拉曾經不止一次抱怨巨龍們隨心所欲地使用他們的魅力驅使守護者照顧他們，但她從沒有一次承認過人類用歌聲讚美巨龍、向巨龍獻媚時，又會對巨龍造成怎樣的操控。在拉普斯卡的歌聲中，那些輝煌非凡的美麗巨龍戰勝一切強敵和困難的景象，絕不會只在辛泰拉的意識裡閃耀。

他們保持著直線飛行，並沒有依循蜿蜒曲折的河道。對於他們，黎明來得比對河面上的船更早。覆蓋了雨野原這一地區的高大樹木完全遮蔽了初升的太陽。巨龍們則在樹梢上方飛行，感覺到太陽的熱量讓他們疲憊的翅膀變得更加靈活。終於，樹林分開，露出寬闊的河道。他們看見了遠方的敵人。

「報仇，美麗的巨龍，天空中的寶石！我們將為他們帶來死亡。這是無比榮耀的死亡。他們就算是在死去的時候，也會讚美你們！」

「把他們全部摧毀！讓他們的船沉入河水！」卡羅銅號般的怒吼震盪著灰白色的天空。

拉普斯卡放聲大笑。「喔，不，強大的巨龍！我們不需要摧毀那些有用的船。只有那些犯有殺戮惡行的人必須死。我們要留下足夠的人手，將我們的戰利品帶回家！可以允許他們之中的一些人活下來，作為我們的僕人，為我們照料牲畜。還有一些人可以換取贖金！不過，現在，就先將恐懼烙印在他們的心中吧！」

上午的太陽照耀著，這名年輕的古靈閃耀著燦爛的紅光，他的衣服是藍色和金色的，就像是風中的戰鬥旗幟。他用一種古早的語言和渾厚的嗓音唱起一段歌曲。辛泰拉發現自己記得這首老歌。當拉普斯卡在一段韻律結束之後、停下來吸氣的時候，巨龍們同時發出銅號一般的吼聲。辛泰拉的心中充滿了憤怒和對於自身力量的喜悅。他們靠近了那兩艘倒楣的船，隨即向他們俯衝。

巨龍飛過時鼓起的強風，讓兩艘船劇烈地顛簸。還記得放箭的人只能看到他們細小的羽箭在龍翼下的氣流中旋轉飄飛。附近樹冠上落下的葉片和細枝如同雨點一般，帶著尖利的嘯聲射向他們。河面上泛起一片片波浪，詔諭踉蹌著靠在船艙上。

「我們要死在這裡了！」他喊道。他在突然間看清了這一切。那些龍會盤旋下降，向他們越飛越低。他們要擔心的根本不是風。和巨龍將要噴在他們身上的強酸相比，這陣風不過是在友善地拍拍他們的肩膀。就算是一滴強酸也能殺人，它們會穿透衣服、皮肉和骨骼，穿透整具屍體，最終流進地面。如果巨龍將毒液噴成一片覆蓋廣闊的霧氣，他們就只會剩下潰爛的血肉和冒煙的骨骼了。

詔諭發出無言的尖叫，這些想像已經刺穿了他的大腦。

「下船！藏到樹林裡去！」有人高聲下達了命令。許多人爭先恐後地依令而行。在被鎖住的艙蓋下面，恐懼的尖叫聲驟然響起，但現在已經沒有時間去想別人了。下船！這是詔諭唯一可能的生存機會。他向船欄杆跑去。衝進同樣在逃命的人群中。他很走運，他的船是距離河岸最近的。河水冰冷刺骨，幾乎要沒過他的頭頂。他緊緊閉著眼睛，在水中盲目掙扎、跳動，幾乎不敢睜開眼睛，直到他感覺自己的靴子踏上了黏滑泥濘的河底，然後他飛快地眨了一下眼，立刻被河水刺痛了雙眼，導致自己的視野一片模糊。又掙扎了一段時間，他才爬上了生滿蘆葦的泥土河岸。

他是第一個上岸的。他身後的船上和水中仍然是一片混亂，人們胡亂撲騰著，有些人在河邊與水流抗爭著，另一些人被困在兩艘船之間，因為冰冷的河水和強烈的恐懼而變成了半瞎，甚至陷入暈眩。他們不停地哭泣、尖叫，而巨龍這時候又飛轉回來。龍翼鼓起的強風搖晃著船，溺水的人們發出的哭喊聲被震耳欲聾的巨龍吼聲所淹沒。詔諭完全被這種聲音嚇呆了。他踉蹌著捂住耳朵，巨龍的威勢和力量猛烈地震撼著他的內心。他跪倒在地，哭泣著責備自己竟然敢於挑釁如此強大的生物。他周圍的人們也都是如此。他們乞求著寬恕，發誓願意終生侍奉巨龍，只要巨龍饒過他們。他們跪伏或倒臥在泥濘中。只有詔諭站立著，雙手舉向天空。他突然意識到，自己正在高聲讚美著那些巨龍的美麗。在遙遠的天空中，龍群開始盤旋轉向。他能夠確定兩件事：這一次，他們回來是要進行殺戮，隨後他更清楚地知道，剛才那一段時間裡的思維和心意，都不是他自己的。就像一場夢，他對自己說，**在這場夢裡，我所說的話，所做的事，都不可能出現在我清醒的時候。那不是我，那不是我的意志。**

然後，隨著龍群逼近，一切理性的思維又全都煙消雲散了。

每一個能夠逃離船的人都逃走了。辛泰拉模糊地察覺到一些被困在船上的人正發出驚慌的哀嚎。一些人還在船上蹦跳，對抗著將他們鎖在凳子上的鐵鍊，完全不在意這樣的行為會傷害到自己。人類囚禁著人類，她猜不出是為什麼，也沒有興趣尋找這個問題的答案。當默爾柯率領他們降落在河中的淺灘上、彼此涉水前進的時候，她並不喜歡這種感覺，但她能夠感覺到金龍的目的。那些人類已經斷絕了他們和船的關係。她知道有幾個人漫無目的地逃進了森林。今晚或明天，他們會死在那裡。沒有庇護所和食物，人類無法生存。

但還有一些人匍匐在草叢中，躲在樹幹後面，或者只是趴在地上。他們被嚇壞了。沒有人被巨龍的爪牙或吐息殺死。那些死掉的人全都是自尋死路，他們弱小的意識無法抵抗巨龍的憤怒和威嚴——那種攝人心魄的恐怖魅力。隨著龍群涉水走出河面。這些成為巨龍俘虜的人之中有一部分發出了恐懼的哀嚎。荷比破壞了巨龍莊嚴的隊伍。她躍出水面，在泥岸上猛然停住腳步，把一片灰色的泥漿潑在那些瑟縮的人類身上。辛泰拉輕蔑地哼了一聲。

她注意到拉普斯卡沒有從紅龍的背上下來，直到荷比移動到一個不是那麼泥濘的地方，他才跳下龍背，華麗的古靈斗篷在他的肩頭飄揚。只有極少數幾個入侵者還沒有被徹底嚇傻，而他們也只是張大了嘴、敬畏地看著他。辛泰拉有些勉強地承認，比那些滿身泥巴、匍匐在地的人類，拉普斯卡看起來要更輝煌許多，只有這樣高峻纖長的古靈才是巨龍適切的夥伴。拉普斯卡向周圍望瞭望，臉上帶著一絲冷酷的微笑，然後他將斗篷甩到一側肩後。辛泰拉幾乎是帶著驕傲的心情看著他大步走向那些人類，高聲命令道：「站起來！過來！現在你們要為自己犯下的罪行接受審判了。」

那些人全部服從了命令，儘管巨龍已經收回了控制他們的魅力，他們還是毫無違抗的意思。他們已經被恐懼摧毀了心志，已經被徹底打敗了。他們全身溼透，因為寒冷而瑟瑟發抖，在拉普斯卡面前聚成一堆。仔細觀察，他們的樣子有很大差別。其中一些衣衫破爛，身體瘦弱，還帶有疤痕。另一些明顯是弓箭手，戴有皮革護腕，衣服緊湊合身。還有人穿著華麗的貴族服飾。巨龍們借助古早的回憶，明白所有這些人的身分。但在巨龍的眼中，這些人剝掉衣服之後，就全都是一群表皮柔軟、只會尖叫的猴子。

詔諭發現自己也聽從命令，他走上前準備接受審判，然而他還保有自己意識的某個角落，意識深處仍然不斷呼喊著自己。所以，即使和其他人一同跪成了一排，他還能意識到自己所感覺到的敬畏和恐懼並非完全是理性的。他大著膽子，飛快地瞥了一眼跪在自己身邊的俘虜們，其中更有一些看上去就像是等待宰殺的馴順羔羊。但在另一些人的眼睛裡，他看到了抗爭的火星。他惶恐地意識到，一些恰斯人的划船奴隸要比奴役他們的貴族更加能夠控制住自己的意識，但他已經沒有時間仔細思考了。一名紅色的武士正大踏步向他們走來，詔諭從沒有見過他身上如此光彩奪目的衣裝。他的步伐完全屬於一位軍人，但他沒有披掛盔甲，也沒有攜帶武器。也許他根本就不需要這些。

他在這些俘虜面前停住腳步。一頭紅龍跟隨在他身後。但真正吸引住詔諭目光的是一頭遠高過武士和紅龍的金色巨龍。那頭怪物的眼睛很大，如同兩個黑影重重的深潭。詔諭盯住那雙眼睛，覺得它們彷彿正在旋轉，釋放出一種鎮定的氣勢。而所有這些巨龍中最大的一頭如同藍黑色的山峰，俯瞰著地面上的一切生物。陽光彷彿完全被吸入了他的軀體，消失在他隱隱的怒火之中。他銀色的眼睛裡沒有任何倒影。話音傳來，詔諭不知道說話的是紅色的武士還是龍。「你有沒有傷害過龍？」

「沒有。」詔諭說道。他的確沒有。他從沒有向龍射過箭，或者擲出長矛。他發現自己已經站起身，正在後退。還有其他人也在這樣做——奴隸和水手，甚至還有一名恰斯弓箭手，另一些人繼續跪在地上。詔諭有一種非常不安的感覺。

「審判已經做出，」紅色武士宣布，「你們這些人竟敢與榮耀的巨龍對抗，所以你們將在餘生中侍奉巨龍。這是睿智的默爾柯賜予你們的仁慈。一個勞工的村莊正在等待你們，你們可以在那裡變成有用的人。如果你們不願或無力侍奉巨龍，你們將被吃掉。不管怎樣，你們的生命都將用來償還你們犯下的罪行。你們其他人也參與了一場最為邪惡的入侵，同樣無法逃脫罪責，但你們的家人如果願意，能夠將你們贖買回去。如果他們不付贖金，你們也能夠為我們工作。這件事可以等我們回到克爾辛拉之後再行商議。現在，邪惡之人必須受到綁縛與看押。」紅色武士瞇起眼睛，端詳片刻，指著兩名奴隸和一名水手說，「你們三個負責這件事。把他們看管好，然後組織人手駕駛那兩艘船。你們要將它們駛往克爾辛拉。它們是我們合法的戰利品。因為你們未經許可就入侵了我們的國土，還犯下了邪惡的罪行。」

紅色武士轉身離去。驚愕的人們立刻開始議論紛紛。「這已經是你們能夠得到的最大的仁慈了。」紅色武士頭也不回地丟下這句話，向正在等待他的紅龍走去。那頭龍低垂下巨大的頭，嗅了嗅他。他伸手撫摸紅龍的臉頰，彷彿突然間，他變成了一個一心只愛著這頭怪物的男孩。

詔諭完全不相信自己的耳朵。「但……」他開口想要反對。沒有等他把話說出來，一個恰斯人已經跳起了腳。他就像是站在一群蚊子裡一樣搖晃著腦袋，高聲喊道：「不！我絕不會當奴隸。我是恰斯國的達根大人，我寧可死，也不會低頭扛起奴隸的枷鎖！」

他的手仍然像詔諭記憶中一樣快，小刀從他身上的暗兜中被抽出來，如同有自己的意志一般激射出去。它們都射中了目標，如同冰雹一般被藍黑色巨龍的鱗甲彈開，一把小刀插在了那頭巨怪銀色眼睛的眼角上。藍黑巨龍晃晃頭，匕首掉落下去。一滴油脂一樣的紅色龍血從傷口中湧出來，沿著那頭龍的臉頰慢慢滑落。

恰斯人發出一陣勝利的歡呼。但除了他們的喊嚷之外，周圍一片寂靜，反而讓這喊聲顯得有些怪異。隨後，一頭身材較小的銀龍發出銅號一般的淒厲怒吼，但藍黑色巨龍只是安靜地向前邁步。在那個恰斯人周圍，他的同夥都蜷縮起身體，或者向後退去。巨龍向攻擊他的人伸出頭，沒有嘶吼或咆哮，只是張開了嘴，就像一個人掰掉路邊上礙事的樹枝，這頭龍一口將恰斯人咬掉一半。然後他一仰頭，吞下口中的人頭和軀幹，又叼起臀部和雙腿，也吞了下去。當他轉身離開的時候，地上只剩下了達根大人的一隻手和一部分小臂。那隻手攤在泥地上，手掌向上，彷彿在做最後的乞求。另一名恰斯人向旁邊轉過身，開始大聲嘔吐。

紅色武士既不吃驚，也絲毫不感到困擾。「他已經如願以償。他不會低下頭了。」然後他向自己的龍轉過身，輕盈地跳上龍的肩頭，坐穩在雙翼之前，隨後紅龍猛地張開翅膀。在他們周圍，其他龍也都伏低身子，隨後躍向天空。一陣又一陣的狂風挾帶著濃重的龍的氣味吹過詔諭。最終，只有那頭紅龍和她的紅色騎手還留在地面上。那名武士用嚴厲的眼神看著他們。

「不要耽誤時間。如果你們需要指引，就看一看天空。你們的頭頂上一直都會有一頭龍，確保你們不會停留，直到克爾辛拉。」

然後，在詔諭驚愕的目光中，那頭紅龍沿著泥土河岸跑出一段路，才躍入天空。她拚命拍打著翅膀，樣子一點也不優雅，直到她升上高空，才穩定住身體。如果換做其他時間和地點，詔諭也許會因為這種可笑的起飛而大笑起來。但今天，他看到龍群飛走，只是重重地鬆了一口氣。

一陣詔諭一直不曾注意到的耳鳴，突然消失了。他眨了眨眼睛，才發覺天空似乎昏暗了一些。岸邊沼澤的氣味也不是那樣濃重了。在他的周圍，其他人紛紛站起身，彼此對視，一邊搖著頭，一邊揉著眼睛。

「他們讓我們指控自己！」一名恰斯人憤怒地喊道。

詔諭身邊的一個奴隸盯著那個人，臉上掠過一絲冷笑。「正因為如此，恰斯人才會說真話？因為一頭龍站在你面前？」

那個恰斯人舉起拳頭，向這名奴隸走過來。奴隸絲毫沒有退讓的意思。

有人發出尖叫，一頭銀龍壓著他們頭頂飛過。眨眼間，地面上只有那名奴隸還站在原地。詔諭瞥到一個身軀掛在那頭龍的雙顎之間，而那頭銀龍已經穿過樹梢，飛出了他們的視野。詔諭轉身向船跑去，但他並不是第一個跑上船的。

一片影子遮住了陽光，然後又是一片影子。一陣風吹過她周圍的高草。婷黛莉雅努力將眼睛睜開一條縫。她還在做夢。一頭綠色的雌龍正在俯視著她。太晚了。

恐怕妳是對的。

婷黛莉雅沒有看到金龍。他落在了婷黛莉雅身後。片刻之後，金龍的頭才進入婷黛莉雅的視野，讓婷黛莉雅知道他來了。他嗅了嗅婷黛莉雅，黑色的眼睛中轉動著哀傷。感染已經蔓延得太廣，她再也飛不起來了。金龍抬起頭。失去她是我們的恥辱。她被人類殺死，巨龍不應該這樣死去。

其他龍全都落到了旁邊。一頭藍龍女王，一頭銀色公龍，一頭紫色公龍。這麼多龍。真正的巨龍，能夠飛行和狩獵的巨龍。

龍群已經為妳報了仇，婷黛莉雅，金龍對她說道，彷彿感覺到了婷黛莉雅的心情，他又說道，這些人類已經受到審判和懲罰。他們之中再不會有人敢於和巨龍作對了。金龍向天空瞥了一眼，妳飛了很長的路，回來找我們。也許你曾經不再信任我們，就像我們不再信任妳。但我們不會將妳遺棄在這裡。妳的肉不會腐爛，也不會成為老鼠和螞蟻的食物。卡羅會繼承妳的記憶，藍色女王。我們全都會記住妳，讓妳一直存留在時間的長河中。妳的名字和事蹟不會被龍族遺忘。

一名紅色的古靈走上前。婷黛莉雅剛才沒有看見他。她還不知道更多的古靈已經回到了這個世界上。她想到自己塑造的那三個古靈，不由得感到一陣悲哀。那些古靈還不完整，沒有她繼續存在於他們的生命中，他們將註定難逃一死。而這個紅色的古靈正在說話：「……一座妳的雕像將豎立在新克爾辛拉的中心。龍族的救星，新一代巨龍的第一位女王，長蛇的救助者，只要古靈和巨龍仍然在這個世界上呼吸，妳就不會被忘記。」

他的讚美讓婷黛莉雅感到溫暖，但這暖意很微弱。他不是像瑟丹那樣的歌者。婷黛莉雅想起了自己的小巨龍歌者。當她占有瑟丹的時候，瑟丹還只是一個男孩。婷黛莉雅開始思念起了那個男孩。在臨死之前，婷黛莉雅將一點思念送向那個男孩。**為我歌唱吧，瑟丹，在我死去之前，用你最後的時間，為你的龍和你對她的愛而歌唱吧。**

在某個遙遠的地方，婷黛莉雅感覺自己得到了他的回應。一點同情撥亂了她心底深處的一根琴弦。她閉上眼睛。能夠知道有一頭公龍會在她身邊盤旋，看著她死去，這已經很好了。當她死去的時候，沒有小動物會嚼爛她，她的記憶不會被餵給蛆蟲和螞蟻，這些都很好。她在這一生所學到的一切，以及她知道的全部事情，都將以另外一種形式繼續下去。如果她能夠產下自己的蛋就更好了。如果她在死的時候，能夠知道在一個炎熱的日子裡，她的長蛇後代會從蛋殼中鑽出來，滑過沙灘，開始他們作為海蛇的遠行，那肯定會再好不過。但至少現在她能夠死得像一頭真正的巨龍。

守護者們醒來的時候，這座城市中沒有了龍。沒有龍從浴池中走出來，在春天的黎明中閃耀燦爛的光彩；沒有龍振動翅膀，鼓起強風飛上藍天。沒有了巨龍，這座城市變得異常巨大而空曠，完全不適合人類居住。

當賽瑪拉敲門叫刺青起床的時候，刺青吃了一驚。如果賽瑪拉沒有來，他很可能還會再睡上一段時間。他馬上就起了床，和賽瑪拉一同去享受一杯熱氣騰騰的香茶，還有塗著果醬的航船圓餅乾。奇怪的是，這種簡單的食物現在讓他覺得是如此美味。在早餐吃到一半的時候，賽瑪拉放下杯子，一歪頭：「你有沒有聽到芬提傳回來什麼訊息？」

刺青閉上眼睛，向他性情暴烈的小女王伸展出意識。隨後他幾乎立刻就睜開了眼睛。「我覺得她還在飛。我不知道他們要飛多遠。無論她要做什麼，她對於現在的目標都非常專心，不希望受到打擾。」他也向賽瑪拉一歪頭，「辛泰拉有對妳說話嗎？」

「沒有直接對我說話。她不在我身邊的時候，很少會聯絡我。不過我有一種奇怪的感覺，好像是一種興奮的顫慄。我希望知道發生了什麼事。」

「我幾乎害怕知道，」刺青承認，「他們飛走時的樣子很可怕。空氣中充滿了那麼多怒意。」

「拉普斯卡也變得那麼奇怪。」賽瑪拉有些膽怯地說。

刺青看了賽瑪拉一眼。「他也是我的朋友，不要覺得妳不能在我面前提起他。我相信他在記憶石中度過的時間比我們任何人都要多，而他也受到了這種情況的影響。等到他回來以後，我覺得我們應該和他坐下來，好好談談這件事。」

「恐怕已經太晚了。他現在非常堅定地相信這就是古靈生活的方式，已沉浸在先輩的記憶裡。」

「也許妳說得對。」刺青喝下最後一口茶，有些依依不捨地看著茶杯底上的幾片舒展開的茶葉，「但不試一試，我不會放棄他。」

「我也不會。」賽瑪拉承認。她向刺青微微一笑，「刺青，」她決定直白地說出心中的話，「你是一個好人。我的父親曾經說你『內心裡是一個可靠的人』，我明白他的意思。」

賽瑪拉的話要比任何愛情告白都更讓刺青感到慌亂。他覺得自己的臉一下子燙得厲害。「來吧，我們去看看那口井，確定一下能做些什麼。」

看到萊福特林和卡森已經站在井邊，正討論著該如何取得巨龍之銀，刺青絲毫不感到奇怪。卡森的方案很實際：「看樣子堵住井底的垃圾已經不多了。派人拿著斧頭、鉤子和繩子下去，如果那些垃圾沒辦法提上來，就砍開他們，讓它們落下去。」

「派誰去？」萊福特林問道。他問的有道理。似乎沒有人愚蠢到會去幹這種事，「之前沒有人下到那麼深的地方去。那裡很冷，而且一團漆黑。」

「我絕不會鑽到那個黑窟窿裡面去。」賽瑪拉嘟囔著，打了個哆嗦。

刺青幾乎確定，正是因為賽瑪拉說的話，他才會向前邁出一步，說道：「我可以。」於是，他們派刺青拿著短柄斧、繩子和一個船上油燈下了井。萊福特林親自固定好拴在他身上的繩索。當軒尼詩再次查看所有繩結的時候，這位船長也沒有絲毫表示反對的意思。「多看幾眼總好過有所遺漏。」萊福特林喃喃地說道。刺青感覺自己的肚子在一陣陣發冷。

他從井口向下降去，在一段彷彿永恆不變的時間裡，他的身體無依無靠地懸掛在繩子上——這是最讓人感到難受的地方。他仔細傾聽滑輪和繩索在木梁下面發出吱吱嘎嘎的聲音——繩索和滑輪接觸的那一點承載著他的全部體重。他們將他緩緩放下去，他左手的油燈照亮了以免幾乎完全光滑的黑色石壁。這些石塊拼合在一起，彷彿根本看不到縫隙。他的右手抓住綁縛自己的繩子。儘管她知道，這些繩子捆得很緊，但他就是無法讓自己鬆手。

朋友們的聲音從遠方高處傳來，就像是焦急的鳥叫。頭頂上那一片圓形的光亮越來越小，繃緊的繩子不斷發出響亮的聲音。繩索緊緊勒進他的身體，他就這樣不斷向深淵中降落下去。

當他碰到堵在井中的木梁時，頭頂上的光亮已經變得如同星光一樣微弱了，完全無法為他提供照明。他向上方高喊，說他已經到了垃圾所在的位置。然後他將自己的體重放到沉重的木梁上，感覺到綁住自己的繩子鬆開來，又突然再次勒緊。他覺得自己就像是一個木偶，輕飄飄地被掛在木梁上。「鬆一點！」他向上喊道，同時聽到遠方傳來爭論的聲音，然後他們照他的話做了，他在木梁上站穩腳跟，把油燈也放在木梁上。

刺青的安全繩上還掛著額外一段繩子，他的第一個任務就是將這段繩子解下來。這個任務的困難讓他感到驚訝，因為他的雙手很快就凍僵了。將繩子解開之後，他又以令人驚歎的勇氣跪倒下去，伸手摸索到他所在的木梁底部，將繩子繞過去。這根木梁很大，就像他的腰一樣粗，長度稍稍超過了這口井的直徑。按照軒尼詩的一再教導和叮囑，他繫緊繩結，又用盡全力試了試，繩結很牢固。

然後他又膝行到木梁更高的一段，抽出腰間的短柄斧，開始劈砍。木梁的震動傳播開來，一開始只是一種有趣的現象，但很快就讓他的膝蓋也一起隨之震顫，讓他很不舒服。這根木梁又乾又硬，死死地卡在井中，就像是塞死在瓶口的塞子。刺青希望自己能夠有握柄更長、更加沉重的工具，讓他能夠站立起來劈砍這根木梁。儘管他知道這樣做是很危險的行為。

他用了大半個上午的時間砍開了塞在井裡的最後這根障礙物。在這個過程中，他不得不數次停下來將雙手夾在腋窩中取暖，揉搓麻木的膝蓋。幸好他的古靈衣服還能夠擋住侵襲身體的寒冷。他的耳朵和鼻尖都已經被凍得發痛了。

終於，他身下的這根木梁開始發出微弱的呻吟聲。儘管他知道安全繩會將他拉住，但是當木梁突然離開他向下墜落的時候，他還是恐懼地大叫了一聲。木梁被砍成兩段，較短的一段落入下方的黑暗，較長的一段在半空中劇烈地晃動。拴住它的繩子被拽進之後發出一陣陣近似於被撕裂的摩擦聲。他也被繩子掛住，吊在比木梁稍高一點的地方。他用兩隻手緊抓住繩子，發現自己在恐懼中丟掉了短柄斧，不由得感到一陣慚愧。就在一次心跳的片刻，他被迅速向上拽去，甚至來不及用腳撐一下井壁。

他被飛快地拽過井沿，甚至連小腿上的皮都磨破了。大埃德爾緊緊地抱住他，彷彿要把他的肋骨擠斷一樣，不過他知道埃德爾只是因為他的平安歸來而感到高興，隨後將他抱進懷裡的是賽瑪拉。刺青緊貼在她的懷抱中，聽到她悄聲說：「甜美的莎神啊，感謝妳。喔，刺青，當我聽到你叫喊的時候，還以為要永遠失去你了！」這時的刺青覺得剛才那一場恐怖的經歷完全是值得的。

「不，我只是被嚇了一跳。」刺青在她的懷中說著，也用雙臂將她抱緊。他的雙手緊貼在賽瑪拉的身上，感覺是如此溫暖。「我們將最後這段木梁拽上來以後，井裡就算是被清理乾淨了。我們現在可以去找巨龍之銀了。」

軒尼詩和蒂絡蒙替換下大埃德爾。刺青這才驚訝地發現，軒尼詩把他送下去之後，在井口看守的人全都被換過了。大副跪在井邊，向下望去。「這比我想像的還要深。我們先要把那根梁提上來，然後再清理開水桶。」他帶著一點促狹的笑容緩緩站起身，「釣魚的時間到了，孩子們。」

萊福特林進行了第一輪毫無成果的「釣魚」，這是一種讓人手臂無力、肩膀痠痛的工作。軒尼詩在剛才吊住刺青的滑輪上又加了一根繩子，繫在這根繩子末端的除了有一個沉重的鉤子，還有一根用火焰寶石做成的項鍊。麥爾姐把這根項鍊拿出來，請求他們用它點亮通向井底的路。這根項鍊被繫在鉤子上方幾尺處的繩子上，當萊福特林試著將這只鉤子送下去的時候，寶石立刻在井中放射出光亮，不過這種光無法照射得太遠。萊福特林趴在井邊，望著井底，一隻手抓著繩子，嘗試讓鉤子朝他猜測是木桶提梁的地方墜下去。那裡要比刺青降落的位置還深得多。萊福特林覺得那實在是太深了，若讓人下去，實在過於冒險。

當他的脊背疼痛得難以忍受、眼睛因為充盈淚水而變得一片模糊的時候，他將這個任務交給諾泰爾，隨後緩緩站起了身。他的目光掃過圍觀的人們。守護者和他的一些船員都在焦急地看著他。古靈國王和王后在他們身後遠處，彷彿他們的哀傷太過沉重，無法讓別人與他們一同背負。

麥爾妲坐在雷恩為她搬過來的一個箱子上，手中抱著她的孩子。她的眼睛死死盯住了環繞井口的破損矮牆，她的古靈長袍在太陽下閃爍著光芒，一條金色的頭巾纏裹在她的頭上。春天的陽光在她完美的臉頰上搧動。「尊貴。」萊福特林心中想道。無論如何，他們都顯得那樣尊貴。雷恩站在麥爾妲身邊，個子高峻，面容嚴肅，他們一家三個人完全像是一個王室家庭的雕塑。

但他們的臉上卻寫滿了哀傷。那個孩子一直在哭泣，那種伴隨著微弱喘息的哭聲讓萊福特林只想捂住耳朵，或者拔腿逃走，但他的父母彷彿都已經聽不見他的哀哭了。麥爾妲沒有輕輕搖晃埃菲隆，也沒有用輕柔的言語安慰兒子，她只是忍受著，就像她的丈夫一樣。在語言無法形容的沉默中，他們持續等待著。他們最後的一點希望就像刀刃一樣細微卻又鋒利，希望這口井能夠湧出巨龍之銀，也許會有一頭龍告訴他們，該如何使用巨龍之銀治癒他們的孩子。這個孩子一聲接一聲地哭著。哭聲打亂了萊福特林心中的鎮定。**很快那哭聲就會停止了，他會耗盡最後一點力氣，**萊福特林心中想道，**或者會就此死去**。他的心因為這個想法而變得更加陰沉。這個孩子是如此瘦弱，萊福特林甚至不忍看他。鱗片正在從他灰色的皮膚上剝落。他頭頂上的一點點淺色頭髮顯得乾燥脆弱。萊福特林知道，如果這口井能夠湧出巨龍之銀，這對夫婦就會冒險讓他碰觸那種物質。他們沒有別的辦法了。很長一段時間裡，萊福特林都試圖想像他們現在的心情，但他做不到，或者可能是不敢去想。

「萊福特林。」

愛麗絲氣喘吁吁地喊出他的名字，虛弱無力的聲音讓萊福特林猛地轉過了頭。愛麗絲出現在一條狹窄街道的拐彎處，緩慢地向他們走來，彷彿古靈斗篷對她來說太過沉重，難以支撐。「她出什麼事了？」刺青喃喃地說道。哈裡金低聲回答：「看上去她像是喝醉了，或者是吃了迷藥。」

萊福特林警告地瞪了他們一眼，然後快步向愛麗絲跑去。

「看上去她病得很厲害。」希爾薇說。

萊福特林越跑越快，塞德里克和希爾薇緊跟在他的身後。跑到愛麗絲近前，萊福特林更覺得她是那樣憔悴不堪。看到愛麗絲的面容如此鬆弛沉重。萊福特林的心一下子沉了下去。他將愛麗絲抱進懷中，愛麗絲一下子倒在他的胸前。

「我什麼都沒有找到。」愛麗絲的話音還算清晰，但她的聲音裡幾乎聽不到任何生命的力量。她靠在萊福特林身上，越過船長的肩頭望向麥爾妲。她的聲音不住地顫抖，就像是非常、非常蒼老的女人。「親愛的，我試了又試，去了許多地地方。我整晚都在傾聽石頭，碰觸每一個我認為他們有可能會留下它的地方。我覺得自己活過了一百個人生。我知道了許多事情，但對於純粹的巨龍之銀如何治療病患，以及它如何接觸巨龍之銀卻不會死亡，我一無所獲。」

愛麗絲在萊福特林的臂彎裡搖晃了一下。萊福特林將她抱緊，以免她跌倒。「愛麗絲，我還以為妳離開是去休息了！妳怎麼能這樣冒險？我們不是古靈，不能隨心所欲地碰觸那些石頭！」

「我怎麼不能？」愛麗絲虛弱地問萊福特林，「我怎麼不能？」她發出斷斷續續的笑聲，「萊福特林，那裡有音樂。在一個地方，有音樂和舞蹈。我想要忘記自己在做什麼，想要盡情跳舞。然後我想到了你，我希望你和我在一起……」她的聲音越來越弱。

萊福特林捧住愛麗絲的頭，看著她的眼睛。「愛麗絲？」他用乞求的聲音說，「愛麗絲？」愛麗絲轉過目光看著萊福特林。愛麗絲還活著，一點生機回到了她的臉上。塞德里克來到他們身邊，他旁邊還有希爾薇。萊福特林知道他們想要幫忙，但他沒辦法將愛麗絲交給他們。突然間，他們在萊福特林的眼中成為了實實在在的古靈，與他和他懷中的這名女子完全不同。萊福特林用沙啞的聲音在愛麗絲耳邊說：「為什麼妳要這樣做？妳知道這很危險！不管拉普斯卡說了什麼，或者其他人是怎麼做的，我們都知道記憶石能夠對我們產生什麼樣的影響。許多雨野原人都沉溺在那些記憶裡。也許古靈能夠安全地使用這種石頭，但我們不能。我知道妳想要知道所有關於這座城市的事情，但妳只能將碰觸記憶石的事情交給別人去做。妳怎麼會做出這樣的蠢事？」

「這不是為了這座城市。」愛麗絲說道。萊福特林感覺到愛麗絲正在將自己的心神一點點聚攏起來。現在她終於能夠自己站起來了。只是她沒有離開萊福特林的懷抱。「萊福特林，這是因為那個嬰兒，小埃菲隆。還有貝霖那些從未能出生的孩子，還有……」她停頓一下，長長地吸了一口氣，又繼續說道，「還有我將來想要為你懷上的你的孩子。你聽到了默爾柯對我們說的話，如果我們生活在巨龍和古靈的身邊，我們也會發生改變。絲凱莉也會改變。我們的孩子會不斷承受這種變化。對於我們這些不是古靈的人，我們的孩子會在很小的時候就死去。我們也是一樣。如果有辦法避免這樣的事情發生，我們就必須找到它，親愛的，無論要付出怎樣的代價。」

愛麗絲的話語如同一場突然襲來的洪水，將萊福特林淹沒。萊福特林將愛麗絲抱緊，他的意識中盤旋著許多以前對他來說絕對不會成為現實的可能性，「我會清理那口井，」他向愛麗絲承諾，「我會把那只堵住井眼的桶提起來。我只能向妳保證這些，但我絕對會將這件事做到。」

「這就是我們缺失的答案，」愛麗絲在他的胸前說，「我對此非常確定。我們需要的正是巨龍之銀。你要讓古靈們恢復全部的魔法力量。」

*這真是個嚇人的念頭。*萊福特林掃視了一圈身邊的那些守護者，想要知道他們聽到了多少愛麗絲的話。*所有這些年輕人都將掌握魔法。他們會用魔法做些什麼？他們能夠明智地使用這種力量嗎？*對於這個愚蠢的希望，他只能搖了搖頭。

麥爾妲站起身，雷恩跟隨她向他們走過來。麥爾妲已經咬爛了她的嘴唇，滿頭金髮更是如同一蓬乾草。她懷抱中的嬰兒還在不斷發出微弱的聲音。「謝謝妳，」麥爾妲說道，「謝謝妳這樣不顧一切地想要幫助我們。」萊福特林毫不懷疑麥爾妲的真誠，但這位古靈的言辭中現在只能聽到最純粹的疲憊和哀傷。她的語氣更像是在感謝愛麗絲為她倒了一杯茶，而不是冒著失去理智的危險為她尋找拯救孩子的方法。

萊福特林後退了一步，用雙手支撐住愛麗絲的肩膀。「貝霖！」他突然吼道，「帶她回去船上，讓她吃些熱東西，並在我的船艙裡好好睡一覺。我希望她至少等到明天再回到這個城市。」貝霖走過來的時候，萊福特林用一種全新的眼光看著那口井，再一次向愛麗絲承諾：「我會將那口井清理乾淨。」

愛麗絲呢喃著想要反對，卻無法違抗牽住她的手臂、將她帶向河邊的那位女水手。在她們離開的時候，萊福特林聽見貝霖用暗啞的聲音說道：「喔，愛麗絲，希望我們能夠成功，希望我們能夠成功。」

「釣魚」行動持續了一整天。他們的繩子足夠長，寶石發出的冷光讓他們勉強能夠看到井底的情況。塞德里克剛剛完成了一次毫無結果的嘗試。一百次，一千次，那只鉤子只是不斷地從木桶的提梁上滑開。守護者和水手們輪流進行嘗試。所有人都失敗了。當希爾薇終於感覺到鉤子有了力量的時候，她發出一聲興奮的驚呼。

「拉住！」卡森向她喊道。獵人的臉上此時終於顯露出笑容。所有人都聚集在希爾薇的周圍，屏住了呼吸。古靈女孩用力抓住繩索，控制著不讓鉤子鬆脫。卡森則慢慢將後半截鬆弛的繩子穿進滑輪裡。「好了，」他對希爾薇說道。希爾薇非常緩慢地鬆開了繩子，從井沿向後退去，站起身，同時仍然弓著背向井中觀望。萊克特一言不發地拽起了卡森身後的繩子。「慢慢來，穩住。」卡森對他說。他點了點頭。

所有人都盯著被兩個人一點點拽起的繩子。繩子發出吱吱嘎嘎的響聲。萊福特林也過來拽住繩子。卡森喘息著猜測道：「被乾泥吸住了。」萊福特林哼哧著表示同意。繩子的吱嘎聲更加響亮了。三個男人突然後退了一步，希爾薇發出一聲輕微的尖叫：「脫鉤了！」不過希爾薇錯了。繩子輕輕晃動了一下，把木桶完全拉了起來。

「繼續拽緊，」卡森說，「慢慢來。我們不知道這只桶的提梁有多結實。不要讓桶撞上洞壁。也許那樣會撞脫鉤。那我們就只能重新來過了。」塞德里克看著守護者們不斷地將繩子一點點拽上來，那個古早的木桶正緩緩地向上升起。

當火焰寶石終於離開井口，太陽已經落向了地平線。許多隻手一同抓住了這個木桶。「繩子堅持住了，我們的運氣不錯。」萊福特林在木桶落到地上的時候喊道。守護者們簇擁過來。就像拉普斯卡猜測的那樣，這只桶大得足以讓龍探頭痛飲其中的液體。它用烏木精心雕刻，邊緣還用金屬框架進行加固。

「巨龍之銀！」刺青驚呼一聲。

塞德里克盯著這只桶，一句話也說不出來。卡森走過來，將一隻手放在他的肩膀上，和大家一起盯住桶中的東西。

很明顯，這只桶一直斜倚在井底。桶底能看到一堆表面傾斜的淤泥。一種銀色的液體正從這些淤泥中流出來，匯聚在桶底。塞德里克盯著這種液體，呼吸完全停滯在胸腔裡。是的。他現在明白了默爾柯的話，巨龍之銀就在龍的血液裡。他以前見過。

那一段讓人難受的回憶闖進他的意識。他潛藏在黑暗中，心中充滿貪婪和希望，他用小刀割開龍的脖子，用瓶子借助流淌的血液。那時她還不是芮普妲——塞德里克閃耀的紅銅女王。她只是一頭泥褐色的動物，即將死在河岸邊。而塞德里克唯一的想法就是如果能得到她的血，賣給恰斯人，他就能夠有足夠的錢，和韶諭一起在遙遠的土地上開始一段新的人生。他將她的血灌滿了一只瓶子，然後就任由她去承受自己的命運。但現在塞德里克清楚地記起了龍血是如何在玻璃瓶中旋轉的。濃稠的紅色血液中帶有絲絲縷縷的白銀，一直在他的眼前旋轉個不停。

是的。龍血中本就有巨龍之銀，而且會像塞德里克現在看到的液體一樣旋轉，就彷彿有自己的生命，想要從容器中逃出去。這樣一點液體便已經讓在場的所有人敬畏有加！它匯聚成一個完美的旋渦，漂浮在這只古早的桶中，就像是一汪油盤旋在水面上。看上去，它彷彿是靜止不動的，但每一種色澤的銀光都在它裡面穿梭、旋轉。「它可真美。」賽瑪拉喘息著說道。她伸出一隻手，刺青立刻捉住了她的手腕。

麥爾妲和雷恩肩並肩地走過來。他們的孩子突然沒有了聲音。

「它是致命的。」刺青提醒所有人。這名年輕的守護者環顧了一圈周圍的面孔，向所有盯住桶中液體的人問道，「我們該怎樣處置它？」

「現在？什麼也不能做。」萊福特林嚴厲地宣布道。他側目看了麥爾妲一眼，「我們終於得到了巨龍之銀，儘管這樣一點銀汁還不夠潤溼一頭龍的舌頭。我們要將這一點巨龍之銀保存好，直到巨龍回來，希望他們能用這些巨龍之銀拯救孩子。有人反對嗎？」他的目光掃過每一名守護者。

希爾薇彷彿有些吃驚地說道：「我們還能怎麼做？我們所有人都想要年輕的王子活下來！」

萊福特林壓抑住自己的驚訝。王子，他們這樣看待這名生病的孩子，所以他們所冒的一切風險都是為了他。萊福特林清了清嗓子。「那麼好吧，我們今晚不會再冒更多的險了。這件事可以暫時放下，我們都能去休息一下了。」

她能感覺到天上的光線在消失。這是她的最後一天嗎？也許。疼痛已經在她的體內紮了根，而這種疼痛之火也無法讓她的身體再熱起來了。一隻特別勇敢的小食腐獸在揪扯她的腳。婷黛莉雅抽搐了一下，現在就連這種下意識的反應也會給她造成痛楚。那隻野獸跳回到草叢中，等待著。**不會太久了**，她想著，**不會太久了**。

她感覺到他降落在距離自己不遠的地方，一頭正在成長期的公龍的體重震顫著她身下的泥地。他的翅膀激起的強風吹過她的身體，她嗅到了他的體腺散發出的氣味，還有剛剛擊殺獵物後留下的鮮血味道。這激起了她腹中的饑餓，但突然間，就連這種感覺也變得太過吃力。她的身體已經不再逼迫她滿足這種需求。她什麼都沒有了，只剩終結。

她感覺到他在靠近。

還沒有。現在要向他集中精神也變得很吃力，**我還有足夠的疼痛。在你拿走我的記憶之前，先讓我死掉。**

卡羅更加靠近。她感覺到他就站在自己旁邊，俯視著自己。她撐起身子。卡羅只要向她的頸後最窄的地方——頭顱和脊椎接合的地方咬上一口，就能夠終結掉她。這樣會很痛，但速度會很快，總要比感覺到螞蟻正爬進她的傷口更好。

血從卡羅的雙頜滴落下來，落到她的臉上，也落到她張開的嘴邊。她的舌頭邊緣嘗到了血腥味。她猛地吸了一口氣。甜美的折磨。她的眼睛一下子張開了。

這頭高大的公龍依舊俯視著婷黛莉雅。陽光落在他的身上，反射出黑色和藍色的光芒。一隻水野豬正被他叼在嘴裡。落在她口邊的血還是溫熱的。看來他是打算在這裡享用獵物，同時等待她死去。血肉的香味令她陶醉。她挪動嘴裡的舌頭，最後一次嘗到了生命的鮮美。

他將水野豬放到她面前。

吃。

她無話可說，只能表示難以置信。

*吃了它，如果妳吃了它，妳也許能活下來。如果妳活下來，我也許能夠找到一個與我的體型相匹配的配偶。*卡羅轉身從她面前走開。*我去為自己找獵物。我會回來。*

在他起飛的時候，她感覺到身下潮溼的泥土顫動了一下。愚蠢的雄性。不過她已經沒有心思顧及這種事了，這根本就沒有意義。她稍稍張開雙顎。新鮮的血液流過了她的舌頭。她顫抖了一下。這頭死豬就在她的嘴邊，還不斷地冒出熱血。她無法抬起頭。但她能夠沿著地面伸長脖子，張大嘴，咬住還閃動著水光的豬後腿。她閉住嘴，牙齒深深紮進豬肉中，血湧進了她的嘴裡。她開始吞食。她的饑餓被喚醒了，如同被風吹起的一束火焰。她向前一撲，咬住野豬身子，仰起頭努力吞嚥。一段時間之後，她終於抬起了頭。剛才那一撲讓她更靠近了野豬，現在她能夠從豬身上咬下一塊塊肉，吞進肚子裡。鮮血和生命流回到她的體內。

疼痛也隨著活力的恢復而驟然加強。吃完野豬以後，她抖動了一下全身。一些在黑暗中向她靠近的小動物突然都逃回到草叢裡。她在地上趴穩身子，在劇痛中咆哮一聲，猛地站立起來，然後她走向河邊，進入到冰冷的河水裡。在她的傷口中享用大餐的螞蟻和甲蟲全都被寒冷的水流洗掉了。她感覺到酸水強烈的親吻，希望這種燒灼能夠閉合她身上的一些小傷。她笨拙地清洗自己的身體，過於臃腫僵硬的身體讓她無法用河水洗到一些傷口。而最糟糕的是。那根該死的恰斯羽箭還有一部分留在她的身體中，迫使她只能以一種怪異的角度張開翅膀。自從這個傷口又被長矛刺過之後，裡面的壓力已經小多了，不過直到現在還是會有膿水從裡面流出來。她強迫自己移動翅膀，感覺到一股液體從肋側流下，隨之而來的疼痛又讓她向著黑夜吼叫了一聲。許多夜鳥從森林中飛起。一群猴子尖叫著跑過河邊。能夠知道還有生物會因為恐懼她而顫抖，這種感覺很好。她踉蹌著走出水面，在高草和蕨草中找到一片稍稍平整的地方，躺倒下去。*不是死亡，只是睡眠。*

*能知道妳這麼想，我很高興。*他的意念首先觸及到她，然後才是他的翅膀鼓起的氣流。他沉重地降落下來，寒冷的土地在他的腳下震動著。她在他的身上嗅到了新鮮的血腥氣。看樣子，他獵殺了新的獵物，已經吃飽了。

*明天早晨，我會再為妳獵食。*他輕鬆地在她身邊伸展開身體。而她卻感到了片刻的不安。這不是龍的方式。龍不會為別的龍捕獵，也不會在一起睡覺。但他已經閉上了眼睛，發出響亮而有規律的呼吸聲。讓他如此靠近自己，這種感覺非常奇怪。*奇怪，但很舒適，*她告訴自己，然後閉上了眼睛。

犁月第六日
商人聯盟獨立第七年
來自艾瑞克．頓瓦羅，前繽城信鴿管理人，現居住於崔豪格
致克瑞格．甜水，繽城信鴿管理人公會主管

甜水大師：

這封被密封的信函，將從崔豪格送到你那裡，由我妻子親手從她的鴿舍中挑選的鴿子執行。我在信中提及的是一件讓我們所有人都非常憂慮的事情。

我相信你一定記得，我曾經是你的學徒，我從你那裡學到了誠實正直的做人標準。現在我與黛托茨．頓瓦羅結婚，她是崔豪格名聞遐邇的優秀和具有榮譽感的信鴿管理人。

有一天，我去黛托茨的鴿舍，為她送去午餐。我在路上聽到哀痛的鳥叫聲，看見了一直遭遇危難的鴿子。那是一隻信鴿，被樹枝纏住了腳。我爬上細枝，割斷纏住那隻鴿子的細小枝葉，將他救下來。您可以想像我當時有多麼驚訝——我發現這正是一隻我在繽城養大的鴿子。後來這隻鴿子被當成一隻不曾交配的雄鴿，被送往了卡薩里克鴿舍。儘管他的腳上沒有環志，但我向你保證，我認得這隻鴿子。我養育他的時候，他的名字叫兩趾，因為他孵出來的時候就很不尋常地少了一根腳趾。更讓我震驚的是，我仔細回憶，便想起在紅蝨子瘟疫中，這隻鴿子已經被卡薩里克鴿舍列在死亡名單上了。

綁在他腿上的信，並沒有裝在公會信管中。這隻鴿子的餵養情況和健康都很糟糕。他會被枝葉纏住，完全是因為信管被捆綁得過於粗心。

我相信，他是祕密地從卡薩里克被派往崔豪格的。只是因為偶然，我才截獲了他。請不要懷疑我做了任何錯事。我已經將這隻鴿子收養在我的家中，直到他完全恢復健康。他至少應該被如此對待。我還完整保留了那封非法信件，沒有將它打開。我懇求你告訴我，在這裡有誰我可以信任。因為我害怕會將這封信交給設計這一陰謀的惡人。

如果你認為我的處置方式有錯誤，我懇求你只要怪罪我就好了，這與黛托茨無關。她完全沒有參與這件事，這些全都是我做的。

艾瑞克・頓瓦羅

14 血的代價

瑟丹被響亮的敲門聲猛然驚醒。他的身子顫抖著從軟榻滾到地上。讓他自己感到驚訝的是，他竟然站立起來。他沒有時間思考自己是不是恢復了一些健康，還是恐懼壓倒了他身體的軟弱。這時他聽到了鑰匙在鎖眼中轉動的聲音。

「茶西美女士，我們必須進來，這是大公的命令。他要我們立刻將龍人帶到他的面前！」一個人厲聲喊到。而屋門也被猛然打開。

茶西美大步從她的臥室中走出來。在她的睡裙外面匆匆披上了一件長袍。她的兩隻手將一只石雕花瓶舉過了頭頂。她緊緊抿起的嘴唇彷彿是在說，她首先會開始戰鬥，然後再問原因。這陣子，瑟丹若在睡覺的時候，一直把一根柴棍放在身邊。他的武器要比茶西美的更加無用，但他還是緊緊攥住這根木棒。這一次，他要用生命保衛這位女士。

看到憤怒的茶西美，兩名衛兵後退了一步。「女士，請不要這樣，我們很抱歉打擾了妳，但我們的命令不容違逆。我們必須將這個龍人帶到大公面前。他的需求非常急迫，他已經不能再等待了。」

聽到這句話，一陣眩暈的感覺湧過瑟丹的腦海。他手中的柴棒無力地落在地上。他的死期到了，就站在這個黑夜的門口。「我還沒有準備好。」他說道。這句話他更像是對自己說的，而不是對那兩名衛兵。

「他還不能去！」茶西美怒喝著表示贊同，「看看他。他還在不停地咳嗽，吐出黃色的濃痰。他的體溫很高，他的尿就像陳舊的茶水。他還瘦得像一匹老馬，當他試圖站立的時候，全身都會發抖。你們就要帶這樣一個人去見大公？他病得很重，你們要將這種生病的生物呈獻給他？你們只會惹禍上身，並會替他送死！」

聽到茶西美的話，兩名衛兵中年輕的一個立時變得臉色慘白，但那名鬚髮花白的老衛兵只是搖了搖頭。他的面容看上去很憔悴，彷彿已經很久沒有睡過覺了，「女士，妳很清楚，如果我們不帶他回去，我們只有死路一條。若不遵守大公的命令，只會讓我們和我們的家人一同以最悲慘的方式死去。請後退，茶西美女士。我不想對妳動粗，但我現在一定要帶走這個龍人。」

茶西美手舉著花瓶，大膽地站到瑟丹和衛兵之間，站穩腳跟。瑟丹知道，茶西美會和他們戰鬥。他搖搖晃晃地繞過茶西美，來到衛兵面前，在茶西美還沒有意識到他要做什麼之前說到：「我們快走吧。」衛兵抓住他的手臂。就在瑟丹被拽出門口的時候，他回過頭喊道，「願莎神祝福妳，感謝妳這幾天的照顧。」

「莎神，那個會幹自己的神。」年輕的衛兵冷笑道。

沉重的花瓶落在他們身後的地板上，摔得粉碎。「你沒有把她鎖在房間裡嗎？」年長的衛兵驚恐地喊道。不過他們身後傳來了一記重重的摔門聲。「快跑回去，把門鎖住。」老衛兵氣惱地對年輕人喊道。同時他一直緊抓住瑟丹的上臂，拖著瑟丹繼續往前走，直到年輕衛兵跑回來，抓住瑟丹的另一支手臂。

「你真的像她說的一樣身上還有病？我們會被你傳染嗎？」

那名年輕衛兵一邊說話，一邊喘著粗氣，加快腳步跟上老衛兵。他抓瑟丹的手不像老衛兵那樣用力。很明顯，他甚至不願意碰到瑟丹生滿鱗片的胳膊。為了回應他，瑟丹又咳嗽起來。一次又一次，空氣從他的肺中被擠出去，他只能努力用又短又淺的呼吸多吸進一點空氣。鎮定，他告誡自己，一定要鎮定。他發現只有鎮定下來，他才能恢復呼吸。他閉上眼睛，讓身子軟下來，任由他們拖著他向前走，自己只是集中全部精神把空氣吸進身體裡。為什麼？他問自己，為什麼不死在這條路上，讓大公的陰謀不會得逞？

但他還是在呼吸，無論他的氣息有多麼淺。兩名衛兵將他拽過幾段樓梯，走進一條彷彿沒有盡頭的昏暗走廊。走廊兩旁的壁龕中擺放著火苗微弱的油燈。幾名僕人抱著滿捧的床單，端著幾只盆從他們身邊走過。那些床單上全都是鮮血。這一隊僕人就像惡魔的鬼魂。

「他流了那麼多的血，怎麼還能活著？」年輕衛兵問。

「閉嘴！如果有人聽到你這樣說，你的罪名就是叛國。」另一名衛兵喝道。

他們在一片寂靜中繼續前行。在這段走廊盡頭，他們將瑟丹交給了兩名身穿潔白長袍的僕人。這兩名僕人的白袍上看不到一點塵埃。他們像衛兵一樣押解著瑟丹快步前行，穿過高大的雕花門扇，走進一座前廳。這裡的兩名身穿淺綠色衣服的僕人一言不發地抓住了他，帶著他又走過一道厚重的大門，進入了大公富麗堂皇的臥室。

一個死亡的房間，瑟丹心中想道。死亡的氣味早已充滿了這個房間。沉重的床帳被繩子繫起，到處都有油燈的火苗在跳動。這裡還焚著香。瑟丹低垂下頭，竭力不去吸進會讓他窒息的香煙。一籃子染血的布巾被放在大床旁邊，散發出腐敗的氣味。紅色的血漬中還帶有褐色和黑色的痕跡。環繞在床邊的治療師全都面色驚恐，那些站在後面看守他們的衛兵也都是同樣的表情。在床腳處，首席大臣埃裡克將雙手在身後緊緊攥在一起。他衣著講究，而且還仔細整理過儀容，彷彿已經為一個特殊的事件做好了準備。他是希望在今晚宣布大公的死亡嗎？

大公本人躺在床上，頭向後仰起，嘴巴大張，像風箱一樣不斷將空氣吸進再吐出。瑟丹覺得他已經失去了知覺，直到那根繩索一樣的脖子上瘦骨嶙峋的頭向他轉過來。這個老人的一雙淺藍色眼睛中布滿了血絲。「遲到了！」他用沙啞的聲音說道。他枯皺的嘴唇顫抖著，彷彿是想要吐出一千個咒罵。然後，那雙嘴唇穩定下來。他只是說道：「血！」

他們將瑟丹向前拽過來，一名治療師拿出一把閃閃發光的小刀，其他人擺好了一張小桌子，在桌子上鋪好一塊潔白的布，放上一只光亮的銀碗。瑟丹跪倒下去。而他們似乎只是將瑟丹當作一隻等待宰殺下鍋的雞。他的左手被抓住，向前拽過去，手腕懸在碗上。那名治療師迅速熟練地割開了他的手腕。他稀薄的亮紅色血液流淌出來。瑟丹麻木地看著自己的生命從身體裡流出而後落進銀碗。鮮血先是一滴滴濺落，然後變成一小股溪流。治療師們看著血液逐漸在碗底越積越多。

「夠了！」一個人突然喊道。一塊白布將瑟丹的手腕緊緊裹住。一名助手衝上前，抓住瑟丹的手，讓他的手高過頭頂。瑟丹無力地吊在別人的手中。他很想逃走，不願再看到這裡的一切，但他們死死抓住他，逼迫他留在這裡。透過震驚的雙眼，他看到他們將他的血倒進一只水晶高腳杯。不少於四名的治療師，一同將大公的頭捧起來。另外兩名治療師將高腳杯舉到大公唇邊。又有一個人對大公說：「請慢慢啜飲，陛下。」

吸一口氣，被它嗆死吧。瑟丹心中想道。但他沒有將這句話說出口。大公喝下一口他的血，彷彿又有了力氣，自己抬起頭喝光了剩餘的血。瑟丹恐懼地看著血色回到了這個老人的臉上。他灰色的舌頭舔淨了杯中最後一滴紅色液體。然後他深吸了一口氣，想要坐起來。他沒有能完成這個動作，但他的聲音中無疑有了新的力氣。他命令道：「把他帶過來！帶到我面前來！」

他們將瑟丹跪著拖到大公身邊。一名侍者強迫瑟丹向大公低下頭。另一個人則抓住纏裹他手腕的白布。瑟丹的臉被緊緊按在床上。他掙扎著想要呼吸，但沒有人在乎。有人用力抓住他的手臂，將他的手腕擰向大公。

他感覺到破裂的嘴唇壓在他的手腕上，讓他感到噁心。大公的舌頭溫暖且潮溼，彷彿要探進他的傷口，卻在他的傷口周圍留下了冰冷的涎液。瑟丹發出厭惡的低聲呻吟。而那個老人就這樣用嘴貼住他的手腕，吸吮他的血液。

沒過多久，瑟丹就感覺到大公爪子一樣的雙手抓住了他的手臂。那股吸吮的力量也變得越來越強，疼痛從他的手腕一直蔓延到他的手肘內側，又到了他的上臂。當疼痛到達腋窩的時候，他覺得自己要痛暈過去了。整個世界都在旋轉，遠方傳來驚歎和喜悅的呼聲，傳入了他的耳中，正在嘲笑他的死亡。

埃裡克充滿厭惡地看著大公吸吮這個怪物的手臂。懦夫，戰爭做不到的事情，疾病卻做到了。疾病讓他變成了懦夫，為了躲避死亡，他願意做任何事，無論是多麼卑賤的事情。長久的練習讓他能夠將想法深深隱藏在心底。在其他所有人面前，他只是關注地看著他熱愛的大公，看他如何再一次將生命從死亡的利齒中奪回來。

大公一邊吸吮血液，一邊透過鼻孔喘息著。這種喘息的節律倒很像是交配。首席大臣轉過頭，不再看這令人作嘔的景象。他本以為大公隨時都有可能喘出最後一口氣，但隨著時間流逝，大公的呼吸變得越來越有力量。埃裡克又轉回頭，看著這個人。恐懼不由自主地出現在他的臉上。大公依然骨瘦如柴，但現在他的臉頰上微微有了紅暈。他的眼睛半睜著，顯露出喜悅的光芒。這雙眼睛要比埃裡克幾個月以前見到的更加明亮。

抓住龍人手腕的治療師，將拇指按在這個怪物的脈搏上，膽怯地開了口：「陛下，陛下，也許我這樣說會讓您感到不悅，但如果您想要保留這個怪物的生命，以便今後能夠喝到他更多的血，您必須現在就停下。」

大公完全沒有理睬他。治療師只能驚恐地覷著這名抓住龍人手臂的老人。這時埃裡克注意到他還在用一根拇指探測這個怪物臂肘處的脈搏點。這名治療師看著龍人的眼睛，微微一搖頭，將按住他臂肘的拇指用力壓了下去。大公更加用力地吸吮著，但喘息三次之後，他突然抬起頭。他的聲音變得更加強壯了。沙啞的嗓子裡彷彿還帶有被他吸進去的液體：「他死了嗎？血沒有了！」

「不，大公，他還沒有死，但他就要死了。」治療師用無比順從的溫和聲音說道，「您是打算現在結束他的生命，還是將他送回去，養好身體，以便下次使用？」

貪婪和謹慎在大公的臉上發生了激烈的衝突。突然間，他將那隻細瘦的手腕從自己的嘴邊推開。「把他帶走。吩咐我的女兒，再用我上好的藍牛肥肉餵飽他。只要是為了滋養他，無論茶西美女士需要什麼，都給她！確保讓她竭盡全力保證龍人能夠再次流血。告訴她，這是我現在對她最大的要求，如果她對她的大公還有好心，就把這件事做好。」

「是，陛下。」治療師們同聲說道。埃裡克關注地看著他們迅速給這個怪物的手腕上纏裹繃帶，同時也瞥到了手腕上那個傷口周圍一大片深紫色的瘀傷。大公的牙齒在那裡的皮肉上留下了深深的咬痕。

「我要吃東西。」大公宣布道。

隨後，他靠在枕頭裡，滿足地深深歎了一口氣。他周圍的整個房間都開始狂亂地忙碌起來。一籃子乾淨布巾被送來。用過的布巾全都被拿走。隨後又有乾淨的被褥被送來。僕人們迅速將髒被子收起，同時為大公蓋上新的被子，不讓他遭受絲毫寒意。一隊音樂家拿著樂器走進來，靠牆站好，以備大公想要聽他們奏樂。一張窄長的桌子被送進這個房間，隨後是像螞蟻般排成長隊的僕人，捧來各種各樣的食物和飲料。盛著冰鎮葡萄酒的容器表面結滿了水滴，還有盛著熱酒的容器，不斷冒出芬芳的熱氣。被蓋住的大淺盤整齊地排列在一起，旁邊是冒著蒸氣的湯碗。所有這些食物足夠安排一場宴會。埃裡克不由得再一次感到奇怪，他曾經追隨的那位強壯剛毅的騎士到哪裡去了？

首席大臣清了清喉嚨。大公的眼睛轉向他。他等待著，看著大公在心中揣度將要對他說出的辭句。他知道，自己正站在懸崖邊緣，很可能會在眨眼之間就失去他所獲得的一切。「你的禮物讓我感到高興。」那名老人終於開了口。

埃裡克等待了十次心跳的時間，而大公沒有繼續說話。在這段沉默之中，首席大臣看出了大公不會遵守對他的承諾。當一個人希望能夠活下去，他便不會打算讓一個更強的人接替他的位置。現在對於大公，更重要的事情是看好他的女兒，讓茶西美能夠確保他的血牛活下去。「茶西美女士。」大公說道。埃裡克甚至不記得大公曾經在什麼時候給她的女兒加上過尊稱。茶西美的身分在大公的意識中已經發生了變化，他不可能再將他的女兒交給埃裡克。但首席大臣只是回答道：「那我也非常高興，大人。」然後他低垂下雙眼，這樣就沒有人能夠看到他在制定新的計畫，以獲得他應得的獎勵。

幾個月以來，大公第一次命令僕人拉開沉重的窗簾，讓光線透進他的房間。他躺在床上，看著淺灰色的黎明陽光落在他的毯子上，落在他的亞麻床單上。他向那光芒張開手，他本來相信這種光芒不會再碰觸到他了。當陽光完全變成金黃色的時候，他的臉上露出微笑。這個早晨，他擁有了生命。他還活著。在他確定自己能夠活下去之後，他發布了命令。他的首席治療師在聽到命令以後顯得非常驚訝。

「陛下，眾神鍾愛者，人民擁戴者，恐怕您有些操之過急了。您恢復得的確很快，但您這麼早就要改變作息習慣，要進行這樣大量的運動，也許會導致舊病複發……」

「安靜，或者去死。」大公的反應非常短暫。他知道不能在剛剛開始恢復的時候就讓自己過於勞累，但他無法將這件事交給別人去辦，「帶我去她的房間，安排好軟轎，然後站到門外，直到我召喚你，否則不准打擾我們。」

昨天晚上，在喝過龍人的血以後，他在這幾個月裡第一次愉快地吃了食物，喝了葡萄酒。當他醒來的手，他能夠在床上坐起身，能夠再一次控制自己的腸胃。今天他沒有弄髒自己，沒有吐血。他知道現在要求見他的女兒實在是太快了，但他非常清楚這其中的風險。在輕軟的毯子下面，他的兩隻手裡各握著一把小刀。如果茶西美打算向他暴露出凶惡的一面，他就殺死這個婊子，無論這會導致什麼樣的後果。但如果她能夠懂得道理，那麼他們雙方都能夠獲得巨大的利益。他打算讓茶西美明白這一點。

他已經派了一名信使通知了茶西美。他不想有一只花瓶向他飛過來。一種幾乎像是微笑的表情懸掛在他枯皺的嘴角上。茶西美很有乃父之風。他曾經考慮過將茶西美房間裡的所有重物都移走。不，不能以此為起點和茶西美打交道，絕不能讓茶西美以為他畏懼她，更不能讓茶西美完全明白現在她控制著多麼大的權力。這是一場微妙的談判，只有他能夠操縱的談判。

依照大公的命令，他被抬往茶西美的房間。門鎖被打開。「敲門！」他向伸手想要推開門的衛兵發出命令。衛兵吃了一驚，陷入猶豫，彷彿是在質疑大公的命令。然後他急忙叩響了沉重的木門板，高聲說道：「茶西美女士，妳得到了大公來訪的榮幸！」

隨後是一陣沉默，時間長得幾乎可以算是辱慢。就在大公即將感到自己遭受了挑釁的時候，茶西美喊道：「那麼，請進來，給予我這份榮耀吧。」

大公的衛兵還是有些躊躇。茶西美是在諷刺大公嗎？他們是不是需要殺死她？大公幾乎覺得衛兵的反應很是有趣。他向他們點點頭，要他們服從命令。

衛兵將大公抬進一個陽光充沛、地上鋪著厚毯子的房間。在這個房間的一角擺著一個養有鳴禽的籠子，一張桌子上有一只銀碗，裡面裝滿了來自大公溫室的水果。很明顯，朝臣們已經開始向茶西美獻媚了。訊息在他的宮廷中傳播得多麼快啊！大公瞇起眼睛，決定阻止這樣的事情發展下去。除了他的命令以外，任何東西都不能進入這個房間。茶西美的一切恩惠都只能從他這裡得到。她的每一件事情都必須依靠大公，就算是一瓶水或者一片麵包皮也不能例外。因為大公很清楚，現在自己的生命完全要依靠她才能存續下去。

「一個令人喜悅的房間。」當僕人將他的轎椅放到火爐前的時候，他如此提醒茶西美。然後他略一點頭，遣走了衛兵和轎夫。他沒有費力去看他們離開，他不會讓自己的目光離開茶西美。女巫最好被緊緊盯住。茶西美以一種非常奇怪的方式包裹住自己，全身從頭到腳都被遮擋在袍服裡面。大公只能看見她的臉，但與此同時，大公也沒有放過這個房間裡的每一個細節。他聽到屋門在身後關閉，便轉過頭，看著女兒的眼睛。

大公的龍人正躺在屋角的一張軟榻裡。他的身子一動不動，不過蓋住他的毯子還有起伏。軟榻旁邊的盤子裡，放著被吃掉一部分的食物和一瓶底部有渣滓的葡萄酒。看樣子，茶西美已經餵過了這個怪物。這個怪物也吃了一些東西。很好。「充足的陽光。」沒有聽到女兒的回應，大公又說道。

「如果不是視窗的柵欄，本來還會有更多陽光的。」

「的確如此。你想讓我將柵欄除掉嗎？或者將妳轉移到視窗沒有柵欄、也更加寬大的房間裡？」

大公的話讓茶西美有些失神。她眼睛裡閃過的遲疑比她的爐火更讓大公感到溫暖。

茶西美深吸了一口氣，猶豫片刻，然後勇敢地說道：「我想要回答我自己的寓所，在你的女人們中間，像過去那樣，能夠自由地在花園中行走，使用那裡的浴池。」

「恐怕這不可能。我的龍人很難在我的女人們中間得以安居。我不能像信任我唯一的女兒那樣信任她們。」

剛才的遲疑現在變成了驚恐。茶西美無法掩飾自己的表情。警戒之心在她的眼睛後面湧動。「你想要什麼？」她直白地問道，「這麼多年了，你禁止我出現在你的面前，為什麼現在卻突然來見我？」

大公盯著自己的女兒。而茶西美堅定地和他對視。看上去，大公心中想，她更像是我，而不是她的母親。我在多年以前就應該看出來了。比起那些辜負了我的兒子，她的身上才有我更多的影子。我一直在我的困境中苦鬥不休，而解決問題的方法一直都在我的面前。一點靈感突然充滿在大公的腦海中。他壓低聲音說道：「我知道妳幹了什麼。我知道妳的野心。」

一片恐懼的影子在茶西美的臉上閃過，但她什麼都沒有說。

「妳圖謀發動暴亂。妳要反叛我。作為一個女人，妳的誘導充滿技巧。但妳找錯了盟友。要建起一個王座，妳必須使用石頭，而不是花朵。我才是石頭。」

「我不明白。」

大公不認為她會明白。他需要將她拉進這場對話裡面，讓她以為她在通過談判爭取大公會提供給她的東西。「妳應該帶著妳對權力的野心來找我。難道我不是妳的父親嗎？難道我的血液沒有在妳的體內流動，就像我的每一個兒子一樣嗎？妳認為我會覺得妳對權力的求取應該受到譴責，而不是恰好證明了妳配得上成為我的女兒？我的繼承人？」大公在說出最後這個詞的時候，更加壓低了聲音。他很高興地看到他的女兒向前俯過身，傾聽他說的每一個字。

茶西美的身子輕輕晃動了一下，大公的提議讓她感到暈眩。但她很快就恢復了鎮定。「也許是你的繼承人的母親。埃裡克告訴了我你們的協議。那時他……來了我這裡。我會是那頭為你們兩個生下小牛的母牛。」

這解釋了掠過茶西美面孔的陰影。埃裡克來奪取獎勵的速度實在是太快了。大公很希望茶西美沒有懷孕，他不希望他的女兒因為母性而變得多愁善感，至少在他的健康完全恢復以前，都不應如此。他相信，這對於茶西美照料他的龍人是至關重要的。

「我不會允許他再來見妳。如果這是妳的願望。我會將妳遷移到一個更舒適、更寬大的寓所。妳的看護對象也能夠有一個屬於他自己的房間。那裡的窗戶上不會有柵欄。」大公想到了距離他自己的住處不遠的一座塔樓。那裡有一套房間。那些房間的窗戶全都在牆壁高處，不需要柵欄。茶西美盯著他。大公又不顧一切地提高了他的出價：「將被記錄為我的繼承人的不是埃裡克的孩子，而是妳。當時機得當的時候，妳將有權自己選擇配偶。」他停頓了一下。還有什麼女性的蠢事情會讓他的女兒感到高興？

「為什麼你要來給我這些？」茶西美的臉上滿是震驚。她甚至沒有稍微偽裝出一些別的情緒。不過大公還在她的眼睛裡看到了警惕。

「因為妳已經證明了妳的價值。」大公寬宏大量地對她說道，「我不認為妳真的想要推翻我，」他說了謊，「就算是妳也一定能夠看到，妳不可能在一個陷入內戰的國家裡獲得權力。在我旗下的每一個領主都會圖謀起事，奪取我的王座，而獲得妳則是他們獲得合法地位的最快方式。無論妳能夠召集起多少女人，她們很快就會被自己的丈夫、父親和兒子鎮壓。不。親愛的，妳不可能將妳的王座放在脆弱的鮮花上。妳必須將它建造在妳父親的力量所形成的岩石上。」

大公抬起手，隨意地指了指那個龍人。「我給了妳一個任務，因為我想測試妳的忠誠。妳會服從我的命令嗎？還是會故意殺死這個處在妳掌管中的珍貴怪物？妳知道我想讓他恢復健康。並且，我的茶西美，妳通過了我的測試。昨天晚上，當他被帶到我面前的時候，我發現他的健康狀況已經大有改善。我也因此而知道，妳和我有著共同的心願。」

「他被送回到我這裡的時候已經陷入了昏迷。他的手腕上全是齒痕，彷彿一頭野獸咬了他。」

茶西美用很低的聲音說出這番譴責的話。大公感覺到身上肌肉的抽搐，很想殺了她。她怎麼敢說這種話？但大公只是露出和藹的微笑。「這是另一個小測試。妳再一次通過了。我看到妳讓他過得很舒適，說服了他攝入飲食。我絲毫不懷疑妳很快就能讓他變得比昨晚更健康。妳做得很好，女兒。正因為如此，我才會來見妳，將妳應得的獎勵給予妳。繼續妳已經開始的工作吧。就在今天，妳和妳照管的對象將被移到更好的寓所中。如果妳想要食物、飲料、音樂、書籍和鮮花，就把妳的願望告訴那位我送妳的僕人。所有這些都能夠得到滿足。」

「自由行動呢？」

大公再一次露出微笑。不過他已經厭倦了和茶西美的交談。「到時候，也許會有。現在。我認為妳為了照顧我們特殊的客人已經非常忙碌了。妳的時間和精力都放在了他的身上。就像妳看到的那樣，我的健康正在恢復。很快我就會教導妳掌握權力之道。在我能夠正式宣布妳作為我的繼承人之前，我必須讓妳做好準備以迎接這個位置。恰斯國已經很長時間不曾有女人掌權了。我們必須為妳做好準備，親愛的。」

大公吸了一口氣。他感覺到累了。該回到他的床上去睡覺了。是的，他很累，但不是病弱的疲倦。只是像所有人那樣，在對付過一名女巫之後而感到疲憊。茶西美張口想要說話。他帶著告誡的神情豎起一根手指。「以後吧，等到妳有時間能夠好好思考，並再一次讓我看到妳能夠為了對我的愛而運用妳的技巧。」他向倒臥的龍人點點頭，提高了聲音，「衛兵！我想要回我的房間。」

衛兵們迅速走了進來。他們是在為他的安全而擔心嗎？很好。他又對自己的女兒說道：「妳要明白，他們就像我一樣尊重妳的能力。」隨著僕人將轎椅抬起，大公靠回到軟墊上。就讓女巫去思考他的意思吧。

「你醒了。」

他睜開眼睛。房間裡顯得非常明亮，他又迅速閉上了眼睛。他感覺到茶西美的手落在他身上。這雙手又輕又涼，手指撫過他的額頭，又滑落到他的喉嚨上，觸摸他的脈搏。

「不要再睡了。先吃喝些東西吧。」

「讓我變得強壯。」他只能發出一點沙啞的耳語，「這樣妳的父親就能夠再喝我的血。」

她沒有否認。「我知道你已經醒了，在聽我們說話。是的。現在，這就是我們必須做的事情，為我們爭取時間。」

「我必須活著，等待他再一次想要使用我？這就是我要恢復健康的原因？」他沒有力氣將心中的怒火釋放到他的聲音中。

「和我必須做的事情沒有什麼不同。這樣的事情我已經做了不止一次。」她悄聲回應他，「你認為被關在圍欄裡，像一頭閹牛一樣被餵肥和被囚禁在房間裡，像母牛一樣生出小牛，這兩者又有什麼不同？是的，這對你會很難。這對我一直都很難。但我們兩個都還活著。我們兩個還要繼續活下去，好制定出另一個計畫。」

「什麼計畫？」他痛恨自己覺得她的話有道理。他希望她是錯的，希望能夠得到一個未來。那個未來裡不會有一個恐怖的老男人用枯皺的嘴唇吸吮他的手腕。

「如果我已經知道了，我們就不必再制定它了。來，讓我幫你坐起來一點。我想讓你喝些葡萄酒，再吃些食物。看樣子，你現在想要吃什麼或者喝什麼都可以了。你有什麼想吃的嗎？有什麼合你的胃口的飲食？」

「肉，鮮肉。」他說道。他在說出這句話的時候完全沒有經過思考。這讓他一下子陷入了沉默。

他抬起頭，發現她正帶著疑問的神情盯著他。

「只不過是一頭龍在說話。」他想要開個玩笑，心中卻難免生出一點狐疑。

犁月第十二日
商人聯盟獨立第七年
來自繽城貿易商西莉亞・芬波克
致繽城貿易商詔諭・芬波克

此信將保留在卡薩里克貿易商大堂。

我最親愛的兒子：

你怎麼能這樣丟下我們，讓我們寢食難安？我的朋友們從雨野原收到了各種各樣奇怪的訊息，卻至今都沒有能得到你的隻字片語！親愛的，這實在是一件丟臉的事情，我只能從別人那裡得知有巨龍在天空中飛行，還有無損船神祕而突然地離開港口，駛往上游，而那正是你乘坐的無損船！那艘船在出港的時候沒有給任何人留下丁點訊息，有幾位非常重要的貿易商似乎也跟隨這艘船一同離開了！如果你知道任何關於這方面的傳聞，我懇求你，一定要儘早用信鴿把訊息送回來！我的朋友們對此都充滿好奇。其中一些人說一定是因為出現了不可想像的貿易良機，才會讓這艘船如此匆忙地離開。其他人則說這肯定和另外一艘跟隨柏油人號前往上游的無損船有關。

我的朋友們都覺得你是不顧一切地在冒險尋找你失蹤的愛麗絲。他們想像出各種浪漫的團圓和援救故事，但我要再一次對你說，我一直都認為她配不上你。我希望你不會為了她而遭遇任何危險或者巨大的麻煩。

我相信你一定會很快就聯絡我，用你能雇到的最快的信鴿！

愛你的母親

15 人質

「我們在浪費時間，船長。」絲凱莉說道。她站在萊福特林船長面前，看著他的眼睛，說：「現在這裡太黑了，井太深了，巨龍之銀又太淺了，我們用這只桶根本不可能舀起巨龍之銀。它每一次都落在錯誤的位置上，總是翻倒，不等我們把它提起來，它能舀到的一點巨龍之銀也都被潑出去了。」

絲凱莉停頓一下，吸了一口氣。井口周圍所剩不多的幾名守護者，全都保持著沉默。為了取得巨龍之銀，他們已經用了三天時間，成果卻令人沮喪。卡森堅持今天必須恢復日常工作了，所以一些人開始去狩獵，為他們的食品儲備增加肉食。大多數柏油人的船員都回到了碼頭上，照料柏油人，或者對碼頭進行加固。賽瑪拉和刺青這時回到了井邊，看看他們是否有什麼進展。

「妳的意思是，我們應該放棄？」萊福特林緊皺眉頭看著絲凱莉。

「不，船長，我的意思是，這需要有人下去。你必須讓我試一試。我是水手裡身材最小，體重也最輕的。你需要胳膊上有肌肉的人能夠攀爬繩索。這只能是我，船長。」

刺青低垂下目光。在他的身邊，賽瑪拉一直保持著沉默。她知道，他們兩個都同意這名水手的建議，絲凱莉正是這個任務的最佳人選。賽瑪拉壓抑下一陣顫慄。她無法想像自己會將生命交托給一根繩子，更不要說還要下降到大地深處的那個冰冷無光的窟窿中。只要想一下這件事，她都會有一種想吐的感覺。這個任務也許需要有人用雙手去操作，但那不會是她。

「我可不會把妳的生命交給一根那麼長的繩子。」萊福特林船長直白地說道，「如果妳的雙手因為寒冷而麻木，妳的爬繩技巧也就不會再有用處。如果繩子斷了，妳就會因為碰到巨龍之銀而喪命。我們都聽到過默爾柯是怎麼說的。所以，這不可以。」

「那麼你就是說我們要放棄了？」絲凱莉震驚地說道。她甚至忘記了稱萊福特林為「船長」。

「不是放棄。只是不會照妳的方式去做。我們回收了許多鐵鍊。它們全都斷了。我不知道是什麼力量將它們打斷的，但那一定比一個人掄起大錘的力量大得多。我昨晚讓大埃德爾嘗試將一些鏈環打開，連起鐵鍊，再將鏈環砸回去。至今為止，我們的嘗試都不算成功。但只要我們修復了那些鐵鍊，連接出足夠長的一段，我也許就能派人下到井底去。不會是妳，不過我會派人下去。」

「船長，我……」

絲凱莉的反對被打斷了。遠方傳來了銅號般的吼聲。所有人身子一僵，他們明白這吼聲的意思。

「龍群回來了！」萊克特喊道，「賽斯梯坎！賽斯梯坎！」

「芬提一定想要泡個熱水澡，把身子清理乾淨。」刺青的語氣幾乎像是帶有歉意。

「辛泰拉也一樣。」賽瑪拉知道這意味著什麼。在巨龍洗浴和清理身體的時候，守護者的時間就不屬於他們自己了，而且辛泰拉很不喜歡有其他雌龍在身邊，很可能她和刺青要分開一段時間了。讓賽瑪拉驚訝的是，她竟然感覺到一陣難過。她這麼快就習慣了和刺青在一起？如果沒有拉普斯卡，事情一定會簡單得多。賽瑪拉對那個男孩的感覺讓她的生活變得無比複雜。這時另一個念頭又接踵而至，賽瑪拉將不得不再一次應對拉普斯卡和他現在變成的那個人，一陣恐懼的顫慄湧過她的全身。每一次看到那個人，她都覺得那是一個陌生人，而且越來越陌生。

「妳來嗎？」

其他人——守護者和船員們——全都開始快步向巨龍廣場跑去，只有刺青停下來在等她。「來了。」賽瑪拉一邊回答，一邊跑上前，抓住刺青的手。他們兩個一同向遠處跑去。

巨龍三三兩兩地飛落下來，同時接連不斷地用銅號般的吼聲召喚守護者，讓人們一時根本無法得知發生了什麼。芬提很生氣，因為她不得不降落在河中，再走上泥岸。她在回家的路上捕殺了幾隻獵物。這些狩獵都是在泥濘的河邊進行的，所以她堅持說自己已經很髒了。但在刺青的眼中，她仍然是那枚輝煌奪目的綠色寶石。

她向刺青講述了巨龍們如何飛入戰場，僅憑他們動人心魄的魅力，就讓那些邪惡的人類俯首貼耳——這讓刺青感到很有些不可思議。「於是你們將他們全部捉住了，沒有流一滴血？」他一邊查看芬提在熱水中泡了很久的爪子，一邊問道。

芬提慵懶地伸出自己的爪子。刺青在兩根爪趾之間找到了一點沙粒，細心地將它們用刷子刷掉。

有些人死了。有一個要求被吃掉，於是噴毒吃了他。有些人跳進河裡淹死了，有一些人跑進了森林。我們沒有再去管他們。他們在前來這裡的路上還打了一架，有一些人受了傷。愚蠢的人類。

「我明白，」刺青低聲說，「婷黛莉雅呢？就是你們去援救的那頭龍？」

「現在應該是死了。我們去得太晚了，我們能做的只有為她復仇。卡羅留在了她身邊，準備在她走以後吃掉她的記憶。」

刺青轉過頭。淚水刺痛了他的眼睛。這就是說，古靈國王和王后剛剛出世的孩子一定也保不住了。「麥爾妲一定很難接受這個訊息。」

「她聾了嗎？」芬提帶著好奇的語氣，懶洋洋地問道。刺青搖搖頭，沒有多做解釋。從芬提粗略的語氣來看，刺青知道自己無法再多問細節。他的龍顯然更有興趣敘述她這一路上擊殺了什麼獵物，那些獵物的味道如何，而不是向他細說他們是如何贏得了這場戰鬥，那兩艘船又是怎樣被俘獲的。

或者實際情況並非完全如此。還有一些龍沒回來。拉普斯卡與荷比、卡羅、默爾柯和巴力佩爾都還不見蹤影。那兩艘被俘獲的船更是沒有出現。他們正在過來，只不過速度很慢。芬提向刺青解釋，然後她要求刺青仔仔細細地清潔她的眼睛周圍。她擔心自己在河水中狩獵的時候碰上了水蝨子。

刺青剛剛完成這個任務，就聽見河邊傳來更多銅號般的吼聲。其他龍回來了，芬提對他說。刺青跟隨著芬提來到廣場上。芬提沒有向刺青道別，就躍入了空中，去狩獵了。肚子空空的時候，她對於那兩艘船和回家的龍都沒有興趣。刺青看著她飛遠，然後就跟隨其他守護者向碼頭跑去。

自從柏油人回來以後，克爾辛拉的碼頭已經發生了不小的變化。萊福特林和他的船員們對卡森的工作進行了十幾處小改進，並在其他方面對這座碼頭進行了拓展。現在柏油人安全地繫在一個斜坡上。結實的岸錨和一個河底錨將他牢牢地固定住，即使湍急的河水也無法把他沖離岸邊。在刺青看來，這艘船根本不可能再有什麼危險，但萊福特林堅持讓船上隨時都留下至少兩個人，而沒有一個船員認為船長的命令有任何問題。

在龍群返回、告訴他們很快還會有兩艘船在這裡停泊之後，人們的第一個反應是難以置信。隨後大家的行動讓刺青想起了一個被攪動的馬蜂窩。為了另外的兩艘船，守護者和船員們都拚命在不算結實的碼頭上留出空間，同時還要滿足巨龍們的一切需求。

默爾柯是後面這一批巨龍中第一個落地的。他優雅地降落在河面的急流中，在身後激起一片水花，倒有些像是公雞尾巴。他精確地控制著自己的速度，又迅速離開水面，引來希爾薇的一陣喝彩。

金龍的第一句話不是問候，而是直接的提問：「你們找到巨龍之銀了嗎？那口井得到疏浚了嗎？」在其他巨龍紛紛降落在河面上並且來到岸邊的時候，他正嚴肅地傾聽著希爾薇的講述——只有少量的珍貴銀汁被從井中取出。他們正嘗試到達井底，不過龍群和兩艘船返回的訊息，讓他們暫時中斷了工作。

「你們找到巨龍之銀了？」默爾柯熱切地問道。

那一點珍貴的巨龍之銀被小心地傾倒進一只用厚重的玻璃做成的古靈瓶子裡，放在守護者們進餐的長桌中央。它閃爍著光芒，向房間中投射出一片虛幻的光彩。刺青曾經相信，麥爾妲和雷恩會嘗試將它直接使用在他們的孩子身上，但他們沒有這樣做，也許是因為凱斯遭遇的小災難讓他們明白了這其中的危險。在將銀汁從大桶中傾倒進這只小得多的瓶子裡時，一滴巨龍之銀落在了凱斯的小臂背面。他發出一聲恐懼的叫喊。其他人都聚攏到他周圍。他低下頭，盯著手臂上閃爍不定的巨龍之銀。

「把它擦掉！」刺青一邊喊，一邊扔給他一塊抹布。

他用抹布去擦，但巨龍之銀沒有丁點沾到抹布上。「它不痛，」凱斯告訴大家，「只是感覺非常不對，一直都是。」他們全都在恐懼中靜靜地看著巨龍之銀在他的皮膚上擴散開，顯示出他手臂上的鱗片輪廓，然後幾乎像是消失了。

「什麼都沒有發生。」希爾薇充滿希望地說。

凱斯搖搖頭。「有一些事情發生了。它不痛，但的確有一些事情發生了。」他不安地嚥了一口唾沫，又說道，「我希望多提恩能夠快些回來，他會知道該怎麼做。」

在那之後的一天裡。凱斯蛻去了接觸到巨龍之銀的全部鱗片，那裡的皮膚看上去紅得讓人心驚，同時又顯現出一種黯淡的銀灰色。

默爾柯認真聽完了希爾薇的講述。「是的。多提恩能夠處置這種劑量的巨龍之銀，如果凱斯迅速去找他的龍。」金龍的眼睛緩慢地旋轉著，「你們能找到的巨龍之銀只有這些？」他又問了一遍。

「我很抱歉。」希爾薇對他說。她的龍靜靜地在她面前轉過身，顯得很是失望。

其他龍很快也都知道了情況，並且很不高興地同意。在所有龍都回來之前，誰也不會動這瓶巨龍之銀。他們接受了那口井幾乎已經乾涸的現實，只能期待古靈們可以製造出適切的裝置，將他們之中的一個放到井底，去採集可能還存留在那裡的一點巨龍之銀。對於這個訊息，巨龍們似乎並不很興奮。刺青自然能猜到原因——那口井已經深得不可思議了。巨龍和他都相信，巨龍之銀已經沒有了。

「刺青！」賽瑪拉喊道。刺青回過頭，看到賽瑪拉正向他跑來。她背後的古靈衣服不斷翕動著，似乎是她的翅膀正努力想要打開。賽瑪拉在私下裡和刺青說過，在她奔跑的時候，就有可能會發生這樣的狀況，彷彿賽瑪拉的心認為她應該飛起來。現在，賽瑪拉微笑著向他跑來，風吹起了她的頭髮，他能夠清楚地看到這對翅膀對她造成了多少改變。她背負著這份重量，即使在它們收緊的時候，翅膀頂端仍然高過了她的耳朵。它們的樣子很可愛，但刺青突然希望賽瑪拉沒有這對翅膀，因為它們迫使他意識到他們全都像她一樣發生了變化，已經遠遠不同於他們曾經屬於的人類了。他們全都在改變，所以他們全都像巨龍一樣，因為缺乏巨龍之銀而面臨危險。刺青想到了格瑞夫特。那個人在來到克爾辛拉的路上死於自己的變化。這樣的結局在等待著他們所有人嗎？

「你看上去好嚴肅。」賽瑪拉追上他之後，如此說道。

「我只是有一點擔心拉普斯卡。」刺青說道。這不是一個謊言，儘管也不算是完全的真話。

他們登上最後一座山丘，俯瞰著碼頭。辛泰拉和巴力佩爾正在天空中盤旋，噴毒飛上去加入了他們。拉普斯卡騎在他的紅龍背上，繞著那些巨龍轉圈，口中高唱著勝利的歌謠。歌聲被風吹到他們兩個的耳朵裡，已經變得像耳語一樣微弱。

那兩艘船被船槳推動著，正在向碼頭靠近。它們都又窄又長，船舷沒有高出水面很多。桅杆上的船帆被收起，疊放在甲板上。船槳以散亂的頻率不斷抬起落下。看樣子划船的人很累了，或者是相當笨拙。「抓住纜繩！」大埃德爾呼喊著，向他們扔出一卷繩子。那個手忙腳亂接住纜繩的人肯定不是水手。那個人抓住繩子以後就站在原地發愣，直到一個划船的人跳起來，從他的手中把繩子搶過去。

隨後船靠岸的過程也是同樣笨拙。船上的一些人根本不知道幫忙，只是站在甲板上不停地喊嚷，說他們是無辜的，是來自繽城的誠實貿易商，沒有做過任何對龍有害的事情，反而是他們的船被偷走了。刺青和賽瑪拉一直在小山頂上看著這副情景。這時，第二艘船和第一艘船撞在了一起，船槳也彼此糾纏，有一些船槳被折斷了，喊聲和咒罵聲如同風暴一般驟然而起。又有一些纜繩被扔過去，一個人站在一艘船高處的甲板上，尖叫著下達各種命令，而他的船員根本就不理睬他，或者是不知道如何執行他的命令。在另一艘船上，一些顯然更有能力的船員正忙亂地來回奔跑，想要保護他們的船。

「太糟了。」刺青壓低聲音說，「芬提告訴我，巨龍們征服了邪惡的武士。他們看上去一點也不像武士。看上去，他們更像是商人。」

「一定會有麻煩的。」賽瑪拉表示同意。

他們慢慢走下山丘，要看看沿河而來的到底是什麼。

「就像一隻求歡的鳥。」大埃德爾說道。萊福特林用一聲鼻音表示了贊同，但萊福特林現在沒有什麼心思關心別人，看到船被這樣操控，他幾乎覺得要瘋了。他們也許不是活船，但他們仍然是外形美觀、結構優良的船，在這樣簡單的停泊過程中，不應該撞在柱子或者是彼此身上。就算是他們終於在碼頭上被繫好，萊福特林也還是無法放心。這座碼頭就算是停一艘船也還有危險，更不要說是三艘船了。這時，荷比帶著拉普斯卡降落在碼頭附近。這名年輕的古靈從紅龍肩頭滑下來，拍了拍他的龍，對她說：「去好好泡一個熱水浴，親愛的，很快我就會去為妳擦洗身體。」隨著他的愛侶邁著笨重的步伐向城裡走去，拉普斯卡來到了被繫在碼頭上的船旁邊。他看著自己的戰利品，自顧自地點點頭——大埃德爾剛才所形容的，就是拉普斯卡的樣子。

其他守護者都聚集到拉普斯卡身邊。他抬起雙手，高聲說道：「人質們！下船了，在這裡站好。」

「人質？」絲凱莉難以置信地問道。

「他就是這麼說的。」萊福特林低聲對侄女說，然後向前走去，他不能讓這兩艘被俘獲的船上一個職守的人都沒有。軒尼詩跟在他身後。絲凱莉聳聳肩，向大埃德爾一擺頭。他們跟隨著船長，而斯沃格則從柏油人的甲板上看著他們，一邊抽著菸，不以為然地搖著頭。

萊福特林回頭瞥了一眼自己的船。愛麗絲從他們的船艙中走出來。她的臉色還是那樣慘白，一頭紅色的長髮剛剛被重新結成辮子，呈環狀垂在她的肩頭，被一排光彩鮮艷的別針固定住。萊福特林知道這種髮式，他在克爾辛拉的彩磚壁畫上看過，愛麗絲沒有多想就把頭髮變成這樣，這讓萊福特林感到擔憂。再加上愛麗絲心事重重的面容，萊福特林只希望她能留在床上。自從愛麗絲在克爾辛拉的記憶石中進行過那一番搜索，她看上去就一直是這樣煩惱而又疲憊。萊福特林曾經懇求她在城市外待上幾天，看是否能在柏油人號上好好休息，以遠離那些石頭。愛麗絲聽從了他的話，但即使如此，她和原來也不太一樣了。

「你們所有人！馬上下來！」拉普斯卡的喝令聲再次響起。萊福特林驚愕地看到那些俘虜全都手忙腳亂地服從著拉普斯卡的命令。他已經零星從那些巨龍的口中聽到了「戰爭」這個詞，不過他對此仍然難以置信。他已經決定，必須聽一聽人類對這幾天發生的事情詳細的描述，但看到拉普斯卡，他開始懷疑這名古靈的講述是否能夠比巨龍的更清晰且更有條理。現在這個年輕人正將雙拳抵在腰間，看著俘虜們下船。萊福特林在心中分類了這些俘虜：有兩名商人，應該是來自繽城或者更遠的地方；還有一個，他認得是崔豪格人；一些人的臉上帶有刺青，衣衫破爛，步履蹣跚，神情困惑，顯然都是奴隸；而讓萊福特林吃驚的是，這些人裡竟然還有卡薩里克貿易商議會的成員——貿易商坎達奧。他的樣子也十分糟糕，臉上的瘀傷應該是最近才出現的。

一些恰斯人結隊來到岸上。他們腰背筆直，目光警惕，這些人的一舉一動都很有紀律。萊福特林一眼就看出了他們的首領——那個人正在將他的同夥組織成一個緊密隊形。他們也許是俘虜，但他們並沒有完全投降。萊福特林用冷峻的眼光看著他們。他很清楚這些人為什麼會來雨野原，但他不知道這些人要怎樣處置。他回頭瞥了一眼最後離船的那一批人。有幾個人留在最後是為了檢查繫泊的纜繩。他推測，最後那個垂頭喪氣走上跳板的人，一定曾經是一艘船的船長。「被別人奪走你的船是什麼感覺？」他不由得將這個問題說出口。

「木船還是活船？我可不認為有人能夠將活船從我們手中奪走。」絲凱莉否認了他們可能失去柏油人的可能性。

「這樣的事情發生過一兩次，水手，這個妳應該知道。不過我可不願意想這種事。」萊福特林在說話的時候，並沒有去看他的侄女。他的眼睛一直盯在拉普斯卡的俘虜。這些人已經離開了碼頭，正簇擁著向岸上走去。其他守護者聚集在岸邊，臉上帶著憤怒或者好奇的神情。雷恩和麥爾妲也和他們在一起。麥爾妲將她像布娃娃一樣的孩子緊緊抱在胸前，這些俘虜全都瞪大了眼睛看著守護者們，這些古靈顯然如同巨龍帶給他們的吃驚。萊福特林注意到，大多數守護者全都在看著拉普斯卡，而不是被他帶回來的陌生人。彷彿拉普斯卡在他們眼中完全變成了一個陌生人。也許事實正是如此。

拉普斯卡在他的俘虜面前大步走來走去，命令他們排成一隊。即使如此，恰斯人仍然站在一起。在感到滿意之後，拉普斯卡終於轉向其他守護者。「人都到齊了！」他用響亮的聲音宣布。「這些人，就是敢於進入我們的國土、讓巨龍流血、為了外國人的金子像殺牛一樣屠殺巨龍的人。巨龍戰勝了他們，並審判了他們。那些被判無罪的入侵者將由他們的人贖走。沒有贖金的將居住在河對岸的村子，為我們勞作。那些真正圖謀侵害巨龍的人，或是讓巨龍流血、發動攻擊的人，要被他們所冒犯的巨龍處死。」

一陣驚呼聲在守護者們中間響起。而那些俘虜則發出憤怒和恐懼的喊聲。萊福特林恐懼地僵在原地。處死？

幾名俘虜叫嚷著，說拉普斯卡曾經告訴他們，他們可以活著侍奉巨龍。一個人哭泣著跪倒在地，哀嚎說他是被迫的，他別無選擇。萊福特林向前走去，很快他便跑了起來。拉普斯卡將雙臂交叉在胸前，嘴唇抿成一條直線，「我沒有必要對敵人說實話！而且我說的是，你們要自願將我們所俘獲的船駛往這裡，但曾經攻擊巨龍的人不應該活下來，更不應該活在我們中間。所以，你們必須死。」

「不！不！」萊福特林咆哮著，一陣寂靜彷彿被風吹到了這片河岸上。他的船員們都跟隨在他身後，和他站在一起。

守護者們擠在一起，全都驚駭地瞪大了眼睛。賽瑪拉的面孔在藍色的鱗片下面變得慘白。她僵硬地向前走過來，就像是一只木偶。萊福特林伸手攔住她。她停住腳步，眼睛裡淨是痛苦。

「這不是貿易商的方式！」萊福特林喊道。拉普斯卡將目光轉向船長。因為受到阻攔，他的眼睛裡燃燒著怒火。萊福特林無所畏懼地來到這名古靈面前。他一雙粗大的手攥成了拳頭。「拉普斯卡，你怎麼能說這樣的話？我們從沒有處死過任何人！死刑只屬於恰斯國，或者是腐敗的遮瑪里亞。我們從不曾容忍過奴隸制，更不會用死亡作為對罪責的懲罰。如果他們做錯了，就懲罰他們，讓他們付出代價，在這裡幹活，直到贖清自己的罪行。我們也會將流放和服役契約作為懲罰手段，但我們從沒有使用過死亡！這些可怕的主意是從哪裡來的？是誰允許龍單獨判決人類的命運？」

一陣激動的情緒在拉普斯卡的臉上閃過。他的雙唇動了幾下，彷彿他又變成了那個男孩，只是用驚訝的雙眼看著萊福特林。「但一直都是如此，不是嗎？攻擊一頭龍的懲罰，難道不是死亡？」他的問題中顯示出真誠的困惑。所有那些氣勢逼人的雄辯風采都從他的聲音中消失了。

「拉普斯卡！留下來，留下來和我們在一起，不要走！」賽瑪拉突然跳上前，用雙臂抱住他，「不要走。看著我，和我說話。你是拉普斯卡！記住你自己！」

刺青也走過來，伸出一隻手按住拉普斯卡的肩膀。希爾薇和瘦高的哈裡金走上前，都向他伸出手。只是一息之間，所有守護者都環繞在拉普斯卡身旁，全都向他伸出了手。

萊福特林困惑地看著這一幕。「不要走？」他喃喃地重複著這個要求。

「你是對的，親愛的，許多個星期以前你就警告過他。」萊福特林轉過身，驚訝地發現愛麗絲正站在他身邊，和他四目相對。她的灰色眼睛裡閃動真摯和洞察的光芒。「不管是不是古靈，他在記憶石中消磨了太多時間。他沒有沉溺於其中，但另外一個人的人生記憶籠罩住了他自己的記憶。我知道那個在拉普斯卡身上重生的人。在克爾辛拉和它的鄰居爆發戰爭的時候，特萊托是這裡古靈的領袖。

他在所有事情上都充滿激情。對於那些與他們作戰的敵人，他充滿恨意，甚至不惜訴諸血腥手段。」愛麗絲緩慢地搖搖頭，「我們都很願意相信古靈一直是睿智而仁慈的，但他們的根系來自於人類。他們也有他們的失誤。」

「我必須保護巨龍，」拉普斯卡說話了。他環視了一圈面帶憂慮的同伴們，「我們該如何處置這些惡棍？讓他們生活在我們中間？放他們走？任由他們繼續陰謀荼毒我們？我……我不喜歡殺戮，賽瑪拉。妳知道我甚至不是一名好獵手。但在這件事上，我們還有什麼選擇？」

那一群囚犯感覺到了這些將決定他們生死的人發生了分歧。有一些人開始哭號著乞求憐憫，另一些人則拚命喊嚷說他們是貿易商，只有議會能夠審判他們。有三個人衝出佇列。直到荷比用銅號般的吼聲警告他們，他們才停住腳步。那頭紅龍半抬起翅膀，大張著嘴向這些人走過來。那些人立刻退回到其他囚犯中間。恰斯人背靠背組成陣列。他們沒有武器，仍依然有可能會戰鬥。萊福特林搖了搖頭。「我們到底該怎麼辦？」他茫然地低聲問道。

這個世界已經瘋了。

詔諭站在俘虜人群的中心，低垂著頭，用斗篷兜帽把臉遮住。在沿河上溯的最後一段旅程中，他回到自己的船艙裡，拿回了他的物品——或者說是他剩餘的物品。大部分恰斯人都已經去了另一艘船，這艘船上沒人有心情向他發起挑戰。能夠換上一件衣服，並將自己身上的破布扔到一旁，他著實是鬆了一口氣。雷丁為他們帶上船的食物和酒，大部分都被那夥恰斯暴徒吃喝掉了。不過在睡了這麼多天的貨櫃之後，能夠躺在床褥上就已經是一種極度的奢侈了。他還必須要在甲板上工作，但他總算躲過了划槳的活。穿上他和雷丁剩下的衣服，他總算是讓身體找回了溫暖，甚至幾乎可以算是又有些時髦了。他還找到時間刮了鬍子，修剪了自己的頭髮。他不知道當他們在克爾辛拉靠岸的時候會有怎樣的遭遇，不過他一直奉行著父親的一句老格言：「看上去有權威的男人，常常能夠以此得到權威。」所以在靠近克爾辛拉的時候，他便將自己鎖在房間裡，為了進入這座城市和可能的一切遭遇做好準備，直到船準備進港的時候，他才從房間裡走出來，這也讓他逃避了大部分工作。當下船的命令傳來時，他已經小心地和其他人混雜在一起，以便應對這座城市可能對他們的「迎接」。

但他還是沒有為眼前的現實做好準備。他本以為自己會看到一群衣衫襤褸的遠征隊員，以及一片布滿藤蔓的廢墟。當他們繞過河道的最後一個拐彎，看到覆蓋了河岸丘陵，漫無邊際的巨型城市，他就已經像其他人一樣震驚了。世界上怎麼會存在這樣一個地方？就連時間、風雨和大自然的力量，都無法將它損壞？

那麼這座巨型都市中又有多少珍寶？

不管怎樣，現在事實已經非常明確，克爾辛拉是存在的。是的，原先的碼頭已經消失，取而代之的只是一堆臨時拼湊起來的木板、原木和簡陋的樁基，但它們仍然是一座可用的碼頭。當一小群古靈來到岸邊的時候，詔諭就看出來，必須在這些人面前顯示出自己重要的身分。而當那個紅色的傢伙宣布他們之中有人要被處死、其餘的人則會成為奴隸的時候，震驚和恐懼讓他完全陷入了麻木。直到現在，隨著這個地方的居民議論紛紛、彼此叫嚷的時候，他才漸漸將這個謎團整理清楚。他們並非真正的古靈，而是那些被拋棄的變化之人。他們和龍一起離開卡薩里克，現在卻穿上了古靈的華服，以至於讓他受到了欺騙。這座碼頭上還停泊著那艘名為「柏油人號」的老船。很明顯，這是最醜陋的一艘活船。那就是說，這裡是這艘船航行的終點，而這些人就是那次遠征中活下來的人……她抬起頭，但仍然用兜帽嚴密地遮住面孔，審視聚集在這裡的「古靈」們。

在見識過那些龍的凶殘、經受了無數航船的苦楚之後，他很懷疑愛麗絲和塞德里克是否還能活下來。那兩個人都缺乏他的冒險天分。愛麗絲更是只懂得繡房和茶室中的生活。如果他現在成為了鰥夫，那麼作為愛麗絲的繼承人，他……

然後，詔諭認出了愛麗絲。她那身華麗美艷的衣服和她平平無奇的面容，實在是太不相稱了，詔諭差一點因此而大笑起來。現在她滿臉的雀斑比以往更加明顯了，詔諭本來不相信她那頭紅髮還能變得更紅，但看來詔諭的想法是錯的。和那些同樣是穿著光彩耀人的衣裝、身材苗條的年輕「古靈」相比，她看上去真的是又小又胖。她的頭髮就像繩子一樣垂掛在腦後，那條緊身褲顯示出她小腿的每一根曲線。這樣的衣服會讓任何繽城女人丟盡顏面。而像她這種年紀的女人還這樣穿著，更是讓人不知如何是好。愛麗絲現在正和那些衣著粗陋的船員們站在一起，她是以為那些粗野的傢伙能夠讓她看上去更高人一等？如果是這樣，那她真的是錯了。這種對比只會讓她變得更加可笑。

就在這時，心中充滿厭惡的詔諭忽然看到那個滿臉風霜痕跡的船長在膽大地阻止了死刑命令之後，竟然伸出一支手臂摟住愛麗絲，還把她拽到了身邊。愛麗絲有沒有反抗？沒有。她反倒是駕輕就熟地靠在了那個船長的懷裡，直接將頭倚在他的肩膀上。直到愛麗絲將自己的一隻手按在船長的胸膛上，詔諭才憤怒地看清楚，她已經和這個男人勾搭成奸了。一個普通的跑船人，外表粗俗且內在愚昧無知，竟然和繽城最顯赫的貿易商的妻子上了床？對於詔諭和他的家族，這種侮辱簡直不可想像。詔諭不可能將這樣的女人再帶回到家裡，讓她回到自己的床上。她已經如此骯髒，怎麼能再為他生下繼承芬波克姓氏的孩子？他一定要趕走這個女人，解除掉這樁婚姻。

但在此之前，他先要確保自己的權利，得到這個女人所擁有的這座城市份額的一半。詔諭的目光轉向克爾辛拉，如此規模宏偉的寶藏簡直能夠讓他當場昏厥過去。想到自己先前的恐懼，他幾乎要大笑起來。這些「俘獲」他的傢伙，也許最多不過二十幾人。就連他們的俘虜數量都要比他們多！詔諭迅速點數了一下聚集在那裡的巨龍守護者，想要計算出愛麗絲對於這座城市所擁有的份額。不過他們一直都緊緊簇擁在那個判決恰斯人死刑的紅色古靈周圍，還不停地轉來轉去。他們之中有一個人叫喊著要審判那些「外國人」。荒謬。他們根本沒有這樣的權威！他們的個子也許很高，但他們生滿鱗片的面孔依然年輕，幾乎可以說還是小孩子。

不管怎樣，詔諭絲毫不害怕他們的審判。他沒有對龍動過手，更不會有人證明他心存這樣的打算。作為一名繽城貿易商。只有繽城議會能夠審判他。這些人也許穿著古靈衣服，但如果他們想要審判他，他們很快就會發現，繽城議會和每一個繽城貿易商都會反對他們。他們也許相貌奇異，但他們依然都是雨野原人，要遵從雨野原的法律。他們也許能夠扣留他，甚至要求他的家族為他付出贖金，但他們最終會發現，他們這一小群懵懂無知的可憐傢伙，根本不可能抵擋住雨野原和繽城議會聯合起來的政經勢力。如果他們以為能夠出售這裡的寶物，按他們自己的規矩生活，他們只會悲哀而驚訝地發現，他們唯一能夠使用的交通航路根本就不會接納他們。他們很年輕，也很愚蠢，也許根本不知道這個世界一直以來都是如何運轉的。繽城、崔豪格和卡薩里克都不會容忍自己所控制的古靈寶物貿易旁落別家。

隨著時間一分一秒地過去，詔諭對於自己的地位越來越有信心了。就在他準備走出人群，提出自己作為繽城貿易商的權利要求時，四名恰斯人卻突然想要逃走。而那頭紅龍立刻又讓他們縮了回來。詔諭立刻盡可能遠離了那些罪犯。如果龍決定吃掉一個或者幾個人，他可不想被龍搞混。

克爾辛拉古靈的喧嘩聲平息了下去。一名女子哭泣著抱住那個紅色古靈，另一個身材較矮的古靈將一隻手搭在紅色古靈的肩膀上。看起來，他們度過了一場危機。但詔諭不知道這意味著什麼。為了躲避恰斯人，他移動到了俘虜人群的週邊。現在，大部分俘虜都已安靜下來，只有不多幾個人還在哭泣或者低聲咒罵。那些奴隸都蹲下來，默默等待著即將落在自己頭上的命運。很明顯，這不是他們的人生第一次被迫發生改變了。

詔諭的恐懼平靜下來，他冷靜地評估了自己的位置。看起來，他的「妻子」已經變成了水手的妓女。這是他能夠利用的一根槓桿。如果愛麗絲還有羞恥心可言，他也許能夠說服愛麗絲裝作自己已經死了，讓詔諭繼承她占有這座城市的全部份額，以此來換來詔諭對她的淫蕩行徑保持沉默。在做過這種事以後，愛麗絲已經不可能返回繽城了。就算她不在乎自己的臉面，也要顧及她的家族的榮譽。所以，愛麗絲不是問題，詔諭能夠從她那裡得到想要的一切，還能夠在回去的時候徹底將她甩掉。

詔諭能看出來，俘虜隊伍中的其他一些人也在評估自己的境況。那兩個遮瑪里亞商人壓低聲音，用很快的語速交談著。他們肯定是在討論他們能給出怎樣的條件，有誰能夠送來他們的贖金，還有更多的資金，讓他們能夠收購這裡的無價寶物，之後還能帶回家鄉。詔諭注意到他們一直在打量那些巨龍守護者。現在那些古靈正在和船員們認真地進行著討論，只有那頭紅龍在看管著他們的俘虜，但一頭龍已經足夠看住他們所有人了。那兩個遮瑪里亞人到底在看什麼？也許他們正在思考和貿易商坎達奧同樣的問題：誰是這裡真正的掌權者？誰不僅能夠決定他們的命運，還是足以與之進行談判並且一同建構未來的人？

詔諭的目光掃過那些人。首先被他排除掉的是那些穿著粗布衣服的水手。他的注意力集中在那些裝模作樣的古靈身上。突然間，他盯住了一個身材很高、站在人群邊緣的傢伙。那傢伙正看著他身後的街道，明顯是在等待什麼人。對於巨龍守護者之間的激烈討論，他似乎並不在意。詔諭仔細審視這個人。在所有古靈中，這個人對自己的外貌修飾得最好——精心挑選的衣服色調非常協調，又良好地映襯了他本身的顏色。在他的腳上是一雙光亮如新的黑皮靴。只是簡單地站在那裡，他也顯得華貴非凡。風輕輕吹起他的斗篷，撥動他垂到肩頭的長髮。那是個英俊的傢伙，消瘦高峻，但肌肉發達。他的鱗片是古銅色的，覆蓋在被太陽曬成茶褐色的肌膚上。詔諭對他感到一點興趣，臉上不由自主地露出了微笑。用雙手撫摸那布滿鱗片的光滑肌膚一定會有一種很新奇的感覺。這名高個子轉過身，對另一個人說了些什麼。詔諭藏在兜帽深處的眼睛一下子瞪圓了。

塞德里克。

但這絕不可能，這個人的身高明顯可以和詔諭相媲美，塞德里克一直都是一個瘦弱苗條的小男孩，而這個傢伙毫無疑問是一個男人。他的肩膀很寬，胸廓相當大。就在這時，他的臉上綻放出了微笑。毫無疑問，他肯定是塞德里克，只不過是被魔法變成了一個奇異而又華美絕倫的生物。詔諭緊盯著他，完全被他迷住了。塞德里克的全部缺陷都已經消失了。詔諭仔細地端詳他，看他站在那裡，眺望遠方，充滿期待。那種在過去幾年中曾經讓詔諭頗感氣惱的、幾乎像孩子一樣的柔弱氣質，彷彿全都被鑿子刻去了，也許這是因為他在那段遠端的旅程中所經歷的種種艱苦生活。無論他曾經遭遇過什麼，那些事一定都已經過去了，取而代之的是他現在健美的肌肉和剛強的身姿。曾經甘願接受詔諭支配的人也有幾個，但全都沒有過去的塞德里克那樣容易。一想到這裡，詔諭的脈搏就不由得加快了。塞德里克已經再一次值得他的關注。如果詔諭將他帶回繽城，他會在他們的圈子裡引起怎樣的轟動！

詔諭在一陣令人眩暈的喜悅心情中，詔諭突然意識到，塞德里克完成了他的一切夢想。不管有沒有龍血龍肉，詔諭都能夠藉由他墮落的妻子和他的雇員獲得這座城市令人驚歎的一部分所有權。他的目光再一次掃過碼頭後面的巨型城市。他的心中突然躍出了各種新的野心和構想。所有那些豪華的宮殿都會是他的。在這裡，他才能真真正正地過上隨心所欲的生活，遠離繽城的社會教條和家族的嚴格監管。他是否還需要回到繽城，繼續那裡的生活？永遠承受父親嚴厲和斥責的眼神？有了現在這些財富，他能夠在這裡建立自己的事業，他的朋友們將會加入他，一旦和其他城市的貿易關係被建立起來，他就能去他想去的任何地方。所有這些，塞德里克都已經為他做到了！他為他們兩個做到了！

塞德里克，當詔諭將他從那種陰暗壓抑的生活中帶出來的時候，他還只是個質樸天真、書卷氣十足的年輕人，詔諭給他看到的一切都讓他瞪大了眼睛。是詔諭教會了他貿易商家族的子弟應該如何生活，教會了他穿衣、騎馬和出席宴會，教會了挑選葡萄酒與評論戲劇。詔諭相信，他在那些日子裡已經喚醒了塞德里克的胃口和野心，讓他懂得爭取更好的生活，而不是蜷縮在他那個寒酸的家庭為他準備的平凡人生裡。詔諭驚奇地搖搖頭——不僅僅是因為塞德里克，還是因為他。總有一天，他們會為此而一同歡笑，詔諭是怎樣漫不經心地讓塞德里克踏上了這條為他贏得財富的道路上。看著塞德里克，他的眼神中流露出親暱，甚至有一點自豪。這一路上出現了那麼多誤會，塞德里克。你做錯了那麼多事。但不管怎樣，我們來了，財富在透過你向我展露微笑。

詔諭用了一點時間整好自己的衣領。他要從俘虜的隊伍中走出去，驕傲地站在眾人面前，掀起兜帽，呼喚塞德里克的名字。他停頓了片刻，想像著自己會在塞德里克的眼睛裡點燃的驚訝和喜悅。而且到時候，看著他一個人受到那位全身閃耀著金銅色光芒的古靈熱情歡迎，那些囚犯一定滿臉都是敬畏和羨慕。

詔諭終於走出人群，將雙手放到兜帽上。就在這時，他聽見有人呼喊塞德里克的名字。沿著街道走過來一個肩上背著弓箭的人。那正是塞德里克正在等待的人。那個人的身邊還有一個年輕人，身上背著幾隻死鳥。是帶著獵物回來的獵人？詔諭看到塞德里克臉上的微笑，那笑容中充滿了關懷和寬慰。塞德里克快步向那個人走去，而詔諭只能驚愕地在一旁看著，塞德里克怎麼可能和這樣一個粗野的傢伙有關係？

詔諭對自己的命運已經完全沒有了興趣。他看著塞德里克和那兩個信賴的人問好，又和那個年輕人說了一句話。年輕人則驕傲地展示出他那些可怕的戰利品。詔諭驚駭地看到塞德里克竟然拿起了一隻死鳥，把他舉到面前，讚賞地看了一陣，才還給那個小子。然後，塞德里克便開始興奮地向兩名獵人講說起剛才發生的事情。那名身材高大的獵人用手臂環抱住他，把他拉到身邊。塞德里克靠在他的身上，臉上充滿了愛慕的表情。高個子獵人就這樣摟著塞德里克向其他人走去，絲毫不避諱他們之間的脈脈溫情。無論是誰都能一眼看出他們兩個的關係。一陣麻木感從詔諭的肚子裡向上升起。塞德里克已經另有新歡了？已經忘記了詔諭，為了一個野人將詔諭拋棄在一旁？這樣的侮辱如同一千隻爪子狠狠撓著詔諭的心。嫉妒在詔諭體內沸騰，緊接著便是冰冷的憎恨。

塞德里克一定會為自己的不忠而後悔。傷害像他那樣的人，詔諭有許多辦法。

犁月第十二日
商人聯盟獨立第七年
來自雷亞奧，繽城信鴿管理人
致黛托茨，崔豪格信鴿管理人，以及艾瑞克

親愛的黛托茨姑姑和艾瑞克姑丈：

我覺得，也許你們早已經預料到會收到這封信，就像我早就希望能夠將它寄出。我知道，你們最初對我鍾情於一位三船女孩的事情都有所保留，但我很感謝艾瑞克不僅願意花時間了解卡琳，還為她說了許多好話，表示支持我們結為伴侶的態度。我的父母對於一名「外人」將如何與雨野原年輕人相處，表示了程度「不低」的擔心，但卡琳全家全都不認為這有什麼問題！

現在，我要高興地向你們說出一句話。當艾瑞克教導我該如何管理信鴿的培育紀錄時，曾經說過這句話：「在一個既有的傳承譜系中，引入健康品質的新鮮血液，永遠都會是好事情。」

這就是我們的打算！

當然，她的父母在這件事情上也像我的父母一樣保守。他們告訴我們，我們必須等待整整一年，不過他們終於允許我們公布我們的心願了！

所以，在這信管中就是我們的訂婚告示！請將它張貼在顯眼的地方，讓所有人都能分享我們的驕傲和喜悅！就算是在雨野原的每一棵樹上都張貼這樣一張告示，都無法表達我們的心情！

一個非常快樂的人，雷亞奧

16

預期

「我希望我們能夠在暖和的地方平靜地討論這件事。」愛麗絲低聲說道。她正縮在萊福特林的臂彎裡，船長的斗篷和她的斗篷一同包裹住她的身體。她知道自己並不冷，但她體內逐漸升起的寒冷讓她感到很難受。她仍然在因為自己對記憶石的探索而疲憊不堪，即使有萊福特林抱著他，她還是感覺到深深的倦意正在揪扯著她，就像小孩子在乞求她的關注。太多的事情發生在太短的時間裡，那些俘虜眼睛裡的悲哀和躑躇讓她感到慚愧，還有一些乾瘦的身體上帶有疤痕的奴隸們對自己的命運漠不關心的樣子，又讓她的心中充滿了恐懼。只是這些就已經夠令人憂心了，而那些守護者還在不停地爭吵，彷彿他們還是剛剛離開崔豪格的年輕人。凱斯、博克斯特和潔珥德傾向於任由巨龍去處置所有那些俘虜。他們在這件事情上的態度是最極端的。其他人對於那些奴隸、那些遮瑪里亞貿易商、恰斯獵龍人和其他人該有怎樣的命運，都各執一詞。拉普斯卡在相當長的一段時間裡一直保持著沉默，他早先的那種軍人態度和愛麗絲所認識的這個年輕人可以說是格格不入。對於拉普斯卡的轉變，賽瑪拉的態度可以說和愛麗絲的完全一樣。她和刺青現在分別站在拉普斯卡的兩邊。刺青一隻手摟著拉普斯卡的肩膀，賽瑪拉挽著他的手臂，彷彿身體的接觸能夠讓他們的朋友暫時遠離那個記憶的世界。

也許這樣做真的會有效。愛麗絲知道，現在只有靠在萊福特林溫暖的脊背上，她才能夠熟睡，因為那樣她才能感覺到這個世界的安穩。而現在，她用兩隻手握著萊福特林的一隻手。她很後悔自己在記憶石中滯留了那麼久，儘管她知道這樣做是有必要的。總有一天，她還會繼續這種嘗試。她所尋找的智慧對於他們所有人都至關重要。而現在，她只是握緊了萊福特林，努力讓自己思想留在這個世界上，留在當下。

她向旁邊瞥了一眼，目光正好和卡森對在一起。卡森緩慢地向她搖搖頭，那位獵人的臉上也有著和她一樣的沮喪。剛才卡森和戴夫威去打獵了，所以沒有來得及看到船入港。愛麗絲從萊福特林那裡知道，最近卡森總是會儘量多花一些時間和他收養的侄兒在一起。戴夫威和萊克特最近經常發生爭吵。卡森對於他們兩個的態度都很嚴厲，他明確地告訴他們，他認為他們兩個的彼此選擇只是因為別無選擇，而不是因為兩個人彼此真正吸引——卡森如此簡短卻粗暴地說明現實狀況。愛麗絲不認為這樣會對他們兩個有任何的幫助，儘管她同意卡森的看法。

卡森提高了聲音。五六個還在憤怒或憂慮中爭吵的守護者全都安靜下來，那些焦急叫嚷的囚犯更是一動都不敢動。「我們先把他們帶到巨龍浴室。無論他們犯下了什麼罪行，他們仍然是人類，巨龍也說了，他們之中有無辜的人。不管怎樣，我們無論做什麼，首先要考慮的都應該是我們是什麼人，而不是我們認為他們是什麼人。帶他們去巨龍浴室，讓他們洗乾淨身體，暖和一下身子，也讓我們能夠在舒適的環境裡討論這件事。」

愛麗絲覺得卡森的方法很正確。哈裡金立刻表示支持。「卡森是對的。他們也許是一群暴徒，但我們不是。」凱斯和博克斯特已經行動起來，彷彿他們是得到了命令的牧羊犬。這對堂兄弟協同一致，來到囚犯身邊，叫喊著讓他們全都站起來，跟隨那位全身森綠色的古靈，去另一個地方接受判決。愛麗絲覺得他們的喝令有些過於嚴苛了，不過那些人已經站起身，開始移動。

萊福特林拽了拽愛麗絲的胳膊。「來吧，親愛的。我們帶妳去喝杯熱茶，吃些東西。我打賭，妳今天一定還沒有吃過東西。」

「是還沒有。」愛麗絲承認。現在她的腦海中還盤旋著那些關於珍饈美味和豪華宴會的記憶，她卻坐在這裡與他一起享用這些簡單的食物，使用相對簡單的杯盤，這種感覺真是奇怪。現實世界中沒有朱紅色的葡萄酒從雕刻花朵中流淌出來，也沒有清冷剔透的水晶高腳杯裡供她飲用。只有和萊福特林一起啜飲熱茶，但她喜歡這樣。就算是在古早時代，肯定也不是所有古靈都過著這樣的生活，只不過是那些自認為值得將全部記憶保留下來的古靈，似乎都擁有這樣無可比擬的奢侈環境。愛麗絲暗自思忖，也許她要尋找的智慧並不屬於那個古靈社群。那麼，她又應該去哪裡尋找？

「愛麗絲！」

愛麗絲嚇了一跳，她轉過頭，看見了喊她名字的人。那聲音非常沙啞。她看向自己的朋友們，卻發現周圍的古靈也都在回頭望向那些正跟隨他們的疲憊囚犯。在她驚愕的目光中，一名高個子男人掀起了斗篷的兜帽。「愛麗絲！」他高聲喊道，現在他顫抖的聲音裡充滿了熱情，「親愛的，真的是妳嗎？經過了那麼多日子的尋找，衝過了那麼多艱難險阻，我終於找到妳了！我是來帶妳回家的！」

愛麗絲盯著那個人。然後她全身開始晃動，不是顫抖，而是顫慄。她的膝蓋彎曲下來，如果不是萊福特林用手臂抱住她，她一定會跌倒在地上。她感覺到自己全身的每一根肌肉都繃緊了。而萊福特林的胸膛中充滿了怒火。「詔諭。」她喘息著，悄聲證實了萊福特林的猜測。

「如果他想要碰妳，我會殺了他。」萊福特林認真地向她承諾。

「不，天哪，」愛麗絲喘著氣說道，「不要在這裡，不要讓大家知道，不要發生這樣的事。」大部分守護者都猜到或者知道她在繽城有一個丈夫。只有極少數幾個人知道她的丈夫是如何欺騙了她以及傷害了她，而塞德里克在這件事裡扮演的角色，知道的人就更少了。愛麗絲和塞德里克一直在保護彼此，將那些哀傷和欺騙都丟在身後，準備在克爾辛拉建立自己新的人生。但現在，詔諭將羞恥潑在他們身上，這裡的所有人都要改變對她的看法了。她本來是作為龍族智慧的專家來到他們之間，是一位幫助他們相信克爾辛拉存在的博學女子。他們覺得她有一點古怪，但絕大多數人都敬慕她的堅韌勇敢和博學多識。拉普斯卡無意中公開宣布了她不是他們之中的一員，她在這樣的打擊中堅持了下來，證明自己即使不是古靈，仍然是這個新世界中不可缺少的一份子。

詔諭現在要將這一切都奪走了。他會讓所有人都知道，她只是一個愚蠢的女人，被一個根本不在乎她的男人攥在手心裡。所有人都會知道她過去的羞恥，她只能帶著這份羞恥走進未來。

這些想法如同閃電劃過她的腦海，在她的眼睛裡烙印出一幅畫面。她不假思索地向塞德里克轉過目光，塞德里克的臉就像愛麗絲一樣白。他兩步離開卡森庇護的手臂，難以置信地盯著被命運沖刷到他們的海岸上的現實。那名獵人的臉變得冰冷肅穆，彷彿他正在風暴眼中等待冷風急雨再次落下，但詔諭偽裝的關愛，只是對愛麗絲一個人的。

「愛麗絲，我最親愛的人，妳不認識我了嗎？我知道，嚴苛的生活已經改變了我們兩個，但妳面前的是我啊，妳的丈夫，詔諭・芬波克。妳現在安全了。我來帶妳回家。」

所有人都停下腳步，看著這一幕。囚犯們交換著困惑的眼神。守護者們向兩旁分開，在愛麗絲和那個喊她名字的男人中間讓出道路。詔諭自信地向愛麗絲走過來，越過亂成一團的囚犯和目瞪口呆的巨龍守護者，不斷向愛麗絲逼近。所有人都充滿好奇地看著他。愛麗絲看到他就像以往一樣整潔漂亮。如果說他真的受過什麼苦，那應該只是讓他顯得比愛麗絲記憶中更瘦了一些，也許還多了一點肌肉。他的臉上有了些風霜的痕跡，不過這也讓他變得更加英俊了。他優質的黑皮靴有些磨損，剪裁精緻的長褲有一點破舊，身上的襯衫有不少褶皺。不過就像以往一樣，他的衣服精心的剪裁和配色吸引了所有人的視線。他將斗篷推到肩後。風吹起他的黑髮。一絲微笑點亮了他的面孔和眼睛。他張開手臂，彷彿是要擁抱愛麗絲。

「他是誰？」戴夫威有些惶恐地問道。看上去，他完全被驚呆了。

卡森只回了一聲：「閉嘴。」

讓所有人吃驚的是，雷恩邁步擋住了詔諭，直視著詔諭的眼睛問道：「你是誰？回到囚犯佇列中去，等待接受審判。」

詔諭驚駭地睜大了雙眼：「但……但我是詔諭．芬波克啊！我來到這裡只是為了尋找我的妻子愛麗絲！我乘坐了最新最快的船，就是為了來找她。當時船長背叛了我們，讓那艘船落進恰斯海盜的手中，我還以為一切都完了。但我竟然到了這裡！甜美的莎神啊，您的奇蹟從不會停止！我來了，而且還活著，我親愛的妻子就在這裡！愛麗絲，難道妳不認識我了嗎？難道妳因為這個環境嚴酷的地方而心神混亂了嗎？我來了，妳不再需要其他保護人，妳只需要你親愛的丈夫。」

愛麗絲感覺到詔諭的話語在事實中來回舞動，卻絲毫沒有觸及事實。雷恩驚訝地停在原地，詔諭立刻繞過了他。

「不。」這是愛麗絲唯一能說出的一個字。她的喉嚨很乾。她的心臟在劇烈地跳動。她無法找到氣息說出更多的話，只能緊緊抓住萊福特林的手臂，彷彿那是她在海上颶風中唯一的安全繩。萊福特林沒有放開她。他堅定地站在愛麗絲身側。

萊福特林低聲吼道：「這位女士說『不』。」

「把你的手從我的妻子身上拿開！」詔諭繞過雷恩的阻擋，又對萊福特林投來惡毒的目光，「現在她的思維明顯很不清晰！看看她的眼神！她甚至不認識我了，可憐的人！而你，惡棍，竟然趁機占她的便宜！喔，我的愛麗絲，我親愛的，他都對妳做了什麼？妳怎麼可能認不出妳心愛的丈夫？」

愛麗絲感覺到萊福特林喉嚨深處發出一陣隆隆聲，彷彿一頭猛獸的咆哮。他抱住她的手臂變得像鋼鐵一樣堅硬。他會保護她，他會拯救她。而她只能把這件事交給他。

「不。」愛麗絲再一次開了口。這一次，她是對萊福特林說的。她帶著安慰的心意按了按萊福特林的手臂，然後走出了他的庇護。她離開萊福特林，從河面上吹來的風掠過她的臉頰，將她沒有被繫牢的頭髮吹起來，讓它們如同紅蛇一般飄舞。片刻之間，愛麗絲有些慌張，她懷疑自己現在的樣子會不會很可笑？她的皮膚上滿是陽光留下的痕跡，她的身體被色彩鮮艷的古靈衣服包裹，凸顯出每一根圓潤的曲線，彷彿她根本不知道自己的年齡，也不知道她在這個世界的位置。

她在這個世界的位置。

她挺起肩膀，向前邁步。雷恩向她走過來，彷彿要伸出手臂扶住她。她揮手謝絕了雷恩，完全沒有看雷恩的眼睛。她來到詔諭面前，希望能夠在他的眼睛裡看到一點猶豫，但詔諭只是露出更加得意的微笑，彷彿他真的在歡迎她回來，真正相信她會回到原先的那個角色裡，會裝作是他的愛人，一名盡責的妻子。這個想法如同她靈魂上的火焰。她停在他的面前，抬起頭看著他。

「喔，親愛的！這個世界對待妳是多麼嚴苛啊！」詔諭高喊一聲，伸出手臂想要抱住愛麗絲。愛麗絲將雙手放到他的胸前，用力將他推開。隨著詔諭踉蹌著向後退去。愛麗絲很高興地看到他根本沒有想到自己已經變得如此強壯了。

「你不是我的丈夫。」愛麗絲低聲說道。

詔諭又搖晃了幾下，終於保持住平衡。他努力想要恢復鎮定。但愛麗絲已經看到憤怒的火花在他那雙深褐色的眼睛裡跳動。他一歪頭，仍然裝出一副關心備至的樣子，用委屈的聲音說道：「親愛的，妳的腦子真的是完全混亂了！」

愛麗絲提高了聲音，讓所有人都能夠聽見。「我**沒有**混亂。你**不是**我的丈夫。你違背了我們的婚姻契約，讓它變成一紙空文。從我們婚姻最早的歲月開始，你就對我不忠。你根本就不打算遵守對我立下的契約。你欺騙了我，讓我成為眾人的笑柄。你不是我的丈夫，根據我們的婚姻契約，本屬於我的現在都仍然只是我的。你不是我的丈夫，我不是你的妻子。你對我**什麼**都不是。」

看到詔諭臉上驚訝的表情，愛麗絲感到一陣快意。詔諭一定沒有想到會發生這種事，他一定還以為能夠像以前那樣輕鬆地控制住愛麗絲，但這也讓愛麗絲感到害怕——她看到詔諭的眼神發生了變化。他怎麼能這樣快就重新評估局勢？這麼快就能夠找到新的策略以挽回戰局？

「不忠？我？」詔諭挺直了身體，「妳怎麼敢這樣說！一個不忠的男人會冒這樣的風險，走這麼遠的路來將妳從這種地方救出去嗎？你們！繽城和崔豪格的貿易商們，我要求你們作為見證！」他轉向那些閉緊了嘴巴，一心只是在看戲的囚犯們，「這是我的妻子，愛麗絲．芬波克！為了滿足她最大的心願，我讓她來到雨野原旅行。她是怎麼被裹挾進這場冒險的，我不知道，但我知道，當她加入這支遠征隊的時候，你們之中的一些人一定也是見證人。我**知道**她和我有著合法的婚姻關係，如果這頭野獸離間了她對我的愛，那麼他就必須為此而擔負責任！她能夠宣布取消我們的婚姻契約，如果這真的是她的願望。我會放她自由！但我會遵循我們的契約，不會放棄我應得的權利——也就是她在我們婚姻存續期間所得到財產的所有權！」他猛地轉過身，伸手指向萊福特林，「還有你，惡棍，不要以為你能夠不受懲罰而全身而退！你偷走了我的妻子對我的愛，離間了她和我的關係。議會會審判你。準備好你油膩的錢幣來繳納罰金吧。你的每一點財產，就連你那艘發臭的駁船也都要被罰沒，這全都是因為你對於我和我的家族的嚴重冒犯。」

愛麗絲詛咒讓自己雙腿顫抖的軟弱。「你是不忠的！」她再一次高聲喊道。她已經無法控制自己聲音的顫抖了。

「親愛的，妳根本不知道妳在說什麼！」詔諭也高聲喊嚷，聽聲音，他彷彿心都碎了，「回到我身邊來吧。我仍然可以原諒妳。我會好好照顧妳，帶妳回到安全的生活中，讓妳可以在安靜平和的環境中繼續安心進行妳的研究。只要說一個字，我就絕不會讓這些醜聞觸及妳的家族和妳的名譽。」他誠摯地看著愛麗絲的眼睛，完全像是一個受到損害卻仍然寬宏大量的男人。

但愛麗絲清楚地讀懂了他隱藏在虛偽原諒中的威脅。她的家族，她在繽城的名譽——她還在乎這樣的事情嗎？她想到了自己的母親，還有她尚未婚配的妹妹們。她的家族沒有財富，只有在繽城貿易商中的名譽和地位。他們一直都是信守契約的人。詔諭在威脅中提到的醜聞會毀了他們。愛麗絲猶豫了，她對家人名譽的責任撕碎了她的心。

「你是不忠的，從你讓她成為你的新娘的第一個晚上。我證明這一點。」

愛麗絲幾乎沒有聽出塞德里克的聲音。那聲音在因為強烈的激動而顫抖。塞德里克推開人群，在守護者們的注視下來到愛麗絲身邊，握住愛麗絲的手，將它放到自己的臂彎裡。愛麗絲挽住他的手臂，感覺到他隱隱的顫抖。他們在共同面對這個給他們帶來無數悲劇的人。

詔諭更加站直了身子，眼睛裡閃動著輕蔑的火花。「啊，我的侍者，我逃走的僕人。你以為我不知道你私下簽訂的契約？你和恰斯商人做的那筆令人作嘔的交易。賣售龍血和龍肉！你的朋友們知道這件事嗎？現在他們知道了，他們還會相信你嗎？一個曾經說謊的人會一直說謊。」

塞德里克的面色變得更加慘白，但他的聲音仍然保持著穩定。「我的朋友們全都知道了，詔諭。我的龍也全都知道了，她已經原諒了我。」

這句話顯然更讓詔諭感到惱火。愛麗絲的心卻也更亂了，她不由得感到一陣興奮。*你從沒有想到過他會擁有一頭龍吧，你有嗎，詔諭？你看到了他的改變，但你卻無法想像他到底改變了多少。*

但詔諭沒有改變，他就像靈巧的雜技演員一樣迅速恢復了平衡。只有那些非常了解他的人，才能看出他在說話前因為猶疑而出現的微小停頓。他又裝出一副難以置信的表情，向塞德里克問道：「他們既然知道了你欺詐的本性？你以為他們會相信你說的那些假話？你要指證我？你，塞德里克·梅爾達，一個低賤的僕人？那麼，你就指證吧，在我們所有人的面前。告訴我們，給我們一個證據，證明我對我的妻子不忠。只要一個就行。」他的目光比刀子更鋒利。愛麗絲看到勝利的光芒在他深褐色的眼睛裡舞蹈。

塞德里克吸了一口氣。挽住他的手臂的愛麗絲感覺到他的顫抖停止了。他的話音非常清晰，每一個人都能聽見：「我在這麼多年裡一直和你同床共枕，在你讓愛麗絲成為你的妻子之前和之後的許多年，都一直是如此。你的新婚之夜是和我一起度過的。在隨後的那些年裡，你讓她成為了我們這些人的笑料。在我們這個圈子裡，所有人都知道你厭惡女人的陪伴。我才是你的愛人，詔諭·芬波克，我幫助你欺騙了她，當你嘲諷她的時候，我也沒有能仗義執言。

「如果有需要，我會站在所有崔豪格人面前和所有繽城人面前為此作證。你對她是不忠誠的，而我，我是一個欺騙了她的朋友。」

愛麗絲盯著塞德里克，看著他做出這種自絕於社會的事情，但塞德里克只是轉過頭看著她的眼睛說：「愛麗絲，我再一次向妳道歉。真希望我能找回妳那些年的青春，將它們完整無缺地還給妳。」

愛麗絲的眼睛裡溢出淚水。塞德里克剛剛摧毀了他能夠返回繽城，恢復舊日生活的全部希望。即使他永遠留在克爾辛拉，哪怕只有一名貿易商回到繽城，那裡的所有人都會知道他對她做的事情，還有他是什麼人。「我原諒你，塞德里克。我很早以前就告訴你了。」

「我知道。」塞德里克用非常小的聲音說道。他用手蓋住愛麗絲的手，又對她說，「但我那時不值得妳的原諒。也許現在我可以說，我能夠得到妳的原諒了？」

「你已經得到了，」愛麗絲低聲說道，「而且不僅是原諒。不過，塞德里克，你怎麼能這樣做？現在所有人都知道你……」

「我就是我。」塞德里克平靜地說，「我不會為此而感到抱歉，永遠不會。」

愛麗絲感覺到有人來到他們身後，便微微轉過身。她本以為是萊福特林，但那不是。卡森正向他們露出笑容。隨著他向前走來，卻有一滴淚水流過他被太陽曬黑的臉頰。他從後面抱住塞德里克，將這個身材比他要矮小一些的人舉離地面。「我為你感到驕傲，繽城男孩。」他用沙啞的聲音說道，然後他將塞德里克放下，俯身親吻了他。這個吻維持了一段不短的時間。塞德里克伸出雙手，捧住卡森滿是鬍鬚的臉。幾名守護者向這對情侶發出會心的歡呼聲，旁觀的囚犯們則露出難以置信的表情，開始議論紛紛。愛麗絲發現自己微笑著，她為他們兩個高興，更因為詔諭的驚愕面容而感到痛快。

愛麗絲感覺到有人在用臂肘輕輕推她，便轉過頭，看見了萊福特林。萊福特林向她伸出臂彎，她挽住萊福特林的粗布外衣袖子。萊福特林用輕鬆的聲音問道：「我想，我們要去喝一杯茶了？」愛麗絲點點頭，立刻原諒了他越過自己、投向詔諭的得意眼神。和萊福特林走出十幾步之後，她回頭瞥了一眼。詔諭仍然一個人站在原地，盯著他們。

「他怎麼樣了？」雷恩一邊問，一邊坐到妻子旁邊。為了避免干擾浴室聚餐房間中正在進行的討論，他說話的聲音很低。他覺得選在這裡進行會議很奇怪，不過至少這裡有足夠的空間。除了大埃德爾和貝霖，每一名守護者和柏油人的幾乎全體船員都在這裡，大家都在全神貫注地進行討論。雷恩不由得在心中猜測，雨野原議會在剛剛建立的時候是不是也這麼熱鬧和混亂。每一名守護者都有自己的觀點，而且都急於要表達自己。萊福特林和他的船員們似乎也都急著要說話。

這個大房間中還有幾頭龍。他們剛剛離開熱水池，身上還冒著熱氣。雷恩不知道他們是真的對人類的討論感興趣，還是只希望在他們最終做出死刑判決以後，能夠輕鬆地吃上一頓飯。噴毒就懶洋洋地趴在那些俘虜旁邊——現在俘虜們在地面上坐成了一堆。銀龍一次又一次地伸長脖子，用力吸吸鼻子，彷彿在享用這些膽顫心驚的人們散發出的香氣。金龍默爾柯威嚴地坐在一旁，和那頭無賴一樣的小龍形成了鮮明的對比。巴力佩爾也在，他一直若有所思地看著這些俘虜。因為這些龍的在場，這個房間總算不顯得那麼高大空曠了。在這個宏偉的空間裡，人類，甚至是古靈，都顯得那樣微不足道。

麥爾妲低頭看看懷中安靜的襁褓。「他吃了一點奶，但一直都沒能睡著。他太累了，幾乎無法吃東西，也沒力量哭泣。」

「總算能安靜一下了。」雷恩說了實話，然後立刻又希望自己能夠將這句話吞回肚子裡。麥爾妲給了他一個受傷的眼神。雷恩讀出了他的想法。**很快了，很快他就會永遠安靜下去**。為了彌補自己造成的傷害，雷恩急忙說：「讓我抱抱他吧。」麥爾妲將孩子遞給丈夫，讓他知道自己已經原諒了他無意中的失言。襁褓中的孩子要比一個星期之前更輕了。他正在失去自己的血肉，一雙發黑的眼睛顯得很是遲鈍。雷恩開始平穩而輕柔地晃動襁褓，孩子似乎注意到了他。麥爾妲露出虛弱的微笑。

「他們有什麼進展嗎？」

雷恩點點頭。「守護者們大多都固執己見，只是說明著為什麼自己的決定才是正確的，但這對他們也是重要的一步。有時候，我甚至忘記了他們之中的絕大多數人是多麼年輕。一開始，他們的爭論相當激烈。那種情形幾乎讓我露出了微笑。他們之中的一些人似乎只是在應和他們的龍。萊福特林不止一次強調，人類的命運應該由人類來決定，而不是龍。我不認為這種觀點被完全接受了，不過他的確讓一些人冷靜了下來。他們很快就應該會進行最終投票了。我相信那些奴隸會得到自由，並能夠自行決定他們想做什麼。萊福特林說，下一次柏油人前往崔豪格的時候，奴隸們可以免費乘船回去，在那裡決定自己的未來。一些奴隸提到了自己的家人，說他們早已失去了和家人的聯絡。另一些則因為突然得回自由而感到迷茫。他們也可以留在河對岸的村子裡。我不知道他們是否完全理解自己得到了怎樣的機會。我只懂得很簡單的恰斯語，而且因為長久沒使用，已經變得生疏了。」

麥爾妲點點頭。「我也一樣。我們之中只有瑟丹認真學習過我們父親的語言。我認為瑟丹這樣做是為了得到父親的關注，但他沒能實現自己的心願。」她想到自己失蹤已久的兄弟，目光不由得飄向了遠方。雷恩等待著。片刻之後，麥爾妲彷彿才驚醒過來，「瑟丹已經和婷黛莉雅一起走了。我想，這才是合理的解釋。」她歎了口氣，把心緒拉回到現在，向丈夫問道，「其他囚犯呢？」

「他們比較難以處置。萊福特林當面指控貿易商坎達奧參與了恰斯人的屠龍陰謀。很明顯，還有一個名叫絲維玎的女貿易商也參與了陰謀，恰斯人在離開卡薩里克的時候將她扔出了船外，也許淹死了。一些守護者提議讓龍吃掉坎達奧，但萊福特林對他們進行了長久而艱苦的勸說，讓他們明白坎達奧必須被押解回卡薩里克，與那裡的議會當面對質。他告訴守護者們，除非這樣做，否則議會絕對不會承認他們內部存在貪腐。坎達奧只求能饒他一命，並承諾說他會在今晚就寫出參與這次陰謀的人員名單，並列清他們具體都做了些什麼。很明顯，他還參與雇傭了某個獵人加入到柏油人遠征隊中，圖謀殺死芮普妲。」

聽到丈夫的講述，麥爾妲點點頭。雷恩有些懷疑她是否真的在聽自己的講述，不過他還是繼續說道，「那些恰斯人說他們是被迫來到這裡的，他們在恰斯國的家人都已經成為了人質。我認為他們的話是可信的，但龍很難理解為什麼他們憑這一點就應該得到寬恕。畢竟，他們讓龍流了血，這一點是無可否認的。然後就是那兩艘船上的水手了，他們之中有人說他們只是服從船長的命令。我想，這話也沒有錯，但至少有一名船長背叛了貿易商。」

「有兩名來自遮瑪里亞的商人似乎只是被裹挾進了這場災難。有同樣處境的，還有幾名繽城的投資人，他們本來只是打算參與他們神奇新船的處女航行。守護者們不允許他們再保有自己的船。斯沃格已經檢查了那兩艘船的船底。他說那兩艘船似乎真的完全不怕這條河的酸水。對於那些繽城人而言，我不知道船被奪走是否公平，不過我懷疑，在這一切結束之前，他們一定會做一些交易，通過談判達成一些契約。那兩個遮瑪里亞人已經開始詢問這裡會有怎樣的貿易條款了，而繽城貿易商們立刻對他們的詢問予以阻撓，聲稱只有真正的議會才能夠商談這種事情。然後幾名守護者都宣布說無論是繽城還是雨野原議會，對於他們都沒有任何權力。這也導致了一場非常有趣的爭論。」

麥爾妲點點頭，眼睛裡露出一點笑意。「我聽到了。你甚至沒有問過我是否想要做他們的王后，就告訴他們這不是我們來到此地的原因。」

萊恩從孩子身上抬起一隻手，撫摸妻子的金髮。他感覺到那些在他記憶中的光亮金絲變得非常粗糙。「這是因為我相信妳會贊同我的做法。」他向妻子露出微笑，「那樣他們就會讓我們負責處理所有這些事情。」雷恩深吸了一口氣，「我從來都不想成為說出『此人當活，彼人當死』的那個人，我很高興他們能夠如此高看我們，也很高興當我懇求他們寬容對待這些俘虜的時候，他們能夠傾聽我的發言。但更讓我高興的，是他們能夠自己通過討論達成一致的決定。」

「商談。這就是貿易商解決問題的方式。」麥爾妲微笑著說。

「我沒有忘記，當妳面對遮瑪里亞的沙崔甫王和海島國王的時候，妳為繽城所做的一切。」

麥爾妲又給了丈夫一個虛弱的微笑。「那彷彿已經是很久以前發生的事情了。我是從那裡得到那種力量的？」他搖了搖頭，「貿易商芬波克又該如何處置？」

「他宣稱此行只是為了尋找愛麗絲和塞德里克，是其他乘客在旅程中綁架了他。但另一些人指控他說謊。坎達奧說，正是一封來自於芬波克的信引誘他上了那艘船。詔諭否認這一點。現在還沒有明確的證據和可信的動機能夠指控他做出過這種事。」

「這已經算不了什麼了。我太累了，沒辦法認真思考這種事情。」麥爾妲眉頭一皺，「坎達奧必須回去。在埃菲隆出生的那一晚，那些可怕的暴徒對我做的事情必須有人負責。」她低頭看看自己的孩子，「如果我必須回去，必須站在議會面前說明我在那一晚的經歷，我會的。」

「我不想讓妳再承受這些。事實真相遲早會水落石出。」雷恩對妻子說。

麥爾妲緩慢地點點頭。自從聽聞婷黛莉雅的死訊之後，她就完全沒有了精神。巨龍們都不願意提起這件事。他們只是說，卡羅留下來，準備吃掉婷黛莉雅的記憶。至今為止那頭藍黑色巨龍都沒有回來。雷恩在內心中猜測，要吃掉像婷黛莉雅那麼大的龍，就算是卡羅也會需要幾天時間。婷黛莉雅的死讓他產生出強烈的失落感，這甚至讓他自己也吃了一驚。數年以前，婷黛莉雅拋棄了其他龍，任由他們自生自滅。她離開的時候，甚至沒有向麥爾妲和雷恩道一聲別，甚至深受她鍾愛的詩人瑟丹也不知道她竟然會這樣憑空消失。隨後在一段不算很長的時間裡，他們還能得到和婷黛莉雅有關的訊息。其中一條傳聞說她已經在北方找到了伴侶。在離開他們的這些年裡，婷黛莉雅到底做了什麼，他們完全不知道，也不知道為什麼她會突然決定返回雨野原。看樣子，她就死在距離克爾辛拉只有一天飛行里程的地方。

雷恩回想著自己最後看見那頭龍的樣子，那時的婷黛莉雅非常高傲，體內充盈著強大的生命力，無論從任何一方面來看，她都是以為當之無愧的女王。她在雷恩、麥爾妲和瑟丹的身上留下了清晰的印記。現在雷恩才知道，這印記也會遺傳給他們的孩子。麥爾妲已經流產過幾次了。雷恩試著想像自己本應該有的樣子——一名被孩子們圍繞的父親。如果那頭龍能夠在場，重塑麥爾妲子宮中的嬰兒，他們就能夠存活下來。這真是一種無用的幻想。

「婷黛莉雅。」麥爾妲突然說道。

雷恩點點頭，「我也剛剛在想她。作為一頭龍，她沒有那麼壞。」

麥爾妲坐直了身子。「不，我感覺到她了。雷恩，她沒有死。她正在飛來這裡。」

雷恩盯著妻子，只感覺到自己的心碎。當他們最初得到婷黛莉雅死亡的訊息時，麥爾妲像瘋子一樣發出尖叫。雷恩不得不抱住她，將她從其他人面前拽開，甚至不讓蒂絡蒙靠近。他們關上屋門，和他們沒有了希望的孩子坐在一起，晃動著、哭泣著、咒罵著。一切都結束之後，一種奇怪的平靜降臨在麥爾妲的身上。雷恩覺得也許這就是女人的方式。麥爾妲就像一艘船，駛出情緒和痛苦的風暴，進入到平靜的海面。她的樣子不是平和，而是被哀傷掏空了。就好像她已經用光了這種情緒，但也沒有其他情緒填補空出的位置。她只是溫柔地照料埃菲隆，甚至當埃菲隆連續許多個小時發出尖利的哭聲、雷恩幾乎要發瘋的時候，她仍然對他們的孩子充滿了耐心和關愛。她彷彿將這個孩子的每一絲聲音、每一點氣息、每一幕景象都吸收進自己的身體裡，彷彿她就是一塊儲存埃菲隆記憶的石頭。

這讓雷恩感到擔心，但現在麥爾妲的反應更加可怕了。

「她死了，麥爾妲。」雷恩輕聲說道，「婷黛莉雅已經死了。巨龍是這樣告訴我們的。」

「龍錯了！」麥爾妲堅定地說道，「仔細聽，雷恩！向她伸展你的意識。她來了，她就要到這裡了！她還有很多痛楚，她受了重傷，但她還活著，而且正在飛來。」麥爾妲向他們的孩子伸出手，將他從雷恩的懷中抱起來，自己也一下子站起了身，「我們還有希望，她還有可能拯救他。我要去見她。」

雷恩看著妻子大步離去，又回頭瞥了一眼聚集在大廳另一端的其他人。他們還在進行著熱烈的討論，根本沒有察覺到有任何非同尋常的事情發生。但麥爾妲似乎對此極為篤定。雷恩站起身，閉住眼睛，伸展出自己的意識，張開自己，嘗試凝固住自己的一切思緒。

婷黛莉雅？

什麼都沒有發生。雷恩什麼都沒有感覺到。只有死亡來臨的痛苦。這是他的痛苦？還是龍的？

他將這個想法放到一旁，拿起麥爾妲留下來的斗篷，快步追上他的妻兒。他聽到遠方傳來銅號般的龍吼聲。另一頭龍做出回應，然後又是一頭龍。突然間，一陣連綿不絕的龍吼迴盪在整座城市的上空。雷恩來到傍晚的天空之下，這座城市彷彿閃耀起更加明亮的光輝，龍吼聲從四面八方傳來。麥爾妲的細瘦身影正快步跑向巨龍廣場的中心。她的孩子被包裹在她懷中的小襁褓，風吹起了她的頭髮。雷恩抬起頭，看見巨龍飛翔在鋪滿紅色晚霞的天空中，就像是聽到同類叫聲飛來的數隻烏鴉。

不是很遠了。

太痛了。

看，看那邊，地平線上的那片光暈。那就是克爾辛拉的燈光。它們在歡迎妳回家。不要想別的，婷黛莉雅女王。飛到那裡，妳就能讓全身浸泡在熱水裡，會有古靈照顧妳，還會有巨龍之銀。我離開那裡的時候，古靈已經下入井中，正在修復這口井。

巨龍之銀。這是一個可以讓婷黛莉雅堅持下去的念頭。某些有技巧的古靈，能使用巨龍之銀實現許多奇蹟。婷黛莉雅的祖先記憶讓她知道，曾經有一頭公龍被閃電擊中，墜落在地上，翅膀被燒焦只剩骨架，但在一年之後，他又重新飛上天空，因為他們用巨龍之銀的噴霧治好了他的燒傷。一位古靈藝術家為他重建了巨龍之銀的翅膀——銀光閃耀的輕薄翼膜，再配以許多細小裝置的驅動。那不是他自己的翅膀，但他終於能夠飛起來了。

努力飛行就好。我會召喚他們來迎接妳。然後卡羅發出銅號般的聲音——這是婷黛莉雅從沒有聽過的一種警號。她感覺到這聲音傳向了遠方的群龍：正在狩獵的龍、飽食之後正在休眠的龍、留在城中的龍。她本以為自己聽到的是卡羅的吼聲在遠方山丘中引起的回音，然後才知道那不是回音。群龍在不斷發出吼聲，並向她聚集過來。她一生中還從沒有見過這麼多龍來歡迎她。

「就在那裡！」卡羅用銅號般的聲音對她說，「妳一定看到了，對不對？妳還記得嗎？」

「當然。」如果婷黛莉雅不是這麼痛，卡羅的問題一定會惹惱她。她以前就來過這裡，甚至此世也來過這裡。那時她發現這裡已經死了，被徹底廢棄了。於是她在盛怒中離開了這裡。現在，這座城市終於充滿了溫暖的燈光和歡迎的聲音。

「到那裡去，他們會幫助妳，我去狩獵了。」

婷黛莉雅已經感覺到卡羅的饑餓。她不知道卡羅為什麼會告訴她如此明顯的事情，這一定和卡羅每天都與人類為伍有關。那些人類總是彼此不停地訴說各種顯而易見的事情，彷彿他們必須得到別人的同意才能採取行動。婷黛莉雅看見自己身下出現了一片開闊的廣場。兩名古靈正站在廣場正中央，向她伸出了手。「婷黛莉雅！婷黛莉雅！」他們拚命叫喊她的名字，聲音中充滿了喜悅。另一些人從……從浴室中走出來。是的。熱水池就在那裡。浸泡在熱水中，這個念頭幾乎讓婷黛莉雅感到一陣眩暈，現在她甚至已經無法再搧動自己受傷的翅膀了。她在向下掉落，一邊努力用自己完好的翅膀支撐自己的體重，竭力以螺旋軌跡減緩下落的速度。這時，她看到了來迎接她的人。一陣寬慰的情緒湧過她的全身，讓她的肌肉全部鬆弛下來。

我的古靈。巨龍之銀。治療我。她用盡全部力氣，將這些命令向他們拋擲過去。她已經沒有足夠氣息再發出吼聲了。在到達地面的最後一段距離中，她已經完全垂直下落。她將曾經強勁有力的後腿收在身下作為緩衝，然後側身倒在兩名古靈面前的地面上。疼痛和黑暗完全吞噬了她。

「她的身上有數十處小傷。傷口裡有許多骯髒的寄生蟲，但如果這就是全部的傷口，我們只要將它們清理乾淨，餵飽她，她就能恢復如初。真正拖垮她的是她翅膀下面那處潰爛的傷口。那個可怕的傷口一直在腐蝕她的身體。我甚至已經能夠看到骨頭了。」卡森揉了揉自己疲倦的眼睛，「我不是治療師。我知道如何肢解一頭野獸，但並不怎麼懂該如何進行治療。不過我要告訴你們一件事。如果這是我捕到的獵物，我絕不會要她。我覺得她的氣味就像是一塊壞掉的肉，而且壞得非常徹底。」

萊福特林撓了撓自己生滿鬍鬚的下巴。這一天從早到晚發生了太多事情。他已經很累了。而且他還在為愛麗絲擔心，又為麥爾妲的孩子感到心痛。當一些守護者高喊「婷黛莉雅回來了」，他曾經感到一陣強烈的希望。但現在他看到的景象簡直比這頭巨龍的死訊更糟糕。婷黛莉雅躺在開闊的廣場上，很快就要死了。麥爾妲坐在她身邊的地上，用斗篷裹住身體。她的孩子還在她懷中。

「巨龍之銀！」麥爾妲在婷黛莉雅落地後的寂靜中突然喊道，「把我們的巨龍之銀都拿來！」

萊福特林本以為會有人表示反對。其他巨龍肯定也都想分得一份巨龍之銀。讓他驚訝的是，沒有人提出異議。所有守護者似乎都認為這是應當採取的措施。現在只有一頭龍留在廣場上，夜晚的寒冷和黑暗讓巨龍們更願意去溫熱的浴池或沙坑裡安睡。他們不是人類，不會為即將死去的同類守夜。只有金龍默爾柯留在了婷黛莉雅身邊。「我不知道卡羅為什麼會幫助她活下來，也不知道卡羅為什麼要帶她來到這裡死去。」默爾柯說道，「但毫無疑問，他會回來吃掉她的記憶。到那時，我提醒你們不要阻攔他。」當其他巨龍都遠遠離開了這頭瀕死的同類，彷彿婷黛莉雅的命運讓他們感到羞恥，只有默爾柯留下來，看視著她。

希爾薇跑去拿盛放巨龍之銀的瓶子。她兩隻手抓住那只瓶子，把它帶到廣場上。瓶子裡的銀水不斷旋轉著，就如同有生命的活物想要衝出這個牢籠。

「要怎麼做？」希爾薇問道。麥爾妲將孩子交給雷恩，伸手接過瓶子。希爾薇的聲音中充滿了信任。她顯然認為這位古靈女王知道該如何拯救瀕死的巨龍。

但麥爾妲只是搖搖頭。「我不知道。我應該將這個倒在她的傷口上嗎？還是讓她喝下它？」所有人都只是沉默。

麥爾妲沿著婷黛莉雅伸長的脖子來到她碩大的頭顱旁。巨龍的一雙大眼睛緊閉著。「婷黛莉雅！醒一醒！醒過來，喝下巨龍之銀，恢復健康！恢復健康，並拯救我的孩子！」麥爾妲懇求的聲音在不斷顫抖。

巨龍也許是稍微用力地吸了一口氣，除此之外，她沒有任何動作。麥爾妲身穿長及腳掌的乳白色長袍，手中抓著閃閃發光的銀色瓶子，看上去就像是一尊傳說中的雕像，但她只能用完全屬於人類的聲音乞求道：「難道沒有人知道嗎？我應該怎樣做？我應該怎樣救她？」

希爾薇低聲說：「默爾柯告訴過我，龍會喝下巨龍之銀，你是否可以把巨龍之銀灌進她的嘴裡？」

「她會被嗆到嗎？」哈裡金謹慎地提出這個問題。

「婷黛莉雅？婷黛莉雅，求妳。」雷恩說道。

「我是不是應該將這個倒進她的嘴裡？」麥爾妲直接向金龍問道。

「這一點巨龍之銀並不足以拯救她，」默爾柯說，「無論妳怎樣使用它都不行。」然後金龍就轉身離開了廣場，走上寬闊的台階，進入浴室。希爾薇的臉上全是驚愕的表情。

麥爾妲卻彷彿沒有怎麼在意默爾柯的話，她說道：「我幾乎感覺不到她。」萊福特林知道，麥爾妲這句話所指的並非是她輕輕撫摸這頭巨龍的手掌。「和上次見到她的時候相比，她長大了這麼多。」麥爾妲繼續說著。片刻間，她的樣子就像是一位寵溺孩子的母親。她的手撫過婷黛莉雅的臉，又掀開巨龍的嘴唇。萊福特林和古靈們都不由自主地靠近了一些。被掀起的嘴唇後面，露出了緊密排列的鋒利牙齒。

「這些牙齒中間還有縫隙，我想，只要慢慢把巨龍之銀倒進去就可以了。」麥爾妲說道。她的聲音非常低，就好像她和巨龍是整個世界中僅存的生靈。她將瓶子斜過來，巨龍之銀盤旋著溢出瓶口，變成一根細長的閃亮銀絲。和水不同，它流動的速度並不快，看上去像是非常謹慎地探進了巨龍口中，碰到婷黛莉雅的牙齒之後，它在牙齦上短暫凝聚了片刻，才彷彿找到了它所需要的入口，消失在巨龍的牙齒之間。就算瓶子裡只剩下最後一點巨龍之銀的時候，它也沒有在瓶口凝聚成液滴，全部的巨龍之銀，彷彿一根從線軸上被解開的細線，一點點消失在巨龍的嘴裡。

隨著巨龍之銀從眾人的視野中消失，夜空也變得更黑了。古靈城市中幽靈一樣的燈光在他們周圍輕柔地閃耀著。守護者們站在原地，等待、傾聽。過了很長一段時間，寒冷的夜色中響起了人們的竊竊私語。「我本以為會發生奇蹟。」

「我覺得她已經走得太遠了。」

「也許她應該把巨龍之銀倒在傷口上。」

「默爾柯警告過我們，這些巨龍之銀還不夠。」希爾薇哀傷地說著，將臉藏在了雙手之間。

麥爾妲將巨龍之銀餵給婷黛莉雅的時候，雷恩一直蹲在妻子的身邊。他們的孩子躺在他的懷裡。現在，他慢慢站起身，提高聲音說道：「如果你們不介意，我們想要與我們的龍和孩子獨處一段時間。」他的聲音不是很大，但他的話語卻傳出了很遠。說完之後，他又重新跪倒在妻子身邊的石子路面上。

守護者們單獨或結伴離開。塞德里克輕輕拽了一下卡森的手臂，低聲說：「我們應該走了。」萊福特林向他們瞥了一眼，同樣低聲表示贊同：「是的，我們在這裡已經無事可做了。死亡是一件私密的事情。」

卡森點點頭。但他顯然還不願意離開。塞德里克向前邁出一步，解開自己的斗篷，用它遮護住麥爾妲、雷恩和他們的孩子。「願莎神賜予你們力量。」說完這句話，他就搖著頭快步走開了。

萊福特林對這座廣場環顧了一周。現在廣場上已經沒有其他人了。他又走上前，想要問問那對古靈夫婦是否還有什麼需要。但又想了一下，他便轉過身，緩步向遠處走去，離開了那對古靈夫妻和他們瀕死的孩子。他覺得孤獨彷彿充滿了他身後的那個空間，尤其那是令人心碎的孤獨。

他將身上的舊外套又拽緊了一些。這不是一個應該孤獨的時候，這座城市正在他的周圍不停地輕聲耳語，但他不想聽這些聲音。很久以前這座城市就已經死了。現在他覺得自己明白了這其中的原因。一場災難至多只能摧毀一些房屋，讓一些古靈逃走，但是當巨龍之銀枯竭的時候，末日就無可避免了。

萊福特林想到了這些被他帶到雨野原河上游的年輕人，他沒有想到過自己要照顧他們，他只是要完成一份契約，在這個過程中經歷一點冒險，也許還能繪製一場航線圖，讓他的名字能夠載入史冊，然後就繼續駕駛著他鍾愛的航船在河上載運貨物。他從來沒有希望自己的人生會發生這麼大的變化。

愛麗絲。

嗯，也許他的確有了這樣的希望。他歎了一口氣，感覺自己很自私。當其他人在付出慘重代價的時候，他卻得到了一個愛他的女人。一個放棄了一切要和他在一起的女人。詔諭在今天讓他的夢想成為了現實。那樣高大俊美的一個男人，穿著那樣漂亮得體，談吐那樣優雅高貴。他請求愛麗絲回到他的身邊。

愛麗絲拒絕了那個男人的一切，選擇了萊福特林。

現在愛麗絲正在等待他，等待他回他的活船。萊福特林加快了步伐。

犁月第十四日
商人聯盟獨立第七年
來自崔豪格的艾瑞克
致繽城信鴿管理人公會主管克瑞格·甜水

克瑞格：

收到你的信，我真是大大鬆了一口氣。黛托茨也和我一樣非常焦慮和擔心我們的行為會被看做是對於公會的不忠，甚至讓公會將我們當作叛徒。

我還要很高興地告訴你，兩趾現在的體重已經增加了，羽毛和喙都有了光澤。在被樹枝纏住的過程中，他的腳被嚴重地割傷了，不過現在他的腳趾已經恢復了體溫和活動能力。儘管他無法恢復到足以傳遞信件的程度，但我相信他還有很高的配種價值，所以應該繼續對他精心餵養。正像你建議的那樣，我也請求能夠繼續照料他，直到他徹底恢復。不管怎樣，一隻還活著的鴿子被登記在死亡名單，絕對是一件非常令人費解的事情！

黛托茨和我會一同攜帶那封被蠟漆封錮的信和你的信去見高登主管，請他將這封信在崔豪格的全體公會主管面前方能開封，並予以研判。

非常感謝你能夠幫助我將這件極其重要的事情交托出去。

你曾經的學徒，艾瑞克·頓瓦羅

17 井

「求妳，我睡不著。和我出去走一走吧，求妳。」

賽瑪拉眨了眨眼睛。拉普斯卡淺藍色的目光在昏暗的房間中閃閃發亮。在這個房間另一側的床上，刺青正微微打著鼾。賽瑪拉和刺青未經商議便決定他們不會放任拉普斯卡單獨行動，今晚不行。刺青在巨龍浴室的樓上找了一個有多張床的大房間，卡森點頭認可了他們這樣做。另外一些守護者要負責監管他們的「客人」。今晚那些人都被留在了餐廳裡。他們被允許洗浴，並得到了被褥。他們之中的大部分人看來已經接受了自己的命運。只有幾個人抱怨不斷。一名遮瑪里亞商人哭哭啼啼地抱怨說自己「被像犯人一樣對待，還要被迫和那些『人渣』睡在一起」。卡森站第一班崗，塞德里克陪著他。芮普妲也和他們在一起。卡森對待那些俘虜非常警覺，不過賽瑪拉不太相信他們的「客人」會試圖跨過門口處那頭打鼾的龍。

她和刺青將拉普斯卡帶進房間，他們都已經很疲憊了，但還是有許多話要說。他們坐在一起，傾聽拉普斯卡講述巨龍攻擊船的經過。拉普斯卡說得越多，他就越不像特萊托，而更是他原先的自己。

拉普斯卡一直都很健談。無論是什麼話題，他都能一直說個不停。刺青在賽瑪拉睡著之前就開始打盹了。賽瑪拉一直傾聽拉普斯卡講述自己的故事，聽他誇耀荷比是多麼勇敢，巨龍們在飛翔時是多麼威嚴壯麗。賽瑪拉徒勞地等待著拉普斯卡提到，當他看到有許多人死亡的時候，心中是多麼恐懼，舊日的拉普斯卡一定會這樣說，但他卻只是將此當作是戰爭的一部分。當賽瑪拉主動提起這一點的時候，拉普斯卡反而難以置信地問道：「難道妳希望有更多的龍死去嗎？可憐的婷黛莉雅現在正趴在巨龍廣場上！到了明天早晨，她能夠剩下的就只有回憶和身軀了。她體內的卵本應該成為長蛇，成為我們的下一代巨龍。但他們也會和她一同在今晚死去！你有沒有想過這件事，賽瑪拉？我無法對此視而不見，而且我禁不住會想，如果躺在那裡的是我的荷比，我會是怎樣的心情？如果那是辛泰拉呢？」

「辛泰拉。」賽瑪拉低聲說出這個名字，思考著自己的心情會是怎樣。讓她驚訝的是，她的心中爆起了一點憤怒的火花。在她意識深處的一個角落裡，她的龍輕聲對她說：*妳會精神崩潰，怒不可遏，就像他們一樣。*

*我會的，*賽瑪拉承認。她將思緒從她的龍那裡拉回來。但如果她的龍真有了不測，她又會怎樣做？如果古靈的龍死了，那個古靈的身上會發生什麼？

他們也會死，不是立刻死，但會很快死。

賽瑪拉再一次將辛泰拉從自己的意識中推開。她不願意想這種事。她不願意想麥爾妲、雷恩和他們的孩子最終會怎樣。「龍已經返回了克爾辛拉，全都好好地活著。這件事結束了，拉普斯卡。」

「這件事沒有結束。」拉普斯卡堅持說道。賽瑪拉在他的聲音中聽到了一點特萊托的頑固。

「結束了，」賽瑪拉回答道，「我們的龍都安全地待在克爾辛拉。他們不需要再離開這裡。那些攻擊者的頭領——那個恰斯國的貴族——已經死了。那個腐敗的貿易商承諾他會讓每一個人知道是誰在謀害巨龍。那些人都將受到懲罰。所以，這件事結束了。」

拉普斯卡搖搖頭。他們兩個這時一起坐在他的床上，刺青還在房間另外一側的床上打鼾。賽瑪拉將身子向後靠在牆壁上。她很想睡覺，但她希望拉普斯卡能夠在他之前先睡著。她能夠堅持到那個時候——她希望可以。

拉普斯卡將雙臂抱在胸前。「巨龍無法永遠留在這裡。他們也不會這樣做。這不符合他們的本性。妳是獵人，妳一定明白他們的心情。他們需要按季節遷徙，尋找新的獵物，讓野獸種群有機會恢復。即使我們在這裡飼養了他們所需要的畜群，他們也絕不會滿足於年復一年地在這裡定居。當他們需要產卵的時候，他們一定會離開的。」

這些話不是拉普斯卡的。賽瑪拉從沒有聽到過他這樣說話。她盯著拉普斯卡。拉普斯卡卻將賽瑪拉的反應錯當作對他有欲望。他向賽瑪拉露出了微笑。

「賽瑪拉，在徹底阻止派出這些入侵者的那個人以前，這件事不會結束。好好想一想。這些人——這些恰斯人今天供認說他們是被迫來攻擊巨龍的，這不是他們自己的願望。我親耳聽到了他們的話。如果他們沒有能把龍肉帶回家鄉，他們和他們的家人都會被處死。而且那將是緩慢而恐怖的死刑。如果他們在這裡停留太長時間，沒有將勝利的訊息傳遞回去，他們的家人就會遭受折磨。等到他們都死掉之後，恰斯大公還會派來其他人。他是不會放棄的。」

「他很快就會死了。他很老，身體還有病。他的死期已經近在眼前。到那時，一切就都結束了。」

賽瑪拉只想睡覺，拉普斯卡正在強迫她思考各種她現在還不願思考的事情。

拉普斯卡轉過頭，哀傷地看著她。「妳有一件事說對了，愛瑪琳達。等到他死去之後，這一切都將結束。但只要他還活著，這就不會結束。」

「那不是我的名字。」賽瑪拉說道。她的心中生出一股寒意——她不知道這是因為拉普斯卡所說的事情，還是因為他稱她為「愛瑪琳達」。

拉普斯卡向她露出寬容的微笑，「妳還是沒有完全理解這座城市，還有它對於與巨龍連結的古靈真正的意義。但妳最終會理解的，所以我不會和妳爭論這件事。時間在我這一邊。妳會逐漸明白，妳能夠擁有不止一個人生，成為不止一個人。」

「不。」賽瑪拉刻板地說道。

拉普斯卡歎口氣。賽瑪拉閉上眼睛，她一定是打了個盹，當她醒來的時候，拉普斯卡正拽著她的手，要她陪自己出去走一走。賽瑪拉疲憊地歎了口氣。「很晚了，拉普斯卡。外面又冷又黑。」

「外面不那麼冷了。而這座城市會為我們把路照亮。求妳，賽瑪拉，只是散散步，幫我放鬆一下，僅此而已。我們只是在這座城市裡隨便逛一逛。」

拉普斯卡一直都很善於央求賽瑪拉做所有他想做的事情。賽瑪拉沒有叫醒刺青。就讓他繼續睡吧。如果他們的散步沒有能消耗完拉普斯卡的精力，到時候刺青可以代替她繼續看著這個傢伙。賽瑪拉將斗篷披在肩頭，繫好釦子，跟隨拉普斯卡走出房間，下到浴室大廳裡。拉普斯卡領著賽瑪拉從側門出去，躲開了巨龍廣場和那裡進行臨終守護的人們。賽瑪拉沒有反對。

到了室外，冷風狠狠親吻著賽瑪拉的臉。

拉普斯卡抬起臉說道：「聞起來像春天的味道。」

賽瑪拉向夜空張開自己的知覺。是的，風中蘊含著某種清新的氣息，更加溼潤，而不是冷冽。現在天氣並不暖和，但所有冰霜的利齒都已經退走了。

拉普斯卡握住賽瑪拉的手。賽瑪拉很喜歡他溫暖的手心。他的拇指撫過賽瑪拉手背上的細小鱗片。「妳不能否認改變。」他說道。不等賽瑪拉能夠回答，他又說道，「明天，如果妳抬頭眺望這座城市背後的山丘，妳會看到樺樹和柳樹披上了粉色的薄紗。在更高處的山坡，積雪已經快消融乾淨了。用不了多久，萊福特林就會再次啟航前往崔豪格，去收購他預定的種籽和牲畜。」他轉過頭，向賽瑪拉露出微笑，「這將是我們重新喚醒全部克爾辛拉的意念。從現在開始的許多年之後，人們將很難再回憶這裡的牧場上看不到牛羊的樣子，也很難回憶起只有十五名守護者居住在這裡的日子。」

拉普斯卡長遠的視野讓賽瑪拉感到吃驚。她任由這個男孩牽著她，走過一條條燈光昏暗的街道。像以往一樣，拉普斯卡用他的閒談填滿了這裡的寂靜。「這座城市曾經從不會入睡。這些街道上無論白天還是黑夜，都會有行人經過。在這座城市中，有一些街區我們還從沒有涉足過。各種神奇的事物正在等待新一輩的古靈去重新發現。在這裡的許多地方，藝術家們曾經成就過眾多奇蹟，技藝高超的工匠們創造了數不清的珍寶。」

賽瑪拉想到了那口乾涸的白銀之井，那代表著他們黯淡的未來，但她不打算在這樣一個夜晚談論這種事，就讓拉普斯卡盡請暢談他的夢想吧，等到他說完了，她就會帶他回巨龍浴室，讓他安心入睡。賽瑪拉想到了明天和他們必須面對的那些事情。她不由得又開始思忖，婷黛莉雅還能夠在生與死的邊界上停留多久——還有她腹中的孩子們。賽瑪拉想像著卡羅在廣場上吞食死去的巨龍，這讓她有一種想要嘔吐的感覺。她不願意想那些來到這裡屠殺巨龍的恰斯武士，但他們明天還是要為了他們的命運而進行爭論。她想到了柏油人回來以前的那些日子。那些日子中只有簡單的工作——狩獵、重建碼頭、探索城市。那時她覺得生活是那樣冗長乏味，但現在她卻很渴望再去享受一下那無聊的時光。

她猜測拉普斯卡會將她帶回到特萊托和愛瑪琳達的房子去。看到拉普斯卡沒有這樣做，她不由得鬆了一口氣。他們走過另外一些街道，拉普斯卡說起了自己對這些街道的了解：一位詩人曾經住在某一棟房子裡，在那裡的牆壁和天花板上寫下壯麗的史詩；某一座麵包房因為它的甜漿果蛋糕而遠近馳名；有一條街上的裁縫們創造出他們兩個現在穿的這種衣服。賽瑪拉知道他所說的都是特萊托的記憶，不過她太累了，沒有力氣責備他。就讓他將這些被他當作是自己的記憶全都說出來吧，然後拉普斯卡也許就能回到她的身邊了。

拉普斯卡帶著她走過一條側街。賽瑪拉發現自己來到了城市中不那麼華麗的一個街區。「這家店鋪曾經是一名錫匠的，」拉普斯卡對她說，「他打製的平底鍋不需要火爐，只要將食物放在裡面就能煮熟。再看那邊，那家店鋪的主人是一名女子，當風吹過時，她的風鈴能夠奏響一千首旋律。」

「它們的功能都來自於巨龍之銀。」賽瑪拉猜道。拉普斯卡點點頭。

「巨龍之銀是古靈巨大的祕密珍寶，正是它的滋養成就了偉大的古靈和巨龍。」拉普斯卡在一個門洞前停住腳步，「缺少了它，我們全都只有死路一條。」他鎮定如常地說出這句話，邁步走進了這家店鋪黑沉沉的門洞。賽瑪拉不情願地跟著他走了進去。

「這裡可真黑。」賽瑪拉抱怨道，同時感覺到了拉普斯卡的贊同。

「他們沒有在所有地方使用巨龍之銀。即使是在那個時候，巨龍之銀也還是非常珍貴的。在有許多人聚集的地方，巨龍之銀會被用於點亮燈光和散發溫暖，用於創作供眾人欣賞的藝術品，但在這種狹小的私人房間裡，巨龍之銀的使用就要少多了。」拉普斯卡伸手到衣袋裡，拿出一樣東西遞到賽瑪拉面前，晃動了一下。那是一根項鍊，上面綴著一枚月亮形狀的護身符。隨著拉普斯卡的晃動，護身符亮起來，用一種微薄的銀色光線充滿了這個房間。這讓賽瑪拉有了一種奇異的熟悉感。

「把它戴上。」拉普斯卡對賽瑪拉說道。賽瑪拉沒有照他的話去做，他便走上前，掀開賽瑪拉的兜帽，將項鍊戴在她的脖子上。銀色的月亮枕在賽瑪拉的胸脯上，她向周圍掃視了一圈這家店舖，那些樸素的木製家具已經沒有剩下多少痕跡，但在這些歲月遺痕中，賽瑪拉還是認出了一些東西：一個她從不曾見過的鐵砧，她卻知道那是做什麼用的；一張石桌的表面帶有溝槽紋路，這是加工巨龍之銀的用具。賽瑪拉下意識地望向那些應該懸掛在架子上的工具，架子不見了，工具散亂地堆在地面。看著一支磨損的長柄杓和一把剪刀，賽瑪拉心中湧起一種突然的衝動，她很想將她的工作間整理乾淨。

「我們出去吧。」賽瑪拉突兀地說道。

「我們可以一走了之，」拉普斯卡表示同意，「但這就讓一切都變得沒有意義。妳不能這樣逃避下去。我不想強迫妳，但我們就要沒有時間了。我們所有人都要沒時間了。」

一陣寒意充滿了賽瑪拉的內心。她轉過頭看著拉普斯卡，月亮護身符放射出的光線照得拉普斯卡的眼睛變成了銀色。「你是什麼意思？」

「妳**知道**，」拉普斯卡輕柔地對她說道，「我一直在等待妳承認，妳知道。」他停頓一下，帶著責備的眼神看向賽瑪拉。「愛瑪琳達知道，所以妳一定知道。」

*妳知道，*賽瑪拉回想著他的話語，***妳不能再這樣固執下去了。***

「我不知道。」賽瑪拉堅持地對他們兩個說道。他們兩個竟然合力來逼她，要她承認，這讓她感覺很受傷。無論「這件事」是什麼，他們都不應該這樣。賽瑪拉直白地對面前這個眼睛閃爍銀光的人說道：「你嚇到我了。特萊托，離開我們。我想要我的朋友拉普斯卡回來。」

他歎了一口氣，不情願地說道。「這非常緊急。我愛妳。無論那時還是現在，我都愛著妳。妳知道。我一直都在等待，我們一直都在等待，但我們是古靈，我們終究還是要侍奉巨龍。妳會放任婷黛莉雅死去嗎？妳會讓麥爾妲、雷恩和他們的孩子死去，只因為妳只想做妳出生時的自己？賽瑪拉，我知道這讓妳感到害怕。我曾經試著按照妳的意願慢慢來。但今晚是我們最後的機會。求妳，做出選擇吧。為我做出選擇，為了拉普斯卡。我不會強迫妳，但特萊托會。」

賽瑪拉的身子在顫抖，她的內心正在進行一場激烈的戰鬥。同時他又在她心中喚醒了那種壓倒性的恐懼。各種記憶在她的腦海中攪動，那是她不想承認的記憶。她向周圍望了一眼。「這裡就是她的小店舖，她在這裡創造自己的作品。」

他點點頭。「實際上，這不是一家店舖。她的確出售她的作品，但也會送出同樣多的作品。這裡是她創造藝術的地方，是妳用雙手加工巨龍之銀的地方。」

「我不記得了。」賽瑪拉刻板地說道。

「的確，這不容易。巨龍之銀太珍貴了，加工它的記憶並沒有被儲存在石頭中。一些祕密太過寶貴，除了真正的繼承人之外，不能交托給其他任何人。這樣的祕密只能從導師傳給學生。那口井的祕密並沒有被徹底地嚴格隱瞞，畢竟巨龍會飲用其中的銀水。而那口井是如何被照管的、在每一個季節需要採取何種措施——這才是公會保有的祕密。」

他突然捉住賽瑪拉的手臂，賽瑪拉差一點就要把自己的胳膊奪回來，但他已經帶著賽瑪拉向門口走去。賽瑪拉非常慶幸能夠離開這間屋子。愛瑪琳達曾經在這裡工作。現在賽瑪拉開始回憶起這條曾有過許多工匠的繁忙小街的昔日風華。這些記憶並非來自於記憶石，在城市的這個部分並沒有記憶石存在。它們都來自於她作為愛瑪琳達時、腦海中出現的回憶。

「拉莫斯的工作室就在那裡，還記得那位雕刻家嗎？」他的聲音變得更冷了。

賽瑪拉向牆上那些空空的視窗瞥了一眼，不情願地承認：「記得。」另外一件事又跳進她的腦海中，「你嫉妒他。」

拉普斯卡點點頭。「在我之前，他曾經是妳的愛侶。我們為此還打了一架。我真愚蠢，根本沒有想到整天拿著錘子和鑿子的他，擁有一雙多麼強壯的手臂。」

賽瑪拉刻意避開這些回憶。這時她覺得他們似乎太靠近某個地方了。然後他們轉過一個街角，她立刻看到一番熟悉的情景。這裡就是白銀之井的廣場。和他們離開的時候一樣，許多梁木堆積在廣場一側，另一側擺放著被破壞的轆轤裝置，第三堆則是各種工具。船員們已經在那些鐵鍊上耗費了幾個小時的時間。現在井邊出現了一根被修理好的長鐵鍊，一段固定在那座古早涼亭殘存的一根柱子上。荷比也在這裡，靜靜地站在黑暗裡。一種恐懼的感覺似乎正在叩擊賽瑪拉的心扉。

「為什麼我們要到這裡來？」賽瑪拉有些喘息地問道。

「這樣妳才能取得巨龍之銀。婷黛莉雅才能活下來。所有巨龍都能夠成就他們應有的形態，古靈也是一樣。」在這片開闊的廣場上，賽瑪拉胸前護身符的光芒無法再照亮他的眼睛。現在那雙眼睛裡閃爍著藍光，就像往常一樣，但月亮護身符的銀光映在他的臉上，讓那張臉有如一副幽靈的面具。賽瑪拉完全不認識這個人。

他溫柔又堅定地說：「愛瑪琳達，妳必須下到這口井中。妳是唯一知道如何找回巨龍之銀的人。」

「親愛的？」

雷恩輕聲問道，彷彿是擔心妻子已經睡著了。麥爾妲沒有睡著。她不可能睡著，也不願就此睡去，也許她再也無法入睡了。她擁抱著婷黛莉雅的臉頰，她的孩子被放在她的大腿上。她的一隻手放在婷黛莉雅的鼻孔前，這樣她才能感覺到她的龍還有呼吸。「我在。」她對雷恩說。

雷恩來到她身邊，「我想要搞清楚我的心情。當我還是個男孩，當婷黛莉雅還深埋在地底；被困在她的巫木繭中的時候，我就已經被她迷住了。那時她幾乎完全奴役了我。我恨她。當她幫我救回了妳，我愛她。然後，她離開了。許多年裡，她都沒有給我們任何訊息，我們根本感覺不到她。」

「我像你一樣生她的氣。她將那些初生的巨龍全都丟給了我們，一句話不說就走了。她還派瑟丹去了只有莎神知道的地方，讓我們再也無法見到他。」麥爾妲輕輕撫摸這頭龍的長吻，歎了口氣，「你認為他死了嗎，雷恩？我是說，我的小弟弟。」

雷恩無言地搖搖頭。

夜色變得更加清淨，雲團都被吹到了一旁。不過天氣已經不那麼冷了。春天的氣息縈繞在空氣中。在他們頭頂上方，月亮正在天穹上移動，星星閃閃發光，似乎對塵世中的生命毫不在意。他們的古靈斗篷讓他們感到溫暖。麥爾妲身下的石頭很是堅硬。她的丈夫和他們的長子就在她的身邊，還有重新塑造了他們一家人的巨龍。生命和死亡交匯在這一點上，讓世界變成一團亂麻。龍吹出的氣息從他們的兒子身上掠過。傷口感染化膿的氣味飄浮在潮溼的空氣中。

「她還是這樣美得難以想像。」麥爾妲說道。她希望自己的聲音不會哽咽在她收緊的喉嚨裡，「看看這些鱗片，每一片都是一件精美的藝術品。更讓你驚訝的是，它們的色澤光彩都是她決定的，每一片都是。看看她眼睛周圍的這些。」麥爾妲的手指撫過巨龍閉緊的雙眼周圍。在那裡，白色、銀色和黑色的鱗片形成了細膩複雜的花紋，「其他任何龍都無法像她這樣光輝艷麗。那位年輕的女王辛泰拉總是在炫耀自己，但她永遠都不可能像我們的婷黛莉雅擁有這樣的藍色。芬提和維拉斯和她相比，簡直就是兩條普通的樹蛇。我高傲的美人，妳完全有資格為此而得意。」

「她正是如此，」雷恩承認，「我不願意看到她就這樣死去，滿身傷痕，支離破碎。失去她是這個世界的損失。我能感覺到，當她出現在天空中的時候，其他龍的心中都湧起了希望。他們需要她，他們需要她的記憶。」

「我們全都需要，」麥爾妲低聲說，「尤其是埃菲隆。」

也許是因為聽見了自己的名字，那個孩子在麥爾妲的腿上動了一下。麥爾妲掀起蓋住他的斗篷一角。他還在熟睡。麥爾妲彎下身去，運用月光查看他的面龐。「看啊，」她對丈夫說，「我還從沒有注意過，看他額頭上的小鱗片！它們的花紋和她的一樣。即使沒有她的看護，他的身上也還是有她的印記。她的美將活在他的身上。如果他能夠活下去。」被母親輕輕撫摸臉頰的嬰兒又動了一下，發出稍稍有力一些的嗚咽聲，「噓，我的小傢伙。」麥爾妲將他從自己的大腿上抱起。他細小的手臂和小鳥爪子一樣的手從襁褓中伸出來。麥爾妲將這隻小手放在巨龍的額頭上，把它按在婷黛莉雅的鱗片，也按在自己依然柔軟、依然屬於人類的掌心之間，「她也會是你的龍，親愛的兒子。在你們兩個都要離開之前，摸摸她吧。想像一下，如果她能夠引導你，你將會變得多麼美麗。」她輕柔地帶著嬰兒的手撫過巨龍的鱗片，「婷黛莉雅，如果妳一定要走，先將妳的一部分交給他吧。給他關於飛行的記憶，也將妳的美麗給他，讓他能夠帶著這些進入黑暗。」

「我不知道巨龍之銀和這口井的事。我不是愛瑪琳達，我不知道。我不會去這口井裡面。現在不會，以後也不會。我不喜歡那樣的地方，又黑又小。晚上到那裡去？一個人？這太瘋狂了。」一想到這種事，賽瑪拉的心就狂跳個不停。她用雙臂抱緊自己。刺青。為什麼她沒有叫醒刺青，讓他也一起來？沒有人知道他們兩個正在外面。

他仍然毫不容讓地堅持著，語氣卻還是那樣溫柔。「婷黛莉雅就要死了。我們只有一點點時間。無論是賽瑪拉還是愛瑪琳達，都無妨。妳必須進入井中，我會和妳一起下去，妳不會是一個人。」

賽瑪拉竭力想要掙扎回自己的真實中。他只是拉普斯卡，只是陌生的拉普斯卡，她不必讓他嚇唬住自己。「我不會的！我累了，拉普斯卡。我已經不想再幫你了。我要回巨龍浴室去睡覺。你變得太奇怪了，就連我也認不出你了。」

她轉過身。但他抓住了她的手臂。他的手指像鐵一樣。「妳必須到井下去，就是今晚。」

賽瑪拉拍打他的手，想要從他的抓握中掙脫出來，但她沒能成功。他是什麼時候變得這麼有力氣？當賽瑪拉全力和他抗爭的時候，他甚至都沒有顯示出用力的樣子。賽瑪拉無法承受他眼睛裡那種怪異的目光。「讓我走！」

翅膀搧動，一陣強風吹過她的身體。廣場的石板地面在晃動，巨龍的的爪子落在上面，猛然停住。辛泰拉！賽瑪拉熟悉她的氣味，正如同熟悉她的意識。鎮定，賽瑪拉，我來了。一切都會好的。

賽瑪拉的心中湧過一陣欣慰，隨後又是一陣冰冷的怒意。她冷冷地與特萊托對視，不再掙扎。「馬上放開我，」她平靜地說道，「否則我的龍可能會傷害你。」

在她說話的時候，荷比走了過來。紅龍脖子上的骨刺豎起。她顯然感覺拉普斯卡受到了威脅。賽瑪拉屏住呼吸。情況可能會變得非常糟。她可不想看到兩頭龍彼此廝殺，尤其是她還被夾在中間。

拉普斯卡也不願意發生這種事。他的手鬆開了。「妳是對的，這樣更好。」他轉過身。

受傷的感覺塞住了賽瑪拉的喉嚨。她揉搓著自己手臂上的瘀傷，努力說道：「拉普斯卡，我愛過你。但現在我不想再見到你了。你不再是我的朋友。我不知道你現在是什麼人，我不喜歡這樣。」

她轉身要走。

「賽瑪拉，」辛泰拉輕聲說道，「沒事的。我們也許並不總是信任彼此，但現在妳必須信任我。」

賽瑪拉緩步走到井口旁，低頭向下望去。一種無名的恐懼在她的心中升起。她害怕黑暗狹窄的地方。她的全身都在顫抖。拉普斯卡跟隨著她，他沒有想要碰她，而是跪倒在井口的另一邊，推下一個鏈環，又推下一個。突然間，鐵鍊不斷滑過井口，向黑暗中落下去，又猛然停住，被樁柱拽緊。拉普斯卡自言自語地說道：「不夠長。」他站起身，走進了黑暗中。

賽瑪拉留在井邊，盯著井底。那裡是一片徹底的黑暗。而她就要下到那裡去了。

她向她的龍抬起眼睛。「不要，」她哀求著，「不要。」

辛泰拉只是看著她。賽瑪拉感覺到衝動在自己的心中越來越強。但這不是辛泰拉在她想要睡覺的時候催促她去狩獵，或者鼓勵她擦洗乾淨她臉上的每一片鱗。這完全不一樣。

「如果妳強迫我，我們之間就再不會和原來一樣了。」賽瑪拉警告她的龍。

「是不一樣了，」辛泰拉表示同意，「不會再一樣了。就像妳丟下饑餓的我，讓我別無選擇，只能獨自面對我的恐懼並努力讓自己飛起來——在那之後，我就變得不一樣了。」

「這和那件事完全不同！」賽瑪拉表示抗議。

「那只是妳的看法，」藍龍回答道，「賽瑪拉，到井中去。」

賽瑪拉搖搖頭。「我不能。」但她還是僵硬地繞過井口，跪倒在鐵鍊旁，將一隻手放在鐵鍊上。鐵鍊很冷。鏈環非常粗大，足以讓她將手和腳插入其中。

「我先下。」說話的是特萊托還是拉普斯卡？他就站在賽瑪拉身邊，肩頭扛著一卷繩子。

「你下去不會有任何用處。」辛泰拉表示反對，荷比緊張地噴了一聲鼻息。

「我不會讓她一個人下去。」他說道。他看著賽瑪拉，眼神晦澀難懂。「就像這樣，這不會很容易，但妳很強壯。」他向賽瑪拉一歪頭。在這一瞬間，他又變成了拉普斯卡，那個告訴賽瑪拉，終有一天她會飛起來的男孩，「妳能做到，只要跟著我。」

賽瑪拉為他讓開路，他在她的身邊跪下來，雙手緊緊抱住鐵鍊，爬進了井口。賽瑪拉看到他用腳向下摸索，在鐵鍊上找到立足點，又向下探出另一條腿。他給了賽瑪拉一個緊張的笑容，承認說：「我也會害怕。」然後他緩緩移動雙手，慢慢沿著鐵鍊向下爬去，距離賽瑪拉越來越遠。賽瑪拉一直看著他向上仰起的面孔消失在黑暗中。

賽瑪拉向自己的龍瞥了一眼，做出最後一次乞求：「不要逼我。」

「妳必須到下面去。只有妳有可能找到巨龍之銀。妳知道這口井是如何運作的，妳知道如何碰觸巨龍之銀而不至死亡。這個人只能是妳，賽瑪拉．愛瑪琳達。」

賽瑪拉舔了舔嘴唇，她感覺到自己的嘴唇都在冷風中乾裂了。她能夠聽見鐵鍊摩擦井沿的聲音。拉普斯卡還在向下爬。她對特萊托感到氣憤，可能還很恨他。但她不能讓拉普斯卡一個人下去。「我會下去。」她讓步了，「但不要逼我，讓自己做就好，求妳。」

「妳認為妳自己能做到嗎？」

「我可以讓自己做到。」賽瑪拉說。

她感覺到辛泰拉的魅力從自己的意識中消褪了，就好像剝掉了她的一層皮，讓她全身都立起了雞皮疙瘩，而她周圍的黑夜彷彿突然間變得更黑了。她眨了眨眼，逐漸習慣了自己比較弱的人類視覺，以及胸口那枚護身符的光芒。她沒有再說話，也沒有讓自己思考，而是直接將雙手插進鐵鍊中，在井邊伏低身子。鐵鍊一直隨著拉普斯卡的體重而微微顫動。他還在向下爬。

賽瑪拉閉上眼睛，回憶起童年時在崔豪格樹梢上度過的日子，攀爬要比奔跑熟悉得多。她深吸一口氣，甩掉自己的古靈靴子，平衡身體，用雙腳摸索鐵鍊。帶爪子的腳趾找到了鐵鍊。她開始下降。黑暗吞沒了她。她不斷地爬下去。月亮護身符的光芒似乎越來越強，她的眼睛不斷適應著這種光亮。井壁並不像從上面望過來的時候那樣平整光滑。在護身符的照耀下，黑色的井壁上出現了雕刻記號。這樣的記號並不多。賽瑪拉用了一段時間才意識到它們是日期和高度。對她而言，古靈記錄時間的方式毫無意義，但愛瑪琳達記得巨龍之銀會隨著季節和年份漲落不定，有時候幾近枯竭，有時候又溢滿了整口井，讓井口不得不被蓋住，以免巨龍之銀會流到街道上。賽瑪拉經過了一段愛瑪琳達親手雕刻的記號。能夠使用巨龍之銀的人，也要負責照料白銀之井。

並調節這些井的水位。

她向下爬得越深，就越不覺得自己是賽瑪拉。對於這口井的內部，她一點也不陌生，儘管沿著鐵鍊爬下來並不是她通常會使用的方法。這口井上曾經有操作杆、鎖鏈和齒輪裝置。一個工法精細的密封平台，曾經可以載人在這口井中上下移動。她能夠回憶起那個平台隨著曲柄的轉動在井中緩慢爬升或下降的情景，還有鐵鍊被機械拉動所發出的響亮聲音。

她停止了攀爬。越向下，井中就越寒冷。愛瑪琳達從來都不喜歡來到這裡，但她也從來無法擺脫操控巨龍之銀的常規任務。這不是因為這種極不穩定的物質所蘊含的危險。巨龍之銀永遠都是危險的，無論它被封閉在容器裡，放在她的工作台上，還是流到大街上。不小心接觸到巨龍之銀對於每一個人都是致命的，只不過死期的到來有早有遲。愛瑪琳達知道這種物質的危險，但她還是決定要使用它。慢慢地，她又開始向下爬。她從來都不喜歡這個窄小的井中空間，更不喜歡這裡的黑暗和寒冷。

她踩到了他的手。特萊托嘟囔了一聲，那種語言在她聽來很陌生。

「等等！」他命令她，「我已經到了鐵鍊末端。我要把繩子繫在最下面的鏈環上，這樣我們就能下到井底。這並不容易。」

她沒有回應。她在黑暗中緊緊抓住冰冷的鐵鍊，感覺到它隨著特萊托的動作而不斷震顫，因為他們的體重而微微晃動。這和緊抱住一棵細小的樹沒有什麼區別——她這樣告訴自己，然後開始等待。

「好了，我聽到了繩子落到井底的聲音。我要下去了。」

「如果你踏進了巨龍之銀裡……」她沒有能把話說完。

「他們用鉤子撈木桶的時候，我看見了井底的一些殘骸碎片。我能夠站在上面。」

她再一次感覺到他的移動。這一次他更加用力。鐵鍊因為他的拽扯而加大了晃動的幅度。她的雙手已經因為長時間緊握冰冷的金屬而開始痙攣，鏈環的縫隙碾到了她的腳。她抽出一隻手，從脖子上摘下項鍊。拉普斯卡距離她太遠了，她沒辦法把項鍊遞給他。她一咬牙，把項鍊丟了下去，讓光亮離開她的身子。「小心腳下的一切。」她警告他，同時意識到自己又變成了那個和拉普斯卡一起做蠢事的女孩。對於不得不來到這種地方，她仍然感到很生氣，但她不知道這是不是應該責怪拉普斯卡。

鐵鍊的晃動又持續了一段時間。沒有了護身符的光芒，黑暗緊緊包裹住她。她閉起眼睛，希望自己能夠記得這口井其實不是那樣窄小。很深，是的，非常深。遠遠離開了光明和流動的空氣。她開始顫抖，這不是因為寒冷。她恨這件事。對這件事又恨又怕。黑暗對於她是一種實體，不只是缺乏光明，而是一種令人窒息的東西，會像一隻粗大的手掌一樣把她死死捂住。

「下來，」他悄聲說道，「我會接住妳。但一定要小心。」

她不想到他那裡去，但她的雙手已經失去了力量。她移動到鐵鍊末端，然後爬到繩子上。她麻木的手指一直在打滑，拒絕承載她的體重。她尖叫著向下滑去，繩子灼痛了她的雙手。他猛地接住她，將她放到自己身邊。「睜開眼睛！」他對她說。直到這時，她才意識到自己一直緊閉著雙眼。

她緊緊抱住他，緩慢地睜開眼睛。他正戴著那根月亮項鍊。項鍊上發出的光很微弱，但和這種絕對的黑暗相比，還是非常明亮的。她將目光從項鍊上轉開，試著讓自己的眼睛適應井底的環境。

他們一同站在井底。她向上望去，驚訝地看到遠方還有一點光亮。是星星。井壁基本上是平滑的，石塊之間的縫隙非常平整細小。他們站在一些古早的金屬和木料碎塊上。寒冷讓這裡的木頭沒有朽壞。「彎下腰。」她悄聲提出要求。他依言而行，讓光芒照射到井底。她蹲了下去，伸手摸了摸他們腳下早已破碎的平台——原先那套升降裝置的一部分。「這東西能夠在井中上下移動。它一定在很早以前就破碎了，隨後掉落下來。」

項鍊隨著他點頭的動作而微微晃動。「應該是。那是在地震的時候，最後一場大地震。」這時賽瑪拉看到一堆散亂的樹枝，便伸腳踏上去，那些樹枝發出一陣吱吱嘎嘎的響聲。它們中間顯出一些光亮。巨龍之銀？

賽瑪拉將那些樹枝用一雙赤手撥到一旁，更仔細地看過去。這個動作讓他不由得屏住了呼吸。而賽瑪拉只是說道：「一枚戒指。」她將戒指撿起來。這一點碰觸喚醒了這枚戒指。是古靈寶物。一枚火焰寶石在濟德鈴戒指上閃耀起淺黃色的光芒。濟德鈴。她懂得這到底是什麼——將巨龍之銀用鐵束縛住。她用兩根手指捏住戒指，將它作為一盞小燈。「這裡有許多東西，但就是沒有巨龍之銀，這只是普通的地面。」她更加仔細地進行觀察，「拉普斯卡，看這裡，這裡的平台有裂縫，能讓我們看到井底。這口井的井底鋪著石板！這完全說不通！想一想我們在來這裡的一路上是如何挖飲水坑的。我們希望誰從坑底和坑逼湧出來。我們會過濾水，但我們不會把水擋住。為什麼他們要挖這麼深的一口井，卻又用石頭把井底和井壁完全封住，不讓巨龍之銀流出來？這不合道理。」

「我不知道。」他的聲音在顫抖，「這是我第一次到這裡。我一直都想下來，但我不行。」他嚥了一口唾沫。

「嗯，我們現在都在這裡了。」賽瑪拉回憶起卡森經常說的話，「古靈做的每一件事都是有原因的。」她轉了半個圈。她的腳碰到了什麼東西：一片髒布。「這裡有一件長外衣。在井乾掉的時候，他們會向這裡面扔垃圾嗎？」

「不，」他悄聲說道，「不會。」

賽瑪拉揪扯了一下那堆髒布。「看，這裡有一只手套。不，是一只護手。」她用指尖將那只護手捏起來，甩掉上面的塵土和細枝，仔細審視它。

「這裡還有另一只。」他說道，但沒有伸手去碰那只護手，只是背靠著井壁蹲下，並看著賽瑪拉。賽瑪拉找到另外那只護手，把它從一塊石頭下面拽出來。那塊石頭滾動幾下，碰到井壁，發出一點空洞的撞擊聲。賽瑪拉轉過頭，看著那塊石頭。

「愛瑪琳達。」他說道，他的聲音顯得很是滯澀。賽瑪拉向那塊石頭走進過去。那並不是石頭，而是一顆髑髏，骨質已經變成褐色，上面還帶有裂紋。賽瑪拉盯著那東西，感覺到自己的喉嚨裡正在積聚著一聲刺耳的尖叫。但這種衝動很快就散去了。她謹慎地長長吸了一口氣。

「這是她的護手，是在操作巨龍之銀的時候戴的。」

他點點頭。賽瑪拉聽到他嚥下淚水，喘息著說：「在地震之後，我找不到她。那時我快要瘋了。」

我甚至去找了拉莫斯，凶狠地威脅他。拉莫斯終於告訴我，地震發生時，她也許去了井裡，要確保那裡安全。當時所有人都在逃亡，有人上了船，有人進入到石柱裡，只要不留在克爾辛拉，去哪裡都行。遠處的山峰在冒煙。他們害怕會發生土石流和洪水。這裡從沒有發生過那種事，但有其他古靈城市被這樣埋葬了。那麼多人都在逃跑，而我不能沒有妳。我來到了這裡，但這部裝置已經損壞了。它有一半掉到了井裡。沒有人回應我的呼喊。我的肩膀斷了。我努力想要把井口的殘骸移開，但我做不到。我喊啞了嗓子，卻始終沒有人回答。然後，第二陣震動來了。」他抱住手臂，臉上全都是舊日的痛苦，「我想要下來，想要看個清楚。但我不能。我回到了我們的家，希望能找到妳。有人告訴我，他們看見妳從一根石柱離開了。我知道那是謊言，我知道妳不會丟下我，但我希望妳真的走了。我在我們門口的柱子裡為妳留下訊息，然後我跟著其他人離開。」他緩慢地搖搖頭，「我們全都會回來。我們知道這裡的街道會自我修復。只要有足夠的時間，倒塌的牆壁也能夠恢復原樣。巨龍之銀告訴它們必須這樣做。」

他的聲音消失了。他盲目地向井中掃視了一眼。

「但在回來之前，我一定就死了。死在了哪裡，怎麼死的？我不知道。在我為妳留下訊息之後，再沒有其他記憶被儲存在那些柱子裡。沒有我的訊息，也沒有妳的訊息。」

賽瑪拉緩緩直起身。她將護手上面最後一根樹枝甩掉——那不是樹枝，而是手指骨。剛才她腳下的那些「樹枝」，實際上是因為寒冷而保留至今的細長肋骨，「所以你要我下到這裡來？為了看到這個，證明她死在了這裡？」

他搖了搖頭。賽瑪拉的眼睛已經適應了黃色寶石釋放出的光線，卻無法在他的臉上看到一絲血色，只有白色和黑色的影子。「我想要妳成為她。這一點千真萬確。我仍然在這樣想。我們一直都在夢想，能夠生活在另一對古靈夫妻之中，一同散步、舞蹈和用餐。再一次在我們的花園中做愛。所以我們才建造了那些圓柱。」他深深地吸了一口氣，又將那口氣歎出來，「但這不是我帶妳到這裡的原因。我帶妳來到這裡是為了巨龍，為了麥爾妲、雷恩和他們的孩子，為了婷黛莉雅，為了我們所有人。賽瑪拉，我們需要巨龍之銀。一點龍血或者龍鱗能夠開始重塑。但為了維持它們，為了讓轉變正常發展，讓我們能夠活下去，為了讓我們的孩子活下去，我們就需要巨龍之銀。」

賽瑪拉明白這一點。但這不會改變現實。「這裡沒有巨龍之銀，拉普斯卡。只有骨頭。」她發現自己將戒指戴在了手上。戒指鬆鬆地掛在她的指節上。這不是她的戒指。貼在她皮膚上的濟德鈴訴說著她不想聽到的祕密。

「妳曾經照料這口井，這是妳和另外一些藝術家的工作。妳提起過管理它的細節。我還以為……」

「這些我都不記得了，拉普斯卡。」賽瑪拉將那雙護手在自己的大腿上撣了撣，試著將它們插在自己的腰帶裡。她沒有戴上它們。

「妳不記得了嗎？」他低聲問道。

賽瑪拉無言地向他搖搖頭，然後在這個小空間中向周圍微微閃光的井壁掃視了一圈。「我記得下到這裡非常危險。我們必須帶光源下來，而且絕不能一個人下來。」

「拉莫斯。」他低聲說道。

賽瑪拉露出苦澀的微笑。「絕不要信任一個嫉妒的人。」她說出這句話，卻又不知道自己是什麼意思。井中陷入一片沉默，而她並不想打破這種沉默。她只是審視著光滑的黑色井壁，等待記憶進入自己的腦海。什麼都沒有出現。她低頭看了看那些骨頭，試著感覺一個古早以前死在這裡的女人。

一個想法不經意間出現在她的意識裡。「一開始看到這口井，我就一直在害怕它，但我當時不可能知道愛瑪琳達死在這裡，她不可能回去將這段記憶放入石頭。」

「是的，妳不可能知道。但我知道。即使是在那時，當我給她留下訊息，離開這座城市，我想我就已經知道了。是我的記憶刺激了妳的記憶。」

「但你還是把我帶到了這裡。」

「這是最後的機會了。我們所有人最後的機會。」

賽瑪拉思考了一下。最後的機會。她已經警告過他，如果他強迫她下到這口井裡來，他們之間就再不會和原來一樣了。實際上，他沒有逼她。但她還是覺得自己對他的一切感覺都改變了。

「我的手很冷。」賽瑪拉說道——她總得說些什麼。然後她又說道，「拉普斯卡，繼續留在這裡已經沒有用了，我們做不了任何事。我什麼都不記得了。我們最好在還能爬繩子的時候趕快回去。」

他點點頭，臉上露出頹喪的神情。賽瑪拉擺擺手，示意拉普斯卡先上。她的攀爬技巧一直都要比拉普斯卡更好。她為拉普斯卡抓緊繩子，看著他一步步爬上去，直到聽見他說：「我已經到鐵鍊上了！」然後才跟了上去。

直到爪子頂進了護手的指套，賽瑪拉才意識到自己已經戴上了這雙護手。「啊。」她對自己說道。這雙護手遮住了她手指上的戒指發出的光亮。這沒有關係，她對自己說，我很快就會爬上去，離開這裡。她將繩子繞在身體受傷之處，並用一雙赤腳蹬住井壁。井壁很冷，她將另一隻手伸過頭頂，抓住繩子，開始在這一片黑暗中向上爬升。向上爬要比帶著手心的劇痛從繩子上滑下來困難得多，而且現在沒有人為她抓緊繩子。隨著她的攀爬，她身下的繩子在不停地來回擺動。她腳上的爪子一直在光溜溜的井壁上打滑。

她在鐵鍊下方停頓了一下。這雙護手保護了她已經被繩子擦傷的雙手。但在光滑的鐵鍊上，它們會變得非常危險。她用繩子捆住自己，將雙腳蹬在井壁上，摘下了一只護手……卻不由自主地盯住了面前黑色石壁上一點巨龍之銀的痕跡。這是她爬下來的地方嗎？她相信如果是那樣，她一定早就會看到這一點痕跡。除非是月亮護身符的光芒遮住了它。

她將護手放到外衣前襟裡面。抓住鐵鍊，向那裡靠過去。是字跡。她用手指間撫過那些字母，摸索著它們那幾乎讓她感到熟悉的曲線。它包含著……某種意思。某種非常重要的含義。彷彿是受到了這些文字的驅使，她的手一直劃到這段文字的末端，然後輕輕敲打那裡的一個符號。她敲打了兩次。

在她的下方，岩石之間相互咬合的聲音嚇了她一條。她想要沿鐵鍊向上攀爬。但強烈的好奇心讓她反而慢慢回到了繩子上。她看到了，井壁上的一大塊石頭平滑流暢地向後退去，留下一個開口。「層閥。」她聽見自己說出了這個詞。

記憶瞬間湧起。她第一次跟隨年長的白銀師傅下到井中。平台緩慢下降了沒有多久，那位長者便將平台停住。「妳能相信嗎？」他問她，「有時候銀水的壓力是那麼大，竟然能夠漲到蓄流井的這個高度。那時我們就不得不下來打開泄流閥，將銀水引出去。這裡的管道能夠將銀水一直引入到大河中，從這座城市流走。當銀水地層大量產出巨龍之銀的時候，我們還必須關掉一些層閥，以免銀水會漫出井口，流到街道上。」這位老者咳嗽了一陣，用手背抹了抹嘴，「這個層閥已經乾了幾十年了。」他陰鬱地說道，「如果銀水的壓力繼續下降，我們也許永遠不會再打開它了。女孩，開動系統吧，孩子。我們還要下降很遠，才能到達現在巨龍之銀所在的高度。我們需要度量銀水的蓄積量，並予以詳細記錄。現在這就是妳的工作了，每十七天一次。如果我們不知道地層中還能產出多少巨龍之銀，就無法對它們進行分配了。」

賽瑪拉眨眨眼，突然驚訝地發現井中只剩下了自己一個人，掛在一根繩子上。「蓄流井。」她低聲說道。然後她下意識地伸出手，又敲了一下那個符號。她聽到岩石的摩擦聲停止了，然後又響起另一種音調的摩擦聲。她沿著繩子爬下去，伸手按在洞壁上，直到她感覺到那塊岩石完全回到了原位，和洞壁重新成為一體。寬慰的心情讓她的心跳慢了下來。最好讓一切保持原樣。首先，她需要像卡森那樣的人，幫助她理解自己找到的那一點記憶。

她剛從那塊磚上抬起手，那塊磚彷彿在她的手指下面顫抖了一下，然後突然射出來，從她的手掌下掠過，落在井底，發出響亮的撞擊聲。一股巨龍之銀從井壁的缺口中噴湧而出。質地厚重的液體最開始還保持著缺口方正的形狀，隨後很快就變得如同一條碩大的蠕蟲，扭動著落在井底。賽瑪拉盯著這股白銀，努力想要搞清楚自己到底看見了什麼。產生巨龍之銀的地層蓄積了太久，古老的閥門被衝開了。磚石的摩擦聲再次響起，缺口旁邊的兩塊石頭被從牆壁上衝出來，沉重的白銀更快速地灌入井中。而那處缺口周圍全都開始慢慢向外鼓漲。磚石縫隙中滲出更多白銀。賽瑪拉聽到砰的一聲響，看見另一塊石頭從井壁上飛出來。強大的力量推得石頭擊中了井壁的另一面，一股銀水隨之激射而出。賽瑪拉驚駭地盯著這一幕，尖叫道：「拉普斯卡！下面有東西沖上來了！」

「什麼？」

「爬！」她向上面喊道，「快爬！」她像受驚的猴子一樣沿著繩子拚命向上竄去，抓住鐵鍊，然後一刻不停地繼續往上爬。她的一隻手上還戴著護手，不停地在鐵鍊上打滑。但她沒有時間再把它脫掉了。井壁上一條曲折向上的裂縫正在和她賽跑。那道裂縫中已經透出了巨龍之銀的亮光。長久堵塞住巨龍之銀的岩石井壁全都承受著巨大的壓力，不斷裂開，隨之響起的爆裂聲震痛了她的耳朵。

拉普斯卡早已注意到了賽瑪拉的喊聲。此時他正在井口等待她。他抓住賽瑪拉外衣肩頭的位置，把她從井裡拽了出來。「我們要跑嗎？」他問賽瑪拉。看那雙睜大的眼睛和滿臉的驚恐，他又恢復成了他自己。

「上山！」賽瑪拉說道。他們立刻就向廣場邊緣跑去。賽瑪拉依稀回憶起一個傳說——當巨龍之銀從井中溢出，沿著街道流向大河，人、魚和鳥，只要碰到它就會死去。

強烈的好奇心讓他們在廣場邊緣停下來，回頭看去。荷比和辛泰拉並沒有逃走，她們站在井口旁，顯然在因為興奮而全身顫慄。她們全都已經將頭伸進了井口。就在賽瑪拉的注視下，辛泰拉前腿雙膝跪倒，伸直了脖子，彷彿要鑽進井口，那種樣子看上去甚至有些滑稽。賽瑪拉能看到她的肋骨在一起一伏地劇烈鼓動著。突然間，荷比也學起了她的樣子。她們是在喝下巨龍之銀嗎？

賽瑪拉猛地吸了一口氣，戴著護手的手按在拉普斯卡的肩膀上。東方地平線上的天空正開始慢慢變成灰色，黎明就要到來了。兩頭龍還在痛飲著銀水。巨龍之銀沒有漫到井口上來。這時，荷比尖聲抗議著，揚起了頭。她的長喙因為沾滿了巨龍之銀而閃閃發光。她激動又氣憤地盯著拉普斯卡。拉普斯卡用自己的聲音說道：「她很生氣。辛泰拉的脖子長，還能搆到巨龍之銀，但她搆不到了。」他提高聲音喊道，「不要擔心，漂亮的女孩。我會為妳提起來一桶又一桶的巨龍之銀，我保證。」

賽瑪拉的腦子又開始轉動了。「刺青他們用來把垃圾從井中送出來的那些桶，我們要用它們盛滿巨龍之銀，送到婷黛莉雅那裡去。我會把桶放進井裡去汲取銀水。除非我說是安全的，否則你絕不能碰它們。」

拉普斯卡點點頭，轉頭看按住自己肩膀的那只戴著護手的手，皺起眉頭問：「這是用什麼做的？」

賽瑪拉沒有看他，也沒有看自己的手，只是戴上了第二只護手。荷比儘量將肚子貼在地上，把頭探進井中，努力想要夠到巨龍之銀。賽瑪拉看見自己的龍大口大口喝下巨龍之銀，彷彿她的生死全在於此。也許事實的確是這樣。辛泰拉曾經對賽瑪拉說過，她痛恨要依靠別人，現在賽瑪拉對此有了一點理解。依靠會迫使一個人做出妥協，那是一種令人不堪回首的事情。賽瑪拉看了看自己的護手。製成這雙護手的厚重皮革上，還能看到鱗片的痕跡。

「龍皮，」她說道，「唯一能夠抵擋巨龍之銀的材料。」她感覺一片影子從頭頂滑過。抬頭望去，巨龍正在天空中盤旋，片刻之後，他們銅號般的狂野吼聲就充滿在天空中。「我們最好現在就把這些桶裝滿，再遲恐怕就沒有機會了。」賽瑪拉對拉普斯卡說。拉普斯卡點了點頭。

孩子正在嚎啕痛哭。那是憤怒而又有力的哭聲。麥爾妲一邊笑，一邊哭，摸索著自己的外衣前襟。當她露出自己的胸脯時，埃菲隆立刻撲了上去，哭聲也一下子止住了。這讓雷恩不由得笑出了聲。他們的兒子很瘦弱，眼睛深陷在眼窩裡，一雙小手像小鳥爪子一樣按在母親的胸口上。但他活著，而且正在努力活下去，他用力地吸吮著，讓麥爾妲不由得打了個哆嗦，又笑了起來。

「她聽到我的聲音了，」麥爾妲對雷恩說，「終於，她聽到我們了。她重新塑造了埃菲隆。」淚水沿著她的臉頰滾落，掛在她翹起的嘴角上。她向前探過身，撫摸她的龍。從婷黛莉雅鼻孔中流動出的氣息，幾乎無法掀動埃菲隆頭上最纖細的胎毛。「他能活下來了，婷黛莉雅。他能夠活下來了。我會讓他記住我對妳所知道的一切。」

在克爾辛拉的另一個地方，銅號一般的龍吼聲驟然響起。麥爾妲轉向雷恩。「我覺得他們知道了。很快，卡羅就會來到這裡，收取她留下的一切。」

雷恩問出了他們一直藏在心中不敢提起的問題。「那樣卡羅會成為她的繼承者嗎？如果他得到了婷黛莉雅的記憶。當埃菲隆再次需要救助，卡羅會知道該如何幫他嗎？我們還能不能有其他孩子？」

「我不知道。」麥爾妲忽然想到，**其他孩子**。也許這只是一個愚蠢的夢想。他們已經有了一個孩子，一個彌足珍貴的孩子。現在他的眼睛還閉著，小肚子充滿奶水，鼓了起來。他們還有權利能夠奢望更多的東西嗎？

「卡羅就要來了。他飛得很快。親愛的，我們現在必須離開她了。來吧，我們只能讓開。」雷恩僵硬地站起身，彎腰扶起麥爾妲。

卡羅來得非常快。他用狂猛的喝令催趕著他們。**不要擋道！**

麥爾妲用力站起身，倉促後退，懷中緊緊抱住因為被驚醒而哭嚎不停的孩子。還有另外兩頭巨龍也跟隨在卡羅身後——金色的默爾柯和凶惡的小龍維拉斯。「我不想看到這樣的事情。」麥爾妲哭泣著說。她轉過頭撲進雷恩的懷裡，「她甚至還沒有死！他們怎能這樣？」

「這就是他們的方式，親愛的。這就是他們的方式。」雷恩的手臂環抱住妻子和孩子。儘管心懷恐懼，麥爾妲還是轉回頭，看著巨龍們落到瀕死的女王周圍。

卡羅弓起脖子，猛地探頭撲向婷黛莉雅，張開大口。儘管已經知道最終的結果，麥爾妲還是不由得尖叫起來。

一股濃重的銀霧從藍黑巨龍口中噴出。他俯身靠近婷黛莉雅，不斷將銀霧噴塗在她的身上。片刻之後，他揚起頭，喘息一下，又向婷黛莉雅噴出更多的銀霧。默爾柯落在他身邊。卡羅發出銅號般的吼聲，彷彿要保衛自己的領土，但比他略小的金龍並沒有理他，而是也像他一樣，朝婷黛莉雅噴吐銀霧。隨後是維拉斯開始做同樣的事。霧滴灑落在俯臥的巨龍身上，將她全身都鍍上了一層白銀。

微弱的晨風吹起了一點霧滴。「後退！」雷恩向睡眼惺忪，剛剛從巨龍浴室中走出來的守護者們喊道。守護者們紛紛踉蹌著向後退去。不過巨龍之銀的霧氣很沉重。麥爾妲用斗篷遮住了孩子。和丈夫一起轉身逃上了附近建築物的台階。巨龍之銀落在巨龍廣場的石板上時，發出一陣噝噝的聲音。麥爾妲回頭望去。片刻間，細小的銀珠彷彿在石板上蹦跳舞蹈，隨後就完全消失在石板的縫隙中了。

「看！」雷恩驚呼一聲。麥爾妲轉身望向巨龍。

婷黛莉雅全身都被不斷流動的巨龍之銀所包裹。銀汁滑過她的皮膚，彷彿在輕輕愛撫她，又在她的傷口上聚集、沸騰。聽到炙烤皮肉的聲音，嗅到傷口中噴湧出的氣味，麥爾妲不由得失聲驚呼。包裹婷黛莉雅的銀汁滲入到她的身體中，就像墨水被衣服吸收，也像墨水一樣將色彩留在了婷黛莉雅的身上——藍色的鱗片上覆蓋著一層銀色的光暈，如同窗玻璃上的霧氣。

麥爾妲屏住呼吸，盯住婷黛莉雅肩頭的一道傷口。那道傷口的邊緣泛起泡沫。壞死的肉塊伴隨著黏液從傷口中冒出來，沿著巨龍的皮膚流下。在麥爾妲的注視中，那道傷口開始閉合，逐漸被健康的血肉充滿，最後被一條淺色的小鱗片所覆蓋。

婷黛莉雅發出一陣微弱的吼聲，也許是因為她感到了不舒服。麥爾妲對她的龍的感覺，慢慢變強了。她和婷黛莉雅分享著在巨龍全身竄動的、那些糟糕而又陌生的感覺——這都是因為她破碎的身體正在以太快的速度重建。婷黛莉雅的呼吸聲變得更加響亮，也更急促。這頭巨龍開始拚命喘息，彷彿正在竭盡全力地高速飛行。她的心臟發出雷鳴般的跳動聲，血液在她恢復健康的身體內流動——麥爾妲甚至能聽到那種奔流不息的聲音。婷黛莉雅的眼睛睜開了，雙目炯炯有神。她大張開口深深地喘息著，顯得格外吃力。

「這樣做會殺死她！」雷恩說出了他們的恐懼。

「不，」默爾柯的意念給他們帶來安慰，「我們認為她足夠強壯，可以承受這種治療。如果她承受不住，我們也不可能給她帶來更多傷害了。」

巨龍們圍繞在婷黛莉雅身邊，保持著和她的距離，注視著她的一舉一動。轉眼間，麥爾妲對他們的感知變得更加清晰了。現在這些巨龍全都散發出強大的活力，輕易而舉便放射出耀眼的光輝和魅力。他們是那樣壯麗動人。麥爾妲絲毫不懷疑他們有足夠的智慧，知道該如何拯救婷黛莉雅。他們是龍，她有什麼權力質疑他們？

餓了，這個意念極為強大，讓每一名守護者都踉蹌著後退了一步。婷黛莉雅閉起眼睛。當她將雙眼重新睜開的時候，她彷彿終於重新看到了周圍的一切。「我要去狩獵。」她一邊說著，一邊緩緩站起身，彷彿現在她每做一個動作都需要回憶。她仍然顯得消瘦不堪，但她的鱗片已經在閃閃發光。她揚起翅膀，將它們展開，又重新收攏。當她這樣做的時候，一小塊金屬掉落在石板地面上。她低頭望向那枚被推出傷口的箭鏃，用爪子轉動了它一下。「他們要為此付出代價。」她立下誓言，又說道，「我要去狩獵了。」

婷黛莉雅，藍色的女王，蹲伏下身子，猛地躍入天空。她的翅膀鼓起的強風刺痛了麥爾妲的雙眼，讓她腳步不穩。「她飛起來了！」麥爾妲高聲喊道，她的心中充滿了自豪，「最美麗的女王飛起來了！」

我正是最美的女王，婷黛莉雅表示同意，然後就一振雙翼，向山丘中的獵場飛去。

犁月第十五日

商人聯盟獨立第七年

此信被收存在三層密封的信管中，只能在繽城全體公會主管面前方能開封。克瑞格．甜水主管可以對信中所述進行解釋。必須在極為謹慎的環境中，才能執行對於此事的處置。

來自崔豪格信鴿管理人公會主管高登，並得到崔豪格全體公會主管贊同。

請允許克瑞格主管詳細解釋我們是如何得到了這份文件。他和我們在經過認真考量之後，認為此文件絕非偽造，並且我們認為公會應該感謝黛托茨和艾瑞克．頓瓦羅夫婦，她們在處理這件極為棘手的事情時，抱持著非常謹慎的態度。

我們攔截到的這封信看起來是卡薩里克信鴿管理人——金姆主管——寫給身在繽城的一名恰斯人的。這封信被水浸過，而且是用恰斯語寫成的，但不管它的內容，只是這封信本身的存在就足以讓我們對金姆管理人進行停職，並對他的鴿舍和紀錄進行一次完整詳盡的調查。

18

誘惑

「我沒有違犯任何法律，我是繽城貿易商的兒子。我到這裡來不是為了屠殺巨龍。我應該能夠自由地行走在這座城市裡。」

「別有這種念頭，我漂亮的朋友。」

詔諭緊皺雙眉，而坐在他對面的水手只是笑著說：「你要明白，這是我們的城市，所有的規則都要由我們來制定。我們已經決定了，你們之中的任何人都不能擅自行動。所以，你只能留在這裡。除非我們之中的一個人認為帶你去散散步是一個好主意，不過我覺得這樣的事情應該不會發生。所以，放鬆一些，你不會受苦的。你現在很暖和，能吃飽肚子。如果你願意，還可以再去洗個澡。做這些都沒有問題。你還可以上到塔樓，透過窗戶看看風景，這個也是允許的。但你不能單獨離開這座建築，直到我們帶你上船，把你送回到下游。這是大家全都同意的事情。」他聳聳肩，「如果你能找到一個願意信任你的人，你就可以跟著他出去走走，其他一些人已經在嘗試了。總之你就是不能一個人去任何地方。」

「你不是古靈。你有什麼權力占有這座城市？有什麼權力投票決定對我們的處置？」詔諭提高了聲音，他希望能夠得到其他人的回應。但沒有人理睬他。遮瑪里亞商人向愛麗絲討要了一些紙筆，正在嘗試起草一份貿易協定，就好像他們能夠繞過繽城和崔豪格的貿易商議會一樣。蠢貨。貿易商坎達奧只是愁眉苦臉地盯著遠方，他已經寫下供詞，交給了那位內河船長，也許他正在想像自己返回卡薩里克之後的下場。他的臉上還帶著瘀傷，那是水手和貿易商們在來這裡的旅程中給他留下的。那些划船奴隸似乎很享受這種無所事事、溫暖又有食物的日子。恰斯人看著詔諭和看押他們的人進行爭吵，但顯然都不願意參與到其中。**懦夫，我在這裡根本沒有盟友。**

「有人也許會說，我在這裡沒有投票的權力，」那名水手承認了，「只是遠征隊的全體成員都同意我有這個權力，所以我和其他人一同投票。你也許應該對我多一點尊敬。我投票認為我們不應該讓龍吃掉你們之中的任何一個人。我覺得這樣做也許會開始一個非常可怕的習慣。不過我已經決定，等我死掉之後，他們盡可以吃掉我，記住我曾經見過或做過的一切。我選擇讓噴毒來吃我。那個壞心腸的小惡魔的腦子裡也全都是毒液。我打賭，他一定能比那些大傢伙活得更久。」

詔諭厭惡地要搖搖頭，隨後轉過了身。這間聚餐大廳中有兩道門戶，都有人看守。今天早些時候，看守其中一道門的是一個看上去弱不禁風的纖瘦女孩，她一頭金髮，全身都是粉紅色的鱗片。詔諭試圖用自身的魅力誘惑她，讓她能放自己去廣場上轉轉，哪怕只是能放鬆兩條腿也好。女孩只是一言不發地看著他。當詔諭試圖從女孩身邊走過去的時候，女孩沒有阻攔他，只是說：「我的龍是正在台階上睡覺曬太陽的那頭大金龍。」在那以後，詔諭就再沒有試圖反抗過那個女孩。

「很高興見到你。用這種無聊的方式浪費掉我們在這裡擁有的第一個好天氣，還真是無聊呢！」水手的這句話不是對詔諭說的。走過來接替了水手位置的那名年輕人點點頭，「今天山丘上的風都停了，軒尼詩，你能在空氣中聞到春天的味道。」他的話語很歡快，但他的語調顯得很沮喪。當他從水手身邊走過去的時候，水手拍了拍他的肩膀。

「戴夫威，小子，一切都會好起來的。有時候你只需要稍作等待，正確的人就會到來。」他以可笑的姿勢側身跳了一小步，又快活地說，「屬於我的終於來了！」

「沒錯。」那個小子一邊說，一邊坐到了水手剛剛空出來的凳子上。這名新的看守重重地歎了一口氣，肩膀低垂下來。他並不像其他一些人那樣肌肉發達。鈷藍色的鱗片從他的額頭一直延伸到鼻子上。他的古靈斗篷和靴子都是大紅色的，長外衣和緊身褲則是黑色的。這些衣服的針腳都小得根本看不見。詔諭還從沒有見過這樣款式的古靈服裝。只是這個小子身上穿的這些東西，就足以換來一筆財富。這一點他清楚嗎？他是否願意拿這樣的寶物交換一些東西？

詔諭向自己的身上審視了片刻，然後又看看另外那道門前新來的看守。那裡實際上有兩名看守，他們一同坐在一場長凳上。看起來，他們兩個的關係早就很親密了，他們都是一身橙色鱗片的古靈，也全都穿著閃閃發光的黑色衣服。其中一個從衣袋裡拿出一個骰盅和骰子。另一個點點頭，於是他們的遊戲開始了。

詔諭向那個悶悶不樂的小子靠近了一些。「外面天氣很好？」

戴夫威帶著懷疑的眼神盯住詔諭，回答道：「是很好。天氣改變了，我們有很多好的訊息。」

詔諭向這名年輕人歪過頭，給了他一個同情的微笑。「看起來，那些好訊息對你並不很重要。」

「它們解決不了我的問題。」戴夫威將目光從詔諭面前轉開。

「太糟了。」詔諭坐到了看守長凳的另一端。這個男孩轉過頭瞪著他。**是了，孩子**，詔諭心中決定，不過他很難從這小子滿是鱗片的臉上看出年紀來。

「我知道你是誰。」那小子一字一板地說。

「你真的知道？」這倒是很有趣。

「是的。卡森和我的父親就像兄弟一樣。他養育過我，和我無話不談。所以我知道你是誰，而且我認為你不是什麼好人。」

「是嗎？為什麼這樣說？」**卡森又是誰？**

「塞德里克對卡森很誠實。嗯，一開始也許不是，但現在，他們之間已經沒有任何祕密了。我知道你對待塞德里克很壞，現在他要比原來高興多了，這都是因為他和卡森在一起。比起住在你的漂亮房子裡，或是和你那些富有的朋友們在一起，這要好得多。他是這樣告訴我的。」

「真的？」詔諭從男孩面前轉過頭，看著地面。「每一個故事都有兩面。」他啞著嗓子說道，又偷偷瞥了戴夫威一眼，看到這個男孩正專注地看著他，便再次低垂下目光，以免男孩將他的眼神看得太過清楚，「兩個人可以彼此相愛，同時卻仍然在傷害彼此，犯下錯誤，很大的錯誤。」他緩慢地搖搖頭，「我知道我無法將塞德里克贏回來了。我知道，也許他在這裡會更好。這當然不代表我會高興地一個人回去，也不意味著我的心中不會留下一個大洞。」

臉上帶著鱗片的年輕人沉默了。他正在認真傾聽。詔諭用最真誠的目光看了他一眼。「你很幸運，能夠在外面走動。我能夠看出這個地方正在發生著什麼。喔，也許這裡的生活是單調貧瘠的，但你能夠愛你想愛的人，沒有人會為此而羞辱你。我從沒有過這樣的機會，從沒有過。也許，如果塞德里克和我能夠向周圍的人公開我們的感情，也許……」他顯出一副欲言又止的樣子，悔恨地搖了搖頭。男孩又向他靠近了一些。*真是個容易到手的目標，年輕又沒有經驗，而且剛有一點心碎的感覺。*詔諭有一種想笑的衝動。*俘虜這個男孩，是不是能夠狠狠報復一下塞德里克和那個該死的卡森？*詔諭帶著受傷的眼神看向戴夫威。「我曾經想要盡我所能，讓他和我一起過上美好的生活。我們曾經多次一同旅行，當我們在繽城的時候，有許多個晚上，我們都是和朋友們一同度過的。美酒佳餚，共度良宵。」他哀傷地搖搖頭，「我本以為這對他已經足夠了。我和塞德里克分享我擁有的一切，讓他過上他甚至完全不知道的生活。我們會一同去劇院看戲，去野外騎馬，或者只是找一家酒館，喝喝麥酒，聽聽音樂。每一天晚上，我們都在一起，享受一座城市能夠向年輕人提供的一切。」他中斷話語，更加專注地看著這個男孩，「你有沒有去過繽城？或者任何大城市？」

戴夫威搖搖頭，「卡森教我打獵和布設陷阱。現在我有了屬於我的一頭龍，我是巨龍守護者。我想要成為守護者，主要是因為我想和萊克特在一起。但現在，他要拋棄我了。而我的龍只是忙著做其他事情，我最終卻一無所有了。」他抬起一隻手，摸了摸自己的臉頰。「不要以為我會去繽城或者其他任何城市。這不是我會做的事情，我在那些地方只是一個怪物。」

「一個怪物？」詔諭發出會心的笑聲。有幾個人向他這裡轉過來，他立刻閉住了嘴。他不希望現在受到別人的注意。「不，我年輕的朋友，你不是怪物。你是一位古靈，是最罕見的人物，無論你去哪裡，都會受到尊重。難道不是每一個人都知道麥爾妲和雷恩．庫普魯斯嗎？他們還在遮瑪里亞的沙崔甫王宮廷中待過一段時間。那時遮瑪里亞人每天都會為他們舉行舞會和宴會。他們得到了無數禮物和關注！我真不知道他們為什麼會返回雨野原。」

「巨龍需要他們。」年輕人說道。他很驚訝詔諭竟然不知道這件事。

「啊，當然。龍需要他們。但你不是說，你的龍不需要你嗎？難道不是這樣？所以你才不能隨意去你想去的地方？」詔諭伸手撫過自己的黑髮，故意將它們撥亂了一些，然後用指尖輕輕敲擊嘴唇，將男孩的視線吸引到自己的臉上。「你是一個英俊的年輕人，而且非常富有。你能夠去繽城，或者去任何地方。看看這個世界更多的地方。而一名正確的同伴能夠一路引領你，教導你在那些地方生活所需要的一切智慧，將你介紹給歡迎並傾慕你的人。畢竟你不可能在這裡度過一生吧，你可以嗎？你還太年輕，而且又有那麼多財富，不可能只待在一個地方。」

戴夫威笑著哼了一聲：「財富？我？我只有身上這身衣服，一把匕首，我自己的弓，再加上別的一點東西。」

詔諭顯得非常吃驚。「年輕人，這裡到處都是你的的財富。你肯定有資格得到一份吧？這座城市中的許多東西，只要交給合適的買家，你就能得到一大筆錢。我看到其他人都佩戴有古靈珠寶，為什麼你會沒有？」他碰了碰這個男孩沒有戒指的手，緩緩將手指撫過他的手背，「我可以告訴你，只要一只古靈手鐲，就足以讓你在繽城輕鬆地享樂上一整年。」

「我從沒有戴過珠寶。」

詔諭裝出一副驚愕的表情。「從沒有？啊，你可真應該戴上一些，一枚藍寶石戒指才配得上你手上的鱗片。喔……」他抬起手，開玩笑般地摸了摸這個男孩的耳朵。就在戴夫威向後閃開的時候，他趁勢用食指撫過男孩的下頷，「閃亮的耳環，銀色的，或者富貴的金色，足以將所有人的目光吸引到你的臉上。」

「我感覺身子都乾了。」瑟丹一邊說，一邊努力為自己的玩笑露出一個虛弱的微笑。

「看上去，這裡感染了。」茶西美瞪著瑟丹腫脹的手腕，氣憤地說道。大公的牙齒在最近一次吸吮中咬破了瑟丹的皮膚，手腕周圍的皮肉變得又熱又紅。

瑟丹並不覺得手腕那裡特別疼痛。他在早些時候已經失去了意識。直到返回這個塔樓上的房間，他才漸漸恢復了知覺。大公每一次吸他的血，他的精力都會減弱許多，但他沒有看自己的手臂。茶西美將一塊暖熱的溼毛巾放在上面，一股強烈的大蒜氣味從那塊毛巾裡的藥膏中冒出來。瑟丹轉過頭，躲避那股氣味。

「外面天氣好嗎？」他的問題有些愚蠢。茶西美打開百葉窗，微風吹過沉重的窗簾。在飄蕩的窗簾外面，瑟丹瞥到了陽台上的石欄杆。他們的新寓所很寬敞，空氣的流動也很好，能夠看到城市中和周圍郊野的景色。春天就要來了，想到這裡，瑟丹又虛弱地笑了笑。春天就要來了，而他卻要走了。

「非常好，你想要把窗簾拉開嗎？天空很晴朗，不過不是很暖和。」

「請拉開窗簾吧，還有什麼更糟糕的事情會發生呢？我會因為著涼而死嗎？」

「感染會首先殺死你。」茶西美直率地說。

「我知道那裡有多糟糕，」瑟丹承認，「那裡很痛，治療師們對妳的父親說，下一次他必須從我的另一條胳膊上吸血，以免將感染傳給他。我可不期待還有下一次。」想到這件事，他的手指在毯子上抽搐了一下。大公每過幾天就會在他的手臂上劃開一道新傷口，再添加一道新傷口簡直就是一場全新的恐懼。「我要死了，」他儘量提高自己的聲音，「他這樣喝我的血，肯定會要我的命。」

「每一次他喝下你的血，似乎都變得更強壯了。他對此非常得意。真是令人作嘔。」茶西美將厚重的窗簾拉到一旁繫好。蔚藍色的天空在遠方飄浮著一朵朵白雲。那個方向上沒有山。地平線一直向遠處無限延伸。風吹進了房間。

「也許等到我死掉，他就會再次開始衰弱了。」

「也許。到時候我也不可能活著看到結局了。如果你死了，我也會死。」茶西美走回來，坐到了瑟丹床邊的凳子上。

「我很抱歉。」

茶西美發出一點窒息的聲音，「我的父親殺死了你，這不是你的錯，也不是我的。我出生在這場災難中並不由我決定。你也被捲了進來，我很難過。」她向窗外望去，「我一直在想，如果你死了，我不會等到他發現，為此而懲罰我。」她向陽台點點頭，「我也許會從那裡跳出去。」

「甜美的莎神啊！」瑟丹恐懼地驚呼一聲，想要坐起來，但他還不夠強壯。

「這不是因為絕望，我的朋友。只是要讓他更難以將我的死偽裝成自然死亡。如果我從這裡跳出去，也許有人會看見我摔死。如果人們知道我是死在我的父親手裡，我知道有一些人已立誓要為我復仇。」

瑟丹感覺到一種前所未有的寒意。「妳的縱身一躍，會導致一場復仇的浪潮嗎？」

「不會，」茶西美繼續看著天空，「我希望能夠避免這種事。的確有那麼一段時間，我很想讓人們知道他對我做了什麼，我夢想著他們會為我的死亡復仇。現在我覺得這會像一塊石頭落進池塘中，只會掀起一圈圈的漣漪。我希望我的死亡會導致其他人的悲劇和死亡嗎？還是我寧可在一個我選擇的時間悄悄離開？」她伸出手，握住瑟丹那只還沒有受傷的手，但並沒有看瑟丹，「我一點也不想死，」她悄聲對瑟丹說，「但如果我必須要死，我不會讓他成為殺死我的人。我不會一個人等在這裡、只是猜測他是否會先來折磨我。」她終於看著瑟丹的眼睛，努力露出一個虛弱的微笑，「所以，等你走後，我也會走。」

瑟丹看著身邊矮桌上的托盤。奶油湯仍然在微微冒著熱氣。切片蘑菇漂浮在那片平靜的海洋中。一塊褐色的麵包放在它旁邊，旁邊一只淺碟子裡盛著黃油。恰斯燉椒——紫色、黃色和綠色圍繞在一塊冒著熱氣的白色魚肉旁邊。所有菜肴都被布置得很漂亮。他們想要他充分進食。他知道是為什麼。早些時候，他挑釁地拒絕了這些食物。吃東西對於他似乎已經毫無意義，延長生命只是為了繼續成為恰斯大公的血源。現在這卻成為了延長茶西美生命的一種方法，「只要活著，就有希望。」

「話是這麼說的。」她承認。

瑟丹伸手拿起餐巾，把它抖開。

「我會再給他們三四天時間，完成這裡的工作，把那些柱子立好，然後我們就必須裝船去下游。雷恩已經送了一隻信鴿去卡薩里克，詢問我們的種籽和牲畜是否已經從繽城被運來。至今都還沒有信鴿回來，所以我猜我們只能親自回到那裡去確認了。我覺得那隻鴿子可能是找錯了路。不管怎樣，我們還有很多事情要回卡薩里克處理。我還沒有得到酬金。在這件事上，我是不會放過議會的。」

「那麼其他船呢？他們會和我們一起走嗎？」

萊福特林搖搖頭。他正和愛麗絲面對面地坐在廚房小餐桌的兩邊。厚實的白色杯子裡盛著熱氣騰騰的褐色茶水，擺放在他們之間傷痕累累的桌面上。一只空盤子裡只剩下了他們剛剛分享的麵包和乾酪的碎屑。現在船上只有他們兩個，但這艘船並不安靜。就像以往一樣，柏油人和牽扯他的河水、繫住他的纜繩在進行著他們自己的交談。愛麗絲覺得這樣很好。在柏油人上，她便不會再擔心記憶石的悄聲引誘。當她和萊福特林一起計畫未來，就像現在這樣，她聽到的只有他們自己的聲音。

「那些船也許是『無損船』，但他們之前都被很粗暴地對待過，而且龍燒焦了他們，進港時他們又被撞斷了不少船槳。這些都需要修復。其中一艘船的船艙髒得令人髮指。我們也沒有足夠多真正的水手能夠駕駛那兩艘船。那些奴隸們只知道如何划槳，沒有人教過他們更多東西，他們之中也還沒人表露出要成為水手的意願，他們還需要時間來適應成為自由人的生活。現在他們似乎全都有一點不知所措。所以，在我們擔心他們是否想要在甲板上工作以前，我們還有許多事要做。等到河水再平靜一些的時候，教導守護者駕駛他們自己的船，並不需要花很多時間。」

萊福特林若有所思地咬住下唇，然後將他的杯子推到一旁。「妳知道嗎？蒂絡蒙對雷恩說過，她相信至少有十幾名年輕女子，為了能夠不戴面紗地走在夏日的微風中，會毫不介意離開崔豪格和卡薩里克。她已經從其他守護者那裡得到允許，可以邀請她們到這裡來。嗯，我正在想，我認識幾位很有能力的水手，我同樣可以勸說他們來這裡工作，至少是一段時間。如果一位年輕船長自己在甲板上工作，那麼教會他一切航船技藝就要容易一些。但如果缺乏這樣的機會，我想應該找一些有經驗的船員來教導他們。」

「還有這麼多事需要考慮。」愛麗絲喃喃地說道。克爾辛拉的新居民。牲畜和需要種植的種籽。這裡是否有人知道該如何照顧好它們？愛麗絲沒有問是否有人向萊福特林提出了教導新船長的要求，她相信這應該是萊福特林首先想到的。她只是微笑著問萊福特林，「那些守護者會成為那兩艘船的船長嗎？」

「不確定。也許是拉普斯卡吧。他最近一直在尋找著什麼，這種工作總要比我聽到他說的一些胡言亂語強。」

愛麗絲哀傷地搖搖頭。「我覺得這種想法太一廂情願了。如果他有這樣的願望，他應該能學會，但記憶石已經改變了他，現在他所說的全都是該如何阻止巨龍所受到的威脅，並且一勞永逸地阻止它。我不認為他明白恰斯國有多遠，以及他和荷比又會在那裡遭到什麼樣的抵抗。」

「不僅是他和荷比。卡羅對於復仇也很有熱情。芬提、巴力佩爾、賽斯梯坎和多提恩、還有蘭克洛斯都想要復仇。當然還有婷黛莉雅，她說只要她的身體恢復一些，她就會將怒火傾瀉在那些人頭上。」

「默爾柯呢？」愛麗絲無力地問。她猜測如果那頭金龍採取行動，其他所有龍都會跟隨。

「至今為止他一直保持著沉默。我不知道他在想什麼。但拉普斯卡一直在鼓動守護者們。你知道他們找到的武器庫嗎？」

「我知道。」愛麗絲甚至沒有向萊福特林提起過，她很早以前就發現了那座武器庫，只是從沒有告訴過拉普斯卡。對那裡的發現進一步改變了愛麗絲對古靈和巨龍的印象。巨龍的戰爭鞍具有很強的裝飾性。上面有許多圓環，也許是騎手用來固定自己的。辛泰拉曾斷言龍從不會被人類騎乘，愛麗絲對此並不認同，但那位藍龍女王堅持說背負古靈進入戰場和人類騎著騾子打仗，根本是不一樣的。她向愛麗絲傳遞的意念，表明在這樣的情況下，龍是將古靈當作一種附屬武器，而不是成為古靈的戰馬。

在那裡的牆壁上整齊地掛著古靈的甲冑。那是一種極為精緻的鱗甲，甲片層層疊疊，形狀和色澤都完全效仿巨龍的鱗片。長矛的木柄早已消失不見，硬弓和無數裝滿羽箭的箭囊都變成了地上的灰塵，但箭鏃和矛尖都還存留了下來。這裡還有其他裝備——覆滿綠鏽的黃銅和注入巨龍之銀的鋼鐵。愛麗絲認不出它們是什麼，但能夠猜到它們的軍事用途。

「那些男孩全都興沖沖地穿戴上頭盔戰甲，就像潔珥德戴上的那些珠寶首飾，」萊福特林抱怨說，「她們根本不知道那意味著什麼。但如果拉普斯卡、卡羅和婷黛莉雅不斷催促他們，我相信他們很快就會明白了。」

愛麗絲刻意不去想這種事。「那麼，如果你要為那兩艘船挑選船長，你願意訓練誰？」

「我一直想著哈裡金。他是一個可靠的人。也許還有埃魯姆，那小子看上去很有能力，也很聰明。」

愛麗絲低下頭，隱藏起自己的笑容。她懷疑萊福特林無法想像絲凱莉會和一個根本不懂得如何駕船的人在一起。但萊福特林隨後的話卻讓她吃了一驚。「但最終管理那些船的也許不會是守護者。龍將他們看得很緊，軒尼詩倒是可以指揮一條船。或者是絲凱莉，等到她再成熟一些的時候。」

「這麼多的改變，」愛麗絲喃喃地說道，「在克爾辛拉能夠自給自足之前，它和外界必須建立起有規律的航運。那以後，也許我們能夠向雨野原出售穀物和肉類。會有新的居民來到克爾辛拉。當然，他們必須明白在這裡生活要冒怎樣的風險。但我認為蒂絡蒙是對的。一定會有願意來到這裡、想開始新生活的人。我們也需要他們所知道的一切。農夫和鐵匠、烘焙師和陶工，還有木工……他們都會來的，畢竟能夠有一個新開始的機會並不多。」

「的確不多。」萊福特林表示同意。他沉默了片刻，陷入深深的思考，然後，他突然說道：「做我的妻子吧。」

愛麗絲盯著他，為這個突然襲來的話題吃了一驚。「我不能，萊福特林。在我的婚姻契約被正式取消之前，我仍然是……」

「不要說妳仍然是他的妻子！請不要。我痛恨聽到這樣的話從妳的口中說出來。」萊福特林把身子探過桌面，將手指尖按在愛麗絲的嘴唇上，灰藍色的眼睛裡閃動著最誠摯的光亮，「他們在繽城或者這個世界的其他地方究竟說些什麼？我不在乎。他早已違背了契約，甚至從沒有遵守過這份契約。所以，妳怎麼還會是他的妻子？做我的妻子吧，愛麗絲。我已經是妳的了。我想要將自己稱作是妳的丈夫。和我在這裡結婚，在克爾辛拉，和我在這裡開始一段新生活。忘記繽城和那裡一切的規矩與契約吧。」

愛麗絲一歪頭。「你不想要一份婚姻契約嗎？」

「我不需要。如果妳想要，妳可以寫下妳想要的一切，我會在上面簽名。我不會費力去讀它，因為你想要的一切我都贊同。我不需要一張紙、一份契約或者任何諸如此類的東西。我只想要妳。」

「一切是怎麼變成這樣的？」愛麗絲有些慌亂地說。

萊福特林搖搖頭。「我知道詔諭的存在，我也知道妳曾經是他的妻子。有一段時間，我覺得自己就像一個賊。有一天，塞德里克單獨找到我，說我正在用對妳的愛毀掉妳的全部生活。這讓我覺得很自私、很卑鄙，因為我只想要得到妳。」

「那似乎已經是另一個人生中的往事了。」愛麗絲微笑著對他說，「我們的確曾因為這種無聊的事情而擔心。」

「現在妳不會因此而擔心嗎？你不擔心詔諭回到繽城之後會說些什麼？」

「在塞德里克坦白了那些事以後？不，我認為他會盡可能對此三緘其口，而且也會希望別人不再提起這件事。在他離開以前，我會和他談一次，要他給我一份取消婚姻契約的證明。我們可以把這份證明先起草好，讓盡可能多的人作為見證。我們在這裡安靜地做好這件事。我再給我的家人寄去一封信，向他們做出解釋。他必須接受我們的提議。」愛麗絲吸了一口氣，用清澈的眼睛看著萊福特林，「我和他已經完了，萊福特林。你對此還有懷疑嗎？」

萊福特林低垂下目光。「我這一生中最可怕的事情就是聽到他喊妳『親愛的』。那時我只想把他的舌頭揪出來，用雙手把他撕成碎片，一點點餵給噴毒。」

愛麗絲從沒有聽到過萊福特林的語氣如此凶狠，「親愛的！」愛麗絲喊道。她現在的心情真是又害怕，又好笑。

「當時他嚇到了妳。我能看出來，我能感覺到。我想要摧毀任何會那樣讓妳害怕的人。」

「我是在害怕自己。那不是他真正擁有的力量，是我將這力量給了他。過去我一直是這樣。」愛麗絲露出幾近於傷感的微笑，「結束了，萊福特林。一切都結束了。」她站起身，繞過廚房餐桌，站在萊福特林身後，俯身抱住他，在他的耳邊說，「我期待著和你一同啟航。」

「在我們將所有那些入侵者放到崔豪格之前，船上可不會有太多的私人空間。」萊福特林搖搖頭，「我很高興能夠將審判恰斯人的事情交給別人去做。這幫可憐的雜碎，他們只是一些落在了杵和臼之間的米粒。我懷疑他們就算是能夠回到家，也已經一無所有了，但我還是很願意儘快把他們送回崔豪格。」

萊福特林將愛麗絲向自己拽過來，愛麗絲輕快地吻了他一下，對他說：「那麼，也許我們應該好好利用一下這段安靜的時間。」

「我不能離開太久。現在我的確不是在站崗，但我的叔叔還有更多工作要我去做。一直都是這樣的。」

「他一直都有意讓你這樣忙碌？」詔諭饒有興致地說，「也許他認為你還太年輕，不懂得經營自己的生活。招呼年輕男孩的人們經常會是這樣。他們看不見男孩已經成為了青年、準備好伸展自己的翅膀了。」

戴夫威的目光向詔諭閃爍了一下。對於自己是否厭惡卡森的控制，他沒有承認，也沒有否認。他清了清嗓子：「我很驚訝你還沒有到過塔樓上方，看看這裡周圍的景色。你們都能這樣做。我們是在會議中做出這個決定的。」

「確實，」詔諭表示同意，「但只是單獨從塔樓裡向外看，和能夠聽一聽熟悉這裡的人向我講解，並不一樣。」詔諭一直儘量讓這個男孩說話，而戴夫威所說的，已經遠遠超出了詔諭能夠勸他說起的話題。今天，他們可以一同去探訪塔樓，明天也許就能出去進行一場短途散步。現在這個男孩已經在他前面登上了樓梯，詔諭能夠很好地欣賞一下他的臀部和雙腿。他很年輕，甚至比過去的塞德里克還要年輕，對於這個世界也比塞德里克更缺乏了解。詔諭相信，他很容易就會被折斷。詔諭完全可以用他從不曾想像過的精緻高雅的喜悅誘惑他，勾起這個年輕人對於冒險和探索世界的渴望，然後讓他明白：只有詔諭能夠將他帶進一個極盡精彩的世界。

「讓我喘口氣，戴夫威。一位像我這樣的老人可沒辦法跟上你那樣輕快的腳步。」年輕古靈順從地在下一個樓梯拐彎處停下腳步。「如果走這些台階讓你感到太辛苦，這裡就有很好的景色，」他說道，「你不需要一直爬到塔頂。」

詔諭來到窗前，在沉默中眺望整座城市。他本以為這個男孩馬上就會反駁說他根本還不老，但男孩對此毫無反應，這刺痛了他的虛榮心。不要顯示出這種情緒。他假裝興致勃勃地望向窗外，但是當他真正看到這座占地遼闊的城市，就算是已經遊歷過世界上許多地方的他，也禁不住要由衷讚歎。他在河上看到的景象完全沒有體現出克爾辛拉的宏偉壯麗。在他眼前，這座城市向四面八方擴展出去。他看到了幾座坍塌的建築和零星一些被損毀的地方。但這座城市的絕大部分依然完整無損，絲毫看不到遭受劫難的痕跡，他根本無法想像這個地方到底擁有多少財富。他的眼睛看到了六座位於空噴泉池上的雕像。他知道，遮瑪里亞的收藏家們會為了其中任何一尊雕像而向他苦苦哀求。他的手指撫過窗框旁的瓷磚。每一片瓷磚上都描繪著一頭形態各異的巨龍。

戴夫威看出他正在欣賞那些雕像。「喔，它們非常有趣。看！」男孩用手指捋過那些巨龍圖案的線條，那些龍全都隨著他的碰觸而跳躍起舞。當他停下的時候，龍也停止了動作。

「真是驚人啊！」詔諭喊道，「我能試一試嗎？」

「當然。」戴夫威現在已經成為了嚮導。對於滿心驚歎的詔諭，他報以很大的耐心和熱情。這樣很好。詔諭笨拙地嘗試著像那個男孩一樣啟動巨龍圖案，但他總是無法完整地摹繪這些巨龍的線條。他又試了一遍，還是不怎麼成功。他氣惱地把手抽回來，失望地喊道：「我抓不到竅門。」

「這很容易，就像這樣。」戴夫威握住詔諭的手，將它在巨龍身上移動。這一次，巨龍為詔諭騰躍了起來。

「再來一次。」詔諭提出建議，並將自己的另一隻手放在戴夫威的肩膀上，讓這個男孩能夠更精準地控制他的手。戴夫威專注地玩著他的畫龍遊戲。當他將詔諭的手再一次放到瓷磚上時，詔諭忽然靠過去，熱情地親吻了他的頸側。

戴夫威驚訝地向後一跳，但詔諭仍然握著他的肩膀。「你可真英俊，」他帶著喉音說道，「又是這樣與眾不同，你怎麼會以為你的鱗片很醜呢？」他從口中吹出氣息，那是一聲充滿渴望的歎息，然後他顫抖著喘了一口氣。戴夫威緊盯著他，雙唇微微分開。詔諭想像著自己吻上這雙嘴唇的樣子，他本來是偽裝的熱情一下子變得真實了。他向這名古靈湊過去。當戴夫威靠在牆上的時候，詔諭用自己的身體壓住了他。

「這不是……我沒有……」戴夫威結結巴巴地說。灼熱的好奇及其恐懼，在他深褐色的眼睛裡激烈地搏鬥著。

很好。詔諭正是那種會被危險和緊急喚起激情的人。他緊貼在這個年輕人的身上，在他的耳邊說，「塞德里克讓我心碎。我孤身一人。你也遭到了拋棄。如果，只是暫時的，我們忘記這些痛苦，那又有什麼害處？」他將自己的體重狠狠地傾瀉在這個年輕人的身上，撫摸他的雙手充滿了欲望，「我有很多可以教你，要我教你吧。」突然間，他的一隻手握住了戴夫威的喉嚨，「只要說『請』。」詔諭愉悅地向男孩建議。

「我可不打算永遠等他。」卡森回過頭說道，「他說過，他想要去狩獵，我在等他結束站崗。」塞德里克跟在卡森身後，和他一同大步走進巨龍浴室。獵人打開通向浴池的門，一股溼潤的空氣立刻吞沒了他們。卡羅快樂地閉著眼睛，正在熱水中打盹。「戴夫威？」卡森喊道，卻沒有得到回應。正在為默爾柯擦洗的希爾薇抬起眼睛，衝他搖了搖頭。

他們在走向餐廳的時候聽到了樓梯上傳來的聲音。那是無言的喊叫，在惱怒中夾雜著憤慨，隨後又是一段含混的話語。

「是戴夫威！」卡森高喊一聲，轉向樓梯，大步跑了上去。塞德里克緊隨在後，心臟幾乎都要跳到嘴裡。戴夫威和萊克特最近一直在爭吵，兩個人都是悶悶不樂並且喜怒無常。但就他所知，他們還沒有打起來過，而上面的聲音無疑是無疑表明他們發生了肢體衝突。

塞德里克跟在卡森後面跑上樓梯拐彎，立刻驚駭地停在原地，樓梯上的是詔諭。自從塞德里克在街上和他對峙之後，就再沒有見過詔諭。他再也不想見到這個人了。但詔諭卻站在這裡，一隻手捂住臉頰，而神情慌亂的戴夫威則拽直了自己的長外衣。看到卡森和塞德里克，戴夫威的臉立刻變得通紅。詔諭則只是露出得意的微笑，背靠在牆壁上，將雙臂抱在胸前。

卡森的眼睛從詔諭轉向戴夫威，又轉回來。獵人的呼吸在不住地顫抖。詔諭有可能根本不知道他有多麼憤怒。他向戴夫威問道：「到底出了什麼事？」

「沒什麼。」戴夫威陰沉著臉說道。塞德里克看到卡森的肩膀在向外張開。「無論發生什麼，都是我的事。我已經足夠大，能照顧好自己了。」男孩挑釁般地說道。

卡森的目光在詔諭和戴夫威之間來回移動，他顯然就要控制不住自己了。「看起來你們正在幹什麼好事。」他低聲吼道，憤怒在他的眼睛裡噴湧出火星，「男孩，你正在因為一個壞決定而做出另一個壞決定！你怎麼能這麼愚蠢，竟然會接受……」憤怒讓他沒有能把話說下去。

戴夫威睜大了眼睛。「你甚至沒有給我一個解釋的機會！我不需要你費力來保護我。」

詔諭發出一陣譏笑，戴夫威轉向那個繽城人，攥緊了雙拳，咬著牙說道：「我不會玩你這種遊戲，老傢伙。我不需要裝出自己是被迫的。我已經選擇了要做什麼人。」

塞德里克勉強躲過了從樓梯上大步衝下來的戴夫威。

「嗯，我明白了，所有人都誤會了。」詔諭看上去依然是那麼鎮定從容。他撫平了落在額頭上的散髮，向剩下的兩個人露出微笑，「你不應該責備你的男孩，卡森。」然後他又帶著微笑對塞德里克說：「他不是第一個發現我很有吸引力的年輕人。不過我的確誤判了他，以為他已經為我準備好了。我想，我對他太快了一點。」他將自己的衣領抻直了一些。

塞德里克第一次注意到詔諭左側臉頰上的紅斑。看起來，那個男孩給了他一拳。

詔諭似乎感覺到了塞德里克的目光。他抬起眼睛看著塞德里克，又說道：「和塞德里克不一樣。塞德里克正需要這樣的遊戲。他那時已經為我準備得非常非常好了。」

塞德里克終於找回了自己的聲音。他的話音很輕。「你是對的，詔諭。我那時是準備好了。為你準備好了，為任何掠食者準備好了。就像戴夫威一樣天真。」

「掠食者？」詔諭抬起他如同雕像般的額頭，將目光轉向卡森。「這是他的新戲碼嗎？也許說的是你？我也曾經『掠食』過他？那可不是他的主意。真可笑。他那時還很熱心地要讓我控制他呢。那時的每一分一秒他都很享受，而且看來他還是一個非常不錯的學生。我相信你已經享受過我教給他的所有東西了？」

卡森從喉嚨裡發出一點聲音。塞德里克立刻伸出手，按住獵人的胸膛。當他再次開口的時候，卻感覺到內心中只有一種奇特的平靜，「卡森，戴夫威有一件事說得沒錯。你不需要保護他。你也不需要保護我。」

獵人用難以解讀的眼神看著塞德里克。「請走吧。」塞德里克繼續平靜地對卡森說。

卡森深褐色的眼睛裡流露出驚愕，然後是受傷的神情。「這件事只能交給我，」塞德里克的聲音更輕了，「相信我。」

卡森的目光在注視著塞德里克的靈魂。然後他緩緩地一點頭，嚴肅地走下了樓梯。

「天哪，天哪。」詔諭轉過身不再看塞德里克，只是伸手撫弄瓷磚，讓龍又開始舞蹈。他就這樣背著身問道，「你準備好恢復理智，和我回繽城了嗎？」

「不。」

「喔，好了。你已經讓我明白了。我可以告訴你，你離開我之後，我很快就發現想要找人取代你是多麼困難，也不應該嘲笑你為我們制定的計畫。我現在仍然認為非法交易龍的器官是一種愚蠢的冒險行為，我相信最近發生的事情已經證明我是對的。我猜，你現在的朋友們對於你最初的動機還全然不知，我猜得對嗎？」

塞德里克發現自己的心在肋骨中劇烈地跳動。為什麼？為什麼這樣做這麼難？他清了清嗓子：「關於我的事情，我不認為你還能告訴他任何他還不知道的。他和你不同，詔諭。當我說話的時候，他會認真傾聽。」

「我早就該聽你的話，這一點我承認。」詔諭轉回頭看著塞德里克。那個該死的男孩狠狠打了他肋骨兩拳。被打中的地方到現在還隱隱作痛，但更讓詔諭惱恨的是他管詔諭叫「老傢伙」。不過，至少塞德里克現在有些理智了。他已經趕走了那個野人。詔諭感覺到了他想要什麼，只需要讓他明白詔諭對他的感情，知道詔諭允許他回到自己身邊，再用一點老技巧，提醒他是多麼享受。他看到詔諭在逗弄那個男孩的時候，有沒有感覺到一絲嫉妒？詔諭覺得一定有。他已經注意到塞德里克的目光久久地停留在自己的臉上。

「現在對我們來說還不算晚。」詔諭說道。他讓自己的聲音變得更加深沉，看到塞德里克臉上難以置信的神色，他不由得暗自感到高興。他相信自己喜歡那些鱗片，讓改變後的塞德里克出現在繽城，一定能給他的回歸再增添一層勝利的色彩。他非常相信，只要他將塞德里克的那一份克爾辛拉放到父親的腳前，那位老人家一定會原諒他沒有妻子的過失。他的母親肯定會明白，愛麗絲已經完全配不上他們的姓氏了。他會告訴母親自己所見到的一切，乞求母親的寬容和慎重，讓他悄悄地結束掉與愛麗絲的婚姻。他不會再結婚了。就讓他的父親隨便去給他找一個繼承人吧。有了塞德里克的財富，他不需要他們家族的財富就能活得很好了。

這一切都已盡在掌握之中，所有的這一切。從塞德里克開始。「你是對的。我承認，我為了懷疑你而向你道歉。你賭上了自己，最終贏得了財富。我甚至計算不出你到底為我們贏得了多少財富——僅僅是我們能夠拿出這座城市的就已經無以計數了。而人們還會想來到這裡旅遊，也許還會在郊外安家。你為我們夢想的一切都會變成現實。在這裡，我們可以公開我們的關係，過上隨心所欲的奢華生活。如果回到繽城，我們就能擁有文明世界能夠提供的全部最好的享樂。塞德里克，我的男孩，你做到了。」

「我不是你的『男孩』，詔諭。」這句話竟然如此平靜。

詔諭略微改變了一下自己的戰術。「喔，我當然知道。沒錯，我們兩個都改變了，不是嗎？甜美的莎神啊，如果你知道我為了找到你，帶你回家而經歷的一半困苦就好了！不過總有一天，我們會將這些故事和大家一起分享，對不對？到那時，我們會因為你在荒野中的旅居而一同開懷大笑。我打賭，你一定更喜歡一個舒適的家和一杯美酒，還有和我共度的良宵。」他向塞德里克露出微笑，這是邀請的微笑，塞德里克一定還記得很清楚。他舔了舔嘴唇。

塞德里克安穩地和他對視，嘴唇緊緊抿住，看不到笑意，那雙眼睛中的情緒也是難以解讀。

「不，詔諭，這些我全都不想要。」

「不？」詔諭的笑紋更深了，「你對我一直都是從說『不』開始的，不是嗎？塞德里克，你希望我逼你改變你的主意，對不對？好了，我不介意這樣。我一定也不介意。」

詔諭略微搖晃了一下，向前走去。塞德里克看著他走過來，腦子裡只是在努力思考詔諭的樣子讓他想到了什麼。然後他知道了，是一條蛇，一條盯住了老鼠的蛇。

只是塞德里克已經不再是老鼠了。當詔諭向他伸出手的時候，塞德里克揮出了拳頭，同時轉動腰背，將全身重量集中在這拳頭上。他感覺到拳頭結結實實打中了目標，看到對面的這個人踉蹌著撞回到牆上。「不，」他再一次對雙手捂住流血的嘴巴的詔諭，「這些我都不想要。」

他轉過身，走下台階，再沒有回頭看一眼，徑直走出巨龍浴室，看見卡森正在台階下面，專心地和戴夫威交談。他認真傾聽戴夫威的講述，看著他比劃著揮出拳頭。然後這個年輕人抬起頭，同樣認真地看著他的叔叔。塞德里克聽不到他們在說什麼，但到了最後，他看見獵人嚴肅地點了點頭，伸出手似乎是想要抓一抓那個男孩的頭髮，但手到中途，他突然改變了動作，按住戴夫威的肩膀。戴夫威也向他一點頭，露出一點僵硬的微笑，然後就轉身跑開了。看樣子，事情的狀態還不算完全理想，不過假以時日，這個問題會解決的。

塞德里克加大了自己的步幅，追上向遠處走去的卡森，挽住卡森的手臂。當卡森將手按在他的手上時，他打了個哆嗦。

卡森低頭看了看，又驚訝地揚起目光瞥了他一眼。「你的指節在流血。」

「是嗎？」塞德里克把手抬到眼前。「沒事，」他在自己的斗篷上把血蹭掉，「只是擦傷。」

「讓我看看。」卡森拿過塞德里克的手，審視腫起的指節，然後把這隻手放到嘴邊，輕柔而又認真地親吻了那些指節，對他說，「好多了。」

塞德里克咬住下唇，不讓自己顫抖，但他沒有想要隱藏溢出眼眶的淚水，這全都是因為卡森的溫柔。「我覺得你是對的。」他聲音沙啞地說。

銅號般的巨龍吼聲讓他們吃了一驚。這一陣龍吼顯示出一種非同尋常的意味。吼聲從一頭龍傳向另一頭龍，充滿了城市上方的天空，在遠方的山丘中引起一陣陣共鳴。「他們打算幹什麼？」塞德里克問道。

「是一種警報，有陌生的龍到來。」卡森已經在仔細搜尋頭頂的天空了。

塞德里克也抬頭望向天空。他沒有問卡森是怎麼知道這些事的。這名獵人就是知道。在一陣搜索之後，塞德里克伸手一指。「那邊，就在那邊的地平線上，非常低。是黑龍。是卡羅嗎？」

卡森一捏他的肩膀。「你有一雙好眼睛，繽城男孩。但那不是卡羅，他要比卡羅更大，而且卡羅還在泡熱水浴。」他瞇起眼睛，「不，那不是我們的一頭龍。」

龍群再一次發出吼叫，這一次的吼聲更加急迫。所有的龍都從四面八方聚集回來，開始在克爾辛拉上空盤旋。

「冰華。」塞德里克高聲說出這個名字，「那一定是婷黛莉雅說過的那頭龍，但他為什麼要到這裡來？」

該死，這可真疼。詔諭將手從嘴上移開，看著沿手腕流下的血，不由得目露凶光。這種遊戲是有規矩的，他在多年以前就已經為塞德里克立下了規矩！塞德里克在那些畜生中間到底學會了什麼？這是有界線的，而塞德里克剛剛越界了。遊戲是遊戲，而弄破詔諭的臉從不會在遊戲的清單上。他必須為此付出代價——立刻！

詔諭的手指找到了下唇的傷口。現在他的嘴裡全都是血腥味。他的牙齒還割破了臉頰。他向樓梯頂上走去，同時用袖口擦了一下嘴唇。看著袖子上的血漬，他喊道：「塞德里克！」然後又因為疼痛而瑟縮了一下，「你太過分了，塞德里克！你應該清楚。」

他很了解塞德里克，比對自己更加了解。他一直都很懂他，所以才一直都能控制他。塞德里克一定會等在樓梯下面，已經開始感到後悔，已經被自己的挑釁行為嚇到了。也許他正在哭泣，想要得到原諒和安慰。詔諭又用袖子碰了碰嘴唇上的傷口。他的舌頭還找到了一顆鬆動的牙齒。該死的！

原諒和安慰？除非塞德里克道歉和做出補償，否則他什麼都得不到。他必須證明自己的懺悔。但詔諭必須等待。**不要打破規矩，讓他回到我身邊來。不要讓他以為我會去追他。讓他先擔憂，讓他看到我真的不再需要他了。**這對於確定誰是主導者一直都很重要。

第一陣銅號般的龍吼聲讓詔諭嚇了一跳，不由得向後縮起身子。隨著吼聲持續不斷，他才慢慢直起腰。不是這裡遭到了進攻。龍不會攻擊自己的城市。也許這就像狗相互吠叫一樣，或者像是狼向月亮長嚎。詔諭的嘴很痛，肋骨也很痛。他認為自己已經等了夠久了。就讓塞德里克以為自己贏了這一輪吧。給他一點勝利，讓他沒有覺得自己完全被打敗了。等到詔諭將他帶回到自己膝頭的時候，這會讓他們的下一次遊戲變得更加有趣。詔諭開始走下樓梯。

他走到了下一個樓梯轉角，但塞德里克並不在那裡，隨後的一個轉角也沒看見塞德里克。「塞德里克！」詔諭的聲音顯得有些尖利。他已經厭倦了這場遊戲。那個年輕人在他的臉上打出一片瘀傷，塞德里克打破了他的嘴，現在他還要進行這種愚蠢的追逐。這不有趣，一點也不有趣。

詔諭來到一樓，搜索了一下門廳。還是沒有塞德里克的影子。通向廣場的門虛掩著，龍和人的喧囂喊嚷不斷地從門縫裡傳進來。一名年輕男子的聲音突然在噪音中躍起，變得格外高亢。「我早就告訴過你們！這不是復仇。這是自衛。他們讓我們別無選擇！」

不。塞德里克不會去參與這種衝突，現在不會。塞德里克對政治沒有興趣。現在他的腦子裡只可能有一件事。他希望在詔諭找到他的時候，只有他一個人。在浴室嗎？嘴唇的疼痛讓詔諭沒辦法微笑。當然，還有什麼地方能夠比浴室更讓他們盡釋前嫌並且言歸於好？

詔諭推開通向那個房間的大門。這是一道非常厚重的門，推動起來卻很輕鬆。很明顯，這道門被設計成讓巨龍也能夠隨意出入。想到龍也會在這裡洗澡，詔諭就感到一陣噁心，不過他並不反對在沒有龍的時候使用這裡。

但這裡正有一頭龍。這頭巨怪全身呈極深的藍黑色，幾乎就像是純黑色。牠現在剛剛從水裡鑽出來。清水如同小溪一般從他光澤閃亮的身上流到地面上。看樣子牠正要從詔諭進來的門中出去。詔諭停住腳步，輕蔑地看著這頭潮溼的野獸，又向旁邊橫行了幾步，向巨龍背後望去，一邊高喊著：「塞德里克！」

不在這裡。

龍的聲音如同低沉的雷聲，強大的精神力量幾乎將詔諭震暈。有不止一個人聲稱聽到過龍對他們說話，但詔諭一直對這些說法嗤之以鼻，他相信這不過是一些心智軟弱者的憑空幻想。但那些人沒有說錯。這頭龍真的在對他說話，而他能夠聽明白，並且還為之而著迷。他停住腳步，盯住那頭龍，一時間竟然忘記了塞德里克。

外面的龍吼聲，越來越大。

把路讓開。

在這麼近的距離裡，詔諭突然意識到一頭龍是多麼壯麗的生物，就像是一匹價值高昂的種馬，而且還要更巨大得多。詔諭明白，對待馬的關鍵是駕馭。「我的名字是詔諭。」他讓自己的話語簡單而清晰，「你有名字嗎，龍？你的主人叫你什麼？」

這頭巨獸歪了歪他碩大無朋的頭，就像是一條有些困惑的狗，然後他打了個哈欠，露出一些格外巨大的牙齒和口中猩紅色與黃色的花紋。噴出一股強猛的氣流，這股氣流格外潮溼，夾雜著血肉的腥臭。*你擋住我的道了。他們在喚我。*

詔諭堅定地站穩腳跟。「龍，到這裡來。」他伸出手，朝自己面前一指。

看到詔諭沒有動，龍又向他靠近了一步。很好。牠似乎很容易服從。牠又說話了。*戴夫威侍奉我。*龍的眼睛似乎在緩慢地旋轉，顯露出思考的樣子，*戴夫威不喜歡你，但我想，我也許會喜歡。*

詔諭站在原地，隨著這頭龍逐漸向他靠近，他腦子裡旋轉出了新的想法。這頭龍服從了他的命令，而他能夠理解龍的語言。也許這頭龍更喜歡他，而不是戴夫威。這樣很好。就讓那個男孩去思考吧。詔諭要奪走他的龍了。是的，就讓卡森和塞德里克去廝混吧。他想像自己作為古靈，騎著他的龍返回繽城的樣子。如果他得到了這頭龍，那麼他也就是古靈了。到那時，難道他不就擁有了克爾辛拉的一部分？無論愛麗絲或者詔諭怎麼想，都已經不重要了。

這太完美了。他實現了報復，還獲得了美麗漫長的生命，以及無以計數的財富。他將成為非凡之人。擁有一頭龍是什麼樣子？塞德里克有一頭，他本來不過是詔諭的朋友。就連那個帶有金鱗的粉紅色小女孩都有一頭龍。如果像塞德里克那樣的人都能做到，控制一頭龍又有什麼難的？

龍的眼睛如同旋渦一般轉動著，放射出最深的藍色光澤，其中還夾雜著一些純黑色。詔諭想像自己穿上黑色和銀色的衣服，騎著這頭生物，還配有一副黑色的鞍韉，上面鑲著銀邊，點綴藍寶石。他們將降落在繽城大市場的正中央，在上午人流最密集的時候。詔諭想像著人們抬起頭望向天空，朝龍背上的他指指點點，高聲叫喊。當詔諭讓他的龍俯衝下去，降落在市場中心，所有人都會驚慌逃竄。「所有目光都將集中在我的身上。」詔諭喃喃地說著，陶醉在自己的幻想。他伸出手，撫摸龍嘴。

龍將頭擺到一旁，躲開了他的手。這可不行。「龍，在我向你伸出手的時候，站住不要動。」龍？這樣不行。很明顯，戴夫威沒有給他的牲畜一個名字。詔諭現在就要糾正這個錯誤。「現在我會給你一個名字，一個特殊的名字，以表明你是我的。」這很容易。絕不比給一匹馬或者一條狗起名更難，「現在你的名字是藍色榮耀。藍色榮耀，你明白嗎，龍？你現在是我的了，不再是戴夫威的。你必須學會服從我。所以，當我叫你藍色榮耀的時候，你要到我這裡來，一動不動地站好，讓我伸手摸你。」詔諭的話語簡單而嚴厲。他還要用自己的姿態和瞪視來駕馭這隻動物。他全身都散發出自信和命令的氣勢。他再一次伸出手，按在龍的鼻子上。

這隻動物的眼睛轉動得更快了。藍色和黑色的旋渦中跳躍起深金色的火花。

「這樣就好多了，藍色榮耀。我們彼此理解得越快，一切就會越容易。」

就在詔諭的指尖撫過這隻動物的鱗片時，龍猛地高抬起頭，俯視著詔諭。「我明白你的意思，人類。我認為我也可以給你一個特別的名字。」這些言辭伴隨著一陣低沉的隆隆聲，從這頭巨獸的身體中傳出來。

真是非同尋常，不過這應該是一個很不錯的跡象，表明他們建立關係的進展神速。詔諭向他的龍微微一笑。「我是否應該幫助你想一個名字，藍色榮耀？你可以稱我為榮耀之主，或者白銀騎士。」

龍仍然俯視著他，仔細考慮著這兩個名字，他的眼睛轉動得越來越快。「不，我不這麼想。」他說道，那隆隆的聲音中顯露出饒有興致的情緒，「我認為我可以叫你為『肉』。」

然後，這頭怪物把頭轉向一旁，雙顎大張，光芒閃耀的牙齒和色彩斑斕的雙顎向詔諭撲來，速度快得就像出擊的毒蛇。詔諭向後跳去，發出憤怒和恐懼的喊叫，但外面銅號一般的龍吼聲再次震響，徹底掩蓋了他的聲音。詔諭轉過身，衝向正氣瀰漫的浴室。龍朝他咬過去，他感覺自己的腿被猛然一拽，他一下子跌進了水裡。龍差一點就咬到了他。

這裡的水很熱，幾乎要燙傷他。詔諭掙扎著浮出水面，全身顫抖，激動地喊嚷個不停。他從自己的眼睛裡把水甩掉，又從鼻孔中把水噴出去，抬起頭，看見那頭龍就站在水池的邊緣。「我真是很喜歡你。」怪物說著，聽牠的語氣，牠顯然感到非常有趣，「你很美味。」

詔諭深吸了一口氣，準備潛到冒著熱氣的水面下，但他突然瞥到自己周圍的水中冒出一股紅色的。這時他才驚恐地明白，那頭龍沒有錯過他。他的腿在嚴重地流血。

不。

他的一條腿沒有了。

詔諭驚叫一聲，終於知道自己遇到了多麼恐怖的事情。一條腿的詔諭？一個供他人嘲諷的，可憐的跛子詔諭？「不！」他喊道。

「是的。」藍色榮耀隆隆地說道。

張開的雙顎在詔諭身上合攏。詔諭最後的尖叫聲被猩紅和黃色的巨龍喉嚨吞沒了。

犁月第十六日
商人聯盟獨立第七年
致雷亞奧，繽城信鴿管人
來自艾瑞克．頓瓦羅和崔豪格信鴿管理人黛托茨

雷亞奧：

繽城信鴿主管們很快就會要求你將我的全部培育紀錄提供給他們，包括我的注釋和為每一隻鴿子起的名字，用以進行全面審查和檢驗。不要擔心，我希望你全部交出它們。請完全相信，我沒有任何想要隱瞞的事情。

我們希望我們能夠告訴你更多事情，但我們不能。這張紙條將會由一位或更多公會主管轉交給你，也請不要為此而擔心。

實際上，一切都很好，而且我們相信事情會變得更好。一直籠罩在信鴿管理人公會上的一片陰雲終於會徹底消散。

請相信我們。

艾瑞克

19

冰華

賽瑪拉看著那頭黑龍，竭力想要分辨出他到底出了什麼問題。她向前邁了半步。刺青抓住她的上臂，把她拽了回來。「他已經疼瘋了。」刺青的話語中帶著歉意，「他不是我們中的一員，賽瑪拉。他什麼事都有可能幹得出來。」

那頭黑龍明顯是出了狀況，他不停地揚起頭高聲咆哮。他的口腔和喉嚨裡面顯露出帶有紅色條紋的亮綠色。當他將頭低下的時候，一團紅色泡沫從他的嘴裡滴下來，在石板地面上噝噝作響。他盯著聚集在周圍的龍和人，雙眼瘋狂地旋轉著。他的吼聲是表達著痛苦，還是向任何敢於靠近他的人發出威脅？賽瑪拉不知道，她完全聽不懂他在說些什麼。他半收起的翅膀上能看到許多裂痕，其中一些應該是很久以前的舊傷，但也有一些明顯是新傷。他看上去還算健康，但肯定經歷了一些很糟糕的事情。他抬起頭，再次高聲咆哮，然後將頭低垂下來，左右搖擺。

「我們不能幫助他嗎？」賽瑪拉問道。但她沒有再向前走。當巨龍們用吼聲示警的時候，他們的守護者都從各處跑了過來。賽瑪拉本以為默爾柯和其他公龍會將這頭黑色的入侵者趕走，但他們允許他降落在地上。

「冰華。」辛泰拉向走到自己身邊的賽瑪拉確認了她的猜測，「不要靠近他。我認為他已經瘋了。」

所有守護者都聚集過來，盯著這頭世界上最年老的巨龍。所有人都明智地保持著和這頭龍的距離。默爾柯、賽斯梯坎和辛泰拉已經降落在廣場上，就連他們都不會靠近到有可能受到這頭黑龍攻擊的距離內。其他龍都還在天空中盤旋，不同色彩的翅膀伸展開，形成了一場光輝絢爛的旋風。守護者們相互交換著眼神，很長時間都只是僵在原地。

在這一片混亂之中，荷比和拉普斯卡穿過飛行的龍群降落下來，就像一顆餃子落進湯裡。紅龍優雅地落到地面上，騎手從她的肩膀上滑下來。

刺青發出一聲呻吟。

「他在想什麼？」賽瑪拉自言自語地說道。自從他們在井中度過了那一晚，賽瑪拉就一直和拉普斯卡保持著距離。在吃飯和一共工作的時候，拉普斯卡有時彷彿又變回了自己，這讓賽瑪拉期盼著能夠再次找回自己的朋友。但有時候，他在賽瑪拉眼中完全變成了一個陌生人，堅稱要讓龍處死那些囚犯，或者像現在這樣，穿著奇異的裝束，挾帶著誇張的氣勢降落在他們之間。拉普斯卡已經為他從舊軍械庫找到的一支矛尖裝上了沉重的木杆。現在他一邊緩步繞著這頭黑龍，一邊高舉起這杆長矛。他的古靈長外衣和長褲全都被整副鱗甲所覆蓋。在賽瑪拉看來，他走路時是在故意搖動臀部，讓這副鱗甲來回晃動。這樣做讓照射在甲片上的陽光不斷躍動，閃耀著燦爛的黑色和金色光芒。荷比也穿戴上了相匹配的鞍韉。龍鞍上還掛著一個水囊、一件看起來應該是號角的裝備，以及其他一些賽瑪拉不知道的物品。這讓跟隨在拉普斯卡身後的紅龍身上不停地叮噹作響，荷比顯然很喜歡這樣。

在這頭不斷咆哮呻吟的黑色巨龍周圍繞了一圈以後，拉普斯卡站到了他的正對面。

「他現在要幹什麼？」刺青沉聲說道。

「拉普斯卡，不！」賽瑪拉喊道。拉普斯卡對他的名字沒有任何反應，而她又不可能喊他特萊托。

拉普斯卡毫無畏懼地走到咆哮的黑龍面前，向他單膝跪倒，低垂下頭。看到紅色古靈，黑龍的咆哮突然停止了。拉普斯卡抬起頭，用清晰的聲音說道：「克爾辛拉歡迎你，榮耀的巨龍！我們能夠如何為你服務？」他向兩旁一揮手，指了一下環繞他們的守護者和船員，「我是拉普斯卡，神奇的紅色女王荷比的古靈。我和我的全體古靈同伴將榮幸地引領你前往白銀之井，協助你痛飲巨龍之銀。這裡的熱水浴也在等待著你，我們將滿懷欣喜地擦淨你的每一片輝煌的龍鱗！既然克爾辛拉的巨龍允許你來至此處，那麼克爾辛拉的古靈就已經準備好了為你服務。將你的需求告訴我們，最古老的巨龍，我們馬上會為你奔走效勞。」

他的話語之後，廣場陷入了一片寂靜。黑龍專注地看著他。拉普斯卡擺出一副靜候聽命的樣子，毫無畏懼地揚起面孔。終於，巨龍說道：「我被人類稱作冰華。你們的族群中至少還有一個記得你們舊日的謙恭與禮儀！」他的目光掃過群龍和眾人，「我被狡詐之徒下了毒。這是人類幹的。他們引誘我吃下充滿死亡的肥牛。如果你們有巨龍之銀，就帶我到那裡。但我來此並不是為了接受古靈的讚美，甚至不是為了巨龍之銀，儘管這兩者我都很喜歡。我是要來看看，是不是仍然有配得上巨龍之名的龍族或者，是否有巨龍會為我復仇，消滅那些想要殺害龍族，取得龍肉的惡徒。」

拉普斯卡站起身，提高了聲音：「如果沒有其他人願意參與這光榮的事業，我也會去。無畏的荷比和我將飛上天空，殺死任何敢於與龍族作對的敵人。」

默爾柯說道：「我會帶你去飲用巨龍之銀，直到你喝飽為止。在你得到休息之後，我們全體巨龍會商談復仇之事。」金龍的目光掃過聚集於此的古靈，最後落在拉普斯卡的身上，「不要代巨龍發言，拉普斯卡。關於這一點，即使是荷比也不可以。」他的聲音極其嚴肅，「只有龍族能夠判斷這種惡行的嚴重性，只有龍族能夠確定這是不是一場針對我們的戰爭，還是愚蠢的牧人只想要保住他們放牧的牲畜。」

默爾柯沒有讓那頭黑龍平靜下來，反而似乎更激起了冰華的怒意。他高昂起頭，用一雙旋轉的眼睛盯住金龍。「人類知道我在哪裡狩獵。他們故意在那裡放下有毒的牲畜。我吃下那些牲畜，沉沉睡去。當我醒來的時候，感覺全身病痛，虛弱不堪。那時人類帶著網來捕捉我，用長矛刺破我的身體，用盆子接我的血。他們不是因為我們吃了他們的牛而要殺我。是他們將牛放在那裡，希望引誘龍成為他們的獵物！但我不像他們想像的那樣弱。我殺了許多人！我還會殺更多的人！」

「那你首先要活下來，」默爾柯平靜地指出這一點，「首先，我們必須讓你有力量對抗毒素。巨龍之銀在這邊。」

默爾柯轉身走出廣場。冰華又用他充滿惡意的目光掃視了一圈聚集在廣場上的人類、古靈和龍，然後跟上了默爾柯。其他巨龍都跟隨在他們身後。守護者們退到兩旁，為他們讓開道路。荷比看了看拉普斯卡，然後跟在其他龍的後面。拉普斯卡仍然站在原地，看上去顯得有些吃驚。

還在天空中盤旋的龍也紛紛調轉方向。賽瑪拉猜測他們會在白銀之井旁降落，在那裡舉行會議。守護者們都還留在廣場上，不安地彼此對視。在一片寂靜中，婷黛莉雅降落下來。這頭藍龍女王已經恢復了大部分體力，只是身上仍然瘦得可怕。她一落地，麥爾妲就快步跑了上去。這位古靈女王就像她的龍一樣，還在恢復身體，但她已經擔負起為婷黛莉雅清潔身體的工作，而且做得可以說是完美無缺。賽瑪拉親眼見到了她勤奮工作的樣子，不由得為此露出了微笑。現在麥爾妲不像大多數守護者那樣穿著長外衣和長褲，而是穿著一件袖子寬大的柔軟長袍。她的臉頰依然消瘦，但她的頭髮被仔細地綁成許多個髮捲，高高堆在頭頂上，映襯著她紅色的肉冠。看到她的孩子的拯救者，她的臉上立刻煥發出熱情的光彩。

婷黛莉雅毫無謙遜地接受了麥爾妲的歡迎。她看向跟隨冰華離去的佇列。「在我有生命危險的時候，他從沒有叫喊過要復仇，」她沒好氣地對她的古靈說道，「現在他們只是讓他的肚子痛了一下，他就要用毒液融化所有城市了。」婷黛莉雅厭惡地哼了一聲，又說道，「雖然他的眼裡只有自己，但他的話沒有錯。所以我將告誡其餘的龍。我們應該採取行動了。恰斯人的城市必須被毀滅。」她轉頭向自己的古靈說，「妳應該留在這裡。該如何進行下一步行動，只能由龍來做出決定。」麥爾妲愣了一下，停住腳步，婷黛莉雅轉身大步走去。

「我們必須採取行動！」拉普斯卡還在努力號召眾人，「我們必須現在就做好戰爭準備！」

賽瑪拉歎了口氣。刺青握住她的手。哈裡金提高聲音說：「我們對戰爭一無所知。這是我們需要進行的復仇嗎？」

拉普斯卡搖搖頭，轉身直視哈裡金。「我早就告訴過你們了！這不是復仇。這是自衛。他們讓我們別無選擇！」

「恐怕他是對的。」這句話把賽瑪拉嚇了一跳。因為它來自於平靜而理智的愛麗絲。那位繽城女子的表情中絲毫看不到戰爭的熱情，她只是嚴肅地說道，「你們聽到了他的話。這不是因為龍襲擊畜群，惹怒了牧人。這是人類在獵殺龍，只為了得到龍的肉、鱗和血。我們全都聽到了麥爾妲的故事，也看見了婷黛莉雅的痛苦。被我們監禁的恰斯人更是供認了他們來到此地的原因。這一批人失敗了，但會有更多的人被派來，我們已經無法繼續對這些事視而不見了。」愛麗絲說話的聲音不大，但她說出口的每一個字都很清楚。守護者們紛紛聚集到了她的周圍。賽瑪拉覺得萊福特林一定像她一樣感到驚訝，但船長沒有打斷或反駁愛麗絲。愛麗絲繼續說道：「我無法代替巨龍發言，也不能判斷他們會怎樣做，但至少人類應該代表自己向恰斯人提出抗議。」

「他們根本不會理睬我們的抗議。當我們要求恰斯人尊重我們的邊界、停止襲擊我們的船時，他們什麼時候聽過我們的話？」軒尼詩挺直身子，將雙臂抱在胸前。

「那麼，這就是戰爭！誰和我一起去？」拉普斯卡問道。他向周圍望了一圈。大家是不是都屏住了呼吸？賽瑪拉知道自己就不敢喘任何一口氣。

拉普斯卡從衣袋中抽出一樣東西，把它抖開，戴在自己的頭上。那是一件頭飾——一頂頭盔，讓他的頭顱完全被層層疊疊的鱗片覆蓋，看上去更不像是人類。他一甩手，鸚鵡般的羽冠從他的頭盔上豎起。賽瑪拉有些想笑，同時卻又很想向著這個讓她越發感到陌生的人發出恐懼的驚呼。「所有想要成為武士的人都跟我去武器庫，看看我們能修復哪些武器，尋找適合你們的盔甲。你們的一些龍將披上鞍轡並乘載你們。」

「也有一些人不會。」刺青顯然不同意拉普斯卡的話，他走上前說道，「拉普斯卡，我們不是武士。我擅長狩獵，如果有人攻擊我，我會和他作戰。但你說的是攻擊一座城市，距離這裡有許多天的路程，居住著許多人的城市。那些人甚至從沒有一想到過會來到這裡，襲擊巨龍。這完全是一個發瘋的注意。龍還沒有說他們想要戰鬥。他們已經清楚地告訴了我們，這將由他們來決定。」

拉普斯卡歪過頭，似乎是在認真傾聽著什麼。一段時間以後，他充滿自信地向周圍看了一眼。「冰華已經喝飽了巨龍之銀。他相信自己很快就能完全恢復過來。其他龍都決定接受婷黛莉雅的建議。攻擊他們的主城，那裡是他們的大公施行統治的地方。這次進攻能夠提醒他們，巨龍不是他們可以任意屠宰的水野豬，而是大地、海洋和天空三界的君主。」他看著刺青，用拉普斯卡，而不是特萊托的聲音問：「刺青，你願意和我一同上陣嗎？」

刺青猶豫了一下，看看賽瑪拉，緊握雙拳，片刻之後，他鬆開手掌說道：「我不能讓你一個人前往，我的朋友。我會和你一同前往。」

這時，巨龍浴室的大門被打開，卡羅悠閒地走了出來。看上去，他剛剛洗完澡，顯得煥然一新，但在他的嘴邊掛著一段腸子。雖然心亂如麻，但賽瑪拉還是首先想到——如果沒有守護者，龍真是沒辦法把自己弄乾淨。

「戴夫威！」藍黑色巨龍放聲吼道，「戴夫威，為我備好鞍轡。我們明天黎明時起飛。」

戴夫威躲開卡森向他伸出的手，走上前，睜大了眼睛，他的臉上沒有半點不情願的樣子。「卡羅，我們沒辦法那麼快就做好準備。我們還要修復武器，還有許多東西要學。」

巨龍不以為然地哼了一聲。「現在就開始做這些事，等我召喚你的時候，你要準備好。和我們一起來的人都要這樣準備好。冰華已經喝了巨龍之銀，很快就會恢復。等到他完成狩獵，吃飽肚子，我們就要向恰斯大公復仇。我會和他一同起飛。你是否要做好準備，都隨你。這是龍的事情，我們在黎明時起飛。」

戴夫威盯著他，有氣無力地說：「我還以為你在洗浴之後會去狩獵……」

「我現在吃得已經夠多了。快去武器庫。我想要首先選擇裝備和戰袍。」他最後看了一眼自己的守護者，就大步走開了。

辛泰拉看著其他巨龍，此時冰華正在白銀之井中痛飲，婷黛莉雅若有所思地望著那頭黑龍，彷彿正在將他和其他雄性進行比較。冰華顯然要比其他公龍更大，但辛泰拉也知道，體型並不是挑選雄性的首要標準。婷黛莉雅又抬起眼睛，回頭瞥了一下浴室，似乎是想要看看卡羅。辛泰拉照著那名年長雌性的樣子，將冰華和賽斯梯坎做了對比，又轉頭看著默爾柯。最適合交配的季節是盛夏，但現在做出選擇，絕不算太早。

冰華終於抬起了頭。他的長吻上還在不斷有巨龍之銀滴落。他離開井邊，伸展四肢，匍匐在石板地面上，將頭尾都捲向身體中央，一下子就睡著了。默爾柯向前邁出一步，嗅了嗅他周圍的空氣。

「他的身體還有病，但他會恢復過來，而且很快就能恢復。」

金龍向周圍的同類看了一眼。辛泰拉試著回憶他們上一次齊集一處商議事情的情形。就算是在大河另一邊的時候，他們也很少會待在一起。她覺得他們所有這些龍上一次聚到一起討論問題還是在卡薩里克。**那時我們還不是真正巨龍的時候。我們被困在河邊，生活在泥濘裡，只能以腐肉為食。**就在那時，默爾柯召集起他們，他們一同制定計劃，說服人類幫助他們尋找克爾辛拉。他們在那裡大肆談論克爾辛拉的古靈寶藏，心中以為他們所說的只是一些謊言。而他們其實沒有想到，對於人類，這一整座城市就是一個無比巨大的寶藏。

辛泰拉回想起他們一路走來的那些日子和遙遠行程。他們所經歷的變化。他們將他們的守護者塑造成古靈，學會自己捕獵尋食，飛翔狩獵。他們成為了巨龍。那麼，明天呢？

「我們去和人類戰鬥，」默爾柯嚴肅地說，「確實，我們已別無選擇。」他看著婷黛莉雅，「妳以前做過這種事？」

婷黛莉雅用奇怪的眼光看著他。「我做過，而且就在我的這一世。實際上，所有龍以前都做過這種事，而且不止一次。你們對此都沒有記憶了？」

辛泰拉保持著沉默。她的確沒有這樣的記憶。默爾柯思考了一段時間。他的眼睛旋轉著，彷彿在追溯過去的歲月和生活。「有一點，」他承認說，「但我們的記憶非常複雜。我們在繭中孕育的時間太短了。當妳幫助我們結繭的時候，我們是許多長蛇，妳卻只有一個。妳做了能做的一切，但我們並沒有變成像妳和冰華一樣的巨龍。我們的古靈也和妳記憶中的古靈不同。他們剛剛被塑造出來，還在發掘先輩的記憶。他們不知道如何戰鬥，也不知道如何幫助我們戰鬥。」默爾柯嚴肅地看著婷黛莉雅，向她問道，「與人類開戰有多麼危險？對於我們和我們的守護者會造成怎樣的危害？」

巨大的藍色女王顯得很是驚愕，彷彿默爾柯完全不應該問這種問題。「我們不能這樣畏首畏尾！」婷黛莉雅斷喝道，「人類已經在荼毒我們。你看到了我的傷口！我差一點死在他們手中。冰華中了毒，而在此之前，人類已經用捕網和長矛攻擊過我們。他們不懂得畏懼我們，因為沒有畏懼，他們對我們也就沒有尊敬。我飛了很遠，和許多人類打過交道。有一些人類根本就聽不懂我們說話。他們以為我們是啞巴畜生，和獅子或狼沒有區別。他們甚至會把我們看成待宰的牛。還有一些人類在看到我們的時候會被完全震懾住，像白癡一樣崇拜我們。你們很幸運，在離開卡薩里克的時候得到了一些適切的人類。他們的身體早就開始發生改變，這似乎表明他們會成為你們很好的同伴。」

「但還有一些人類，我們必須與之作戰！他們和你們所認識的人類完全不同。他們只想殺死你們。他們不會向你們表示問候，或者先和你們進行對話。他們沒有自主思考的能力，只有基於恐懼產生的暴力之心。恐懼是他們的全部動力，而殺死我們就是他們唯一的想法。重要的是，我們有可能被殺死。不要以為他們是渺小而愚蠢的。他們非常陰險狡猾，不會放過任何殺死我們的機會。」婷黛莉雅的目光掃過面前的龍群，彷彿他們都在與她作對。實際上是她自己的言辭正越來越強烈地激怒她。

「你們可以留在這裡，躲避他們，但只要你們不強迫他們回憶起自己在這個世界上的正確位置，當你們發現不得不為了保護自己而戰的時候，就會發現他們進攻的力量會比現在更強。他們會找到我們無法捨棄的地方——產卵海灘，還有結繭和孵化的黏土河岸。他們一定會找到那裡，在那裡集結力量殺戮我們。你們想要一直等到不得不與他們一戰的時候嗎？等到他們殺過來，摧毀我們的蛋和未孵化的幼雛？」婷黛莉雅的身上煥發出明亮的光彩。辛泰拉能夠看到她的毒腺正在全力運作。

默爾柯平靜地提出自己的問題。「我們的守護者們，我們的古靈們。如果我們帶他們進入戰場，那些人類也會殺死他們嗎？」

對於默爾柯的愚蠢問題，婷黛莉雅顯示出的只有驚訝。「他們當然會！他們很有可能會先向他們射箭。你們的古靈要更容易被他們的武器傷害，也無法承受我們的劇毒。我們的攻擊必須相互協調。一頭龍攻擊一座城市可以為所欲為，但是當我們一同進行戰鬥的時候，就必須考慮風向和我們打算摧毀的目標，確保我們噴出的毒液不會波及其他龍和古靈。所以，如果你們要背著你們的守護者進行戰鬥，你們就必須照顧好他們——如果你們想要他們活下來的話。」婷黛莉雅停了一下，彷彿是在思考，「但古靈在戰鬥中也會很有用。如果你們落在地上，他們就會和你們一同作戰。當你們盯住一個敵人的時候，他們可以警惕你們身後的敵人，並及時向你們發出警告。他們一次只能殺死一個敵人，但他們非常有用。」婷黛莉雅又停頓片刻，然後說道，「有時候，帶上他們一起作戰要比丟下他們更仁慈。如果你們回不來了，他們會因此痛不欲生，並在隨後不久死去。」她向白銀之井走去。當她低下頭去喝巨龍之銀時，她又說道，「這是所有巨龍必須做出的決定。」

「他們在黎明時起飛，」萊福特林對愛麗絲說道。這時他和愛麗絲正靠在柏油人的欄杆上，喝著茶，看著滔滔不息的河水，「我認為，我們也應該在明天啟航。」

愛麗絲驚愕地看著他，「明天？」

萊福特林點點頭。「親愛的，雷恩已經送出了他的最後一隻信鴿，但這樣的訊息不能只依靠那種小翅膀來遞送，而且我覺得那隻信鴿並沒有經過很好的訓練。雷恩放飛牠以後，牠似乎只是在隨便亂飛。不，在龍起飛的時候，柏油人必須也要出港。龍說這是龍的事情，但恰斯人很可能會將此視為繽城和雨野原對他們發動的攻擊。我們需要去卡薩里克警告他們，讓他們能夠從那裡把訊息傳遞出去。貿易商們必須有機會為即將到來的一切做好準備。」

太陽正在下沉。愛麗絲感覺到自己整個世界的根基都在動搖。昨天，她還過著很正常的生活。她在晚上再一次能夠抱住萊福特林，還能在一座迷人的城市進行研究。在她的面前的人生中充滿了各種有意義的任務。然後，冰華到來了。那是一頭真正來自古早歲月的巨龍。他指控人類犯下邪惡的罪行，號召要向人類聚居的地方傾瀉復仇的怒火。愛麗絲願意承認，必須對此採取措施，但想到龍群竟然這樣快就決定要摧毀恰斯城，她不由得在心中感到驚恐萬狀。而巨龍們已經公開宣布了他們的毀滅計畫。愛麗絲和萊福特林都猜測婷黛莉雅已經向其他巨龍說明了這場戰爭的必要，就像拉普斯卡一直在不遺餘力地鼓動其他守護者。而那些年輕人全都急不可耐地想要騎上巨龍然後衝向戰場！他們爭先恐後地衝向軍械庫，挑選盔甲和戰袍，認真地修復古早武器。希爾薇來找過了愛麗絲，請求愛麗絲幫助他們整理龍鞍和護甲。愛麗絲去了，帶上她對所有古早壁畫的臨摹作品，用她的繪畫作為範例，講解巨龍如何穿戴戰具，進行戰爭。看到自己的素描變成現實，她不由得對此感到癡迷，但一想到她是在幫助年輕的古靈們用自己的生命去冒險，她又深深為此感到惶恐不安。

她是在幫助他們去殺人。

她越來越不明白。這些守護者什麼時候變成了殺戮者？難道他們不知道自己要去做什麼？恰斯人入侵繽城的記憶湧入她的腦海。她再一次嗅到了繽城遭受劫掠之後的日子裡，倉庫燃燒冒出的焦臭氣味。她的姨母和姨母一家人全都死在了恰斯人的第一波攻擊中。他們死的時候都只穿著睡袍，就連她家最小的女兒，一個剛剛三歲的孩子也沒有能倖免。愛麗絲當時和母親一起去探望，只找到了他們的屍體，便找車將他們的遺體載回到家中，為他們洗淨身體，以便舉行葬禮……

「愛麗絲？妳同意我們必須在明天就出發嗎？」萊福特林握住她的手，輕輕拉了一下，讓愛麗絲的目光轉回到他身上。愛麗絲已經在沉默中思考了太久。萊福特林擔心她又一次迷失在了石頭的記憶中。愛麗絲決定不要告訴他，自己實際上是沉陷在了更加黑暗的記憶中。

「龍是對的。老話說得好：『或早或遲，和恰斯人的仗總是要打。』他們所知道的只有戰爭，而我們向他們開戰總要好過讓戰火再一次落在我們頭上。明天出發不是問題，親愛的。我沒有什麼需要收拾的行李。最近我一直在柏油人上，我的大多數東西都已經放在你的船艙裡了。」

「我們的船艙。」萊福特林笑著說道，「現在那裡是我們的家。我希望能夠為妳提供一次更加舒適的航行。船員們將在甲板上搭建棚屋。超過一半的奴隸已經決定在這裡開始新的人生。其他奴隸想要返回崔豪格。但就算是能夠留下一些人，船上也還是會很擁擠。我很高興現在的天氣變得更加溫和了，因為我們的半數乘客都不得不在甲板上睡覺。」

「相信我能適應這種生活。只要我能夠回到船艙裡，和你有一點獨處的時間，我就滿足了。我期待著能夠和柏油人一同再次旅行。他會讓那些無損船的水手們看到一艘真正的活船是如何在這條河上行駛的。」愛麗絲親切地撫摸著柏油人的欄杆，彷彿撫摸著一頭龍。萊福特林感覺到他的船喜悅地顫抖了一下，不由得驚奇地搖搖頭。這時，愛麗絲將手停住，壓低聲音說，「但我一點也不期待和詔諭同船而行。我知道我一定會看見他，你也是如此。請向我保證，你不會讓他刺激你使用暴力。」

「我？脾氣溫和的我？」

愛麗絲抓住萊福特林的襯衫袖子，輕輕搖了搖。「我可沒有在和你開玩笑，萊福特林。那個傢伙的傲慢是沒有止境的。無論別人對他說什麼，做什麼，他只會將自己看做世界的中心，只能看到他想要的東西。你還沒有見識過他真正的樣子。在任何情況下，他總是能找到辦法讓事情變得對他有利。他會從一切地方牟取利益，讓自己占據優勢。其他一切對他都不重要。」

「嗯……」萊福特林猶豫著，愛麗絲感到心底深處生出一陣恐懼。萊福特林看著她的眼睛，舔了舔嘴唇說道，「運送詔諭也許不會成為我們要面對的問題。」

「守護者們沒有允許他居住在這裡吧？他們有嗎？他和誰談過話？他們應該得到警告！那個人能夠讓一切謊言變得真實可信！塞德里克是否知道詔諭會留在這裡？」這種恐懼感讓愛麗絲感到噁心。

「不，沒有這種事，親愛的。實際上，我一直在思考該如何對妳說。哈裡金一直負責看管俘虜。他總是會安排至少兩個人同時守住浴室的門戶。他允許了幾名俘虜在有人看管的情況下出去散步，但對於那些恰斯獵人和貿易商坎達奧，他一直都盯得很緊。」

愛麗絲點點頭，皺起了雙眉。「那麼詔諭呢？」

萊福特林舔了舔嘴唇，顯然對於自己即將說出的事情感到很有些不安。「詔諭失蹤了。」他一下子說出了這件事，又匆匆補充說，「他們今晚點名的時候，誰都沒有看見他。戴夫威是最後一名見過他的守衛。他讓詔諭到塔樓上，透過窗戶觀賞風景。塞德里克和卡森則是最後看到他的人。那時他正在三樓的樓梯拐角。他們承認說和他在那裡發生了衝突，還打了他，但他們很快就把他丟在那裡，隨後出來迎接冰華了。當時的看守都沒有離開自己的崗位，但他們也被廣場上發生的事情吸引了注意力。詔諭可能在那時下了台階，進入到浴室躲藏了起來，然後等到所有人被拉普斯卡的演講吸引過去的時候溜出了巨龍浴室。無論當時到底發生了什麼，現在詔諭是失蹤了。」

愛麗絲感到一陣噁心。詔諭。詔諭溜進了她的城市去尋找財寶了。也許在她遊歷於克爾辛拉各處的時候，會突然在某個轉角後面撞上那個人。她立刻就因為恐懼而打了個冷顫。然後她仔細思考了一下，又向萊福特林露出微笑。「他一定是去尋找財寶，想要將他的衣袋塞滿。不過他很快就會發現，我們在那座城市中只有食物給養。如果他知道這艘船明天就要離開，他一定會想要上船來。我估計他一刻也不想在克爾辛拉多待。」愛麗絲深吸一口氣，挺起肩膀，「最終，我會坐到他對面，從他那裡得到我所需要的東西。但在那以前，我不會再為他發愁了。」

「那我也不會了。」萊福特林一邊說，一邊又向愛麗絲靠近了一些。他看著太陽，歎了口氣，「去收拾一下妳的東西吧。我必須留在這裡。今晚船員們會向船上裝載補給品。到天亮的時候，他們就要送我們的乘客上船了。」

她剛一打開屋門，就感覺到了他。拉普斯卡坐在她的床邊上，正等待著她。她停在門口，漫長走廊裡的燈光灑進屋裡。她的心中生出警惕，卻又對眼前的情形感到惱怒——她不喜歡自己這樣對他戒心重重。

隨著她走進房間，光線也變強了。「你不去睡覺嗎？」她問他。她的嗓子繃得很緊。

「在我明天離開之前，我想要見妳一面。我不知道我會走多久，也不知道是否還能回來。我覺得我們也許能夠一起度過最後一晚。不是要妳給我什麼承諾，只是最後一晚。」

賽瑪拉盯著他。他看上去很美。一頭長髮被梳得閃閃發亮，束在腦後。他的面容看上去要比她印象中更加成熟。那個曾和她一同遠征的、稚氣未脫的拉普斯卡，已經不見了。他的下頜很強壯，面孔的線條更加俊秀動人。荷比給他的一身朱紅色鱗片和她非常相配。那些鱗片非常細小，就像小魚的鱗一樣靈活。他穿著金褐兩色的長外衣，飽滿的胸膛將外衣撐起。他全身的肌肉都和其他守護者不同，那更像是刻意鍛煉出的健美身軀，而不像是因為勞作而只增加了某些部位的肌肉。他看著她，一雙眼睛閃爍著藍光。

她意識到自己目不轉睛地盯著他，一絲微笑非常緩慢地出現在他的臉上。他抬起一隻手，向她勾了勾手指。

「不，」她說道，「我希望你離開我的房間，特萊托。」

「賽瑪拉，求妳不要這樣。我知道我在那一晚對妳太嚴苛了。那樣做實在是迫不得已。想像一下，如果我沒有堅持要妳到井中，又會發生什麼事？那遠遠不止是妳為我們找到了巨龍之銀。妳找到了妳自己。妳重新發現了妳的使命與力量……」

「住口。」她快步走到華麗的桌子旁，打開桌上的一只袋子，取出裡面的月亮護身符。那枚護身符中的寶石被她一碰，便放射出光芒。「你應該把這個拿走。」

「那是妳的。」

「這不是我的。它從來都不是我的，我也不想要它。我不是愛瑪琳達，我也不想成為愛瑪琳達。」

他沒有動一下。「妳不必為了我而成為愛瑪琳達。在我的這一世，在愛上愛瑪琳達之前的很長一段時間，我就已經愛上了賽瑪拉。」

賽瑪拉走過房間。他沒有伸手接護身符，賽瑪拉便將護身符放到他的腿上。他捉住了賽瑪拉的手腕，賽瑪拉沒有掙扎，只是說：「如果你現在不放手，我就要用全力打你的臉了。」

他饒有興致地哼了一聲。「妳可以試一試，不過妳肯定打不到我。」然後他放開她的手腕，她立刻向旁邊退開。

「你不是拉普斯卡。」她有些喘息地說道。她痛恨自己的聲音被卡在喉嚨裡，「拉普斯卡不會做這種事，不會這樣說話。他是個怪人，有些傻，但他誠實又有榮譽感。是的，我愛他，我不愛你。」

他的目光追蹤著向後退去的賽瑪拉。「我是拉普斯卡。我一直都是拉普斯卡。」

「你曾經是拉普斯卡。你現在是另外一個人了。拉普斯卡絕不會這樣和我說話，絕不會用感情哄騙我，試探我……」

「每一個人都會變。」他打斷了賽瑪拉的話。

賽瑪拉看著他。淚水潤溼了她的眼睛，但她不會在特萊托面前哭泣。拉普斯卡會知道，她是因為失去了朋友而哭泣，但特萊托只會將此看作是女性的弱點。一個想法闖進她的心裡，她感到很不舒服。她察覺到自己的意識裡已經有了足夠多的愛瑪琳達，她能確切地知道自己的眼淚會產生怎樣的反應。「並非每一個人都會像你一樣改變。拉普斯卡接受了你，你才能變成他，但如果他從沒有碰過那塊石頭，他就絕不會變成你。他會成長並且改變，但……」

「妳還真是可笑！」他大笑著說道，「妳是說，我應該成長和改變成妳所希望的樣子？我是一株植物，應該被修枝剪葉，保留在一個花盆裡？這就是妳想要的嗎？變成一個妳能夠完全控制的人？一個完全符合妳的心意的人？這樣公平嗎？妳對我到底有著什麼樣的愛？才會要求我一直保持原樣？如果妳從沒有擦洗過一頭龍，妳就不會是現在這樣的女子。這是否意味著妳的變化是錯誤的？妳能夠變回成我們離開卡薩里克時的賽瑪拉嗎？」

「不能。」賽瑪拉顫抖著喘了一口氣，承認了他說的話。他的話就像是一陣亂石撲面而至。他說得那麼快，那麼迅速就建立起了他的邏輯，以至於當賽瑪拉從他的一個想法中找到謬誤的時候，他已經又推論出了十個想法。他的聲音低沉而理智，賽瑪拉卻覺得自己彷彿被這些言辭痛打了一番。她迅速說道：「如果能夠再和陪我一同來到這裡的拉普斯卡說話，我願意用任何東西來交換。他才是我想要最後一次擁抱的人。因為我現在知道，無論你是否會回來，我都再也無法見到他了。」

他張開手臂，「我就在這裡，賽瑪拉。我一直都在。妳才是拒絕成長和改變的人。妳想要繼續做那個在樹梢上蹦跳、接受父親所有規矩的女孩。妳的父母曾經為妳做出了一切決定。但現在雖然妳已經獨立了，卻還是無法走出來，為妳自己做決定。賽瑪拉，妳不想改變，但任何不改變的東西都會死，甚至在死亡之後，改變還是會發生。妳要求的事情是不可能的。如果妳一直向妳的朋友們要求不可能的事情，他們只會獨自成長並改變，而後將妳丟下，所以妳總是孤身一人。這就是妳想要的？在餘生中都是孤身一人？這就是妳選擇的成長？妳總是因為潔珥德看待妳的方式而憤憤不平，但實際上，妳又在期待著什麼？她已經要進入這個新的人生了。而妳卻沒有。」

憤恨和痛苦的淚水滾落出來。賽瑪拉知道他在扭曲事實，他所說的一切都不是真的，但這些話還是讓她感到受傷。她不再和他交談，不再想在特萊托面前為自己辯護。「你淹沒了他。」賽瑪拉用低沉而凶狠的聲音說道，「你把他拽了下去，淹沒了他。」

他向賽瑪拉搖搖頭，目光變得嚴厲起來。「妳想要我變得愚蠢又孩子氣，對不對？想要我像一隻沒腦子的松鼠一樣叫個不停，然後握住妳的手，和妳一起跑來跑去，卻從不將妳看作是女人，也不把自己看作是男人。為什麼我會想要這樣？其他守護者都已經開始尊敬我和我的龍。聽聽妳說的話吧！為了贏得妳的愛，我必須繼續當那個可笑又白癡的拉普斯卡，也得繼續當圓胖又愚蠢的荷比的守護者。這就是妳的意思？」

他的話狠狠壓迫著賽瑪拉。「這不是我的意思，」賽瑪拉抗議道，「你把一切都扭曲了。」

「不。我只是讓妳看到事情真正的樣子。妳想要愛一個沒有腦子的男孩，一個總是做錯事的傢伙，一個別人眼中的笑柄？還是妳想要愛一個男人，一個有能力的人，足以保護妳，提供妳想要的一切？」

賽瑪拉搖搖頭，感到自己無法對抗他咄咄逼人的話語。「不要這樣說，拉普斯卡。」她簡直像是在哀求一個陌生人不要嘲笑她的朋友。她現在只想讓這一切都結束。她想要這個人走掉，想要永遠忘記這場可怕的、毫無意義的爭吵。這時，她認清了一個事實，就像她的淚水一樣清楚。「你已經不想再說服我了。你不想再勸說我成為愛瑪琳達，你甚至不想讓我在今晚為你張開雙腿。你只想要傷害我，說出一些能夠讓我受傷的話，因為我不會任由你統治我。我愛的拉普斯卡絕不會這樣對我，也絕不會這樣對待任何人。」

短短一瞬間，他的神情便改變了，然後他下巴的棱線和目光再次堅定起來。片刻間，賽瑪拉彷彿瞥到了自己的老友，但她不得不懷疑，這是不是一個詭計或欺騙呢？她面前的這個人突然站起來，月亮護身符落在了地上。

「我來這裡是為了向妳道別。」他用剛硬的聲音說道，「如果我想要的只是一個女人張開雙腿，那麼潔珥德無疑會服從我。賽瑪拉，我想要妳成為妳應該成為的人，成為和像我這樣的男人相配的女人。而妳卻將我們的道別變成了一場關於『我應該是誰』的吵架。這是一場愚蠢的、孩子氣的爭吵。那麼，妳就做妳願意做的人吧。我要走了，我要離開這個房間，我要離開妳。明天，我要離開這座城市。如果我再也不會回來，那麼這樣也好。我相信，妳不會後悔將最後與我互道珍重的機會，變成妳又一場愚蠢的遊戲。我不能在妳身上繼續浪費時間了。明天我會飛上藍天，率領群龍去向恰斯人復仇，徹底結束那些人對巨龍的狩獵。這似乎不是妳很在意的事情。」

他的話如同寒冷的河流將賽瑪拉捲起，讓她狠狠地撞在礁石上，淹沒在他帶有強烈酸性的尖刻言辭中。賽瑪拉無聲地指了指門口，淚水接連不斷地從她的臉頰上滾落。她努力壓抑想要噴湧出來、哽在她的喉嚨的啜泣。他大步走向門口。賽瑪拉跟在他身後兩步遠的地方，讓他不可能伸手碰到自己。**我害怕他**，賽瑪拉心中想道。承認這件事讓賽瑪拉明白，她對那個野性十足、天真浪漫、溫柔又總是為人著想的拉普斯卡的愛，只剩下了回憶。

他在走廊裡轉過身，眼睛像寶石一樣熠熠生輝，放射出嚴厲的光芒。「還有一件事。」他冷冷地說道。

賽瑪拉當著他的面關上了門，走過房間，坐到梳妝鏡前的小椅子裡，看著鏡子中的自己，那個背生雙翼的古靈賽瑪拉。

然後，她任由自己的眼淚淹沒了自己。

「黎明，」賽瑪拉帶著嘲弄的語氣說，「我覺得那些龍想要說的是：『等我們睡醒，而後有感覺的時候。』」

「他們需要太陽。」刺青為巨龍的遲到做出解釋，「盡可能多地飲用巨龍之銀，對於他們也是非常重要的。那會讓他們飛得更快、更遠。」

「他們的毒液也會更加強大，」賽瑪拉說，「辛泰拉是這樣告訴我的。她說婷黛莉雅要他們在出發之前，全都痛飲一次巨龍之銀。」

這一小群人陷入了沉默。隨著太陽接近天頂，巨龍部隊終於在巨龍廣場的中心聚集齊整。所有龍都會參加這次出征。有一些龍，比如荷比、卡羅和賽斯梯坎都選擇了精緻的鞍具，其他龍不情願地接受了一副簡單的韁繩和騎手乘鞍。還有少數幾頭龍，比如辛泰拉就拒絕佩戴一切鞍具，她根本不打算帶著騎手作戰。當賽瑪拉提出要與她一同戰鬥的時候，她只是毫不客氣地說：「妳會礙我的事。」刺青本來熱情地請求和芬提一同上陣，他對芬提說自己非常高興能夠這樣做。芬提傾聽了他的一切傾訴，但是到最後，芬提還是拒絕了他。現在他只能帶著毫不掩飾的羨慕看著其他人。戴夫威已經高高地坐到了卡羅的背上，正瞪大了眼睛掃視周圍，彷彿他從沒有看見過克爾辛拉和他的守護者同伴們。他的臉上露出了一絲微笑。賽瑪拉看著他，心中還是不明白為什麼所有男孩都是那麼急不可耐地要參加戰爭。

雷恩也要參與這次行動。婷黛莉雅裝備上了一副鑲滿珠寶的鞍韉，上面還用鋼索固定著金屬甲片。她選擇了金色和淡天藍色的戰袍以配合自己的靛藍色鱗片。在她旁邊，雷恩戴著淺藍色頭盔，穿著同樣顏色的古靈長外衣。他沒有找到適合自己的戰甲，便決定以這樣的裝束上陣。「畢竟那太熱，也太沉重了。至少這一次我和婷黛莉雅同行，她不會像上次那樣差一點就用爪子把我捏成兩半。」

他竭力想要讓自己和妻子離別的氣氛輕鬆一些。麥爾妲一點也不高興讓丈夫上陣，這不僅僅是因為她為雷恩感到擔心。不，其實**她**自己想要成為騎乘著巨龍女王去攻打恰斯國的人。當她知道了婷黛莉雅的全部經歷之後，她的龍所遭受的苦難讓她本已填滿胸膛的怒火變得更加熾烈。恰斯國給她的新仇舊恨還沒有一樁能夠真正得到清算。「去復仇的人，本應該是我！我絕不會忘記在恰斯人的船上，只能聽任他們擺布的那段日子。我也絕不會原諒他們企圖殺死我的孩子！」但她需要留下來照料他們的兒子。這是她還在站在地面上的唯一原因。

潔珥德不想去，但維拉斯堅持要她去。賽瑪拉有些可憐她。她的面色慘白，因為頭髮全都被壓在頭盔下面而顯得很不舒服。她的手中握著他們的一張舊弓，箭囊裡裝滿了他們打獵用的箭。她正坐在靠近她的女王的地上，看上去就像是生病了。希爾薇站在她身邊，身上披掛著一副精巧亮麗的盔甲，看上去比任何時候都更缺乏現實感。哈裡金凝視著她，一顆心全在他的眼神裡。他的龍拒絕帶他參戰，那時他曾懇求維拉斯帶上他而不是潔珥德，但那位女王也拒絕了他。蘭克洛斯更是對這個主意大為惱怒。「你要留下。」他對他的守護者說。哈裡金便沒有了任何選擇。諾泰爾也將去參戰。看上去，他和拉普斯卡一樣興致勃勃。

七名曾經的奴隸在巨龍浴室的台階上，看著廣場中的一片混亂景象，彷彿在看一場木偶戲。長久遭受奴役使得他們的意識中和肉體上都留下了難以磨滅的痕跡。賽瑪拉不知道他們是否完全明白柏油人號離開之後，他們將在這裡真正開始自己新的人生。他們提供古靈衣衫給這些奴隸，但真正穿上這些衣服的奴隸很少。大部分奴隸只是將他們破爛的舊衣服洗乾淨並縫補整齊，他們似乎很感激能夠被允許有時間做這件事。至今為止，他們仍然很少和外人說話，在他們之間也大多只用恰斯語交談。

拉普斯卡簡直是無所不在，他大踏步地走來走去，指導守護者們勒緊或者放鬆某一處鞍轡的皮帶，詢問每一名守護者是否裝滿了水囊，準備好了行軍乾糧。他的一舉一動和每一個問題都顯示出軍人的精明幹練，卻讓賽瑪拉幾乎要感到心碎。她知道，現在照看這些軍人的是特萊托。她看著他神情嚴厲地幫助潔珥德上了龍背，並站在潔珥德身旁，直到她在維拉斯的背上坐穩。其他守護者也都效仿潔珥德的樣子，調整著自己在龍背上的姿態。

噴毒堅持自己不背任何人，就算是卡森也不行。他們為此而爭吵起來。當獵人嘗試為銀龍戴上鞍韉的時候，噴毒向他發出嘶吼。默爾柯干涉了此事，他嚴肅地警告卡森：「這是龍要為自己做出的決定。」獵人站在芮普妲身邊，看著塞德里克騎上紅銅龍的脊背。芮普妲肚帶的許多鐵環上掛滿各種口袋。賽瑪拉覺得卡森已經為塞德里克打包好了他能想到的所有必需物品。他們兩個嚴肅地彼此對視。卡森伸手摸了摸塞德里克的靴子，用力一點頭，然後就轉身走開了。賽瑪拉看見塞德里克嚥了一口唾沫，向遠方揚起臉。賽瑪拉哀傷地為他們搖了搖頭。

「凱斯和博克斯特呢？」她問刺青。

「他們要去。埃魯姆不會去。你知道亞布克在飛行的時候是多麼愛炫耀。他不想在天空中打滾的時候還要擔心會把埃魯姆甩下去。」他歎了口氣，搖搖頭，「我們這一小群人留在城裡的感覺真奇怪，尤其是柏油人和俘虜們也都要走了。」

賽瑪拉碰了碰他的手，提醒他：「至少我們還在一起。」

刺青沒有看賽瑪拉，他的目光一直追著芬提。芬提曾經選中了一副亮黃色的鞍韉，那是刺青為她找到的。但最後，她還是拒絕了刺青。「真希望我們兩個能和他們一起赴戰。」

麥爾妲來到他們身邊。在沉默中，他們一同看著拉普斯卡爬上荷比的肚帶，坐進幾乎就在荷比雙翼之間的高背龍鞍裡。坐穩之後，他將號角舉到唇邊，以精確的音準吹響了一段逐漸高亢的旋律。「特萊托。」賽瑪拉恨恨地說出這個名字，轉過頭，不再去看那個偷走了她的年輕友人的古靈。荷比在那個古靈的身下繃緊肌肉，沒有像往常那樣先奔跑一段再起飛，而是直接躍入空中，背著拉普斯卡飛上藍天。

隨後，賽瑪拉和刺青感到一陣陣強風襲來，其餘巨龍紛紛振翅飛起，翅膀的拍打震動著賽瑪拉的耳朵，讓她的頭髮散亂地貼在臉上。巨龍麝香一般的體臭充塞在她的鼻孔中。突然間，他們又站在一片靜默的廣場上，抬起頭看著龍群在天空中越變越小。賽瑪拉眨了眨飄進灰塵的眼睛。

麥爾妲在寂靜中說道：「婷黛莉雅走了，雷恩和她在一起。」她懷中的嬰兒打了個嗝，她輕輕拍了拍孩子，「我從沒有想像過看著他們兩個離開是多麼艱難的一件事。」她將孩子又抱緊了一些。

賽瑪拉聽出了她沒有說出口的話：他們之中還有多少能夠回來，何時能回來？

「喔，芬提，一定要小心。」刺青喃喃地說道，雙眼一直凝視著逐漸變小的綠龍。然後他轉頭看著麥爾妲，「我甚至不知道恰斯國距離這裡有多遠，他們要用多長時間才能到達那裡。」

麥爾妲搖搖頭。「沒有人知道龍飛行到某個地方需要多少時間，不過至少他們起飛的時候天氣很好。龍每天都要用一些時間狩獵。天黑的時候，他們就必須睡覺。但他們這一次會直飛恰斯國，而不是沿河道前進。所以，我也不知道他們需要飛多久。」麥爾妲歎了口氣，「柏油人在今天早晨載著滿船的乘客離開了。蒂絡蒙也在其中。」

「妳為什麼不回去？」刺青好奇地問。

麥爾妲驚訝地看著他。「現在這裡才是我的家。克爾辛拉是古靈之城。總有一天，我也許會回去看看崔豪格或者繽城，或者也許我的家人會來這裡探望我，而埃菲隆會在這裡長大，在他自己的族人中間。他絕不會戴上面紗。克爾辛拉才是我們的地方。現在這裡是我們的家了。」

「也是我的家。」刺青承認。賽瑪拉點點頭。

春天的陽光在遠方巨龍的身上閃爍。埃魯姆悄然來到他們身邊。這孤獨的一小群人站在廣場上，看著巨龍展翅翱翔，飛向天際。卡森清了清嗓子。「好了，現在還有工作要做。根據賽瑪拉的報告，巨龍之銀繼續上漲著，如果我們不能找到辦法蓋住井口，城市中就會發生危險。另外，碼頭也不會自己完成建造，也還得清潔那兩艘船。」他抬起頭看看天空。「不應該站在這裡浪費掉白天的時間。我們開始得越早，結束得也就越快。工作能夠讓我們沒有閒心去擔憂那些事情。」

「有卡森在的地方，總有工作要做。」刺青嘟囔了一聲。賽瑪拉微笑著表示同意。

犁月第二十一日
商人聯盟獨立第七年
來自崔豪格信鴿管理人公會諸位主管
致繽城信鴿管理人公會諸位主管

我們的夥伴，你們好。依照克瑞格．甜水主管的建議，我們對於卡薩里克前信鴿管理人金姆進行了極為細緻和深入的全面調查。針對他被指控的嚴重事證，我們進行了嚴格的查證。

我們獲取了他的鴿舍之信鴿進出情況的詳盡紀錄，以及費用收入的逐條帳目，以還有經手收寄的信件被攔截和偷窺的情況，這其中有太多不容忽視的違規現象。從最好的情況來說，他對於公會標準保持著完全無視的態度；而從嚴重的情況來說，他已經背叛了公會，背叛了獨立商人聯盟。至今為止，他的全部罪行甚至還沒有能完全揭露。

現在他已經被剝奪了一切權力。他的信鴿被沒收；他的學徒被取消了資格，準備接受重新訓練和糾正；他的助手因為沒有及時報告違規行為而遭到斥責——他們不可能對那些行為一無所知。其中一些助手將被從公會解雇，或者需要在助手崗位上實習更長的時間。

有跡象表明，這一腐敗狀況並不僅限於卡薩里克。隨著貪腐鏈條逐漸清晰，其他信鴿管理人也有可能會面對指控，接受中斷契約或者從公會除名的懲罰。我們將要經歷一段充滿痛苦的日子，但至少我們已經飛過了最可怕的暴風雨，也許很快就能進入晴朗的天氣裡。

20

巨龍的決定

賽瑪拉從口袋中掏出那樣東西的時候，不知為何有著一陣奇怪的羞慚感覺。「它們不是很適合我。我的爪子太長了。」在太陽下，它們呈現出綠色的光澤，上面看不到絲毫巨龍之銀沾附的痕跡，「它們非常靈活。我覺得也許它們是為她而特別製作的——我說的是愛瑪琳達。」

「他們是從哪裡得到龍皮的？」哈裡金不由得問道。

賽瑪拉無言地搖搖頭。刺青大膽地做出猜測。「也許是瀕死的龍給古靈的特別禮物，或者來自於一頭有責任吃下死龍的龍。」

「我不知道，也許有一天我們能夠從記憶石中找到這個答案。」一個陰暗的想法出現在賽瑪拉的腦海中，「也許它來自於一個被殺死的敵人，或者一頭想要攻占白銀之井、卻被打敗的龍。」

「妳是從愛瑪琳達的柱子中看到的嗎？」卡森問她。

賽瑪拉感覺到臉上一紅。「不，我在她的石柱上沒有找到任何關於操控巨龍之銀的記憶。」

留下來的人，無論是曾經的奴隸還是守護者，現在全都聚集到了白銀之井周圍。奴隸們仍然自己聚在一群，不過他們已經開始對守護者的日常工作感興趣了。卡森一直嘗試說服他們，如果他們想要分享守護者的食物，他們就必須也一併分擔工作。賽瑪拉並不完全確信他們明白這種事，但他們現在看上去至少不那麼憔悴和瑟縮了。在守護者要求他們幫忙的時候，他們會出力，但至今為止，他們都還不曾主動承擔過什麼工作。守護者們曾經討論過是否應該對巨龍之銀和護手的事情進行保密，不讓這些曾經的奴隸知道。不過到最後，他們都認為沒有必要為這種事而擔心。他們又能將克爾辛拉的祕密告訴誰？「其實就連我們都不知道真正的祕密是什麼。」卡森沒好氣地說道。

在巨龍離開以後，卡森宣布他們必須為這口巨龍之銀的儲藏井加上一個有效的蓋子。他和哈裡金在丘陵中尋找倒下的大樹，幸運地發現了大量的橡樹幹，於是所有人都開始鋸開和刨平這些橡木，將它們做成木板，並製造合適的井蓋。最終做成的井蓋很粗糙，大致呈方形，可以將井口完全蓋住。它能夠防止有人掉入井中，但幾乎起不了其他作用。卡森希望賽瑪拉也許能夠將它塑造成一個可以合縫地蓋住井口的塞子。

一桶巨龍之銀被從井中提起，放在賽瑪拉面前的石板地面上。「我想，我只能戴上護手，把手插進巨龍之銀裡，然後……」她向周圍的其他人看了一眼，「有人曾經找到操控巨龍之銀的記憶嗎？或者看到巨龍之銀起作用的記憶？」

「我看到過人們戴著閃爍巨龍之銀光澤的手套，但我沒有看到他們在做什麼。在記憶裡，我走過一個地方，看到他們蹲在一尊雕像下，看著雕像的基座，正在說話。」埃魯姆儘量詳細地說道。

賽瑪拉開始慢吞吞地戴上了一只護手。

「如果護手上有漏洞呢？」刺青擔心地問道，「如果巨龍之銀漏出來，該怎麼辦？如果發生了我們完全不明白的意外，該怎麼辦？她會不會受傷？或者有生命危險？」

賽瑪拉耐心地說：「我曾經測試過它們。把它們放在水中。沒有一滴水滲進來。」

「但現在桶裡的不是水！」

「我知道。」賽瑪拉已經將兩只護手都戴上了。她活動了一下雙手，感覺到靈活的皮革在牽扯它們。在很短的一瞬間，她覺得自己在手上戴上了另一個人的皮膚。肯定是一頭龍的皮膚，但龍不也像人類一樣能夠清晰地說話和思考嗎？如果有別人將她的皮做成手套，她又會有什麼樣的感覺？她盯著包裹住自己雙手的綠色皮革，一時竟感到無話可說。然後她搖了搖頭，說道：「我準備好了。」聽她的語氣，就好像其他所有人都懷疑她不會這樣做。

木桶中的巨龍之銀緩慢地旋轉著，而沒有人攪動過它。卡森慢慢地將桶放入井中，用一根長杆子把桶撥翻過來，再小心翼翼地把它提起。用一段乾燥的繩子掛住它，等待掛在桶邊上的全部巨龍之銀都落回到井中，才最終把它從井裡提出來，穩穩地放在石板地面上。在那以後，桶中的銀水就在持續不斷地旋轉著。他們全都聚集到桶邊，看著桶中緩慢蕩漾的液體。

「它真有可能是活的嗎？」刺青問。

沒有人能夠想出答案。桶離開井之後就再沒有人碰過它。只是桶中的巨龍之銀一直在自己旋轉著，閃爍著銀色、白色、灰色和一道細線般的灰色光澤，就像液體的蛇在彼此糾纏。

賽瑪拉慢慢地將自己的右手伸進巨龍之銀的桶中，非常小心不要潑出任何一點液體。她只是探進了一個指尖，就把手抽了出來。片刻間，巨龍之銀黏附在護手上，形成一層光滑的表面，然後它開始一滴一滴離開手套。賽瑪拉將手懸在木桶上方。眾人都一言不發地看著巨龍之銀滴落。

「有什麼感覺嗎？」刺青緊張地問。

「只有重量，就像一只被水浸溼的手套。」

賽瑪拉緩慢地移動手指。液滴停止下落，開始均勻地在護手上擴散開。賽瑪拉屏住呼吸，看著巨龍之銀沿著護手銇面向上擴張，不斷靠近護手的袖口。不過它在手腕處停了下來，在那裡形成了一道完美的直線。

「喔。」卡森蹲在她身邊，越過木工盯住了她的手，「真不知道它怎麼會變成這樣？它就在這裡停了下來，而不是一直擴散到妳的手臂上。」

「今天試驗到這裡，應該足夠了吧？」刺青建議道。

賽瑪拉緩慢地搖搖頭。「後退，我要碰觸木頭了。」

隨後，賽瑪拉緩慢地站直身子，向剛剛做好的井蓋走了兩步。聚在她身邊的圍觀者們也形成了一個環繞她的人圈，跟著她一起走過去。她一邊走，一邊緩慢地轉動著手掌，先是掌心向上，又是掌背向上，隨後又是掌心向上，讓巨龍之銀平整地在手掌上攤開。

「妳記憶中就是這麼做的嗎？」卡森問她，她緊張地回答，「我不知道。我只是覺得應該這麼做，好讓它不至於滴下來。」

賽瑪拉蹲在井蓋旁邊，將塗覆了巨龍之銀的護手放在上面。「我在做什麼？」她問出這個問題。不等其他人回答，她已經開始撫摸木頭，沿著粗糙的木質紋理移動手掌。「我正在按壓它，嘗試讓它變得平滑。」

所有人都靜靜地看著。賽瑪拉的手指摩擦著木板，巨龍之銀從護手上滲進木質裡面，最終她的護手又只剩下了綠色的龍皮。巨龍之銀從她的手上平滑地轉移到木板上，但只持續了很短一段時間，它又開始聚集起來，成為木板上的一些微小液滴。

「我知道這不會這麼容易。」刺青喃喃地說道。

賽瑪拉皺起眉看著這些液滴，又用護手撫過它們。巨龍之銀再一次順從地覆蓋在木板上。賽瑪拉停下來，看著銀水重新變成小液滴，「為什麼它會這樣？」

「沒有人告訴它不要這樣。」埃魯姆說道。

賽瑪拉嚴厲地看了他一眼，又用指尖撫過巨龍之銀和木頭。「變平坦吧，變平滑吧。」巨龍之銀隨著她的觸摸擴散開，在她的指尖下擴散出一個個環形。片刻間，它在木板表面形成了一片平整的薄膜，隨後又聚回到一起。哈裡金在賽瑪拉身邊蹲下來，嗓音沙啞地問：「我能試試嗎？用另一隻護手？」

「你回憶起什麼來了？」卡森幾乎是有些激動地問他。

「也許它就像龍一樣。也許妳不應該命令它該如何去做，或者它需要的是勸說。」

賽瑪拉抬起自己的另一隻手。哈裡金小心地將護手摘下來，戴在自己的手上。哈裡金的手太大，完全不適合那只護手。他的手指根本伸不到護手的指套。賽瑪拉將手移開，哈裡金取代了她的位置。他有些不好意思地向其他人瞥了一眼，然後集中了自己的精神。「變得更平滑、更可愛吧。將你的美麗帶入到木質之中，讓它閃閃發亮，變得像平靜的湖面一樣光滑和有韌性，就像拋光金屬般強壯。」

他的手指有些笨拙地撫摸著木板，巨龍之銀不是很規則地聽從了他的勸說。隨著他的碰觸，被巨龍之銀拋光的木板上顯示出細小的閃亮條紋。在沒有被他碰觸到的地方，巨龍之銀衝撞在一起，變成小球，緊張地跳動著，不確定地在粗糙的木質表面來回遊移。

「再試試看。」卡森說道。他的聲音小得幾乎如同耳語。

埃魯姆抬起頭看看他，又看看木頭。「你看這些紋路有多窄。它們可能永遠只會是……」

「不要說！」卡森著急地打斷了他，「不要說出任何我們不想讓它出現的情況。」他盯著那些跳動的巨龍之銀，彷彿那是他正在追蹤的獵物。

「將你的美麗融入到木材之中，將你閃耀的力量給予它。」哈裡金的臉頰露出一點粉紅色，但他還是繼續說了下去，「就像閃閃發光的池塘，美麗、輝煌、靜止不動的水。請變成那樣吧。讓我看到你是如何將你的美麗變成那可愛、動人又光滑的木材的一部分。」他突然抬起頭，看著其他人，眼睛裡閃現著激動的神情。一道光亮的劃痕隨著他的碰觸出現在木板上。

「你就像月光灑落在靜瑟的池塘上。」賽瑪拉說道。哈裡金點了一下頭。

「讓你的美麗輝映在木材上，就像月光灑落在靜瑟的池塘上。」哈裡金對著巨龍之銀說道，又一道光亮的劃痕在前一道劃痕旁邊出現了。

「熔融鋼鐵的輝煌力量流動在奔騰的溪流中。」卡森喃喃地說。

哈裡金點點頭，又對巨龍之銀說：「向這塊木頭裡加入你輝煌的力量，就像熔融的鋼鐵注入到奔騰的溪流中。」

「我想到了一個！」埃魯姆輕聲說道，「美麗女子的秀髮披散開來，在她愛人的眼前落到她赤裸的脊背上。」

「萊福特林不在這裡，是你的運氣。」卡森嘟囔了一句。巨龍之銀接受了勸說，融入到木材裡面。當跳動的液滴最後靜止下來的時候，哈裡金站起身，重重歎了一口氣，緩慢地脫下護手，交還給賽瑪拉。賽瑪拉小心地接過護手。哈裡金站起身，活動了一下脊背，搖了搖頭。「埃魯姆是對的。我們為了勸說一只護手上的巨龍之銀與木材接合，已用了多少時間，而勉強只有一根手指的寬度。要完成這個井蓋，我們需要用好幾天的時間！」

「看來是這樣。」卡森若有所思地回答。

「不過看起來，如果我們做到了，它一百年都不會損壞。」刺青說。

賽瑪拉向周圍的城市環顧了一眼。「他們是如何做到的？他們怎麼建起了如此巨大的城市？」

「非常緩慢，」卡森回答，「而且不只是使用魔法。」他似乎在認真思考著什麼事情，然後他說道，「他們之所以使用魔法，我不認為是魔法能夠讓工作變得更容易或快捷。我相信他們使用魔法是因為除此之外別無他法，而這一切努力都是值得的。」他若有所思地撓了撓下巴，「很明顯，我們還有許多需要學習。」

麥爾妲從空曠苗床的土壤上抬起頭。透過上方的玻璃屋頂，她能夠看到太陽正向地平線落下去。又一天過去了，巨龍和守護者們還渺無音訊。每一天裡，她有多少次停下手中的工作，抬頭搜索天空？這個屋頂溫室讓她能夠朝所有的方向眺望，但天空中始終看不到一頭龍的影子。

「很抱歉，」埃魯姆一邊說話，一邊關上了身後的玻璃門，「我打擾妳了嗎？」

「並沒有。」麥爾妲說，「只要說話聲音輕一些就好。埃菲隆正在睡覺。」她向自己的兒子點點頭——她將一件古靈長袍鋪在溫室中的一張長椅上，將兒子放到上面。看上去，埃菲隆真是一個與眾不同的孩子。他不是麥爾妲夢想中那種胖嘟嘟的粉紅色嬰兒，不過麥爾妲相信，作為一個古靈孩子，他非常健康。婷黛莉雅對於他的影響要比對麥爾妲和雷恩都更加明顯得多。他的鱗片和眼睛都顯示出純淨的藍色，身體不是圓胖，而是纖細——麥爾妲並不在意這一點。他的眼睛很明亮，睡得很踏實，吃得很飽足。在吃奶的時候，他總是用一雙充滿信任的大眼睛凝視著麥爾妲。他每一天都在長大。每一天，麥爾妲都希望他的父親也能在他們身邊，看到他的成長。

埃魯姆有些猶豫地走過來，站到一片苗床的邊上。「我還以為我們沒有種籽可以種植？」他一邊說，一邊端詳著麥爾妲在一片窄長的苗床上翻鬆的土壤。麥爾妲意識到，隨著絲凱莉乘柏油人離去，這名高個子的年輕古靈也許像她一樣感到失落。

「我們的確沒有。」麥爾妲承認，「這只是我在繽城的春季經常會來花園裡做的事情。我們翻鬆苗床裡的土壤，讓它呼吸新鮮空氣，為種下種籽和幼苗做好準備。」

埃魯姆向她一歪頭，「但妳是貿易商的女兒，肯定有僕人能夠做這種事吧？」

「是有僕人，」麥爾妲毫不在意地承認，「但是當我很小的時候，我的祖母就在她的溫室裡做這些事。我年長一些的時候，我們已經沒有僕人了。那時我們種植的不是花朵，而是可以放到餐桌上的蔬菜。我承認，對於這些髒活，我做得很少。那時我只是害怕弄髒雙手，卻無法理解我的祖母養育生命的喜悅。現在我覺得我明白了一些。所以雖然還沒有種籽，但我會先準備好苗床。」

埃魯姆無聊地用一根銀綠色的長手指撥弄土壤。「我還以為所有貿易商都很富有。」

「有一些的確財力雄厚，另一些就沒那麼有錢了。不過，富有並不意味著無所事事。看看萊福特林，還有絲凱莉。」麥爾妲大約能猜測出埃魯姆為什麼會來找她，那麼她就要給這個年輕的古靈一些正確的引導。

「喔，是的，」埃魯姆表示同意，「她有工作，而且工作得很辛苦。多年以來，她一直在為一個夢想而工作著——接管家族活船，當萊福特林……當他結束自己的工作時。」

「當他死去的時候，」麥爾妲輕鬆地說道，「萊福特林最終會死在自己活船的甲板上，埃魯姆。那時，他的一切，他對這條河和柏油人的全部了解都將回到那艘活船裡，這就是最終的結局。到時候最重要的一件事，就是有人準備好並願意成為這艘船的新船長。」

「我知道，」埃魯姆低聲回答，「我們討論過這件事。」然後，他陷入了沉默。

麥爾妲等待著。他會再開口的。

「這一次，等她回到了崔豪格，她答應會和她的家人談談，無論萊福特林是否會參與。她要告訴他們，萊福特林和愛麗絲打算結婚，也許會有孩子，這樣她就不會再是她叔叔的繼承人了，然後她會看看那個叫羅夫的傢伙會不會取消和她的婚約。她相信，如果她不是一定能繼承活船，那個傢伙就不會想和她結婚了。」

埃魯姆又陷入了沉默。「然後呢？」麥爾妲輕輕催促了他一下。

「她會回到這裡來，回到我身邊來。」埃魯姆顯得很有信心。

「然後呢？」

「這就是最大的難題了。我是古靈。蘭克洛斯說我會活很長，很長的時間。也許有幾百年。」

「而她不是。」麥爾妲無情地說道。

「是的，除非亞布克願意將她也變成古靈。這肯定可以做到！婷黛莉雅重新塑造了妳和雷恩，現在又重新塑造了埃菲隆。所以，如果亞布克願意，他也能讓絲凱莉成為古靈。然後我們就能夠一同度過漫長的人生。」

「我相信亞布克有這樣的能力，儘管我對此還不是完全明白。而我知道，這首先要亞布克願意這麼做。」她看著埃魯姆的臉，又說道，「絲凱莉也要有意願才行。」

「她說過，這樣會讓她覺得自己對柏油人不忠。從某種角度來講，那艘活船就是她的龍。」

麥爾妲知道埃魯姆隨後會問她什麼，絲毫不覺得驚訝地聽埃魯姆繼續說道：「妳來自於活船家族。妳選擇了雷恩，而不是你們家族的活船，此時妳身邊有雷恩和婷黛莉雅。妳能不能幫我勸一勸絲凱莉？告訴她，選擇她自己的快樂是沒有錯的。」

這名年輕的古靈是這樣真誠。他充滿希望的雙眼注視著麥爾妲。麥爾妲非常不願意讓他失望。但還是說了真心話，「這件事不簡單，埃魯姆。我和我的家族活船實際上沒有什麼緊密的聯繫。說實話，我對生機號沒有多少興趣。我認為我的姑姑或者我的兄弟會繼承她……」

「但瑟丹也屬於婷黛莉雅了。絲凱莉告訴我，艾惜雅選擇了典範號，而不是她自己家族的活船。所以，活船貿易商並不一定非要和她的活船在一起！」

麥爾妲歎了口氣。「這非常複雜，埃魯姆。我們之中的一些人的『選擇』，並不像你以為的那樣能夠隨心所欲。婷黛莉雅從沒有問過我和雷恩是否想要成為她的古靈。她占有了我們。我的兄長溫特羅也不想與活船建立緊密的連結，但他接受了自己的命運。我相信他也會對此感到滿足。」

想到自己的兄弟們，麥爾妲心中一沉。溫特羅一直都留在海盜群島，在最近這幾年很少會回來繽城了，瑟丹更是去了只有莎神才知道的某個地方。現在繽城只剩下了她母親一個人，他們家族的成員全都因為龍和活船而四散飄零。她的生命道路到底有多少是她決定的？有多少是她想要的？現在，她又一次因為一頭龍的決定而和雷恩天各一方了。

她將目光轉回到埃魯姆的身上，說出了她心中真實的想法：「做出一個決定所需要的心靈內涵，遠遠比處在生命中這個階段的你所知道的要多。不管睿智或愚蠢、深思熟慮還是一時衝動，埃魯姆，做出決定的只能是絲凱莉。」

埃魯姆看著自己的手。那隻修長的手上覆蓋著銀綠色鱗片，就像他的龍一樣。他將手拖過土壤，承認說：「她仍然夢想著成為柏油人的船長。她是愛那艘船的。她說，如果萊福特林沒有孩子，或者如果萊福特林在他的孩子準備好成為船長之前就去世了，她就會想要接下船長的責任。」年輕古靈不安地扭動了一下身子，「我問她，如果她不能成為古靈，也不能成為船長，又該怎麼辦。她說……」

「柏油人不會喜歡這樣，亞布克也不會喜歡。」看到埃魯姆不情願地點了一下頭，麥爾妲又說道，「埃魯姆，無論什麼樣子的巨龍都是非常善妒的生物。你已經將你的生命給了一頭龍，這實際上讓你放棄了許多選擇……」

「亞布克值得我放棄那些！」埃魯姆搶在麥爾妲把話說下去之前說道。

「我相信對於你來說，他是值得的，」麥爾妲以不容置疑的口吻說道，「而絲凱莉也會這樣看待柏油人。你會離開亞布克，跟隨絲凱莉，與她在活船上共度一生嗎？」

埃魯姆臉上的表情讓麥爾妲知道，他甚至從沒有考慮過這種選擇。「不要逼她，」麥爾妲輕聲向他建議，「就像你說過的，你有許多年的生命，也許是幾百年。你可以等待的時間要遠遠超過她能夠做出決定的時間。如果她要等上十年才做出決定，難道你就不想要她了？如果你的願望成真，如果她為了你成為古靈，你在十年以後還會想要她嗎？不要只覺得妳能夠強迫她，就著急地要她和她的過去做切割。」

埃魯姆抿起嘴唇，眼睛裡充滿了以前從未有過的怨恨和哀傷，麥爾妲只能竭力不為自己說出的話而感到後悔。

「我知道妳是對的，古靈女王。」埃魯姆用有些沙啞的聲音說道，「我很害怕來向妳徵詢意見。那時我還不知道為什麼要害怕。是的，現在我知道了。我本來是想來問妳，等我的龍回來時，我是否應該向他提出這個要求，問妳是否會不願意和別人分享婷黛莉雅。」他向自己搖搖頭，「但這不是我的選擇，對不對？」

麥爾妲緩慢地搖搖頭。

埃魯姆站起身，鄭重地向麥爾妲一鞠躬。麥爾妲本想告訴他，自己不是任何人的女王，但她又覺得暫時讓這名年輕古靈這樣想也許不會有什麼害處。埃魯姆轉身準備離開，突然又停下了腳步，並把手伸到腰間的口袋裡。

「卡森和我去了一趟丘陵。春天已經到了那裡。我從沒有見過那樣的景色。那裡的土地是乾燥的，我們能夠在上面行走，到處都覆蓋著草木。我已經在這裡度過了大半個冬天，本以為自己懂得什麼是乾燥的土地了，但……」他驚奇地搖搖頭，「卡森找到了這些，將它們收集起來。他說我們應該將它們給妳，因為妳在溫室中度過了那麼多時間。」

他從口袋裡拿出一根帶刺的細小枝條。一些褐色的莢殼正在這根紙條的末端不停地顫抖著。「是玫瑰花苞。」麥爾妲說，「從野玫瑰上摘下來的。」

「是的！卡森也是這麼說的。他說妳也許會想要試著種植它們。」

麥爾妲從埃魯姆手中接過這根細枝，將它放在掌中仔細觀察。一共有三隻乾癟的玫瑰花苞。她轉過頭，看著這裡的數十片苗床。「這是一個開始。」她向埃魯姆露出微笑。

「一個開始。」埃魯姆表示同意。

這對她來說幾乎已經變成了一個儀式。每天傍晚，在太陽落下之前，賽瑪拉都會爬上地圖塔，向遠方眺望。

和她第一次看到這裡時相比，這裡已經完全變成了另一番模樣。賽瑪拉用了一整天的時間，幫助了愛麗絲擦淨這裡所有窗戶的內外兩面。愛麗絲很不高興那扇破窗戶只能被一片粗糙的牛皮遮擋住，但卡森帶有歉意地向她保證，這是他能想到的最好的辦法。至少這樣可以將風雨擋在外面。

那張落在地上的古早地圖現在擺放在卡森重新製作的一張桌子上。這張桌子也同樣粗糙，但至少能夠避免地圖被不小心踩到。古早以前的某次掉落讓它被撞壞了，它的一部分變成了碎片。不過它已經重新被正確地對應了這座城市並予以定位，守護者們可以盡情使用它了。卡森總是在不厭其煩地研究它，並不斷地說，這張地圖能告訴他們許多事情，只是他們不知道該如何提問。賽瑪拉對此則有些不以為然，她每次爬上這數不清的台階都不是為了這張地圖，僅是為了遠方的景色。

賽瑪拉經常會久久地凝望地平線上不斷發生變化的風景，滿是枯草的原野現在都變成了綠色，山丘上的森林生出葉片，讓樹木呈現出新的顏色。就連河水的色澤都與往日不同了，這早已不再是賽瑪拉所熟悉的那條石灰般的雨野原河。在翠綠的河岸之間，奔淌的是一條銀色和褐色相間的彩帶。

但賽瑪拉現在只是看著天空，在每天傍晚尋找返回巨龍的影子。

她聽到石頭台階上傳來腳步聲，轉過頭，看見刺青上了台階。「有沒有看到什麼？」刺青問她。

「只有天空。我知道來這裡有一點傻。他們為什麼只會在日落時回來，而不是其他時候？」賽瑪拉搖搖頭，「如果他們真的回來了，我在地上也一樣能立刻就看到他們。有時候，我擔憂的似乎是我不得不做的事情。也許為他們擔憂真的能夠確保他們活著回來。」

刺青有些奇怪地看了她一眼，說道：「女孩子總是會想些奇特的事情。」他的話中沒有惡意。他來到窗前，也開始眺望外面的世界，「沒有龍。」他毫無必要地向賽瑪拉確認，「我懷疑他們可能還沒有到達恰斯國。」他的目光在一扇扇窗戶上移動。這些窗戶和牆壁上繪製著一張連續不斷的地圖。他有些無聊地審視著這張地圖。「他們建造這個房間一定有什麼目的。」

「也許有很多原因，但就像卡森說的，除非我們知道該問什麼，否則它就不可能給我們答案。」

刺青點點頭，目光越過大河，同時向賽瑪拉問道：「妳很想念他，對不對？」

賽瑪拉竭力思考該如何回答。「拉普斯卡？是的。特萊托？一點也不。」她伸手按在胸前。焦慮一直緊緊攥住了她的心。這種感覺對於她已經變得太熟悉了。「刺青。你覺得他們之中誰會回到我們身邊？拉普斯卡還是特萊托？」

刺青沒有轉頭看她。「他們兩個已經無法再分開了，賽瑪拉，這樣子想著他，是沒有意義的。」

「我知道，你是對的。」賽瑪拉不情願地說道，但她在心裡告訴自己，這是不對的。她絕不會將阿普斯卡和特萊托看作是同一個人。她漸漸看清了自己這個所謂的信念，就像她的憂慮一樣，她認為只要努力堅持住這個無用的信念，就能讓它變得有意義。這時，刺青低聲說了些什麼。

「什麼？」

刺青清了清喉嚨，深吸一口氣。「我說，我以為妳愛特萊托。因為他是愛瑪琳達生命中的愛侶。那一對愛人在那一世沒有分開，在這一世也不會。」他猶豫了一下，沒有望向賽瑪拉震驚的眼神，繼續喃喃地說道，「或者這是拉普斯卡告訴我的。」

賽瑪拉壓抑下心中的憤怒，沒有讓它從自己的聲音中流露出來。經過了一段漫長而又僵硬的停頓之後，她有些顫抖地問：「告訴你的是拉普斯卡？還是特萊托？」

「這重要嗎？」刺青聲音中的哀痛顯而易見。

「是的。」賽瑪拉的語氣變得更加激烈，「特萊托善於威逼利誘，能夠欺騙任何人，以得到他想要的。」賽瑪拉從刺青身邊走開，朝另外一扇窗望出去，「那天晚上，他要我和他一起散步，然後就帶著我去了白銀之井……那不是拉普斯卡會做的事情。我甚至覺得他知道，如果拉普斯卡進入井中，我就會跟著他。」她還從沒有向任何人提起過那一次她和拉普斯卡的遭遇，她沒有想過要這樣做。

「賽瑪拉，他們現在是一個人了。」

「你也許是對的。即使愛瑪琳達愛特萊托，但我並不愛他。刺青，我不是愛瑪琳達。我下到井裡是為了拉普斯卡，不是為了特萊托。」

刺青沒有回答。賽瑪拉回頭望去，看見他正盯著窗外，微微點頭。「為了拉普斯卡。」他說道，彷彿這證實了什麼。

賽瑪拉做出一個決定。「你願意和我出去走走嗎？」

刺青盯著她，陽光正漸漸消褪，這座城市本身還沒有亮起燈光。刺青眯起眼睛，透過在塔中逐漸凝聚的夜色審視著賽瑪拉，一張臉陷在陰影中，顯露出無法辨別的表情。賽瑪拉以為他會問去哪裡以及為什麼要去，但刺青只是說：「那我們走吧。」

低垂的夜幕似乎總是能喚醒這座城市的幽靈。他們一步步走下樓梯，從三名為了某些差事而跑上來的男孩身體中穿過。黃色的的長袍垂掛在這些男孩的膝蓋上。賽瑪拉大步走過他們，隨後才會覺得自己可真奇怪，竟然對這種事已經絲毫不感到奇怪了。

門外的微弱光線一部分來自於天空，一部分來自於這座城市本身。陽光正漸漸被石頭中發出的光所取代。飄忽的行人群聚在城市中，變得越來越真實。他們的音樂也越發響亮，他們的食物散發出越來越誘人的香氣。「不知道這座城市還能不能再有這麼多古靈。」

「什麼？」刺青的話讓賽瑪拉吃了一驚，讓她差一點放棄自己的決定。

「我只是在想，所有這些人……我們所穿過的是古靈時代的一個夜晚，還是許多年幻影的重疊？」

賽瑪拉思考著刺青的問題。一段時間以後，她才意識到彼此都在保持著沉默。她領著刺青離開這座城市中心，進入一個有許多豪華住宅的街區。這條街要安靜一些，沒有那麼多放置在公眾場合的記憶石，向他們顯示出古早記憶的只有一些私人碑石。一頭年老的龍在一座噴泉附近沉睡，一名女子在他的旁邊演奏長笛。笛聲一直跟隨著他們，直到他們來到一座山丘頂上的道路盡頭才漸漸隱去。賽瑪拉駐足片刻。微弱的月光傾灑下來。這裡有一幢房子。房門前立著兩排石柱，其中一排雕刻著燦爛的太陽，另一排雕刻著圓臉的月亮。

「我知道這個地方。」刺青說道。一陣寒意滲進了他的聲音。

「你怎麼知道的？」

刺青沒有回答。賽瑪拉歎了口氣。她並不想聽刺青說出自己曾經跟蹤她和拉普斯卡來到這裡。刺青是不是看著他們碰觸石柱，雙手交握，看著他們沉浸在另一個時代，另一段人生中充滿肉欲的夢裡？現在刺青站在這裡，彷彿變成了石柱。

「我要進去了。」賽瑪拉對他說。

「為什麼？為什麼帶我到這裡來？」刺青的聲音中流露出痛苦。

「不是要在你的傷口裡灑一把鹽。只是希望有人能陪著我。我需要在這裡了結一些事，不會很久。你會在這裡等我嗎？」賽瑪拉不想一個人來到這些帶有巨龍之銀脈絡的黑色石柱前。她只是站在這裡，記憶就已經在牽扯她的意識，一聲聲地召喚她。她很害怕一個人走進去。

「妳打算做什麼？」

「我只是……我還從沒有走進過他們的房子。」

「從沒有？」

「沒有。」賽瑪拉沒有再做解釋。她不想做這樣的努力。也許這是因為她只要不曾親身走進他們過去生活的地方，她就能夠裝成他們的生活還在繼續，仍然存在於某個街道轉角後面的「現在」。

「為什麼現在要進去？為什麼要我陪著？」

該是說實話的時候了。「因為我必須如此。因為我需要你給我勇氣。」她從刺青面前轉過身，盯著石柱之間的那條漫長步道。巨龍之銀的力量在這裡很強。這些石柱都是品質最好的記憶石，是白銀匠人愛瑪琳達最優秀的作品。隨著賽瑪拉走過每一根石柱，記憶都在揪扯她、牽絆她。賽瑪拉在黑夜中瞥到它們，一根又一根。特萊托穿著晚禮服，靠在他的一根石柱上，完美無瑕的臉上帶著無憂無慮的微笑。愛瑪琳達穿著黃白色的夏日長裙，花朵點綴在她如水般的長髮上。一陣賽瑪拉感覺不到的微風掀動著她的裙子。特萊托神情莊重，風度翩翩，身披鎧甲，手中握著一支卷軸。愛瑪琳達穿著休閒長袍，坐在一張長椅上，赤裸著雙腳，正在彈奏一件很小的絃樂器。賽瑪拉走過這兩位愛侶的、一個又一個的幻影，一直來到他們的家門前。

她的手觸摸到木門，發現漫長的歲月已經將這些木材變成海綿般的質地。她的記憶告訴她，這曾經是兩扇經過拋光的深褐色大門，在太陽和月亮的照射下光彩燦然。她打開門，門板隨即坍塌在地上。她走了進去。在房間中走過幾步，整幢房子便被她喚醒，在各個角落裡亮起不同的燈光。賽瑪拉回頭瞥了一眼，她的記憶為這個房間中的混亂注入了秩序。

時間對待他們的愛巢並不仁慈，所有家具都早已塌落成木屑，裝飾牆壁的掛毯現在只剩下了絲絲縷縷的痕跡。刺青也走了進來——賽瑪拉沒有轉身看他，但她能感覺到。她告誡自己，現在不能猶豫了。牆壁上的拱門通向一條走廊。她快步走過，拒絕了一切揪扯她的幽靈。那個黑色的房間應該是一間浴室，而另一個是他們的臥室，走廊末端的這扇門才是她要走進去的。破碎的門板歪斜著掛在門框上。賽瑪拉相信拉普斯卡不曾進來過。她拽下殘存的木片，走了進去。

她用了一點時間才將神智調整到眼前的現實。那場古早的地震推倒了這幢房子的後牆，讓賽瑪拉能直接看到愛瑪琳達的小花園。她那個有著三名舞者雕像的噴泉已經被埋葬在瓦礫堆中。殘存的屋頂顯出犬牙交錯的樣子，從縫隙中能夠看到天空。冬季的暴雨直接落進了她的更衣室，夏季的太陽反復炙烤著這些殘骸。這個房間裡幾乎什麼都沒有剩下，但賽瑪拉仍然能夠看到它過去的樣子。這裡的牆壁上曾經掛著昂貴的繪畫和掛毯。有一張小化妝桌，桌面上擺放著各種美容和化妝用品，還有一個包裹釉彩的架子上放著她收集的旋轉玻璃雕刻品。

一切都煙消雲散。賽瑪拉提醒自己，這一切都不是她的。她不可能想念她從不曾擁有的東西。

她轉過身，背對著那個牆上的大洞，手指在室內牆壁寒冷的石面上來回移動。她找到了那個凹陷，便用三根手指按下去，她聽到了那個熟悉的哢噠聲。隨著暗格從牆壁中伸出來，光線從裡面亮起。黃色和藍色的光芒映照在滿是灰塵的牆壁。賽瑪拉向前探身，看了進去。喔，是了。現在她記起來了。火焰寶石在沉睡了許多個世代之後被喚醒了。她聽到刺青的驚呼聲，聽到他向前邁步並細看這個寶藏。

賽瑪拉讓自己的目光停留在寶藏上。一件件珍寶及其意義，逐漸浮現在她的眼前：淺紫色的頭環是特萊托在他們的結婚周年紀念日送給她的；黃玉耳墜是他在離開將近一年之後帶回給她的……賽瑪拉推開記憶，伸手到衣袋裡，拿出閃爍著柔和光亮的月亮護身符，最後一次看看它。特萊托戴著一枚與配對的護身符，是閃閃發光的金色太陽。她經常在他赤裸的胸膛上看到那顆太陽。他們做愛的時候，那顆太陽就會壓在她的乳房上。

不。**她**從沒有感覺到這些。

賽瑪拉將護身符放進這個暗格，讓纖細的銀鏈從手中滑落。她又向這些屬於另一個女人的紀念品注視了片刻。這是另一名女子的人生，愛瑪琳達的人生，不是她的。她輕輕將暗格推回到牆壁中，聽到了鎖匙關閉的聲音。

她轉回身看著刺青，低聲說：「結束了。」

刺青的臉上顯出一絲困惑。「妳做了什麼？這是妳收藏寶物的地方……」

賽瑪拉搖搖頭，轉身走開。當她帶領刺青回到走廊中時，她說道：「不，我告訴過你，我以前從沒有來過這裡。這裡的東西不是我收藏的。我只是將一件不屬於我的東西還回去，那從來都不屬於我的。」

在一片昏暗中，賽瑪拉伸出手，找到刺青一直在等待她的手。他們一同走出房子，走進夜幕之中。

「這是一個不同的世界。」愛麗絲說。

「這是我的世界，」萊福特林平靜地宣布，「是我最熟悉的世界。」

愛麗絲抬起頭，看向頭頂樹枝上的小房子。再過不到一個小時，他們將停泊在卡薩里克的碼頭上。愛麗絲已經決定，等到柏油人停穩，她就會到岸上，面對她舊日的人生。她會和萊福特林一同前往貿易商大堂，不只是和萊福特林一同告知「龍群已經離開克爾辛拉、前去攻擊恰斯國」的訊息，她還會站在議會面前，要求得到她的薪酬。她還會和萊福特林一起告知議會，船長帶來了恰斯俘虜要轉交給他們，要和萊福特林一起將貿易商坎達奧和他書寫的供狀遞交給議會的領袖——貿易商博斯克。

數個小時以前，河上的小漁船就發現了柏油人。一些人高聲向他們致意，提出各種問題。另一些人則停止了捕魚，跟隨他們一直回到這裡。至少有兩艘船跑到了前面，將柏油人號返回的訊息帶進了城中。萊福特林對沿途的每一個人都報以完全一樣的態度：微笑、揮手，隨後便將頭轉向卡薩里克。愛麗絲知道，這些人的好奇心一定都已經沸騰了。他們肯定有許多問題，對柏油人這次航行的每一個細節都充滿興趣。

每經過一棵巨樹，愛麗絲都會更加堅定自己的決心，準備直接面對對這裡的每一個人。逃跑的時間結束了，現在她要證明自己已經開始了一個由她自己選擇的新人生。她抬起頭，看到越來越多的房子出現在河邊。人們走出來，向他們指指點點，彼此呼喊。愛麗絲已經預料到他們的返回會惹來人們的議論，但還是沒有想到會引發這樣大規模的騷動。

「我不知道自己是不是還屬於這裡。」愛麗絲低聲說。

蒂絡蒙來到甲板上，站在愛麗絲身邊。愛麗絲瞥了她一眼。現在蒂絡蒙將頭髮完全束在腦後，又用髮針固定在頭頂，露出了自己的臉。她額頭上的每一枚鱗片，下巴上的每一根肉贅都顯露無遺。她穿著金綠兩色的古靈長裙，腳上是色調相稱的軟鞋。被鱗片覆蓋的脖頸旁掛著耳墜。愛麗絲向她露出微笑。她回應道：「軒尼詩和我會和大埃德爾一起去拜訪他的母親，然後我會帶軒尼詩去崔豪格，見我的母親和妹妹。」

「還有妳的兄長？」愛麗絲揶揄地問。

蒂絡蒙露出了更加燦爛的笑容。「我相信本迪爾會為我們感到高興，至少一開始會是這樣。等到他和媽媽發現我決定生活在克爾辛拉，或者生活在柏油人上，他們一定會大驚小怪。不過若我告訴他們，雷恩已經騎著龍去摧毀恰斯城了，他們也許就會把我的事情都忘記了。」她又微笑著說：「這幾年裡，本迪爾一直利用我們的弟弟讓媽媽沒心思去管他的冒險。現在輪到我了。」

萊福特林露出笑容。愛麗絲卻又忽然想到了龍和他們的任務。

「不知道他們是否還在恰斯國？」愛麗絲說道。

萊福特林握住她的手臂。「現在擔憂這些，並沒有意義。在他們回來以前，我們什麼都無法知道，暫時我們只能做好這裡的事情。我們要做的事還有很多。」

「你覺得他們會被如何處置？」蒂絡蒙向那些恰斯俘虜點點頭。他們現在全都坐在甲板上，悶悶不樂地看著逐漸向他們靠近的卡薩里克。一段錨鏈環繞在他們周圍，他們每一個人的腳踝都被銬在這根錨鏈上。愛麗絲沒有親眼見到導致這一激烈措施的那場「意外」。她在黑夜中被驚醒的時候，萊福特林已經從床上跳起，衝出了艙門。轉瞬之間，愛麗絲聽到了叫喊聲和毆打聲，拳頭砸在身體上，身體倒在木製船板上。當她穿上衣服、出來觀看是怎麼回事的時候，一切都已經平息了。怒不可遏的絲凱莉正在幫助斯沃格將錨鏈拉出來。大埃德爾坐在廚房桌子旁邊，低垂著頭，幾乎沒有了知覺，在他的腦後敷著一塊用冷水浸溼的布。貝霖雙腿叉開地站立著，手中拿著一根打魚棒，對那些恰斯俘虜怒目而視。有幾名俘虜的身上能夠看到她的棒子留下的痕跡。軒尼詩的下巴在流血。他的手中揮舞著一根用來攪動纜繩的黃銅棍。那些曾經的奴隸們都和船員站在一起，其中一個人將一隻帶了傷的拳頭放在胸前。他的臉上卻洋溢著一副滿足的神情。

「我們遭遇了一場小叛變，」萊福特林一邊領著愛麗絲回到船艙裡，一邊向她解釋，「他們以為他們能夠奪取柏油人。這些無知的蠢貨。我真無法相信，他們竟然以為能夠乘坐一艘活船逃走。」

從那時起，這些恰斯人就一直被銬在鐵鍊上。在離開克爾辛拉的時候，軒尼詩就悄悄將那些曾用於束縛那些奴隸的鐐銬帶到了船上。這讓愛麗絲感到恐懼，但更讓她揪心的是大埃德爾的傷。在那以後，大埃德爾昏迷了好幾天。當他無法工作的時候，幾名曾經的船上奴隸主動站出來，幫助駕駛這艘船。一開始，船員們在接受他們的幫助時還有些猶豫，現在他們幾乎已經完全屬於柏油人的甲板了。

萊福特林看了一眼自己的俘虜，搖搖頭說：「貿易商不會處死任何人。他們將接受強制勞役，以贖清他們的罪行。很有可能他們會被送去挖掘古靈遺跡，那是寒冷而艱苦的工作，會把人壓垮。或者他們能夠在繳納贖金以後返回恰斯國，同時作為間諜。在被遣返之前，他們肯定會受到額外的懲罰。」

愛麗絲的目光離開了這些恰斯人。沒有死刑，但他們仍舊是死路一條——愛麗絲心中想道。這並不公平，他們所作的一切都是被迫的。

「看起來，他們在碼頭最裡面為我們留了位置。」軒尼詩回頭向眾人喊道。他正在準備繫泊的纜繩。斯沃格在引導柏油人進港。愛麗絲揚起頭望去，看到那座老碼頭的很大一部分都替換上了新木板。

「準備靠岸了。」萊福特林喃喃地說著，並離開愛麗絲的身邊。愛麗絲和蒂絡蒙來到甲板船的艙頂，以免妨礙船員們在甲板上工作。兩名遮瑪里亞貿易商和其他商人也都和她們站在一起。一路上，無損船剩下的船員們，都與柏油人船員和曾經的奴隸們一同工作。愛麗絲很清楚，這艘活船在河上的時候，並不需要多少人力，但萊福特林說過：「讓水手忙起來，他們就沒時間找麻煩。沒有一個水手不曾夢想過在活船上工作。也許我們還能找到一些值得帶回克爾辛拉的水手，為守護者們操船。」

貿易商坎達奧也在這裡。他的面色蒼白，掛著兩個黑眼圈。在所有乘客中，他尤其顯得淒淒慘慘，整日哭泣和抱怨他是如何受到欺騙，才會做出那些壞事。他還曾經想要賄賂萊福特林，許諾只要萊福特林不「洩露」他的事情，就能得到大筆的財富。愛麗絲覺得自己甚至很難去看他，這實在是一次過於擁擠的旅行，愛麗絲很想把這些人都趕下柏油人的甲板。

有不少人都向碼頭聚集了過來。愛麗絲認出貿易商博斯克，也許還有另外幾名貿易商議員。他們之中有一些人穿著正式的貿易商長袍。所有人都鄭重其事地看著他們走上碼頭。當然，這些旁觀者更多是被柏油人號吸引了過來，他們都想看看這一次這艘活船又帶回了什麼。

絲凱莉帶著第一根繫泊纜繩從船上跳到碼頭，迅速將柏油人拴住，又接住軒尼詩拋給她的第二根纜繩。沒多久，柏油人就在碼頭旁停穩了。議員們簇擁過來，那兩名遮瑪里亞商人立刻高聲叫嚷，說他們遭到了綁架和非法拘禁，他們的財產——一艘漂亮的無損船也被搶走了。貿易商坎達奧更是狂呼亂喊地要他們不能相信萊福特林和其他人說的任何一個字，他說自己被迫寫下了一份虛假的供罪書。

在這一連串刺耳的聲音中，愛麗絲看到那些恰斯囚犯一個個站起來，提起束縛住他們的錨鏈，開始拖曳著腳步向踏板走去。他們全都低垂著頭，其中一個人低聲嘟囔著什麼，也許是在祈禱。隨著他們逐漸靠近踏板，隊伍末端的一個人開始發出瘋狂的喊聲，拚命想要掙脫鐵鍊逃走。其他人看著他，面色冷峻。隨後他的兩名同伴抓住他，拖著他一起向前走。

「坐下，還沒有輪到你們。」軒尼詩氣惱地向他們喊道。大副的下嘴唇到現在還腫得好像一根香腸，他的語氣清楚地表明了對於自己這項責任的不滿，但那些恰斯人彷彿完全沒有聽懂他的話一樣，只是加快了步伐。貿易商坎達奧現在幾乎是歇斯底里地尖叫著說這一切都是謊言，他從沒有出賣過雨野原，口音濃重的遮瑪里亞人則努力喊嚷著聲稱他們遭到了搶劫和綁架。

愛麗絲猜到了他們的企圖，但她的反應還是遲了一刻。「把他們攔住！」她高聲喊道。而這時，最前面的四名恰斯俘虜已經踏上了跳板，然後他們全都跳進河中。

因為被鐵鍊連在一起，其他人也緊跟著掉了下去，有些人是自願的，也有一些人還在掙扎。軒尼詩和絲凱莉總算抓住了最後兩個人，但前面所有人的重量和慣性將最後這兩個人猛地從他們的手中拽了出去。灰色的河水淹沒了最後一個人的尖叫，彷彿這些人從來都不曾存在過。

寂靜籠罩了整座碼頭。

絲凱莉驚駭地瞪著自己的一雙空手和被抓傷的手腕——最後那個人並不想被拽進河裡去。

「沒有人能夠阻止他們，」軒尼詩對她說，「也許這種死亡要比讓他們返回恰斯國更好些。」岸邊響起竊竊私語的聲音。不等議論聲變得更響，萊福特林已經來到船欄杆的後面，「巨龍們正前往進攻恰斯國，懲罰那個國家獵龍的罪行！馬上傳信給繽城，讓他們為恰斯國可能實行的報復做好準備。」

他的話音之後是一陣令人窒息的安靜。

蒂絡蒙的呼喊更是嚇到了所有人：「也許卡薩里克和崔豪格應該認真考慮一下，收容屠龍者的城市又會遭遇怎樣的下場？」

犁月第二十一日

商人聯盟獨立第七年

來自克瑞格．甜水，繽城信鴿管理人公會主管

致崔豪格的艾瑞克．頓瓦羅

艾瑞克：

老朋友，這不是官方通知。這裡的公會主管還需要用一個月的時間做出最終決定，才有可能採取行動。不過我相信，這個議案會得到所有人的贊成。你幾乎是能夠填補卡薩里克信鴿管理人空缺的唯一人選。金姆之前得到了晉升，得以掌控鴿舍和監督信鴿助手的工作。現在你在卡薩里克能夠得到的信鴿和助手一定會比你在繽城崗位上的少很多，而且我相信，這份工作在任何方面都將有許多困難。說實話，這是一份很大的責任。你即將開始的這份工作，只能從破爛骯髒的鴿舍、不健康的鴿子，殘缺不全的紀錄和缺乏管束的學徒了。

所以，當然，我認為你正是這份工作的最佳人選！

但如果你真的不願意接受這份工作，請立即用頓瓦羅鴿子告知我，我會撤回對你的推薦。

我覺得你是不會拒絕的！

致令我自豪的我的前學徒，克瑞格

21

恰斯國

雷恩稍稍覺得有點噁心。他深吸一口氣，拿起水囊喝了一口。清水對緩解不適有一點幫助，不過不會幫助太多。像他希望的那樣，這樣的騎龍飛行和那一次被飛行中的婷黛莉雅抓在爪子裡，其感覺完全不同。那時他的心中充滿恐懼，唯恐麥爾妲已經死去，而巨龍強有力的爪趾一直壓迫著他的肋骨，讓他根本無從享受飛行的樂趣。但這一次，他高高地騎坐在龍背上，兩旁是巨龍的翅膀，勁風吹過臉頰。他能清楚地看到自己距離地面有多遠，能夠主動適應龍鞍的搖晃。不過他的背很痛，他的肚子也很不舒服。

他竭力不想自己屁股下面的這套鞍轡有多麼古早，也竭力不懷疑那些固定鞍轡的皮帶和帶扣有多麼牢固，以及這些裝備是不是更注重於華麗而不是強度。現在擔憂這種事情已經太晚了，而憂慮他們將帶給恰斯國的戰爭又還太早。在他身子下面的遙遠大地，整個世界如同一片滿是凸起物的地毯一樣鋪展開來，他們出發後的第一天飛過了連綿起伏的草場和林地丘陵，隨後又越過了生滿蕨草和蘆葦的沼澤地帶，一片片仍然是棕褐色的泥窪水坑，上面倒伏著許多枯樹。他們經過了一條在岩石河床上奔騰的河流，河面上泛起一片片羽毛般的白色浪花。過了那條細長的河道，就是一片平原。平原上零星分布著一些山丘，還有樹木和湍急的溪流。依靠漸漸升起的太陽，雷恩知道龍群至少拐了兩個大彎。他們沒有直接飛向恰斯城，而是沿著某種人類無法理解的龍族路線前進。這條路線上可能有最多的狩獵場和適合降落以及休息的地方。這種推測是有道理的。不過雷恩還是希望巨龍們能夠屈尊降貴，能稍微向人類解釋他們確定路線的方式。自從進行過戰爭會議以後，這些龍對於人類一直保持著非同尋常的沉默，可能只有拉普斯卡是例外。

或者只是因為荷比和她的守護者之間從沒有過任何隔閡。不知出於什麼原因，拉普斯卡的軍事才能已經讓雷恩感到有些不安了。昨天晚上，雷恩終於算是比較清楚地看到自己感到氣惱的原因。拉普斯卡行事和說話的風格都像是一個比雷恩更有經驗的人，一些守護者似乎已經接受了他的這個角色。諾泰爾已經充當起了拉普斯卡的尉官，他俯首貼耳地從拉普斯卡那裡得到關於營地設立和晚間武器維護的命令，又將這個命令傳達給其他所有人。在其他守護者之中，雷恩覺得只有凱斯和博克斯特完全接受了拉普斯卡的命令，並把自己看作是巨龍武士。他們四個在晚上用了很多時間打磨匕首、擦拭盔甲，以及檢查龍鞍的皮帶。

今天，雷恩低下頭，看到了一片褐色的荒涼土地，上面只有裸露的岩石和零星一些覆滿灰塵的綠色灌木。雷恩從沒有想到雨野原附近還會有這樣一片地方。他知道，這片土地肯定不曾出現在他見到過的任何一張地圖上。恰斯國宣稱對於雨野原河流域邊緣的土地擁有統治權，但對於這片區域，雷恩打賭最近這一百年裡都沒有過多少人類的腳印。

在他的前後左右都有龍在飛行。其中一些背負著鞍韉和騎手，另一些沒有任何負累。儘管拉普斯卡在克爾辛拉顯示出一副領袖的樣子，但他和荷比並沒有率領這支隊伍。蘭斯洛克經常飛在最前面，有時候會變成默爾柯領頭。婷黛莉雅也一度飛在隊伍的首位。所有龍似乎都知道他們的方向，這是來自於古早的記憶，還是他們彼此之間的精神對話？雷恩不得而知。他本以為冰華作為最老和最熱衷於復仇的龍，會率領龍群，但他很是不安地察覺到冰華和卡羅不斷地競爭著婷黛莉雅身後上方的位置。雷恩大概能猜出這其中的原因。有幾次，婷黛莉雅猛地收緊翅膀向下撲落，甚至讓雷恩發出了驚恐的喊叫，然後又向上爬升，來到那兩頭公龍的身後，或者突然用力振翅，一直飛到雷恩感覺幾乎無法呼吸的高度。雷恩從夜裡和戴夫威的交談中得知，那兩頭公龍的公開競爭也把這個男孩嚇壞了。

「冰華知道他會讓我害怕。他緊貼著我們頭頂上方飛過。我幾乎無法在他搧動翅膀的狂風中吸上一口氣，或者他會飛得非常高，再突然落到卡羅正前方，如果我們不能及時躲避，就會撞上那個老雜種。如果我被嚇壞了，求卡羅讓冰華隨心所欲地飛行，卡羅就會對我非常生氣。」

「我來問問賽斯梯坎，看你是否能和我一起騎在他的背上。」萊克特說，但戴夫威搖了搖頭。

「不，這只會讓卡羅更生我的氣。他想要我大聲辱罵冰華。他說冰華不敢攻擊我們，但他怎麼能知道？」過了一小段時間，戴夫威又低聲說，「不過，還是要謝謝你。」

在雷恩眼中，他們的晚間宿營就像是一種古怪的節日。他覺得自己在這些年輕古靈中間幾乎是一個老頭子。很明顯，他們迅速恢復了以前的老習慣。每天傍晚時分，巨龍降落，騎手們脫掉他們身上的鞍韉，讓他們可以狩獵。騎手離開龍背之後，他們便重新飛起。守護者們則開始收集木柴並布置營地。巨龍們幾乎不會考慮人類是否舒適。守護者們有時能在山坡草地上宿營，有時就會落到岩石山脊上。雷恩很欣賞這些年輕人的行動力。他們總是能夠迅速放好鋪蓋卷，隨後便去尋找水和鮮肉。有時候，他們能同時找到這二者，但情況經常不會有這麼理想。他們之中可能會有人帶回來兔子或野羊與大家分享。他們全都隨身帶著硬麵餅、茶和乾魚，所以哪怕狩獵很難有成果，他們也不會餓肚子。春季已經降臨在這片土地。有一次的宿營，塞德里克出乎意料地教導大家採集了蒲公英嫩芽和一條小溪裡的豆瓣菜。他們就這樣每晚在營火旁分享食物，彼此談天說地。

最初的兩個夜晚充滿了笑話和歌聲，一些守護者試驗他們的古靈武器，開玩笑地比拚劍法。拉普斯卡儘量教導他們該如何握緊武器以及作戰時應該採取的姿態，但他很快就放棄了，於是大家繼續他們的打鬧遊戲。雷恩看著那些年輕人相互比試，直到食物已經準備好的喊聲讓他們放下手中的劍，他們才會鬆一口氣。

眾人彼此分享熱乎乎的烤肉和清涼的溪水，每一個人都很滿足。他們向雷恩講述他們沿雨野原上湖的探險故事；雷恩則講起了婷黛莉雅是如何用爪子抓住他，去尋找麥爾妲，當他們找到麥爾妲的時候又將他丟進了海裡。海盜和被援救的奴隸與一支恰斯人艦隊以活船作戰的故事，在他們聽來簡直就像是神話傳說。雷恩本打算以此讓這些年輕人明白戰爭有多麼恐怖，但他很擔心他們只是覺得那場戰爭是一次精彩的冒險。

有時候，拉普斯卡也會講一些故事。那時他的腔調會變得很怪異，偶爾他會努力尋找詞彙，彷彿他生來就使用的語言沒辦法描述一些武器和戰術的名字。他提到了巨龍之間的戰爭。那時的克爾辛拉必須保衛自己，對抗其他龍群。那些龍也想占據從河水中滲出的巨龍之銀。雷恩聽到他談起古靈在戰場上彼此拼殺，他們的龍在天空中狂野撕咬，不由得會感到心情沉鬱。更令人擔憂的是，他從拉普斯卡口中得知巨龍和古靈對恰斯國的仇恨有著漫長的歷史——不是幾十年，而是可能長達數個世紀。守護者們全都會全神貫注地傾聽特萊托描述古靈是如何被恰斯人俘虜和折磨，又如何向這些敵人復仇。有時候，雷恩覺得也許古靈和人類並沒有那麼多不同。

而有的時候，古靈又和人類完全不一樣。

當潔珥德挑選了一名過夜的伴侶、和他一起離開其他人的時候，似乎沒有任何守護者覺得這很奇怪。甚至當她在第二天晚上又選了另一個人，也沒有引起任何驚詫。戴夫威和希爾薇睡在一起。他們在晚上交談了很久。雷恩則一直因為他們的喃喃低語而無法入眠。而這兩個人之間無論怎樣親密，卻顯然只有純粹的友誼，沒有半點性欲可言，這幾乎和潔珥德的隨心所欲一樣讓雷恩感到困惑。他和麥爾妲曾經與卡森進行過幾次漫長而且充滿思考的交談，討論這些新古靈將如何組建他們的社會。這是雷恩第一次近距離觀察這些年輕人。他只好儘量掩飾自己的驚訝和惶恐。突然間，他覺得自己在他們的文化中完全是一個陌生人，就好像他和麥爾妲當初被舊遮瑪里亞的享樂主義嚇到的時候。雷恩在這兩個晚上都沒能睡著。他思考著這個埃菲隆將會在其中長大的世界。跟隨蒂絡蒙遷居到克爾辛拉的那些帶有雨野原印記的人，又將如何看待這些新的古靈？這些紛亂的思緒幾乎要比即將爆發的那場戰爭，更讓他心神不寧。

到了第三個晚上，雷恩決定接受守護者們的行事作風。這是第一個拉普斯卡在飯後沒有喝令他們進行武器操演的晚上。雷恩也覺得這不是適合進行戰鬥訓練的時候。他們全都很疲憊了。吃過食物之後，雷恩只想倒頭就睡。但他知道一點用劍的方法，比守護者們知道得多一些。而且他同意拉普斯卡的看法。如果他們要攜帶這些武器，就應該知道該如何使用他們。在隨後的幾個晚上，他開始向守護者們傳授劍法，同時竭力不讓心中的沮喪顯露在臉上。一些守護者——比如諾泰爾和博克斯特——都學得很熱心，而雷恩覺得這可能會讓他們比別人更危險。戴夫威和凱斯也都進行了嘗試，不過他們很容易就氣餒了。希爾薇和潔珥德攜帶的都是弓箭。她們的箭法都還可以，但也算不上出眾。讓雷恩吃驚的是拉普斯卡。他很容易就達到了雷恩的劍術水準，在某些方面甚至超越了雷恩。雷恩竭力不去思考他們的作戰才能在真正的戰場上會有怎樣的表現，他曾經見過人們在船甲板上相互砍殺和死亡，並希望自己永遠不會再見到這樣的情景。在操練中揮劍是一回事，而將一把匕首刺進另一個人的身體，就完全是另一回事了。

現在，他們下方的地面上的灌木叢，正延伸出越來越長的午後陰影，雷恩知道這些灌木要比他以為的更高大。他完全不期待要在這樣一個荒涼的地方過夜，不過他只是緊閉起嘴巴。對於降落地點提出建議是毫無用處的，這件事只能由龍來決定。現在飛在最前面的是斯克力姆和多提恩。他們的騎手都低伏在龍背上，危險地將身子向旁邊探出去，相互高聲呼喊著什麼。凱斯和博克斯特就和他們的橙色巨龍一樣非常相像，他們甚至還選擇了同樣的鞍具和戰袍。雷恩看著他們，不知道自己是否曾經像他們一樣年輕和無憂無慮。他們騎著龍衝向戰場，彷彿這只不過是他們生活中最普通不過的一天。

雷恩聽到身後傳來一陣狂野的喊聲。回頭望去，他發現冰華剛剛從卡羅和他的騎手身邊掠過。雷恩只能勉強分辨出戴夫威蒼白的面孔和張大的嘴巴，隨後婷黛莉雅就猛然轉向一旁。雷恩緊緊抓住龍鞍低矮的扶手，他的身體沉重地撞在龍鞍一側。他們脫離了隊伍。雷恩隱約聽見戴夫威高聲叫喊著：

「你這把破爛的老雨傘！」如果不是擔心自己的性命有危險，雷恩也許會被他的辱罵逗得笑出聲。

在撲面而來的疾風中，雷恩努力呼吸。他的手指因為緊緊握住龍鞍而感到疼痛。他們還在跌落。雷恩感覺到血液開始湧到臉上，鼻孔開始流出溫熱的液體。他無法將自己的想法變成語言，以向他的龍乞求憐憫。他只能將自己的恐懼壓向婷黛莉雅，並儘量抓緊扶手，看著荒蕪的褐色大地向他撲來。

然後，整個世界顛倒過來了。他緊閉起眼睛，朝另一個方向撞過去。他抓緊扶手的手指已經完全麻木了。當他睜開眼睛，吹到他臉上的風將淚水壓在他的臉側。婷黛莉雅正以極快的速度從地面掠過。在他們前方，一群看似是鹿的生物在一片高地上跳躍。雷恩很害怕自己猜測的事情會變成事實。

「不！」他哀求著，而衝擊不可阻擋地到來了。

雷恩狠狠撞在綁住他胸口的皮帶，體內的空氣完全被擠壓了出去。他感覺到一種毛茸茸的東西以強大的力道撞上他，隨後又被彈飛。片刻間，或者可能在更長的一段時間裡，他失去了知覺。當他甦醒過來的時候，灰塵充滿了他的鼻腔，受傷動物的尖利嘶鳴揪扯著他的耳膜。他睜開眼睛，用手抹一抹眼眶，又眨了兩下，想要爬出龍鞍，才想起有一根皮帶綁住他的胸口、已將他固定在這只鞍子上。他用疼痛的手指解開帶扣，站起身，又滾落到地上，趴在那裡不住地喘息著。他很高興世界不再翻滾，很高興雙手能夠摸到堅實的地面。然後他感覺到龍在移動，便用雙膝支撐地面，勉強站立起來，踉踉蹌蹌地從婷黛莉雅身邊逃離。他經過了兩隻還在哀鳴的鹿。斷裂的骨頭從牠們體內刺了出來，如同沾染鮮血的樹枝。第三隻鹿一動不動地躺在地上。第四隻鹿的脖子彎曲成一個怪異的角度，雷恩倒在這隻鹿的身上。

他等待自己的心跳平靜下來，聽覺逐漸恢復，口鼻能夠再次呼吸。他想要喝水，卻又不想回到龍鞍那裡去。他能夠等待。絕對不要打擾剛剛擊殺獵物的龍——他這樣告誡自己。

他聽見了喊聲和龍吼聲，感覺到一股熱浪向他撲來。其他龍也落地了。騎手們跳到地上，解開皮帶，將龍鞍卸下，然後推到一旁，讓擺脫束縛的龍再次飛起。雷恩緩緩坐起身，小心地按住身邊那隻鹿。不管怎樣，他打算從婷黛莉雅這種粗暴的行為中獲得一份豐美的烤肉。

在飛行了數日之後，希爾薇的一頭金髮早已纏結到了一起。她來到雷恩身邊，有些膽怯地問雷恩：「你還好嗎？」她的指尖輕輕按在自己的嘴唇和臉頰上，眼睛裡流露出擔憂的神色，「你流了好多血。」

雷恩用胳膊抹了一把臉，安慰希爾薇，「只是流鼻血而已。」然後他踉蹌著站起身，抓住鹿的一條後腿，「我們把它挪走，別等到龍來吃它。」

希爾薇抓住鹿的另一條後腿，將鹿拖過乾燥的地面。這裡的空氣又乾又熱，其他守護者全都聚集到了一棵大樹下的蔭涼。龍大多已經離開了，婷黛莉雅還在忙著大嚼她的獵物。雷恩注意到，沒有任何龍有膽量占據那些獵物。婷黛莉雅身上的鞍韉已經被卸下來了。「誰給她卸的鞍子？」雷恩問。

「拉普斯卡。」希爾薇回頭看了婷黛莉雅一眼。那頭龍正用爪子踏住一隻死鹿，要將它撕成兩半。「有時候，我覺得他毫無畏懼；也有些時候，我覺得他只是愚蠢。」

「有時候這兩者是並存的。」雷恩說道。他突然感覺有些頭暈，不得不努力站穩腳跟。他將鹿腿丟下，用雙手捂住眼睛，喃喃地說道：「她在衝向那群鹿的時候根本沒有顧慮到我，根本沒有。」

「他們向來都是如此，」希爾薇表示同意，「喔，默爾柯要比絕大多數龍都好很多。他會為我著想。但就算是他，如果遇到『龍的事情』，也會完全不考慮我，否則我根本就不會在這裡。」

拉普斯卡向他們走過來。他顯然聽到了他們的對話。他彎下腰，兩隻手分別抓住鹿的前腿和後退，將死鹿扛在肩頭，輕鬆地站起身。雷恩對於他的力量一下子有了巨大的改觀。

「我們不能期望龍會考慮我們，為他們考慮才是我們的責任。我相信，我們明天可以到達恰斯國，那以後，我們應該很快就能看到他們的首都。到時候我們會立刻開始戰鬥。不能讓他們做好迎戰的準備。」

雷恩和希爾薇跟隨拉普斯卡與其他守護者會合。拉普斯卡將肩上的鹿卸下來，摔在地上。然後他單膝跪倒在死鹿旁邊，抽出腰間的匕首。潔珥德站到他的身邊，看著他。「我們不能期待他們在明天的戰鬥中會照顧我們。我們每一個人都必須牢牢固定在龍背上。到時候，我們的任務是警惕我們的龍也許沒有注意到的危險。在古早時候，這意味著我們必須監視從高處向我們撲擊或從後面發動偷襲的龍。我們很幸運，這一次我們不會遇到這種威脅。」

「但恰斯城一直都有重兵把守，時刻準備著迎擊各種敵人。在古早時候，那座城市在一座山頂上建有城堡。我相信那個大公應該就住在那座城堡裡。不管怎樣，我們首先必須摧毀那座城堡。那裡的弩砲會向從地面上發動攻擊的軍隊投擲雨點般的石頭。但如果有聰明的指揮官，能夠保持清醒的頭腦，他也許能調整那些器械，向我們拋出巨石。塔樓上的弓箭手也許還能用強弓向我們射出致命的利箭。就算是一支細小的羽箭，如果深深紮進龍身上柔軟的部位，也能造成嚴重傷害，就像婷黛莉雅的傷口那樣。守護者的任務就是為他的龍警惕周圍的危險。這是最重要的，你們一定要記牢。」

拉普斯卡一邊說話，一邊剖開死鹿，他的眼睛只是盯著自己的雙手，但他的話音響亮又清晰，顯然是要讓每一名守護者都聽到。將死鹿剖開之後，希爾薇蹲到他的對面，開始剝下鹿皮。女孩動作俐落地把皮和肉分開，最終將皮撕了下來。諾泰爾拿著一根長杆子走過來，將鹿的心臟穿在上面。凱斯和博克斯特已經忙著收集引火的細小枯枝和折斷粗樹枝了。很快，一縷青煙就開始向天空飄去。

拉普斯卡跪立起來，手中托著深色的鹿肝。他的手臂直到臂肘都被血染紅了。他高聲說道：「如果你們的龍落了地，你們就必須聽從他的命令。他們也許會命令你們進入一幢建築，將裡面的敵人趕出來。如果龍受了傷，無法飛行，你們就必須保衛他們，至死方休。他們也許會將你們留在地上，讓他們沒有負擔地飛行。這全由他們來決定。」他將肝臟拋向諾泰爾，後者敏捷地將鹿肝接在手中。

「我們之中真的有人喜歡鹿肝嗎？」諾泰爾裝模作樣地問道，惹得拉普斯卡皺了皺眉。

血紅的古靈匕首穩定地移動著，卸下了鹿的後半身。「龍噴出的毒液會飄散開。我們有沒有討論過這件事？如果只是毒霧，你們的古靈衣服能夠保護你們。但你們還是應該儘快換掉沾染毒液的衣服。而且衣服只能保護它們遮住的地方。所以如果你們看到毒霧，一定要遮住頭和手。」

他嚴厲地向周圍掃視了一眼。他這時割下了一條鹿腿，又將小腿和大腿割開。「如果你們遇到的不只是毒霧，而是大量毒液，那無論是什麼都無法拯救你們了。」一種嚴重的疲憊感出現在他的臉上，彷彿他想起了些什麼，片刻間，他看上去一下子蒼老了許多，「如果遇到了大量毒液，立刻呼出體內所有空氣，然後在遭遇毒液時深深吸氣。如此一來，毒液將被吸進體內，你們會死得快些，到時候你們甚至連慘叫的時間都不會有。」

「甜美的莎神啊。」雷恩驚恐地失聲說道。諾泰爾瞪大了眼睛。凱斯的面色變得慘白，讓他臉上的橙色鱗片就像一片片花瓣。

「這樣的事情真的發生過？」希爾薇問。她的聲音很小，但還算穩定。

「有時候會，」拉普斯卡回答道，「我見到過。」他的目光飄向遠方，同時他的匕首開始從鹿腿上割下一塊塊肉。凱斯抱過來一捆可以當烤肉叉的樹枝，這是他從附近的灌木叢中割來的。他一言不發地將這些樹枝分給守護者們，他們都開始切割肉塊，插在樹枝上。雷恩也插好一些肉，跟著大家來到營火旁。

片刻間，眾人只是談論著一些日常的事情：誰有鹽？有沒有人想要吃肝臟？不知道留在克爾辛拉的那些人在做什麼，想什麼。雷恩說他很想念麥爾妲，在他離開的以後，希望埃菲隆不會成長得太快。凱斯揶揄地問希爾薇離開哈裡金以後的心情，女孩臉上一紅，但也大方地承認很想念哈裡金。至於塞德里克只是靜靜地盯著營火。

拉普斯卡露出若有所思的神情。「愛瑪琳達。」他最終說道，臉上露出哀傷的微笑。

潔珥德併起雙腿，坐到拉普斯卡身邊，歎息著說：「你在石頭裡見到過很多事，對不對，特萊托？」

他若有所思地看著潔珥德，回答道：「我在生活中經歷過許多事，還有一些事我是從自己選擇的祖先石雕而得知的。如果一個人要成為武士，那他就必須選擇武士先輩的石頭，並從中解讀他們，這樣可以再一次利用他們的經驗。所以我是特萊托，但我也是特萊托所接納的那些人。」

潔珥德緩慢地點點頭。她的目光在拉普斯卡的臉上遊動。那種樣子讓雷恩很是不安。希爾薇尖刻地說：「那麼愛瑪琳達呢？她也要為自己選擇先輩的石頭嗎？」

拉普斯卡的目光從潔珥德轉向希爾薇。他端詳著希爾薇，揣度希爾薇的反應。而他身上的某些東西彷彿凝固了下來。他有些躊躇地回答道：「愛瑪琳達為自己選擇了別的技藝。妳現在應該知道了，這種技藝沒有被儲存在石頭裡。她從她的導師們那裡學習，自己也逐漸成為一位大師。不過也有一些事情，她會從石頭中學習。」

「以這種方式學習身體技藝，會容易得多，比方雜耍、戲法和雕刻。如果一個人知道施展這些技巧時的身體感覺，就會更容易掌握他們。當然，學習這些的人還是需要透過不斷練習而獲得靈活性和肌肉力量。不過如果一個人記得這些技巧的經驗，他的練習也會容易得多。熟悉的感覺還能夠給予一個人成功的信心，比方劍術。」

「那麼其他身體技巧呢？」潔珥德流露出一種會心的微笑。拉普斯卡也向她笑了笑，「有一些事情，男人知道的從來都不會嫌多，或許女人也是如此。」

潔珥德打了個哆嗦，瞥了希爾薇一眼，又問拉普斯卡：「有沒有女人能夠成為愛瑪琳達？如果我用了她的記憶石，難道我不會知道她和特萊托共度的日子？還有那些夜晚？」

拉普斯卡若有所思地看著她，承認說：「也許可以。」他還想要說話，卻忽然停下來，彷彿忘記了自己想要說什麼。他的雙眉之間出現了一條溝痕。片刻間，雷恩又覺得他只是一個可憐的年輕人，彷彿他馬上就要撲倒在地上，像孩子那樣大哭起來。

希爾薇替他說道：「妳也許能夠知道所有愛瑪琳達的事情，但妳仍然不會是賽瑪拉。」

潔珥德瞪視著希爾薇，雙拳抵在腰間。她比希爾薇足足高出了一頭。雷恩心中閃過一陣驚恐，以為她要打希爾薇。此時潔珥德的聲音變得低沉而怨毒：「我可不想變成賽瑪拉！誰會想要那樣？她根本不知道她想要什麼。她只喜歡折磨別人。」然後潔珥德又將目光轉向拉普斯卡，「她想要你和刺青都屬於她，根本不考慮你們的心情。」

拉普斯卡顫抖著吸了一口氣。他的聲音顯得有些憔悴。「不管怎樣，她知道自己不想要什麼，也知道自己不想要誰。」

潔珥德向拉普斯卡靠近過去。她昨夜的床伴諾泰爾瞇起了眼睛。潔珥德低聲對拉普斯卡說：「她不是這個世界上唯一的女人，再選一個吧。」

希爾薇沒能找到合適的言辭斥責潔珥德，一時竟有些啞口無言。

拉普斯卡盯住潔珥德，片刻間瞪大了眼睛。他的內心在因為某件事而掙扎。但這短暫的一刻很快就過去了，一抹冷酷的微笑出現在他的唇邊，「我會的。」他看著潔珥德，卻絲毫沒有要接受她的意思——他已經不必再將自己的決定用言辭表達了。「就像賽瑪拉一樣，我很清楚自己不想要誰。」說完這一句，他就站起身，伸了個懶腰。古靈外衣緊緊綳在他寬闊的肩膀上，然後這名軍官笑著向聚集在營火周圍的人們看了一眼，「我們全都應該去睡了。明天我們就會到達恰斯國。那座城市裡全都是女人，她們之中有很多人肯定非常高興能夠看到恰斯大公垮台，會衷心感謝這場戰爭的勝利者。」

「喔，拉普斯卡！」希爾薇發出一聲微弱的驚呼。

雷恩覺得可能只有自己聽見了希爾薇的喊聲。他想到了自己淹沒在崔豪格記憶中的父親。他的父親再也不是自己了，再也認不出他的孩子和妻子。

這時，凱斯響亮的喊聲壓倒了其他一切聲音。「一座全都是女人的城市！」他向博克斯特笑了笑，又問道，「特萊托，關於衷心感謝我們的女人，你還知道些什麼？」

「瑟丹，瑟丹，該醒了。你需要吃喝些東西了。」

瑟丹睜開眼睛，明亮的陽光注入到室內。陽台上花盆裡的玫瑰已經生出了新葉，吹進視窗的風很柔和。彷彿是為了迎接春天，茶西美脫下了她白色的裏身長袍。瑟丹從沒有想到茶西美的頭髮竟然會這樣長，如同瀑布一般披散在她的肩後。現在她身上只穿著一件淺粉色的簡單長袍，腰間纏著白絲帶，一雙小腳上穿著玫瑰花蕾形狀的小軟鞋。她正伏身在瑟丹的軟榻旁邊，輕拍他的肩膀，將他喚醒。一只裝滿食物的大托盤被放在他身邊的矮桌上。

「妳看上去就像是春天女神。」瑟丹睡眼惺忪地說道。茶西美臉上一紅，雙頰就像她的絲袍一樣粉嫩。

「你要吃些東西。」

瑟丹抬起頭，整個房間都在旋轉。他的頭又落回到枕頭上。「是今天嗎？時間已經到了？」

「恐怕是的。在他們來找你以前，我希望你吃些東西再休息。」

瑟丹抬起手臂看了看。他的兩隻手臂從手腕到臂肘都被整齊地包裹上了雪白的繃帶。但他知道繃帶下面是什麼樣子。黑色和藍色的瘀傷覆蓋了他的兩支小臂。「一名治療師說，要在我的脖子上開一道口子。也有人表示反對，他們說那樣可能會無法止住我出血。」

茶西美突然站起身，走到陽台，向窗外望去。「你應該吃東西。」她絕望地說道。有銅號的聲音從很遠的地方傳來。

「茶西美，恐怕這一次我沒辦法回到妳身邊來了。即使我能回來，可能也永遠不會再醒過來了。」

「我也有同樣的擔心，」茶西美的嗓音有些沙啞，「不過你知道，我已經做好了準備。」她向自己的衣服一指，又指了指敞開的視窗，「我也有我的小計畫。在他們帶走你以後，我會等在陽台上。如果他們惱怒地撞開我的門，我就會跳下去，讓他們來不及捉住我。如果他們把你帶回來，但我已經無法再讓你醒來……」

「帶我一起走，」瑟丹安靜地說，「我能夠想到的最可怕的命運就是在這個房間醒來，卻發現妳已經走了。」

茶西美緩慢地點點頭，用非常小的聲音說：「這個都依你。」然後她挺直了腰杆說道，「但現在，你應該吃東西。」

「我不想感覺到那個墮落的老人用嘴貼在我的喉嚨上。」

站在房間對面的茶西美一直在凝視著瑟丹。瑟丹的話讓她緊緊閉起眼睛，將臉轉向一旁，表情變得苦澀而凝重。她顫抖著深吸了一口氣，又說道：「只要吃些東西就好。」

「這毫無意義。如果我要失去我的生命，我寧可死在他們割開我的喉嚨，讓他再一次吸吮我的血液之前。」

「瑟丹……」

「除非妳願意和我一同用餐。我們能最後一次一同用餐嗎，茶西美？」

茶西美來到他的床邊，捧起托盤，放到陽台的一張矮几上。「你介意坐在地板上嗎？」她問瑟丹。現在她的聲音變得異常平靜，「如果我們的用餐被打斷，如果他們提前來……」

「那樣我們還是能先行走掉。真是個好主意。」

瑟丹抬起頭。這一次，世界沒有旋轉。茶西美走回來，幫助他站起身，充滿耐心地扶著他邁開步子。他們緩緩走過房間，瑟丹的兩條腿不停地搖晃著，他的手臂和手腕全都痛得非常厲害。當他終於在食物旁邊坐下來的時候，心中充滿了感激。茶西美急忙堆起軟墊，讓他能夠倚靠，再用毯子將他包裹好。空氣中充滿了春天的氣息，但他還是在不斷發抖。「能活著的感覺真好。」他對茶西美說。

茶西美微微一笑，向他搖了搖頭。「真是廢話。不過你說得對。由庫普魯斯家收養的瑟丹．維司奇，你知道嗎？你是第一個和我交談的男人。」

瑟丹有些困難地將一個軟墊拉到自己身邊。「這應該不可能吧。妳告訴過我，妳有兄弟，還有妳的父親和妳的三任丈夫。妳一定還認識其他男人。」

茶西美搖搖頭。「我的身分導致我還是孩子的時候，就和所有男性都隔絕了。就算是我參加宴會，人們之間也只會禮貌地交換客套話。我的追求者其實是要討好我的父親，而不是我。當我被交給我的丈夫們。他們根本沒有興趣和我說話。我甚至不是一件取樂的工具。他們還有更具有技巧的女性能夠任憑他們擺布。我的作用只是製造一個孩子，能夠將我的血統和他們的血統混合在一起。就是這樣。」

「他們全都死了。」

茶西美曾經向瑟丹提起過她的一點歷史，但在她講述的時候，瑟丹從沒有深究。現在，茶西美看著瑟丹的眼睛說道：「第一個人的死是一個意外。」她為他們兩個斟上葡萄酒，掀起一只大碗上的蓋子。牛肉湯馥鬱的香氣從碗中飄出來。她又為他們兩個各盛了一碗湯。「你認為我很邪惡嗎？」她問瑟丹。

「在我看來，妳不是那種人，」瑟丹回答，「有許多個晚上，我曾經夢到過親手殺死綁架我的人。有些時候，我會努力要掙斷我的鐵鍊，想殺死我能夠碰到的那些看客。我們又有什麼區別？」

茶西美向他微微一笑，回答道：「我比你更成功？」她掀起一塊布，露出溫熱的麵包，然後打開麵包旁邊的小碟子，一邊說，「看看這黃油有多黃！牠們一定已經把奶牛趕到長有新草的牧場了。」

銅號聲再一次響起，這次顯得更加急迫。他們同時轉過頭，向城外望去。遠方又有其他號聲相互應和。瑟丹猛地向茶西美轉過頭問道：「那是怎麼回事？」

茶西美聳聳肩，「很有可能是一次外交訪問。城門口的衛兵們吹響號角，宣布使節到來。使節每通過城中的一處防禦門戶，都會有號聲響起。」她啜飲了一口葡萄酒，「這和我們沒有關係，朋友。」

風正在輕撫著他們。辛泰拉知道，婷黛莉雅確信他們在中午之前還無法到達那座城市。他們從乾土的方向襲來，逐漸進入到氣候溫和的地區。隨著他們在天空中飛過，地上已經有不止一群牲畜被嚇得四散奔逃。一名牧羊人大著膽子向他們高聲喊叫，搖晃著拳頭。他們看到的遊牧者全都調轉馬頭，飛快地逃開，根本不理睬他們的牛群。

我們稍後再大吃一頓！冰華向他們承諾。

現在保持速度，穩定飛行。不要讓報警的敵人跑在我們前面。默爾柯提醒大家。

這些事在克爾辛拉就已經全部商量好了。冰華曾經和人類進行過戰鬥。他很清楚他們必須做些什麼。他們現在不能用吼聲進行交流，要從沙漠地帶繞過來，避開人類的眼睛，以免那座城市會事先得到警報。龍在很久以前就知道，騎在馬背上的人類是跑不過龍的，但他們能夠在夜晚不斷趕路，不必在沿途狩獵、進食和睡眠。這頭黑色的老龍打定主意要奇襲恰斯城，讓缺乏準備的人類儘量少地對他們構成威脅。

所以他們採取筆直的路線，一直全速向前飛行。無論地面上的獵物多麼容易獲取，也不進行任何獵殺。地上的棚屋和農舍越來越多，他們很快就飛過了那座巨型城市的週邊區域，現在已經隱約能夠看到城牆了。在那道城牆後面的一座山丘上，高高矗立著恰斯大公的塔樓和堡壘。那更像是一座結構複雜的城堡，而不是宮殿。隨著他們迅速向那裡靠近，辛泰拉的心中生出一種讓她感到不安的疑慮。那是一個壞地方，非常非常壞。她找不到任何關於那裡的詳細記憶，這只讓她覺得那裡更加險惡陰森。冰華堅持要徹底毀滅這一整座城市，但默爾柯直接向他表示了反對。

「我的記憶也許不像你的那樣廣博，但我的確記得這樣的事。攻擊一整座城市的人類就像是在匕首蟻的蟻丘上睡覺。他們很小，但他們會向我們發動無窮無盡的攻擊，如果有必要，他們還會從其他蟻丘召喚同伴。要擺脫掉他們，其實你只需要攻擊位於中央蟻丘的蟻后。婷黛莉雅也曾說過，她在寒冰島嶼和黑石海岸上都曾經受到過人類的優厚款待。她稱那裡為六大公國，說每當她去那裡，都會得到肥美的牛和安全的睡眠之地。徹底摧毀恰斯國是否也會讓我們失去這種優待？」

冰華很氣惱金龍將他的問題交給了藍龍女王。婷黛莉雅則顯得很高興：「六大公國和恰斯國進行了漫長的戰爭，他們可能不會在意我們是否摧毀了這座城市。但我曾經單獨在一座城市中作戰，而這段記憶要比冰華的記憶新得多。我要說，摧毀城市的任務既危險，又不愉快。我們需要許多毒液才能消滅一隊隊士兵。當我們在破壞船和塔樓的時候，將有很長一段時間，我們都無法狩獵、進食和睡眠。」

在婷黛莉雅說話的時候，冰華飛得越來越高。藍龍女王身邊的卡羅則對彰顯權威的黑龍發出險惡的低沉吼聲。冰華則毫不退讓地說道：「當人類對妳下毒，或者用繩網和長矛攻擊妳的時候，妳能夠進食和睡覺嗎？還是妳只會死掉？」

「哪一樣更好——折斷對方的脖子，迅速擊殺？還是交戰雙方在漫長的戰鬥中不斷相互造成傷害？」婷黛莉雅反駁道。

他們飛過了一座城外的防禦堡壘。讓辛泰拉吃驚的是，示警的號聲竟然如此迅速地被吹響。群龍紛紛回頭瞥去，看見堡壘上已經站滿了帶甲士兵。他們身下的大門敞開，六個騎在馬背上的人舉著旗幟衝了出來。

信使，婷黛莉雅進行了確認，但他們出來得太晚了。

所有龍都加快了速度。辛泰拉聽到守護者們相互呼喊。他們細小的聲音立刻就被風吹走了。默爾柯率領著他們。冰華突然不再和卡羅競爭，而是一振翅膀，飛過其他龍，想要取代默爾柯占據領頭的位置。他是不是因為看到荷比和拉普斯卡超越了他而感到吃驚？那位紅龍女王和她的騎手如同箭一般射向佇列的最前端。拉普斯卡俯身趴在荷比的脖子上，用狂野的歌聲鼓勵和讚美他的龍。荷比的紅色鱗甲熠熠生輝，翅膀迅速地振動著，就像是一隻在烏鴉群中飛行的蜂鳥。當她超越到其他巨龍前面的時候，看上去幾乎讓人覺得有些好笑。芮普妲和一直籠罩在她上方的凶暴的小噴毒，突然也向前移動，越過了冰華和默爾柯。老黑龍發出銅號般的怒吼。

彷彿是聽到了信號，所有巨龍都爆發出震耳欲聾的咆哮，宣示他們的到來，同時龍群像十數支利箭射向山丘上的城堡。

「你們不是說要靜悄悄地突襲他們嗎？」塞德里克驚愕地問道。

「我不喜歡讓荷比飛在我前面。」芮普妲怒氣沖沖地回答道。

塞德里克伏身在芮普妲背上的簡易龍鞍裡——芮普妲拒絕使用更加沉重的鞍韉。他用兩隻手緊緊抓住一根裝飾著銀鈴的皮帶。卡森在鞍子上加了一根生皮的安全帶。塞德里克相信這根帶子能保護自己，但他沒辦法讓自己鬆開雙手。他幾乎已經閉起了眼睛，但強風還是不斷吹進他的眼皮，把裡面的淚水擠出來。「我們在前面更危險，親愛的，我們不如暫時後退一下，讓那些大個子的龍衝在前面吧。」

噴毒嘲諷地吼叫著：「是的，就聽從妳背上那隻皮包骨的小跳蚤吧。退到後面去，讓他們先噴吐酸液，妳可以從酸霧中飛過去。這對你們兩個一定都非常有趣。」

塞德里克緊咬牙關。他不知道噴毒說的是實話，還是只不過又一次嚇唬芮普妲以取樂。他們飛得極快，下方的地面向後滑動的速度，讓塞德里克不由得感到噁心。他們飛過一個村莊，鐘聲響起，號角不斷發出警告。在一條溪水般的黃色道路上，一個人從滿載的大車上跳下來，跑進旁邊的一片農田，平趴在莊稼裡面，希望以此躲過從頭頂上方飛過的龍，但沒有龍在意他。恰斯城外到處都是農場和小村鎮。塞德里克知道攻擊就要開始了。他只好竭力鼓起勇氣。他不想來這裡，不想看著芮普妲殺戮沒有準備、軟弱無助的人類。

如果他們有了準備，他們就會來殺我，芮普妲提醒塞德里克。塞德里克心中生出一陣陣的慚愧。芮普妲感受到他的心意，又對他說：我原諒你，但我不能原諒那些仍然要奪走我的血和鱗的人。

在他們身下，人們正狂亂地來回奔跑。有一些人躲進了房子裡，另一些人則跑到街上，想看看發生了什麼事。微弱的尖叫聲在上午清冷的空氣中飄蕩著，同時還伴隨著號角的聲音。龍群紛紛發出銅號般的吼聲，嘲諷那些人類的嚎叫。塞德里克突然驚呼一聲——龍群彼此散開，乾淨俐落地分成幾支小隊，開始迅速下降。人們恐懼的叫嚷聲更加真切地傳入塞德里克耳中。片刻之間，他也感到了同樣的恐懼。巨龍來了，將會向他們噴吐強酸，將他們的皮肉從骨頭上燒掉。他們的房子將被摧毀，任何敢於對抗巨龍的人都難逃一死。他們的孩子將失去父母，只能在冒著煙的街道廢墟中哭嚎哀泣。他們沒有任何能力與龍對抗。他們只能恭敬地服從這些強大、輝煌和美麗的巨龍。他們應該逃走，拚命逃走，離開他們的房子，逃出城去，這是他們唯一的機會……

喔，你不必如此。芮普姐突然打斷了困擾塞德里克的思緒。塞德里克突然感到自己被隔絕了。他的意識離開了如同滔滔洪水一般的龍威——那些精神力量全部指向了正在地面上逃亡的人群。

龍群在城市上空盤旋，用龍威轟擊城中的人類。他們轉彎的半徑越來越小。馬匹、狗和負軛的公牛也都像人類一樣脆弱。塞德里克看到牠們全都被嚇得發了瘋，在街上來回亂竄，撞開對牠們的一切束縛，逃出城去。只要還活著，牠們就在不停地奔逃。越來越多的尖叫聲響起，號角聲和鐘聲全都在狂亂地向四方飄散。塞德里克知道自己是這場災難的一部分，這讓他感到驚恐和噁心。他喃喃地自言自語：「我只想這一切趕快結束。」

很快，芮普姐向他承諾，**很快。**

湯幾乎被喝光了。茶西美重新斟滿了酒杯，「我們唯一的罪過也許就是吃得太多。」她說道。

不遠處傳來一聲女人的尖叫。隨後一連串的尖叫聲紛紛響起。「出什麼事了？」瑟丹努力想要站起來，茶西美擺擺手，讓瑟丹躺回去。然後她站起身，有一些腳步不穩地來到陽台的護牆後面。「街上全都是人。他們在奔跑，還伸出手指著……我們。」她有些驚訝的看著城中的景象，又轉回頭，向天空中望去，不由得抽了一口冷氣。

她轉過身，結果腳步不穩，突然向後一歪身子。瑟丹伸出手抓住了她的腳踝，高聲喊道：「不要跳下去！帶上我一起走！」

茶西美抬手指向天空，「龍。天上全都是龍。」

「扶我站起來。」瑟丹懇求茶西美，茶西美卻只是愣愣地盯著天空。瑟丹喘息著，再一次懇求說，「是不是有一頭藍龍女王？妳有沒有在他們中間看見一頭藍龍？」

「我看見一頭紅龍，一頭銀龍和兩頭橙色的龍。一位女王？」

「一頭雌龍。渾身是燦爛奪目的藍色，還有銀色和黑色的花紋，就像蝴蝶一樣優雅，像撲食的鷹一樣強悍有力。她的藍色能夠讓天空也相形見絀。」

「我沒有看見藍龍。」

瑟丹離開軟墊，用雙手和膝蓋撐住身體。他沒有足夠的力氣爬到陽台邊緣，只能匍匐在地上，儘量抬起頭向天空中望去。茶西美是對的，他的龍不在這裡。「不是我的龍。」他說道。他的心中盡是失望。

巨龍在天空中劃過一道弧形軌跡，繞過了大公宏大的宮殿。他們正在向下降落。一頭小銀龍發出銅號般的狂野吼聲，毒液隨著這一陣吼聲灑落下來。「甜美的莎神啊，不。」瑟丹祈禱著。他曾經見過婷黛莉雅在擊退恰斯入侵者的時候，將毒雨向繽城噴吐。只要一滴毒液落在人身上，用不了多少時間，毒液就會穿透人體，從身體的另一側滴落下去。血液和內臟也都會順著被毒液燒出的孔洞中向外流淌。沒有任何東西能夠阻擋這種強酸。他想要警告茶西美，卻說不出一句完整的話。

銀龍的酸霧隨風飄散。瑟丹驚恐地注視著那一片銀色的霧氣降落在花園裡的一尊雕像上。他沒有聽見嘶嘶的聲音，但他能夠想像剛剛抽芽的植物驟然枯萎，變成褐色的渣滓而後堆積在土壤上。沒過多久，那尊雕像就坍塌下來，化作一堆粉末。

「他們在攻擊宮殿，」茶西美喘息著說道，「他們不斷噴出某種液體，被那種碰到的東西全都在粉碎坍塌。快，回到屋裡去！」

「不。」瑟丹感到一陣麻木，「躲藏在房子裡對我們不會有好處，除非妳想要在房子倒塌時被埋在瓦礫下面。」瑟丹的口唇越來越乾澀，他的嗓音變得沙啞，「茶西美，我們要死在這裡了。誰也救不了我們。」

茶西美瞪大了眼睛盯著瑟丹，然後又抬起頭眺望她的城市。被龍摧毀的區域如同一條隔離帶，環繞住大公的城堡。他們站在塔樓的陽台上，能夠清楚地看到那條隔離帶越來越寬，坍塌的建築和融化的屍體距離他們越來越近。龍群的計畫非常明顯。這個毀滅環形內部的一切都將被毒液浸透。他們就站在即將到來的死亡中心。

「我的人民。」茶西美低聲說道。

「他們正在逃跑。看那些街道，那些離我們很遠的街道。」瑟丹搖搖晃晃地坐起來。**恐懼會給人力量**，他自顧自地想到。

「龍並沒有追殺他們。」茶西美低頭望向塞滿街道的人群，緩緩地說道。看上去，這座城中所有的居民都在逃離他們，「我的父親，大公。他們是來殺他的，對不對？」

瑟丹盡力點了一下頭。「我很抱歉。我相信他們為了找到他，會將這裡的一切都摧毀。」

「我一點也不覺得這需要抱歉。」茶西美的語氣中沒有一點難過的意思，「我只是可憐我的人民。看到他們這樣驚恐，我感到哀傷。但我並不憐憫我的父親，更無法憐憫他為自己帶來的末日。他沒能將你吸乾，也沒能把你的屍體丟回給我。我絕不會因為他的失算而感到傷心，至少我不必再費力往下跳了。」

她突然坐到瑟丹身邊的地板上。瑟丹伸出手，握住了她的手。淚水沿著茶西美的臉頰流淌下來，但一抹微笑正在她的唇邊顫抖，「我們還是會死在一起。」她伸出一隻微微抖動的手，握住茶壺，「你願意最後再和我一起喝杯茶嗎？」

瑟丹轉頭看著茶西美。一種奇異的平靜充滿了他的全身。「我更願意得到一個吻。我想，這是我的第一個吻，也會是最後一個吻。」

「你的第一個吻？」

瑟丹顫抖著笑了笑。「我所處的環境，不可能和別人接吻。」

茶西美眨眨眼，淚水落得更快了。「我也是。」她稍稍向瑟丹俯過身，身子停在彼此的中間。

瑟丹看著她。她已經閉上了眼睛。她的頭髮光滑如同絲線，皮膚白嫩好似奶油，只有一雙嘴唇是薔薇般的粉色。她的初吻將來自於一名滿身鱗片的龍人。瑟丹俯下身，用自己的嘴唇找到她的唇，輕柔地親吻她，然後不知道該如何結束。他以為她會厭惡地向後退開。但當他終於靠回去的時候，她睜開充滿淚水的眼睛，露出了微笑。

「我被一個男人溫柔地碰觸。」她說，彷彿這是一個偉大的奇蹟，足以驅趕那些氣勢洶洶的惡龍。

瑟丹伸出手臂環抱住她，她靠進瑟丹的懷裡。他們一同看著巨龍飛出視野。片刻之後，龍群又從另一個方向繞回來了。瑟丹第一次看到兩頭龍的背上還有騎手，他們滿身的鱗片在太陽下閃閃發光，就像他們胯下的巨龍一樣燦爛奪目。一頭龍發出銅號一般的吼聲。那三頭龍一起降低高度，飛出一個更寬大的弧形軌跡。在一陣陣吼聲中，毒液雨滴映射著陽光，從張大的龍嘴裡噴灑出來。隨後，他們猛然振動強有力的翅膀，三頭龍全部升入高空，離開了他們製造出的死亡圓環。

茶西美也伸出雙臂，緊抱住瑟丹，她的面色慘白，說話的聲音變得非常微弱，「看樣子，這樣死會很快。也許要比跳下去更快。」她扶著瑟丹站起來。瑟丹抓住陽台的石欄杆，他們一同向下方的城市望去。

遠方的街道上仍然擠滿了逃亡的人群。號角聲遮住了充斥在空氣中的一陣陣尖叫聲，但銅號一般的龍吼聲壓倒了所有這些噪音。所有人都在逃離出現在大地上的這一圈越來越寬的焦痕。一個圓環，一道死亡和毀滅的隔離帶出現在大公宏偉宮殿的周圍。瑟丹越來越清晰地看出了巨龍的計畫。他低聲說道：「他們用這種辦法封閉這座城堡，任何從這裡逃走的人都必須經過灑滿毒液的土地。現在他們就能慢慢摧毀這裡了。」他幾乎能夠真切地看到這個計畫逐步實施，就好像他是天空上的那些龍。他向天空抬起眼睛。

「真希望我們能夠活下來，」茶西美衷心地說道，「我想要活著看到恰斯國從我父親的靴底掙脫出來。」她轉過臉，柔軟的嘴唇撫過瑟丹覆滿鱗片的臉頰，「我希望**我們**能夠活著。」她悄聲說道。

「婷黛莉雅！」瑟丹用自己的全部力量喊出他的女王的名字，這是他絕望的心中爆發出的最後力量，「婷黛莉雅！如果妳活著，我也還活著！藍色女王，天空的寶石，妳在哪裡？」

雷恩感到很有些噁心，但這不是因為不斷晃動的龍背。在他的身下，一切正慢慢變成齏粉。腳步太慢的逃亡者，也將會被毒液波及。他已經拉起外衣罩住頭部，又把雙手縮進袖子裡。巨龍毒液的威力清晰地展現在他的眼前。他只能透過衣服上一道狹窄的縫隙觀察這個世界，而他只是虔誠地希望自己不要看到太多。

他無法忽視那些恰斯士兵的勇氣。他們射出的羽箭在巨龍身下劃過一道道弧線，又落回到地面上。隨後他就看到那些嚴整的陣列被落下的酸雨融化。一些士兵被龍威壓垮，逃出了佇列，但他們逃錯了方向，背對著城堡衝進已經遭到毒液滌蕩的環形地帶。可憐的雜種們，雷恩嗅到一絲龍毒的刺鼻氣味，便用襯衫裹緊了頭和臉。

巨龍的戰術讓他不得不感到欽佩。沒有一頭龍飛到其他龍的身後或身下。龍群分成了幾組。每一組中的龍都並肩飛行，向下俯衝，噴吐毒液，再提升高度，回到原先的軌道上。每一次，他們都會向大公的城堡更靠近一點。他們對時間的把握非常精準，這樣能確保各組龍之間絕不會發生衝撞。城堡的外牆已經坍塌了幾處。這道牆非常古老，也非常牢固。不過龍群來此不是為了殺人，也不是為了摧毀石頭。在他們噴灑過毒液的環形地帶，沒有任何能動的生物。

婷黛莉雅突然抖動了一下，離開隊伍，急速向上攀升。雷恩急忙從外衣中鑽出來，伸雙手抓住龍鞍前面的皮帶。他以為婷黛莉雅會繞回去。「妳受傷了嗎？他們擊中了妳？婷黛莉雅？」

「聽！」婷黛莉雅回應了一聲，向更高的地方竄去。驟然增加的速度讓雷恩連喘息都變得困難。婷黛莉雅很快就飛到遠離其他巨龍的上方，她向大公的城堡轉了一個急彎。哪裡？哪裡？哪裡？她不停地問道，完全不理會雷恩的一聲聲高喊：「到底是怎麼回事？出了什麼狀況？」

突然，婷黛莉雅猛地向下撲去，衝向城堡最高的塔樓。冰華因為她破壞計畫而發出銅號般的怒吼，她也全然不予理睬。雷恩只能無可奈何地緊抓住她的皮帶，一邊發出驚恐的喊聲，跟隨著婷黛莉雅如同箭一般地飛向那座塔樓的一側。

「她會像一顆藍色的星星從天空中掉落。她是毀滅的女皇，復仇的帝王，如果我一定要死，就讓她將死亡賜予我吧！」

「那就是她？她就像藍色貓眼石裡燃燒的火焰！」茶西美愣愣地盯著天空，睜大的眼睛裡同時充滿了恐懼和喜悅。茶西美站在瑟丹的身後，抱住他，讓他靠在石欄杆上，勉強能夠站立，看著那藍色的奇蹟向他們飛射而來。

瑟丹提高聲音，卻發現沒有任何旋律從嗓子裡傳出來。

「她睿智又恐怖，擁有非凡的聰慧。她擁有迅捷的雙翼、鋒利的長爪，還有敏銳的雙眼。婷黛莉雅！」瑟丹用全力喊出巨龍的名字。

婷黛莉雅在空中揚起身子，讓他們看到了她光芒閃爍的腹部和放射出冷光的利爪。

茶西美緊緊抱住瑟丹。但她的整個身體還是在不斷地顫抖。「她就像光芒璀璨的藍鋼！賜予我死亡吧，美麗的巨龍。我們在等待妳。」

但巨龍沒有向他們伸出雙顎，而是她的前爪。茶西美踉蹌著向後退去。婷黛莉雅則抓住了陽台的石欄杆，將身子掛在陽台上。她的翅膀在他們周圍捲起了一陣陣強風。她的前爪在欄杆上留下了深深的刻痕，兩條後退支撐在下方的塔壁上。石雕欄杆上迅速出現了許多裂痕。

「爬上來，快爬上來，快啊，**快啊！**」騎在龍背上的人不停地吼叫著，這時，「**立刻爬上來，立刻！**」龍發出命令，洪亮的聲音迴盪在瑟丹的骨骼中。

瑟丹努力想要服從巨龍的命令，但他孱弱的身體徹底背叛了他。他感覺到茶西美抓住自己背後的袍子，把自己向前推過去。他抓住巨龍胸口的皮帶，龍背上的人已經爬下來，緊緊抓住他纏著繃帶的手腕，把他拽上了龍背。他痛呼一聲，虛弱地踢蹬著雙腳，然後他的手找到了皮帶和鐵環，便勉強將它們抓住。陽台開始一塊塊碎裂，脫落。巨龍還在努力要趴附在塔壁上。龍騎士把他向上拽去，最終讓他在龍背上坐穩。瑟丹向前俯過身，緊緊抓住皮帶。巨龍已經離開高塔，再次飛起。瑟丹只能一聲聲呼喊著：「茶西美！不，回去，婷黛莉雅，仁慈的女王！茶西美！」

「我……在……這裡！」她的聲音充滿驚恐，顯得格外虛弱。

瑟丹低下頭，看到茶西美正拚命攀附在婷黛莉雅皮帶的鐵環上。她的衣服在風中飄擺，而此時巨龍又迅速向下俯衝，進一步遠離了城堡。在急速下落的過程中，瑟丹只能聽到茶西美瘋狂的尖叫聲。

突然又是一次令人噁心的急停，下落變成了滑行。婷黛莉雅有力的翅膀一次、一次、又一次地振動，他們開始緩慢爬升。茶西美緊咬著牙，飄散的頭髮在面龐周圍彷彿無數狂亂的溪流，又形成了一片燦爛的光暈。終於，她抓住一只又一只鐵環，頑強地爬上龍背，直到瑟丹伸出的手握緊了她的手腕。她很明智地沒有將體重分擔給瑟丹，但瑟丹無法放開她。她一只鐵環一只鐵環地、終於來到瑟丹身邊，將瑟丹緊緊擁抱，正如同那名龍騎士一樣。瑟丹轉過頭，看見了那名龍騎士。那是一位如同古早織錦上所描繪的古靈。

「閣下，非常感謝，」瑟丹喘息著說，「喔，婷黛莉雅，天空的藍色女王，所有巨龍中最強大和最睿智者，我向妳致以深深的感謝。」

「小弟，我一直都擔心會在這個最恐怖的地方找到你。」龍騎士說道。瑟丹這時才意識到，緊抱住自己的是雷恩，「看上去，你距離死亡只有一步之遙了。」雷恩說道。

「你不可能知道我都經歷了什麼。」瑟丹回答。他忽然感到一陣鬆弛之後的頭暈目眩，「你們來這裡做什麼？哪裡來的這麼多龍？」

「難道你不認識他們嗎？」雷恩問。婷黛莉雅一直沒有說話，只是背著他們越飛越高，遠離了那座城市，遠離了他們下方的死亡和毀滅。「他們還是繭的時候，你就看護著他們。你親眼看到了他們孵化！瑟丹，我們來自於克爾辛拉。我們此行的目的是殺死恰斯大公，因為他竟敢獵殺巨龍，並意圖奪取他們的血肉。」

瑟丹感覺到婷黛莉雅正在回應雷恩的話——巨龍的怒火湧過了瑟丹的全身。

「但你到底是怎麼了？」雷恩質問道，「你沒有給我們寄回任何訊息！你的姊姊以為你死了。你的母親一直在擔心你姊姊的猜測是對的。你到底出了什麼事？看你的樣子，我相信你待在這座塔樓裡絕不是出於自願。你帶在身邊的這個人又是誰？」

瑟丹深吸一口氣。但沒有等他回答，茶西美已經說道：「我的名字是茶西美。如果這位超凡絕倫的女王和她的同伴們能夠在今天完成他們的使命，等到日落之時，我就是恰斯國合法的女大公，而且我虧欠了你們一份很大的人情。」

綠月第十日
商人聯盟獨立第七年
來自瑟丹．維司奇，婷黛莉雅的歌者，克爾辛拉
致繽城貿易商珂芙莉婭和隆妮卡．維司奇，繽城

親愛的媽媽和祖母：

我寫下這份小卷軸，由柏油人帶往崔豪格，再從那裡用頓瓦羅鴿子帶往繽城。隨後我會再寫一封長信，詳細將我在這段運氣不佳的冒險旅程中所遭遇的一切，都讓您們知悉。不過那份卷軸肯定會非常沉重，不可能讓信鴿寄送。我會請求愛麗絲將它交予艾惜雅，由她帶回家交給您們。

現在我只能簡單扼要地說一些重點。我被我的同伴們出賣了，遭到囚禁，最終到達恰斯國，被像奴隸一樣對待。但我還活著，並回到了偉大輝煌的婷黛莉雅女王身邊。婷黛莉雅救了我的命，並恢復了我的健康。對於我承受的那些磨難，我不想在此有過多的陳述，尤其是這一張小紙卷也不可能寫下那麼多內容。我只想告訴您們：我向您們保證，我的身體正在逐漸復原，在我身邊的都是好人。

關於我在恰斯城被攻陷時所做的事情，以及我與荼西美女大公的友誼，妳們一定已經聽到了各種各樣的傳聞。我只能說，事實絕對要比妳們聽到的任何流言更加奇異。當我的第二支卷軸被送達時，您們自然能夠知道那些事實。

母親，您問我何時能夠回家常住。請不要誤解我的話。我已經在家裡了，在克爾辛拉，在其他古靈和巨龍們的身邊，我感受到了許多個月以來從未有過的平靜與安全。我的姊姊麥爾妲也在

這裡，還有雷恩。這麼多年以來，他就像我的一位兄長。這裡還有其他許多古靈！這裡美麗的原野本身就對我有治療的效力，而且我還在這裡學習到了數千首古早古靈讚頌巨龍的詩歌。一想到曾經以為自己是一名歌者，我就禁不住會感到慚愧。現在我終於親耳聽到了遠古時代的那些歌聲！我有許多傳統歌曲必須學習，這些歌曲被用來歡迎巨龍以及慶祝孵化的幼龍第一次飛翔。感謝巨龍將他們的美好與我們分享，我相信，我需要數十年的時間才能宣稱我是一名真正的歌者！

這並不意味著我不想見到您們。等到我的身體條件允許時，我就會去探望您們。我也希望您和祖母願意到這裡來看看我。我會帶領您們參觀我的城市，向您們介紹守護者和其他巨龍。尤其是婷黛莉雅的配偶卡羅，那真是一頭英俊的巨龍，而且是那樣強壯！我非常高興能夠看到婷黛莉雅和他在一起，就像我相信妳們高興地看到麥爾妲和雷恩結為伴侶。

暫時我只能寫這麼多了。只是這一點書寫已經讓我感到疲憊。還請耐心等待，一封更加詳細的信很快就會被送到妳們手中。

永遠愛您們的，您們的瑟丹

22

夏季

典範號船長室的下午茶時間，剛開始還很正式，不過一個小時之後，大家已經端著咖啡杯來到這艘活船的前甲板上，船首像也加入了談天。柏油人和典範號一起繫泊在崔豪格的碼頭上。愛麗絲不知道這兩艘船是否背著人類另有溝通，不過她認為問這種事應該是非常失禮的。她覺得自己上一次登上典範號彷彿已經是數十年以前的事情了。回望自己在雨野原河上的旅程，想起自己與這艘船之間笨拙的交談，那時艾惜雅和貝笙．特瑞爾也在場，她就禁不住會啞然失笑。不過沒有人提起這件事，而典範只是在忙著用長篇大論表達他的氣憤——運輸小雞和綿羊在他看來真不應該是活船的工作。

「希望柏油人能夠忍受這些骯髒的生物，比起嘎嘎亂叫著落到甲板上的海鷗，牠們還更可怕！」

「也許是這樣，但我們的孩子一定會想念牠們的。」貝笙說。

「我相信他會想念的一定是那些鮮雞蛋，而不是他必須清掃的那些糞便。」艾惜雅笑著說道。她靠在船欄杆上，向甲板船艙的對面望過去。「他和樂符剛剛已將那些牲畜送到柏油人的甲板上。所以，我們也許還有十分鐘的時間進行一些成年人的談話，隨後你們就要被淹沒在關於巨龍和一日戰爭的各種問題了。」

「我們很高興能夠盡力回答他們的每一個問題。實際上，我們也沒有親身經歷過那場戰爭。如果我們要相信每一頭龍的講述，那麼他們每一個都立下了攻陷那座城市和處死恰斯大公的全部功勞。」

「還有女大公的繼位，」艾惜雅說道，「我們已經得到了鴿子帶來的瑟丹的信，但那些信中說得還不夠清楚。我們只能大概知道他經歷了些什麼。他送來的每一封信都能讓我們知道得更多一些。只是他也告訴我們，他現在還無法回家。在克爾辛拉，他還有一些事情必須『處理』好。」艾惜雅格外強調了「處理」這個詞，表明她認為她的侄子還有很多事情沒有告訴他們。她的目光從愛麗絲轉向萊福特林，彷彿是想要得到確認，或者至少是能夠得到一些特別的訊息。

萊福特林急忙說道：「你們的孩子看上去很懂得甲板上的事情。如果你們認為他可以在另一位船長手下歷練一番，歡迎他到柏油人來。這裡的生活會更簡樸一些，他將和船員們睡在同一個船艙裡，不過我很高興能夠帶他航行上一兩次。」

貝笙和艾惜雅交換了一個眼神。隨後說話的並不是男孩的母親。「他的年齡還不夠大，不過等他再長大一些，我會接受你的邀請。我知道他很想看看他的姑姑和姑父，還有他的表弟埃菲隆。」貝笙微笑著想要改變一下話題，「你認為麥爾妲和雷恩什麼時候會帶著孩子到下游來看看？」

「你們要從我的甲板上帶走歐仔？」典範震驚地說道。

「只是很短一段時間，典範，我知道他是屬於你的，就像他屬於我們。」貝笙用安撫的口吻說道，「但多一點經歷對他不會有壞處。」

「嗯，」船首像將雙臂交叉在木雕的胸膛前，嘴巴抿成了一條細線，「也許等埃菲隆足夠大，可以在這裡待上一段時間吧。這是交換人質，就像以前那樣。」

貝笙向眾人翻了翻眼睛，低聲說道：「他今天情緒不好。」

「我**沒有**情緒不好！只是指出：你們是一個活船家族，在你們讓家族成員登上另一艘活船之前，你們應該考慮清楚。你們必須保證他會回來。最理想的狀態應該是：交換來的人質應該是柏油人家族的一員。」他將目光轉向萊福特林和愛麗絲，「你們很快就會生小孩了嗎？」

萊福特林被自己的茶嗆到了。

「我還不知道。」愛麗絲鄭重其事地回答。

「真可惜，妳現在正是多產的年紀。」典範禮貌而又認真地說。

「我們能不要說這個問題嗎？」艾惜雅幾乎有些嚴厲地對典範說，「你向貝笙和我提供你那充滿洞察力的生育建議，已經夠糟了，不要再將你的智慧用在我們客人的身上了。」

愛麗絲不知道滿臉通紅的貝笙是在感到尷尬，還是正在努力壓抑著笑意。

「他們應該尋求柏油人的建議和幫助。至今為止，他們都很喜歡生育的活動，只是還沒有結出果實。就是這樣。」典範不慌不忙地說。

貝笙突然清了清嗓子：「好吧，既然說到了人質……」

「是嗎？」他的船好奇地插嘴道。

「是的。說到人質，那時到底發生了什麼？在繽城有許多謠言，但當時我們到南方去採購你們訂購的貨物了，後來才回到雨野原河，所以我們對此知道的並不多。」

「如果你要問，我只能說這是一個悲劇。」愛麗絲回答道，「我相信你們一定已經知道，那些恰斯人寧可淹死在河中，也不願接受議會的審問，或者繳納贖金返回故國。議會最終還是支付了我們的酬金。不過我相信那只是因為我代表守護者們發了言，證明我們全都平安地活著。只有議會安插在我們中間的一些人遭遇了厄運。貿易商坎達奧推翻了自己的供詞，否認自己做過的每一件事，甚至不承認他在克爾辛拉時每一頁都有親筆簽名的供狀。他堅稱自己是被迫寫下了這份自供狀，而一名遮瑪里亞商人為他做了擔保。我個人懷疑他們在返回崔豪格的途中達成了某種祕密交易。那名遮瑪里亞商人一定得到了非常可觀的利潤。恐怕我們永遠也不可能見到那名不法商人受到正義的處罰了。我們也許應該一直對坎達奧進行單獨關押。」她這樣說的時候看了萊福特林一眼。萊福特林只是搖搖頭。

「那時的柏油人載滿了乘客。我們很難那樣做。而且我相信，在卡薩里克議會中還有其他人參與了那些罪行。他已經被保護起來了。」柏油人的船長說到這裡，又搖了搖頭，「不管怎樣，他們會為此付出代價。柏油人絕不會再為他們運送任何貨物了。沃肯號和白色長蛇號也絕不會和他們有往來。」看到貝笙一挑眉毛，萊福特林解釋說，「守護者和巨龍終於為他們的無損船起了名字。他們計畫在這個夏季結束的時候，便開始這兩艘船的處女航。他們的目的地是崔豪格，就算經過卡薩里克，他們也不會在那裡停泊。克爾辛拉的任何貨物都永遠不會在那裡交易，除非卡薩里克議會調查和懲治那些陰謀危害我們的人。」

「對一名貿易商而言，最沉重的打擊莫過於奪走他賺錢的機會。」艾惜雅表示贊同，「你們也許能用這個辦法踢除掉桶裡的爛蘋果。那麼其他人呢？」

「在船上工作的奴隸們留在了克爾辛拉。其中一些人很適應那裡的生活，不過也有一些人可能想要離開，我們讓他們自己做決定。另外還有一些商人，有的來自繽城，有幾個是崔豪格人。他們都不想作為證人指控坎達奧，所以我們無法證明坎達奧和卡薩里克議會中的其他人，是否收了恰斯人的賄賂或者受到他們的威脅，也無法證明他們對我們有所圖謀。總之，現在我們能做的只有拒絕和他們進行貿易。」萊福特林面色陰沉地說道。

「他們曾經企圖殺害婷黛莉雅。」典範嚴肅地提醒所有人。

「攻擊她和冰華的命令最初來自於恰斯國，」愛麗絲溫和地指出，「莎神知道，他們已經為此付出了上百倍的代價。」

典範充滿懷疑地哼了一聲，但所有人類都保持著沉默。恰斯城陷落的訊息實在是很驚人。大公的宮殿在冰華精心組織的進攻中化成了一堆廢墟。那頭黑色的老龍是如此殘忍無情，又如此鍥而不捨。殺戮那座城堡中的人並沒有讓他得到滿足。等到巨龍的攻擊結束之後，那座山頂上只剩下了殘垣斷壁。恰斯軍隊最終還發動了一場混亂的反抗，立刻就被噴毒充滿熱情地擊敗了。那裡的人們很快就明白，就算是建築物也無法抵擋剛剛喝下巨龍之銀的龍群。到了那天晚上，一小群貴族瑟縮著提出投降請求，卻發現巨龍們已經「捉獲」了恰斯女大公，並和她簽訂了條約。

「拉普斯卡和荷比留在了恰斯國。諾泰爾、凱斯和博克斯特以及他們的龍也都留了下來。四頭龍成為了支持新女大公繼位的強力後盾，幫助她建立統治恰斯國的權威。無論從哪個角度思考，這件事都令人覺得奇怪。」

「那麼，克爾辛拉會願意由她來掌權？」艾惜雅問。

愛麗絲聳了聳肩膀，「巨龍們願意由她來掌權。她提出了非常優厚的結盟條件。恰斯國的法律一直都要比繽城更加嚴苛。她宣布：任何敢於與龍為敵的人都要被判處死刑。牧羊人和遊牧者每年都要繳納一定量的牲畜，作為獻給巨龍的獵物，也就是巨龍稅。一開始，她遭到了一些貴族的強烈反對，但她用無情的手段處置了他們。而且那些貴族一定也明白，要結束和巨龍的敵對狀態，讓她掌權就是一個關鍵要素。最終只有一支貴族勢力公開反對她。她向巨龍們提出請求，於是一切都結束了。」

「很嚴厲。」貝笙低聲說道。

「恰斯人就是這樣，」萊福特林也聳了聳肩，「我相信，她只能以這種方式在那裡建立起秩序。恰斯國內仍然有不穩定的跡象，尤其是一些邊境省份。不過我相信那裡不會像一些人說的那樣釀成內戰，茶西美女大公也在努力構建其他的同盟。」

愛麗絲插口道，「我們聽到了一個非同尋常的傳聞，新的女大公正在致力於締結一份恰斯國和修克斯地區六大公國的合約。」

「真可笑，」艾惜雅說道，「已經沒有人還記得這兩個國家之間還有過和平時代了。」

「是很可笑，但也有可能是真的。」貝笙說。片刻之前，他們全都陷入了沉默，思考著這種變化。

「瑟丹呢？」艾惜雅突然說道。她直視著佳麗斯，「他現在具體情況如何？」

愛麗絲久久地看著萊福特林，決定他們應該說實話，便看著艾惜雅的眼睛說：「你們是他的親人，你們必須知道，過去這段經歷給他留下了許多傷痕，並不只是身體上的。大公是真的在吃他，不斷從他的血管中吸食他的血液。在婷黛莉雅將他帶回克爾辛拉數個星期以後，他手臂上的傷口仍然清晰可辨。當我第一次看到他的時候，我完全無法相信他還能靠自己的力量站立。他那時瘦得可怕，臉頰都凹陷下去了。」

艾惜雅面色變得慘白。「我們聽到了一些傳聞。甜美的莎神啊，小瑟丹，我一直在記掛著他。在我的記憶中，他還是那個剛剛七八歲大、吵吵鬧鬧的小傢伙。但我們也聽說了其他傳聞，據說他和恰斯女大公有著特別的關係？我們完全無法理解這種事！」

「他們曾一同受到羈押，」愛麗絲回答道，「他們似乎因此而結成了某種特別的關係。更多的我也不清楚了，所以我不能亂說。我知道有人認為巨龍和克爾辛拉支持年輕的恰斯女大公正是因為如此，而那些人對此頗有微詞，他們認為應該迫使恰斯國徹底臣服於克爾辛拉，但如果不是茶西美女大公的努力，瑟丹可能早就死在那裡了。根據瑟丹對我們的講述，茶西美數年以來一直過著形容囚犯的生活，其實境況要比他更糟。考慮到茶西美對古靈瑟丹——婷黛莉雅的歌者——所做的一切，那些訂立條約的人，認為由她掌權是在那一地區恢復和平的最快方式。」

貝笙撓了撓下巴，向艾惜雅微微一笑：「你們家族的人似乎都很善於改變歷史，先是溫特羅和麥爾妲，現在又是瑟丹。」然後他喝了一口茶。

典範說話了，他的聲音中帶著嘲弄的意味：「你的運氣很好，娶了他們家族中有理智又負責任的那一個。」

貝笙被茶水嗆到了。艾惜雅拍打著他的後背，也許手上的力量用得重了一些。當貝笙一邊咳嗽一邊發出笑聲的時候，艾惜雅又問道：「瑟丹的身體已經開始恢復健康了？」

「恢復非常明顯。畢竟他受了很多苦，並不只是恰斯大公為了吸血在他手臂上割出許多傷口。婷黛莉雅暗示說，他的一些疾病是因為未受監督的錯亂生長。當婷黛莉雅重塑他的時候，他還很年輕，隨後他又離開了婷黛莉雅相當長的時間，所以他體內也並非一切正常……」

「這是龍的事情！」典範氣憤地打斷了她

「這是**家族**的事情。典範，瑟丹是我的侄子，也是婷黛莉雅的古靈，我有權知道他的情況，你也有權知道！你應該像我一樣關心他。」

艾惜雅的責備讓活船安靜下來。典範臉上露出若有所思的表情。他放低聲音說道：「難道他們沒有想過用巨龍之銀治療他？」

片刻之間，愛麗絲只是愣愣地盯著這艘船。典範竟然公開將這個祕密講出來，這讓愛麗絲感到無比震驚。然後，她覺得如果這真的是龍的事情，典範也有權知道全部細節。「關於這方面的智慧已經遺失了，」愛麗絲對他說，「但瑟丹的龍每天都在照看他。瑟丹的外傷已經癒合，他現在能夠行走，胃口也很好，還能夠再一次為婷黛莉雅歌唱。我相信你很快就能再見到他。他很希望能夠探訪崔豪格的庫普魯斯家和身在繽城的他的母親。他還想回恰斯國去探望女大公。」

「如果我是婷黛莉雅，我就不會允許他那樣做。」典範說。

「正是女大公讓瑟丹活了下來，否則瑟丹就會被女大公的父親殺死了。典範，這是一個非常漫長的故事，其中有很多細節我還沒有和你提起過。」

「但今晚，妳會回來為我講這個故事？」活船提出要求。

萊福特林走到船邊。愛麗絲跟隨在他身邊。他低頭望向自己的船。軒尼詩抬起頭，悶悶不樂地看著他，伸手指了指駁船後甲板上籠子裡的牲畜。樂符正面帶笑容地向滿臉驚恐的絲凱莉說著什麼。歐仔坐在柏油人的船欄杆上，一邊笑著，一邊甩著兩隻腳。萊福特林轉頭瞥了愛麗絲一眼。「我們應該出發了，不過我想，我們可以等到明天早晨。」

「應該有更好的辦法安置這些鳥。」塞德里克抱怨著。他一低頭——一隻信鴿突然驚恐地從棲息的地方跳起來，瘋狂地飛過他的頭頂，落在了固定在牆上的一個鴿巢箱子上面。

這裡是靠近河邊的一幢有些殘破的小房子。因為它的狀況不是很好，守護者們決定讓鴿子住在這裡應該也不會給它帶來更多的損害。卡森皺起眉，看著地上堆滿鴿糞的發黴稻草。他們的一小群鴿子已經給這裡增添了不少垃圾。「或者也許會有更好的辦法確保這裡和世界其餘地方的信件傳送，」獵人說道，「我想，我們對於信鴿的要求提出得太草率了，尤其我們之中其實沒有人很了解他們。」他乜斜著眼看了看那些鴿子，「剛剛飛進來的是哪一隻？」

「他們全都是一個樣子，」塞德里克回答道，「不過……只有這隻的腿上綁著信管。到這裡來，小鳥，我不會傷害你，來這裡。」

他慢慢走過去，伸出雙手想要握住那隻鴿子。鴿子不停將身體重心在兩條腿之間來回交換，不過還沒有等他決定要飛起來，塞德里克已經輕輕合攏了他的手。「好了，不是很難受，對不對？不要這麼害怕。沒有人想要吃你。我們只想要信管。」塞德里克攏好鴿子的翅膀將鴿子雙腳朝前遞給卡森。

「馬上就好，馬上就好……這根線太細了，很難找到……啊，繩結在這裡。我解下來了。你可以把他放開了。」

塞德里克再一次將鴿子的羽毛輕輕梳理平整，才把他放回到鴿巢上。鴿子彷彿立刻忘記了剛才的事情，開始跳來跳去，向他的配偶發出咕咕的叫聲。塞德里克跟隨卡森走出屋外。

「這是誰的信？萊福特林的？他們要在崔豪格耽擱一些時候嗎？」

「我還沒有把信打開。等一下。我剛揭開信管，但信紙就是出不來。給你，你來試試。」獵人將小信管遞給充滿好奇的塞德里克，微笑著看塞德里克迫不及待地晃動信管，直到信紙的邊緣從小管中露出來。

塞德里克輕輕揪出捲成小卷的信紙，將它打開。很快，他就在驚訝中挑起了眉毛，然後一道深溝又出現在他的雙眉之間。他鬆開那張紙條，讓它在自己的手心裡重新捲起來。

「出什麼事了？壞訊息？」

塞德里克揉搓了一下臉頰。「不，只是讓我感到一點驚訝。我認得這個筆跡。是沃隆姆・柯思爾的信。它是寫給我的。沃隆姆是我在繽城的一個老朋友，是詔諭圈子裡的人。」

「喔？」卡森的聲音變得有一點冰冷。

「他們籌集了一大筆獎金，只希望能夠得到詔諭的訊息，沃隆姆還在這封信裡加上了他個人的請求。很明顯，他認為詔諭有可能還躲藏在這裡，和我在一起，避開了他的舊生活和家庭的恥辱，開始在克爾辛拉逍遙自在了。」說到這裡，塞德里克看著卡森的眼睛。

高大的獵人攤開空空的手心。「那天以後，就再沒有看見過他了。塞德里克，我不知道。我已經不止一次感到這件事情很蹊蹺，但我也不知道他到底出了什麼事。我們當時將他丟在了那座塔裡。你說，他不是獵人和漁夫。我們的食品儲備也沒有丟失。無論是守護者還是巨龍，都沒有再見過他，畢竟我們早就要大家注意這件事了。」

塞德里克攥緊那張紙，將它捏成一團。「你不知道他遭遇了什麼，我也不在乎。」他將那封信丟在地上，從河面上吹來的風輕輕推動著它。卡森又看了它幾眼，然後伸手摟住塞德里克的肩膀。

「鴿子暫時應該沒事了。」獵人說道，「不過我們應該想一想要把雞舍安排在什麼地方。」夏日的陽光映照在兩名古靈的身上。他們轉過身，離開河邊，向克爾辛拉走去。

「你覺得山丘那邊會有些什麼？」

「更多的山丘，」刺青喘息著說道，「然後是高山。」

他們停下腳步，喘上一口氣，喝一些水囊中的水。天氣很暖和，夏日的感覺正越來越濃。賽瑪拉已經將翅膀從自己的外衣下面伸展出來，將它們半張開來，讓自己涼爽一些。從早晨開始，刺青和賽瑪拉就不停地爬山。他們全都背著弓箭，賽瑪拉今天更多的興趣在於探索，而不是狩獵。她轉過身，低頭望向一直延伸到城市的綠色丘陵。這些丘陵現在依然寧靜如斯，無人居住，但在靠近碼頭的地方已經是熙熙攘攘了。白色長蛇號的船員們正在將她駛入河道。船槳平穩地划動著，將那艘船在水流中推進。雷查德的微弱喊聲被風一直吹到了這裡。他正在為槳手們喊著號子。這名曾經的奴隸，現在已是水手們的教官了。看樣子，他很好地適應了自己的新角色。

「看。」賽瑪拉朝另一個方向一指，「塞德里克的樹。他和卡森栽到巨龍廣場那些大罐子裡的小樹苗。從這裡能看到它們的樹葉。它們現在已經不再是小木棍，而是真的像一棵又一棵的樹了。」

一頭龍發出銅號一般的吼聲，那時一種充滿嘲諷的挑戰。賽瑪拉的目光轉向清澈的藍天，不由自主地呻吟了一聲：「又來了？」

「很明顯。」刺青深表贊同，同時轉過了頭，「他在哪裡？」

婷黛莉雅就在他們的頭頂上方。在兩個人的注視下，她一直盤旋上升，越來越高。她再一次發出銅號般的吼聲，他們聽到從東方傳來回應的聲音，又同時轉過頭，看見卡羅展翅飛來。這不是巨龍在搜尋獵物時的閒適盤旋，也不是撲擊時的全速俯衝。藍黑巨龍強有力的翅膀推動他一直向前向上。在碧藍色的天空中，他全身都散發出黑色的光彩，只有當他向下振翅的時候會短暫顯示出銀色的翼尖。他的長尾巴如同蛇一樣在身後抽動。

婷黛莉雅在天空中展開了一對光彩奪目的藍色翅膀。她懸停在一個高度上，毫不費力地盤旋著，一聲聲嘲諷的吼叫清晰地傳入地上兩個人的耳朵裡。

刺青繼續搜索著天空。「我沒有看到冰華。」

「上一次戰鬥相當狂野。愛麗絲告訴我，根據她最早期對卷軸和紀錄典籍的研究，公龍在交配戰鬥時，很少會對彼此造成嚴重的傷害。」

「我可不認為卡羅研究過愛麗絲的那些卷軸。我相信在他們的最後一戰裡，冰華認輸了。也許現在冰華正想要獵殺一些大東西，好好吃一頓，然後睡上一覺。」刺青自顧自地點點頭，「更優秀的龍會贏。我很高興卡羅能夠得到伴侶。」

賽瑪拉將軟木塞摁在水囊上。「我們沿著那道峽谷去懸崖附近看看，我想要知道那些懸崖有多麼難爬。」

刺青依舊看著天空，卡羅正在用充滿挫敗感的咆哮回應婷黛莉雅銅號般清澈的吼聲。「妳不想看看嗎？」他帶著逗弄的語氣問賽瑪拉。

「謝謝，但我已經足足看過六次了。難道他們就不能用一天時間把這件事做好嗎？」

「我想他們是樂在其中。等等。那是什麼？」

另外一片天空吸引了刺青的注意力。賽瑪拉舉目注視：「是辛泰拉，她在幹什麼？」

那頭年輕的藍龍女王以賽瑪拉從未見過的速度筆直地飛行著。隨後，金龍默爾柯越過了他們身後的山脊。賽瑪拉聽到辛泰拉發出和婷黛莉雅一樣充滿挑釁意味的吼聲。紅色的巴力佩爾和橙色的多提恩突然出現在山麓森林上方的天空中。「喔，看起來一定會很精彩。」刺青歡呼一聲，坐了下來，乾脆躺倒在草地上，看著這些競爭對手靠近辛泰拉。「巴力佩爾也許有機會對抗默爾柯，」他帶著思考的口吻說，「他們的體型大小相仿，但我認為默爾柯更聰明。至於多提恩？我覺得他沒希望。」

那些龍彷彿是聽到了他的話，默爾柯突然轉向，朝倒楣的多提恩撲了過去。橙色公龍立刻想要逃走，卻還是沒能躲過金龍。默爾柯追上了逃跑的多提恩。當多提恩靠近地面的時候，默爾柯撲到他身上。多提恩已經沒有了可以迴旋的高度，一下子撞進樹林裡，驚起了一大群八哥四處亂飛，默爾柯則在最後一刻飛上天空，沒有和他的對手一起滾進林木中間。他的翅膀有力地搧動著，帶著他的身體擦過樹梢，大片枝葉隨著龍翼鼓起的強風而劇烈地晃動。

巴力佩爾充分利用了金龍分神的時刻。這頭公龍一直向上飛去，辛泰拉則不斷向他發出嘲諷。默爾柯咆哮著，向巴力佩爾發出挑戰，但巴力佩爾沒有將自己的氣息浪費在吼叫上，只是不斷向辛泰拉逼近。辛泰拉的嘲諷變成了怒吼，她向巴力佩爾飛過來。兩頭龍在空中相撞。巴力佩爾以令人頭暈的螺旋軌跡向下跌落。在搧動了十幾下翅膀以後，兩頭龍都恢復了平衡。但巴力佩爾跌落的程度比辛泰拉更嚴重。當他完全集中精神追趕辛泰拉的時候，默爾柯從後面對他發動了攻擊。

巴力佩爾急忙轉回身迎戰金龍。兩頭公龍的兩雙前爪握在一起，狠狠地用翅膀擊打對方，不斷向彼此高聲吼叫，用後爪相互蹬踏抓扯，同時迅速從天空中墜落。辛泰拉沉默下來，在兩頭公龍的上方盤旋，看著她的追求者激戰不休。在遠遠高過辛泰拉的天空中，婷黛莉雅和卡羅的影子已經交匯在一起。

「他們掉下來了，掉下來了……分開，夥計們，否則你們兩個都會死！」刺青擔憂地喊道。

但巴力佩爾和默爾柯沒有分開。他們繼續這樣僵持了兩次呼吸的時間。隨後，默爾柯一聲怒吼，突然甩脫了紅龍。他用盡全力拍打翅膀，讓自己從傾斜狀態中恢復過來。巴力佩爾努力翻過身，從樹林上方掠過，但還是笨拙地落在草地上，翻滾著折彎了一支翅膀，最終才停下。賽瑪拉注視著紅龍，心中充滿憂慮，直到看見巴力佩爾抬起頭，站穩身子，抖了抖翅膀，將它們收回到身側，她才放下心來。彷彿是察覺到了女孩的注視，紅龍最後發出一聲銅號般的怒吼，大步走進森林之中。

「他差一點抓住辛泰拉了！」刺青欽佩地喊道。

賽瑪拉向天空轉過眼睛。辛泰拉看上去正無比認真地躲避著默爾柯。她向後轉圈，衝默爾柯怒吼，又試圖繼續向上爬升，但這一切都沒有用。默爾柯金色翅膀拍打得越來越快，飛行的速度也隨之提升。突然間，金龍飛到了藍龍背後上方，猛地探出頭，叼住了辛泰拉的後頸。

「他抓住她了。」刺青心滿意足地說道。然後他轉過頭，衝賽瑪拉一笑，又繼續望向那對正在交配的巨龍。

賽瑪拉沮喪地呼喊了一聲，用力推了刺青一把。刺青笑著轉向她，不等賽瑪拉將手抽回去，刺青已經抓住了她的手腕，要把她拉過去。但賽瑪拉猛地掙脫了刺青，轉身就跑。她的心在狂亂地跳動著。「賽瑪拉！」刺青喊道。賽瑪拉則回頭喊了一聲：「不！」

賽瑪拉一直向前奔跑，但急驟的腳步聲如同雷鳴一般在她身後追來。她感覺到刺青伸手碰到了自己翅膀的邊緣，便急忙收起翅膀，卻又感覺到自己的翅膀猛然向上展開，又在收起的時候向下拍落。在她身後，刺青發出一陣沒有言語的驚叫。

「峽谷！」刺青喊道。賽瑪拉看到了自己面前大地的裂縫。寬闊的裂谷兩邊是陡峭的山壁。這很可能是夷平了部分克爾辛拉的那場地震所造成的另一道傷痕。賽瑪拉想要放慢腳步，轉身躲開刺青，但刺青距離她太近了。「別犯傻！」刺青喊道，但這不是犯傻，賽瑪拉相信，這根本不是犯傻。

她猛地張開翅膀，努力搧動兩下。她的雙腳差一點就要離開地面了。她用力跳起。在令人眩暈的一瞬間，她的腳下突然變空了，只是在很遠的谷底有一條狹窄的溪流正向大河奔騰而去。她又振動了三下翅膀，身子向上升起，隨之而來的震驚感覺讓她一下子失去了重心。她開始滑落，峽谷另一側的草地彷彿在向她撲來。她奔跑著落在上面，一下子跪倒下去，打了個滾。「刺青！我飛起來了！我真的飛起來了。這不只是跳躍。我飛起來了！」

刺青停在了峽谷的另一邊，緊緊地盯著賽瑪拉。一種非常奇怪的表情出現在他的臉上。突然間，他轉回了身，向遠處走去，低垂著頭，雙臂用力擺動。他在逃離她。

賽瑪拉看著刺青越走越遠。她甫因為喜悅和興奮而狂跳的心，瞬間冰冷了下來，這股寒流隨著心跳湧到了她全身。她太怪異了，刺青一定無法再接受她了。她向自己手上的藍黑色的爪子瞥了一眼。正是這些爪子從她出生時起就讓她變得與所有人都不一樣。她一直都太過特別，雨野原對她造成了太嚴重的變化。就算是忠誠的刺青也無法接受翅膀和飛行。看著刺青遠去，淚水刺痛了賽瑪拉的眼睛。

一陣尖利的吼聲讓賽瑪拉抬起眼睛。是了，默爾柯抓住了辛泰拉。他們在賽瑪拉頭頂的高空中盤旋，身體結合在一起。賽瑪拉搖搖頭，想要甩脫她清晰感覺到的龍的狂熱。該是回歸現實的時候了。她的弓呢？她是不是在發瘋從刺青面前飛起來的時候把弓掉落了？掉到哪裡去了？峽谷的另一邊？

賽瑪拉回頭朝來時的方向望去，看見刺青正向她跑來。他剛剛爬上了一段山坡，現在正悄無聲息地一路跑下來。他緊咬著牙齒，彷彿下定了什麼決心。「小心峽谷！」賽瑪拉尖叫著，但已經太晚了。刺青又跑出兩步，一下子跳了起來。

他不可能跳過來。

但他跳過來了。

他頭朝下猛地一翻身，翻出一個狂野的筋斗，雙腳向前伸過來，踩到地上。迅疾的勢頭帶著他一直向前撲，一下子壓倒了賽瑪拉。當他用雙臂抱住賽瑪拉，把她壓在地上的時候，賽瑪拉知道這不是意外。「抓住妳了。」他說道。

刺青的衝擊將賽瑪拉肺裡的空氣都擠了出去。她喘息著回應道：「是的，你抓住我了，終於抓住我了。」她看到刺青睜大的眼睛。當她深深吸氣的時候，刺青的嘴唇捂住了她的嘴唇。她閉上眼睛，感覺到刺青的體重壓在自己身上，嗅到了他的氣味，用力將他抱緊。太陽照耀著他們，讓整個世界變得溫暖。此刻，賽瑪拉唯一能聽到的聲音，只有巨龍銅號般的、歡喜的吼聲。

尾聲

新一代

婷黛莉雅在上午醒來。她抬起頭，看著太陽，然後站起來伸了一個懶腰，活動一下翅膀。在過去的十天裡，一直困擾她的那種心神不寧的感覺又充滿了她全身。隨著太陽的升高，這種感覺也變得越來越強烈。

清晨狩獵之後，她選擇安睡在克爾辛拉背後的一道岩石山脊。當她第一次醒來的時候，心中就生出一種急迫感，但她那時以為自己只是感到了饑餓。現在，她吃得很飽，經過充足休息之後剛剛醒來，祖先的記憶卻在不停地催促她。她審視了一下太陽在天空中的位置。就是此刻了。

她嗅到了風中有卡羅翅膀下面的味道。她轉過頭，看見卡羅緩慢地盤旋而下，停在她身旁。這頭藍黑色的公龍比他們初次相遇時更高大了。他在一生中還會不停地變大。卡羅向她邁出兩步，伸長了脖子，嗅著她周圍的空氣。今天，他說完便等待著她。

今天，她做出確認。到時候了。

冰華從他們身旁飛過。他知道最好不要想落在婷黛莉雅身邊。卡羅用幾場血戰建立了這條規矩，但這頭老龍也有他的權利，他很清楚這一點。「今天！」他在從那兩頭龍頭頂掠過的時候，用銅號般的聲音吼出這個詞。

婷黛莉雅向山下望去，看見其他在岩石崖壁頂端打盹的龍紛紛抬起了頭。她知道，在下方遠處的克爾辛拉城中，守護者們肯定都會停下所做之事，暫時忘記他們的蟻丘生活，驚奇地向這裡眺望。

卡羅凝視著婷黛莉雅，他旋轉的眼睛裡充滿了占有欲。誰和妳一起飛翔？他問道。什麼樣的公龍會這樣問一位女王？冰華再次從他們身邊飛過，發出這樣的嘲諷，我才是這一代的父親。我要照顧的是屬於我的後代。我將和她一同飛翔，前往築巢海灘，看護她挖掘巢穴，並抵擋異類。對於這些和所有應該做的事情，你都沒有記憶了嗎？

婷黛莉雅考慮著。她看了一眼再次從她面前飛過、滿身傷痕的黑龍。卡羅已經挺起了身子，微微張開翅膀。我有記憶。他怒氣沖沖地說道，我記得那座島上曾經有十幾位女王。公龍會為了最好的築巢地而戰鬥。那些日子已經一去不返了。我們開始了一個新的時代，也許我們也應該採用新的方式。卡羅會和我們一起去，她做出決定，他年輕而且強壯。我也會讓他和我一起飛翔。

不能是這樣！冰華惱怒異常，妳已經完全忘記了！只有父親才能跟隨女王前往築巢海灘，並且貼身守衛她。其他公龍都是不可信任的。他會摧毀巢穴和蛋。

卡羅伸直脖子，張開翅膀。他還不像冰華那樣巨大，但他的翅膀上沒有傷痕，他的肌肉充盈而靈活。午夜一般深藍色的鱗片上閃爍著細小的銀星。他拍動了一次翅膀，毒素湧到了每一隻爪尖上。你要挑戰我嗎，老龍？他將目光轉向婷黛莉雅，我不會摧毀巢穴，這個世界上的龍太少了。即使妳的第一巢後代來自於他，我又為什麼要在意？隨後的後代都將是我的，而我的後代將需要配偶。

你的思考方式就像人類！冰華厭惡地說道，如果是我的後代，我當然也不會危害他們，但我現在要警告你，幼龍，如果敢破壞巢穴，那我們只有戰鬥到死。

婷黛莉雅輕蔑地哼了一聲。任何敢破壞我的巢穴的雄性都要死！女王不需要公龍做這種事。

「那麼，就是今天！」卡羅向所有龍和古靈發出銅號一般的響亮吼聲。我現在就要離開了，妳最好趕快跟上，否則我懷疑妳不記得路。

我認得路，婷黛莉雅憤怒地回應道。

那麼，走吧，卡羅完全沒有理睬冰華，你也許該飛得快一些，因為我們兩個很快就會超過你了。

冰華向卡羅發出無言的怒吼，然後就一振翅膀向遠處飛去。婷黛莉雅看著冰華越飛越遠，漸漸變小，最終消失不見。他是來自於另一個時代的巨龍——婷黛莉雅這樣想著。她很高興自己的第一批後代能夠繼承那頭老龍的記憶。如果他們還能有足夠的智慧，適應這個只有不到二十頭成熟巨龍的世界，那就更好了。婷黛莉雅不知道自己會產下多少顆蛋，也不知道其中有多少能夠孵化，又有多少能夠順利度過海中長蛇時期。而這些長蛇是否又能像墨金蛇群那樣得到引導，以順利回到家鄉的結繭地。她噴出一股鼻息，將這些思緒拋到一旁。至少在一件事上，冰華是對的。她現在有了許多人類的思維方式。為什麼要為還沒有孵化的蛇群擔心呢？更不要說這些長蛇還必須成長許多年，才能返回雨野原。

她低頭看看克爾辛拉，用銅號般的吼叫高聲宣布：「今天！」然後，她等待著。冰華也許是對的，她失去了許多記憶，但她的確還記得許多事情。一些傳統必須遵循。她為什麼還要耽擱？

在下方的城市中，一個苗條的身影出現在塔樓上。他身上的袍服閃耀著銀色和最深的藍色光澤——瑟丹提高了聲音，開始讚美這一天。古老的歌詞在婷黛莉雅的血液中震顫，讓她豎起了頭冠和脖子上的皮摺。

「今日，今日，女王將在今日出發！她的腹中有許多幼畜，她將產下新的一代。今日，今日，女王在今日離開我們！歌唱吧，歌唱吧，所有人都要用歌聲讚美她，希望她在飛行中擁有好運！」

瑟丹停頓一下。婷黛莉雅傾聽著，許多聲音響起來。那是人類的聲音，巨龍的吼聲隨即加入其中，將人聲淹沒。「今日！今日！明天開始於今日！」

婷黛莉雅和卡羅沉浸在這一片歡騰的聲音中。她展開翅膀，揚起長長的脖頸和頭顱，接受人和龍的致敬。喧囂聲漸漸停息。結束了，現在她可以起飛了。

但突然間，瑟丹的聲音再次躍入天空，這是單獨對她的讚美。婷黛莉雅雙眼望向自己的歌者，喜悅地傾聽著。「女王飛上高空，藍色的皇者，婷黛莉雅。她寬大的翅膀上閃爍起巨龍之銀的紋路，她率領長蛇前往卡薩里克，她辛勤狩獵，餵養新一代巨龍！我們的女王中最年長與最睿智的，也是最勇敢和最聰慧的！翅膀寬大的婷黛莉雅將前往產卵地！」

婷黛莉雅看到其他古靈紛紛出現在塔頂。雷恩、麥爾妲——她抱著婷黛莉雅拯救的孩子，他們和瑟丹齊聲歌唱：「今日！今日！今日！今日！」麥爾妲隨著每一聲歌頌高舉起埃菲隆。那個嬰兒剛有的笑聲，一直傳到婷黛莉雅耳中。

「今日！」婷黛莉雅發出銅號般的吼聲作為回應。她感覺到古靈的熱情在自己的心中騰躍，便張開雙翼，躍入空中。

（全書完）

中英譯名對照表

A

Alise Kingcarron Finbok　愛麗絲・金卡羅恩・芬波克

Althea Vestrit　艾惜雅・維司奇

Alum　埃魯姆

Amarinda　愛瑪琳達

Antonnicus Kent　安托尼庫斯・肯特

Arbuc　亞布克

B

Baliper　巴力佩爾

Barge　駁船

Bates　貝特斯

Begasti Cored　貝佳斯提・柯雷德

Bellin　貝霖

Bendir　本迪爾

Beydon　貝東

Big Eider　大埃德爾

Bingtown　繽城

Binton　賓頓

Blue Glory　藍色榮耀

Bones of chance　幸運骨

Boxter　博克斯特

Boy-o　歐仔

Brashen Trell　貝笙・特瑞爾

Bread Leaf　麵包葉

Burrowers　鑽頭蟲

C

Candral　坎達奧

Carson Lupskip　卡森・羽躍

Cassarick　卡薩里克

Chalced　恰斯

Chassim　茶西美

Ched　柴德

Chet 切特

Citadel of Records 《城市紀錄》

Clard 克拉德

Clef 樂符

Cocooning grounds 結繭地

Contority 康托瑞提

Cope 科普

Copper 紅銅

Cosgo 柯思閣

Cricket Cages 蟋蟀籠

Crowned Rooster Chamber 加冕者殿堂

Curesd Shores 天譴海岸

D

Dancer Deer 舞蹈鹿

Darter Lizard 飛鏢蜥蜴

Davvie 戴夫威

Derren Sawyer 戴倫・索耶

Detozi Dunwarrow 黛托茨・頓瓦羅

Detozi Dushank 黛托茨・杜珊克

Dortean 多提恩

Drost 多斯特

Dujjaa 杜吉愛

Duke of Chalced 恰斯大公

Dushank 杜珊克

E

Eda 艾達

El 埃爾

Elderling 古靈

Ellik 埃裡克

Elspin 艾爾斯賓

Ephron 埃菲隆

Erek Dunwarrow 艾瑞克 ・頓瓦羅

Etta Ludluck 艾塔・大運

F

Fari 法麗

Fente 芬提

Frog and Oar Tavern
青蛙船槳酒館

G

Gallator　鵜鱷

Garrod　加洛德

Gedder　蓋達

Gillary　戈拉蕊

Godon　高登

Goldendown　金色黃金號

Goshen　高申

Great Blue Lake　大藍湖

Greft　格瑞夫特

Gresok　格雷索克

Grigsby　格裡格斯比

H

Handprint Tree　手印樹

Hardwood　硬木

Hardy　強勇號

Harrikin　哈裡金

Heeby　荷比

Hennesey　軒尼詩

Hest Finbok　詔諭・芬波克

I

Icefyre　冰華

Impervious Boat　無損船

Ismus　伊思繆斯

J

Jaff Secudus　傑夫・賽克杜斯

Jamaillia　遮瑪里亞

Jani Khuprus　簡妮・庫普魯斯

Jerd　潔珥德

Jerup　傑魯普

Jess Torkef　傑斯・托克夫

Jidzin　濟德鈴

Jig　吉格舞

Jona　約納

Jorinda　喬玲妲

Jos Peerson　喬司・皮爾森

Jurgen　約爾登

K

Kalo　卡羅

Karax　卡拉克斯

Karlin　卡琳

Kase　凱斯

Keffria Vestrit Haven
　　珂芙莉婭・維司奇・海文

Kelaro　克拉羅

Kellerby　科勒比

Kelsingra　克爾辛拉

Kerig Sweetwater
　　克瑞格・甜水

Kerwith　克維思

Khuprus　庫普魯斯

Kim　金姆

Kingsly　金斯利

Kitta　蒂塔

Koli　珂麗

Kura nuts　庫拉堅果

Kyle Haven　凱樂・海文

L

Lecter　萊克特

Leftrin　萊福特林

Limbsman　巧肢人

Lissy Sebastipan
　　麗希・瑟巴斯蒂潘

Liveship　活船

Lord Dargen　達根大人

Lords of the Realms　三界之主

M

Malta Khuprus
　　麥爾妲・庫普魯斯

Malta Vestrit Khuprus
　　麥爾妲・維司奇・庫普魯斯

Marley　瑪雷

Maulkin　墨金

Mercor　默爾柯

Mojoin　莫喬恩

N

New Glory　新榮耀號

Newf　紐弗

Nortel　諾泰爾

O

Onion-moss　洋蔥苔蘚

Ophelia　援助號

P

Paragon　典範號

Pariah　賤船

Patchouli　廣藿香

Pelz　佩爾茲

Phron　Khuprus
菲隆・庫普魯斯

Picket Tree　圍椿樹

Polon Meldar　鮑隆・梅爾達

Polsk　博斯克

Porty　博迪

Prittus　浦裡圖斯

R

Rachard　雷查德

Rain Wild　雨野原

Ramose　拉莫斯

Ranculos　蘭克洛斯

Rapskal　拉普斯卡

Rasp Snake　銼刀蛇

Redding Cope　雷丁・柯普

Reever　利威爾

Relpda　芮普妲

Reyall　雷亞奧

Reyn Khuprus　雷恩・庫普魯斯

River Snake　河上游蛇號

Rof　羅夫

Rogon　羅根

Rolenbled　羅倫布雷德

Rolleigh　羅雷

Ronica Vestrit　隆妮卡・維司奇

Ruskin Leaf　魯斯金葉

S

Sa　莎神

Sacha　薩夏號

Satrap　沙崔甫王

Sealia Finbok　西莉亞・芬波克

Sedric Meldar
塞德里克・梅爾達

Selden Vestrit　瑟丹・維司奇

Serpent Cases　長蛇繭殼

Sessurea　塞蘇利亞

Sestican　賽斯梯坎

Sethin　賽罄

Sevirian Cutlery　瑟維利餐具

Shalport　夏奧港

Sheerup　謝拉普

Shoaks　修克斯

Silver　銀

Silver
巨龍之銀（《巨龍之血》）

Silver Well　白銀之井

Silvery Water　銀水

Sinad Arich　辛納德・亞力克

Sindy　辛蒂

Sintara　辛泰拉

Sisarqua　西薩奎艾

Skelly　絲凱莉

Skrim　斯克力姆

Skymaw　天空之喉

Sophie Meldar Roxon
蘇菲・梅爾達・洛克遜

Sour Pear　酸梨

Speckle　星點

Spit　噴毒

Sverdin　絲維玎

Swarge　斯沃格

Sworkin　斯沃金

Sylve　希爾薇

System of bands for birds
鳥類環志系統

T

Tarman　柏油人

Tats　刺青

Tattooed　紋身者

Tellator　特萊托

Tenira　登尼拉

Tereben Oil　松節油

The Chalcedean　恰斯人

Three Ships Folk　三船人

Three Ships Town　三船城

Thymara　賽瑪拉

Thymara-Amarinda
賽瑪拉・愛瑪琳達

Tillamon　蒂絡蒙

Tinder　火絨

Tintaglia　婷黛莉雅

Tracia Marley　塔希婭・瑪雷

Tree Cat　樹貓

Trehaug　崔豪格

Two-Toes　兩趾

V

Veras　維拉斯

Vivacia　生機號

W

Warken　沃肯

Warken　沃肯號（《巨龍之血》）

Weddle Stalk　韋德草莖

White Serpent　白色長蛇號

Windgirl　疾風少女號

Winshaw　文邵

Wintrow　溫特羅

Wintrow Vestrit Haven
溫特羅・維司奇・海文

Wizardwood　巫木

Wollom Courser
沃隆姆・柯思爾

Wycof　維科夫

BEST嚴選 103

雨野原傳奇4：巨龍之血（完結篇）

原著書名／The Rain Wilds Chronicles: Blood of Dragons
作　　者／羅蘋・荷布（Robin Hobb）
譯　　者／李鐳
責任編輯／王雪莉、何寧
內文編輯／江秉憲
副總編輯／王雪莉
行銷業務經理／李振東
業務主任／范光杰
行銷企劃／周丹蘋
總 經 理／黃淑貞
發 行 人／何飛鵬
法律顧問／元禾法律事務所　王子文律師
出版／奇幻基地出版
城邦文化事業股份有限公司
台北市 104 民生東路二段 141 號 8 樓
電話：(02)25007008　傳真：(02)25027676
網址：www.ffoundation.com.tw
e-mail：ffoundation@cite.com.tw
發行／英屬蓋曼群島商家庭傳媒股份有限公司城邦分公司
台北市 104 民生東路二段 141 號 11 樓
書虫客服服務專線：(02)25007718・(02)25007719
24 小時傳真服務：(02)25170999・(02)25001991
服務時間：週一至週五09:30-12:00・13:30-17:00
郵撥帳號：19863813　戶名：書虫股份有限公司
讀者服務信箱 E-mail：service@readingclub.com.tw
歡迎光臨城邦讀書花園　網址：www.cite.com.tw
香港發行所／城邦（香港）出版集團有限公司
香港灣仔駱克道193號東超商業中心1樓
電話：(852)25086231　傳真：(852)25789337
e-mail : hkcite@biznetvigator.com
馬新發行所／城邦（馬新）出版集團
【Cite(M)Sdn. Bhd】
41, Jalan Radin Anum, Bandar Baru Sri Petaling,
57000 Kuala Lumpur, Malaysia.
Tel: (603) 90578822　Fax:(603) 90576622
email:cite@cite.com.my
封面設計／黃聖文
排　　版／極翔企業有限公司
印　　刷／高典印刷有限公司
■2018年（民107）2月1日初版
■2019年（民108）1月21日初版2刷

售價／599元

國家圖書館出版品預行編目資料

雨野原傳奇. 4, 巨龍之血（完結篇）/ 羅蘋・荷布（Robin Hobb）作；李鐳譯. -- 初版. -- 臺北市：奇幻基地, 城邦文化出版：家庭傳媒城邦分公司發行, 民107.02
面；　公分. --（BEST嚴選；103）
譯自：The rain wilds chronicles: blood of dragons
ISBN 978-986-95634-8-2（平裝）

874.57　　106023124

ISBN　978-986-95634-8-2

廣　告　回　函
北區郵政管理登記證
台北廣字第000791號
郵資已付，免貼郵票

104台北市民生東路二段141號11樓

英屬蓋曼群島商家庭傳媒股份有限公司城邦分公司 收

請沿虛線對摺，謝謝

奇幻基地

每個人都有一本奇幻文學的啟蒙書

奇幻基地官網：http://www.ffoundation.com.tw
奇幻基地粉絲團：http://www.facebook.com/ffoundation

書號：1HB103　書名：雨野原傳奇4：巨龍之血（完結篇）

請於此處用膠水黏貼

奇幻基地

讀者回函卡

謝謝您購買我們出版的書籍！請費心填寫此回函卡，我們將不定期寄上城邦集團最新的出版訊息。

姓名：________________ 性別：☐男 ☐女

生日：西元______年______月______日

地址：________________

聯絡電話：__________傳真：__________

E-mail ：________________

學歷：☐1.小學 ☐2.國中 ☐3.高中 ☐4.大專 ☐5.研究所以上

職業：☐1.學生 ☐2.軍公教 ☐3.服務 ☐4.金融 ☐5.製造 ☐6.資訊

☐7.傳播 ☐8.自由業 ☐9.農漁牧 ☐10.家管 ☐11.退休

☐12.其他________________

您從何種方式得知本書消息？

☐1.書店 ☐2.網路 ☐3.報紙 ☐4.雜誌 ☐5.廣播 ☐6.電視

☐7.親友推薦 ☐8.其他________________

您通常以何種方式購書？

☐1.書店 ☐2.網路 ☐3.傳真訂購 ☐4.郵局劃撥 ☐5.其他

您購買本書的原因是（單選）

☐1.封面吸引人 ☐2.內容豐富 ☐3.價格合理

您喜歡以下哪一種類型的書籍？（可複選）

☐1.科幻 ☐2.魔法奇幻 ☐3.恐怖 ☐4.偵探推理

☐5.實用類型工具書籍

您是否為奇幻基地網站會員？

☐1.是☐2.否（若您非奇幻基地會員，歡迎您上網免費加入，可享有奇幻基地網站線上購書75折，以及不定時優惠活動：http://www.ffoundation.com.tw/）

對我們的建議：________________

____

____

請於此處用膠水黏貼